大明祭

郑治 著

金城出版社
GOLD WALL PRESS
中国·北京

图书在版编目（CIP）数据

大明祭 / 郑治著. – 北京：金城出版社有限公司, 2023.3（2023.11重印）
ISBN 978-7-5155-2298-2

Ⅰ. ①大… Ⅱ. ①郑… Ⅲ. ①历史小说 – 中国 – 当代
Ⅳ. ①I247.5

中国版本图书馆CIP数据核字（2021）第 257907 号

大明祭

作　　者　郑　治
责任编辑　李明辉
责任校对　高　虹
责任印制　李仕杰
开　　本　710 毫米 × 1000 毫米　1/16
印　　张　26
字　　数　420 千字
版　　次　2023 年 3 月第 1 版
印　　次　2023 年 11 月第 4 次印刷
印　　刷　鑫艺佳利（天津）印刷有限公司
书　　号　ISBN 978-7-5155-2298-2
定　　价　68.00元

出版发行　**金城出版社有限公司**　北京市朝阳区利泽东二路3号　邮编：100102
发 行 部　（010）84254364
编 辑 部　（010）64391966
总 编 室　（010）64228516
网　　址　http: //www.jccb.com.cn
电子邮箱　jinchengchuban@163.com
法律顾问　北京市安理律师事务所 18911105819

目 录

引　子

1908年的一天，沈京（沈阳）内务府总管金梁独自一人来到留都皇宫崇谟阁，小心翼翼地推开了那扇已有些斑驳的朱漆大门。

崇谟阁里摆满了一水儿的金龙大柜，每一个柜子里，塞得满满当当的，都是《大清历朝实录》。这里，还有对面的敬典阁，便是清朝在沈阳故宫的皇家档案馆。

金梁一架一架翻检着典籍，突然，像是受某种力量的驱使，他的目光不经意间落到一套奇怪的旧档上面！

这是一套以满文书写的编年体皇家档册，记事起于明万历三十五年（1607），止于明崇祯九年（1636），共一百八十册，乃是乾隆皇帝于乾隆六年（1741），命大学士鄂尔泰、徐元梦等人将档内之字加设圈点，附注新满文并编制成的一套皇太极时期的原始老档副本，收藏于沈阳崇谟阁。

此原始老档即后世所称的《满文老档》，原本现藏于台北故宫博物院，乃是世之孤本，堪称国之重宝，是20世纪中国档案界重要发现之一。

自该档现世，又历经百年沧桑，其汉译全本最终于2010年前后在大陆出版。从此，这套深藏于大内三百年、只供皇家查阅的珍贵资料才得以与世人见面。

那么，在这些第一手资料里，又隐藏着什么样的鲜为人知的秘密呢？

翻开《满文老档》太宗皇帝第二函《太宗皇帝天聪二年正月至十二月》，打开其中一册名为《天聪二年毛文龙等处来文六件》的档案，人们惊讶地发现，这里居然还保存着明朝总兵毛文龙和在皮岛的原后金副将王子登两人写给皇太极的六封书信。

毛文龙是大明东江镇总兵，而皇太极则是后金天聪汗，两方本为仇敌，他们为什么会书信不断呢？这些书信到底说了些什么？在这些书信的背后，又有着怎样不为人知的故事呢？

通过这些书信以及相关史料，人们终于得以一窥历史真相，在明朝崇祯之初，原来还曾上演过那样一段波诡云谲、惊心动魄的人间大戏！

这是一个很长、很曲折的故事，要想说清楚它，我们还得从三百九十多年前讲起……

1627年9月，明朝天启皇帝朱由校驾崩，因其无子，天启帝唯一的弟弟——信王朱由检，得以入继大统。立国二百六十年的大明王朝在风雨飘摇中迎来了一位十七岁的年轻皇帝，次年改元，是为崇祯。

崇祯元年（1628）二月，黄海。

一望无垠的海面波澜不惊，海浪只是单调地涌起、落下，不停晃动着四外散开。春光中，海天一体，难辨上下，略显灰黄的海面除了散落着一些破碎的白色浮冰，只有一只笨重的沙唬船，正高扯帆篷，犹如西风中一片摇曳的落叶，在波涛汪洋中上下起伏，艰难前行。

自去岁十一月海冰封冻以来，已经中断百余天的海路终于又可通航了。

已是仲春时节，大片的海冰早已消融，只偶尔有零星的碎冰还会随海流不时撞上厚重的船身，发出一阵阵沉闷的咚咚声，让人隐隐感到一丝紧张和不安。

沙唬船划破层层波浪，一路向北，急匆匆向目的地——皮岛驶去。

皮岛，地处鸭绿江口东七十里外，地方狭小，东西不过二十里，然其地处要冲，距北岸朝鲜铁山仅五里海路，距南岸登州七百里，去后金界八十里，自是攻守用兵的绝佳之地。时下，正有大明东江镇军马屯扎于岛中，东江自天启二年（1622）开镇以来，已历时六载。

暮色中，沙唬船已悄然靠岸。

放眼望去，岛中山林正披着一片霞光，半山树木参差处，唯见一根笔直的旗杆。旗杆上，一面帅旗在猎猎海风中迎风飘摆——太子太保 平辽大将军 左都督 东江总兵官 毛。

第一章

东江谋变

一

“十一月初一，起初魏公公是被皇上发往凤阳，可是，十一月初六，人刚走到阜城县，又听说皇上派了锦衣卫来捉拿，魏公公当晚就在驿馆上吊自尽了。”

帅府大堂内，一个军官模样的中年男子正在紧张地向上禀报。

“后又如何？”

帅案后是一位五十开外的枯瘦长者，正斜倚在铺了整张虎皮的大椅上，一脸阴沉，盯着堂下军官，此人正是大明东江镇最高长官——总兵毛文龙。

“回帅爷，正月间，皇上又命将魏公公于老家河间戮尸凌迟，兵部尚书崔呈秀、奉圣夫人客氏也被笞死，其余一干人，如五虎、五彪、十狗、十孩儿等，也已被一体擒拿。

另外，还有一件紧要的事，皇上已命撤回所有在外的内官，天津、登莱镇守太监王敏政、胡良辅二位已奉旨回京。”

“这么快？”

毛文龙不由得坐直了身子，两道鹰隼般的目光随即便向堂下扫去。

帅案下首，东西两边正坐着他的三位岛中心腹，沈世魁沈太爷、副将陈继盛和帅府总管龚正祥。三人闻言，大吃一惊，也都不由自主地望向那位军官。

“二月二十，皇上已起用袁崇焕，命他为兵部尚书兼右副都御使，统率蓟、辽、登、莱、天津，移驻关门。”

也许是一连串的消息太过惊人，让人来不及做出反应，一时间，大堂里便陷入了一片寂静。厅堂里的灯光照的正亮，跳动的灯花不时发出微弱的噼啪声。楹梁上高悬着一块宽大的匾额，“龙虎堂”三个大字在其上熠熠生辉，匾额下是一大幅水墨中堂，画着一条凶恶的焦墨色蟠龙，在乌云、海水间上下翻腾，映着忽明忽暗的光影，那黑龙张牙舞爪，仿佛真的就要跳出来，一飞冲天，叱咤九霄。

“汝明，今年的粮饷，天津、登莱两处可有发来？”

沉思片刻，毛文龙又向军官问道。此人正是毛文龙派往京城的心腹干将——游击陈汝明，其名为东江在京提塘官，实为毛文龙在京城的坐探、眼线。这次适逢朝中巨变，但因为海面封冻，自去年十一月以来，东江已有三个多月得不到京城消息，现在海路一开，陈汝明便急急忙忙赶回皮岛报信。

“回帅爷，卑职来时，天津、登莱两处粮饷仍未发运，不仅如此，就是那些准备来岛的苏杭商船，也都被登莱总兵杨国栋扣在登州，说什么要稽查违禁货物，挂号登记后方可放行来岛，登莱官兵每日登船，百般刁难，肆意敲诈，甚是可恶！”

啪！只听一声闷响，毛文龙一只大手已狠狠地拍在帅案上。

“娘买匹！介个瘟鸡堕头的杨国栋，也要来太岁头上动土！”

毛文龙一听，怒不可遏，当时便是破口大骂。

“帅爷请暂且息怒，杨国栋那厮确实可恶！但他不过是一介匹夫，却也不难对付，反倒是朝里发生的那几件大事，对我东江影响很大，我东江要做何应对，还须仔细计议。”

率先发话的是坐在东边首位的沈世魁，此人五十岁上下，辽东辽阳人，早年为牙行，于人参、鹿茸、貂皮生意最是精通。自辽东战事起，便举家投奔皮岛。其女绝色，现已被毛文龙纳为三夫人，时人称沈太爷，苏杭商贾来往东江，均争相与其结交。

“沈太爷有何高见，就请细细说来吧。”毛文龙听到沈世魁这样说，立刻就放缓了神色。

“新皇即位，三个月便除掉了权倾天下的魏忠贤一党，虽说皇上年纪尚轻，然其心机手段，倒也着实令人震惊！”

沈世魁扬着头缓缓说道，语气不像是对皇上的赞许，话里倒更像是透着几分焦虑和不安。

“现在又召回了王敏政、胡良辅两位公公，我东江无论朝内、朝外，奥援俱失，眼见今年的百万粮饷怕是要化为泡影了……”

沈世魁话音刚落，便引得堂下一阵骚动，几个人先是惊叹一声，接着禁不住交头接耳、低声议论开来。

“沈太爷说的极是！原本去年是由魏公公主持，才议得我东江百万粮饷，现在魏公公一倒，朝中那些对我们不满的大臣，必定会交相攻击，朝廷现在将粮饷控住不发，怕也正是这个缘故。”

说话的是坐在下首的帅府总管龚正祥，也许是有些着急，龚总管也顾不得太多礼数，只管冲着毛文龙大声说道：“杨国栋性本贪婪，觊觎我皮岛马市已有多时，原来还有胡公公坐镇登莱，督发钱粮、商船，杨国栋自然是不敢与大内争利，但现在胡公公一撤，这厮就立刻打起了登州商船的主意，真正歹毒至极！”

毛文龙听得真切，眉头不由得越锁越紧，“如此，我东江该如何应对？”

沈世魁清了一下嗓子，又接起先前的话头，“当下，我东江有些要紧的事需要马上去办！”

“哪些事情？”毛文龙赶忙追问。

“这第一件，就是需要尽快摸清皇上的心思，特别是皇上对我东江的态度！这第二件，就是要尽快和京里建立关系、结交几个能为我东江说话的有实力的人物！

“虽说皇上长在深宫，少历世事，但据说咱们这位新皇上，早先还为信王时便言语谨慎、行事低调，颇懂得些韬晦之术，其心机深沉，常有出人意料之举，我东江不可不早为预备。

“皇上年轻，又新登大宝，想来他必有一番雄心。现在魏党已除，皇上所想的必是辽事，要想在辽事上有所作为，当然少不得还要仰仗毛帅，但眼下最令人担心的是，东江距离京城太远，难保朝中不会有奸佞小人在皇上面前搬弄是非，皇上受人蛊惑，说不定就会做出什么不利于东江的事来。大帅可还记得去年九月，皇上即位不到一个月，那朝鲜使臣就到京城，告了我们一状，皇上为此还专门下旨严斥我等。唉，也不知这新皇上现在到底是如何看我东江？”

“可是现在魏公公已倒，我们的人又都失了势，现在我们又该从何下手呢？”坐在一边的龚正祥急不可耐地插嘴问道。

“请龚总管稍安勿躁，做这些事倒还真需要些讲究……”沈世魁说到这里，便先停了下来，又转过头，神秘地望向毛文龙。

“沈太爷就不要再卖关子了，想必你已是成竹在胸，就赶快说出来吧。”毛文龙早不耐烦，只挥了下手，示意沈世魁赶紧说下去。

“帅爷可还记得扎飞之术吗？何不用军马？”沈世魁收起笑容，冷不丁甩出一句。

“如何扎飞？放何军马？”毛文龙紧紧追问。

“新皇登基，报祥瑞，请敕封！”

似乎是被施了什么法术，毛文龙听了，便低下头，不住声地轻轻念叨，“报祥瑞，请敕封……”接着，又猛然一振，两眼立刻放出光来，毛文龙一拍帅案，大声对沈世魁说道，“妙！沈太爷高见，我怎么就没有早些想起来呢！”说罢大笑。

毛文龙的心情似乎一下子好了许多，脸上也立刻有了笑容，毛文龙又见陈继盛、龚正祥两人面面相觑，丈二和尚摸不着头脑的样子，倒有心给他们扯几句闲话，“此间都是心腹之人，本帅倒也不妨与各位言说一二。早年间，本帅不喜读书，也不大看得上那些只会之乎者也的穷酸秀才，刘、项不读书，我太祖皇帝也不读书，不是照样能成就一番霸业吗？哈哈哈，但大丈夫安身立命、成就功业，最要紧的就是识人、用人。早年间，本帅得遇高人，授以江湖秘术四篇——《英耀》《扎飞》《军马》《阿宝》，这四篇最擅洞察世事人心，世人皆愚蠢且贪婪，本帅识其贪而善加利用，世人就无不入我彀中了。有此四篇，就是用于行军打仗，比之《孙子兵法》也不遑多让，看我今日东江这一大片基业，不正是我等殚精竭虑、浴血创得的吗！”

毛文龙说罢，把头一扬，身子往后一靠，一边望着堂下，一边又用手慢慢梳理着颌下的虬髯，脸上尽是得意之色。

“大帅英明神武！”“全赖大帅神机妙算！”“大帅威武！”

众人听了，忙不迭地向上拱手，都一起喝起彩来。

“罢了，罢了，闲话不多说，还是请沈太爷具体说一说做扎飞、放军马之事吧。”

毛文龙满面笑容，向下摆了摆手，示意沈世魁继续说下去。

“新皇登基，正好可借机向皇上呈报些祥瑞，用些扎飞的手段，比如龙神助战、天后显灵、温帅驱邪之类，并请敕封诸神。我借鬼神用事，即使有人疑我，也无从稽考，能奈我何？我借此用事，一可邀得圣心，二可探查皇上和朝中反应，更为要紧的是，皇上承我所请，必会派出内官来岛敕封，届时，我便可与之倾情交结，引为内应，有了大内的强援，还怕今后有人与我东江为难吗？”

“高！沈太爷果然高见！”

沈世魁话音刚落，总管龚正祥便第一个起来抚掌大赞：“如若能以大内为援，想要除去杨国栋那个跳梁小丑，自然也就易如反掌了。”

“哼！”毛文龙冷笑一声，恶狠狠道，“杨国栋自是猪油蒙了心，他也要来与我争利！他也不去打听打听清楚，那些个苏杭商贾是什么人都能碰的吗？就算我不与他为难，朝中也自会有人放他不过！”

朝中怎会有人放不过杨国栋？又是谁会和杨国栋为难？毛文龙见大家疑惑，倒也没有继续说下去，只是稍稍停了一下，便吩咐道：“沈太爷所言极是，那就烦请太爷亲自操刀，起草一份奏疏，明日就让汝明送往京城。”

“是，属下遵命。”沈世魁、陈汝明二人连忙拱手称是。

“另外，对于今年那百万粮饷，各位有何良策？”毛文龙接着又问。

“方才帅爷说的一句至为透彻，世人皆愚蠢且贪婪！”沈世魁先拍了一句马屁，接着又打开了话匣子，“世人不仅愚蠢、贪婪，且不自知，更常自诩聪明，而不觉反堕他人圈套。世间权诈之术，皆因人之贪欲而设，终不过审、敲、打、千、隆、卖六字，我东江百万粮饷，当先在千、隆二字上来做文章了。”

“如何来做文章？”毛文龙心中焦急，立刻追问。

“前面已说过，向皇上报祥瑞以邀圣心，此即为隆；与此同时，帅爷还当再上一疏，极言辽东战事之艰，我东江地位之重以及今日我军民孤悬海岛、嗷嗷待粮之苦，此即为千，方今皇上初登大宝，血气方刚，正要倚仗毛帅恢复辽东，因此必不敢轻视毛帅，如能再邀得朝中奥援相助，则我百万粮饷之事可易为之了。两份奏疏，一千一隆，即是我先发之军马，先千后隆，乃兵家之妙法，还请帅爷早做决断。”

毛文龙听罢，沉吟半晌，好半天才猛然抬起头，发着狠道：“从去年到现在，我东江已四个多月没有收到朝廷一粒粮饷了，难不成要活活饿死我三十万军民吗？现在又来打我百万粮饷的主意，哼！看还有谁能为大明朝挡住皇太极，也该让小皇帝和朝中那帮酒囊饭袋晓得晓得我毛文龙的厉害了！本帅今晚就亲自起草奏疏，明日让汝明一并送往京城！”

一说起粮饷，毛文龙就气不打一处来，立刻激动地挺身站起，把手一背，在帅案后绕起圈来，毛文龙走了几圈，一歪头，猛然看到西首边的副将陈继盛，他今晚一言未发，是在作何盘算呢？

“陈太爷，方才见你若有所思，可是有什么见教？” 毛文龙随即向陈继盛问道。

陈继盛，也是辽东人，四十岁开外，挂衔东江副将，平日主要协助毛文龙打理军中事务，其有一女，嫁与毛文龙做了二房夫人，因此岛中人称之为陈太爷。

见毛文龙问自己，陈继盛忙不迭地回话：“回帅爷，见教不敢，卑职方才只是在想沈太爷前面那句话。”

“哪句话？”

“沈太爷方才说担心朝中有人做出什么不利于我东江的事。”

“哦，你是说……杨国栋？”毛文龙好奇地插了一句。

“大帅，杨国栋倒是不足为虑，但是现在皇上重新起用袁崇焕，卑职担心……”

看着陈继盛欲言又止的样子，毛文龙心中猛然划过一道阴影，“移镇！”

“正是！”陈继盛重重点了点头，“自前年正月宁远之战后，袁崇焕因功升任辽东巡抚，刚一受任，袁崇焕就向朝廷提出，将东江移镇近岛，朝中也多有重臣，如王永光、阎鸣泰等纷纷支持，一时间朝议沸腾，移镇之议大有几成定局之势，后全赖大帅上书抗辩，魏公公于内主持，风波才算得以平息。

“另外，当年袁崇焕还曾派出参军赵佑、中军旗牌徐敷奏来岛，与我商议移镇之事，后赵佑失踪，徐敷奏被参，此事搞得彼此颇多怨恨，最后，袁崇焕辞任回籍，此事才算作罢。现袁崇焕再被起用，且升任蓟辽督师，节制我东江，对当年之事，又岂肯善罢甘休？且我东江今日之势又与当年大有不同，内无强援，外有强敌。自去年正月后金发兵朝鲜以来，我东江已丧失铁山、义州陆上屯田之地，生存空间已大为窘迫，此时此际，怕是袁崇焕会再提移镇，而我无应对之策啊。”

陈继盛一番话说完，大堂里顿时就鸦雀无声了。

毛文龙蜷缩在虎皮大椅里，勾着头苦苦思索，那一张张面孔，仿佛走马灯一般浮现在他的眼前：皇太极、崇祯、袁崇焕、杨国栋，还有朝廷里那些个令人生厌的贪婪嘴脸。谁是我的对手？谁又是我的朋友？外面的敌人并不可怕，有时候来自内部的对手才是最可怕的敌人！

厚厚的乌云逐渐笼罩在毛文龙头顶，他仿佛已感觉到一场风暴即将来临……

“天色不早，此事待日后再从长计议，各位先散了吧。”毛文龙满是倦意地挥了挥手，便起身向后堂走去。

二

“帅爷。”

一声低低的呼唤让毛文龙止住了脚步，他转过头，发现总管龚正祥正谦恭地跟在身后。

“龚总管，你怎么还没走？有何事？”毛文龙也压低了声音问道。

“方才在堂上不便言说，属下正有几句机密话不敢不告于帅爷。”

毛文龙没有开腔，只是示意所有的下人都退出内堂、关好房门，这才坐定，等着龚正祥继续说下去。

“新皇继位，朝中巨变，多有不利我东江之事，帅爷当早做打算，以御不测。”

“依你看，本帅当做何打算？”

“帅爷可还记得昔日南越王赵佗的故事？” 龚正祥冷不丁问出一句。

毛文龙猛然一惊，一时间无法判断出龚正祥的真实意图，只好紧绷着脸，抓起桌上的菩提念珠，一颗一颗慢慢掐弄着。

“难道帅爷还信不过属下吗？属下自镇江大捷起就追随帅爷鞍前马后，原本不过一介家奴，是帅爷提携属下，今日才能做了帅府总管，一家富贵全赖帅爷，属下怎敢对帅爷有半点不忠，方才所言绝无欺隐，完全是属下一片实言。”龚正祥扑通一声，跪倒在毛文龙脚下，忙不迭地向毛文龙告解。

毛文龙当然记得，此人原是辽阳生员王一宁的家仆，七年前，自己还只是一个小小的都司，受巡抚王化贞之命，率领二百多人去规取镇江，于朝鲜弥串堡得遇王一宁，正是两人联手定计，策反了镇江中军陈良策，里应外合，夜袭镇江，擒获后金游击佟养真，取得“镇江大捷”，这才有了之后开镇东江的局面。

回想起当年那段岁月，毛文龙不由得心生感慨，王一宁也称得上是一位有胆有识的奇男子了，两人一个副总兵、一个通判，一武一文、肝胆相照、勠力同心，真可谓是亲密无间了，只可惜，天下没有不散的筵席，世上也没有永远的朋友，而后，两人分道扬镳，正是借助眼前这个人——龚正祥的投靠，毛文龙才斗倒了昔日的战友王一宁，成为东江绝对的王者。

收住略有些激动的思绪，毛文龙又回到眼前的现实，这个人也许还算得上是可靠吧，毕竟一起扛过枪、一起分过赃，更要命的是，还有很多不可为人道的秘密，都是经此人之手……一念及此，毛文龙遂放缓了神色，轻轻拍了一下龚正祥的后背，说道：“龚总管说的哪里话，本帅怎么会信不过你呢？起来坐下说话，有什么话，但讲无妨，本帅绝不怪罪。”

龚正祥站起身，小心地坐在下首，又定了定心神，才鼓足勇气说道：“昔日秦末天下大乱，楚汉中原逐鹿，原秦朝大将赵佗趁势割据岭南，建立南越国，传国五世。今时今日，后金崛起于辽东，与我大明朝争锋，正与当年相仿，而我东江又处于两方之侧背，正可成鼎足之势，大帅英雄盖世，岂无意于效仿当年赵佗之举吗？”

啪！毛文龙猛地一拍桌子，厉声喝道：“大胆！竟敢如此大逆不道！你是欲置本帅于死无葬身之地吗？！”

毛文龙满脸怒气，瞪着龚正祥，可奇怪的是，他并没有叫人来，也没有要进一步动作的意思，说完，只是直直坐在那里。

话已至此，龚正祥反倒镇定下来，“帅爷息怒，俗话说狡兔三窟，观我今日东江之势，外有强敌环伺，内有不测之危，如不早为预备，才真正是危险至极哩。”

毛文龙微微低着头，不停地转动着手里的念珠，龚正祥见状，连忙又进一步劝说：“现在后金兵强马壮，自去年正月征朝鲜以来，尽占陆上义州、铁山基地，兵马、钱粮损失颇多，只得退守海岛，目下我东江兵微将寡，实无法与其争锋。回想当日情形，后金大军距我云从岛滩头仅四里之遥，所幸天公作美，还有一带海水没有封冻，后金又没有水师，方得保全岛中，倘他日再遇严冬，海水冻结，后金大军突至，我东江危矣。

“再说移镇，此举万不可行！我东江悬居海外，外人难知内情，更难掌控，故可自成一体，进退全由自主；倘移镇近地，则尽入他人掌握，全无自由，稍有差池，一纸可召，一骑可擒，自古上意难料，帅爷岂不见熊廷弼传首九边故事吗？”

龚正祥的一番话让毛文龙陷入了沉思，辽事糜烂，天意难料，有多少封疆大吏都在这里落得身败名裂，堂堂的辽东经略，朝廷二品大员，辽东最高长官，一入国门还不是说杀就杀，身首异处；还有那个对我有提拔、赏识之恩的巡抚王化贞，现在还关在暗无天日的镇抚司诏狱。难道他们的权力不大？功劳不高？我毛文龙之所以还能风光到现在，除却功劳，说到底还不是因为自己手里有兵，朝廷鞭长莫及，无可奈何罢了。身处乱局，生存才是头等大事，只有让自己强大到所有对手都无可奈何、无计可施，都无法吃掉自己，才是唯一的生存之道！

想到这里，毛文龙转过头来，大睁着一双三角眼对龚正祥说道：“总管所说不差，为今之计，本帅该当如何？”

“为今之计，大帅当首先暗与后金讲和，再乘机广招客商、囤粮积草、招兵买马，以为后用。”

“招兵何用？”

“朝鲜暗弱，待我兵强马壮，大帅正可伺机取之，自成一国，做个海外天子岂不快哉？”

毛文龙听到此处，精神一振，两眼立刻直勾勾地望向龚正祥，“总管果然愿与本帅成此大事吗？”

“岂止属下，岛中众人谁不愿意做个从龙之臣，共享富贵呢！”龚正祥立刻斩钉截铁地答道。

“只是……”毛文龙好像突然想起了什么，又略显迟疑地问了一句，“只是后金能与我讲和吗？”

“这两年后金正连遭大灾，缺衣少粮，此时正欲有求于我。去年九月间，皇太极密遣副将王子登潜来皮岛，帅爷一直把他留在军中，不正是为了今日之事吗？”

毛文龙见龚正祥已说破内情，不由尴尬地笑了一下说道：“正是，正是。”

“大帅，实不相瞒，属下已与王副将计议多次，大家彼此心气相投，就等您一声令下，现王副将就在岛中，何不召来一议，帅爷如若信得过属下，属下愿与王副将一起前往沈阳，为大帅做得此事。”

看着眼前信誓旦旦的龚正祥，毛文龙心中燃起一把欲望之火，只是此时他还不会想到，甚至根本不会去想，这把火一旦点燃，将越烧越旺，很快就会化成冲天大火，直至将自己毁灭……

毛文龙猛地将手中念珠往桌上一拍，低声道：“密传王子登来见！”

第二章

皇太极的局

一

崇祯元年三月，沈京

关外的春天总是姗姗来迟，这个时节，江南早已是草长莺飞，而辽东的第一枝嫩芽才刚刚冒出枝头，努力挣扎着，直伸向湛蓝、透明的天空。

红色的宫墙内，一座形似帐篷的八角形宫殿，坐落在高大的汉白玉须弥座台基上，宫殿虽不算太大，却十分庄严、雄伟，一圈红色大柱子稳稳地托起两层八角重檐攒尖顶，殿顶满铺金黄色琉璃瓦，镶绿剪边，正中是相轮火焰珠顶，殿前的两根大柱子上，一左一右缠绕着两条昂首向天的金色蟠龙，这里就是刚刚才建成不久的后金汗王宫——大衙门。

大殿外的台基上，正有一圈卫士守护，一个个盔甲鲜明、扶刀而立。

天聪汗皇太极已传召诸贝勒及满汉大臣，今日辰时，大衙门议事。

大殿内，御座两边已早早站满议事大臣，居中平台上，四人并排南面而坐，大贝勒代善在西，二贝勒阿敏、三贝勒莽古尔泰在东，中间一把大椅上，正端坐着后金天聪汗——皇太极。

皇太极，后金天命汗努尔哈赤第八子，时年三十六岁，正值盛年，生得一张方脸，面色赤红，眼睛不大却炯炯有神，一撮八字胡微微上翘，不怒自威。

自二十岁起，皇太极就跟随自己的父亲努尔哈赤征战沙场，统一女真、征伐蒙古、攻取辽东，大小几十战，战功赫赫，努尔哈赤天命元年受封和硕贝勒，时人称之为“四贝勒”。

天命十一年八月，努尔哈赤于沈京病逝，经诸贝勒共议推举，皇太极继承汗位，是为后金天聪汗，然而皇太极新即汗位，仍需与自己的三位兄长——三大贝勒共主朝政每议政，皇太极与三大贝勒并坐左右，同受臣属朝拜。

“诸位爱卿，昨日皮岛毛文龙遣总管龚正祥和王子登来我沈京下书议和，本汗今日特召各位来共议此事。”

说着，皇太极抬手示意内官，向大家宣读毛文龙的来信：“毛文龙拜金国汗纛下致书——昔先汗之所以侵犯辽东之地，皆我国文武官员，未奉帝命，任意妄为，致使先汗恼怒，遂起衅端也……今两国与其互为捍御，迄无终期。何若共谋和好共享太平之策。昔袁都堂请和一事，因群臣齐相争议，故此事迄未定论。海外地方，俱令我辖。倘我奏请，帝必纳之。然我之谋，异于他人，我断不似伊等贻误两国大事……乞汗亲遣可使之人来皮岛，我与彼面陈所欲之事……愿汗熟虑之，以求安全之计。如此，则生民之幸也。况我帝已崩，行帝亦已归天为神，何不罢兵休战，以求封赏，安享太平之福耶？毛文龙再拜。”

“大汗，南人历来奸诈，不可轻信！”

内官话音刚落，三贝勒莽古尔泰就率先打破了沉默。

莽古尔泰，后金天命汗努尔哈赤第五子，生性桀骜、英勇剽悍，少时便随父征战，多有战功，努尔哈赤天命元年受封和硕贝勒。

“前次，父汗驾崩，南蛮子袁崇焕曾派人前来吊孝议和，大汗倒是一片赤诚，真心要与他讲和，可是几番来往，袁崇焕尽拿虚言唬我，全无半点可信。尤为可恨的是，袁崇焕假借议和之名，窥探我大金虚实。明里与我虚与委蛇，暗里却是缓兵之计，一面议和，一面偷筑锦州、大凌河城，将防线向北推进二百里，大汗闻信大怒，遂于去年五月亲率八旗大军前去攻打锦州、宁远，旬月竟不能克。”

莽古尔泰越说越激动，“此战，我军多有损伤，先是萨哈廉、瓦克达等部被明军重创，宁远久攻不下，大汗怒，亲率贝勒阿济格与诸将、侍卫、护军向明军疾驰进击，诸贝勒劝阻不及，仓促间竟未披甲戴胄，亦紧随出战，明军城上城下炮火、箭矢齐发，大汗大帐被炸毁，济尔哈朗等身受重伤，我军死伤累累，被迫撤兵。

“短短几个月，宁远、锦州已成山海关四百里外坚固之堡垒，实乃我大金心腹之患，这都是当初轻信袁崇焕议和的结果。现在，毛文龙又来请和，无非是想效法袁崇焕，趁我不备，袭取铁山、义州，进而攻占我镇江罢了，大汗万不可轻信，以防中了他毛文龙的奸计！”

一番话说得皇太极颇不自在，他不由转过头，朝莽古尔泰暗自打量了一番。

作为皇太极的五哥，曾经的嫡子，努尔哈赤亲封的三贝勒，莽古尔泰有太多不满的理由，他指责宁锦之战以及议和的这些话，不过是他发泄不满的借口罢了。皇太极深知，自己的这位兄长，在他剽悍、张扬的外表之下，是一颗冷酷而不甘的心。这个人，为了博取父汗的信任，竟然可以亲手杀死自己的生母，为了权力，他还会有什么不敢干的事呢？可也正是因为莽古尔泰的狠毒、绝情、野心和愚蠢，让他彻底失去了人心，汗位之争，莽古尔泰输很惨，输得毫无悬念，连入围的机会都没有。但是，皇太极也很清楚，“四巨头共治”不过是暂时的政治平衡，这场权力的游戏还有很多挑战在等待着他，要想笑到最后，实力！唯有实力才是击败对手的终极武器，他太需要一场胜利来证明自己！宁锦之战是皇太极继任大汗后，亲自指挥的第一场大战，他本雄心万丈、志在必得，欲一举攻克锦州、踏平宁远，一雪当年父汗努尔哈赤折戟宁远的耻辱，谁承想却碰了两个钉子……

袁崇焕，皇太极心里默默念叨着这个名字，眼前仿佛又出现了宁远城那高大、坚硬的城墙，硝烟弥漫处，红衣大炮正一刻不停地发射着骇人的炮火……

“三贝勒所言极是！”不等皇太极回应，二贝勒阿敏已紧跟着高声附和。

阿敏，后金天命汗努尔哈赤胞弟舒尔哈齐的次子，年长皇太极六岁，多有战功，努尔哈赤天命元年受封和硕贝勒。

“毛文龙不足为虑，先汗在时，本贝勒就曾与他多次交手，皆大败之，其兵不堪战，从不敢与我大军正面交锋，只是一味于偏僻遥远之地虚张声势，以偷袭骚扰为能，不过就是一偷鸡摸狗的鼠辈罢了。

“去年正月，本贝勒奉大汗之命，会同济尔哈朗、阿济格、岳托等诸贝勒率大军讨伐朝鲜，连克义州、定州、安州、平壤等地，朝鲜王逃往江华岛躲避，畏我军威，遣使求和，而后我大金允其所请，遂订盟凯旋。此次征伐，我大军攻城拔寨、势如破竹，破朝鲜如摧枯拉朽，前后用兵不过两月有余。其间，又大破毛文龙，尽收其陆上之地——义州、铁山，可恨海水阻隔，才使毛文龙逃过一劫，其兵马只敢于海岛躲避观望，而不敢与我大军交战，若我有水师，早已擒此贼多时了。现在，我大金也用不着与他浪费口舌，谈什么和与不和，倘他年海水冻结，我当再率大军，一鼓而擒之！”

二贝勒阿敏满脸得意，挺着胸脯，对众人一通高谈阔论，全然没有注意到一丝尴尬从皇太极脸上悄然闪过。

要说军功，这次降服朝鲜，阿敏作为统帅，自然是功劳最大，然而由于皇太极在随后的宁锦之战中失利，情形就一下子变得微妙起来。

皇太极冷冷看着阿敏，反复品味着他这番豪言壮语“再率大军，一鼓而擒”，心中猛然生出几分郁闷、焦躁和不安。

台下一阵议论声打断了皇太极的思绪，他抬起头，威严地向台下扫视了一圈，待众人安静下来，皇太极才又转向大贝勒代善，缓缓问道：“大贝勒以为如何？”

不像阿敏和莽古尔泰那样激烈，大贝勒代善的性情则沉稳了许多，他先是点了点头，遂不紧不慢地答道：“毛文龙固然不足为虑，但自古擅用兵者，倒也不全在战之一法，是战是和，当审敌我形势，善加为之。”

代善——后金天命汗努尔哈赤次子，年长皇太极九岁，不仅骁勇善战，且颇有些长者之风，努尔哈赤天命元年时，受封和硕贝勒，位列四大贝勒之首。

“从前先汗在时，就曾多次劝谕我等，征明朝如伐大树，必先从两旁砍削，先去其左右，砍削既深，则大树自仆。”代善继续说道，“朝鲜、蒙古犹如明朝左右两臂，我大金欲击败明朝，当先收服朝鲜、蒙古，以绝其援。

“方才三贝勒说到，前番袁崇焕假托议和，暗行缓兵之计，只道是他以和愚我，殊不知我大汗却也是以和愚他，大汗正要借议和缓其戒备，出其不意，一举收服朝鲜。现朝鲜已降，与我订立兄弟之盟，毛文龙再不能借道朝鲜来袭扰我后方，只能坐困海岛，无能为患了，从此我大军西征蒙古、南下伐明再无东顾之忧。

“观我大金今日形势，东患已解，毛文龙不足为虑。现我大金已有三千兵马留驻于朝鲜义州、铁山，足以震慑毛文龙，使其不得上岸。毛文龙势穷，今遣使请和，不过是困兽犹斗罢了，只是我大金尚无水师，无法渡海，为今之计，不如暂且许和，一面加强戒备，以防偷袭；一面等待时机，待日后再一举荡平！”

代善说罢，皇太极不由地点头称赞：“大贝勒所言极是！如若毛文龙真心来降，自是好事，我可彻底消除癣疥之疾；就算他要耍什么诡计，我也不惧他，倒也正好借机用事。只是此中利害关系，如何处置，还请各位爱卿放胆直言，不必顾虑。”

台下的大臣们听了，先是交头议论，随即便有一人挺身而出，“大汗圣明！”众人寻声看去，见是巴克什达海，此人自幼聪敏，九岁即通满汉文义，年方三十出头，已是大金国一等一的饱学之士，深受努尔哈赤、皇太极两代大汗器重。

“今日我大金当务之急在西而不在东！朝鲜暗弱，且已臣服于我；毛文龙有海水阻隔，虽不足为患，但也难以在短时间内彻底扫除，可缓图之；辽西山海关外宁远、锦州城坚炮利，我军一时难以攻克；唯西面蒙古，于我威胁最大、关系最重，察哈尔林丹汗势力最强，素有野心，久欲吞并漠南蒙古各部，结盟明朝，与我为敌。但因惧我兵锋，现已西迁西拉木伦河一带，林丹汗残暴，时时出兵抢夺、欺凌科尔沁、喀尔喀五部及喀喇沁三十六家，各部不堪受其欺凌，久欲投我。乘彼众叛亲离之际，我大金当火速出兵，联合蒙古各部西征察哈尔，勿使林丹汗坐大，也勿令蒙古各部因事急而转投明朝，如此，则蒙古各部皆可归顺于我，长城之外尽归我有，明朝北部从此再无屏障。为今之计，对毛文龙当允其请和，使其勿掣我肘，我则乘此时机，一意收服蒙古！”

“达海所说正合我意！”皇太极满面笑容地说道，“本汗也早想收服蒙古，先前科尔沁已臣服于我，现喀尔喀与喀喇沁三十六家正在危急彷徨之际，我当及早图之。昔日，我等兄弟曾随先汗出征喀尔喀，是日天雨，父汗对诸贝勒言道，‘蒙古之国犹如此云，云合则致雨，蒙古部合则成兵，其散犹云收而雨止也，待其散时，我当急取之！’现在蒙古各部相互倾轧，正是云散雨止之时，我此时不取，更待何时？”

皇太极说罢，环视诸位贝勒、大臣，众人赶忙纷纷附和，德格类、济尔哈朗、阿济格、多尔衮、岳托、豪格等众贝勒更是一个个摩拳擦掌，争着大声叫道：“请大汗发兵，我愿率军出征，踏平察哈尔，生擒林丹汗！”

皇太极看着众人群情激奋，也是颇为兴奋，便转头向代善、阿敏、莽古尔泰三大贝勒笑道：“看我大金国英雄辈出，真是个个豪情万丈，我大金有如此将帅，横行天下又有何难哉？”说着，又指向多尔衮，“我十四弟，年纪轻轻，竟是如此英气勃发，真是我家千里驹啊！”

多尔衮，天命汗努尔哈赤第十四子，年方十七，生得身材高大、相貌不凡，见皇太极夸奖，连忙抱拳施礼道："多谢大汗夸奖，臣弟愿追随大汗，鞍前马后，驰骋疆场！"

"哈哈哈哈"皇太极满心欢喜，大笑道，"好，来日出兵，定让你也做一路先锋！"

"是！臣弟定不辜负大汗的期望！"多尔衮立刻朗声答应。

皇太极摆了摆手，示意众人稍安勿躁，一抬眼，恰看见一位大臣正安静地站在队中，神态安详，稳如泰山。

"范先生，毛文龙请和一事，先生以为如何？" 皇太极随即便向那人问道。

这位皇太极口称的"范先生"乃是沈阳汉人，名文程，字宪斗，北宋名相范仲淹十七世孙，本为沈阳生员，万历四十六年，后金八旗军攻下抚顺，范文程与兄范文采主动求见努尔哈赤，因是名臣之后，颇受努尔哈赤和皇太极善遇，常参与谋划军机。

"回大汗，臣本孤陋，才疏学浅，然大汗下问，臣不敢不据实以奏。"范文程见皇太极发问，赶忙躬身行礼，接着，又略一停顿，缓缓说道，"毛文龙本性奸猾，早年间曾以算命测字为业，此类人游走江湖，素无忠信，唯利是图，最擅长装神弄鬼和行骗使诈，世人不识其术，故常被其言所欺。"

范文程此话一出，大殿里立刻就安静了下来，皇太极坐在台上，也是一脸严肃。

"明朝新皇继位，虽说铲除了魏忠贤，然魏阉把持朝政多年，党羽遍布朝野，明廷党争不断，东林与阉党早已势成水火。此番阉党倒台，朝中必将又有一番波澜，毛文龙与阉党多有结交，此时请和，据臣看来，不过是首鼠两端，以求自保罢了。" 范文程又继续说道。

"据先生之言，毛文龙善以谎话欺人，如他请和是假，那他此番又所为何来呢？"皇太极有些不解，紧跟着追问。

"回大汗，毛文龙盘踞海外多年，明廷不知其底细虚实，更难以节制调遣，毛文龙假托牵制于我，实则欲行割据之事，他不过是欲效法当年秦汉赵佗、唐时安禄山故事。毛文龙桀骜跋扈，又凭仗海岛之利，他怎肯安于人下，又怎肯真心归降我大金？他现在请和，实因一时内外交困，不得不行此权宜之计，欲借我之力以图自立罢了。"

"大汗不必犹豫，请派臣弟率军，一举剿灭毛文龙！"这时，二贝勒阿敏又信誓旦旦地向皇太极请令。

“有大海阻隔，你如何剿灭毛文龙？”皇太极淡淡地回了一句，他知道这只不过是阿敏的一种姿态罢了，并不能当真。见阿敏不再往下说，皇太极便又向范文程问道：“毛文龙既非真心归降，我又该当如何应对？”

“方才诸位大人所言极是，毛文龙确实不足为虑，皮岛也非我当务之急，不必劳师征剿，三千兵马驻扎铁山、义州，足以震慑毛文龙，使其不得上岸。然他此时请和，却于我有莫大好处，正好可借此用事。”

“哦？”皇太极一听，顿时来了精神，两眼放光，马上追问，“有何好处？”

“去岁今春，我辽东大饥，军民缺乏粮食、布帛，军马无处筹措粮草，臣民也多有冻饿而毙者，此正是我大金眼下最急迫的事。毛文龙皮岛设有马市，内地客商往来如织，粮谷、布帛、盐铁及火器无所不有，若我与毛文龙谈和，则可令其与我贸易，以我所足者，貂皮、鹿茸、人参换我所缺者，贸易一开，则可粮草无忧。我大军征剿毛文龙，劳师糜饷，所得不过几处偏僻海岛，而与其谈和，不仅可解东顾之忧，更自此可得粮帛稳定供应之基地，此即好处一也。

“毛文龙虽是明臣，然明廷对其多有猜疑，现朝中又逢大变，毛文龙正处两面受敌、左右为难之际。可与他虚与委蛇，暗中谈和，则可确保商路畅通无阻、供应不绝。为今之计，当趁此良机，一面以和谈之名稳住毛文龙，使他为我提供粮帛供应，然又不允其所请，只可谈不可允，使其左右为难、举足无措。我则一面专意西进，收服蒙古，待收服了蒙古，无西顾之忧，则毛文龙无能为力，只得束手待擒。毛文龙只要与我通商，则实已背明，就算今日并非真心降我，然其短在我手中，他日亦可以此为胁，一面对其保持强大之威慑，一面可据形势而迫其就范，此即好处二也。

“据内地来报，崇祯已重新起用袁崇焕，命为兵部尚书督师蓟、辽、登、莱、天津，移驻关门。此人师承熊廷弼、孙承宗，久历辽事，又经宁远、宁锦两次大战，干练果决，深孚众望，现又得崇祯倚重，实乃我大金第一劲敌，如欲进取中原，必得先除此人！”

说到最后，范文程更是特意提高了音量，“袁崇焕督师蓟辽，正节制毛文龙，此二人虽同在辽东，然本非同类，又都专制一方、不甘人下，势难同舟共济，我正可出间用奇、于中取事。当年荀彧向曹操献二虎竞食、驱虎吞狼之计，使刘备、吕布相争，今日与毛文龙谈和，非单为毛文龙，正是要策动他二人倾轧相争，才好坐收渔翁之利，此即好处三也！有此三利，正是天赐良机，还请大汗决断而行。”

“好！”皇太极闻言大喜，连连称赞，“范先生说的透彻！毛文龙狡诈，本汗岂会上他的当，如今正该将计就计，使其穷途末路，早晚必为我所擒！”

皇太极坐直了身子，又遍视众人，随即朗声发令：“本汗主意已定，即日当派出使臣前往皮岛，与毛文龙谈和，令诸贝勒大臣回去速速筹备兵马、钱粮，择日随本汗出征察哈尔，收服蒙古！”

“遵命！”众人齐声应命。

二

酉时时分，清宁宫内灯火通明，皇太极用罢晚膳，便差人将范文程唤来。

“范先生，今日朝会，先生一番剖析通达透彻，真乃金石之言啊。”

“多谢大汗夸奖，文程愧不敢当。”

“今明朝新皇继位，一改前朝做派，铲除权阉，起用良臣，颇有一番作为，以先生看来，这大明与我大金日后谁将会更胜一筹？”

客套了一句之后，皇太极便开门见山，直奔主题。

范文程微微一笑，随即作答：“看来大汗是对新皇帝崇祯还有些担心啊。”

皇太极被范文程看破了心事，略显尴尬，君臣二人相视一笑，便都减了一分紧张，增了一分亲近。

“大汗不必过虑，在文程看来，大金远胜大明，大汗也绝非崇祯可比，眼下我大金的国力虽然还不及大明，但自萨尔浒大战之后，大明国力日衰，而我大金国力日强，假以时日，我大金必可战胜大明！”

皇太极闻言精神一振，不由地就往前探了探身子，向范文程追问：“何以此说？还请先生为我详加剖解。”

范文程略作停顿，便不紧不慢地开口说道：“大明今有五弊：其弊一在于民困。有明二百余年来，宗室勋贵、官员豪强巧取豪夺，占尽天下膏腴之地，与国无益而天下财富半入其家，此皆民脂民膏。而朝廷不知爱民，只知压榨盘剥、横征暴敛，国用无度，而税赋日重，致使百姓家无余财、仓无余粮，一遇大灾，便成流民。官府又不加体恤，视百姓如草芥，百姓则视朝廷如寇仇，以至聚而为盗，为祸四方，此乃民生之弊。

“其弊二在于国穷。今之大明，何处非用钱之地，何官非爱钱之人，然宗禄沉重，国家岁入大半用于宗室。加之百官贪墨、百姓贫困，以至国库空虚、入不敷用，兵缺饷、人缺粮，九边重地，士无战心，群情汹汹，此乃财政之弊。

“其弊三在于党争。前有东林，后有阉党、齐党、楚党、浙党……你方唱罢我又登场，满朝公卿不知以国家大事为重，只知以门户派系为别，结党营私、交相攻伐，乃至奸佞横行、尽废国事，此乃政治之弊。

“其弊四在于非人。国之根本在于用人，庄子曰：‘狗不以善吠为良，人不以善言为贤。’而大明用人，不重实务，多以清谈善言者为能，又用人以近，而非用人以贤，故多是所托非人。即便有贤能之士，如熊廷弼、孙承宗、袁崇焕，也不能用人以专，主上猜疑，同僚攻击，做事之人又岂能善终？此乃用人之弊。

“其弊五在于主昏。大明天子，皆生于深宫，长于妇人之手，不识世间疾苦，未历战阵，不晓兵机，于边情更是全无见识，而又自诩英明，全不知世事之繁复艰巨。好大喜功，意气用事，不辨忠奸善恶，更少坚忍，急功好利，凡大事必不能审视度势、始终如一，故昏招迭出、失策连连，此乃决策之弊。

“大明有此五弊，正如百病缠身，已入膏肓，只可慢慢调养，待身体强壮，方可进补。如遇庸医，骤施虎狼之药，则牵一发而动全身，局势必然大坏，此乃自取速死之道！

“今我观大明天子，年仅十八，虽雄心万丈，然实无大略，一朝大权在手，便欲大展拳脚。值此危局，稍有不慎，即可激变，时局日坏，则一发不可收拾。此正是我大金乘机用事之时，大汗雄才伟略，智勇深沉，又何惧他一个毛头小子呢？”

“哈哈哈哈”范文程一番话使皇太极满心欢喜，放声大笑，“听先生之言，真如拨云见日，令人神清气爽啊。”

皇太极笑了一阵，突然收住笑容，对着范文程上下打量一番，猛然问道：

“先生大才，正可辅佐君王，安邦定国，大明乃你父母之邦，先生为何愿意助我大金而与大明为敌呢？”

范文程闻言大惊，慌忙跪倒在地，好半天才镇定下来，向上回道：“天命三年，先汗以七大恨告天，誓师伐明，不日即克抚顺，臣本沈阳生员，与兄文采闻信，仗剑投谒军门，于今已十年有余。十余年来，臣也常常自问，大明有何过失？臣又当何以立世？

“臣祖于国初因罪而由湖广发配至沈阳卫，是为军户，从此臣范氏一门便在辽东生根发芽、开枝散叶。辽东与明内地大有不同，此地人口非官即军，非军即官。有明一朝，二百余年，大明于辽东军户素乏恩义，严刑峻法，重赋苦役，单纳粮一项，每亩便要缴纳二斗有余，四倍于内地官田，辽人饥寒困苦，又加之官员不法虐民，故辽人多不愿在大明为民，为求一条生路，纷纷逃亡。他们或逃入山中、海岛，或逃入建州、海西，或逃入蒙古诸部，他们宁入女真为奴，也不愿做辽东军丁。比如，万历三十三年，朝廷令宽甸六堡内迁，辽人不愿内附，竟大半逃入建州。各卫所军丁逃亡者十有八九，至万历末年，辽东兵马号称七八万，实则精锐可充战阵者已不及二三万。更有不堪奴役者，愤而反抗，兵变如潮，嘉靖十四年，辽阳、广宁、抚顺兵变，历时达五月有余。万历二十四年以来，万历皇帝为饱其私欲，更是向全国各地大派矿监税使，敲骨吸髓、百般搜刮。当是时，矿使一出，天下骚动，辽东矿监高淮于万历二十七年入辽，立时便开始横征暴敛，竭尽盘剥之能事，其爪牙四出，无恶不作，祸乱辽东长达十年。其间，先是清河堡军户金得时不堪盘剥，愤然而起，振臂一呼，立时便四方响应，不及数月，其徒竟达四五万众；继而又有前屯卫兵变，不数月间，兵变一见于前屯，再见于松山，三见于广宁，四见于山海关，辽东一百三十七堡，十余万军，数十万百姓，处处沸腾，人人疑惧，辽东大地，遍地烽火……

“臣家累世辽东，自是深知辽人之苦，辽人苦于苛政久矣。臣自幼读书，从小便知民为贵，社稷次之，君为轻，二十年来，臣惟愿解辽人于倒悬，救辽民于水火，臣放眼天下，能申臣夙愿者，唯有大金。先汗英雄盖世，统一各部，创基立业；大汗雄才伟略，心怀天下，臣自思，堂堂七尺男儿，当带三尺剑立不世之功，不求封候拜相闻达于天下，但求追随明主平定四海，使天下百姓得以安居乐业，此臣平生之志，望大汗察之。”

说罢，范文程便匍匐在地，静候发落。

皇太极听罢，连忙用手拍了拍范文程肩头，安抚道："先生快快请起，先生之志，我已知之。"

"谢大汗。"

待范文程坐定，皇太极沉思片刻，遂又不无感慨地说道："大明之失，首在失民，自古言'得民心者得天下，失民心者失天下''水能载舟，亦能覆舟'大明二百余年，尽失辽人之心，辽东焉能不失？我大金欲取天下，必要先得人心！"

"大汗英明！"范文程赶忙应声附和。

"先生既有大志，又具王佐之才，真乃上天赐予我大金的福气！昔日，成吉思汗得郭宝玉、耶律楚材，乃成一世伟业，今日我得先生相助，皇太极愿与先生，披荆斩棘、同甘共苦，共创一个满汉一体、四海一家的太平盛世！"

"臣愿誓死追随大汗，虽肝脑涂地，亦在所不辞！"

第三章

年轻的皇帝

一

崇祯元年三月，北京紫禁城

“王承恩，给朕取几样点心来。”崇祯扭头向站在一边的大太监王承恩吩咐道。

夜已深，龙书案上还堆着高高的一摞奏札，这些都是当日内外诸司呈递的各地奏章。除了讲读、召见内阁、六部、都察院大臣外，每天下朝后，崇祯还要亲自批阅公文，对内阁的拟票做出处理意见，日日不辍。

今日用罢晚膳，崇祯便早早来到乾清宫开始批阅奏章，内容涉及官员任免、清理阉党、辽东战事、西南叛乱、西北灾情、财税钱粮……才一个多时辰，崇祯已经被这些大大小小的烦心事搅得头昏脑胀了。

想我太祖高皇帝，那是何等的雄主，尚且励精图治，八日内竟能批答奏札一千六百六十件，每日或听或看两百多件公文……崇祯直了直已有些发僵的身子，不由得就从心底里赞叹起洪武爷来。想自己继位半年多，每日操劳、心急如焚，恨不能一日中兴大明，可国家仍是千头万绪，百废待兴。

“唉”，崇祯轻轻叹息一声，都是百官可恶，国家衰落如此，他们竟然还不能深体朕心，终日只知玩忽懈怠、贪腐营私、结党攻伐。似此，我大明何日才能振兴！

“皇上，请先进一碗莲子羹吧，二更天了，您要善保龙体啊。”

一个低低的声音打断了崇祯杂乱的思绪，不知何时，王承恩已端着一盏玉碗和一盘各式点心，安静、谦恭地来到崇祯身后。

“嗯”，崇祯应了一声，随手接过玉碗，又用调匙轻轻搅动几下，慢慢抿了两口，便把视线移回桌上。龙书案上正摊着两份奏章，崇祯审视良久，眉头越皱越紧。

“毛文龙此人如何？”崇祯头也没抬，冷冷地向身后的王承恩问道。

王承恩，二十五六岁的样子，中等身材，一脸的白净面皮，脸微胖，一双小眼睛总是带着笑意，给人一副忠厚、顺从的印象。他虽然年纪不大，可是经历却非同一般，打从崇祯六岁起，王承恩就一直服侍在崇祯身边，至今已差不多有十二年的时间了。崇祯继位，王承恩也一跃而入司礼监，成了一名年轻的司礼监秉笔太监。今日，正是他在此当值，听到皇上向他发问，王承恩赶忙应声回答：“回皇上，毛文龙乃朝廷封疆大吏，国家一品武官，奴才只是略有耳闻，从未与他有过交往，奴才实在是不敢妄言。”

“有何耳闻，但说无妨！”

崇祯站起身，背着手，心事重重地在书案前踱起步来，王承恩赶忙躬身垂手，小心翼翼地跟在后面。

“要说这个毛文龙，倒是也有些本事，早年混迹江湖，三十岁才从杭州赴辽东从军，后中武举。神宗爷时，东奴祸乱辽东，先后占抚顺、开原、铁岭，又经萨尔浒一战，我大明元气大伤。先帝时，东奴又攻占我辽阳、沈阳，值此辽东败坏之时，毛文龙以一介小小都司，竟能率二百人夜袭镇江，擒获伪游击佟养真，朝廷因其功而破格提拔，升为副总兵，开镇东江。”

“这些朕都知道。” 崇祯不耐烦地打断了王承恩的回话，“朕问的是他人品、才干如何？”

“是，是，是，奴才愚钝，没能体察圣意，还请皇上恕罪。”王承恩赶忙告罪，见崇祯摆手催促，便又略带迟疑地继续回道，“至于说毛文龙的人品、才干，朝野上下倒是颇有争议。爱文龙者，赞他有胆有识，身居险境，屡克强敌，可比汉朝的班超、耿恭，实为我大明朝海上长城；不爱文龙者，说他七年以来寸土未复，每年只知耗费钱粮，而毫无尺寸之功，更有杀良冒功、欺瞒朝廷、贪腐、走私、结交魏阉等种种不法行径，实乃祸害我大明朝之蠹虫。两方各执一辞，莫衷一是。”

“不说他人，你以为如何？”崇祯又追问道。

“依奴才看来，这两种说法怕是都不可全信，只是……东江孤悬海外，朝廷对它无法节制，外人更是不知其内情，比如东江现有多少军、多少民、屯扎何处、有什么战绩、怎么作战、钱粮几何等等，全凭他毛文龙一家之辞，世间又多是传言，真伪莫辨，实在是难有定论。”

崇祯阴着脸听完，在暖阁里来来回回走了几趟，然后又用手向桌上一指，对王承恩说道：“你看一下这两份奏疏。”

这是今天刚接到的毛文龙的两份奏疏，王承恩赶忙走近龙书案，先拿起第一份，仔细地看起来。

“臣平辽总兵毛文龙疏言：昔辽、沈骈陷，臣以偏裨提兵而东，一鼓而叛逆就擒，七战而强敌挫锐，借栖豺虎蛟螭之窟，解衣推食，纳叛招降，无兵而有兵，何难以辽而复辽？使朝廷早能信臣，粮饷器械一如关宁之凑手，辽已早复矣。奈何疑信相参，忌谤百出，一似尝试羁縻而粮饷终吝概发，是以臣之牵制敌人者而牵制臣，封疆之重，几何不误耶？臣七年拮据，心血业已沥尽，且师老财匮，年久愈难复振。臣犹草木之微，何足为国家轻重，但恐臣在无益于封疆，臣死未必不足为神京忧虞也。”

接着，又来看第二份。

“臣平辽总兵毛文龙具奏：窃惟滹沱冰合，识汉祚之中兴；泥马渡河，知宋业之复振。自古异征，难可枚举……

“去岁正月十四，鲜臣导奴，奴引数十万众猝袭铁山，直薄云从滩口，距臣营帐止隔里许。乘是坚冰，何难径度？乃十五日，忽有黑龙约长十余丈，自西南洋，昂首奔犁而东，直至云从，响若山颓，海冰遍裂，化而流澌。方是时，龙方在蛰，不从天来地出，实有所司，默令我师得以分路出奇，屡挫狂锋耳。

“奈警闻内地，粮运出海，危惧观望，停泊中途，各岛官兵日就饿殍。臣方虑无孑遗，何意沿海滩涂忽涌鱼子数千余石，嗷嗷之众，赖以延活，此孰非波臣之效灵耶！

“……比今冬夏之交，瘟疫流行，兵众多生异灾，或股大于腹，而唇齿皆靡，或眼忽丧明，而手足无措。医不能知，计无所出。臣思诚可格天，于是斋戒越宿，祷于温帅祠凡三昼夜，不余日而沉疴立起，盲瞆复明。

“乃知天之佑我军民，非偶然也，实由皇上初登大宝，躬明明之德以宰治，神复显赫赫之灵以徼恩……皇上如不以臣言为诳，亟赐天妃、龙神、温帅三祠显号而敕封之，则天意允从，人心悦豫，于恢复全辽端有赖矣！”

“毛文龙这两份奏疏，你以为如何？”待王承恩看罢，崇祯马上问道。

王承恩赶忙躬身行礼，向崇祯连声道贺：“恭喜皇上！贺喜皇上！甫登大位，便有诸般祥瑞现世，真乃我大明中兴之兆！”

“罢了，罢了，”崇祯摆摆手，笑骂道，“你与朕君臣多年，非比外人，这种马屁话就不要多讲了，朕要你讲实话，毛文龙这两份奏本，到底有何深意？”

王承恩不敢再敷衍搪塞，迟疑了一下，只得小心翼翼地答道：“回皇上，这两份奏疏读起来倒也有几分奇怪，有些话奴才也不知当不当说，奴才斗胆，还请皇上恕罪。”

“有什么奇怪？你只管照实说来，朕恕你无罪。”

“是，那奴才就放胆直言了。”

王承恩先施一礼，接着便站直身子，轻声问道：“奴才斗胆想先问一句皇上，您相信毛文龙的那些话吗？”

“朕是在问你，你倒问起朕来了。”

崇祯也不回答，转身斥责了一句，王承恩连忙陪着笑，继续说下去。

“在奴才看来，毛文龙那些话显是诳语，多不可信！”

“哦，如何不可信？”崇祯闻言颇感吃惊，马上转头向王承恩追问。

王承恩见崇祯疑心大起，不敢怠慢，连忙正色道：“设立东江镇，本为牵制，朝廷实无指望他能收复辽东。东奴祸乱辽东已有十年，我十数万关宁百战之师，耗费钱粮无算，尚不敢说何时能收复辽东，更不要说他东江一旅偏师，能有几多军马，如何收复得了辽东？至于说复辽，毛文龙有何方略、做何计划、如何收复，也从未见他有过切实具奏，东奴岂是纸人、纸马，可以随便说说就能扫灭的吗？毛文龙口口声声说复辽有何难哉，假使朝廷早能信他，粮饷器械一如关宁，辽已早复矣，显是大言夸口、信口开河，其意不过是想向朝廷多要些钱粮罢了。”

“毛文龙着实可恶！”崇祯忍不住低声骂了一句，“大言不惭，你当朕还是三岁孩子吗！”崇祯怒气渐起，来回走动的步子也快了许多，“还有什么？”见王承恩停在那里，崇祯用力挥了下手，让他赶紧往下说。

“再说那第二封奏疏，皇上新登大宝，自是普天同庆；天下祥和，臣子向皇上呈报祥瑞，本也平常，不过是想邀得些圣宠、讨些欢心罢了。但大凡神迹、异征，本是极其罕见，哪里会有接二连三，时时出现的道理？毛文龙所说的龙神助战、天妃显灵、温帅驱病等种种神迹，说来就来，且神乎其神，皆不可考，全凭他一口说来，只怕……多是不实、编造之词吧。”

“毛文龙身负封疆之重，竟然满口诳语，深失朕望！”崇祯越发愤怒，对着王承恩大声说道，“国家如此危险，边臣却这般儿戏！只知一味欺哄，徒逞口舌之能，全不知实心用事！既有龙神助战，尔大臣何不率军上岸，一鼓荡平东奴，何至于到今日还蜷缩海岛，萎靡不前？！”

“皇上教训的是，今日正该严斥诸将实心用事，努力向前。”

王承恩赶忙随声附和，又等了一会儿，待崇祯气色稍平，王承恩又上前一步，低声说道：“不过毛文龙孤悬海外，一时难制，国家又正在用人之际，皇上对他还是应多以好言抚慰，以免生变。”

“生变？能生何变？”崇祯猛一紧张，立刻反问。

“看毛文龙奏疏，言词间多有狂悖之语，骄兵悍将，不受中制，难免居功自傲，皇上当早图良策，善加控驭。”

“奏疏里有何狂悖之语？”

崇祯猛然站住脚步，神色也愈发紧张，一双眼直直地瞪着王承恩。

“自古只有圣人、君王当应神迹，故此才有汉光武帝滹沱冰合，宋高宗泥马渡河故事，毛文龙是何许人？竟敢自诩如此神迹！”

王承恩不紧不慢地说着，见崇祯听得认真，便缓了口气，又继续往下说：“世上心怀叵测之人最擅假托鬼神，以妖言惑众，古今叛臣贼子无不如此，每每妄称天命，造作神迹，犯上作乱，图谋不轨。”

“大胆毛文龙！”崇祯猛地怒喝一声，举起拳头向空中挥舞，“毛文龙欺君罔上，狂悖至极！你就不怕朕治你个谋反之罪吗！”

“皇上息怒，”见崇祯发怒，王承恩赶忙赔罪，“都怪奴才失言，惹得皇上动怒，奴才该死！”说罢，扑通一声跪倒在崇祯面前。

崇祯也顾不得王承恩，三步并作两步扑到龙书案前，一把抓起那两份奏疏，反反复复地看起来。

“哼！口口声声说什么臣在虽无益于封疆，然臣死未必不足为神京忧！

这分明就是恐吓！要挟！”崇祯满脸怒气，狠狠一把将奏疏摔在案上，“离了你毛文龙，朕的神京就堪忧了？朕虽然年轻，却也不是那般好欺，任由尔等哄骗、要挟！”

崇祯怒气不息，脚步急促地在暖阁里来回踱步。

“说！你说！如何处置这个毛文龙？”崇祯向跪在地上的王承恩厉声喝问。

“皇上请暂且息怒，毛文龙虽然性情奸猾，语多狂悖，但尚无悖逆实迹。且毛文龙拥兵海外，饶有功劳，皇上也还要用他牵制东奴，为今之计，皇上还当从长计议，先以好言抚慰，再设法加以节制。”

王承恩赶忙解劝，崇祯听了又低头沉吟半晌，好半天脸色才稍有缓和。他咬着牙，心有不甘地问道：“难道就这样便宜了他毛文龙吗？”

“皇上英明天纵，不要说他毛文龙，就是那魏阉，当时是何等权势，皇上还不是轻松就将其剪灭？只是眼下，对于毛文龙，倒有几件要紧事需要先去办来，雷霆雨露莫非天恩，皇上需对他恩威并施，日后才好驾驭驱驰。”

“哪几件事？”崇祯马上追问，见王承恩还在地上，便又和缓地说道，“你先起来回话。”

“是，”王承恩应承着起身，略一沉吟，便开口说道，“这第一件事便是要安抚毛文龙。毛文龙这两封奏疏，夸口恐吓也罢，装神弄鬼也罢，无非就是为着钱粮而来。据户部呈报，东江似已缺饷长达四月，皇上应严饬户部，即刻将所缺粮饷运往东江，以安其心。另外，毛文龙既然请敕封龙神、天妃、温帅，皇上何不准其敕封，也正好可借机派员前往东江，布皇上浩荡天恩、雨露恩泽于海外；一面则令使臣暗查毛文龙虚实，探明其心迹，倘有不臣之心，便可及早报与皇上。”

“嗯，此说甚妥，正合朕心！”崇祯听了，心中一喜，马上大声命令，“王承恩，你即刻传旨王文政，挑选一名精细内官前往东江，敕封龙神、天妃、温帅！”

“是，奴才遵旨。”王承恩赶忙应答，说完，便先站在了一边。

“还有何事？你怎么还不快去？”崇祯光顾着激动，刚刚似乎没有注意王承恩还有话说，便歪着头问道。

“回皇上，还有一件事也很是要紧。”

“什么事？”

“这第二件事便是要查清东江军镇的实情。从毛文龙两份奏疏来看，此人好虚言夸口，玩弄权诈，所言多有不实，故此，朝野才会对他多有诘责，以往所奏怕也令人难以尽信。毛文龙到底有多少军、多少民、所辖多少地、器械、军马、战船诸事，朝廷一概不知实情，当务之急，皇上还需委派朝廷大员，核定东江军马、钱粮，勿再使虚报冒领，徒耗钱粮。”

“嗯，你说的倒是实情，”崇祯点了点头，“现如今我大明国库空虚，入不敷用，各处官兵又多有欺罔冒功、虚兵冒饷之事，正该好好整治一番。”

“皇上圣明！”王承恩赶忙奉承，随即又颇似为难地说道，“只是到底该如何整治，倒需仔细思量。”

“你有什么主意？不妨对朕直言。”崇祯见王承恩吞吞吐吐的样子，早已有些心急，连连摆手，让他赶紧往下说。

王承恩不敢怠慢，随即回道：“我大明朝兵制，历来是以文制武，按理说，是应当于东江设监司，委派大臣，以监其军。然多年来，东江孤悬海外，一直都是由毛文龙专制一方，名义上虽受登莱巡抚节制，然有大海阻隔，登抚也难对他加以控驭，再加之毛文龙桀骜难驯，与历任登抚均有不和，交相攻讦、势如水火，反累封疆大计。此时，若委派科道监察官员前往，只怕会引得毛文龙诸多不满，反为不美。为今之计，不如令户部派员前往东江，以督发粮饷为名，核查兵数，朝廷日后便可以此为据，核定东江军马、钱粮。”

“嗯，这倒是一个不错的办法。”

崇祯听罢，颇为满意，不由地点了点头，又对着王承恩上下打量一番，心中暗想，“此人虽然年纪尚轻，读书不多，倒也老成干练，颇识大体，最难得的就是忠心可靠，不像那些个外臣，个个老奸巨猾，不顾国家，只知营私，实在让人放心不下。”

一念及此，崇祯便马上又向王承恩嘱咐道：“那些个文官大臣，也未必个个都忠直可靠，朕原是想派几个忠心的奴才去东江，不过前些日子朕已下旨，撤回了所有内臣，此时倒也不便再派……你去给锦衣卫吩咐一声，让他们也派几个得力的人去，务要他们替朕用心办差，如若有人胆敢同他们沆瀣一气、内外联手欺瞒朕，立刻与朕拿了！”

“是，奴才遵旨。”王承恩连忙答应，“奴才们一定替皇上看紧了。”

处理完毛文龙的事，崇祯感觉心里轻松了许多，就指着桌上的奏札对王承恩吩咐一声："把这些拿去让他们都批了红吧。"

"是，奴才这就去办。"

王承恩答应一声，便过来有条不紊地收拾起书案来，一边归置，一边又见崇祯直直坐在那里，面色暗淡，似乎颇为疲惫。王承恩心中一时不忍，遂又轻声说道："皇上每日宵衣旰食，励精图治，真乃有为圣君！皇上如此勤勉，假以时日，我大明定能革旧鼎新，中兴有望了！"

"哈哈哈哈，好！好！中兴大明！"

王承恩一番话说得崇祯颇为受用，尽管国事艰难，但此时崇祯的心中却充满了信心，他抬起头，不由地又想起了自己的皇兄——天启皇帝临终时对他说的"吾弟当为尧舜"，崇祯在心中默默发誓，绝不辜负皇兄的重托，定要做一个像洪武爷、成祖爷那样的圣君，重振祖宗万里河山！

"皇上，明日早朝还要会见大臣，请皇上早些安歇吧。"

崇祯蓦地回过神来，"哦，什么时辰了？"

"三更天了。"王承恩赶忙回答。

崇祯缓缓起身，伸展了一下筋骨，喃喃道："还真是有些疲乏了。"

王承恩赶忙招呼众太监前来服侍，崇祯打了一个哈欠，又叮嘱王承恩："你赶紧去办吧。"

"是，奴才遵旨。"

二

子时，司礼监值房

王承恩出了乾清宫，带着两名贴身随从，匆匆赶往司礼监值房。一进门便在房中站定，大声向房内众人大声宣旨："皇上口谕！"

司礼监的几位大太监，王文政、李凤翔、曹化淳、高起潜，此时都还等在那里，听说有旨，慌忙一起跪倒。

"着司礼监掌印太监王文政，选派内官一名，刻日前往东江军镇，敕封龙神、天妃、温帅显号，抚慰海外军民，钦此。"

"奴才领旨！"

宣旨完毕，众人站起身来，王承恩又慌忙过来，给掌印太监王文政行礼，又和几位公公见过了礼，便叫身后的小太监把奏札放到房中的条案上，才对众人说："皇上叫把这些本子都批了红，发回内阁，户部的那本，皇上已改了票，令户部即刻将东江所欠粮饷办妥发运，并派员前往东江，督发粮饷，核查兵额。"

"王公公，你也辛苦了。"掌印太监王文政向王承恩道了一声辛苦，又随口问道，"皇上安歇了？"

"皇上已经安歇，一切安好，请公公放心。"王承恩连忙回答，随即向四周左右看了看，见其余众人都在忙着誊抄奏札、批红，便把头凑近王文政，压低了声音，道，"皇上给公公还有一道密旨。"

王文政闻听，不敢怠慢，连忙带王承恩进到里间，开口问道："什么密旨？"

"皇上密谕，令东江使臣暗查东江虚实以及毛文龙是否有悖逆不臣之举。"

王文政听罢，坐到椅子上，沉思良久，又颇为困惑地问道："东江毛文龙可是有什么变故？"

"那倒没有，还不是毛文龙那两份奏本，皇上有些不放心。"

王承恩见王文政起疑，便笑眯眯地安慰了一句，王文政点了点头，没再说话。王承恩便又向王文政施了一礼，说："皇上还派了锦衣卫，随户部官员一起去东江，我这就要去锦衣卫宣旨，请公公安坐。"

"好，你先去吧。"

王文政轻轻摆了摆手，随即也站起身，跟着王承恩一起回到值房。王承恩又向几位公公也招呼了一声，便带着两个小太监，匆匆赶往锦衣卫镇抚司衙门。

"毛文龙的奏本在哪里？"王文政走到桌案前，向几人发问。

曹化淳翻了两下，找出两份奏本，递到王文政手中，王文政接过奏本，急忙认真地看起来。

"请敕封龙神、天妃、温帅，毛文龙这是打的什么盘算？"

王文政正在暗自思量，李凤翔、曹化淳两人也一起凑了过来。

"皇上新登大宝，他就来献祥瑞，这个毛文龙还真是会讨皇上欢心。"李凤翔不阴不阳地先来了一句，曹化淳闻言，倒有些狐疑，"李公公说的是，只是这世上怕不是真有这等的巧事儿？"

"真也罢，假也罢，都不打紧，只要皇上高兴，就是我等的福气了。"高起潜这时也过来凑热闹，“只是这祥瑞不及打一场胜仗来得实在，若是能收复几座城池，擒他些战将献给皇上，那才是皇上的大祥瑞！”

李凤翔、曹化淳听了高起潜这番高谈阔论，一起称赞：“对，对，高公公说的好！”

“在我们这些人里，要说到打仗，还是高公公最知兵。”李凤翔素知高起潜平日喜好谈兵论战，便有意奉承，接着又半开玩笑地说，“要不是皇上有旨，撤了内官，你高公公倒是可以去东江走一遭，做一回监军，指挥千军万马，在战场上为皇上立些汗马功劳！哈哈哈哈……”

王文政在一边听着三人的闲聊，当听到“撤内官”几个字时，心里猛然一振，好像突然想起了什么，王敏政、胡良辅这两个名字，电光火石般在他脑海中闪过：此二人不正是先前的天津、登莱镇守太监吗，前些日子他二人才刚刚被召回京，乃是魏阉一党，现已被收监论处，此二人原在天津、登莱督发东江粮饷，难不成……

百万粮饷!

王文政恍然大悟：原来如此！毛文龙装神弄鬼，他哪里是要请封诸神，嘿嘿，原来却是要请人才对!

王文政心领神会，他看着手里的奏本，冷笑一声，一个大胆的念头霎那间便从脑际闪过……

第四章

皮岛封神

一

崇祯元年四月，皮岛

一大早，码头上就热闹起来了，宽阔的平台上高搭着彩棚，彩棚上张灯结彩，一派喜气洋洋。从码头到彩棚，一路红毯铺地，红毯尽头，正摆着一张宽大的香案。码头上，仪仗执事、鼓乐响器分列四周，从码头向上，沿山道直至半山都督府，一路旌旗飘扬、武士林立，远远望去，犹如山中挂着一条艳丽的彩带。彩带中，锃亮的刀枪和鲜明的盔甲在阳光映照下，不时反射出一片耀眼的光芒。

皮岛上一次经历这样隆重的场面，已是三年前的事了。天启五年，太监王敏政、胡良辅出使朝鲜封典，回程途经皮岛，奉旨检阅东江军。而今天，皮岛将迎来大明崇祯皇帝的使臣，来岛敕封诸神。

毛文龙几日前便已接到京中来报，按日期推算，今日未时前后使臣便可到达。昨日他又派养子毛承禄率船出海迎接御使，毛文龙则带着他的一众随从，沈世魁沈太爷、副将陈继盛、总管龚正祥以及养子、养孙等十几人，自午后便来到码头上等候。

“来了！来了！”

随着几声清晰的报信声，码头上的人一起把目光投向了远方，在南面遥远的海平面上，不知什么时候出现了一支船队。

只约莫半个时辰，船便靠岸，码头上顿时鼓乐齐鸣、锣鼓喧天。热闹声中，一名三十岁上下、趾高气扬的大太监在一众随从的簇拥下，手捧圣旨从船上下到码头，来人正是御马监提督太监王国兴。

大明的内廷，共设有十二监、四司、八局，统称二十四衙门，分掌皇家事务。其中又以司礼监和御马监权力最大，司礼监代皇帝审批阁票，与内阁对柄机要，实为内相；御马监与兵部及督抚共执兵权，实为内廷兵部，又加之御马监还要管理草场和皇庄、经营皇店，与户部分理财政，可谓明廷的大内管家。

虽说御马监提督太监王国兴只是一个小小的七品，但自永乐帝以来，外派出使、监军、镇守太监多出于御马监，每外出，又常赐以公侯服，位在诸将之上。故品级虽低，却无人敢于轻视，王国兴此人又是当红司礼监掌印太监王文政的干儿子，气势自然是更添一分。

“太子太保、平辽大将军、左都督、东江总兵官毛文龙接旨——”

随着这声高呼，毛文龙等一干人慌忙跪倒在红毯上。

“奉天承运，皇帝诏曰：毛文龙孤军远悬，劳苦海外，率枵腹之卒犹能屡建奇功，朕甚感欣慰亦深念之。毛文龙当乘机奋勇、勉力图功，以不负封疆之重。又闻近有龙神助战、天后助粮、温帅驱病诸般神迹，众神显灵效顺，佑我军民，岂非我大明中兴之兆乎？今乃遣官，敬修祀事，敕封黑龙神以灵泽王、敕封天后以护国庇民普济天后、敕封温帅以忠靖王显号，以彰其功，四时祭祀，使香火不绝，永佑我大明家邦！钦此——”

“臣毛文龙领旨谢恩——”

一通行礼叩拜之后，毛文龙恭恭敬敬地接过圣旨，随即起身将其供到香案之上。

“小的王国兴给毛帅请安了。”毛文龙刚一转身，王国兴便已抢步上前，躬身向毛文龙行礼。

“这可如何使得？”毛文龙慌忙一把扶住王国兴，一边又赶紧回礼，“公公乃皇上钦差，毛文龙如何当得，倒真该是下官给公公请安才对。”

“当得，当得！”王国兴也是一通假客气，“毛帅乃朝廷一品大员，咱家不过是区区七品，如何当不得？咱家早已久仰大帅威名，大帅海外劳苦多年，为我大明立下不世之功，正该受咱家一拜。”

“些许微功，何劳公公挂齿，公公每日在皇上身边劳力费神、耗尽心血，助我皇上治理天下，才真正是劳苦功高、功莫大焉，哈哈哈哈……”

“毛帅说得实在，哈哈哈哈……”

两人彼此一番客套恭维，说罢又一起放声大笑，毛文龙将随从众人向王国兴一一引见，待众人纷纷礼毕，毛文龙便请王国兴一起上轿，王国兴在前，毛文龙在后，一行人簇拥着两顶大轿缓缓向山上而去。

二

酉时时分，皮岛已是暮色四合，都督府花厅内，此时却是绛烛银灯，一片灯火通明。毛文龙今夜在此摆下筵席，专为王国兴接风洗尘。

宾主都已到齐，毛文龙先是请王国兴坐了主宾，自己则在旁边坐陪，沈世魁、陈继盛、龚正祥也都依了次序，如众星捧月般，一圈坐下。

毛文龙和王国兴早已换了便服，俱是一袭湖罗长衫，没有了朝袍冠带，席间气氛也变得轻松自在起来。

待众人都已在席间坐定，毛文龙便率先端起酒杯，起身言道：“王公公此番前来，奉旨封神，抚慰将士，实在是令我东江军民欢欣鼓舞、感激涕零。皇上天恩浩荡，我等誓当收复辽东，以报皇上！王公公不辞辛劳，远涉波涛，亦令我等感佩不已，今日文龙特备薄酒，为公公接风，海外之地粗陋不堪，招待不周，还望公公不要嫌弃，来，我等一起，敬公公一杯。”

众人闻言，也忙站起身，一起向王国兴敬酒，“王公公一路辛苦！”

王国兴满脸含笑，端起酒杯起身道：“咱家先谢过毛帅，谢过诸位了。”说着便微微转动身子，向众人作了一个罗圈儿揖，“诸位海外多年，劳苦功高，才是辛苦，我等今日也都不必客套了，来，大家一同饮了此杯！”

“好！同饮此杯！”众人也都一起叫好，笑着将杯中酒一饮而尽。

“好酒！”王国兴一杯下肚，便不由得连声称赞，“想不到咱家在此还能喝到这么好的酒，此酒色如金，味甘而醇，可是金华酒？”

“公公好见识！”毛文龙高挑大指，向王国兴夸赞道，“此酒正是五十年金华陈酿！”他兴致颇高，一边拿起酒壶给王国兴又斟了一杯，一边继续说道，“此酒产自金华，说起来还应算是下官的家乡酒，下官身居海外多年，思乡心切，便托乡人由海船运来十几坛佳酿。不是文龙夸口，此酒虽比不得宫中的御酒，但也算是外间的酒中之魁了，今日拿出来正好来孝敬公公。”

“咱家真是有口福啊！”

“请公公也品尝一下我东江的特色。”毛文龙一边劝酒，一边又忙不迭地给王国兴布菜。

王国兴仔细打量了一番桌上的菜品，虽说他久在宫中，什么山珍海味没有见过，但看到毛文龙备下的这一桌，也还是吃惊不小。且不说鱼翅、鲍鱼、扇贝、熊掌、鹿尾这些海八珍、山八珍里的稀罕之物，单是正中那个大瓷盘里的，他就从未见过。瓷盘足有二尺见方，中间正盘着一条三尺多长的大黑鱼，鱼已剔骨除刺，盘成一圈，中间填满了黄豆般大小的金色颗粒，浇着一层汁，晶莹透亮。

“这是什么鱼？竟如此之大。”

王国兴颇为好奇，指着盘中问道。毛文龙向桌上望了一眼，连忙笑着给王国兴介绍起来，“不怪公公不识得，这鱼只在我辽东才有，名叫鲟鳇，产自鸭绿江，性情凶猛，常出没于深水之中，极其稀少，且极难捕捉。此鱼肉质鲜美，尤其是这鲟鳇鱼子，大如珍珠，最是固本补气，非比寻常，乃是我辽东一宝。”

说着，毛文龙便用银匙从盘中舀起一勺，放在王国兴盘中，“请公公品尝品尝。”

“好，好，好，世上竟然还有如此美味！”王国兴一勺入口，细细品着滋味，随即便止不住地连声叫起好来。

“公公且慢慢享用，我辽东还有一宝，正要请公公品尝。”

毛文龙见王国兴满心欢喜，便越发殷勤，一挥手，让下人给每人端来一个盅碗，毛文龙替王国兴将碗盖打开，一股浓郁的香气便扑鼻而来。只见碗内盛着一只黑里透亮的大个海参和半碗金黄色的小米粥，几颗红色的枸杞，还有几片白色的参片点缀在小米粥上，黑、黄、红、白，错落搭配，显得格外鲜亮。

“公公请看，这便是位列海八珍之首的北海辽参，再用山西沁州黄米和几片老山参配以高汤熬制成粥，便成了眼前这道黄米双参，润滑鲜香，实乃滋补第一神品。”

王国兴听了毛文龙这番介绍，很是高兴，忙抄起汤匙细细地品咂起来。

“毛帅真是好口福啊。”几杯酒下肚，再加之眼前的美食，王国兴兴致大增，说话也越发随便，“外人都以为我们在宫里日日锦衣玉食，却哪里晓得在宫里做事的苦处，咱家今日到此，才知这里的快活啊。”

“公公这是取笑我等了。”毛文龙连忙陪着笑说，“公公平日在宫中服侍皇上，自是一日也不得偷闲，劳力费神、万般辛苦。今日既来到我东江，且把那百般辛劳、千番苦处都抛到脑后，只管尽兴快活便是。”说罢，毛文龙抬手叫过下人，吩咐了一句，只片刻工夫，从外间便款款而来一队妙龄女子。

“还不快过来给王公公请安。”毛文龙转过脸来，向众女子吩咐道，又随手拉过领头的女子，嬉笑着说道，“平日里你们几时见过这样的贵人，也算是你们修来的福分了，还不过来给公公斟几杯酒。”

“给王公公请安。”众女子先是给王国兴道了个万福，随即便一字排开站在毛文龙和王国兴身后。王国兴转头看去，只见这些女子都穿着一身粉色丝绸短衣长裙，胸前靠右扎着一个形似蝴蝶之结，一条长长的飘带从结中垂下，个个仪态万方、婷婷玉立，却原来是一班朝鲜女子。王国兴颇为惊讶，平日在宫里看惯了汉家女子，此时乍一见这许多别样风情的佳丽，一时间倒有些呆住了。

“毛帅好艳福啊，哪里竟得来这许多妙人。”

“朝鲜国多有美女，性情最是温柔娴淑，与我国女子又颇有不同。”毛文龙一边对王国兴陪着笑，一边又对领头女子说道，“顺姬，还不赶快给王公公斟酒。”

顺姬闻言轻挪莲步，从桌上拿起酒壶，将王国兴的酒杯斟满，又双手轻轻捧起酒杯，送到王国兴面前，微笑着道：“小女子敬王公公一杯。”

“好，好，好。” 王国兴满脸堆笑，抬头看向顺姬，烛光正映着顺姬雪白细嫩的面庞，显得分外娇柔、楚楚动人，一双大眼波光闪闪，正勾魂一般看着自己。王国兴哪里还坐得住，赶忙一把捧住顺姬的双手摩挲起来，顺姬佯作矜持，忸怩半天，又娇嗔着道：“公公，你不喜吃小女子敬的酒吗？奴家的手都酸痛了。”

听着顺姬夹杂着朝鲜口音、半通不通的腔调，王国兴更是乐不可支，嬉笑着道：“那咱家就吃妹妹一杯罚酒可好？”说罢，便捧着顺姬的手将酒杯送到嘴边，一饮而尽。

毛文龙又对下人轻轻吩咐一声，便见进来一队乐工，走到花厅角落坐定，随即鼓乐声起，其余美女便在席前随着音乐翩翩起舞……

三

一边是美女陪酒，一边又有歌舞助兴，酒宴从酉时开始，一直持续到戌时末，此时，花厅里早已是一派嬉笑升平气氛。王国兴和毛文龙兴致高昂，彼此间也没了主客或尊卑之分，只管满嘴胡乱地称兄道弟起来。

“贤弟连日海上奔波，明日还要校阅兵马，可是要早些安歇？” 毛文龙见酒喝得差不多了，便试探着问道。

“不妨事，毛兄的兵马自是天下雄师，小弟我初次来到海上，又有幸交下毛兄这样的英雄豪杰，正让小弟内心激动、心潮难平啊！”

“贤弟平日在宫里难得有闲，今日在兄弟这里，索性痛痛快快玩上几把马吊可好？”

“好！好！”王国兴听见，立时两眼放光，连声叫好，“只是小弟技浅本薄，怕不是今天都输了你去。”

“在我这儿哪里有让兄弟折了本儿的道理，来人，取马吊牌来！”

毛文龙一声招呼，早有下人过来收拾停当，毛文龙又叫来养子毛承禄吩咐一番，叫在别室也摆下两桌牌，招呼王国兴随从众人也一起入局，尽兴玩耍。

马吊一副共四十叶纸牌，牌分十字、万字、索子、文钱四门（十万贯、万贯、索子、文钱四种花色），十字、万字牌面上绘有水浒人物绣像。玩牌时，有庄家、闲家之分，庄无定主，轮流坐庄，每人先发八张牌，剩余八张牌作为底牌，底牌由庄家守护，四人按顺序出牌，出牌以大击小，大者得一“卓”，三个闲家须合力对付庄家，使之下庄，每局结束，由所赢“卓”数及底中牌计算赏罚、确定输赢。上至公卿、下至贩夫走卒无不好此一戏，四人一凑便是一桌，一时间竟风靡大江南北，然小赌怡情，大赌破家，乃至有后人评价说：“明之亡，亡于马吊。”

“万万贯！”王国兴将手中纸牌重重拍在桌上，几人看过去，纸牌上画着一位身穿红袍，头戴金冠，上插雉鸡翎，手抱令旗的短须汉子，正是梁山首领宋江，图画下面写着“万万贯”，一副牌里数这张最大。

“这把又是让兄弟你做了赢家，我这里老本都快要输光了！”毛文龙把手里的牌往桌上一扔，笑着向王国兴叫苦。

“王公公，您这已是六连庄了，再坐上几把，小人这儿怕不是也要见底了。”下首的龚正祥也凑趣地打哈哈。

王国兴一脸得意，眯着眼，乐得嘴都合不拢了。身后的顺姬又把几颗剥好的干果送到他嘴里，王国兴一边吃，一边拿起那张万万贯，笑着说道：“今天还不是托了大帅的福，次次都拿到这手好牌。”王国兴看了看纸牌，又看了一眼毛文龙，突然指着纸牌嚷道，“诸位且看，当年宋公明坐镇梁山，帐中一百单八位英雄好汉，叱咤风云、威震江湖，这不正如今日之毛帅，有毛帅在此，咱家还能不赢银子吗？”

也不知王国兴是有意试探还是无心之说，毛文龙闻听此言，登时便有些慌乱，“公公这是说的哪里话来，文龙乃朝廷命官，怎能与那些江洋大盗一般。”

“兄长莫慌，兄长也莫怪。”王国兴见毛文龙脸上难看，又连忙打起了圆场，“那梁山宋公明可并非江洋大盗，你看他不假称王，但呼保义，一心只想着扶保大宋江山，征辽国、平方腊，倒真正是一位赤胆忠心的大英雄哩。”

“是，是，公公说的是。”毛文龙勉强地附和着，不知何时，头上竟已冒出了一层冷汗。

“来，且不说这些闲话，趁咱家手气正顺，我等再耍它几把！”

王国兴高声招呼起大家，众人见王国兴并无不快，便又都一起说笑着斗起牌来。一直耍到半夜方散，结果自然是一家扫三家，一场下来，一千多两银子便进了王国兴的腰包。王国兴满面春风，意犹未尽，由顺姬服侍着先去了内室安歇。毛文龙捋着颌下虬髯，冷冷地望着王国兴的背影，心中骂道：蠢货！俗话说有钱能使鬼推磨，我看就是要它磨推鬼，又有何难哉？

四

皮岛都督府内堂

“公公连日奔波，着实辛苦。”

毛文龙将王国兴让进上座，赶忙先道了一句辛苦。下人上过茶水，轻轻退去，内堂里只剩下两人对坐。

“替皇上办差，本是奴才们的本分，何敢谈辛苦二字。”王国兴也是假意客套一番。

这两日，他先是去龙王庙、天后宫、温帅祠主持了敕封大典，又在毛文龙一干人等的陪同下校阅了东江兵马，还得闲到皮岛马市、军营、民居四处走了走。海岛风光旖旎，颇令王国兴心情舒畅，毛文龙每日又是殷勤招待，牌桌上自然也是大有斩获，几日下来，三千两进账。

相比在宫中的紧张和辛苦，这里的一切似乎都让王国兴无比自在、心情大好。然而，王国兴也知道，此行有一件重要的事，他和毛文龙之间还有一场交易要谈，毛文龙似乎也一直在寻找机会，两人心有灵犀而又心照不宣。

“皇上新登大宝，以雷霆手段铲除魏忠贤一党，内外朝局为之巨变，真乃有为之主。”

到底是毛文龙先打破僵局，把话题转到时局上来。

“当今皇上虽是年轻，但却天纵英明，每日又宵衣旰食，操心国事，无日不思恢复辽东、中兴大明，与先帝真是大有不同，我等内外臣工还当小心伺候，万不敢玩忽懈怠啊。”

“公公说的是。”毛文龙附和一声，又小心地拿话试探，“文龙也是久慕皇上，心中虽有一番肺腑之言想要向皇上陈说，只是山海阻隔，也是难达上听啊！”

“哦，毛帅可是有什么难处？”王国兴听毛文龙话外有音，便顺势搭腔道，“咱家当尽力为毛帅上达皇上。”

“那就有劳公公了，文龙在这里先行谢过公公。”

毛文龙闻言大喜，连忙拱手向王国兴施礼，之后又一拍双手，便有一队亲兵从外间鱼贯而入，两人一组挑进来十只油漆大箱，放在厅前。

“文龙略备薄礼，正要孝敬宫中各位公公，还请公公笑纳。”说着，毛文龙便给王国兴递过去一张礼单，然后一摆手，让亲兵将十只箱子全部打开。

王国兴向前望去，顿时两眼放光，只见十只大箱里分别装满了金银珠宝、人参、鹿茸、貂皮等物。

“毛兄真是太客气了，我等无功受禄，怎好就收了这些东西。”

“文龙的前程富贵，日后还要多多仰仗宫中各位公公。”

“你我兄弟，有福同享，有难同当！好说，好说。”

王国兴仔细看过礼单，便把单子折好，放入袖中，两人假意客套一番，又是一阵放声大笑。毛文龙从桌上取过两只匣子，递到王国兴面前，“这是两只百年老山参，专为孝敬掌印王公公他老人家，还烦请公公代为致意。”

“毛兄真是有心了，小弟代干爹谢过毛帅。”

毛文龙又从袖中取出一张房契，用手指推到王国兴面前，“这是文龙在京城置下的一处宅子，送与公公做个外宅。”

“这可如何使得。”

“公公在宫中辛苦，何曾顾及自家，一处宅子，何足挂齿，正该收下。”

“恭敬不如从命，小弟谢过兄长厚意。”

王国兴收好房契，见毛文龙如此大方，便也不再遮掩，“小弟来时，干爹便已有过交代，毛兄但有难处，我等自当效力。方才听兄长所言，可是为朝中猜忌掣肘而烦恼？”

“正是。”毛文龙应声答道。

“不瞒兄长说，现在朝中确实对兄长多有不利。那帮书生，没上过战场，不知道军旅之艰难，却整日价在皇上面前纸上谈兵、妄言兵事，诽谤做事之人，实在是可恶至极！皇上虽然英明，但是时间一长，也难免不会受此辈蛊惑。小弟此次来东江亲历亲见，所到之处，但见我东江兵强马壮，士气高昂，将士个个赤胆忠心，一派虎虎有生气，正是我大明朝可倚赖的威武之师！小弟回京之后，必当把这些所见所闻上奏皇上，以正视听！”

“有公公在皇上面前替文龙说话，自然是再好不过了，文龙先谢过公公。”

见王国兴拍着胸脯为自己说话，毛文龙大喜过望，忙不迭地拱手致谢。

“毛兄客气了，你我兄弟何必如此客套，再说兄长乃扶保我大明朝的国之柱石，替兄长说话，就是替朝廷说话，就是为我大明江山说话！”

“兄弟过誉了，不是文龙夸口，只要朝廷给我足额军饷钱粮，不出两年，我毛文龙就可以扫平东奴，收复辽东！”

“毛兄英雄盖世、豪气冲天，真是我大明之幸、皇上之福啊！”

毛文龙拍着胸脯向王国兴夸耀，两人一拍一和，哈哈大笑。

随即毛文龙话锋一转，恨恨说道：“只是朝廷那帮奸臣误国，百般阻挠、多方掣肘，总是拿粮饷来卡我的脖子，到今日，已欠我东江四个月的粮饷，更不要说去年朝廷答应的百万粮饷，全无着落。没钱没粮，叫我东江三十万军民如何生活？！如何收复辽东？！”

“毛兄说的是，小弟来时，干爹也特意提到此事。”

“哦，王公公如何说？”毛文龙心中一紧，赶忙追问。

“干爹说，朝廷去年答应的百万粮饷按理说是应该足额发到东江，只是皇上新登大宝，国库空虚，魏党这一倒，先帝时定下的许多事就怕要重新议过，这件事原是由王敏政、胡良辅两位公公经手，现在他二人也已被收监论处，此事现在着实是有些难办啊……”

王国兴慢悠悠地说完，毛文龙见他推脱，立时便明白其中之意：娘买匹！这一个个竹杠都敲到老子头上来了！他心中暗骂，脸上却还是一团和气，“请转告干爹，这件事还都要仰仗他老人家从中周旋，规矩照旧，我毛文龙绝不食言！”毛文龙一边说，一边举起手掌，五指分开，翻过来翻过去向王国兴比划了一下。

王国兴心领神会，一拍桌子，大声道：“好！兄长果然爽快！小弟一定把话带给干爹，成全此事！”

“不过……要做成此事，有个人倒是十分棘手。”毛文龙缓缓说道。

“什么人？”王国兴吃了一惊。

“东江粮饷俱要经由天津、登莱两处发来，往年此两处地方有王敏政、胡良辅二位公公坐镇，自是无人敢于染指，而如今两位公公已被收监，登莱总兵杨国栋便打起了歪脑筋。前些日子，这厮便在登州将发往我东江的商船尽数扣住，百般敲诈勒索，甚是可恶！”

“杨国栋……”王国兴低声念叨了一句，低着头拧着眉想了一会儿，这才说道，“兄长所说倒是实话，这件事切不可为外人知晓，不过要除去此人倒也不难，请兄长放心，这件事就包在小弟身上。”

“好！兄弟也是快人快语，痛快！另外，文龙远离朝廷，耳目不灵，朝中但凡有事，文龙一无所知。兄弟在宫中，耳聪目明，今后文龙还要多多仰仗各位于中周旋，但凡内外有事，还请告知一二，文龙自当厚报。”话说到这个份儿上，毛文龙便不再遮掩，银子都舍出去了，索性一股脑再做把买卖。

“毛兄说的哪里话来，一家人不说两家话，你我兄弟，这个是自然，只是你在东江，小弟在京城，你我如何交通？”

“兄弟但凡有事，可派可靠之人去百花楼找他家主人沈敏，沈老板。他在京城自会安排，沈老板乃文龙表弟，至亲至近，兄弟你尽可放心。”

“可是东四牌楼那个名满京城的百花楼沈大官人？”

“正是此人。”

“好，倒还真是一个繁华快活的好去处！”

毛文龙、王国兴两人气味相投，一拍即合，没用多少功夫便已达成默契。毛文龙心满意足，满脸堆笑地对王国兴说：“兄弟明日便要回京复旨，文龙已备下酒宴，特为兄弟饯行，你我兄弟今日定要开怀畅饮，尽兴而归！”

“来人，酒宴摆下，请王公公入席！”

五

夜已深，花厅内灯火通明，仍是一片歌舞升平，沉沉夜色中，海浪不断拍击着岸边的礁石，发出阵阵涛声。转过港湾，从黑色的山岩背后，一只小舢舨悄悄滑入海中，向着漆黑的大海划去，远处无尽的黑暗中正隐隐闪烁着一个亮点，小舢舨悄然无声地朝着亮光径直而去。

约莫半个时辰，小舢舨便划到了闪光近前，海面上，一只巡洋海船正停泊在那里，小舢舨贴近海船，只见一个黑影从中站起，顺着绳索攀上海船，急匆匆进入舱内。甲板上正有几个兵丁挎刀持枪，守卫在船的两侧，海船桅杆上点着两盏大灯笼，正随着海风左右摇摆，定睛看去，灯笼上四个大字——登莱水师，赫然映入眼帘。

第五章

风波乍起

一

崇祯元年四月，北京紫禁城文华殿

“吾皇万岁！万岁！万万岁！”

山呼万岁礼毕，大臣们起身，在大殿两边按班站定。

崇祯坐在高高的御座之上，随即朗声言道：“列位爱卿，今我大明朝国事艰难，魏阉虽已伏诛，然权阉乱政多年，党羽众多，余毒未尽。西北连年大灾，西南又有奢崇明、安邦彦叛乱。最可恨就是辽东，东奴跳梁已有十年，关外之地一丢再丢，满朝大臣竟找不出一人，能为君父分忧、为国家解难，扫灭东奴，收复我大明河山！

“朕初登大位，虽无德无能，然无日不思收复辽东、振兴大明，今日召集列位臣工，就是想问一问你们，如何收复辽东？如何振兴大明？诸位爱卿都是国家栋梁之臣，今日你我当君臣一心、赤诚以对，各位有何良策，尽管道来，定要知无不言、言无不尽，朕绝不怪罪！”

“让皇上忧心，乃是臣等之罪！臣现管兵部，不能收复辽东，是臣无能，有负朝廷重托，请皇上治罪！”

崇祯往下看去，见是兵部尚书阎鸣泰跪倒在阶下，便和蔼地安抚一番：“阎爱卿，且请平身。你虽久历辽东，又现管兵部，然辽事糜烂，非今日一时之过，也非你一人之罪。今日朝会只议方略，卿不必引罪，但有良策，卿当据实奏来。”

“谢皇上。”阎鸣泰战战兢兢地站起身，定了定神，又接着说道，“臣观今日辽东形势，山海关居于首，东江居于尾，而辽南则是全局之脊背。辽南四卫居于全辽之中，西接关宁，东连鸭绿江，乃是全辽枢纽之区、腹心之地，盖州万山环抱、大海四旋，正可凭险而据，左有宁远，右有东江可呼应，进可以战，退可以守，乃复辽第一等要地，前番臣欲令毛文龙移镇盖州，正是此故。

“今日辽东，首尾悬绝，如不将此中断之处紧急连接，则必不可恢复全辽！为今之计，必得委派一员大将，由觉华岛汇合登莱之师，进取辽南四卫，据守盖州，而后东联毛帅、西应关宁，则全辽可首尾一心、合为一体。东奴如果东出，则宁远可陈兵辽河之上，从后牵制，盖州则遣精锐进击辽、沈；如若东奴欲西进，则毛帅可耀兵鸭绿江，径袭其尾，盖州亦出精兵出击；若东奴欲南侵，则盖州可据关而守、相机以战，而宁远、毛帅可各出精兵以袭敌，东奴左顾右盼，腹背受敌，自救不暇，安敢离巢以窥我天朝？

“然后，我大军可徐图北进，渐由盖州而收复海州、辽阳，便可恢复我大明旧疆，而辽西广宁一带也皆为我囊中之物了。我大明立国之初，太祖高皇帝遣马云、叶旺歼虏于盖州之连云岛，正是用此方略，而取辽于纳哈出。今我皇上欲复辽东，正当效法太祖高皇帝，奋祖宗之神威，运筹帷幄，调兵遣将，进取辽南，待三方齐集，合力进击，不日定可恢复辽东！”

崇祯听罢，精神一振，对阎铭泰不由大加赞赏道：“阎爱卿所论真乃金石之言！诸位大臣如都能像阎爱卿这般公忠体国、实心用事，我大明又何愁不兴？！”

“谢皇上夸奖。”阎鸣泰赶忙跪倒称谢。

“不过，”崇祯话锋一转，似又想起什么，“辽东用兵多年，师老财匮而结局无期，朕每思及此，甚感不安。阎爱卿所陈方略实属制胜长远之计，然辽南亦敌所必争之地，须派重兵、委以大将，不知列位爱卿以为如何？”

“皇上所虑极是！”

崇祯话音刚落，就见一位大臣当即出班高声启奏，此人五十开外，精瘦干瘪，留着一副稀疏的山羊胡须，原来是浙江乌程人温体仁（字长卿），时任礼部尚书。

温体仁先是正了正衣冠，随即便操着一口江浙口音的官话说道：“辽东战事已历十年，所费不知几千万，只关宁一处，兵马十数万，每岁耗费钱粮五六百万两，今我大明国库空虚，入不敷用，仅去年一岁，九边官军欠饷累计已达百万之巨。阎大人所言固是老成长久之计，然如大人所言，如若再于辽南派重兵、遣大将，则不知又要添几多钱粮，倘事有不遂，迁延日久，不要说扫灭东奴、恢复辽东，我大明就是拖，也怕是要让这许多兵马拖垮了。”

温体仁此言一出，立刻在堂下引起一阵议论，大臣们交头接耳，各说各话，一时间倒是好不热闹。

“皇上，要恢复辽东，非用阎大人之策不可！”

突然，在一片哄乱中，又有一位大臣挺身而出。众人看去，见是江西道御史袁弘勋，大家便都停了议论，侧耳来听他的下文。

“盖州地势险要，南关岭一带两边相距不过十五里，恰如一葫芦腰，于中筑城，再于两边山岭之上修筑边墙、敌台，则可凭关据险而守。盖州南通登莱，西通关宁，皆片帆可渡，不但往来运输不绝，且音信相通，可成犄角之势，更有近海肥饶之地可资屯种。据守盖州，则可在金、复两地营田，安置辽民，以沿海膏腴之地为家，辽民安居乐业，则食不穷而兵马自壮，然后可合三面之军而攻东奴，如此，则东奴只得坐困待毙，此乃用兵根本之计。

“东江原为牵制之军，然兵马远驻皮岛，距东奴腹心甚远，且万山阻隔，鞭长不及马腹，何能有牵制之效？今唯有令毛文龙进据盖州，则海滨尽为我有，由关宁至盖州，脉络贯通，首尾呼应，东江方可实见牵制之效。”

“不可！”袁弘勋刚一言罢，温体仁又马上出来反驳，“盖州险要，东奴岂会不知？倘我在盖州筑城设关，东奴必然来抢，到那时，我城尚未筑就，又如何御敌？新城必遭破坏，徒耗钱粮！”

“温大人此言差矣！”阎鸣泰不甘示弱，也立刻反击，“昔日孙阁老督师辽东，四年筑城九座、堡四十五座，扩地二百里，方成今日关宁之势，试问温大人，宁远、锦州、大小凌河城，这所建城、堡，哪一座不是在东奴袭扰破坏之下而奋力建成？害怕东奴来抢，我便裹足不前、不思进取，辽东何时能复？！”

温体仁遭了一顿抢白，仍不肯服输，随即言道：“令毛文龙移镇有何难哉？但东江数十万辽民岂能轻易尽数迁移、安置？辽民虽僻居海外，然谁非我大明赤子？如不能妥善安插，则辽民必各据海岛，散而为寇，若此，不仅登莱等地将深受其害，就是属国朝鲜，怕也要因此遭劫！”

阎鸣泰见两方争执不下，心中不免有些焦躁，又担心崇祯新即帝位，并不清楚此事的原委，便索性把当年的情形也一古脑地扯带出来。

“先帝时，奴酋努尔哈赤、皇太极曾先后两次进犯我宁远、锦州，毛文龙远在皮岛，大战已过三月，毛文龙竟似全然不知，更勿论牵制之效。当是时，朝中便有令东江移镇之议，只因魏阉把持朝政，此议方才作罢。

“近年来，又有一种趋利若鹜之徒，视海外为奇货，假借毛文龙大旗，从登莱至东江，勾连内地、朝鲜，乃至东洋，以皮岛马市为基地，大肆从事海上贸易，走私违禁物品以图暴利。他们唯恐东江一旦移镇，则垄断之利断绝，于是便四处活动，百般为毛文龙游说，阻挠移镇，他们口称谋国，实则却是为其谋一己之利罢了！想来温大人也是一片热心，误听奸人游说之词，才会为其所惑吧。”

话说到此，阎鸣泰又看了一眼温体仁，只见温体仁早已是满脸通红，阎鸣泰冷笑一声，便马上转回身子，对皇上正色说道，“皇上，自我大明朝立国以来，还从未有用兵之久、靡饷之多而成功之难有如辽东战事者，究其病根就在于，世上有两样人，而人有两样心，有一样欲杀东奴之人，便有一样不欲杀奴之人；欲杀奴者唯恐东奴不灭，而不欲杀奴者，为了一己之利，则唯恐东奴不生！

“枪炮火器本是我大明所长，然自东江开设马市以来，枪炮之利，东奴便已与我所共有了，而东奴所需硝黄、铁器等物，又是从何处得来？皆是这些奸徒从内地走私贩运而来，私卖东奴，以图重利。此等事，谁知之，谁又禁之？！多年以来，已成我大明心腹之患！臣愿皇上不要被此辈所惑，毅然决断，铲除祸患！”

崇祯越听越惊，他未料到原来这背后竟还有这么多的内情！崇祯半信半疑，不由又追问一句：“阎爱卿所奏可有实据？”

“回皇上，昔日孙阁老督师蓟辽时，就曾有人假冒毛文龙使者，前来骗取粮饷，被阁老识破，立斩军前。更查获有大胆奸徒，假借为毛文龙运送火药之名，走私军火给东奴。臣近年来也多有察觉，然此辈狡猾奸诈，又常借大海、山川之便隐匿行踪，臣尚未查得备细情形。”阎鸣泰赶忙回奏。

“皇上，阎鸣泰道听途说、捕风捉影、误导上听，实乃居心叵测！”

未等崇祯做出回应，温体仁早就急不可耐地抢着反驳阎鸣泰的这番话，特别是“两样人、两样心”之说，还有最后那句“臣愿皇上不要被此辈所惑，毅然决断，铲除祸患”直听得温体仁冷汗直冒、心中发凉。

温体仁暗想：这祸患是谁？这分明就是在指自己！既然大家已剑拔弩张、势成水火，那只有拼死一搏了！

“哦，温爱卿何有此说？”崇祯向温体仁问道。

“回皇上，阎鸣泰实无大才，只知曲意逢迎、趋炎附势。先帝时，阎鸣泰初任辽东，经略熊廷弼派他分巡沈阳，阎鸣泰竟畏敌如虎，刚行至半道便恸哭而返，不久又托疾辞归。回到京城，阎鸣泰又暗中结交魏阉，是以寸功未立，竟获连升巡抚、总督，乃至兵部尚书。阎鸣泰位列高位，不知报效，专事谄谀，每陈边事，必颂功德，先后为魏阉六上颂表请建生祠，于蓟、辽大建生祠竟多达七座，其颂忠贤，有民心依归，即天心向顺之语，令闻者咋舌。阎鸣泰无才无耻，实乃魏阉余党，今又在圣上面前胡言乱语、妄谈大政，实乃居心叵测、误国害民！望皇上明辨是非忠奸，勿为奸臣所惑！”

温体仁声色俱厉，声音也是越说越高，说到最后，温体仁又猛然转过身来，手指阎铭泰厉声高喝，“阎鸣泰！昔日你在辽东，有何德能？宁远大战时，就是因误信你言，我觉华岛七千将士、七千子民、八万石粮草才惨遭东奴毒手！尔倘有一丝良心，宜及早引退！”

阎鸣泰听罢，登时便慌了手脚，急得扑通一声，跪倒在阶前。

“温体仁血口喷人，诬陷为臣，请皇上明鉴！昔日宁远大战时，乃是经略高弟应对无措，才使觉华岛防守失当。岛上仅有七千淮扬水兵，原本在海上开凿有一条十五里长冰壕，以阻东奴，无奈连日风雪，海冰复冻，士卒缺少刀械，无力再凿，才使东奴骑兵踏冰登岛，我水兵不习陆战，岂是对手，阖岛军民，尽遭屠戮……”恐惧、愤怒、懊悔、悲痛一股脑都袭上心来，阎鸣泰伏在地上，竟忍不住失声痛哭……

“至于结交魏阉，请建生祠……实乃温体仁血口喷人，诬陷为臣，请皇上明鉴！”

眼前的一切实在是太让人震惊，崇祯大瞪着眼睛，好半天都不知该如何处置。

“温爱卿所奏颂阉建祠一事，可有实据？”一片死寂中，台上终于传来一句冷冷的问话。

“今颂词红本俱在！请皇上谕令封进御览！” 温体仁斩钉截铁地答道。

崇祯向身旁的王承恩示意了一下，王承恩马上宣旨，令速速取奏本来，不多时，已有内官手捧一摞奏札呈了上来。崇祯拾起这些奏札，仔细地看起来，翻过一本接一本，脸色也变得越发难看，看到最后，崇祯猛地将手中的奏本狠狠扔到台下。

“大胆阎鸣泰！现红本俱在，你还有何话说！朕本以为尔司掌兵部，当为忠直有才之臣，不料你竟是如此无耻、无才之辈！连篇谀言谄词，竟至如此！什么叫民心依归，即天心向顺？对一个权阉，竟然敢说出如此大逆不道之言！什么民心，什么天心，难不成你还要鼓动那魏阉取了朕的大明江山吗？！如若不是温爱卿直言力陈，朕几乎为尔所欺，兵马交于尔等之手，辽东如何能复？国家如何不误？宣旨！立即将阎鸣泰革职拿问，下部议处！”

登时，便有锦衣卫鱼贯而入，将匍匐在地的阎鸣泰带下。

二

崇祯余怒不息，他愤然离座，激动地在平台上踱步，一边走一边抓过那几份奏札，挥舞着向大臣们厉声怒斥：“想当初，我大明是何等兴旺，洪武爷出身贫寒，却能结天下义军，推翻元朝，创建天朝大业；永乐爷迁都北京，五征漠北、制永乐大典，遣海船纵横四海，恩威布于天下。为何这十多年来却是边患不断，天灾人祸此起彼伏，朝廷税费难支，各省民怨沸腾？此皆权阉乱政、奸党祸国殃民之故！

“魏忠贤，一介阉奴，竟敢妄称九千岁！蛊惑先帝，把持朝政，残害忠良，荼毒天下，以致兵连祸结，失地辱国！更有无良大臣，不思忠君报国，却奴颜婢膝，以身事奸！今魏阉虽已伏法，然余党尚在！朕必当将魏阉余党扫除殆尽，以振朝纲！阎鸣泰便是一例，但凡再有此等余孽，尔等大臣可不避嫌疑，直陈奏来，六科职在监察，令尔等有司官员速将所有请建生祠、称颂魏阉之红本一体封存，呈朕御览！”

崇祯旨令一下，众人无不心惊肉跳，大臣们见皇上要彻底清查，顿时便慌了手脚，一个个都愣在那里。

“皇上圣明！”一片肃杀中，但见温体仁挺身出班，高声称颂，众人蓦地醒悟，又忙不迭地一起附和。

“皇上，臣还有一本，事关辽东战局和江山社稷，兹事体大，臣不敢不奏明圣上！” 温体仁又继续启奏。

“卿有何本，尽管奏来。”

“皇上，新任蓟辽督师袁崇焕，与罪臣阎鸣泰意气相投，亦于先帝时，上书称颂魏阉，并请建生祠。恢复辽东乃我大明今日第一等重要之事，所托必当至忠、至能之臣，袁崇焕臣德有亏，恐难当重任，为辽东战事、社稷江山计，皇上当不可不查！”

温体仁话音刚落，大殿里顿时又是一阵骚动，众人见温体仁今天这般杀气腾腾、接连出击，一个个无不感到胆战心惊。

“皇上，袁崇焕忠勇可嘉，绝非魏阉一党！请皇上明鉴！”

只见一位大臣愤然出班，朗声上奏，众人看去，原来是兵部左侍郎吕纯如。

“吕爱卿，你有何话说？”崇祯厉声向吕纯如问道。

“启奏皇上，臣一向在兵部，袁崇焕此事原委尽过臣部，臣当据实禀明圣上，以昭示天下！

“天启六年正月，奴酋努尔哈赤兵犯宁远，袁崇焕独守孤城，上下一心，始得宁远大捷，举朝闻之，无不欢心鼓舞，皆称此战遏十余万之强虏，振八九年之积颓！先帝也降旨夸赞称此七八年来所绝无，深足为封疆吐气！三月，袁崇焕因功升任辽东巡抚。

“时魏阉把持朝政，欲贪宁远之功，遂派其党羽太监刘应坤、陶文、纪用等六人赴辽东监军，袁崇焕上书谏阻，先帝不允，刘应坤等遂至辽东军前，并称所解到关的军需物资，如盔甲、军器、马匹等项，均是魏阉以家资置办。故此袁崇焕乃上《推功辞荫疏》，以推功来答谢魏阉助军之功，后又有蓟辽总督阎鸣泰上疏请建生祠，力邀袁崇焕署名上奏，并请于宁前所合建生祠一座，此即外间所传袁崇焕疏颂魏阉并请建生祠始末。

“袁崇焕为辽东大局计，不得不与阉党虚与委蛇，袁崇焕虽苦心委曲，然终遭阉党忌恨。次年五月，袁崇焕取得宁锦大捷，再挫东奴于宁远、锦州城下，此战，袁崇焕实为首功，却反遭阉党攻击，遂于六月愤然辞官回籍。袁崇焕忠勇绝人，实乃我大明栋梁之臣，皇上欲收复辽东，当专任此人！臣今日执意要朝廷专用袁崇焕，只因认定此人不怕死、不爱钱与曾经打过。想当日强敌压境，人人疾走奔逃之时，却只有袁崇焕将母亲、妻儿置于军中，誓与孤城共存亡！如此忠义、如此胆气，天下谁能过之！

“若论战守之道，庙堂之上，人人只知纸上谈兵、自命为能，然唯有袁崇焕，却是实打实从枪炮箭雨中练就的胆气和本事。宁远、宁锦两次大捷，败努尔哈赤、皇太极父子两代奴酋于城下，放眼天下，舍袁崇焕，更有何人！

“昔日岳武穆有云，文臣不爱钱，武将不怕死，天下方可太平！似袁崇焕这般清直忠勇、敢战、善战之臣，遍观满朝文武，又有何人！今日我大明欲收复辽东，必当专任袁崇焕！臣一片肺腑，冒死直陈，还请皇上明鉴！”

吕纯如说罢，便撩起袍裙，跪倒在阶下。

“吕爱卿且请平身，”崇祯沉吟半晌，一时也难以决断，遂草草敷衍，“此事容朕再做三思。”

沉默片刻，崇祯又向台下大声命令：“传旨！着内阁、六部九卿妥善计议，会推新任兵部尚书人选报朕；至于兵部，暂由兵部左侍郎吕纯如署理部事。毛文龙移镇一事，着新任兵部尚书莅任后，与蓟辽督师、登莱巡抚酌议来报。袁崇焕疏颂、建祠一事，着内阁、吏部、兵部，议处报来。着六科、都察院十三道御使速将所有请建生祠、称颂魏阉之红本一体封存，呈朕御览！”

“陛下！”

崇祯刚要退朝，却见一位大臣出班启奏，此人大约六十开外，须发虽已花白，但精神却异常矍铄，原来乃是内阁辅臣刘鸿训。崇祯虽不耐烦，对此人却多少还有几分敬重，便压着性子、不冷不热地问道：“刘阁老有什么话说？”

刘鸿训手抱笏板，一挺腰板，便大声回道：“陛下新登大宝，以雷霆手段铲除阉党，举国上下无不额手称颂！现元凶巨恶已除，五虎、五彪、十狗、十孩儿等协同作恶者业已伏法，国事大定，人心大安，此正该是上下一心以中兴我大明之大好时机。

“今陛下令将所有请建生祠、称颂魏阉之红本封存上报，皇上须知，当日魏阉把持朝政，满朝上下，各地督抚，称颂建祠者何止数百人，难道他们个个都是阉党，个个都是自甘堕落、委身附恶的奸佞之徒吗？以微臣看来，他们大多数人，不过是惧怕魏阉的权势，迫于形势，做此下作之事以求自保罢了，与那班甘做鹰犬、残害忠良之辈又绝然不同。

“昔日汉光武帝于河北大败王郎，缴获文书数千封，皆是部属与王郎交关投靠之书信，光武不看，会诸将烧之，说令反侧之人自安。部属自此心悦诚服；又魏武帝在官渡大战之后，也曾于袁绍营中缴获大批书信，皆自己军中诸人与袁绍暗通之书信，魏武当即命人以火烧之，军中遂安，此皆古之圣君之道，陛下当可效法。

“今若将建祠称颂红本一体上报，则众臣必定心中难安，更会给奸邪小人以可乘之机，借题生事，罗织构陷，党同伐异，如此则人人自危，势必交相攻伐以图自保，阉党刚除，又植新党，此实乃国家致乱之源、取败之道，陛下不可不察，还望陛下三思而行！”

“大胆！放肆！”

猛听啪的一声，崇祯一拍御案，向刘鸿训厉声呵斥，“什么叫致乱之源、取败之道？朕君临天下，正要行大道、用君子治理国家，岂容那些奸邪小人来祸乱朝纲！朕意已决，除恶务尽，朕必当肃清阉党，以正朝纲！此事无需再议，退朝！”

说罢，崇祯猛然起身，一甩袍袖，便转身快步向内堂走去，众臣慌忙一起跪倒，高声称旨：“臣等遵旨！吾皇万岁！万岁！万万岁！”

紫禁城乾清宫

“你说，魏阉是什么东西！他竟敢冒称说是用他的钱给辽东将士置办的军需物资！他钱从何来？还不都是盗取自朕的大内银库！大明的军队，何用他来捐助！你说，他是何居心！还不是邀买人心，图谋篡逆！真该千刀万剐，碎尸万段！”

“是是是，魏阉真是死不足惜，死有余辜！”

崇祯回到寝宫，终于可以将憋在胸中的那口恶气一股脑地都发泄出来，他对着身后的王承恩一通咆哮，一边说一边在房内来来回回走个不停。

“那个刘鸿训，倚老卖老，自以为是直臣，朝堂之上竟敢出言不逊，顶撞朕躬，说什么致乱之源、取败之道，实在是可恶至极！还有那个袁崇焕，真是令朕好生失望，好不伤心啊……”

崇祯缓了一口气，神情不觉颇为失落，“朕本以为袁崇焕有勇有谋，是个忠直可靠之臣，没想到他竟然也堕落到去给魏阉唱颂歌、建生祠，去捧他的臭脚，真是好生可恨！”崇祯颓然坐到御案前，喃喃自语：“满朝文武，朕到底还有何人可用、何人可信？还有谁能助朕收复辽东、中兴大明？”

王承恩见崇祯难过，心中实是不忍，便鼓了鼓勇气，小心翼翼地试探着劝解：“皇上，奴才有一句掉脑袋的话，不知当说不当说。”

“事到如今，还有什么当说不当说的，说吧。”崇祯回道。

“皇上，奴才想，那袁崇焕当时在辽东，若想要建功立业，怕是万万不能，也不敢得罪魏阉，且不说军马、钱粮要靠朝廷支持，就是他袁崇焕一身荣辱和全家性命，怕也都在魏阉掌握之中，稍有差池，便会落得一个熊廷弼那样的下场。因此，袁崇焕或许是出于无奈，为了辽东大计，不得不与那魏阉虚与周旋，先图自保，再图进取。”

“嗯，你说的固然有些道理，但朕还是咽不下这口气，他袁崇焕为了辽东大计，可以不去招惹魏阉，但是他为什么就不能有些骨气，为什么非要去给他建什么生祠，硬是要奴颜屈膝去巴结和讨好一个权阉？”

“皇上说的是，袁崇焕臣德有亏，实在是有负皇上厚爱，但是现在辽东战事吃紧，满朝上下也只有袁崇焕能堪大任，依奴才看，不如就给他一个立功赎罪的机会，如果他能不负皇上重托，恢复辽东，自然是好，正体现皇上一番识才、爱才、惜才之心，也可成就一段君臣相得之佳话；如果袁崇焕难堪大任、有负重托，到那时皇上再一并重重治他的罪不迟。”

“嗯，朕现在可以不追究，但朕会记着这件事，如果将来袁崇焕托付不效，朕必当重重惩处，绝不姑息！”

“皇上英明！”

经过王承恩一番劝解，崇祯心里平静了许多，他先是端起茶碗喝了两口，接着又好像突然想起了什么，问道：“袁崇焕现已到哪里？”

“回皇上，前几日接到袁崇焕《再恳天恩辞免疏》，说是日前已到了赣州，这几日怕是已继续北上了吧。”

“传旨！袁崇焕辞任不允，派人快马去催，着袁崇焕遵旨进京，速来料理！”

“是，奴才遵旨！”

第六章

古道骊歌

一

崇祯元年五月，归德城外接官亭

南来的官道上，三辆马车和五个骑马的随从正从远处缓缓而来，官道有些坑坑洼洼，满是深浅不一的车辙印，马车走在上面东摇西晃，发出吱吱扭扭的声音。

已是仲夏时节，午后的阳光很热辣，好在官道两旁全是高大的槐树，枝繁叶茂，树冠交叠，在官道上洒下一片绿荫。头一辆车的轿帘高高卷起，一位四十开外的中年男子，正倚窗而坐，欣赏着车外的景色，此人正是新任蓟辽督师袁崇焕。一个多月前，袁崇焕离开家乡广东东莞奉旨回京，一路舟车劳顿，今日正来到河南归德府，官道尽头，归德城楼已隐隐在望，城外官道旁，一群人正站在接官亭内，急切地向远处张望……

“自如兄！”

马车刚在接官亭外停住，早有一位四十岁上下的中年儒士立在道边，拱手抱拳，向车中高声呼唤。

“若谷兄！”

袁崇焕一见，赶忙跳下马车，也直身立在车边，拱手施礼，随即两人紧走几步，一把抱住对方双臂，对视一眼，又一起放声大笑起来。

来人姓侯名恂，字大真，号若谷，万历四十四年进士，原为山西道御使，天启二年，辽东战事吃紧，天启帝下诏求贤，适袁崇焕任福建邵武知县，三年期满，袁崇焕进京述职得遇侯恂，二人一见，相交相知。侯恂感袁崇焕报国之志，更难得军事之才，便向朝廷大力举荐，袁崇焕遂得以改任，先入兵部，后赴辽东，自此便开始了半生的戎马生涯，侯恂后因得罪魏忠贤，遭罢官回籍。

“自京城一别已六年多，不想自如兄两鬓已有些斑白了……”

侯恂对着袁崇焕上下仔细端详了一番，只见袁崇焕身穿一袭青白色便服，面容消瘦，肤色略黑，颌下留着三绺短须，颧骨微微隆起，一双眼睛炯炯有神，个子不高却腰板挺直，从内到外都透着一股说不出的干练和坚毅。

“六载戎马倥偬，崇焕此身差不多已是刀俎之剩了，若谷兄你也是几经沉浮。唉，你我二人都已不复当年之勇了……”

袁崇焕闻言，叹了口气，拉着侯恂的胳膊，不无感概地说道。

“今日你我二人相会，本是高兴的事，不说这些伤感的话了。”二人久别重逢，真是心潮起伏、百感交集，两人胸中都好似有千言万语，可一时间却又不知该从何说起，侯恂赶忙擦拭了一下眼角的泪花，满脸含笑，转身拉过怯生生躲在身后的一位少年，“来，方域，快来见过你袁世伯。”

少年鼻直口方，面目清秀，头上扎着总角，头发半披在肩上，一身雪白长袍，甚是聪明伶俐，少年扑闪着一双大眼，对着袁崇焕深施一礼，稚气未脱地大声说道：“小侄见过袁世伯。”

袁崇焕赶忙爱怜地扶住少年，高兴地哈哈大笑。“贤侄免礼，贤侄免礼。”随即又转头对侯恂笑道，“令郎一表人才，聪明过人，真是羡煞崇焕了！”

“犬子方域，今年十岁，前几日接到兄长书信，知你今日要来，这小子就天天叫嚷着要见你这位名满华夏的大英雄哩。”侯恂连忙向袁崇焕介绍。少年见父亲揭了自己底细，颇有些不好意思，二人见状，又一起大笑起来。

接着，袁崇焕也忙招呼家人上前，与侯恂见礼。此行袁崇焕轻装简从，只带了侧室阮氏、长女婉贞、族侄袁天赦和四名亲兵一起赴任，袁母年事已高，夫人黄氏为照顾袁母，和小女婉娴都留在了东莞老家。

婉贞年方十四，正值豆蔻年华，生的温婉端庄，落落大方。婉贞自小跟随父亲在辽东长大，久在军旅，自是与寻常家小姐不同，一双大眼波光灵动，眉宇间更是透着一丝英气，与其父相似。

两家人见过礼数，说说笑笑，自是欢喜不尽，方域和婉贞年纪相仿，只一会儿功夫，姐弟俩便熟络起来。方域天性活泼，又新结识了一个伙伴，更是欢天喜地，一个劲儿地问东问西，搞怪扮鬼脸，惹得大家都笑声不断。侯恂轻声呵斥了一句，方域吓得吐了一下舌头，赶忙躲到婉贞身后，侯恂又命下人过来服侍袁崇焕家眷上轿上车，一行人络绎而行，朝侯府而去。

二

侯府书房

“自如兄此次督师蓟辽，真乃我大明之幸，十年辽事于今方有了结之望啊。”

袁崇焕和侯恂二人来到书房坐定，下人送上了茶点，二人闲谈了两句，便转入正题。

“若谷兄过誉了，崇焕在辽六载，几经沉浮，此番再被起用，这一次，实不相瞒倒真是有些左右为难、心中不安啊。”

侯恂见袁崇焕语气低落，全没有大权在握、踌躇满志的得意，知他并非客套，心中不免一惊，便疑惑地问道：“自如兄可是有什么顾虑？”

“皇太极，我不惧他，战守攻取、合马交锋，我有将士用命、坚城利炮，崇焕自信能战而胜之，皇上倘能从我方略，专以事权，信任始终，假以时日定能收复辽东！”袁崇焕缓缓说道，语气坚定而有力，对于战胜强敌，他似乎并没有什么疑虑。然而话说到此，袁崇焕却微微低下头，好像是在思考着什么，又好似在努力克制着胸中的波澜，他先是叹了口气，好一会儿才又接着说道：“然，崇焕任辽六载，始知辽事不可为，其因不在辽东，却在朝堂！宁锦一场大战，硝烟未散，朝中便已是弹章连起。庙堂之人，不知边事之难、将士之苦，不晓兵机，不识战势，只知纸上谈兵、一意诋毁，崇焕纵有一能，又如何能一展抱负？且不说建功立业、克尽王事，就只怕是崇焕一家性命，到最后却都难以保全。想当年熊廷弼雄才伟略、才兼文武，然空有一腔报国之志，却无处得申，只落得个惨遭陷害、身首异处的下场。功到雄奇即罪名，漫漫长夜，崇焕每思及此，无不痛彻心腑，忍不住都要为熊公一哭……”说到这里，袁崇焕的声音已有些哽咽，他微微低着头，胸口剧烈地上下起伏着。

“宁锦大战后，我本欲归隐乡里，与老母、妻子安享田园，再不问世事，不想新君即位，再召崇焕，崇焕两次上疏辞免，终是不允，皇上一片赤诚，崇焕又安敢不体皇上苦心，然此去，前路莫测，吉凶难料。这一路行来，崇焕思来想去，心中着实是左右为难，于心不安啊……”

侯恂默默地听着，不由地又想起六年前袁崇焕和他二人在京城的彻夜长谈。六年前，眼前这个人，是何等的英雄，单那句“给我钱粮兵马，我一人足可镇守山海关！”便称得起是豪气冲天、气贯长虹！此时想起当日情景，侯恂仍不免心潮澎湃、热血沸腾。面对敌人的刀枪箭雨，这个人没有丝毫畏惧，他不畏矢石、披坚执锐，两败强敌于城下，而说到自己人的冷箭，却是这般令英雄气短。

侯恂不由地叹了口气，想想自己又何尝不是遭阉党中伤才罢官回籍的呢?他深深明了袁崇焕此时的心境，想到时局日坏，侯恂也不无痛心地说道：“是啊，辽东十年战事，并非我大明无人，之所以一误再误，实乃朝中奸佞乱政误国所致，而误国至深者，又莫过于局外掣肘，实在是冷尽天下豪杰任事之心啊。”两人沉默半晌，侯恂话锋一转，对袁崇焕劝慰道，“不过，现在好了，皇上新登大宝，便以雷霆之势铲除了阉党，选贤任能，颇有振兴之象，此不正是我兄一展平生所学，上报朝廷、下安黎民之时吗?自如兄乃天下奇才，况我兄素怀报国之志，恢复辽东，舍兄其谁?皇上甫登大位，便即超拔兄台，以非阁臣之身而授督师之任，满朝公卿，实只我兄一人。皇上对兄台恩遇之隆，当朝亦属罕有，皇上一片识才、爱才之心可见矣。”

“是啊，我亦深感皇上知遇之恩，我袁崇焕何德何能，竟获皇上如此殊遇，如今唯有鞠躬尽瘁，死而后已，以报皇上！”说着，袁崇焕便又抬起头来，拱手抱拳，向上行礼。

“兄台此番督师蓟辽，不知做何方略？” 侯恂见袁崇焕恢复了平静，便又继续问道。

袁崇焕沉思片刻，并没有马上作答，而是唤过来正候在外间的袁天赦。

天赦乃是袁崇焕的族侄，年方二十挂零，生得健硕挺拔、气宇轩昂。早在六年多前，天赦还是一个毛头小子时，便跟随袁崇焕从广东来到辽东，天赦久在行伍，每日和将士们一起摸爬滚打，又得辽东一班名将们的指点，自是练就了一身的好功夫，如今他已是袁崇焕最信任的贴身亲随了。

袁崇焕对天赦轻声吩咐了一声，天赦转身出去，只片刻工夫，便取回一幅卷轴，交到袁崇焕手中。“若谷兄，你且请看。”袁崇焕展开卷轴，转头对侯恂说道。

侯恂寻声看去，袁崇焕手中乃是一幅“大明九边形势图”，只见西起嘉峪关，东抵鸭绿江，大明九边重镇尽绘图中，图中标示十分详尽，除却山川、河流、州府郡县，各大小卫所、关隘、城堡、屯粮之所、后金、蒙古诸部驻牧之地无不历历在目。

“此图乃是当年熊公亲手绘制，天启二年，熊公因广宁之败，回京听勘，时崇焕正要出关赴任辽东，曾特意前往拜会，崇焕有幸，能亲耳聆听熊公教诲，熊公雄才伟略，一夕长谈，使崇焕受益匪浅。临别时，熊公更是将此一生心血赠送与我，六年多来，崇焕时时将此图带在身边。唉，物是人非，每见此图，睹物思人，无不心生感佩之情。”

袁崇焕先是将此图来历向侯恂讲述了一番，随即便把图卷平铺在桌案之上，指着图中山川，向侯恂言道，“今我辽东，东有建奴占据辽、沈，为祸辽东已历十年；西有察哈尔、喀尔喀、科尔沁、喀喇沁三十六家蒙古诸部，察哈尔拥兵数十万、称雄蒙古，表面上虽与我大明结盟、共抗东奴，然察哈尔林丹汗素有野心，久欲吞并漠南各部，如今已渐成我边外一潜在之劲敌，我大明东西并困，实是危机四伏、凶险异常。

“而今日我大明国势衰弱，切不可东西两面树敌，为今之计，只可抚西虏以拒东奴，对于蒙古诸部，朝廷还当善加羁縻，既不可坐视察哈尔吞并诸部，使其一家独大，与我为害；更不可使蒙古诸部折入东奴，使我大明北部尽失藩篱，若如此则我大明危矣。”

袁崇焕停顿了片刻，见侯恂正俯下身子，聚精会神地在地图上察看，便又继续说道，“朝廷如能抚定蒙古，使西部平息无警，崇焕乃得以一力筹划辽东战守，一意东向，恢复辽东！至于说恢复之计，也不外乎崇焕前番所说以辽人守辽土，以辽土养辽人；以守为正着，战为奇着，款为旁着。先守而后战，且耕、且筑、且前，渐图恢复辽东！”

“以辽人守辽土，以辽土养辽人……”侯恂不由地念叨了一句，低着头仔细品味着话里的意思。

“正是！自有辽事以来，朝廷广征天下之兵用以援辽，岁耗钱粮五六百万，辽事十年，乃使九边空虚、百姓困苦，世人皆云辽土以一隅而病天下。今崇焕欲以辽人守辽土，征募辽人精壮、训练成兵，则朝廷不必再从各地征调兵马而使九边疲敝；以辽土养辽人，安置辽民、屯田耕种，军需粮草则不必再全仰赖内地以致天下困苦，此乃复辽根本之计！”

“自如兄所言极是！”侯恂重重点了点头，“征调各地兵马远戍辽东，只可救一时一地之急，而绝非长久之计，天启元年，正是因为朝廷征调四川永宁兵、贵州水西兵赴辽东作战，才使得奢崇明、安邦彦趁机叛乱，朝廷连年征剿，至今仍不能平定。如今我大明国库空虚、百姓困苦，朝廷为辽东战事，又开征辽饷，加之各地连年大灾，流民四起，再这样下去，天下怕不是……唉！”侯恂摇了摇头，没有继续说下去，只是在那儿不住地叹气。

“是啊，崇焕也正是为今日之势而忧心啊。辽东事关全局，牵一发而动全身，再不可因辽事而激出什么另外的变故，到那时局面便再难收拾了，崇焕这一路行来，思前想后，如今也只有这一法可行了。”

“我兄深谋远虑、老成谋国，皇上能重用兄台，真是我大明之幸啊。”侯恂听完袁崇焕的这番剖解，不由地连连点头，打心底里发出赞叹。“方才兄台说到以守为正着，战为奇着，款为旁着，这又是为何呢？” 侯恂继续问道。

“东奴崛起于辽东，自奴酋努尔哈赤以十三副铠甲起兵以来，先后征服建州、统一女真，又与我大明为敌十载，先后四十余年，大小百余战，东奴已练就了十万八旗劲旅。崇焕绝不虚言，今日之八旗可称当世最骁勇善战之师，而我大明官兵将疲兵惰、疏于战阵，若论临阵对决、野战争锋，我大明官兵诚非八旗之对手。

“孙子曰，昔之善战者，先为不可胜，以待敌之可胜。值此敌强我弱之际，我只可凭借坚城利炮，先置我军于不败之地，然后厉兵秣马、整军经武，寻找战机，待敌举措失当，有可胜之机时，我方可出奇制胜，一举而歼之，此即以守为正着，战为奇着的道理所在。

“东奴八旗最擅野战，凭坚城、用大炮虽可使我军处于不败之地，然要恢复辽东、收复失地，则必要有一支能与八旗疆场争锋、一较高下的关宁铁骑不可。我大明欲收复辽东，必要依托城堡，由宁远、锦州渐而东向，扼要修筑城堡。我有城堡，便可守护屯田，各堡声气相通，互为支援，进可攻、退可守，敌人犯一堡，我军则可凭堡固守，其余各堡则可遣关宁铁骑往来击敌；敌人败退时，我便可尽遣关宁铁骑从后追击，如此，以城堡与骑兵相配合，我大明便可且耕、且筑、且前，一路推进，渐图恢复辽东！

“我大明欲收复辽东，除可由关宁出师东进之外，还必须集东江兵马、登莱、觉华岛水师，由辽南进军北上，东西两路大军互为犄角、相互配合，方可一举收复辽东。今东江毛文龙远在朝鲜，中有崇山阻隔，音信难通，何能有牵制之效，故此，我大明若要收复辽东，必得毛文龙移驻近岛，使其水可泛舟三岔河，陆可扬鞭南四卫，关宁、东江两军便可东西联络，来往相助，东奴首尾难顾，只得坐困愁城，似此，复辽则不难为了。”

袁崇焕在地图上前后指点，将平辽方略详细向侯恂解说了一遍，侯恂一边听，一边频频点头：“自如兄深谋远虑，确为持重万全之策，只是……”说话间侯恂像是突然想起了什么，不由地就锁紧了眉头，“只是安抚蒙古、修筑城堡、编练骑兵、东江移镇这几件事，件件都绝非易事，只怕会多有波折啊。”

“若谷兄所言极是！”袁崇焕应声言道，“这每一件事都确非易事，然诸事一日不成，便一日不可复辽，要想做成这几样事，必得皇上鼎力相助，假崇焕便宜之权，内外大臣戮力同心，方可次第而行。然诸事难为，绝非朝夕可成，东奴狡诈，又岂能坐视我等从容成事？故此，崇焕才有款为旁着之议。孙子曰，兵者，诡道也，崇焕用款，乃是从权，正是要以和诱他，令东奴缓其戒备，我则加紧行事，待东奴警觉，而我大事已成矣。”

“不可！兄长此议断不可行！”侯恂听到这里，大吃一惊，便顾不得礼数，连忙向袁崇焕大声劝阻，“东奴与我大明乃是敌国，岂可贸然言款！此计太过凶险，兄长前番与东奴议和，纵是兄长缓兵之计，然立时便在朝中引起轩然大波，世人不知兄长苦心，更有奸邪小人借题发作，必欲置我兄于死地，宁锦一场大战，我兄本是首功，然朝中攻讦四起，兄长愤而辞官才免于身陷不测之地，难道兄长忘记了吗！”

“我亦深知此事凶险，然崇焕为我大明社稷江山计，不得不行此险棋。试想当日，如我与东奴不假意议和，锦州、中左所、大凌河三城如何能建成？如无此三城，又如何能保我数十万关外屯种之辽民？如不筑三城，便不能拓地一百七十里，关宁地狭土瘠，又如何能屯养我数十万辽民、十三万兵马？如将辽民尽撤入关，则一年屯种之粮，恐又尽委之于敌，兵民失粮，日益困窘，则宁前必不可守，宁前一失，则山海关危矣。故此，三城能否建成，关系天下安危！试看今日，三城已就，复辽之望便翘首可期，而战守又在关门四百里之外了。崇焕今日想来，对当日之事，仍无怨无悔，崇焕以为，复辽法在渐不在骤，在实而不在虚，倘有利国家，崇焕纵使身负骂名、粉身碎骨，亦在所不辞，又岂肯临危而惧、为一时之荣辱而裹足不前！”

“国家安危系于兄长一身，兄长岂能只为谋国，而不谋己身？”说到这里，侯恂已是焦急万分，提高了声音向袁崇焕问道。

“司马史公有言：功者难成而易败。建功难而失败易，自古便是如此，功劳越大，便越遭人忌恨，故任劳之人必得任怨，蒙罪始可以有功，怨恨不深，则功劳必不厚；罪不大，则功必不成！昔日魏文侯拜乐羊为将，讨伐中山国，中山国城高池厚，一时难下，朝中便有人向魏文侯诬告乐羊通敌，一时间竟是毁言沓至、谤书盈箧，然魏文侯终不为蛊言所惑，对乐羊始终信任如初，才使乐羊终成大功！崇焕此番得遇英主、受皇上知遇之恩，既已受命，便已决心以身报国，崇焕但有一片赤心，既誓言复辽，欲成大功便不惧流言，孟子曰，道之所在，虽千万人吾往矣！崇焕决心已下，不成功便成仁，惟愿皇上能与臣心相始终，坚韧不拔，无为流言所惑，则封疆有赖，复辽有望矣！”

侯恂见袁崇焕慷慨激昂、意志坚决，也是大为感动，侯恂望着袁崇焕，知他决心已定，不可再劝，然心中亦是忧心忡忡、心急如焚。侯恂沉默片刻，猛然站起身来，走到袁崇焕身前站定，正色道：“兄长一片赤心，天地可鉴，日月可昭！小弟不才，在此谨代我大明社稷、天下苍生谢过兄长！兄长在上，请受小弟一拜！”说着，侯恂便撩起袍襟，倒身下拜，袁崇焕见状，赶忙从座中站起，一把搀住侯恂双臂，连连说道：“若谷兄不必如此，快快请起，快快请起！”

两人相互搀扶着慢慢站起，四目相对，禁不住已是泪眼潸然……

“自如兄请稍坐片刻。”侯恂擦干眼角的眼泪，请袁崇焕重又坐定，随即转身步入内间，只片刻之功，便怀抱一只古色古香的木质长匣回到书房。侯恂将木匣放到桌上，打开匣盖，只见匣中正盛放着一把三尺宝剑，此剑银质三耳云头剑首，剑格宽大，呈双面云形，外罩深青色鲨鱼皮剑鞘，剑鞘上装饰着三段银质剑箍，云纹遍布，十分精美。

侯恂双手将宝剑从匣中取出，捧到袁崇焕面前，缓缓言道：“此乃侯氏家传宝剑，原为大唐名将凉国公李愬佩剑，后辗转民间，为侯氏先人收藏，代代相传，已有八百余年。”

说着，侯恂右手紧握剑柄，一按剑簧，嗡的一声，犹如龙吟凤哕，宝剑已弹出鞘身。侯恂抽出宝剑，用双手托住，递到袁崇焕面前，袁崇焕赶忙接过宝剑，仔细观看。只见剑身前窄后宽，通体遍布流水花纹，剑身两面錾刻错金铭文，一面是“唐散骑常侍李愬自作用剑”，另一面剑脊上则是“劕蓬”二字，袁崇焕将宝剑擎在手中，定睛观瞧，宝剑虽历经八百年，然剑身依然光洁如镜，闪耀着一片寒光。

“好剑！”袁崇焕不由地脱口赞叹，“此剑名唤劕蓬，可是久已失传的棠溪宝剑？”

“正是！”侯恂应声说到，“史书有载，天下之剑韩为众，而韩之剑戟，尽出棠溪，自战国起，棠溪便已是天下第一等的铸剑之地。汉唐以来，天下名剑更是尽出于此，然自唐宪宗发兵平定淮西叛乱以来，宪宗命将棠溪冶铁城夷为平地、尽杀工匠，棠溪宝剑就此失传，凉国公此剑，如今已是天下绝品，小弟今日特取来此剑，送与兄长，以壮行色！”

袁崇焕闻言大惊，连连推却道：“此剑乃若谷兄家传之物，崇焕怎能夺人所爱？万万使不得，万万使不得！”

“自古宝剑赠英雄，想当年凉国公佩戴此剑，雪夜入蔡州，生擒吴元济，一举平定淮西叛乱，为大唐立下不世之功。而我兄今日身负重任，正该持此剑，为我大明扫灭胡虏、恢复大好河山！此剑若有灵，也定会倍感快慰。”侯恂满含深情地说道，说罢，轻轻叹了口气，又继续道，“小弟本当效法兄长，带三尺剑为国家效命疆场，然小弟自知才疏学浅，不习军旅之事，不能追随兄长驰骋辽东，小弟惟愿此剑能长伴兄长左右，以寄你我相知之意，愿兄长持此剑，了却君王天下事，赢得生前身后名！”

“若谷兄深情厚意，崇焕当铭记在心！”

袁崇焕听罢侯恂这番肺腑之言，心中大为感动，袁崇焕知侯恂是一片赤诚，便不再推辞，他猛地将剑一横，抬起左臂，用剑在手臂上一划，顿时一道鲜血便从手臂上喷涌而出……

“自如兄！”侯恂见状，惊得大叫一声。

袁崇焕却神色自若，坚定地对侯恂说道：“崇焕今日以此血为誓，不收复辽东，誓不罢兵，日月可鉴，至死方休！”

三

归德城外十里长亭

“送君千里，终有一别。若谷兄，你我就此别过吧，不日你也将赴京就任，这一别，你我二人又不知会在何年何地才能相聚。”袁崇焕站定身形，拱手抱拳，向侯恂言道。

长亭外，一行人立在道边，神色黯然，方域更是拉着婉贞的手，迟迟不肯撒手，两日的停留虽然短暂，但姐弟俩却早已是感情深厚。

“姐姐不要忘了要来看域儿啊，还有，姐姐记得要给域儿写信，告诉域儿京城和辽东好玩儿的事……”方域不停地嘱咐着婉贞，眼泪扑簌着从眼中滑落。

“好。”婉贞一边说着，一边恋恋不舍地松开方域的手，转身慢慢走向马车，待进到车厢，又马上伸出头来，挥着手对方域说道：“弟弟也要记得给姐姐写信啊。”话刚出口，婉贞的眼泪便已是夺眶而出。

“自如兄此去京城，不日即赴辽东，天高地远，兄长还当多多保重……”侯恂立在道旁，向袁崇焕叮嘱，说完，又沉默半晌，好像还有什么话要说，侯恂犹豫再三，终于还是下定决心，对袁崇焕说道，“临别之际，小弟还有几言相告，还望兄长能记在心间。”

“若谷兄良言，崇焕定当永记心间！”袁崇焕见侯恂面色凝重，赶忙站定身形，仔细听他说来。

“自古征战，战守攻取虽在疆场，然战胜之道却在庙堂！乐羊固是天下良将，然非独遇于文侯，乐羊不可以成其大功。须知，魏文侯乃天下坚忍之主，中有坚忍之主，方可成事于外，内外一片精坚、纯气相守，谗邪才无白可间，强敌方无能为攻，虽谤书盈箧，终不能为害。当今皇上，虽有振兴之志，然毕竟年轻，心高气盛、少历世事，难保不为流言所惑而做孟浪之举。朝中魏阉虽除，然奸邪未尽，上意难料，朝局多变，我兄切不可只知谋国而不暇谋身，事有可为则为，切不可知不可为而为之，款为旁着太过凶险，我兄虽是心怀坦荡、一片赤诚，然终是授人以柄，恐为奸人利用，事非万急，我兄切不可言款！切记！切记！”

侯恂一番肺腑，真可谓是语重心长。袁崇焕听了，大为感动，可是一时间，又不知该说些什么。侯恂叹了口气，又继续说道，“自如兄虽已是身居高位，然终不脱书生本色，我兄行事光明磊落，但于江湖之事，恐不甚熟稔，毛文龙乃是老于江湖之人，我兄对此人，当需加倍提防！”

袁崇焕闻听此言，大吃一惊，“若谷兄何出此言？”

“小弟旧时兴趣颇广、涉猎颇杂，于看相识人、扎飞骗术之类江湖伎俩也是小有心得，深知此种江湖之人，大多狡诈贪利，素无忠信。”侯恂答道，他见袁崇焕还是满脸疑惑，便又仔细解释起来。

“毛文龙早年曾以算命、测字为业，此类人行走江湖，好作玄虚之举，常故作神秘之状，以欺世人，其言半真半假，不可轻信！我在朝中之时，便已看透此人，其人语多虚妄，其行多诈，世人难辨真伪，然于小弟看来，不过就是些江湖诈术罢了。毛文龙桀骜难驯，不甘人下，其与历任登抚均有不和，弟之同乡前辈——前任登莱巡抚袁可立，刚直忠贞，雄才大略，勘为世之楷模，袁公对毛文龙本有赏识提携之恩，然终受毛文龙诋毁，黯然而退，乃至痛失登莱、辽南一片大好之局。我观毛文龙，心怀异志，而又身处要地，一旦有变，则祸不可知矣，我兄身负重任，当不可不防！”

“毛文龙心怀异志，若谷兄何以知之？”袁崇焕连忙追问。

侯恂微微一笑，随即答道：“要识破毛文龙的心思，倒也不是什么难事，毛文龙那套手段，也不过就是些江湖把戏而已，明眼人一望可知其心，江湖中人迷信图谶之术，最擅装神弄鬼，玩儿些把戏欺人，毛文龙占有皮岛、云从二岛，此二岛原属朝鲜，皮岛本名为椵岛，云从岛本名为须弥岛，自毛文龙占据二岛之后，便将此二岛改为皮岛和云从岛。皮岛得名于皮之不存，毛将焉附之意；而云从二字，则取自于云从龙、虎从风之说，以寓一遇风云便化龙之意，毛文龙现今虽未公然作乱，然其心实不可测。”

袁崇焕听罢，沉默良久，不由地就在心中反复地琢磨起侯恂的这番话来。

皮之不存，毛将焉附？看来毛文龙心中确是早已认定皮岛，必不肯他顾了，朝廷几番欲令毛文龙移镇，而毛文龙百般推托，拒不移镇，为达目的，甚至不惜戕害使臣，天启六年，我派参军赵佑、中军旗牌徐敷奏前往皮岛，与毛文龙协商移镇之事，哪知二人一去，毛文龙竟报称赵佑失踪，徐敷奏虽侥幸逃得虎口，亦难逃毛文龙构陷。赵佑一案，扑朔迷离，现在想来，赵佑显已遇害，只恨天高海阔，无能查明真相，只可怜赵佑，竟落得个尸骨无存……”

“唉。”袁崇焕长叹一声，随即对侯恂说道：“一遇风云便化龙，如他异日果有不臣之举，崇焕为保我大明江山，也只得骤行霹雳手段了，大丈夫不可有杀人心，然亦不可无杀人手！”

侯恂见袁崇焕神情凝重，面露果决之气，心中不免担心，他素知袁崇焕治军严格、果于用法，难免不遭奸人仇恨，给自己招来不测之祸，侯恂放心不下，便又赶忙劝慰袁崇焕：“毛文龙必竟是朝廷大员，我兄对其不可不防，然若要对其有所举动，我兄还当慎重，三思而后行！”

“若谷兄金玉良言，崇焕自当谨记心中。”

侯恂叮嘱完袁崇焕，忽又想起一事，便又说道：“自如兄此去，任重道远，小弟虽不才，然在上京之前，还要去办一件大事，要为兄长寻得一位能人，以助我兄一臂之力！”

“若谷兄要为崇焕寻得何人？”袁崇焕颇感好奇，连忙追问。

“说起来此人也还是小弟的一个同乡，此人姓程，名本直，字更生，乃是河南睢州人氏，举人出身，与小弟青年时便多有交往。”侯恂先是说了一下此人的来历出身，稍一停顿，便又说起此人的人品才学来，“更生此人虽是一介书生，然性情豪放、天性洒脱，绝非那般皓首穷经、醉心功名之辈可比，此人早年便好经世致用之学，于兵事战策更是颇有造诣。天启年间，更生曾于袁可立幕中，助袁公筹划辽海战守，后袁公退隐乡里，更生感于朝局黑暗，便也一同归乡。更生此人慧识两精、颇有才干，更难得侠肝义胆，一片忠贞，实是当世不可多得之才！睢州此去归德不远，小弟定要说得此人前来，助我兄一臂之力！”

“如能得大才相助，真是感激不尽！若谷兄一片深情厚爱，实是令崇焕没齿难忘！”袁崇焕听罢，大喜过望，连忙拱手抱拳，向侯恂深施一礼。侯恂见状，也赶忙躬身还礼，二人慢慢起身，对面无言而立。

侯恂举目四望，见天色不早，长亭外，古道两边，芳草凄凄，一片离愁不禁涌上心头，侯恂招手唤家人端过酒来，拿起酒壶斟满两杯酒，捧起一杯递与袁崇焕，自己也举起一杯，满含深情地向袁崇焕说道："送君千里，终须一别。待到我兄收复辽东，鞭敲金蹬，奏凯还朝之时，小弟我再与兄长把酒言欢！劝君更尽一杯酒，西出阳关无故人。"

侯恂话未说完，声音便已有些哽咽，强忍着眼泪，微微摇了摇头，不再继续说下去，只是高举起酒杯，向袁崇焕示意。

"自如兄，一路珍重！"

"若谷兄，后会有期！"

二人说罢，将杯中酒一饮而尽，袁崇焕放下酒杯，又向侯恂一拱手，便毅然转身，登车而去。

苍茫天地间，古道蜿蜒曲折，一路向北。三辆车、五匹马，一行人渐行渐远，直至消失在遥远的天际，旷野中，微风吹过，只隐约听见有人在放声吟唱：

乐游原上清秋节，
咸阳古道音尘绝。
音尘绝，
西风残照，汉家陵阙……

第七章

百花楼的秘密

一

东四牌楼位于皇城之东，因其十字路口四面各建有一座四柱三楼式牌楼而得名，又称东四。

自明代废弃积水潭漕运后，南方水运进京的货物便只从京东的通州运河码头弃船装车，由陆路从朝阳门进城，运至城内各处。

起初，客商们大都要在朝阳门至东四的大路两旁用餐、购物或歇脚，由于东四地近皇城，又正当要道，久而久之，全国的商贾便都汇集于此，经销各地商品。夷蛮獓貊之珍异，三代八朝之骨董，五等四民之用物，种类齐全，无所不有。且不说民间商人，就是那大内，也在此开办有皇店，专门经营各地奇珍杂货。至于酒肆、茶园、瓦舍、青楼，种种灯红酒绿、声色犬马之所便也都在此兴盛发达起来。商贾巨富、达官显贵、举子士人也无不喜于此处流连忘返，及至崇祯朝时，东四一带已是京城一等一的热闹、繁华之区了。

百花楼就坐落在东四十字路口东南角，乃是京城最为知名的烟花之地。临街是一栋高大的三层十字脊式花楼，重檐垂花门头，飞檐翘角，十分华丽，每到夜幕降临，两盏明亮的大红灯笼高高挂起，这里立刻也就变成了一片流光溢彩、莺歌燕舞的花花世界。

与前面高朋满座、车水马龙的景象不同，百花楼后院则是一片占地极大的园林，园中假山池水、亭台水榭都错落其间，更有四时花卉、古木竹林交相掩映。沿着一条曲折的小径绕过园林，再穿过一道隐蔽的极好的垂花门，一座三进院落便赫然映入眼帘，此间却原来还有一处闹中取静、别有洞天的好宅第。

差不多是酉时三刻，厅堂里已点起灯火，两名公子模样的男子，一坐一立，正在神神秘秘地说着什么。

“光这三个月来，咱们的利润就比往年少了三成，他娘的杨国栋也实在是太嚣张了！”只见那名站立的男子恨恨说道，此人大约三十多岁的样子，头戴一顶玛瑙束发冠，身穿团花湖罗长衫，掐金丝走银线，腰间扎一根玉带，玉带上挂着玉佩、香囊、荷包等各样佩饰，端的是富贵逼人，一望便知是一位京城大家公子。

男子将手中折扇猛地扇了几下，在房中一边走一边说：“杨国栋那厮仗着有阎鸣泰给他撑腰，拿着鸡毛当令箭，都欺负到咱兄弟头上来了。哼！现在阎鸣泰这老东西已经下台，也该是咱哥们收拾他杨国栋的时候了！”

“大公子说的是！还是你家老爷子厉害，朝堂上三言两语，便拿下了那阎老儿，要收拾他杨国栋那还不是手到擒来，易如反掌吗。”

说话的男子正坐在主位座中，此人年方四十上下，也是一身华服，只是脸色略黑，吊着一双三角眼，比之先前那位公子，看上去又多了几分阴狠和江湖之气。此人不是别个，正是这家名震京城的青楼——百花楼的老板沈敏，而那位富家公子，则是当朝礼部尚书温体仁的大公子温言。

沈敏与温言既是同乡，又同为官宦之后，两人打小便已相熟，如今更是生意场上的合伙人，二人联手，翻手为云，覆手为雨，游刃于官商两界，黑白两道，不知是挣下了多少家业，坐拥了几座金山。

但凡要在大明朝做大生意，无不与国运、国策息息相关，没有那天时、地利、人和，又怎么能做得成大买卖呢！比如，大明国初，为应对蒙古威胁，朝廷自西起嘉峪关、东至鸭绿江的北方边境设立九边重镇，为解决戍边将士的军需粮饷，朝廷便首先在太原、大同两镇实行开中法，以吸引和鼓励商人运送粮食到边塞，商人们则可以用粮换取盐引，再用这些盐引于朝廷盐场换取食盐，贩卖获利。山西商人因其地近九边，占有地利，捷足先登，始有第一桶金，再经几代经营，遂率先崛起为大明第一商帮——晋商，及至大明弘治五年，朝廷又改开中法为折色法，商人们再不必先将物资、粮食运送至边关后才能换取盐引，而是直接可以用银子换盐引，如此一来，安徽商人因地近两淮盐场，又有运河漕运之利，便迅速崛起为可与晋商匹敌的又一大商帮——徽商。正如晋商、徽商的崛起，沈敏、温言的商业秘密便也全在这天时、地利、人和之中……

大明立国之初，为防倭患，自洪武年间起便开始实行海禁，除朝贡贸易外，片帆不得下海，及至隆庆元年，始得开海，但朝廷也只是允许在福建漳州月港一地开设“洋市”，与东西二洋开展海外贸易。

天启二年，毛文龙袭取镇江，后退居皮岛，朝廷遂于次年设立东江镇，毛文龙因功升任东江总兵，然皮岛远在朝鲜，与内陆有大海相隔，朝廷为解东江军民物资粮饷之急，便准毛文龙之请，于皮岛开设马市，以吸引内地客商前往贸易。

皮岛本属朝鲜，又地近登莱、后金以及日本，故而皮岛因其独特的地理优势，成为连接四方贸易的绝佳之地。马市一开，内地的粮米、生丝、丝绸、茶叶、瓷器等物便可先由京杭大运河直达京、津、山东，再从天津、登州出海，便可直达皮岛；而朝鲜、后金的人参、鹿茸、貂皮、东珠，由日本而来的东西二洋之物，又可从皮岛直达内地，更有盐、铁、火药等种种违禁物品，无一不是巨利之物。

当是时，苏杭富庶，然东南沿海海盗横行，郑芝龙称霸海上，掌控着内地与海外的贸易，然自有了皮岛马市，便又打通了一条由内地通往东北亚的海外贸易之路。一时间，无论是合法经营还是走私偷运，千帆竞渡、百舸争流，皮岛在事实上，已成为大明朝继月港之后，第二个对外开放的洋市，短短数年，东江遂成一方雄镇。

天启、崇祯年间，在大明朝对外贸易的清单中，除茶叶、瓷器、丝绸等广为人知的传统品种外，生丝是一项看似不起眼，却是极为重要的大宗货物。在所有输往外洋的货物中，丝与丝绸制品最受当时欧洲、特别是日本的欢迎，且利润极高。每年销往日本的货物，生丝便能占到一半，如再加上丝绸制品，则可达七成以上，而大明的生丝，一半以上产于浙江乌程，是为湖丝，仅湖州一地的生丝产量，便可满足江宁、苏州、杭州三处织造局一半的用量。生丝除供应三大织造局之外，更是远销海外，而其中品质最好、产量最大的便是乌程辑里村的七里丝，而温家正是这辑里村里名震乡里的头号家族。

乌程的东江、生丝，当然还有他们独有的权力与资本，便是沈敏、温言在短短几年内便缔造出一个商业帝国的全部秘密。

沈敏、温言二人早年便承父荫，袭了个中书舍人的虚衔，却也并不出仕，沈敏因是毛文龙表弟，又因毛文龙早年乃是托了沈敏之父——沈光祚的关系，才得以在辽东立足，二人关系自是非比寻常。待到毛文龙开镇东江、设立马市，便将这一大摊的生意全交到了表弟和老丈人手中，自是，在皮岛有沈世魁沈太爷，在京城有表弟沈敏，东江与内地、后金、朝鲜乃至海外的来往生意便都在这“二沈”手中。

坐镇京城的沈敏凭借此等关系，生意做得立时便是风生水起、好不风光，且不说这粮米、人参、鹿茸、貂皮、东珠、生丝、丝绸等物，哪一样不是日进斗金的营生，沈大官人更是在这天子脚下，开办起这花团锦簇一般的百花楼，与各路达官显贵、巨富豪强交相往来。这其中，沈敏与温大公子的关系又非比他人，一个掌控着东江商路，一个掌握着江南财源，二人又得朝中相助，自是要风得风、要雨得雨，无人可比。

当然，对于这样的贵人来说，懂得怎样挣钱从来就不是什么难事，懂得怎样花钱才是一门大学问。你看那水泊梁山上头把交椅、江湖人称“及时雨”的宋江宋公明，管你哪路英雄好汉，但闻宋江大名，无不是推金山、倒玉柱，纳头便拜，何也？银子而已，所谓及时雨，实乃及时银子罢了。

这个道理，沈敏自然是了然于胸，“银子是什么？银子就是王八蛋！放在那里是死疙瘩一块，能花出去的才是真金白银！”沈大官人每次和别人说起这话的时候， 嘴角总是会不由自主地向上扬，同时，从鼻子里哼的一声，发出一声冷笑。

沈大官人出手自然是极阔气的，不消说撒到朝中大臣们身上的金银珠宝、古玩字画，就是对那般有些名头的名士、佳人，大官人也常常是一掷千金、极尽拉拢。当然，沈大官人也从来是不缺美女的，无论走到哪里，都是美女簇拥、众星捧月一般的存在。京城里每提起此人，无不云是引人惊呼、令人艳羡、风流、多金的公子！

然而，在这光鲜的背后，这位沈大官人还有着其不为人知的另一面，除了那明面上的生意，沈敏更是京城打行里的扛把子，手下豢养着几百号的青手，俱是些闲人恶少、无业地痞、四方流人，仗着沈敏的权势和财力，平日里在京城欺行霸市、敲诈勒索、无恶不作，倒实实在在是令江湖闻之色变的狠角色，更可怕的是，这位沈大官人还结交、豢养着一大批文人墨客，资助着多家书坊、戏班，什么刊刻邸抄、揭帖、话本、编排曲目之类，不一而足，牢牢左右着世人的社论人心、喜怒哀乐。

大把的银子撒出去，自然是为了更大的收益，沈敏、温言也是如此，在他们金钱帝国的背后，到底还有着什么更大的目标呢？

二

“大公子，不必烦躁，且先品尝一下这新到的洋烟。”

不知什么时候，沈敏已拿出两只精美的石楠根烟斗，装满金灿灿的烟丝递给温言，两人用火折子点燃烟丝，先是猛吸一口，接着又把一大口烟吐到空中，两人对视一眼，一时都是无比的满足和刺激。

“大官人，依你之见，我等该如何对付杨国栋那厮？”两人重又坐好，温言见沈敏一脸淡定，便率先发问。

“登州乃咽喉要冲，绝不能再让这厮待在登莱！” 沈敏吐了口烟，恨恨说道，“为今之计，我们当尽快想办法，把这厮调往他处。”

“调遣总兵全是他兵部说了算，我们只怕是难以插手吧。”温言听了，颇感棘手。

“大公子怎么忘了？皇上让内阁、六部九卿会推新兵部尚书，这不正是我们的机会吗？”

“昨日听我家老爷子下朝回来说，这事好像还没议定，目前备选的主要有两个人，一个乃是那先帝的老师，前任大学士孙承宗；另一个则是前任辽东经略王在晋，大家意见不一，争执不下，这几天怕就要上报朝廷，请皇上裁夺了。”

沈敏听罢，沉思半晌，好半天才又说道：“孙承宗此人一不爱财、二不好色，听说当年魏忠贤想要和他结交，这老头儿都不理不睬，我们又怎么能搞得定他呢？另外，此人与袁崇焕交厚，他和袁崇焕乃有师生之谊，如让他入主中枢，只怕将来会对我东江多有不利，此时万万不可让此人回朝！”

“大官人所言极是！”温言重重点了点头，“王在晋吗，听说此人素有野心，一心想着入阁，只是当年他在辽东与袁崇焕、孙承宗意见不合，那孙承宗向先帝告了一状，撤了他的职，打那以后，王在晋便和他俩结下怨恨。听说他这几年在南京颇不得志，平日里，常和人说起当年辽东之事，每言关外五城、七十二堡都是他收复的，而孙承宗不过是抢了他的功劳，言语间很是愤恨不平，如果此人能入主兵部，对我等倒是一个不错的选择。”

“我听说这王在晋对东江倒也一向亲近。”温言吐了口烟，又接着说道，“据说当日前任登抚武之望与毛帅不和，朝中也多有大臣对东江不满，倒是此人肯为毛帅说话，对皇上讲海外情形，毕竟毛帅勘得透。对于东江移镇这事，此人也不像王永光、阎鸣泰、袁崇焕等人那般积极，如让他主管兵部，对我等确实十分有利！只是我们又怎么才能让那王在晋入主兵部呢？”

沈敏眉头紧锁，用牙咬着烟斗，咂吧了半天，突然灵机一动，转头对温言说道：“看来这事还得请你家老爷子出马啊。”

“我家老爷子？如何出马？”

“听说最近那首辅李国普李阁老的日子可不太好过啊。”沈敏冲温言神秘地一笑。

“这事和他有什么关系？”温言一脸茫然，不解地问道。

“魏阉倒台已有些日子了，现在皇上大位已固，此时正要大展拳脚。”沈敏不慌不忙，又点上一斗烟，“皇上对阉党恨之入骨，早就想把他们一网打尽，内阁大学士黄立极、施凤来、张瑞图、李国普四人都是魏阉一党，皇上刚登基那会儿，根基未稳，对这四人还不得不要做些忍耐，而如今皇上对他们早就厌烦透了，所以最近几个月，皇上才将黄立极、施凤来、张瑞图这三人都罢了官、赶回了老家。现在这四人就剩下李国普一个了，表面上，那李国普还占着首辅的位子，可是，近来李国普也是饱受众人攻击，离回家怕也就是眼巴前的事了。”话到此处，沈敏又转过头来，直望着温言，“这个时候，便需要请你家老爷出马去劝说李国普，要他向皇上极力推荐孙承宗，原官起复，主管兵部！”

“咱们不是要保举王在晋吗？为什么却反要让李国普力荐孙承宗呢？大官人你这是？” 温言越听越糊涂，已是一头雾水。

“此中玄机，大公子还没有想到吗？”沈敏先是得意地笑了两下，接着才又解释，“我正是要他去卖力推荐！大公子你想，皇上现在对李国普正是越看越不顺眼，他要是保举谁，皇上便不喜欢谁；他保举的越是起劲，皇上就越是起疑，像这样他岂能如愿？等到廷议的时候，先是诱他保举孙承宗，只要皇上生疑，温老爷便可果断出手，直击要害！魏忠贤、李国普、孙承宗、阎鸣泰，这几个人都是北直隶保定府人，他们乃是乡党，且罪臣阎鸣泰当年就是靠了孙承宗举荐，才得以出任辽东巡抚。且孙承宗从前也被多人攻讦，说他前有柳河之败，后有劳师靡饷、任用马世龙等贪官庸才、贪污粮饷等种种丑事，只要皇上听到这些，大公子你想，他孙承宗还能回得来吗？”

“高！大官人神机妙算，实在是高！”温言恍然大悟，禁不住抚掌大笑，“李国普纵是神人，他也定然识不得大官人妙计！这正是欲擒故纵，引君入彀！”

“温老爷如能助王在晋入主兵部，又力压孙承宗，这实是替他出了一口恶气，王在晋受了温老爷的情，定然心怀感激，到那时，温老爷再请他将杨国栋调离登莱，岂不是易如反掌吗？”

“正是！正是！只是要调走杨国栋，还需要有一个合适的说法，才好掩人耳目。”

“理由吗，便有那现成的，现福建、浙江，东南沿海一带，海盗横行，郑芝龙更是称霸一方，我等正好就可以此为借口，让王在晋将杨国栋调往浙江，让他去和郑芝龙那帮海盗打交道去吧。另外，前几日，王国兴已从东江回京了，我家表兄已和宫中打好招呼，大家内外联手，还怕他杨国栋逃出咱们的手掌心吗？”

沈敏说罢，得意洋洋，温言赶忙又是一番夸赞，两人面对面、眼对眼，又一起放声大笑起来。

“对了，再过些日子，便是皇后的千秋节了，我等还当多备些丝货，送入宫中。”

“这个是自然，我早已让人备好，这几日便让他们送进宫去。”

温言端起桌上的茶碗抿了一口，又扭头说道：“尚衣监的周公公说，上次送去的那批货，周皇后、田妃、淑妃几位娘娘都是赞不绝口，宫里已给各织造局、尚衣监、针工局等处都吩咐了，以后这龙袍、凤袍，还有宫中的其它用处，一定是要用咱们的七里丝才好。”

两人又扯了几句闲话，沈敏好像突然想起了什么，又扭头向温言问道：“梁家兄弟现在在哪里？”

“廷翰三月份已升任湖广按察副使，离京前，小弟召集了一帮弟兄哥们，就在百花楼给他摆酒饯行，你当时正好去了东江，所以错过了；廷栋现还在河南老家，他是去年十一月离的京，记得廷栋走前，咱们四人不是还一起喝了顿闷酒吗？”

“我倒一时忘记了。”沈敏轻轻拍了一下额头，“廷栋那时本在永平兵备副使任上，不成想，他的顶头上司永平兵备道张春那厮，却故意与他为难，威胁说要查什么抚赏款，廷栋一时气愤，便借口守制，回家暂避风头，现在几个月过去了，廷栋也该回京做些事情了。”

两人所说的梁家兄弟，乃是河南开封府鄢陵人，大哥梁廷栋，弟弟梁廷翰，均是万历四十七年进士出身，其父梁克从与温体仁乃同年进士，后官至太常少卿。沈敏、温言、梁氏兄弟均出于官宦之家，少年时便通家交好，及长，四人更是气味相投，常结伴嬉游、叱咤京城，世人一时呼其为“京城四公子”。

“大官人怎么突然想起梁家兄弟了？” 温言颇感纳闷，也不知沈敏又要做什么打算。

“哦，没什么……”沈敏轻轻答道，“只是刚才我突然想到，那袁崇焕不久便要督师蓟辽，下一步也不知道他对东江会有什么动作，如果他再提起移镇这事，只怕对我等会十分不利。看来，在辽东咱们也该设法安排一个自家兄弟了。”

“大官人的意思是让廷栋去辽东？”

“正是！”沈敏重重点了点头，“廷栋久在边关，精通辽事，又是你我自家兄弟，有他在袁崇焕身边，今后自然对我们是再好不过了。”

“对！大官人想的周到，我们这就该给他去封书信，还要再请兵部发一道文书，召他进京！”

“好，那就有劳大公子了。”

两人计议已定，差不多已是戌时三刻了，沈敏又亲密地对温言说道：“今日请大公子过来，还要请你看场好戏哩。”

“哦，什么好戏？”温言听了，顿时两眼放光。

“前些日子我从杭州请来的南戏班，昨天已经到京了，他们新排了几出戏，这几天便要请大公子好好欣赏欣赏。”说着，沈敏便拍了一下手掌，唤进屋外伺候的下人，沉声问道，“前面准备的怎么样了？”

“回大官人，前面都预备好了，就单等大公子和大官人过去开锣了。”

“好！”沈敏答应一声，便又亲昵地招呼温言，“今晚为兄特地为大公子点了一出《连环记》，凤仪亭吕布戏貂婵，英雄美人。曲好，故事也好，最妙就是那个扮貂婵的伶官，二八年华，那扮相，那身段，别提有多美了。”

沈敏一通言语，撩拨得温言心头有如猫抓一般，早已按捺不住，一个劲儿地连声催促：“哥哥莫要再要逗小弟了，时候不早，大官人，咱们这就赶紧过去吧。”

“好！大公子，请！”

说着，两人便一起出得屋来，跟着两个打着灯笼的下人，一路并排向百花楼走去。

三

紫禁城文华殿

“启奏皇上，臣等近日连接奏报，关宁、宣大、延绥各地边军缺饷已达数月，近日又有台头营军士鼓噪索饷，现察哈尔西迁，逼邻我宣大、延绥口外而居，拥众窥关、对我虎视眈眈；关宁一带，于今则既要防东，又要备西，诚乃万分危险之时，而各地外解粮饷不至，太仓空空如洗，户部与各地督抚每日焦心蒿目，计无所出，实难作无米之炊，故众人责臣等代为吁请，恳请皇上，慨发内帑，以济边急！”

早朝刚一开始，首辅李国普上来就报了这样一堆糟心事，还说要请发内帑，当时便引得皇上心中老大不快，崇祯强压着怒气，阴着脸道：“朕即位之初，依惯例便已拨内帑一百三十万两，用于赏赐边军，今年以来，又调帑银五十万以充军饷，这才短短几月，边军怎么又会缺饷？”

“回皇上，只因魏阉把持朝政多年，阉党祸乱朝政、贪墨军饷，以致边军连年欠饷，日积月累，至今已达百万之巨，边军困苦十倍于内地，其苦状竟至有卖妻子、衣甲、马匹、刀械者，边军锐气尽失，雄心俱没，朝廷如不及时补发欠饷，又如何能使他们安心王事，尽忠报国？

“臣等亦知内帑空虚，怎敢轻许户部、督抚之请，然边军积困，非一日之弊，亦非一日可解，臣等计议再三，记得昔日皇祖、先帝朝时，亦曾因廷臣之请而发帑济边，至今传为盛事，祖宗之所以撙节积蓄以遗圣子神孙，本亦为安边御辱之用，今值此边事危急、国库空虚之际，臣等惟有恳请皇上，效法祖宗，发帑以济边，皇上仁明神武，乃上天也，天欲雨露，则天恩浩荡，穷塞生春矣。”李国普说完，便躬着腰、战战兢兢地立在阶下。

反正国家没钱，现在到处又要用银子，这个皮球被君臣踢过来踢过去，谁也不肯接下，崇祯见大家都不说话，一副等着看热闹的架势，心中不由暗骂：难道这大明朝都是朕一个人的大明朝吗?

崇祯心头恼恨，这口气便也越发强硬了：“诚然是皇祖、先帝时便有发帑济边之事，朕又岂是不知体恤将士、只知爱财之人？只是内帑原无厚积，尔等动辄请帑，却全无他策，这内帑又岂是取之不尽而用之不竭的聚宝盆？只可恨那些宵小之徒，不思报效，但知索取，朝廷偶有亏欠，便要鼓噪要挟，中枢司马、督抚镇将，尔等平日又是如何统兵、如何驭将！”

“总是臣等之过，请皇上治罪！”众臣见崇祯动怒，慌忙呼啦啦一起跪倒，向上请罪。

不过，崇祯气归气，事还得想办法解决，这面子上，也还多少得有些帝王的风度：“今国事艰难，朕亦深知边关将士之苦、尔等大臣筹措之难，也罢！今日朕便先允了尔等之请，先暂拨内帑五十万两，借与户部，以济边急，着户部再严催各地，外解钱粮务要如数征缴、克期到部！待外解一到，尔等便要先将所借饷银立刻还于大内！朕今日此番安排，并非爱财，也不是非要为难尔等，朕只是希望，诸位今后能实心做事，为国分忧，不可一遇难事，便只知推诿！朕用心良苦，还望列位臣工能深体朕心。”

“皇上天恩浩荡，臣等感激不尽。”

众人见崇祯松口，虽说只是暂时挪借内帑，但也总算是解了眼前之急，便赶忙一起叩头谢恩。

待众人重新站好，崇祯又向首辅李国普问道：“前日，朕令内阁、六部九卿会推新任兵部尚书，于今可有结果？”

李国普不敢怠慢，赶紧回奏：“启禀圣上，臣等连日来已计议多次，众臣连番举荐，前任大学士孙承宗、现任刑部尚书王在晋，此二人久历兵事、才堪大用，可为大司马候任之选，然大司马执掌天下兵马，乃国之中枢，何人当任，臣等不敢自专，大司马一职，到底当用何人，还请皇上定夺。”

“众卿都是何意？可先一一奏来，朕听过原委才好再做决断，为国抡才乃吏部之责，大司徒是何主张？”崇祯一时也不知如何决断，便首先来向吏部尚书王永光征询意见。

王永光见问，连忙回奏：“回陛下，前任大学士孙承宗才品兼优、慧识两精，更通晓兵机、治军有方，天启二年至六年，孙阁老督师辽东，修筑大城九座，堡四十五座，招练兵马十一万，开疆扩土四百里。四年间关门息警，中朝宴然，实乃我大明有功之臣。今国家多事，臣等伏乞皇上，特发敕谕，速召孙承宗还京，原官起复，入朝主理兵事。”

“旧辅孙承宗才品兼优，功在先朝，今大司徒力主起复，诸位爱卿可有异议？”崇祯点点头，对王永光的意见很是满意，早在还是信王时，崇祯对孙承宗就早有耳闻，世人都说他清亮忠直、老练通达，乃是国之柱石，现在见王永光大力举荐，也是正合心意。

崇祯正要发话，却突然见内阁辅臣刘鸿训出班劝阻：“启禀陛下，旧辅孙承宗起复一事，还请皇上三思！”

崇祯听了，颇感惊讶，问道：“哦？刘爱卿有何说法？”

刘鸿训手捧笏板，先是向上一拱手，随即大声说道：“启禀皇上，旧辅孙承宗虽公忠体国，有功于国家，然论其督辽之功，却也有颇多令人非议之处，孙阁老在辽四载，守有余而攻不足，虽开疆扩土四百里，坐拥兵马十一万，然士卒实不堪一战，每岁徒耗钱粮五六百万，而不能毕其功于一役，乃使国益穷而民益困，诚所谓以一辽而病天下。更误用、误信庸将马世龙，坐视其虚兵冒饷、贪污克扣，马世龙统兵无方，御敌无术，乃至有柳河之败！损兵折将，失地辱国！今皇上发奋图强、志在复辽，必得选贤任能，非至忠至能之人，不可托付中枢之任，旧辅孙承宗虽有功于国家，然于兵事，其有所不能。为大明社稷江山计，臣不得不直言力陈，还望皇上三思！”

崇祯闻听此言，心里咯噔一下，刚才还大好的心情一下子就沉了下来，不由得板起脸，马上转头问王永光：“大司徒，你可知柳河之败、马世龙之事吗？如何说？”

王永光被问，额头上登时便有些冒汗，哆嗦半天，这才又小心翼翼地回道："回皇上，先帝朝时，臣也闻知此事，柳河之败实乃马世龙贪功心切，误信奸细所致，与孙阁老并无干系；至于克扣、贪污一说，乃是魏阉一党欲构陷阁老而编造的不实之词，事后孙阁老已有奏报，户部也有查勘，并未发现有贪污之事；孙阁老在辽四载，虽未能渡河东进，毕其功于一役，然于当日辽东全局败坏之时，而能成今日关宁之势，实乃孙阁老之功，兵家有云，善战者，无赫赫之功正是此理，孙阁老公忠体国，有大功于国家，实乃我大明栋梁之才！臣一片肺腑，句句是实，还望陛下明察！"

崇祯听罢，心中暗想：王永光所说虽也有些道理，但也难脱狡辩之嫌，朕今欲恢复辽东，正要发力进取，岂可用此损兵折将、失我军威之人？一念及此，崇祯便又抬头向刘鸿训问道："刘爱卿，大司马一职，舍旧辅孙承宗外，你以为又有何人可任？"

"回皇上，太子太保现任刑部尚书王在晋，铁骨赤心，雄才远略，识见如照烛观火，又久历兵事。先帝朝时，便曾经略辽东，其在任内，画地筑墙，建台结寨，抚虏守关以拒东奴，颇有一番作为，王在晋尤擅治军，通晓兵事，可勘当大司马一职！"刘鸿训朗声答道。

崇祯还是有些犹豫不决，便又扭头向李国普问道："李爱卿，你是内阁首辅，孙承宗、王在晋二人，你以为如何？"

李国普赶忙颤颤巍巍站出来，躬身作答："回皇上，臣本无大才，蒙圣上恩遇，谬列首揆，每思大臣当以荐贤为本，原大学士孙承宗渊学嘉谟，纯忠亮节，功在先朝，自皇上登基以来，众臣更是连篇举荐，可谓章满公车，臣亦知，臣才德远不及孙公，然区区为国荐贤之心，却不敢甘于人后，臣伏乞皇上俯鉴该臣忠谠可任，请特发敕谕，征取旧辅来京，以辅佐朝政、主理兵事！"

崇祯本想听听李国普对王在晋的说法，见他还在举荐孙承宗，心中已是不快，便反问一句："卿乃首揆，临事自当老成谋国，今你独荐旧辅孙承宗，又岂不闻柳河之败、马世龙之事吗？"

李国普怕是真的有些昏愦了，对皇上话里的不满，他竟好似没有察觉，还只管自顾自地在那里辩解："回皇上，正如方才王尚书所言，当年兵败柳河之后，旧辅孙承宗曾上奏论及此事，柳河之败，实乃马世龙误信人言、贪功冒进所致，旧辅对马世龙亦有弹劾，现马世龙已被革职，此事与旧辅并无干系。"

崇祯越听越生气，心中暗骂一声，便立即大声质问："败军之将，岂是革职这般轻松发落的吗！尔等还置我大明法度于何地？更有虚兵冒饷、贪污克扣等事，可有一一查办？此事虽在先朝，然此军国大事，岂可不查！令兵部、刑部速将罪将马世龙捉拿进京，勘察明白，再行发落！今三尺俱在，尔等如再有搪塞欺瞒，朕决不宽待！”

“臣等遵旨——”众人见崇祯动怒，不敢怠慢，连忙高声称旨。

崇祯又冷冷地瞟了一眼李国普，对这个佝偻着身子站在阶下的干瘪老头儿，早已是一肚子的不满，颟顸昏聩、尸位素餐，要你何用！崇祯心中暗道，随即又轻轻摇了摇头，将目光向殿内众人扫去……

“对于新任兵部尚书人选，众卿还有何议？”崇祯问道。

见时机来临，早已蓄势待发的温体仁马上启奏：“启禀皇上，大司马执掌天下兵马，所托岂可非人？臣为社稷江山计，有一言不敢不禀明圣上！”

“哦？温爱卿有什么话，尽管奏来！”

温体仁先是转头瞄了一眼李国普，只见他正满是期待地望着自己，温体仁微微一笑，随即转过身去，向皇上说道：“回皇上，前有罪臣阎鸣泰窃据中枢之位，已是误国不浅，然查其履历，该罪员当初正是由旧辅孙承宗举荐，才得以出任辽东巡抚，而后又得魏阉拔擢而升总督，后终至大司马之位。魏阉、孙承宗、阎鸣泰俱乃北直隶保定府人氏，是为乡党，今首辅李大人亦是其乡人，现李大人独崇旧辅孙承宗，臣不敢妄揣其意，然为国选才，当任贤选能，不可不秉至公而心无私念，岂可市恩私授？！

“王在晋雄才大略，为人刚直不阿，故当日才会与旧辅孙承宗有隙，而后被调离辽东。王尚书方才言道，辽东开疆拓土四百里，皆孙承宗之功，其实不然。开疆四百里实乃王在晋之功！想当日王在晋经略辽东之时，一到关门，便苦心擘画，选才任将，修城筑堡，整饬兵马，旧辅孙承宗不过是据其功为己有罢了。据实而论，正是有王在晋当日之苦心，方能有今日关宁四百里金汤之势。今日皇上裁定大司马可任之人，臣为我大明江山，不敢不据实以奏，请皇上明察！”

听温体仁这么说，李国普简直不敢相信自己的耳朵，这字字句句犹如一串炸雷，在他头顶炸响，李国普面色苍白，一双眼死死地望向温体仁的背影。李国普百思不得其解的是，正是这个人昨晚来到府上，口口声声对自己说，“历代都有再起辅臣这样的故事，近有天启年间，特起首辅叶向高于田间；又有正德年间，时任首辅梁储再起杨廷和为首揆，而自己甘愿屈尊其下，一时间便传为美谈……”劝自己应当效法先人，举荐旧辅孙承宗，说什么“首辅此举，大公无私，必可深获圣心，青史留名！”

李国普长叹一声，深悔自己受此人蛊惑，竟信以为然，自己糊涂，竟信了他的话，今日在朝堂之上，力荐孙承宗起复，没成想却反堕此人彀中！李国普立在堂上，望着志得意满的温体仁，禁不住浑身颤抖。

崇祯坐在高高的丹陛上，看着沉默不语的李国普，冷笑一声：“李爱卿为国举才，真是举贤不避亲啊。”说罢，也不待众人反应，崇祯便大声命令。

“传旨！中极殿大学士李国普年事已高，准其加衔致仕！擢武英殿大学士李标为首辅，主持内阁；改刑部尚书王在晋为兵部尚书！退朝！”

“臣等遵旨——”

第八章

东窗事发

一

崇祯元年四月，皮岛都督府

眼前的这个人倒真是让毛文龙感到有些棘手，和那个御马监提督太监王国兴比起来，这个人总是一副不冷不热、不紧不慢的样子，虽然见他总是笑脸相迎，可话里话外却滴水不漏，像是隔着一层纱，让人摸不透底细，又像是隔着一条河，让人无法亲近。

今时今日，何官非爱财之人？我就不信这天底下还有不喜欢银子的人！毛文龙心中暗想，遂满脸堆笑，向那人说道："黄大人头一次来我皮岛，远涉波涛，一路辛苦！文龙略备薄礼，不成敬意，还请黄大人笑纳。"

说着，毛文龙一拍手，便有两个亲兵从外间挑进一只油漆大箱，放在堂前，毛文龙又从袖中取出礼单，轻轻递到那人面前。

这位毛文龙口中的黄大人正是钦差专理东江饷务、户部员外郎黄中色，他此次来到东江，乃是奉旨督发粮饷、核查兵员，昨日才刚刚来到皮岛。

黄中色大约四十开外年纪，面目端庄，头戴乌纱帽，身穿青色官袍，坐在椅中，倒是不卑不亢、神态自若。黄中色接过礼单，快快扫了一眼，只见礼单上开列着金银珠宝、人参、貂皮、鹿茸等物，粗粗估算，少说也不在万两之下。黄中色微微一笑，赶紧客气推辞："毛帅一番美意，下官实在是感激不尽，不过下官早年间有过一次奇遇，曾受神灵告诫，发有誓言，不得收受他人之物，毛帅厚爱，下官心领了，只是这些贵重之物，下官实不敢收，还望毛帅见谅。”

说着，黄中色便将礼单又轻轻递还给毛文龙，毛文龙颇为惊讶，不由追问：“黄大人早年有何奇遇？”

黄中色一欠身，和声说道：“那还是在万历朝时，下官任职广西，有一次,下官受命前往安南国行封王典礼，安南王盛情款待，并赠给下官许多珍贵礼物，下官婉言谢绝，一概不收，安南王再三请求，下官盛情难却，只得收了一方砚台。回朝途中，船行海上，突然狂风大作，波涛翻滚，船几乎就要被打翻。危急之际，下官无奈，只得穿戴好朝服官帽，于船头祷于神灵，‘我又不是贪官污吏，上苍为何如此逼我？’谁知话音未落，便有一道霹雳由天而降，直将船上木箱劈开，那方砚台滚落甲板，下官这才猛然醒悟，原来是神灵于冥冥中告诫。于是，下官立即叫随从将砚台投入海中，只片刻之功，果风平浪静，始得安然脱险，随即望空遥拜，‘万里为官彻底清，舟中行止最分明。如留半点亏心事，一任碧波深处沉。’自此，下官便再不敢收人一分一毫了。”

“哦，原来还有如此奇遇，黄大人一身正气，两袖清风，实在是令文龙景仰，佩服！”

毛文龙听罢黄中色这番说辞，神情颇为尴尬，赶忙干笑着打了个哈哈，又朝亲兵挥挥手，两人赶忙将油漆大箱抬出堂外。

“自去岁十一月以来，我东江缺饷已达半年之久，将士们朝思暮想、日夜盼望，今日终于等到了黄大人，这可真是久旱逢甘霖、枯木又逢春啊，文龙在此谢过皇上厚恩！”待亲兵退出厅堂，毛文龙便开始和黄中色商议起这次的粮饷，龙虎堂内东西两边还坐着沈世魁、陈继盛、龚正祥和养子毛承禄四人，大家都一起望着堂上，仔细倾听。

“毛帅孤军海外，劳苦功高，真乃是我大明之海上长城！朝廷本该早将钱粮运来，只是今日国库空虚，外解又多有不至，朝中亦是百般筹措，这才凑得今日这三十万粮饷，下官多有来迟，还望毛帅不要见怪。”

“黄大人这是说的哪里话来，我毛文龙感谢都还来不及，哪里还敢怪罪呢。”毛文龙干笑几声，话锋一转，“黄大人，去年朝廷已恩准我东江百万粮饷，不知今次发来之粮饷，户部可是按此数核发？今年其余钱粮，又当在何时发来？如何发运？”

黄中色见毛文龙直直盯着自己，倒也并不慌张："东江粮饷，往年每岁本折共计当是五十七万八千两，原是由山东布政司自津门、登莱两处发运。自去年十一月海面封冻以来，尚有两月之粮饷未发来东江，下官此次所运粮饷，便有这两月之钱粮，皆按此定数核发。"黄中色稍作停顿，又瞄了一眼毛文龙，"去年时，朝廷本已议定，今年东江粮饷本折共计一百万两，今年各月钱粮原当按此数分发，然今皇上即位，特下谕旨，着户部先核定东江兵马，再根据新核定之兵马数量，裁定东江年饷。下官此次前来东江，便正是为着此事而来。"

毛文龙一听，登时不悦，只见他咬着牙，半晌无言，额头上青筋暴起，止不住地突突跳动。沉默片刻，毛文龙猛一扭头，瞪着一双三角眼，恨恨说道："我东江十五万兵马，去年本帅就已具数开报，户部也已核定确认，这如何又要核定？难道朝廷还是信不过我毛文龙吗！"

"毛帅，还请息怒。"黄中色赶忙解劝，"皇上新即帝位，励精图治，自然是要有一番举措，皇上下旨，各处都要重新核定兵马，此举并非单是对我东江一镇，还望毛帅不要多心。这检点兵马也不过就是例行公事，待下官核查完毕，这钱粮自然还是要如数发给我东江将士，只不过就是早晚两天的事罢了，毛帅又何必动怒呢？"

毛文龙哪里肯信这套说辞，东江到底有多少军马，他心里自然是再清楚不过了，然而，毛文龙一肚子的愤恨却不便直说，只得大声抱怨："这一定是朝中有奸佞小人，在皇上面前搬弄是非，要与我东江为难！我东江将士食不果腹、衣不蔽体，在前方浴血奋战，他们却在朝中锦衣玉食，对我东江造谣中伤、百般刁难！他们哪里知道，半年多来，我东江未到一粒粮、未得一分饷，将士们整日啼号，饿毙者不知有多少，哪里还能再去上阵杀敌！再看我东江月饷，每兵每月仅饷银七钱、米一斛，而关宁则每月每兵银一两四钱、米一斛，更不要说那京营禁军，每月每兵银二两四钱、米五斗，还有皇上恩赏，不一而足。俗话说，这手心手背都是肉，为何朝廷却独独待我东江如此之薄！世上竟还有这等不平之事！如今，又要来与我东江作难，试问天理何在？本帅定要将此番道理上奏皇上，讨个说法！"

"毛帅暂且息怒，朝廷做事或有不公，毛帅心中不平，自当禀明圣上，今皇上英明神武，想必定会为毛帅主持公道。"毛文龙怒气不息，黄中色只得以好言劝慰，不过对于该如何核查东江兵马，接下来想必是非常棘手了，黄中色心里虽是犯难，但也只得硬着头皮，先设法闯过毛文龙这一关了，“不过，下官此次来到东江，乃是奉旨办差，想来皇上也是想查清此事，才好平息众人非议，还毛帅一个公道吧。”

毛文龙发泄了一通，知道在黄中色这里也是多说无益，便先压下怒火，又和声问道：“不知黄大人要如何核查兵马啊？”

“这个还正要烦劳毛帅，令诸将先将名册呈报下官，下官才好前往各营，唱名放饷。”

毛文龙听了，又是一阵不悦：“唱名放饷？此等事，只管让各营参将、游击把名册报来，户部按册发饷便了，黄大人又何必如此劳力费神呢？”

“这个如何使得，下官身负皇命，岂敢敷衍从事，还请毛帅见谅。”

黄中色不卑不亢、据理坚持，倒让毛文龙一时犯难，黄中色拿皇命说事，毛文龙明里也不敢公然抗旨，只得向堂下众人递了个眼色，龚正祥心领神会，赶忙接过话头，和黄中色打起了太极：“黄大人秉公办差，真乃我辈之楷模，不过历年户部、布政司衙门前来发饷均是如此办理，两边核对名册、数日之后，便都是按册交割，并不会有丝毫差错，朝廷也从无半分责怪，黄大人不必过于担心。”龚正祥干笑两声，然后又一脸讨好，“现天光大好，岛中景色旖旎，黄大人又一路辛苦，正该让卑职陪大人游览一番，品味一下我东江的风光。”

“龚总管一番美意，黄某心领了，只是本官皇命在身，不敢因私而废公。”黄中色不冷不热地答道，龚正祥讨了个没趣，只得尴尬地缩回座中。

黄中色话音刚落，堂下又有人发话：“黄大人，现东奴对我东江虎视眈眈，时有进犯之意，我东江官兵除驻扎皮岛之外，更需分遣至云从、广鹿、石城、三山、旅顺各岛出哨巡查，须臾不敢懈怠，现东江军马散至各处，只怕是难以唱名放饷！”

黄中色循声望去，见说话的正是副将陈继盛。黄中色思索片刻，随即作答：“陈将军，既然东江兵马散至各处，本官自当亲督粮船前往各岛，唱名放饷，不必劳动各军俱至皮岛，陈将军以为如何？”

陈继盛一时语塞，好半天才又说道：“我东江缺粮已达半年之久，官兵盼粮如盼爹娘，恨不能立时便见，似这般逐岛唱名放饷，官兵们要等到何时才能拿到粮饷？”

“陈将军，黄某亦知官兵辛苦，下官胸中亦是心急如焚，恨不能一日便将这粮饷发到官兵手中，然皇命难违，黄某愿亲督属下人等，纵是不食不寝、夜以继日，也要将这粮饷尽快发至官兵手中！”

众人见黄中色这般斩钉截铁、软硬不吃，一个个都只得垂头丧气地坐在那里，无话可说。

“既然黄大人主意已定，本帅又复何言！”毛文龙见话不投机，索性也不再周旋，一拍坐椅，冲养子毛承禄大声命令，“毛参将！ 本帅命你全权督办此次东江放饷一事，你即刻通令各营，令诸将速将官兵名册呈报钦差行辕，以备核查！”

“末将领命！”毛承禄赶忙起身站立，叉手接令。

毛文龙看了一眼毛承禄，又叮嘱一句：“要好生照顾黄大人，但有吩咐，你便要惟命是从，不可搪塞懈怠！”

毛承禄心领神会，连忙应声作答：“末将遵命！”

“多谢毛帅悉心安排!” 黄中色见毛文龙这番安排，也连忙起身行礼致谢。

“黄大人客气了，你我都是为朝廷效命，理当如此。”

“东江粮饷事大，诸事繁巨，需得马上去办，下官不敢叨扰毛帅，这就先行告退了。”

“黄大人辛苦，来人送客！”

二人又假意客套一番，虽是各怀心思，面上倒也不去说破，黄中色向毛文龙一拱手，便转身出衙去了。

毛文龙站在堂中，斜着眼定定望着黄中色的背影，直到他出了大堂，才冷笑一声，重又坐好。

沈世魁半天没说话，现在见黄中色一走，立马凑到毛文龙近前，小声提醒：“帅爷，这个黄中色来者不善，如果真要唱名放饷，我东江的虚实岂不是都让他探听了去，这怕是不妥吧。”

“哼！这是在我的地盘，查不查得了还不是全都在我，他能奈我何！”毛文龙冷笑一声，说着，又转头向毛承禄嘱咐道，“承禄，你可知该怎么照顾好那个黄大人吗？”

毛承禄一拍胸脯，马上向毛文龙保证：“这个孩儿自然是晓得，请父帅放心，儿子定会叫他无计可施、寸步难行，最后只得乖乖来听父帅的吩咐！”

“好！你这就去办吧！”

“帅爷，现在西边的来人还在岛中，此事是不是要暂避一下风头？”此时，总管龚正祥也悄悄凑过来，向毛文龙轻声问道。

毛文龙听了，不由就皱起眉头，伸手拢过颌下的虬髯，一边慢慢梳捋，一边低头思索。好半天，才又压低了声音命令道：“此事正在紧要关口，我等还需加紧办理，不能耽搁，至于户部那帮人，你等务要严密封锁消息，你这就去告诉一声西边来人，让他们最近也要多加小心，切不可走漏风声，坏了我两家大事！”

“是，属下遵命！”

二

崇祯元年五月，皮岛

钦差黄中色到皮岛差不多已经有二十多天，起初还算顺利，黄中色和一班属下，连日清点名册、分拨钱粮、唱名放饷，没用几日之功，便将皮岛各营人马清点完毕，所欠半年粮饷也全都分发已定。

皮岛各营钱粮虽然是领了，可要说这些是兵，那也只能算是一群叫化子兵，很多士卒甚至连个号衣都没有，更不要说盔甲刀枪了，穿着打扮跟一班农民并没有什么两样，很多人扛着个锄头，也歪歪斜斜地站在队列中凑数。当然，按照毛承禄的说法，军兵们之所以这样疲弱不堪、衣衫不整，全是因为朝廷粮饷不济所致！

“当兵吃粮，天经地义！当兵的哪里晓得什么忠孝仁义，谁给他们发钱发粮，他们就替谁卖命！”毛承禄说的也许是大实话，可这些话在黄中色听来，倒是有几分刺耳。就不知这些官兵们领了钱粮，是替你毛文龙卖命，还是为朝廷、为皇上效命呢。黄中色看着这些衣衫褴褛的士卒，既忧心又无奈，忧的是，此等疲弱之旅，何堪一战？无奈的是，今国库空虚，朝廷却也实在拿不出更多的钱粮来养兵了。

黄中色长叹一声，只得自己安慰自己，虽说是羸弱不堪，不过好歹也还算是个兵吧。且不论精壮老弱，黄中色将这各色军兵通通计算在内，最后能核定出的皮岛军兵数目，大约就是三万六千上下，虽与皮岛名册数目多少有差，却也不算太离谱。然而，此数与东江历年所报十五万军马的总数却相差甚远，就不知其它各岛还有多少兵马？

连日来，黄中色已多次请求毛承禄出海前往各岛，可各岛名册至今都没呈报上来，毛承禄更是种种推托，不是说海上浪大，便是说岛兵出海。近日，更是玩起了失踪，黄中色已数次派手下主事、千户前去毛承禄大营，可一连数日，回报竟说是毛承禄已紧急前往朝鲜公干，黄中色无可奈何，不知何时才能完成皇命，心中早已是焦急万分。然而，黄中色不知道的是，其实毛承禄哪里也没去，此刻正躲在自己营中，和手下亲信将弁，一边饮酒作乐，一边在等着要看他的笑话。

“禀少帅！帅爷命你即刻回府，有大事相商！”

正在觥筹交错之际，一名帅府亲兵急匆匆闯进大帐，叉手向内禀告。

毛承禄被搅了酒兴，心里恼火，当即厉声喝问：“何事如此慌张？”

亲兵叉着手，向毛承禄左右看了一眼，毛承禄心领神会，对几位亲信摆摆手，众将赶忙都一块儿站起，退出大帐，毛承禄又一招手，亲兵赶紧走上前来，向毛承禄低声说道：“少帅，大事不好！后金使者马通事让人给扭送到钦差行辕去了！”

毛承禄闻言大吃一惊：“马通事不是在帅府吗，他如何会让人捉去了？”

“少帅有所不知。”亲兵赶忙解释，“本月初，后金又派牛录额真阔科带领马通事等一行六人来我皮岛议和，不料阔科等人，于路上正遇见一伙逃来我皮岛的辽人，也不知是那伙人想抢夺来使财物，还是阔科等人肆意滥杀，双方遂发生打斗。阔科等人射杀两名辽人，其余五六人逃至山上方才走脱。不想今日，马通事正要去马市置办粮帛，在街上恰遇上那五六个辽人，辽人愤恨马通事等人于路上杀人，当即便将马通事打翻，双方争斗间，哪料到正撞上钦差黄大人带人出来，便一体被擒拿到钦差行辕去了。帅爷闻知此事，知事不善，便立即差小人来请少帅，回府议事！”

毛承禄听罢，心里暗暗叫苦，当下也是不敢怠慢，马上带了一队卫兵，飞马赶往帅府。

等毛承禄来到龙虎堂，只见沈世魁、陈继盛、龚正祥三人早已坐在堂下，毛文龙满脸怒气，正背着手在堂前来回踱步。

“参见父帅！”

毛承禄赶忙叉手施礼，毛文龙没有说话，只摆手让他先坐到一边。毛承禄刚一坐定，就听沈世魁向毛文龙说道：“帅爷，马通事落到黄中色手里，我与后金谈和之事怕是要泄露了，趁此事尚未尽发，大帅需得立刻封锁消息，不得放一人一船离岛！”

毛文龙闻言，猛然醒悟，当即站住朝堂外大喝一声：“来人！”话音刚落，早有一中军官抢步上前，毛文龙从帅案上抄起一支令箭，高声命令，“毛千总听令！令你立即带领一队亲兵前往码头，捉拿东奴奸细！无论什么人，没有本帅令牌，一人一船不得出海。如有违抗，格杀勿论！”

“是！标下遵命！”中军官接过令牌，施了一礼，便转身急匆匆赶往码头去了。

毛文龙回到座中，沈世魁满脸愁容，又继续说道：“现在麻烦的就是这个黄中色，毕竟他是皇上钦差，也不知这个马通事到底都给他说了些什么。”

见沈世魁还在纠结，龚正祥早不耐烦，马上抢着说道：“他说了也罢，没说也罢，现在最要紧的就是把马通事弄回来！人只要在我们手上，就不怕他黄中色！”

“对！龚总管言之有理！” 毛承禄听了，一拍坐椅，也跟着大声附和。

毛文龙朝毛承禄瞥了一眼，冷冷问道：“你又怎样能把马通事弄回来？”

“回父帅，你让儿子带兵先去围了他的行辕，无论软磨还是硬抢，这是在咱们东江的地头，还怕他不交人吗？”

“帅爷，是不是咱们得赶紧先给朝廷上一份塘报，就说是后金派了使臣来我东江求和，就算将来他黄中色向皇上报告了此事，我事前已有塘报，想必皇上也不会有什么责怪。”见毛文龙半天无话，陈继盛又小心地提醒一句。

毛文龙听罢，眼前一亮：“陈太爷提醒的好！那就烦请陈太爷操刀，立刻拟一份塘报，再拿我令牌，让提塘官今日就发往京城！”

“是，属下遵命！”陈继盛连忙起身，叉手施礼，接过毛文龙的令箭，转身办差去了。

接着，毛文龙又拿起一支令箭，大声向毛承禄命令：“毛参将！本帅命你速带本营兵马，前往钦差行辕，无论你用什么法子，务必将马通事带来帅府！”

“末将领命！”毛承禄答应一声，便也立刻接令，大踏步出府而去。

只待半个时辰，毛承禄便带着几百名军士来到钦差行辕，他顶盔贯甲，骑在马上大声呼喝指挥，军士们持枪跨刀，立时便将行辕围了个水泄不通，来往路人不知道发生了什么，见这般架势，一个个都吓得纷纷躲避。

毛承禄来到行辕大门，翻身下马，带了几个亲兵便大踏步闯进门去。黄中色早已接到报告，此时，正穿戴整齐，挺直身子坐在大堂上等候。

“毛将军可是刚从朝鲜回来？多日不见，毛将军一路辛苦了。”

黄中色一见毛承禄走进大堂，马上站起身，几步绕过堂案，一边拱手施礼，一边笑着对毛承禄打着哈哈。

“黄大人连日操劳我东江饷务，辛苦，辛苦！”

没料到黄中色一开口便先揭了自己的瞎话，毛承禄猝不及防，只好随口敷衍一句，刚才还憋足的一股子霸气，登时便泄了大半。

“方才我正要派饷务主事前去大营找你，不想毛将军倒是自己先来了，你我正好商议一下出海放粮的安排。”

“黄大人，出海的事，容末将稍后再同大人商议，此次前来，倒是有一件事要同大人商议。”

“毛将军还有何事？”

“今日有两伙东奴逃亡辽人来我皮岛，据帅府亲兵禀报，这些辽人现已躲入钦差行辕，大帅闻之，责备我等，说此地方之事，何敢劳钦差大人费神？故令末将前来行辕，捉拿辽人回帅府审问！”毛承禄说完，只把一双眼直直望着黄中色。

黄中色脸色一沉，也不再跟毛承禄兜圈子，立刻正色道：“那些辽人声言有机密事要向朝廷禀报，本官不敢马虎，现已将他们看押，即日便要押解送京，交有司勘问！”

“黄大人！这些辽人中，有一马通事乃是东奴使臣，他是特来向我东江请和的，还请黄大人将此人交还末将！”毛承禄提高了嗓门说道。

黄中色也毫不退让，马上回道：“东奴请和？如何事前没有半点耳闻？兹事体大，现今情况不明，马通事又是其中关键人物，本钦差必得先将此人押解送京！”

“毛帅已将东奴请和之事上奏朝廷，马通事乃请和使臣，如你将此人送京，误了军国大事，黄大人，这个责任又该何人承担？”

“毛将军，此事既已上奏朝廷，将此人送京，朝廷正好可将请和之事勘问明白，又如何会误了军国大事？但有责任，只在我黄某人一人承担便了！”

毛承禄恼羞成怒，可又无计可施，便索性瞪着眼向黄中色发起狠来：“黄大人果真不把此人交与末将吗？”

“本官乃皇上钦差，不交此人，你又待怎样？”黄中色也不示弱，只拿眼冷冷看着毛承禄。

只听毛承禄大喝一声：“来人！”登时，便有一队军士挺着长枪冲进大堂，将黄中色等人团团围在中间。

黄中色环视四周，不由一阵冷笑，接着又大喝一声：“大胆！尔等难道还敢戕害钦差吗！”

“嘿嘿，海上风波险恶，不比陆上，它可不管你什么钦差不钦差，船只翻覆沉没也是常有的事。”毛承禄手扶佩刀，向黄中色威胁道。

一时间双方僵持不下，大堂里一片死寂。突然，黄中色放声大笑，说道：“毛将军，你我都是为朝廷办差，我二人又何必搞得这样剑拔弩张呢？”

毛承禄不知道黄中色葫芦里卖的什么药，便还是站在那里，紧张地望着黄中色，一言不发。

这时，黄中色已放缓了神色，倒打起了圆场：“本官来东江，乃是奉旨放饷，本也不该插手你东江之事，只是本官来岛已久，迟迟不能完成上命，这才惹出这许多事来，但要能早日完成皇差，黄某人又何苦去管他那许多事呢？”

毛承禄见局面有缓，便也乐得退让一步：“黄大人只要将马通事交与末将，其它事情，一切好说！”

“毛将军此话当真？”黄中色马上追问。

“黄大人只要交出马通事，我明日便送黄大人出海，核兵放饷！”

“好！就依毛将军！”黄中色当即应允，“毛将军可要说话算话、信守诺言啊！”

“请黄大人放心，明日一早，末将定然陪同大人一同出海！”

“好！”黄中色大叫一声，立刻对手下大声命令，“来人，将马通事带来，交与毛将军！尔等速速下去准备，明日随本官一起，出海放饷！”

三

“禀父帅，大事不好！”

“何事慌张？”

才刚到午时，就见毛承禄气急败坏地跑进龙虎堂，来向毛文龙报信。

“父帅！黄中色那厮已乘船逃回内地去了！”

毛文龙闻言，大吃一惊，急忙向毛承禄追问：“他如何就逃回了内地？！”

“前日，我驾一艘战船，陪黄中色船队一同前往石城岛放粮，谁成想，船刚近岛，便迎面遇到一队登莱巡洋海船，那黄中色看见来船，不待儿子招呼，便突然带领粮船逃向登莱船队，因有登莱水师护持，儿子无计可施，只能眼看着他逃回登莱去了。”

毛文龙一拍帅案，便向毛承禄破口大骂：“废物！无用的东西！坏我大事！还不快给我站到一边！”

毛承禄挨了骂，又气又悔，只得灰头土脸地先站到一边。

见毛文龙发怒，坐在堂下的沈世魁赶忙解劝：“黄中色老奸巨猾，此事倒也不能全怪少帅，事已至此，还请大帅暂且息怒，当务之急，我等还是要赶紧想办法补救才好。”

“沈太爷言之有理。”坐在另一边的龚正祥也赶忙附和，“帅爷！那黄中色仓皇逃回内地，看来我和后金两家的事，他已尽知，回到朝中，他定会把这事上报朝廷，皇上要是信了他的话，必定会龙颜大怒，如果这样我东江可就被动了！”

“依诸位之见，我们又该怎么应对呢？”毛文龙转过头，向几人追问。

“黄中色设计逃走，显然是他在皮岛时，已审过马通事，得知了内情！前日我虽已有塘报发往京城，皇上只道是那后金前来请和，却不知这前后情形，更不知我在和后金贸易，如今，只有立即将阔科等人押解送京，就说是献俘，以自证清白，只有如此方可堵住朝中众人之口。”

“不可！”龚正祥话音未落，就听沈世魁立刻反对，“把阔科等人押解送京，岂不是不打自招吗？阔科到了京城，如果把事情都说出来，那我们岂不是全败露了吗？”

“沈太爷这就是有所不知了。”龚正祥连忙解释，“我押解阔科进京，只说是后金请和使臣，皇上和朝中又怎么能知道真假？此事的关键全在马通事，此人既已招供，便不可再留！我们只要把马通事灭了口，黄中色没了人证，我们就不用怕他。况且，阔科等人乃是鞑子，不通我国语言，京城中一时半会儿也绝找不到通晓满语之人，言语不通，朝廷便无法从阔科口中得知实情，如此，则可以在京城从容用事，再想办法解救阔科。另外，还必得嘱咐阔科，要叫他明白，到了京城，只说是请和使臣，而绝不可泄漏半点实情。那阔科为保性命，也必不敢胡说。另外，帅爷还当立即上疏，也到皇上面前去告他黄中色一状，就说他黄中色假借钦差之名，向大帅索贿，大帅不与，他便怀恨在心，不肯查点我东江兵马！就算他黄中色恶人先告状，也没有人证，皇上即使生疑，也没办法查证。再加上大帅又弹劾他，皇上反倒怀疑他贪墨渎职，玩忽懈怠，如此，则此事可无忧了，只是……”

“只是什么？“毛文龙心里着急，马上追问。

“只是后金那边有些麻烦，我将阔科押解送京，皇太极那里不好交待，只怕他皇太极疑心误会，就会坏了我两家大事啊！为今之计，我们也只有立即派人去沈阳，只拿好言先稳住皇太极，之后再设法转圜了。”

龚正祥说罢，大厅里立时便陷入了一片寂静，几个人都低着头，愁眉不展。又过了好半天，毛文龙才无奈地又问：“只是我们又该怎么向皇太极解释呢？”

龚正祥想了一下，小心回道：“帅爷，这实情可是万万不能告诉皇太极，他要是知道了，必定会怨恨我等，皇太极心中恼怒，只怕就会误了我两家的大事！事到如今，不如就说是阔科等人行事鲁莽，是他们自己不小心，于归途误入户部粮船，因而被捉，如此，皇太极虽有疑心，但也不好怪罪于我们了。”

毛文龙听了沉思良久，临了，又左右看了看众人，见大家都没有异议，遂叹了口气，丧气地说道：“事到如今，也只好如此了，不过皇太极为人奸诈，他又岂肯轻信我等的说辞，如今我们还必得多给他些好处，才可使他不疑。”说着，毛文龙便向龚正祥命令，“龚总管，你马上照这个意思，给皇太极写一封书信，还要再将皇太极之前索要的粮帛等物尽数准备妥当，再备些礼物，烦劳你亲自走一趟，将书信、粮帛和礼物都送往沈阳，再设法说解转圜。”

“是，属下遵命！”龚正祥赶忙拱手应命。

“毛参将！”

“末将在！”

毛文龙又转向毛承禄：“你马上去把马通事给我悄悄处理干净，记住，此事万不可让任何人知道，也不可留下一丝痕迹，但要走漏一点消息，本帅拿你是问！”

“是！末将遵命！”

接着，毛文龙又对沈世魁嘱咐一番：“烦请沈太爷亲自操刀，立刻起草两份奏疏，一份向皇上陈说押解阔科进京之事，就说我本欲借议和之机，要诱捕皇太极重臣豪格和达海，后二人不至，只拿得此人送京，至于马通事一节，只说是马通事被辽人殴打致死；另外一份便是要弹劾那黄中色。待写好这两份奏疏，明日便和阔科等人一起送往京城！

“另外，对于阔科等人，你等还需要对他好言安抚，一定要让他们明白，要想活命，到了京城便不可胡言乱语！只要他们按我说的办，才可保他们性命无忧！沈太爷，你立刻多备些银两，派心腹之人前往京城，去找沈大官人和陈汝明，嘱他二人在京中多方活动，务必设法搭救阔科，化解此事！”

“是！属下遵命！”

第九章

袁崇焕进京

一

崇祯元年七月，九边塞外

暑气已退，塞北大地又是秋高马肥时节。湛蓝的天空下，一只巨大的金雕，正张开双翅盘旋在天际，高空中疾风劲吹，气流滑过翅膀，不时激起一阵阵凌厉的呼啸。金雕乘风翱翔，整个身子，仿佛都静止了一般，只一双眼波光灵动，俯瞰着从身下掠过的那一片辽阔壮丽的万里山河。

崇山峻岭间，一道弯弯曲曲的城墙正随着山势蜿蜒起伏。城墙东起山海尽头，犹如一条巨龙，一路向西延伸。这便是大明帝国的北部边防——长城，绵亘万里的长城内外，即是大明九边重镇，又称“九塞”。而在这东部起始的一段数千里防线上，由东向西依次排布着辽东镇、蓟州镇、宣府镇和大同镇，此四镇正是抵御后金、控御蒙古、拱卫京师最前沿也是最为重要的四大军镇。

向北越过长城，放眼望去，那一片广阔无垠的山川草原，便是漠南东蒙古各部的驻牧之地，辽东镇外原有科尔沁、内喀尔喀和察哈尔部，蓟镇、宣府口外乃是喀喇沁三十六家的驻地，大同镇外则是土默特部，诸部之中又以察哈尔实力最强，察哈尔林丹汗素有大志，久欲吞并各部，统一蒙古。

蒙古诸部叛顺无常，自后金崛起于辽东，辽阳、沈阳、广宁相继失陷，随着后金的强势扩张，身处辽东边外的东蒙古诸部倍感威胁，加之诸部与明朝通贡、受赏之地尽被后金所夺，更加剧了蒙古与后金之间的冲突。自天启朝起，大明东西不能兼顾，遂开始着力抚赏蒙古，与诸部结盟，合力对付后金，蒙古诸部由此便成为大明帝国北部边防的一道塞外屏障。

然而，漠南东蒙古诸部之间以及明、金各方，关系错综复杂，敌我形势瞬息万变，当做何应对，它实实在考验着大明帝国、蒙古各部和后金决策者的智慧与决心。

在后金西进蒙古的道路上，首当其冲的便是科尔沁和内喀尔喀，此两部，本是察哈尔的外围势力，由于察哈尔林丹汗的野心和残暴，两部对察哈尔早已貌合神离，心怀忌惮。对此二部，后金要么和亲拉拢，要么武力讨伐，从其内部予以分化瓦解，各个击破。在努尔哈赤、皇太极两代领导坚持不懈和拉打结合的揉搓下，及至天启七年，科尔沁和内喀尔喀先后归顺后金由是，察哈尔外围尽失，林丹汗的威望也是一落千丈，更为严峻的是，由于后金的分化瓦解以及林丹汗的残暴，察哈尔内部也开始出现分裂，属部或出走漠北，或与后金眉来眼去，暗通款曲，林丹汗此时已是众叛亲离。

面对皇太极咄咄逼人的态势，察哈尔林丹汗不得不放弃以往积极抗金的策略，转而采取攘外必先安内的方针，林丹汗决意暂避强敌，待整合内部、统一蒙古、恢复实力之后，再与后金决战。不得不说，这是一个致命的决定，林丹汗不识大势、简单粗暴的做法，不仅没有实现自己的愿望，反而进一步加速了各部的分崩离析。

与此同时，明朝一方，从边关到朝堂，也在发生着剧烈的变化。

天启七年六月，袁崇焕遭阉党攻讦，愤而辞归，在随后的一年时间里，天启帝驾崩，崇祯继位，魏阉倒台。而大明朝的北部塞外防线，则犹如一个个倒塌的多米诺骨牌，随着一系列事件的发生，形势开始朝着不可挽回的方向急速恶化，而察哈尔部西迁，则是那轰然倒下的第一张致命骨牌！

天启七年十月，察哈尔为避后金兵锋，林丹汗决定率部离开辽东驻地，开始向西迁移。察哈尔部一路向西攻击前进，林丹汗的第一个目标便是驻牧于蓟镇、宣府口外的喀喇沁部，继而又乘胜向西攻击大同口外的土默特部，克归化城，驻军于独石口外，并向大明讨要抚赏。

喀喇沁不甘受察哈尔欺凌，而又恐不敌察哈尔，一面向大明求援，一面又遣使后金，约请兴师。皇太极当然不会放过这个收服蒙古的绝佳机会，随即于崇祯元年二月，派兵征讨察哈尔，数月间各方几度交手，从而引发了一场喀喇沁争夺战。而对于口外发生的巨变，大明帝国则像一个麻木而迟钝的看客，只知一味观望，而毫无作为，似乎完全搞不清这一切对自己意味着什么。

事实上，察哈尔西迁，影响巨大，由此而引发的一系列变化，对于大明帝国来说，则是灾难性的。首先，察哈尔西迁，使辽东西部边外门户洞开，为皇太极进军蒙古彻底扫清了障碍；其次，更为严重的是，由于察哈尔对蒙古内部的征伐，使得原本是抗金同盟一方的喀喇沁开始倒向后金。喀喇沁居于蓟镇、宣府口外，乃是大明帝国北方塞外的“看门人”，如若喀喇沁归降后金，则大明北方藩篱尽失，在此段千里防线上，想要仅靠一座残破的城墙来挡住后金铁蹄，几乎是不可能完成的任务，敌军一旦入塞，则京师危急！

崇祯元年四月，不甘寂寞的林丹汗派出一百多名骑兵来到宣府新平堡外，再一次向大明讨要抚赏，据说是来人出言不逊，大明边关守将一时义愤，便将来人统统关入瓮城庙内，收缴兵器、马匹，再一把火将来人全部化为了灰烬。

然而，边将虽然是杀得痛快，可他不知道的是，在那些被杀的人中恰有一人，乃是林丹汗的女婿——贵英恰。林丹汗得到噩耗，大怒，立刻率大军来攻打大同，杀军民数万而退，大同也几乎失守。林丹汗犹不解恨，又于六月间，带兵来到大同得胜口外，再次向大明帝国讨要抚赏。

崇祯帝闻报，亦是愤恨，想当日大明国库本就空虚，但凡有人敢向皇上提钱，都会招致怨恨，更何况察哈尔还杀我军民、攻我城池，几次三番无理挟赏，这口恶气崇祯如何咽得下去！

“现今市赏日坏，只是徒费金钱，各部于我，全无用处，反损我军之用！今后，勿令再赏！”

皇上旨令一下，谁敢不从，大明各边遂将原给予察哈尔、喀喇沁等各部的抚赏统统革除！时塞外大饥，诸部闻讯当即哄然而起，诸部多有归顺后金之意。于是，大明北边几乎再无抚夷，而肩背皆受敌！至此，大明帝国多年来苦心维持的这条脆弱的抗金统一战线，终于走到了崩溃的边缘……

比起北边塞外局势的崩坏，在这一年里，“关宁锦”防线的形势一点也不比那边好。天启七年六月，袁崇焕回乡，王之臣代为督师兼辽东巡抚，转过年来，崇祯元年四月，朝廷命王之臣于关门待命，等候袁崇焕到任接防。此时，关宁已缺饷数月，士无战心，群情低落，王之臣亦无心恋战，遂于五月命撤锦州防务。

皇太极抓住时机，命贝勒阿巴泰、岳托、硕托及八固山额真率军三千，往略明地，明、金两军爆发 “锦杏之战”，此役，后金破锦州、杏山、高桥三城，并毁十三山驿以东台站二十一处。锦州、杏山本为关宁锦防线之前锋，至此，已折损殆尽!

时光荏苒，袁崇焕离任刚好一年时间，蓟、辽、宣、大，整个大明北方防线已是千疮百孔、处处是险，攻守之势已远非昨日可比，待要从头收拾旧山河，又谈何容易?

“臣于来京路上，已闻东西虏一时并举，北边藩篱已撤，锦、杏之前锋尽折，遂忘带病之身，立刻带亲信丁壮，马上星驰。适伏暑淫雨，跋涉过劳，臣病转剧，然负病兼程。行至阜城，见臣前疏已奉圣旨，臣捧旨诵读，感激涕零，臣何人哉? 敢邀皇上特达之知! 臣此时已不敢言病，但念东事之大之艰，难难万状，此时即干夫能手，尚且难之，况臣庸下，故邮亭形影，商度马上，心口思维，只觉万难…… ”这已经是袁崇焕给皇上的第三份请辞奏疏了，时间是七月四日。

辽东局势败坏如此，已容不得袁崇焕再作他想，虽是心急如焚、焦虑万分，然此时也只有勉力前行、义无反顾了。

崇祯元年七月十二日，新任蓟辽督师袁崇焕终于赶到京城，崇祯帝传谕内外臣工：“本月癸酉，袁崇焕平台召对! ”

二

崇祯元年七月癸酉，建极殿

三通鼓敲罢，随着一声宏亮的钟声，厚重的皇极门缓缓打开，文武大臣们一个个峨冠博戴，鱼贯来到大殿，分列两班站定。

“皇上驾到——”

紧接着大殿上便传来一声清亮、尖利的唱喝，年轻的崇祯皇帝，在一班内侍的簇拥下，升朝坐殿，文武大臣们赶紧又是一通三拜九叩，山呼万岁。

前日皇上已有敕谕，今日早朝，袁崇焕平台召对!

“宣兵部尚书兼都察院右副都御史、蓟辽督师袁崇焕觐见——”

随着内官的宣召，新任蓟辽督师袁崇焕快步进到大殿，双膝跪倒，手抱象牙笏板，高声称颂：“臣袁崇焕叩见陛下，吾皇万岁！万岁！万万岁——”说罢，便匍匐在地，低着头等皇上问话。

崇祯帝从高高的御座上向下望去，这还是他第一次见到袁崇焕，自登基以来近一年时间，他已经无数次听人说起过此人，就是这个人曾两败努尔哈赤、皇太极后金大军于城下！只见袁崇焕头戴貂蝉冠，一身大红朝服，虽身形瘦小，但浑身上下却无不散发着一股逼人的英气！崇祯望着袁崇焕，便仿佛看到了恢复辽东、振兴大明的希望，心情格外高兴。

崇祯赶紧一抬手，满面笑容，亲切地慰问道：“袁爱卿一路鞍马劳顿，着实辛苦，爱卿快快请起。”

“谢陛下。”袁崇焕连忙应声作答，随即起立，躬身站在殿中。

待袁崇焕起身，崇祯这才看清他的相貌，只见他面容削瘦，细眉长目，颌下留着三绺胡须，仍是一副清隽的书生本色。崇祯暗暗迟疑了一下，眼前的袁崇焕，与自己想象中的那个气宇轩昂、伟岸挺拔的英雄好像多少是有些落差，不过此人一身难掩的英气，倒也出众绝伦。

崇祯端详袁崇焕片刻，又接着说道：“朕览卿上封奏疏，知你于伏暑淫雨之中，负病兼程，心中甚是感动，卿一心为国还当爱惜身体，不知爱卿之病，于今可好些了？”

袁崇焕见皇上问起自己的病情，心中大为感动，当即又再跪倒，连忙称谢：“臣些许小病，何敢劳皇上挂怀，臣久在军旅，此种事，早已习以为常，些许小恙，不过三五日便无碍了。”

“好，好，无碍便好，无碍便好……爱卿快快请起。”崇祯也是满心欢喜，一边说，又一边热情地招呼袁崇焕起身，待他站好，崇祯又转头向一旁的司礼监掌印太监王文政吩咐，“你去让太医取两根百年的老山参来，送与袁爱卿，让他带回去好好调养身体。”

“是，奴才遵旨。”

“臣袁崇焕叩谢天恩！”

召对开始，崇祯先是对袁崇焕大加慰劳一番，随后转入正题：“建虏跳梁，已有十年，国土沦陷，辽民涂炭。卿万里赴召，忠勇可嘉，所有平辽方略，卿可具实奏来！”

袁崇焕见问，慨然奏道：“所有方略，臣都已写在奏疏中。今谓辽东恢复之计，不过在于以辽人守辽土，以辽土养辽人；以守为正着，战为奇着，款为旁着；法在渐不在骤，在实不在虚而已，臣今受皇上特达知遇之恩，愿皇上假臣以便宜之权，计五年，全辽可复！”

袁崇焕此言一出，立刻在朝堂上引起一阵惊呼，大臣们一个个你看看我，我看看你，惊得半天缓不过来。

崇祯闻言，精神大振，当即一拍龙椅，挺身站起：“五年复辽，便是方略！若辽事果如卿之所言，朕决不吝封侯之赏！卿且努力以解天下倒悬之苦！卿子孙亦受其福！”

袁崇焕见皇上对自己如此恩遇，心中大为感激，忙道：“臣袁崇焕叩谢天恩！臣今受皇上知遇之恩，托以封疆之重，天恩未报，安敢再望皇上厚赏，今惟愿挥师疆场，收复辽东，解君父之忧、百姓之苦，以报皇上！”

“爱卿平身。”崇祯赶忙让袁崇焕起身，随即又动情地说道，“爱卿一片忠贞，天地可鉴！只要能收复辽东，爱卿但有所需，只管道来！”

也许是幸福来的太过突然，崇祯兴奋的一刻也坐不住了，他当即迈开大步，在台上来回踱步起来。

袁崇焕稍稍整理了一下思绪，便又郑重奏道：“皇上，辽东战事已历十年，然建州处心积虑，前后实已四十余年。今日辽东，局势大坏，原是极难为之，然皇上操心边事，日夜忧心，臣又安敢说难？臣久在辽东，于恢复之计，实已思虑有年，由是今日，臣方敢许下这五年之期，然在这五年之中，必须事事应手，臣才敢奢言恢复！这第一件便是钱粮！欲复辽东，必先强兵，强兵必先足饷！臣不能足兵饷，兵安肯为我所用，臣又安能驱众赴之死地？故这五年之中，必得时时使边关粮饷充足，不可欠缺！”袁崇焕说罢，便抬起头，只期盼地看着皇上。

崇祯一直在台上驻足静听，闻袁崇焕此言，立刻转头向户部右侍郎、署理部事王家桢命令道：“王爱卿，着你部在这五年之中，必得保证辽东粮饷及时转运，足额供应，不可使关辽军中钱粮不足！”

“是，微臣遵旨。”

王家桢听了，赶忙出班领旨。对于户部来说，现今国库空虚，九边欠饷已达百万之巨，各地外解钱粮又多有拖欠，要想完成这个任务，实在已是万万不可能了。然王家桢见皇上正在兴头上，便不敢多言，只得先硬着头皮接下旨来，皱着眉唯唯而退。

“皇上，这第二件事便是弓甲、器械！”袁崇焕又接着奏道，“建州战备充分，器械犀利，马匹壮健，且久经训练。我要想与之疆场争锋，今后解到边疆的弓甲、器械等项，也务须精利！”

崇祯随即谕令工部左侍郎、署理部事张维枢：“张爱卿，今后凡解去关辽之弓甲器械，务要铸明监造司官和工匠的姓名，如有脆薄不堪使用者，立刻予以追究查办！”

袁崇焕又奏：“恢复辽东，关键在于所用得人！在这五年之中，必需吏、兵两部与臣精诚合作，应当选用的人员便即任命，不应当任用的，决不可滥推。”

崇祯随即谕告吏部尚书王永光、兵部尚书王在晋，二人当即出班，连连称旨而退。

说完了钱粮、弓马、器械、人事，袁崇焕又抬起头来，神情严肃地向皇上说道：“以臣之力，制全辽有余，调众口则不足。臣一出国门，便成万里，朝中忌功妒能，岂会无人？这些人即便不以权力掣臣之肘，但也难免不会大有议论，而以意见乱臣之谋。

“自古战取攻守虽在疆场，然战胜之道却在庙堂！对于边事战守，臣或有一能，然不过是效犬马之劳而已，至于发纵鞭策之功，则全在皇上！故欲成就大功，君臣内外必得一片精坚，纯气相守，谗邪方无白可间，强敌亦无能为攻，从来战胜守固，无不出于此道。今皇上爱臣至，知臣深，臣本不必对此过于忧惧，但臣心有所虑，不敢不告于皇上！”

崇祯倾听良久，对袁崇焕这片肺腑之言，也是深有感触：“卿之方略，井井有条，辽东一切战守机宜，悉听爱卿便宜从事，内外浮言，朕自有鉴别，卿不必疑虑，朕自有主持。”

大事议定，崇祯重新坐回御座，稍待片刻，崇祯又看了一眼袁崇焕，随即朗声说道：“今辽东糜烂，战事危急，爱卿还当早日赶赴辽东，主持大局！”

“臣遵旨——”袁崇焕赶忙跪倒接旨。

接着，崇祯又环顾满朝文武，大声宣旨：“传旨！袁崇焕忠劳久著，特赐酒馔一席，以彰其功！”

“臣领旨谢恩——”

袁崇焕谢恩已毕，崇祯便示意王文政宣布退朝，起身向寝宫去了。

紫禁城乾清宫

回到寝宫，崇祯仍然抑制不住内心的激动，这怕是他自继位以来最高兴的一天了，上一次铲除了魏阉，崇祯只是感到如释重负，还有就是一种大权在握的满足和自信，但这一次，他却是实实在在地感觉到了希望。五年！再过五年，困扰大明十年的辽东便可收复！想到这儿，崇祯便又是心潮澎湃，忍不住要说些什么。

“这个袁蛮子还真是与他人不同，敢说敢干，不像那些个因循颟顸的老滑头，问半天也说不出个所以然来，成天就知道拿虚言来敷衍朕！”

王文政抱着个拂尘，躬着身子，只是一路小心地跟在崇祯身后。

“你说，等收复了辽东，朕要怎么赏赐他？封侯？封地？”崇祯只管自顾自地说着，对于袁崇焕所说的五年复辽，他是丝毫也不怀疑，至于说怎样复辽，更不是他所关心的问题，此时此刻，崇祯皇帝已完全沉浸在了对复辽之后的美好幻想之中。

“现在他要什么，朕都给他，兵马给他，钱粮给他，盔甲器械都给他！朕只要再节衣缩食五年，就都好了，到时候国泰民安、天下太平，大明就又可以兴旺发达了。”

“皇上励精图治，知人善任，真乃亘古以来的有为圣君啊！”

王文政不失时机地拍着马屁，直哄得崇祯哈哈大笑，心里面泛起一阵阵的得意和满足。

“奴才看着皇上每天宵衣旰食、操心国事，也真是有些心疼，要是那袁崇焕能再早些收复辽东就更好了。”

主仆二人轻松地闲聊着，崇祯听到王文政这句话，心中一动，当时站住脚步，回头问道：“再早些收复辽东？难道五年还能再快些吗？”

王文政见崇祯心疑，不敢怠慢，赶忙答道：“这个，奴才原来倒也是听人说过，先帝时，那袁崇焕就曾提出过一个什么简静精密之法，说是只需四年，便可制胜。”

崇祯听了沉默半晌，刚才还大好的心情已落了大半，隔了一会儿，崇祯突然又问："你说，他为何从前说四年，而今日又说是五年呢？"

"奴才猜想，那袁崇焕怕是也想给自己多留些余地吧。"王文政连忙小心翼翼地答道。

崇祯冷笑一声："什么给自己留些余地！说到底，还是觉得朕年轻罢了！"

三

崇祯元年七月，兵部大堂

"王部堂，今日转到我职方司两份调令，卑职甚是不解，特地前来向大人核实！"

一大早，一位中年官员就急匆匆地来到兵部大堂，参见已毕，来人便向正坐在堂上的兵部尚书王在晋大声问道，说罢又将公文呈到王在晋手中。

"原来是余大人啊，来人，给余大人看茶！"

王在晋一边招呼来人坐下，一边接过公文，拆开封皮，仔细看起来。

来人四十开外，头戴乌纱，身穿蓝色官袍，中等个头，五官端正，气度不凡，原来正是兵部职方司郎中兼太仆寺少卿——余大成，而他拿来的那两份调令，一份是调登莱总兵杨国栋改任浙江总兵，另一份则是调昌州兵备道孙毂改任关内道，而原议关内道沈棨改任昌州兵备道。

只扫了两眼，王在晋拿着公文，面露不悦说道："这两份调令正是本部堂下令签发，余大人有何不解？"

"王部堂，登莱总兵杨国栋任期未满，为何要调任浙江？"余大成又问。

王在晋听了，先是不慌不忙端起手边的茶碗，抿了几下，这才慢悠悠地说道："余大人，现东南有郑芝龙横行海上，福建巡抚熊文灿熊大人正欲剿灭此贼，然郑芝龙狡诈，为防止此贼流窜他省，本部堂特调杨总兵前往浙江协防。"

"部堂，此议不妥！"余大成不等王在晋说完，立即反对。

王在晋将茶碗往桌上一墩，大声喝问："有何不妥？"

见王在晋恼怒，余大成心里着急，哪里还顾得了那许多，遂把头一扬，据理力争："收复辽东乃我大明当务之急，而登莱水师则是复辽不可或缺之海上劲旅！与东奴相比，郑芝龙不过是癣疥之疾，且熊大人前已有塘报，郑芝龙早有归顺朝廷之意，熊大人对其也正在招抚之中，东南之患不日便可了结。登莱要地十倍于浙江，杨总兵久历辽海，能征惯战，正该留驻要地以备大用，如何便要调他去浙江清闲之地？"

王在晋抓住话头，也马上反驳："浙江如何就是清闲之地？现东南正要毕其功于一役，彻底解决郑芝龙，我等岂可疏忽大意？福建、浙江两地俱是此间要害，必得能征惯战之将来镇守海疆！辽东方面，有毛帅坐镇东江，足以牵制东奴，登莱不过作为预备罢了，正该将杨总兵调往浙江要地！"

余大成见王在晋固执己见、不听劝说，便又问道："杨总兵现为蓟辽督师袁大人、登莱巡抚孙国祯属下，袁大人现已到京，将杨总兵调往浙江，部堂可有与两位大人协商？"

"总兵调遣责在兵部，难道我这个兵部尚书还没有这个权力了吗？"王在晋斜眼看着余大成，冷冷说道。

两人的话越说越僵，余大成心想自己毕竟是下属，便沉默片刻，压了压心头的火气，又继续说道："部堂大人，这第二份调令更是蹊跷，昌州距离山海关遥遥四千里，且两地一在西南，一在辽东，俱是今日至为紧要之处，却如何要将孙毂和沈棨二位大人进行对调？如此调遣，来往几千里，光行程便要数月，如今西南平叛、辽东抗奴，两地军情何等紧急，如此调遣，岂不误事？！"

王在晋一时语塞，好半天才又嘟嘟囔囔地说道："本部堂乃是因材调遣，二人虽俱是能臣，然才有不同，西南、辽东两地战守又情形各异，故本部堂不过是量材施用罢了。"

"部堂如此说，下官更是不解！孙毂久在西南，熟悉夷情，又多有战功，正该留在西南效力；再说沈棨，先帝时便随孙阁老一起，身赴辽东，在营中赞画军机，且沈棨又与督师袁大人共事多年，颇有才干，前议让沈棨接替张春出任关内道，可谓恰当，为何任命不及一月，便又要改任昌州？今令孙毂、沈棨二人对调，全无道理，如何能说是量材施用？"

余大成这番话只说的王在晋哑口无言，坐在堂上，满脸通红，憋了半天，才又蹦出一句："本部堂自有道理。"

余大成耐着性子，又向王在晋劝道："杨国栋、沈棨俱是干才，袁大人督师蓟辽，今日也正要用此二人！大司马执掌中枢，还当以国事为重，不可因私而废公！此令形如儿戏，难以服众，还请大人收回成命！"

王在晋猛地一拍桌案，大怒道："放肆！你如何敢说本部堂因私废公？此令已出，不可更改！"

余大成也不示弱，当即挺身而起，向王在晋大声质问："请问王大人，前任关内道张春张大人，清直干练，素有官声，为何大司马上任伊始，便将张大人纠劾拿问？沈棨本已接任关内道，不及一月，为何如今又要远调昌州？前翰林院待诏茅元仪素晓兵机，一片赤诚，欲托兵部向皇上进呈《武备志》新书，你为何反诬他傲上，将其放逐？

"世人传言，王大人与孙阁老有隙，下官原本不信，可如今看来，张春、沈棨、茅元仪三人原来均是孙阁老旧人，此三人又与袁督师多年同事，肝胆与共，这才招致大司马嫉恨。王大人连番动作，不是拿问就是远调、放逐，还敢说不是出于私心吗？"

"放肆！一派胡言！"

王在晋被揭了短，恼羞成怒，也是腾地站起身来，两人一个尚书，一个郎中，要不是还隔着一张书案，当时便能撕打起来。

"纠劾拿问张春，乃是有人告他嗜杀、通阉、克扣军饷！"

"欲加之罪，何患无词！"

"你藐视上官，咆哮公堂！老夫定要拿你治罪！"

"皇上有旨，袁督师属官任免俱需袁大人意见，当用即用，不得滥推！你敢跟我到袁大人面前当堂对质吗？！"

"你休得拿袁崇焕来压我！本部堂乃是朝廷一品大员，皇上钦点，不是他袁崇焕的书办！"

二人你一言，我一语，吵得不可开交，王在晋气急败坏，喝令左右将余大成哄出去，堂内众人赶忙连拉带劝，将余大成推出了大堂。

余大成站在院中，仰天长叹一声："唉，小人当道，辽东如何能复，国家又如何不误？"余大成彷徨良久，心中暗想，看来此事也只有先通告袁督师，再设法挽回吧。一念及此，余大成立刻朝门外大喝一声，"备马！"，说着便迈开大步，几下出得兵部衙门，翻身上马，带着两个随从直奔广济寺而去。

广济寺别院

弘慈广济寺，又名广济寺，始建于金代，于今已有四百年的历史了，乃是一座京城闻名的古刹名寺，由于它坐落于阜城门内，地近皇城，来往办事方便，又闹中取静，环境优美，便成了很多来京办事官员们的歇脚之地。

袁崇焕进京后，便将家眷、亲兵一行人等暂时安顿在广济寺的一处别院中。平台召对后，袁崇焕马不停蹄，每天带着天赦和两名亲兵穿梭于吏、户、兵、工各部，忙着商议和筹措人员、钱粮、器械、弓马等各项安排，连日奔波，形色匆匆，今日已是戌时时分，袁崇焕等人才又回到住所。

一进别院，早有一名亲兵抢步上前，向袁崇焕禀报："大人，兵部郎中余大人今日三次来访，说有要事相告。"

"哦？"袁崇焕一惊，连忙追问，"余大人现在何处？"

"余大人现在禅房，已等候大人多时了。"

袁崇焕也不答话，甩开步子，跟着亲兵，直向禅房走去。

"参见督师大人。"袁崇焕刚一进屋，正等在屋内的余大成连忙起身，过来施礼。

"余大人久等了，崇焕来迟，还请见谅，余大人快快请坐。"袁崇焕一边还礼，一边招呼余大成重又就座，待亲兵送上茶水，转身离去，才开口问道，"余大人今日来访，不知有何要事相告？"

余大成未作犹豫，马上将调令及上午兵部的事一五一十地都禀告给袁崇焕。袁崇焕听罢，半晌无言，只低了头、锁着眉在座中沉思。

杨国栋、张春、沈棨、茅元仪这四个人正是自己准备要大力使用的干才，特别是关内道一职，与宁前道一起，一个关内，一个关外，可以称得起是蓟辽督师的左膀右臂，必得要忠勇能干的人才不可。而张春、沈棨二人久与自己共事，正是这样不可多得的干才，如今这四人全部离任，袁崇焕闻听之下，先是大吃一惊，继而一份焦急和愤怒也不由地从心中升起。

"我素知张春律己如冰，爱民如水，他如何会嗜杀、通阉、克扣军饷！"过了好一会儿，袁崇焕才抬起头，恼怒地说道。

"还不是那王在晋故意要构陷他！欲加之罪，何患无辞！"余大成愤然答道，“张春、沈棨、茅元仪三人都是孙阁老当年在辽东的旧人，王在晋当年与孙阁老就修建八里铺重城一事结下怨恨，如今他大权在握，不过就是公报私仇罢了！”

袁崇焕当然记得，此事正是因为自己而起，天启二年，王在晋出任辽东经略，决意于山海关外八里铺修建重城，遭到时任宁前道袁崇焕、主事沈棨、赞画孙元化等人的反对。袁崇焕提议修筑二百里之外的宁远，王在晋不听。袁崇焕无奈，遂越级上报首辅叶向高，但叶向高不知前线的情况，正拿不定主意，这时大学士管兵部事孙承宗自请行边，亲赴山海关巡查。一番考察后，回京面奏天启帝，称王在晋不足任，其笔舌更自迅利，然沉雄博大之未能！天启帝便将王在晋改任南京兵部尚书，不久辞归。由是，王在晋与孙承宗、袁崇焕等人结下怨恨。

袁崇焕忆及往事，心情变得异常沉重，当年大家虽然各自主张不同，然都是为了国事，一心为公，没想到王在晋竟如此心胸狭窄，对当年争论至今仍耿耿于怀，必欲泄愤不可。然今日一个是兵部尚书，一个是蓟辽督师，自己正要发奋进取、收复辽东，二人本该精诚合作，难道还真要就此翻脸，撕破面皮吗?

袁崇焕想到此处，竟也是左右为难，不由得就长叹一声，然想到张春正直无私，却遭人无端陷害，袁崇焕自思也不能袖手旁观，遂下定决心，对余大成说道：“此事关系重大，崇焕必得立即上奏皇上，说明原委，请圣上裁夺！”

“王在晋醉翁之意不在酒，他这么做，只怕其意还在孙阁老和督师大人身上，大人不可不防！”余大成满脸焦虑，又向袁崇焕提醒。

袁崇焕重重点了点头，没有说话，余大成见袁崇焕心情沉重，便也不再逗留，遂起身告辞。袁崇焕将余大成送出屋外，又对余大成郑重嘱咐道：“余大人，不日，崇焕便要离京赴任，今国事艰难，这京城里的事，还望大人能忍辱负重、尽力筹措。复辽大事，百般艰难，还望大人今后能助我一臂之力啊！”

余大成见袁崇焕一片赤诚，大为感动，连忙大声说道：“督师大人一心为国，大成不敢不从命！请大人放心，下官必当竭尽所能、鼎力相助！大成惟愿大人能早日复辽，为我大明立下不世之功！”说罢，余大成一拱手，便转身出院而去。

袁崇焕独自站在院中，夜色深沉，不知什么时候，一轮明月已被厚重的乌云完全遮住了，袁崇焕长叹一声，自言自语道：“唉，大臣不和，终非国家之幸啊……”

第十章

皇上知之否

三

崇祯元年七月，北京

七月的京城，就像一大锅刚烧开的沸水，随着一个个消息如雪片般传来，大明朝廷就好像是有人又往通红的炉膛里扔进去一把把的干柴，整个锅里顿时翻江倒海，彻底地沸腾起来了。

先是七月十四日，崇祯帝平台召对袁崇焕，接着毛文龙的“诉苦书”便到了京城。在奏疏里，毛文龙满腹委屈，一肚子不平，竟向皇上连声质问。

“臣毛文龙势处孤危，七年苦战，却动遭群臣掣肘、攻击，皇上你老人家知道吗！内外臣工不知兵法、不晓地理，所持皆是谬论，只有我毛文龙居辽日久，海外情形，见解独到，皇上你老人家知道吗！属国残破、缓急无望，东江粮饷接济不及，每每还屡遭侵吞、克扣，皇上你老人家知道吗！东江兵饷，不及关宁一半，同样都是当兵打仗、保家卫国，为何朝廷独独却对东江如此之薄！东江将士食不果腹、衣不蔽体，冒生死于锋镝之下，所得却反不及内地那些逍遥自在、高坐糜饷者，这些，皇上你老人家都知道吗！……”

朝中大臣哪里见过这样和皇上说话的臣子，看完奏疏大家立马就炸了锅，“狂悖”“无人臣礼”“拥兵自重”“罢黜毛文龙”“捉拿问罪”，一时间声讨毛文龙的呼声便是沸反盈天了。

几日之后，毛文龙又有塘报到京，说是东奴畏惧毛帅，派人来岛请和。

再接着，钦差专理东江饷务、户部员外郎黄中色返回京城，立刻向朝廷报告了两个惊人消息。一是毛文龙虚报兵额，东江实无十五万兵马，核查兵数不过三万六千而已！二是毛文龙私自与东奴议和！

仅仅两日之后，突然又有毛文龙解送后金使臣阔科到京，一同到京的还有两份奏疏，一份乃是解送使臣的奏报，而另一份则是弹劾户部员外郎黄中色。奏章中，毛文龙痛斥黄中色昧心渎职，不肯查阅各岛军兵，只以皮岛一岛之兵充作东江总数，以至各岛军兵担心无饷，群情激愤，如再不善加安抚，恐致军兵哗变！

短短数日内，一连串爆炸性的消息纷至沓来，毛文龙和黄中色各执一词，互相攻讦，所说又都无法证实，真假难辨。一时间，还只是十八岁的年轻天子又气又急，彻底没了主意。

七月癸未一大早，紫禁城钟鼓齐鸣，崇祯大会群臣，文华殿议事。

“列位臣工，近日朝廷连接奏报，毛文龙、黄中色二人各执一词，又有建虏遣使请和一事，各位以为如何？都说说吧。”崇祯话音刚落，大殿里立时便响起了一片议论之声，大臣们一个个情绪激动，你一言我一语，都争先恐后地要抢着发言。

“皇上！”只见一位年轻官员挺身而出，率先启奏。众人看去，却原来是户科给事中瞿式耜。

“设立东江，本为牵制东奴，可是试看毛文龙在海外数年，耗费朝廷数百万金钱，可曾收复过一寸土地、建有一缕之功？而毛文龙又从来是鬼话连篇，屡屡谎报战绩，杀良冒功，欺诳朝廷！今毛文龙不满朝廷核查他东江兵马，口出狂言，桀骜狂悖，欺凌君父，毫无人臣之礼！更虚兵冒饷，私自议和，不臣之心已昭然若揭！毛文龙身处要地，而又养寇自重，如今日不将其缉拿查办，他日则必将为祸！臣恳请皇上，立即遣缇骑前往东江，捉拿毛文龙进京问罪！”

“不可！”

瞿式耜说罢，又有一位大臣出班启奏。此人五十岁上下，体态微胖，乃是工部屯田主事徐尔一。只见他手抱笏板，对着崇祯一躬身，随即说道：“启奏皇上，毛文龙海外多年，劳苦功高，岂可捉拿问罪？今日众人欲纠劾毛帅，而臣心中，实有不平者四，不得不告于圣上。

“关宁一镇，每岁所费钱粮便要五六百万，而东江自天启二年至七年，总共消耗钱粮才三百万两，为何众人还要责其耗费之多？此臣不可解者一也；关宁一镇，放眼望去，地阔不过四百里，却拥兵十八万，而东江所辖岛屿就有二十多处，浩淼一千余里，如无充足兵马，又如何守、如何战、如何往来策应？今毛文龙有兵十五万，而黄大人却说他只有三万六千军兵，其余皆是虚兵冒饷，那么请问，毛文龙又是如何能守住今日东江之局面？此臣不可解者二也；毛文龙妻、子现早已回到杭州，此正是毛帅效仿当年秦国大将王翦伐楚请田之故事，其意便已是向朝廷、向皇上表明忠心，可众人为何还要担心毛文龙尾大不掉、背叛朝廷？此臣不可解者三也；既然说皮岛乃扼要之地，朝廷又委毛文龙以重任，那朝廷自该鼎力相助，可为何又总是阻其钱粮，这难道不是将其逼入绝境，推向敌人吗？即使说毛文龙一身不足惜，可东江一旦丧失，则内地必危！众人整日不忧心此事，却反倒天天担心毛文龙作乱，此臣不可解者四也。

“毛文龙受此种种不平之事，心中怨愤，自是情有可原，今日朝廷正该对其大加抚慰，怎可捉拿问罪！至于说东奴请和一事，毛帅奏报已说得明白，现又将使臣押解送京，这不正说明毛帅忠心耿耿，并无二心吗？怎可说他是私自议和！臣心中不解，冒死陈奏，还请皇上明鉴！”

瞿式耜听完徐尔一洋洋洒洒这一通说辞，颇不以为然，心中暗道一句：书生之见，糊涂！当即予以反驳：“皮岛本属朝鲜，东江又地处偏远，距东奴腹心甚远，何能有牵制之效？毛文龙即使不胜，于金瓯又有何损？东江之设，本为牵制，其轻重岂可与关宁相提并论！关宁重地乃京师门户，一旦有失，则京城危急，此寻常道理，徐大人岂可不知？

“毛文龙历来好大言欺世、鬼话连篇，徐大人岂可尽信他一面之词！倘真如他所言，东江拥兵十五万，去年正月东奴攻伐朝鲜，东奴二王子阿敏所率不过三万兵马，何以短短两个月内尽丧义州、铁山等陆上之地，而又使我属国连失义州、定州、安州、平壤，朝鲜国王退避江华岛，乃至被迫求和属国尽失！请问徐大人，那时毛文龙十五万大军安在？

“再说今日毛文龙议和之事，前后两份塘报，前一日才说东奴遣使请和，仅仅两天之后，却为何又急急忙忙将来使押解送京？毛文龙行事如此匆忙，显是正在与东奴私下议和，不料却被黄大人无意撞破，为堵朝中众人之口，他这才不得不将来使押解送京，毛文龙自以为此举可以瞒天过海，然其惊慌之色早已跃然纸上，不臣之心亦昭然若揭！

“至于毛文龙又辩解说什么前番本想以谈和为饵，欲诱捕皇太极重臣豪格、达海二人，试想那皇太极是如此好哄骗的吗？他怎会派豪格、达海这样的重臣前往谈和？毛文龙此话显是因一时事急而编造的欺人瞎话，又说什么马通事被辽人殴打致死等语，不过是杀人灭口罢了，此等鬼话也只好拿来去唬徐大人！”

徐尔一遭瞿式耜一顿抢白，登时气得满面通红，张口结舌，好半天才发狠赌誓道：“皇上，臣徐尔一愿以三子一孙保毛文龙无他！”

瞿式耜闻言，冷笑一声，说道：“到时候只怕是徐大人这一家老幼都不够砍的啊。”

崇祯坐在高台之上，见两人拌嘴斗气，越说越不像话，当即申斥：“罢了，罢了，两位爱卿不要再徒逞口舌之快了，今日朝会所议乃是国事，岂可只凭意气用事！”

瞿式耜、徐尔一两人被崇祯责怪，赶忙一起称罪而退。

两人争论了半天，崇祯仍是拿不定主意，便又问兵部尚书王在晋：“大司马，今户部核查东江兵马为三万六千有奇，你兵部是何意见？”

“回皇上，毛文龙报称东江兵马十五万，而户部黄大人核查只得三万六千，二人说法各异，又相互攻击，到底谁是谁非，现无旁证，臣也一时难以判断，为今之计，只有再派大臣前往东江核查兵马！” 王在晋答道。

崇祯想了一会儿，一时也无办法，只好皱着眉说道：“看来，也只好如此了。传旨！着登莱道王廷试即日前往东江，核定东江兵额！”

“臣等遵旨！”王在晋连忙应声接旨。

想着刚才瞿式耜的一番话，崇祯心里格外紧张，毛文龙到底有没有和东奴私自议和？倘若毛文龙真有二心，又该当如何处置？缉拿？安抚？那个东奴使臣又该如何处置？崇祯越想心里越乱，大殿里也是好一阵寂静，大臣们都一个个低着头，沉默不语。

崇祯俯视着众人，冷冷问道：“毛文龙如何处置？”

见半天没人应答，崇祯颇为恼怒，遂转头向首辅李标问道：“李阁老，你以为如何？”

李标，字汝立，号建霞，河北高邑人，太子太保，武英殿大学士，为官清正，素有令名，今已年近七十。李标见皇上问自己，不敢怠慢，赶忙颤巍巍地出班回奏："回皇上，方才瞿大人所言不无道理，毛文龙解送东奴使臣一事，多有可疑之处，毛文龙又言语似诈，难以令人相信，倘其真有不臣之心，则为祸不浅，我如今不可不早为预备。然毛文龙身处要地，东江也已多年不受节制，如若贸然遣缇骑前往缉拿，只怕是会立时激变！为今之计，皇上不如遣使臣前往东江，召毛文龙进京，以探其心，待他到京之后，或罢或拿问，再视情形而定。"

"阁老此议不妥！"

不待崇祯应声，早有一位大臣出班启奏，崇祯循声看去，原来是礼部尚书温体仁。

"温爱卿，阁老此议有何不妥？"崇祯马上追问。

温体仁向上略一躬身，便开口言道："回皇上，毛文龙倘真有不臣之心，皇上遣使召他，他定然心虚，则必不肯前来，此举反使他决意转投东奴；如毛文龙并未有二心，皇上召他进京，他心中也定然生疑，他素知朝中对其多有攻讦，毛文龙心生疑惧，恐不敢轻身犯险，而如若不来，则朝中攻讦益甚，他自思亦难以清白，必会左右为难，情急之下，难保不会做出什么不测之举。

"昔日安禄山深受唐玄宗恩宠，杨国忠嫉恨其势，屡屡向玄宗进言，安禄山他日必反，召之必不敢来，不想安禄山应召进京，向玄宗哭诉杨国忠害己，安、杨二人自此仇恨益深，势成水火。安禄山惧怕杨国忠谋害自己，愤而起兵，终致安史之乱，安禄山叛唐，固是早有谋叛之心，然也难说不是杨国忠逼迫所致，此前朝故事，我不可不深以为戒！

"今日毛文龙正如当年之安禄山，稍有不慎便会招致不测之祸，为今之计，皇上还当从长计议，只可先从东奴使臣身上入手，一面命有司将其勘问明白，一面再设他法以节制毛文龙，使其不得作乱。臣不揣庸碌，斗胆妄言，还请皇上三思。"

温体仁一番话说完，崇祯顿觉好不沮丧，他突然发现这个毛文龙，竟然真正成了一个烫手的山芋，即使自己贵为天子，对这个人自己却不能动、不能碰，简直拿他竟是无可奈何了。

崇祯呆呆坐在台上半晌无言，好半天，才又神情郁闷地对众人说道："传旨，着法司将建虏使臣阔科下狱羁押，仔细勘问明白，速来报朕！”

紫禁城乾清宫

崇祯一言不发，铁青着脸下得朝来，王文政带着一班小太监，小心翼翼地跟在崇祯身后，一路快步走回乾清宫。

崇祯刚在房内坐定，便见王承恩捧了一摞奏本从外进来，恭恭敬敬地候在门边。

“都拿过来吧。”崇祯一声令下，王承恩赶忙过去将奏本都放在御书案上，随后又小声向崇祯报告：“皇上，这是今天刚到的奏本，其中一份……”王承恩说到一半，却立刻迟疑着停了下来，低着头，拿眼警觉地扫了一下崇祯左右。崇祯心中起疑，不过见身边就只站着王文政，再无外人，便不耐烦地大声问道：“其中一份怎样？”

王承恩不敢怠慢，赶忙回奏：“回皇上，这其中有一份乃是登莱巡抚孙国桢告发御马监太监王国兴的奏本。”

崇祯闻言，吃了一惊，马上命令：“拿来朕看！”

王承恩赶忙找出孙国桢的奏本，恭敬地递给崇祯。

孙国桢的这份奏本，乃是告发王国兴假旨擅至海上，私会毛文龙，收受贿赂，结交边将，图谋不轨。

拿着这份奏疏，崇祯越看越气。好你个王国兴！朕令你去皮岛敕封诸神，本是让你查明毛文龙东江虚实，可你个狗奴才，胆大妄为，竟然收受毛文龙贿赂，私自结交外臣！回宫之后，又百般为毛文龙说好话，欺哄朕躬！今毛文龙欺凌君父、谎报战绩、虚兵冒饷、私通东奴，朕一时治不了那毛文龙，难道朕还收拾不了你这个狗奴才吗！

崇祯越想越气，原本今天就已经是一肚子的怒气，此时正无处发泄，待看完这份奏本，早已气得脸色铁青，满脸杀气了。

只见崇祯猛地一把将奏本拍在桌上，大喝一声：“来人！速着人去将那个狗奴才王国兴拿下！与朕乱棍打死！”

王文政、王承恩二人见皇上雷霆震怒，都吓得一起跪倒在崇祯脚下，不停告罪：“都是奴才该死，对下管教无方，请万岁爷治罪。”

崇祯坐在龙床上，冷冷地看着两人说道：“王文政，你年事已高，就到凤阳去替朕守护祖陵去吧。王承恩，司礼监的大印今后就由你先掌了吧。”

“是，奴才遵旨！”

王文政、王承恩两人连忙叩头称旨，唯唯而退。

二

袁崇焕到京已经十天了，可除了那天平台召对还能让他感到激动兴奋以外，剩下的日子他几乎天天都是在和各部的争吵、扯皮中苦苦煎熬！

除了皇上接受了自己的建议，已重新起用八十三岁的老爷子王象乾担任宣大总督，专力处置抚赏蒙古察哈尔之外，其它重要事项，如钱粮、马价、人事，这些问题哪个也不是他一个督师就能搞定的，尤其是这军饷，关宁十三万兵马，已经欠饷四个月，积欠银两竟已高达七十四万两之巨！

虽说在朝堂上，崇祯拍着胸脯满口支持，可是一到实际，当袁崇焕和户部扯到最后，看着代理部长王家桢拉着一幅老脸，几乎是带着哭腔向自己诉苦。“督师大人，不是下官要为难大人，实在是户部拿不出这些银子，下官做不到啊！求求你，袁大人，让皇上免了下官吧，这个活儿，哪个孙子爱干就让他干去！”

袁崇焕知道，王家桢真的已是无计可施了，只得无奈地叹息一声，连上奏章，请皇上定夺。

崇祯元年七月二十五，紫禁城文华殿

“列位爱卿，袁崇焕自平台召对以来，近日又给朕连上奏章，陈说方略、吐露衷肠，朕览奏，大为感动。如今国事艰难，百废待兴，正要你我君臣内外同心，共赴时艰，今日朕召集各位臣工，便是要议一议袁崇焕所请之事，袁督师身负重任，还望各位能鼎力相助，勿使掣肘！”

早朝一开始，崇祯帝先是一段语重心长的开场白，接着又拿眼向下扫视一圈，众臣见状赶忙一起表态：“皇上忧心国事，臣等敢不用命！”

崇祯满意地点点头，又继续说道："这第一件事，便是钱粮！据袁崇焕奏报，关宁欠饷已有四月，所欠银两竟达七十四万之多，王大人，前日朕已有旨，令你部务要全力支持辽东，不可拖欠关宁粮饷，此事你户部又要如何处置？"

王家桢见皇上发问，猛一激灵，赶忙出班回奏："回皇上，前有察哈尔兵犯宣府、大同，时关宁、宣大、延绥各边均已欠饷数月，不想又有台头营军士鼓噪索饷，而各地外解钱粮不至，致使臣部无银可发，一时间内外并急，臣部遂请挪借内帑五十万发往宣大，这才解了一时之急。近两月以来，虽有外解陆续到部，然臣部除将五十万两立刻归还大内以外，库银已所剩不多，现在督师袁大人又来臣部讨要关宁欠饷，数额太大，臣一时之间实在是无法筹措出那么多的银两啊，臣恳请皇上，容臣部再多费些时日，再设法给关宁筹措、发给……"

崇祯一听就火了，当即一拍龙椅，向王家桢厉声呵斥："糊涂！今国库空虚，入不敷用，朕这才令尔等要好生运筹、仔细算计，务要零星分发，你如何便将那五十万两都发到了宣大？！"

王家桢吓得扑通一声跪倒在地，连声申辩："臣只因一时事急，恐宣大战事难了，故而将帑银都先发往了宣大。臣办事糊涂，请皇上治罪。"王家桢说罢，便匍匐在地，等着皇上发落。

崇祯向下恨恨地看了一眼，心想难道治了你的罪，就能换来银子吗？关宁军饷才是当务之急，等先处理了这事，朕回头再来慢慢办你！想到这儿，崇祯又问："现在你部还有多少银两？"

"回皇上，臣这几日东挪西凑，盘算下来，户部最多还能拿出十万两银子。"

"这么少？！难道朕大明朝都穷到这种地步了吗？！"崇祯心中不由一惊。

"总是臣无能，实在难以堪此大任，大司农司掌天下财税，今国家多艰，还请皇上再选善于理财之人，以代臣职。"

崇祯见王家桢想要辞差，大怒，立马又是一顿训斥："一遇难事，你们一个个就想撂挑子不干，天底下哪有这么便宜的好事！平日里你们一个个都以忠臣自居，高官厚禄，饱食终日，可现在国家有急，尔等却又立刻畏避退缩，明哲保身！朕怎么养了你这样一帮酒囊饭袋！"崇祯虽恨不能立即就罢免了这个王家桢，可是，银子还没有着落，崇祯也只好先忍下这口气。

这些日子，王家桢可谓早已是焦头烂额了，到崇祯一朝，大明国库每年的收入，钱粮本折共计大约是两千余万两，再加上开征了辽饷，大概又可收入六百余万两。按说也不算少，但是这些银子一多半都要用来供养朱家子孙，再加之军屯制度的崩坏，使得原先由军屯负担的军队开支，现在也不得不全由户部承担。另外，由于从天启七年八月到崇祯元年七月的这一年中，天启驾崩，新皇即位，整治阉党这一系列大事的发生，中央和地方官场又是一番大换血，使得各地的钱粮征缴都没能及时完成，这种种事情加在一起，顿时就使得眼下的国库捉襟见肘了。王家桢早已无心留恋现在的烂摊子，见皇上责骂，索性也不作回应，只趴在那里等着发落。

“皇上，如今东西虏一时并举，西南又有奢崇明、安邦彦叛乱，东南郑芝龙横行海上，这处处俱是用钱之地，户部左拙右支，却也有为难之处，今国库空虚，要想解关宁之急，只怕还需另想他法。”

正在崇祯为难之际，只见一位五十岁上下的大臣出班启奏，众人看去，却原来是内阁次辅钱龙锡。钱龙锡，字稚文，松江华亭人，太子太保，文渊阁大学士，为人清直敢任，乃是今时东林党领袖之一。

崇祯心中一动，连忙追问：“钱爱卿，还有何法可设？”

钱龙锡向上一拱手，朗声答道：“皇上，日前锦衣卫已查抄了罪监李永贞家产，李永贞性贪好胜，乃是魏阉死党，何不用此抄没之银充作军饷，以解关宁之急？”

崇祯听了，心里咯噔一下，朕道是什么好办法，这班大臣却原来还都是在盯着朕的内帑银子啊。崇祯心中暗想，脸上已是愀然不乐，不过，值此内外交困之际，崇祯也不好发作，只得扭头向站在一边的王承恩问道：“王承恩，罪监李永贞的家产一共查抄了多少？”

“回万岁爷，查抄罪监李永贞家产，共计得银二十九万两。”王承恩连忙答道。

崇祯沉吟半晌，随后传旨：“着户部速将库银十万两交与蓟辽督师袁崇焕，另调拨罪监李永贞家产二十万，充作关宁军饷，交袁崇焕一并带往军前！所欠关宁剩余军饷，着户部再严催各地，速发外解，务要克期到部，及时发往辽东！”

“臣等遵旨——”王家桢等众臣连忙一起称旨。

待众人归班，只见内阁辅臣刘鸿训又站出来上奏：“启禀皇上，今户部事务繁重，尚书一职至今空缺，大司农掌管天下财政，系军国命脉，不可久悬。前户部尚书毕自严才品兼优，更尤擅理财，今宜速召入朝，出任尚书，主理户部。”

崇祯对户部侍郎王家桢早已不满，此时见刘鸿训力荐毕自严，可谓正中下怀，便立刻予以准奏。

“王爱卿，关内道乃蓟辽督师属官，眼下秋防在即，以日为岁，一刻千金，督师到任即需用人，朕平台召对当日已有谕旨，袁督师所用之人，当用即用，不可滥推！你如何将原议关内道沈棨调往昌州？原关内道张春又是因何事被参？”说完了钱粮，崇祯便转向兵部尚书王在晋，问起了关内道的人事安排。

王在晋听皇上语气颇为严厉，知是袁崇焕已参奏了一本，当时心头一紧，额头上不觉已冒出汗来。王在晋赶紧躬起身子、将象牙笏板举在面前，强作镇定，颤巍巍出班回道：“启禀皇上，前日圣上因柳河之败，令臣等查办前山海总兵马世龙结交魏阉、贪墨军饷一事，故臣上任伊始，立即着手办理。时任关内道张春乃马世龙旧部，与马世龙一案关系重大，恰此时又有人纠劾张春嗜杀、结交阉党、克扣军饷诸事，臣不敢马虎，随即将张春撤职查办，交法司勘问。

“臣部原议由兵部主事沈棨接任关内道一职，然臣查得沈棨当年亦在辽东，于旧辅孙承宗营中赞画军机，马世龙种种不法之事，俱需过沈棨之手，虽然臣尚未查得沈棨不法实证，然沈棨与马案亦关系重大，故而臣才设法先将沈棨调往昌州，才好查清此事关节。臣纠劾张春、远调沈棨，实乃出于公心，绝不敢因半点私心，而坏我辽东大事！臣所奏句句是实，还请皇上明察！”

崇祯听完王在晋这番说辞，不由点了点头，心想王在晋所奏并无不妥，当日正是朕要他查清马世龙一案。这样想着，崇祯的神色、语气便也和缓了很多。“大司马一片公心，老成持重，确是做事周到，张春既遭纠劾，便该交法司勘问明白，不可再任！只是现沈棨已远调昌州，袁崇焕又在用人之际，这关内道一职不可空悬，还当立即选调合适之人接任此职，不知王爱卿可有勘用之人啊？”

见皇上和颜悦色，王在晋暗舒一口气，刚才还悬着的心这才算是落地了，又定了定心神，随即大声回答：“启禀皇上，永平兵备副使梁廷栋久历辽东，才堪大用，正可出任关内道一职。”

“哦？梁廷栋，此人有何来历？”崇祯马上追问。

“回皇上，梁廷栋，字大胸，号无它，现年三十八岁，河南鄢陵人氏，乃是万历四十七年进士出身，其人先在兵部，又历任西北、辽东，深通兵略、素有才干，实为我大明不可多得的可造之才！”

崇祯听王在晋对梁廷栋夸赞一番，高兴得哈哈大笑，连声叫好：“我大明正该人才辈出，哪能只靠袁崇焕一人去剪灭东奴，像此等年富力强的栋梁之才，朕定要大力提拔、用心栽培！传旨！擢梁廷栋补山东布政司参政，出任关内道！”

“是，臣等遵旨！”王在晋连忙接旨称是。

议定了人事，崇祯记起袁崇焕还有一请，便又对王在晋说道：“王爱卿，袁崇焕还有一事，需你部大力配合！”

“臣敢不效命。” 王在晋连忙躬身作答。

“今袁崇焕欲练骑兵，奏称必得先有万匹战马不可，而如今关内关外急缺战马，特奏请先将寄养于京城附近各州的马匹，折给三千匹，再令马商从蒙古各部买得四千匹，故需兵部速发六万马价银，以济急用！王爱卿，此事袁崇焕已报与你部，你等如今做何处理？”

王在晋一听这事，顿时犯难，马上就愁眉苦脸地开始向崇祯诉苦：“回皇上，自先帝朝以来，魏阉乱政，后又以崔呈秀执掌兵部，太仆寺常盈库所藏库银多被挪用、侵吞，边军犒赏、内府支取、抚赏蒙古也大多出于此库，又加之马政日废，外解不至，如今太仆寺常盈库实已消耗殆尽，这六万的马价银，臣部一时之间实是万难筹措。臣无能，不能解君父之忧，还请皇上治罪！”

崇祯望着下面的王在晋，只能在心中暗骂魏阉，可如今魏阉、崔呈秀俱已伏法，这掏空的银子也回不来，已是无计可施，只得徒叹奈何了。

崇祯不甘心，隔了一会儿又问：“王爱卿，兵部现在还能拿出多少银子？”

“回皇上，日前陛下敕谕停发了给察哈尔、喀喇沁等蒙古诸部的抚赏，臣也只能先从此抚赏银中筹借出两万银子转与袁督师，至于那还缺的四万两马价银，也只得再想他法了。”

崇祯一听王在晋说再想他法，心里猛一激灵，这老家伙怕不是也在打李永贞家产的主意？是不是想那九万两都给了你们，可恶！

想到这里，崇祯不由地拿眼向王在晋看去，恰在此时，王在晋也在斜眼偷看崇祯，四目交汇，霎那间两人似乎都已看穿了彼此心肠。

崇祯长叹一声，又一脸无奈地向众臣诉苦：“朕才薄德浅，初登大位，国家又百废待兴，这国事今后还得要多多仰仗各位爱卿，朕亦深知列位臣工筹措之难，然内帑本无厚积，岂可动辄请发？今后还望各位能设法开源节流、仔细筹划，勿使国家困窘、民生凋敝！朕连日来览袁崇焕奏章，知他身负重任，诸事繁巨，也是百般艰难，收复辽东，中兴大明乃朕之夙愿，又岂能仅靠他一人成事？今后还望诸公能与他内外同心，尽心国事，助他早日剪灭东奴，收复辽东！”

“皇上一片苦心，臣等敢不效命！”

众臣听罢，又赶忙一起高声应命。

“皇上！”

众人才又重新站定，只见内阁辅臣刘鸿训挺身出班，向崇祯大声启奏：“今袁崇焕督师蓟辽，代圣上巡边，请皇上赐他尚方宝剑，假以便宜之权，以节制诸将！”

崇祯只略一思索，便立刻提高了嗓门，正色道：“袁崇焕督师蓟辽，代朕巡边，正该授予临机决断、便宜行事之权！传旨！赐袁崇焕蟒袍、玉带、尚方宝剑！封疆事大，阃外原不中制，一切处置事宜，着袁崇焕遵照敕谕，便宜行事、相机进止！蓟辽、天津、登莱等处抚镇道将、大小官员，俱要听其调遣，不得有误！”

“臣等遵旨！”

三

崇祯元年七月二十五，广济寺

天才擦黑，一乘四抬软轿在前后各两名校尉的夹护下来到广济寺，一行人直到袁崇焕别院门前，这才停稳驻轿。一名校尉恭敬地打起轿帘，只见一名五十岁上下的官员从轿中从容走出，原来却是内阁次辅钱龙锡大人来访。

袁崇焕刚刚用过晚膳，此时正在禅房起草给皇上的奏本，听了亲兵的禀报，赶忙出得房来，将钱龙锡迎入禅房。

“钱阁老来访，崇焕寄居古刹，招待不周，还请阁老不要怪罪啊。”

“袁大人不必客气，你我都是久读圣贤诗书之人，哪里还讲这些虚礼。”

两人分宾主坐好，寒暄两句，亲兵又端上茶水，随即退出屋外，只留下二人在禅房里说话 。

二人都是初次谋面，闲话间，不由地彼此都相互打量了一番。

袁崇焕早知钱龙锡乃是东林领袖，虽然自己不是东林党人，但该党人一直以来重气节、严操守，特别是杨涟、左光斗等“东林六君子”的事迹，倒真是令袁崇焕仰慕和敬佩。如今阉党倒台，钱龙锡等一大批被罢官的东林党人又重被起用、执掌朝政，一时间真可谓是众正盈朝，朝中气象也为之一新，这些都让袁崇焕感到大明又有了希望，自己肩负的复辽重任，也才有了希望！正因如此，今夜钱龙锡的到访，倒真是让袁崇焕一扫多日的烦闷，感到有些激动和兴奋。

“袁大人，连日来朝中多事，对于复辽大计，内阁与六部九卿等也多次计议，终是还有许多不决之处，今日钱某到访，便是来向袁大人请教，还望袁大人能开诚布公，不吝赐教。”闲谈几句之后，钱龙锡便向袁崇焕说明了来意。

“赐教不敢，阁老但有疑问，崇焕尽力回答便是，不知阁老欲问何事？”袁崇焕连忙客气一番。

钱龙锡略一沉吟，便郑重问道：“今皇上新登大宝，百废待兴，皇上虽是英明神武、一心图治，然国家积弊日久，我大明又岂能一夜而兴？故此，朝中才会有大臣对现在这复辽大计心存疑虑，说我大明当退守山海关，养精蓄锐，待国力恢复之后，再一举收复辽东。袁大人久在辽东，熟悉边情，今又肩负复辽重任，不知又是如何看待此一主张呢？”

“阁老虽是不说，想必这一定是大司马王在晋的主张吧。”袁崇焕听了，先是低头叹息一句，随后又扬起脸来，对着钱龙锡斩钉截铁地说道，“此主张看似有理，实则书生误国之见！”

“哦？袁大人何以此说？”

“阁老，观今日之局势，盖辽东地接永平，东通朝鲜，又居中缠络燕、齐、淮、徐，乃是神京左臂！辽地失，则我大明如断一臂，倘东奴中再有如阿骨打、刘聪、石勒这般的雄主，抚我辽东遗民而用之，又因海为利以图于我，自此，不仅属国断绝，我之燕、齐、淮、徐等地亦俱是边地了！

“我国西自松藩，东至开源、铁岭，为边九千里，昔日已是耗尽天下之力以为守，倘今日又再添北直隶之保（定）、河（间）以及全齐与江北，旋转四千里为边，阁老试想，我大明又守不守得住呢？

“漠南蒙古各部，世居辽东边外，乃我大明北方藩篱！辽地失，东奴必西向蒙古，今各部难敌东奴，不久必被东奴席卷而下，倘如此，我大明北边藩篱尽失，肩背皆受敌，一旦东奴绕道蒙古，由蓟镇入塞，则我京师危急矣！

“昔日，我大明放弃大宁，而使辽、蓟势单，有识之士犹以为失策，今若再放弃辽东、退守山海关，将关外之地尽资之与敌，则东奴铁骑可犯蓟门，舟师可犯燕、齐，逼近都门，倘如此，我大明还有宁日吗？！故我大明欲图中兴，必要恢复辽东！所谓退守山海关，便可安然无忧的想法，实乃痴人说梦，不过是一厢情愿的书生之见！”

钱龙锡听了袁崇焕这番剖解，不觉频频点首，随后应道：“袁大人所见，确非他人可比！平台召对后，我等已拜读了袁大人所上的《复辽方略》《敬表臣衷》两份奏疏，读罢，我等无不为大人的赤胆忠心而感佩不已。袁大人雄才伟略，所陈方略井井有条，自是智深谋远、神谟庙算，只是大人自许五年复辽，是不是有些过于唐突了，今皇上英明，东奴又正兵强马壮，到时倘有不效，袁大人又如何处之呢？”

袁崇焕闻言，慨然答道：“五年复辽，并非大言！崇焕在辽六载，与东奴数度交手，也曾两败八旗大军于城下，自是深知此中轻重！与东奴匹马交锋、决胜疆场，我不惧他，崇焕有坚城利炮、将士用命，给我钱粮兵马，自信定能战而胜之！然十年辽事，之所以局势一坏再坏，实是因中枢祸乱所致，而其中为祸至深者，又莫过于局外掣肘！而今皇上英明，励精图治，托我以封疆之重，又假我以临机决断、便宜行事之权，崇焕受此知遇之恩，又安敢不效死命以报皇上！

“今我大明国势衰败，百姓困苦，崇焕又安忍再让天下久受倒悬之苦？辽东战事已历十年，十年来辽以一隅而病天下，以致九边空虚、民生凋敝、乱事丛生，西南奢安叛乱、北方白莲之祸皆因此而起，天下苦辽久矣。我大明对辽东，实已不可再久拖不决，倘辽事迁延日久，恐祸有不可知者！

“今日崇焕受皇上知遇之恩、托以复辽重任，崇焕又安敢不殚精竭虑以早结辽事？崇焕复辽，只恐不速，莫要说五年，倘能再早些时日，纵然是粉身碎骨，也在所不辞！南宋信国公文少保有言，孔曰成仁，孟曰取义，崇焕虽不才，但亦有志效法先贤，不成功便成仁！今我自期五年复辽，倘届时不效，也唯有以一死而报皇上了！”

袁崇焕一番慷慨陈词，钱龙锡听罢不禁肃然起敬，连忙一拱手对袁崇焕正色道：“督师大人如此忠义，真是令钱某敬佩！请袁大人放心，钱粮弓马等事，钱某在朝中定当与诸臣尽心筹措，以助大人早日成功！”

“崇焕多谢阁老。”袁崇焕也连忙拱手称谢。

钱龙锡摆了摆手，又接着向袁崇焕问道：“前两日毛文龙解送东奴使臣阔科到京，又与户部员外郎黄中色互相攻讦，这些事袁大人也都是知道的。连日来，内阁与六部九卿多次计议，可对于如何处置毛文龙，各位大人意见不一，争论很大，至今也拿不出一个可行的对策来。对于此事，不知袁大人有何高见？”

这几日有关毛文龙的消息一个接一个，惊爆不断，真假难辨，说实话，如何对待毛文龙，也着实是让袁崇焕颇费思量。听钱龙锡问起此事，他先是沉思了片刻，随即答道：“东江地处扼要，与关宁可成东西掎角之势，五年复辽，不可不用东江。如今崇焕正要效法国初马云、叶旺取辽之故事，使关宁、东江两军，一出辽西，一出辽南，一正一奇，东西并进。然毛文龙现据东江，已七年不受朝廷节制，如今又疑通东奴，其心实不可测，如一旦作乱，则为祸不浅！崇焕欲用东江，必得先要收服文龙，故五年复辽，当自东江始！如毛文龙可用则用，如不可用，则去之！”

钱龙锡闻言，心中一惊，马上向袁崇焕追问：“毛文龙拥兵海外，专制一方，袁大人又将如何去之？”

“入其军，斩其帅，如古人作手！”袁崇焕面沉似水，斩钉截铁地答道。

钱龙锡听到此处，半晌无言，只低着头，用手慢慢梳捋着颌下的长须。沉思良久，钱龙锡才又小心翼翼地说道：“此事关系重大，毛文龙又乃一品武官，岂可轻易除之，督师还当慎重从事。”

袁崇焕见钱龙锡还在犹豫不定，倒也不便再说什么，只得向钱龙锡叮嘱：“此事关系重大，我自当谨慎从事，只是崇焕之谋，还望阁老勿泄他人。”

“这个自然，只是此事袁大人还要三思。”

话说到这里，钱龙锡不由地感到一阵心惊肉跳，当下便不敢再多做停留，只敷衍两句即起身匆匆告辞，袁崇焕将钱龙锡送出院外，望着消失在夜色中的轿影，心中亦是久久不能平静。

回到房中，袁崇焕心事难平，便走到书案前坐定，提笔在手，在奏本上奋笔疾书：“臣自期五年，专藉赵率教、祖大寿、何可纲三人，当与臣相始终，届期不效，臣手戮三人，而身归死于司败！”

写罢，袁崇焕立在房中，想自己进京以来，每日奔波于国事，虽立志五年复辽，亦决意以身许国，然终是不为众人理解，心中不觉愤懑填胸。

“天赦，陪我到寺内走走。”

袁崇焕走出禅房，对候在外面的袁天赦吩咐一声。天赦赶忙打起灯笼，陪在袁崇焕身旁，两人一起出了别院，缓步向寺内走去。

远处谯楼上刚报过更鼓，已是亥时时分，夜色渐深，四下里一片寂静，只有两厢禅房中还亮着点点灯火。初秋的晚风很柔和，偶有一缕淡淡的花香扑面而来，直沁心脾。

两人刚转出不远，便听到前边禅房中传来一阵悦耳的古琴声，袁崇焕走近禅房，在院中驻足静听，和着古琴的曲调，只听到有人在放声吟唱：

拂拭残碑，敕飞字，依稀堪读。
慨当初，倚飞何重，后来何酷！
岂是功成身合死，可怜事去言难赎。
最无辜，堪恨更堪悲，风波狱！
岂不念，封疆蹙；
岂不念，徽钦辱？！
念徽钦既返，此身何属？
千载休谈南渡错，当时自怕中原复。
笑区区、一桧亦何能，逢其欲……

袁崇焕听得真切，此曲慷慨悲壮，却原来是文征明的一曲《满江红》，袁崇焕听得词中的那句慨当初，倚飞何重，后来何酷，竟不由地怔住了。

一曲唱罢，只听嘎吱一声，禅房的木板门被人从里面打开，一片温暖的亮光射出门外，映出一个清瘦挺拔的身影。

“不知督师大人驾临，学生迎接来迟，还请大人恕罪。”

只见那个清瘦的身影两步走到袁崇焕身前，拱手抱拳，一躬身便向袁崇焕施礼。袁崇焕回过神来，也赶忙拱手还礼。

“先生雅兴，袁某多有打扰，还请见谅。”

袁崇焕颇感惊奇，眼前这位男子是如何认得自己？正好奇间，又听得那人对自己说道：“如蒙大人不弃，学生可否请大人房中一叙？”

那人一边说，一边让出道路，立在门边请两人进屋。袁崇焕未做犹豫，随即从容地走进禅房，天赦一脸紧张，只紧紧跟在袁崇焕身后，也来到房内站定。待男子也回到房内，袁崇焕这才看清那人面貌，只见此人年近四十的样子，一身青白色长衫，头上扎着束发儒巾，相貌俊朗，一派书生模样，只是自己并不认识。

书生看出了袁崇焕的好奇，先是笑着请袁崇焕就坐，然后这才向袁崇焕自我介绍道：“学生程本直，前些日子侯兄到家中访我，劝学生来投大人，学生感大人忠义，便赶到京城来会大人。”

“原来是更生！”袁崇焕闻听，喜出望外，“那日归德城外，若谷兄为我送行，临别之际，特别向崇焕举荐先生，自那日后时时盼望先生到来，没想到，你我今天竟在这里相会。”

两人虽然是初次见面，然因为侯恂的关系，又加之二人都是坦诚之人，故而在攀谈了几句彼此经过之后，便已是一见如故了。袁崇焕又向程本直问起侯恂，知他尚未到京，不免有些失落。

又闲话了几句，程本直突然神情严肃地向袁崇焕问道：“袁大人到京已经有十二三日了，为何还不速速离京，赶赴辽东？”

“如今关宁久缺粮饷，还有弓马、器械、属官等事，还需在京中办妥这些事项，才可离京赴任。”袁崇焕答道。

“不可！京城万万不可久留！”程本直断然说道。

“这是为何？”袁崇焕不解，吃惊地看着程本直。

程本直满脸焦急，赶忙向袁崇焕解释：“当今皇上年方十八，血气方刚，年轻气盛，又一心图治，恨不能即日便能中兴大明，他岂容督师大人久留京城，大人如再有耽搁，恐将遭致皇上猜疑，学生恳请大人当速速离京！”

袁崇焕低头沉吟片刻，颇有些为难地说道：“先生所言，确有道理，只是关宁十三万大军嗷嗷待哺，崇焕又怎能不先筹措好钱粮就空手而去呢？”

“钱粮弓马等事，大人可遣一属官留京办理即可，有大人坐镇关门，使皇上安心才是眼下的当务之急！”

“先生有所不知，十多日来，崇焕与各部每日理论，以我堂堂督师的身份尚且不能搞定诸事，遣一属官办理只怕是寸步难行啊。”

“大人所说确是实情，然为大将者，不可不善保其身！昔日秦武安君白起、赵武安君李牧、宋岳武穆，这哪一个不是赫赫武功的盖世名将，然均不善保其身，遭主上猜忌而惨遭杀害，终致功败垂成而抱憾千古！大人今日身负重任，岂可不殷鉴古人！今日钱阁老私访大人，实已失策，为君者最忌边将与朝臣结交，纵是大人心怀坦荡、一心为公，然终不免引人猜疑、授人以柄！

“皇上今日赐大人尚方宝剑，虽是对大人恩遇之隆，予大人以临机决断、便宜行事之权，然亦可见皇上焦急、催迫之心。大人须知，自古上意难料，恩威莫测，无情最是帝王家，大人不可不三思！学生再次恳请大人，勿要再逗留京城，还望大人能早早上路，赶赴辽东！”

程本直一番慷慨陈词，字字肺腑，只说得袁崇焕眉头紧锁低头不语，袁天赦站在一边，也是焦急万分，连声相劝：“大人，程先生所言极是，您还是早日启程吧！”

禅房里一片寂静，好半天袁崇焕才又抬起头，对程本直诚恳地说道：“先生一番直言，崇焕感激不尽，请先生再稍候两日，待崇焕料理妥当，辞别皇上之后，请先生再随我一同赶赴辽东！”

亥时，京城百花楼

入夜的百花楼犹如一个花枝招展的妙龄女郎，满身珠翠，一身锦绣，端的是富丽堂皇、光彩夺目，而今日更有些不同，在一间装饰的最豪华的花厅内，此时正是觥筹交错，一片歌舞升平，原来是百花楼老板沈敏沈大官人正在此设宴，为新任关内道梁廷栋摆酒庆贺！

席间上首自然是今日的主宾梁廷栋，只见此人年近四十，细眉长目，面如冠玉，头戴一顶琥珀束发冠，一身华服坐在席中，倒是气度不凡。梁廷栋的左手边坐的沈敏，右手边则是温言，另有三四个帮闲坐了下首，正不停地在哪里劝酒说笑，大献殷勤。

“今日梁兄荣升关内道，来，我等兄弟再一起敬梁兄一杯！”

说话间，沈敏又端起了酒杯，招呼大家一起给梁廷栋敬酒，众人一声呼喝，都一起喧闹着喝了一杯。

“近来咱兄弟好事不断，杨国栋那厮调往了浙江，梁兄的冤家对头张春也已下狱，今天梁兄又喜获高升，说起来，这些还都要感谢你家老爷子啊！”

喝完一杯，沈敏又对温言笑着说道，温言听罢满脸得意，先是一阵大笑，然后又挤眉弄眼地奉承沈敏道：“那还要多亏大官人的妙计啊。”

“好！兄弟们，再走一个！”沈敏听了奉承，也是浑身舒坦，又一起招呼众人饮了一大杯。众人说说笑笑，推杯换盏，又是一通热闹。

酒过三巡，菜过五味，沈敏喝得兴起，一张黝黑的脸也早已是猪肝般颜色，在烛光里泛着点点油光。沈敏一歪头，眯着一双小眼向梁廷栋看去，突然间他发现梁廷栋今晚似乎并不十分开怀，话也不算多，眉宇间倒是还有几分矜持，沈敏遂又端起酒杯，借着酒劲，对着梁廷栋半开玩笑地问道：“怎么，梁大人今晚可还有什么心事？”

“什么大人！不过就是一个从三品的小官罢了，还不是要看人家脸色行事，替人办差，大官人就不要拿兄弟我打镲了。”梁廷栋酸溜溜地说道。

“哈哈！原来梁兄是在为此烦恼啊。”

沈敏心中一动，立刻明白了梁廷栋的心事，自己这个死党，万历四十七年进士，乃是袁崇焕的金榜同年，可是袁崇焕已是堂堂督师，朝廷二品大员，而他现在却还要去到袁崇焕手下听差，这个梁某人乃官宦世家出身，从来就是自视甚高，如今又哪里肯甘于人下呢？

沈敏想到这里，禁不住先是哈哈大笑，然后又对梁廷栋夸口道：“梁兄不必烦恼，以你的大才，还有众家兄弟、朝中大佬的帮忙，你还怕将来不能超过他袁蛮子，位极人臣吗？”

梁廷栋被沈敏说破心事，只是尴尬地笑笑，端起酒来和沈敏一起喝了。

“来，今日梁兄到了沈某这里，且把那烦恼统统都抛到温柔乡里，只管尽兴快活便是！”

沈敏说着便一拍手掌，早有一班妙龄女郎鱼贯而入，嬉笑着来到众人中间，席间顿时香风阵阵，梁廷栋一把揽过身边的美女，喜笑颜开，刚才还在心头的烦恼便也早已抛到爪哇国去了。

就在百花楼还是一片灯红酒绿，歌舞升平之际，八百里外的大明宁远大营，此时却是人影攒动，无边的黑暗笼罩下，一股暗火正在地下燃烧、蔓延，只待喷薄而出，便要化成一把冲天大火……

第十一章

宁远平乱

一

崇祯元年八月庚寅，紫禁城乾清宫

用过晚膳，崇祯刚来到暖阁批阅奏章，没一会儿就听外面一阵响动，一名小太监慌慌张张地来到门上奏报："万岁爷！宁远急报！"

王承恩赶紧过去，在门上取过公文。公文的蜡封上粘着三根羽毛，一望可知，这是从宁远来的三百里加急文书！王承恩不敢怠慢，立刻将公文送到崇祯手中。崇祯一把撕开封皮，急忙取出里面的奏报来看。

看到最后，只见崇祯一把将奏报拍在案上，满脸怒气，大声骂道："反了！反了！这帮乱兵叛将，个个可杀！"

王承恩赶忙过来劝慰："万岁息怒，您可千万不要气坏了身子。"说着又赶紧抄起公文看个究竟，原来是宁远发生了兵变！

奏报说宁远欠饷四月，引发士卒不满，七月二十五日，先是川、湖两营有人暗中串联、歃血为盟，又鼓噪索饷，继而十三营纷纷响应，哗变官兵一起涌入巡抚衙门，将辽东巡抚毕自肃、总兵朱梅、通判张世荣、推官苏涵淳等人，从衙门拉出绑于谯楼之上，喊骂乱打，逼迫发饷，一时间捶楚交下，竟致毕自肃重伤，血流满面。时宁前道郭广赶至，一面以身护翼巡抚毕自肃，一面与乱军交涉，允以筹措银两，现情况万分紧急，请朝廷速作决断！

王承恩看罢，心中吃惊不小，按照大明兵制，一营定额三千士卒，十三营便是近四万官兵，一下子这么多士兵哗变，还绑了巡抚、总兵，这是自崇祯即位以来，还从来没有过的。

“袁崇焕现在哪里？”崇祯恨恨问道。

“回皇上，据东厂来报，袁崇焕每日往来于各部，尚在筹措弓马钱粮等事。”

“都什么时候了，他还在干这些事情！”未等王承恩说完，崇祯已勃然大怒，“他进京已经二十天了，怎么还不去上任？如他早到辽东，何至于发生这样的事！什么筹措弓马钱粮！朕看他就是借故推拖，结交朝臣！”

“皇上教训的是。”王承恩吓得大气也不敢出，只在一旁小心地伺候着。

崇祯在房中紧走几步，又大声追问：“说！这几天他都见了什么人！”

“回皇上，袁崇焕这几天都在户、兵、工各部，只是那天晚间，钱阁老曾访过袁崇焕。”

“钱龙锡？”崇祯疑心大起，猛然站住脚步，“为什么不早些来报？”

“都是奴才愚钝，只当他们是商议辽东之事，奴才未加在意，便没来报与皇上。”

崇祯阴着脸，低头思索半天。王承恩见皇上不说话，鼓了半天勇气，才又小心翼翼地试探道：“皇上，眼下宁远兵变未息，是不是把大臣们找来议个法子？”

崇祯猛然醒悟，当即大声命令：“去！立刻召内阁和户、兵二部尚书进宫！”

“奴才遵旨。”王承恩答应一声，赶忙转身出去办差。

只半个时辰，首辅李标和钱龙锡、刘鸿训、周道登几位内阁辅臣以及户部尚书毕自严、兵部尚书王在晋都急急忙忙赶到了乾清宫。几人于路上已知宁远兵变，此时见了崇祯，参见已毕，一个个都低着头、神情紧张地站在房中。

崇祯见了几人，劈头就问：“都说说吧，这事怎么处置？”

“皇上！”未作犹豫，内阁辅臣刘鸿训就抢先说道，“宁远兵变，情况正在危急，为防事态恶化，皇上需得令新旧督臣立即出关，赶往宁远，平息兵变！”

刘鸿训话音刚落，内阁辅臣钱龙锡也马上补充说：“此次兵变，乃是因欠饷而起，除令督臣立赴宁远之外，所欠宁远饷银也需立即发运！”

崇祯听到这话，气不打一处来，立刻冲着钱龙锡大声训斥：“一班乱兵叛将，难道朕还要送银子去养着他们吗？！”

见皇上发怒，众人一时间都不敢再开口，大家只好都低着头，等着崇祯的下文。过了好一会儿，才又听崇祯冷冷问道：“大司马，你兵部是何主意？”

“回皇上，”王在晋赶忙回奏，“这班援辽之兵，本就是乌合之众，原无急公效死之心，一遇警报，就借口缺饷，以掩盖奔走溃逃之实，现在更是贼兵未至而自汹汹作乱，真是可恶至极！臣奏请皇上，令新旧督臣立刻疾驰宁远，晓谕乱兵，予以解散！”

“不可！”首辅李标一听就急了，“今辽东战事吃紧，国家又正在用兵之时，岂可将乱兵贸然解散？关外兵马现只有七万余众，宁远十三营兵变，便是四万官兵，岂能尽皆解散？倘东奴来犯，如何御敌？况宁远兵变，乃是因为欠饷，新任督师袁崇焕及户部日前已有奏报，宁远官兵欠饷已达四月之久，官兵怨恨，确是实情，朝廷也实有不到之处，为今之计，只可先令督臣赶赴宁远，平息兵变，再设法安抚、加以整顿！”

崇祯听了几人意见，也知现在情况紧急，并非意气用事的时候，可是胸中怒气一时难消，遂将这一腔怒火都撒在了户部侍郎王家桢身上。

“可恨王家桢，办事不力，拖欠粮饷，以致误国至此！着锦衣卫立即将王家桢拿问查办！”接着，崇祯又转向新任户部尚书毕自严，“朕素知大司农清新严计、善于理财，卿当用心筹措、仔细算计，勿使关宁粮饷再有缺失。朕亦知辽东巡抚毕自肃乃卿之胞弟，如今他困于乱兵之中，生死难料，还望爱卿能以国事为重，只要你我君臣内外同心，不日兵乱必可平息，令弟亦可安然无恙。”

崇祯一番话说得毕自严大为感动，当即撩袍裙跪倒在崇祯面前，毕自严眼含热泪，大声说道：“皇上恩德，臣没齿难忘！臣兄弟受皇上大恩，敢不效死以报皇上！”

说罢，毕自严便是伏地痛哭，崇祯又赶忙抚慰一番，待毕自严起身站好，崇祯随即下令：“传旨！着蓟辽督师袁崇焕即刻赶赴宁远，平息兵变，不得逗留！着户、兵二部立即将所筹饷银发往辽东，不得有误！”

“臣等遵旨！”

子时，广济寺

袁崇焕接到圣旨，已是午夜。他得知消息，大吃一惊，立刻便差人去将程本直、梁廷栋二人找来，随后又让阮氏为自己赶紧收拾行装。

程本直先到，袁崇焕告知他宁远兵变的消息，又心情沉重地对程本直说道："崇焕悔不听先生之言，如早几日赶赴辽东，也许就不会有今日之变了，唉。"

"大人也不必太过自责，世事难料，大人又怎能未卜先知呢？如今宁远情况危急，大人唯有马上赶往宁远，迅速平息兵变，辽东才可转危为安啊。"程本直连忙劝慰。

袁崇焕点点头，又忧心忡忡地继续说道："辽东关内关外现有十三万兵马，欠饷已超过四个月，我现在担心的是如其他各处受到宁远影响，也一起作乱，那时辽东局势便大乱了。如东奴探得消息，趁势来攻，后果不堪设想！"袁崇焕停顿片刻，又看了一眼程本直，"现情况紧急，我必得马上离京疾驰宁远，崇焕的家小就有劳先生护送，随后前往辽东了。"

程本直闻言，立刻大声请命："大人！宁远局势混乱，情形不明，学生愿随大人一同赶赴宁远！"

袁崇焕摆摆手，缓缓说道："先生不必为崇焕担心，宁远乱兵都是我的旧部，昔日都曾随我征战沙场，我素知他们大多都是英勇忠义之辈，只不过今日他们迫于生计、心中委屈，又受他人蛊惑，一时激愤，这才惹出这场祸事。只要我袁崇焕入得营中，但以赤诚相待，对他们晓以大义，我料他等必会幡然醒悟，迷途知返！"

程本直闻言，大为感动，随即一拱手，向袁崇焕郑重承诺："大人赤胆忠心，实是令学生敬佩！请放心，学生绝不敢辜负所托，一定将大人家小平安送达辽东！"

"属下梁廷栋参见督师大人！"

这时，梁廷栋也已匆匆赶到袁崇焕住所，一见面便要施礼参拜。袁崇焕连忙一把扶住梁廷栋，大声说道："梁大人不必多礼！"

梁廷栋也已尽知宁远之事，袁崇焕便不再耽搁，当即向梁廷栋嘱咐一番：

“今日情况紧急，崇焕天明便要赶赴宁远平乱，这京城中的事，便都要托付给你了。”

“大人但有吩咐，属下定当尽心办理！”

“好！现皇上和户部已为辽东筹得军饷三十万，请梁大人随同户部差官，立刻将这三十万两银子火速解往辽东平息兵乱，归根结底还是要靠这银子啊，此事关系重大，还请梁大人务要小心仔细、日夜兼程，将这批救命银子以最快的速度运到宁远！”

“请督师大人放心，下官定当日夜兼程，将这些银子，一文不少全数运到宁远！”

袁崇焕安排已毕，只稍事休息，天刚破晓，便带着天赦和四名亲兵，打马出朝阳门，一路向东疾驰而去。

二

崇祯元年八月

六日傍晚，袁崇焕驰抵山海关，当即传令诸将，加强戒备，勿得擅动！次日一早，便又出关匆匆赶往二百里外的宁远城。一路疾驰，到达宁远，已是八日正午时分。

袁崇焕来到城下，早有军士飞报城中的宁前道郭广，郭广闻报，连忙带领属下出城，将袁崇焕迎入城中。

袁崇焕进城，翻身下马，劈头便问：“郭大人，现宁远各营情况如何？”

郭广不敢怠慢，赶忙回报：“启禀督师大人，自那日乱兵挟持了毕巡抚、朱总兵等人，下官一面令人飞报朝廷，一面劝说乱兵，设法搭救诸位大人。先是紧急取出库中两万存银，众军犹嫌不足，不肯退去，下官无奈只得再向城中商户又借银三万两，凑足五万，发与乱军，众人才稍稍缓和，各自散去。下官等随即将各位大人救出。如今乱兵虽已得银，然军心骚动，上下不安，十三营俱皆警戒，日夜守备，其意不明！”

“巡抚毕大人现在何处？”袁崇焕又问。

“毕大人遭乱兵殴打，伤势严重，下官已将他先行送往中左所疗伤。”

袁崇焕问过了情况，立刻扭头命令亲兵：“换马！”

疾驰了一日一夜，袁崇焕等人早已是风尘仆仆、人困马乏，郭广见其还要动身，连忙劝阻：“大人一路奔波，还请先到衙署休息。”

“现军情如火，本部堂岂能安歇！”袁崇焕大喝一声，接过新换的战马，翻身而上，便要打马前行。

郭广一把抓住马嚼环，大声向袁崇焕劝道：“不可！现情形不明，大人岂能轻身犯险？”

“不入虎穴，焉得虎子！今日本部堂只有亲往大营，才可平息兵变！”

“大人身系辽东安危，即使要去，也得带上中军护卫一同前往！”

郭广死死抓住马缰，苦苦相劝，袁崇焕知他是一片赤心，便又宽慰郭广：“郭大人不必担心，宁远诸军皆乃崇焕旧部，我与他们患难与共、手足情深，他们又岂会加害于我？现在众军正在彷徨不安之际，倘见我带兵前往，反以为我要剿灭他们，若如此，立时便会激变！昔日，汉光武帝刘秀经略河北，大败铜马军，收降兵数十万，然铜马新附，人心不安，刘秀乃单骑直入铜马大营，与众人推心置腹，始得诸军真心归降！今日宁远众人，正如当日之铜马，我必得对他们赤诚以待，方可使其心中大定、迷途知返！现情况危急，事不宜迟，本部堂必得马上前往各营才可平息兵变！郭大人只管放心，你且先在衙署候命，待本部堂回来之后，你我再作商议！”

郭广见袁崇焕成竹在胸，执意要去，这才松开嚼环，接着又冲袁崇焕一拱手，深情说道：“大人一路保重！”

袁崇焕也在马上一拱手，随即猛加一鞭，带着天赦和四个亲兵向着宁远大营一路疾驰而去。

不到半个时辰，袁崇焕几人便已来到宁远大营。袁崇焕在营外一箭之地勒住战马，举头望去，只见宁远大营营门紧闭，四周寨墙上正站立着一圈军哨，士兵们一个个执枪横刀，戒备森严。

“你等且在这里等候！”袁崇焕扭头向天赦和亲兵吩咐一声，便要催马前行。

天赦大惊，连忙向袁崇焕大声请求：“大人！让我们陪您一起去吧！”

“不必多言！”袁崇焕命令一声，便一催坐骑，径直向前。

袁崇焕越走越近，这时守营士兵已看清来人，一个个脸上都现出惊喜之色。

“是袁大人回来了，是袁大人回来了！弟兄们，袁大人回来了——”霎那间，报信的声音便一传十，十传百，迅速传将开来，只片刻之功，整个宁远大营，已是响成一片！

“打开营门！”

袁崇焕立在马上，冲营内大喊一声，早有军士飞奔而来，将营门打开。袁崇焕一挺身躯，轻轻催动战马，单人独骑直入辕门！

大营内，聚集的官兵见袁崇焕朝自己缓辔而来，立刻就如一道被分开的潮水，纷纷向两旁退去。袁崇焕骑在马上，面含微笑，顺着让出的道路径直向前。午后阳光下，他头戴乌纱，身穿大红官袍，骑在一匹赤红色战马上，虽满身风尘，却如天神一般，从上到下都散发着耀眼的光芒。

袁崇焕一直走到中军大帐前，这才翻身下马，三步并作两步走上点将台。

“宁远的弟兄们！我袁崇焕回来了——”

只一嗓子，台下便立刻响起了一片欢呼：“威武！威武！威武——”

士兵们一个个就像多年不见父母的孩子，又好像火山爆发，大家一起振臂高呼，四下里顿时欢声雷动，一片欢腾！

袁崇焕满怀激动，不停地向台下挥手致意，好半天大家才重归平静。他向下一抱拳，大声问道：“整整一年了，各位弟兄们，大家都一向可好啊！”

众人见状，赶紧一起跪倒，齐声高呼：“袁大人安好！袁大人别来无恙！”

“弟兄们快快请起，快快请起……”

待众人起身，袁崇焕整理了一番思绪，这才对大家正色言道：“我知道这一年来大家都受苦了！这一次，你们心中有怨有委屈，你们也是出于无奈，这才激愤而起！

今天，我袁崇焕到这里，不是来向大家兴师问罪，我来到这里就是要告诉大家，当今皇上雄才大略，英明神武！又勤政爱民，体恤下属！对我边关将士，亦是无日不思，无日不念！今我辽东山河破碎，百姓罹难，此不正是我等杀敌立功，报效朝廷，报效皇上之时吗！”袁崇焕说着，又一指远处高大的宁远城楼，大喝一声，“列位且看！在那里你我曾一起抛头颅、洒热血、并肩作战！在那里更有你我一刀一枪，豁出性命才挣下的功绩和荣耀！在那里没有人能战胜我们！在那里我们都有一个光荣的名字，那就是宁远！

“尔等皆是有功于国家的热血男儿，此次虽是一时激愤，闯下祸端，然迷途知返，犹为未晚！我袁崇焕回到这里，就是要带领你们重振雄风为国家、为天下苍生、为父母兄弟、也为你我自己，驰骋沙场，建功立业，重新找回你我昔日的尊严，骄傲和光荣！

“何去何从，全在各位，或走或留，也只在一念之间！今日崇焕话已至此，如有愿跟随我袁某，助我一臂之力者，便要听我号令，各归本营！如有不愿追随我者，此时便可离营，袁某悉听尊便，也绝不强留！”袁崇焕说罢，便背手而立，两眼直直地望着台下的官兵。

众人听罢，都被袁崇焕的这番肺腑之言所深深打动，原来还一直悬着的心也终于放了下来，士兵们当即一起跪倒，齐声高喊：“我等愿誓死追随大人！赴汤蹈火也在所不辞！”

“好！”袁崇焕大喝一声，“既然你等愿追随袁某，便要遵我大明法度，听我号令！我既为尔等的父母官，便定会为尔等做主，惩治贪官酷吏，还各位弟兄一个公道！另外，本部堂临来时，皇上已为弟兄们筹得了三十万饷银，现正日夜兼程，赶往宁远，待饷银一到，本部堂便会立即逐营发给！”

众人听了，无不欢喜，当下又是一片欢腾。

待大家欢呼了一阵儿，袁崇焕又挥动手臂，止住众人说道：“此次兵变，各位弟兄乃是受恶人挑动，一时激愤，这才闯下大祸！国有国法，军有军规！为申我国法，严肃军纪，本部堂也不可不秉公执法！不过请弟兄们放心，本部堂此次前来，只惩办首恶元凶、作恶骨干，与其他将士无干！尔等但遵我法度，各安本位，我袁崇焕绝不为难！”说罢，袁崇焕又冲着台下大喝一声，“各营营官何在？”

“末将在！”

随着一声应答，十几名军官立刻都齐刷刷站起，叉手听令。

“本部堂命尔等立刻将众军带回，各归本营，各守其职，军兵人等勿得再游走串联，聚众喧哗！各营务要加强戒备，日夜巡查，如有违犯军令者，立刻拿来见我！”

袁崇焕一声令下，各营参将、游击赶忙发一声喊，立刻在当场发号施令，整队归营。此时，天赦和四名亲兵听到营中动静，也早已赶到中军帐前。袁崇焕下得台来，翻身上马，对天赦吩咐一声："随我来！"便催动坐骑，前往各营巡查。

宁远城内督师行辕

直到戌时时分，袁崇焕才回到衙署，宁前道郭广、中军副将何可纲等人见袁崇焕安然归来，长舒了一口气，连忙命人服侍梳洗和晚膳。

袁崇焕匆匆用过晚膳，又稍事休整，便将郭广找来签押房，一起商议善后事宜。

"郭大人，现乱军虽已各归本营，军心稍定，然肇事元凶尚未捉拿，形势仍岌岌可危，我等需立刻行动，将首恶骨干一体擒拿！"两人刚一坐定，袁崇焕便向郭广说道。

"大人所言极是！"郭广赶忙汇报情况，"此次兵变，最先起于川、湖两营，首恶乃是杨正朝、张思顺二人，后十三营相继作乱，惟都司祖大乐一营岿然不动。十三营又有附恶骨干分子十多人，此辈凶徒先是于广武营歃血为盟，后又带领众人冲入府衙，绑架、殴打巡抚和总兵等官，穷凶极恶，胆大妄为，必须立即予以缉拿惩办！"

"所有附恶骨干人等可有一一查明？"袁崇焕又问。

"回大人，此辈凶徒人数众多，散于各营之中，下官一时间尚未能全部查明。"

袁崇焕思索片刻，随即朝外大喝一声："中军副将何可纲何在？"

"末将在！"何可纲闻言，连忙大步入内，叉手听令。

"令你速带一队亲兵赶往川、湖两营，将杨正朝、张思顺二人拿来见我！"

"是，末将遵命！"何可纲接过将令，立刻马不停蹄，带人出发。

不到一个时辰，何可纲便已将杨正朝、张思顺拿来府衙，二人一进签押房，见袁崇焕正威严地坐在堂上，慌忙一起跪倒。

袁崇焕一拍桌案，大喝一声："杨正朝、张思顺！你二人可知罪！"

两人跪在地上，吓得一起告饶："督师大人，我二人自知死罪，今日能死于袁老爷刀下，倒也无怨无悔！"

袁崇焕见他二人说的干脆，也颇有些惊讶，"好！尔等既然知罪，如今伏法，还有何话说？”

“大人！今日在营中，听您一席话，我等也是热血沸腾，只可惜我二人今日不能死于疆场而死于刑场，不能再追随您了！”说着，两人便起伏地痛哭。

袁崇焕正有心从他二人口中查明情况，便与一旁的郭广交换了一下眼神，随后说道：“你二人想死想活？”

两人闻听此言，立刻止住哭声，都一起抬头，吃惊地看着袁崇焕。

“你二人虽是首恶元凶，本罪无可赦，不过本部堂念你等尚怀报国之心，也颇有些肝胆，今日便给尔等一个将功赎罪的机会。”袁崇焕说完，便拿眼看着两人。

杨张两人在鬼门关里走了一遭，现在听说还可活命，立马膝行两步，爬至袁崇焕脚下，忙不迭地赌咒发誓：“袁大人再生之德，我等没齿难忘！大人但有吩咐，我等敢不从命！”

“好！”袁崇焕一拍桌案，当即喝道，“你二人还不速将所有同党，作恶骨干和前后情形如实招来。如你二人能将同党绑来，将功赎罪，本部堂便可饶了你二人死罪，如你等胆敢有半点隐瞒欺哄，本部堂定斩不饶！”

二人不敢怠慢，连忙将兵变始末情形，同谋骨干一五一十地和盘托出。

袁崇焕令左右让二人在供状上画押，随即一摆手，两名亲兵立刻过来将两人先带了下去。

待拿过供状，又仔细看过一遍，供状上罗列着骨干元凶共有二十名，这里面有许多都是袁崇焕熟悉的老部下，犹使袁崇焕感到痛心的是，在此次兵变中，参将彭簪古、中军吴国琦两人竟也知情不报，默许纵容。彭簪古乃宁远保卫战功臣，袁崇焕想起当日他在宁远城头身先士卒，奋勇杀敌的情景，不禁又是一阵扼腕叹息。

“何副将何在！”

“末将在！”

“命你速派兵马，前往各营，捉拿要犯！你可亲带杨、张二人一同前往，令其诱召同党，你务要按照此名单，迅速将首恶骨干一网打尽，勿使他等走脱一个！”

“末将遵命！”

三

次日一早，袁崇焕聚众升堂，三通鼓罢，中军副将何可纲立刻前来复命：“禀大人，除伍应元等五人早已逃走以外，田汝栋等十五名首恶、骨干俱已拿到，请大人发落！”

“好！”袁崇焕吩咐一声，“押上堂来！”

早有一班武士将十五名罪犯推进大堂，中军旗牌官大喝一声：“跪下！”，十五人被反绑了双手，都一起跪在堂前，等候发落。

袁崇焕一拍惊堂木，大喝一声：“抬起头来！”，众人吓得一哆嗦，都赶紧抬起头，一脸惊慌地望着堂上。

袁崇焕转过头，向一边的宁前道郭广说道：“郭大人，你可上前仔细辨认，那日可是这班凶徒带人冲入府衙，绑架大臣、殴打官员？”

郭广领命，当即走上前去，一个个仔细辨认。看罢，郭广又一转身，向袁崇焕高声回报：“大人，那日正是这班歹人带头叛乱、行凶作恶！”

“好！”袁崇焕大叫一声，当即宣判，“尔等叛逆，犯上作乱，罪无可赦！国法无情，本部堂又岂能饶你！来人——”

随着袁崇焕一声传唤，立刻就有一班武士挺身入内。

袁崇焕从桌案上抄起一只令箭，朗声发令：“着即将田汝栋等十五人就地正法，枭首示众！”说罢，又猛地一下将令箭掷到堂下。

“大人饶命啊，我等都是跟随您多年的老兵啊，我等都是宁远大战、宁锦大战的有功之臣啊！”

军令一出，堂下当时就响起一片哭喊告饶声，执法武士们哪肯理会，立刻连拉带扯，将这十五名囚犯拖出了大堂。就听堂外一声追魂炮响，转瞬之间，十五颗人头已滚滚落地！

处理完首恶骨干，袁崇焕又一拍惊堂木，大喝一声：“彭簪古、吴国琦何在？”

“末将在！”彭、吴二人听见，连忙出列，叉手施礼。

“拿下！”

袁崇焕大喝一声，二人吓得慌忙跪倒，一起大声喊冤："大人，末将无罪！冤枉啊！"

"你二人身为大将，知情不报，纵容下属，罪无可恕！左右速与我推出大堂，斩讫报来！"袁崇焕说罢，又抓起一只令箭，掷到堂下，四名武士立刻上前，将两人扭出大堂。

"督师大人，刀下留人！"只听堂下一声大喊，早有郭广、何可纲等一班文臣武将一起出列，抱拳施礼，向上求情，"彭簪古忠勇过人，多有战功，乃宁远保卫战首功之臣，当日他率士卒，操红夷大炮，杀敌甚多，又击毁东奴大帐，始有宁远大捷！此次兵变，彭簪古并非首恶，他只因一时糊涂，又受他人蛊惑，这才犯下大罪，还请督师大人能念他往日功绩，又乃国家干才，权且饶他性命，令其戴罪立功，报效朝廷！"

袁崇焕见众人求情，不由手捻胡须，凝眉沉吟，袁崇焕在心中权衡再三，好半天才放缓神色，传令道："将罪将彭簪古带回大堂！"

没多久，彭簪古就被带了回来，袁崇焕又向跪在下面的彭簪古投去一眼，只见他此时早已是满头冷汗，一脸苍白了。

"彭簪古，非是本部堂不杀你，实是因为众人为你求情！本部堂念你往日多有微功，也惜你还是条汉子，今日就权且饶过你的死罪！今将你降职一级，罚俸半年！还望你能谨记教训，戴罪立功，报效朝廷！"

"是，罪将彭簪古多谢大人不杀之恩！"

"你还不赶快去谢过各位大人。"

"是，罪将彭簪古多谢各位大人救命之恩！"

彭簪古惊魂未定，慌忙谢过袁崇焕，又起身向众人做了一个罗圈揖，方才低着头，唯唯而退。

堂外又是一声炮响，中军吴国琦随即人头落地。此时大堂上早已是鸦雀无声，众人一个个都忐忑不安，心中暗想不知道下面袁大人还要拿谁来开刀呢？"

"通判张世荣、推官苏涵淳何在？"

"属下在……"

随着袁崇焕又一声大喝，张、苏两人慌忙出列，哆哆嗦嗦地站到堂下。

袁崇焕先是冲着两人厌恶地瞄了一眼，然后说道："你二人一贪一酷，平日里只知克扣军饷、虐待士卒，以至激起此次兵变！论罪，你二人实乃罪魁祸首！来啊，将此二人拿下，押解送京，交法司勘问定罪！”

处理完二人，袁崇焕紧接着又宣布了一番处分：“车左营加衔都司王家楫、车右营加衔都司左良玉、管局游击杨朝文、总镇标营都司佥书李国辅，统兵无方，军纪败坏，着即罢黜，留营听用！杨正朝、张思顺，虽系首恶，然二人能迷途知返，擒叛有功，着即免予死罪，发往前锋营戴罪立功！”

发落已毕，袁崇焕再传将令：“中军旗牌官，令尔等立刻张榜各营，晓谕将士，本部堂只诛渠魁，今首恶业已正法，此外绝不再杀一人！令各营将士各守其职、各安本位，如有胆敢违犯军令者，本部堂定将严惩不贷！”

处理完一班罪将，袁崇焕目光向堂下扫视一遍，微笑着向众人问道：“都司祖大乐，祖将军来了吗？”

“末将在！”

随着一声宏亮的报名，只见一员威风凛凛的大将挺身而出，向上施礼。袁崇焕连忙起身，一边还礼，一边言道：“宁远兵变，十三营俱乱，唯有祖将军一营岿然不动，将军治军有方，就是古之名将也不过如此！”

“大人谬赞了，严守军营不过是我等军人的本分罢了。”

“祖将军不必过谦，功必赏过必罚，自古便乃治军之道！祖将军治军有方，岂有不赏之理！本部堂当立即表奏朝廷，保举你升任游击将军一职，还望祖将军你日后能再接再励，为朝廷再立新功！”

“多谢大人！标下一定不负大人厚望！”

袁崇焕一番奖功罚过，众人无不心悦诚服，只总兵朱梅低头不语，闷闷不乐。这次兵变，他也被乱兵捆绑殴打，作为一镇总兵，实乃奇耻大辱！朱梅自思这一年来，自己治军无方，酿此大乱本是罪责难逃，袁崇焕虽然没有处置自己，但也实是羞愧难当。

“各位大人，诸位将军，宁远兵变虽然得以平息，然宁远防务，却一刻也不可放松！”袁崇焕处理完兵变，话锋一转，又谈及军情，“现伍应元等五人已逃出宁远，想来此五人多是已去投了东奴，皇太极为人狡诈，每每趁人之危，犯我大明，我料他得知消息，近日必将来犯，我等还需加强戒备，早做安排！”

“大人所虑极是。”

当下，袁崇焕收起笑容，朗声发令：“朱总兵！令你派人立刻调祖大寿前来宁远，以备御敌！何副将！令你多派探马，前往三岔河沿岸哨探，如有敌兵渡河来犯，立刻飞马来报！各营营官！令尔等立刻回营，厉兵秣马，整军备战！郭大人！令你立派亲兵卫队，严查四门，巡查街市，稽查奸细！”

“是，属下遵令！”众人听见，连忙一起站起，叉手接令。

“报——”

袁崇焕安排已毕，正要散帐，忽听堂外大声来报，紧接着便见一名亲兵神色慌张，急匆匆地跑进大堂报：“禀督师大人，巡抚毕大人他自尽了！”

“什么？！”袁崇焕闻报，大吃一惊，当即一扶桌案，便挺身站起，“快说，到底是什么情况？”

亲兵不敢怠慢，马上将事情经过叙述一遍，原来那日，辽东巡抚毕自肃被解救之后，郭广将他先送往了中前所疗伤，昨日毕自肃自思罪重，又羞愤于当日受辱，一时愤恨难当，遂写就一份请罪疏，之后于中左所寓所上吊自尽。

袁崇焕接过亲兵递上的奏疏，细读一遍，不禁热泪纵横，痛哭失声。

宁锦大战时，毕自肃便是袁崇焕的副手，二人肝胆相照，患难与共，自是感情深厚，如今袁崇焕刚至辽东，就失一得力干将，又怎能不叫他痛彻心腑。

众人得知噩耗，也是无不悲伤，大家唏嘘一阵，又都来劝慰袁崇焕。

大家劝了半天，他才渐渐止住悲伤，众人将袁崇焕扶入后堂，安排已定，这才一一告退。

袁崇焕在房中坐定，痛定思痛，随即提起笔来，上疏皇上。一面将这几日的情形一一具实陈奏，一面又奏请速将关宁欠饷、马价银发来辽东。匆匆写就，袁崇焕立即命人将自己的奏本，连同毕自肃的上疏，一起送往京城。

自袁崇焕将兵变首恶骨干正法之后，军心大定，只短短十日，宁远大营便已是一派肃然气象。期间梁廷栋也已将三十万军饷运抵宁远，袁崇焕立即派人分发各营，一场危险的兵变终于被迅速扑灭，然而一场战争的威胁却也正在悄然逼近。

卯时刚过，便有夜不收接连来报，东奴前锋正在渡过三岔河，向黄泥洼进犯！

袁崇焕连忙命中军擂鼓聚将，升帐议事！

“来犯东奴有多少兵马？何人领兵？”袁崇焕在大堂坐定，立刻向夜不收大声问道。

“回督师大人，东奴渡河前锋约有马步军三千，看旗号乃是由贝勒阿巴泰、岳托领军，未见皇太极及东奴大队人马。”

“再探！”

待夜不收转身出了大堂，袁崇焕扫视一遍众人，随即问道：“诸位以为如何？”

话音未落，只见一员大将已挺身而起，众人看去，乃是前锋总兵祖大寿！

祖大寿年近五旬，辽东宁远人，生得高大魁梧，面色黝黑，留着一脸的络腮胡须，顶盔掼甲，煞是威风凛凛。

“大人！请让标下率三千兵马去会一会那些鞑子，我定要杀得他屁滚尿流！”

袁崇焕闻听祖大寿此言，哈哈大笑：“祖将军勇气可嘉，真是威风不减当年啊！”恰在此时，袁崇焕又看到祖大寿身后正站立着一员青年将领，似有些面熟，便好奇地询问，“祖将军身后站立何人？”

青年军官连忙挺身出列，向袁崇焕躬身施礼答道：“末将桑阿尔寨参见督师大人。”

“桑将军原乃察哈尔林丹汗领兵台吉，因与林丹汗不和，于今年二月率部来投，后又于今年五月因大兴堡之功而升任游击将军。”祖大寿在一旁也赶紧向袁崇焕介绍。

“我说怎么有些面熟，去年宁锦大战前，桑将军领兵前来助我，当时曾见过一面。好！桑将军英勇善战，能率部投我，真乃我军之福啊，将军但能为我大明效力、建功立业，我大明朝廷必定会不吝封赏厚待你等。”

“多谢大人夸奖，末将必当奋勇杀敌，以报朝廷大恩！”

袁崇焕见收了这样一员干将，心中十分高兴，便对桑阿尔寨大加勉励了一番。

“督师大人，东奴八旗擅于野战，祖将军虽英勇过人，勇气可嘉，然只带三千兵马便贸然出击，恐于我军不利，是不是我军当固守坚城，待东奴迫近，再凭借红夷大炮之优势火力，予以歼灭。”宁前道郭广听了祖大寿的话，心中有些担心，思虑再三，乃向袁崇焕提醒。

袁崇焕听罢，点了点头说：“郭大人所说，确实乃万全之计，本部堂用兵，也一贯主张不轻发，不贪功，动必臧，谋必全。然此番情形，却与以往有些不同，我素知努尔哈赤、皇太极父子用兵诡诈，生性多疑，此次他虽得知我宁远兵变，遂欲乘虚而入，然皇太极将信将疑，必不肯骤发大兵一起杀来，故才会先派三千前锋前来试探，其后各军次第而发。而此番我军正要挫一挫他的锐气，待他前锋渡过河来，立足未稳且后援不继之时，我军便可迅猛出击，速战速决，杀他一个措手不及，也好叫他不敢正视我辽东！”

说到这里，袁崇焕决心已定，当即一拍惊堂木，朗声发令。

“众将听令！前锋总兵祖大寿，令你率三千骑兵立即赶往黄泥洼，正面攻击敌军！切记，不可恋战，只可猛杀一阵，一旦得手，便可迅速撤离！桑阿尔寨听令！令你率本部蒙古骑兵，也立即赶往黄泥洼，待祖将军攻击发起之后，于侧翼攻击敌军！切记，不可恋战，一旦得手，与祖军一起迅速撤离！中军副将何可纲，令你率两营六千车营步兵，于宁远城外布阵，多置强弓硬弩、大小火器以掩护祖大寿、桑阿尔寨两路人马入城！都司祖大乐，令你率一营兵马于路上来往接应各军！总兵朱梅，令你率宁远守军于城头严密布防，以待敌军！

游击将军彭簪古，令你带火炮营在城头防守，支援各军！宁前道郭广，令你带领亲兵，沿街巡查、缉拿奸细！”

袁崇焕分拨已定，众人连忙一起站起，高声接令，随即转身出帐，一个个斗志昂扬地领兵出发了。

崇祯元年八月十九，三岔河西黄泥洼

“七叔，前面便是黄泥洼，现天色尚早，我军当急进，于杏山扎营，如此，明日一早，我大军便可直扑宁远了。”

“贤侄言之有理，传令全军，加速前进！”

一处不高的小土包上，两名一身甲胄的男子正并马而立，年轻将领头戴铁盔，身穿红色软甲，而那位年纪稍长的将领则是一身蓝色战甲，此二人正是后金领兵大将贝勒阿巴泰和岳托。阿巴泰，年方三十七岁，正蓝旗人，努尔哈赤第七子；岳托，年方二十九岁，镶红旗人，乃努尔哈赤之孙、大贝勒代善长子。两人立在马上，看着大军正滚滚向前，心中正是踌躇满志。

今日上午，两人率军渡过了三岔河，一心只想着趁明军内乱，一举拿下宁远，全然忘记了出发前皇太极对两人的嘱咐：袁崇焕已到宁远，切忌不可轻军冒进，以防中计！

一年来，两人几次往略明地，势如破竹，如入无人之境，明军在二人心中，士无战心，毫无斗志，一遇八旗大军，便是望风披靡，如今更是内部大乱，还有什么好担心的呢？

“报！前方发现明军骑兵！”

阿巴泰、岳托两人正在说话间，一骑快马飞奔而至，向两人大声禀报。

“知道了，再探！”阿巴泰只在马上应承一声，全然不以为意，“不过是些明军的探子罢了，且让尔等逃命去吧。”

两人说笑着，把明军全不放在心上，连阵也不布，只管催动人马，向前急进。

“杀啊——！”

只听一阵震天动地的喊杀之声响起，三千明军骑兵，犹如一阵疾风暴雨滚滚而至，直冲后金大军！马蹄撞击着大地，战刀上下翻飞，枪声更是响成一片，后金军猝不及防，登时便是一片大乱！明军战马过处，但见后金军兵血肉横飞，哭爹喊娘，不住地向四散奔逃。

“报！祖大寿率大队骑兵向我军正面杀来！”

“报！蒙古骑兵从侧翼向我攻击！”

只片刻之功，探马如走马灯一般地飞奔来报，阿巴泰、岳托二人当时便有些手足无措，心慌意乱了。两人连忙带着护军，催战马上到一处高岗，向远处眺望，只见两股明军骑兵正如两条游龙，在后金军中翻滚搅动，后金军未及列阵，早已被冲得七零八落，人仰马翻。

“随我来！”

只听阿巴泰、岳托两人大喊一声，分别带了护军，向两股明军分头杀去。

双方一场混战，差不多只半个时辰，两路明军大杀一阵，后金军好不容易才稳住阵脚，明军却已呼啸一声，离阵疾驰而去了。阿巴泰、岳托二人心中恼怒，立即命骑兵前往追击，没成想于路上又遭祖大乐一阵拦路截杀，三路明军合兵一处，杀得后金追兵大败而逃，明军也不追赶，一起收兵回宁远去了。

天色渐晚，阿巴泰、岳托收拢残兵，检点人马，三千人马已折损近半，二人好不懊恼，原想一举拿下宁远，不料却遭明军突袭，眼见得这一趟已是无望，只好悻悻收兵，返回沈京去向皇太极请罪。

半夜时分，三路明军安然返回宁远城，城内早已是张灯结彩，一片欢腾。

袁崇焕率领众人亲到城门口，欢迎祖大寿等几位将军入城。

“各位将军血战沙场，劳苦功高！本部堂定要向皇上为各位请功！”

袁崇焕站在城门口，一边对祖大寿等人拱手施礼，一边大声笑道。

“此战全赖督师大人运筹帷幄，调度有方！”众将慌忙下马，一起还礼。

“黄泥洼一战，乃是袁某督师辽东第一战，此战虽不能尽歼东奴，但也足以挫敌军锐气，使皇太极再不敢正视我辽东！”

袁崇焕说着又举头看了看满城的将士，四周城墙上，士兵们正举着火把一起注视着自己，不由得心中激动，遂两步走到一处高台上，向将士们大声说道：“此战，全赖我将士用命，奋勇杀敌！我辽东有如此将士，复辽指日可待！”说完便举起右手，振臂高呼，“大明威武——”

“威武——”

城上、城下将士见了，也一起举起火把，振臂高呼。

第十二章

一犯登莱

一

崇祯元年七月，沈京

戌时时分，清宁宫内灯火通明，后金天聪汗皇太极与范文程正在议事。

书案上放着三封书信，其中两封乃是毛文龙月内先后送来的，而另外一封则是王子登家人刚刚从皮岛秘密送到的，三封书信主要说的都是阔科被擒一事。

两人反复比对着看了几遍，皇太极心中疑惑，便向范文程询问道："阔科一事，先生以为如何？"

范文程先是一笑，接着便说："毛文龙欲盖弥彰，反弄巧成拙，此事倒也不难看破。"

"哦？"皇太极心中一动，连忙追问，"还请先生明言。"

"大汗且看。"范文程拿起毛文龙的书信，指着信说道，"毛文龙在第一封信中说，五月十六日，他派属下三人，陪同我使臣阔科一行，由海上至镇江，并携带礼物两驮，准备运往沈京。紧接着，二十几日后，毛文龙又在这第二封书信中说，当时正有户部大臣在岛上放粮，后将粮船撤至铁山，阔科等人返回时，未经查实便误入户部粮船，阔科等人及所携礼物尽被擒获，并解往京城。毛文龙闻报，连夜遣人赴京，贿银四万两，方才使阔科免死，将其养之于内地。

“这两封信所说之事破绽百出，一望可知乃是毛文龙编造的鬼话，其意不过在于掩饰阔科被擒实情，以免大汗怪罪罢了。”

皇太极听得认真，又马上追问：“信中有何破绽？”

范文程答道：“毛文龙书信破绽有三。其一，第一封信既说阔科等人是由海上返回镇江，在第二封信中，为何又说阔科等人于铁山误入户部粮船？铁山乃朝鲜陆上之地，由皮岛至镇江，有海路不走，阔科等人为何又会前往铁山？况户部去皮岛放粮，又何以会停船于北岸铁山？此破绽一也；

“其二，毛文龙信中说派了三名属下与阔科一起返回，如果说阔科不识他家旗号，误入户部粮船，倒也可以理解，但那三名毛文龙属下，俱是他的心腹旧人，岂有不识得自家旗号而误入户部之理？此破绽二也；

“其三，如果说阔科与毛文龙属下三人一起被户部所获，则毛文龙回书势必也落入户部之手，而被一起送往了京城，如此一来，我与毛文龙之事便是朝中尽知了，毛文龙又岂能瞒天过海，救出阔科？此破绽三也。

“而反观王子登来信，则说那日阔科等人乃是因在去路上射杀逃亡辽人，不巧，马通事又与那帮逃亡辽人在皮岛相遇，双方遂发生纠打，马通事被正在岛中放粮的户部官员所获，审问之下，马通事泄露了阔科之事。毛文龙闻报，知事不善，乃向户部官员索取马通事，杀之灭口，而后，为堵大明朝中众人之口，毛文龙这才将阔科等人解送京城，以证清白。两下对比，阔科之事便可立见端倪，两人说法不一，必有一人作伪，而王子登乃大汗派往皮岛，且其所述并无破绽，实无编造谎话之理，可知所说乃当日实情。”

皇太极点点头，说道：“范先生所言极是，那毛文龙性情狡诈，必是两面欺哄，然此等技俩，又岂能瞒得过本汗。”随之轻轻冷笑一声，“既然阔科已被毛文龙解送京城，依先生之见，我如今又该当如何？”

范文程思索片刻，随即作答：“此事事发突然，想是那毛文龙也是出于无奈，才编了这么一套说辞来欺哄大汗，可见他也是怕大汗恼怒，不肯与他和好，这才赶紧差人送来大汗索要的粮食、布匹来讨好大汗。另外，他信中还游说大汗，说什么尔取山海关，我取山东，若从两面夹攻，则大事可定矣。这种种作态，无非是他毛文龙急于与我讲和，待价而沽罢了。现毛文龙受朝中攻击，正愤恨不已。阔科一事，更是使朝中猜疑日甚，毛文龙内外交困，正在彷徨无计、左右为难之时，此时倒不如再推他一把。”

“如何推他一把？”皇太极大感兴趣，连忙追问。

“大汗，那毛文龙所说我取山海关，他取山东之谋，看上去倒也不失为一个攻伐大明，进取中原的良策。山海关乃大明京师前门，山东则为后门。如今前门有袁崇焕据守关宁，山海关一时难下；若毛文龙真心归降我大金，进取登莱，再由山东或向西夹攻京师，或南下攻取南京，大明两面受敌，立时便会大乱，我大金定鼎中原则易如反掌尔。

“然毛文龙此人桀骜难驯，素有野心，他早有攻取朝鲜或占据山东之心，其意不过是想做一个称霸一方的海外天子罢了，他又岂肯久居人下？古语有云，卧榻之侧，岂容他人酣睡？如让毛文龙趁势做大，则我大金又多一劲敌。如今，毛文龙密约大汗两路伐明，不过是欲诱哄大汗允他所请，他所言‘我不分尔所得，我亦不归尔管辖’，他则可借我之力，趁势做大，以与我大金和明朝成鼎足之势。此等技俩，我岂能不识！为今之计，大汗只可借阔科一事，责难于他，不允其所请，使他进退两难，激他与明朝相争，使其两败俱伤，我则观其形势，再图进取！”

范文程的这番话顿时就让皇太极陷入了沉思，这里面有太多的利弊得失需要他仔细权衡、斟酌。

和毛文龙两路伐明，如我能顺利破关还则罢了，如我在关前久攻不下、徒耗兵力，岂不是反助他毛文龙成事，为他做嫁衣裳了吗？

就算我能顺利破关，与明朝、毛文龙成鼎足之势，将来又该如何收服他毛文龙呢？

如不与毛文龙两路伐明，我大金又该如何破关呢？放过这样的机会……

如我不允毛文龙所请，反使他绝了投我之心，岂不是……

如毛文龙本就无叛明之心，他此举又有什么所图呢？

皇太极在房中来回地走了几圈，一只手不停地在头上挠来挠去，久久不能下定決心。

“大汗，我大金虽然现在兵强马壮，然大明辟地千里，生民亿兆，立国已有二百六十年之久，现今虽江河日下，却远未到轰然倒塌之时。正如先汗时常说到的，伐明，当如伐大树，必先从两旁砍削，先去其左右，砍削既深，则大树自仆。大汗切不可为毛文龙言语所惑，操之过急，我只可先使其内部相争，再相机徐图之。”范文程见皇太极思虑良久，又连忙在一旁提醒。

皇太极经此一说，猛然醒悟，说道：“多谢先生教我！本汗这就下书毛文龙，激他作乱。”

范文程见皇太极从谏如流，也是欣喜异常，君臣二人心领神会，便又一起放声大笑起来。

崇祯元年八月，皮岛都督府

自将阔科解送京城后，对于朝廷随后的一连串动作，毛文龙早已是怒不可遏。先是朝中众臣对他一片声讨，接着皇上又派登莱道王廷试来皮岛二次核查兵马，随即将核查结果报与登莱巡抚孙国桢，孙国桢便上奏朝廷，称“毛文龙虚报兵额，东江实无兵马十五万，核查仅得二万八千之数！”

上次黄中色来查，所报还是三万六千有奇，如今又查，仅得二万八千，越查越少，眼见得今年的百万粮饷就要化为泡影，后面更不知皇上和朝中大臣还要作何反应，毛文龙又气又急，自是对孙国桢、王廷试二人乃至登莱恨之入骨。

刚刚，毛文龙又接到皇太极回书，说什么“山海关本汗自会攻取，何用告于你毛文龙！你将我使臣阔科送与你家皇帝，还有什么和谈诚意？如你毛文龙愿降，则上岸登陆，俯首称臣；如不愿降，本汗前往攻取，又有何难哉！”

毛文龙览书，大怒，连连拍案大骂：“皇太极也特为猖狂！全不把我放在眼里！”愤恨交加的毛文龙当即传沈世魁、陈继盛、龚正祥、毛承禄来帅府议事。

众人来到帅府，看过皇太极书信，也都是一脸愁云，无计可施。

毛文龙满脸怒气，冲着几人痛斥：“当初都是尔等劝我，本帅这才与后金议和，如今我东江内受攻讦，外受欺凌，已然是走上绝路，如今我等进退维谷，你们说！我们现在该怎么办？！”

沈世魁犹豫了半天，终于还是鼓足勇气向毛文龙说道：“帅爷，朝廷对我东江虽多有猜疑，然毕竟还是倚重，一时间朝廷倒也不会把我东江怎样。既然皇太极如此藐视我东江，就算我等投他，他也必不能善待我等。事到如今，大帅倒不如就此断了此念！只要大帅给皇上去些好话，再多要些朝廷的支持，如今又有那袁崇焕坐镇关宁与皇太极对峙，只需与他做些配合，东江力求自保，也不失为一上策。大帅已是位极人臣，今后再立些功劳，皇上也必定会给大帅封侯进爵，大帅封妻荫子、青史留名，也算是一桩善事。”

沈世魁说罢，陈继盛也连忙点头附和：“沈太爷所说不错，还望大帅能三思啊！”毛文龙听了两人的意见，半天无言，只坐在那里，用手不断地梳捋着颌下的虬髯。

“帅爷，万万不可！”

帅府总管龚正祥听罢，连忙劝阻：“自古言道君疑臣则臣必死，臣疑君则臣必反！如今皇上和朝中大臣对大帅猜忌日深，百般刁难，他们又岂肯善罢甘休？大帅岂不见熊廷弼传首九边故事吗！

“再说那袁崇焕，久欲令我东江移镇近岛，如今他走马上任，皇上又授予他尚方宝剑，假他以临机决断、便宜行事之权节制四镇，不久他必将要我移镇，到那时，我东江又将作何应对？如若移镇近岛，我东江则地利尽失，到那时，朝廷对我东江，一纸可召、一骑可擒，倘朝中再有人趁势发难，皇上与我等新账旧账一起算，不要说封妻荫子、封侯进爵，倘有不测，我等只怕是连性命都难以保全了！

“至于说那皇太极藐视我东江，不过是故作姿态，与我讨价还价罢了，拉人入伙、与人合作，本也是需要些投名状。眼下，他只当我是在拿大言唬他，再加之阔科之事，故此他才不肯轻信于我，事到如今倒不如做些样子，让他也看看我家的实力，到那时看他还敢小视我东江吗？！”

“龚总管说的没错！索性我们就干他一下！那孙国桢、王廷试着实可恨，父帅，你就让儿子带兵前去登莱擒了此二人，来给父帅消气！”毛承禄听完龚正祥的一番话，当即站起，大声向毛文龙说道。

毛文龙眯起一双三角眼，又看了看四人，几人意见不一，此时已是分成了两派。毛文龙手捻虬髯，心中暗道：不搞出点事情，你们还都以为我毛文龙就是一只病猫哩，哼！一不做，二不休！本帅就给你们点儿颜色看看，叫尔等还敢小看我毛文龙！

“来啊——传我将令！”

毛文龙一拍虎胆，大喝一声：“毛参将听令！令尔立刻点起人马，率战船兵发登莱，去给那孙国桢、王廷试点儿颜色看看！记住！此番你只可虚张声势，与我吓唬他一番，只叫他识得我毛文龙的厉害、给他些教训便了，不可过分造次！”

“末将遵令！”

毛承禄闻言大喜，立刻挺身接令，转身趾高气扬地出大堂去了。

二

崇祯元年八月，登州

“报——”

未时刚过，登莱巡抚孙国桢和登莱道王廷试二人正在府衙议事，突然一名亲兵急匆匆闯进签押房，神色慌张地前来禀报：“禀二位大人，有紧急军情！”

孙国桢一惊，急忙问道：“什么紧急军情，速速报来！”

“今日一早，我登莱海面突然发现东江战船，东江人马先是于夏家疃上岸，大肆抢掠，村民莫不惊骇，四散奔逃，后又有东江大队战船开到，一路西进，正往我登州而来！”

孙国桢、王廷试二人听了，惊得半天合不拢嘴，心想：难道毛文龙要攻打我登莱？二人搞不清状况，立时一片慌乱，孙国桢迟疑片刻，随后大喊一声：“来人啊——”

中军旗牌官听到呼唤，慌忙入内，叉手听令。

“快，传我将令！速速关闭城门，军兵人等，都与我上城备战！登莱水师全体登船，给我在小海港内待命！”

孙国桢说罢，又向王廷试招呼一声，两人急忙出府上马，直奔城头。

登州城，位于丹崖山下，背山面海而建，乃是一座易守攻的水城，早在宋朝时便在此建有刀鱼寨，及至明朝，又在刀鱼寨的基础上修筑水城。登州城南宽北窄，呈不规则长方形，北砌水门，南设振扬门，又引海水入城，在城内设置港湾，称为小海，用以停泊战船。自万历至天启年间，又先后有戚继光、袁可立在此训练水师，加固城防，修建敌台、炮台、护城河等防御工事，并置红夷大炮等各种火炮于城上，登州城负山控海，形势险峻，乃是当日一座最为坚固，配套最为完整的水师要塞。

两人来到敌楼，登莱总兵杨国栋及众将早已在此等候，两人一面令诸将领兵据守，一面又派探马去沿路哨探。布置已定，两人则手扶垛口，向东远眺。

只约莫一个时辰，便见远处海面上，一大队战船正高扯风帆，鼓浪向西而来。待东江战船距离登州只有一箭之地，早有一只登莱快舟靠上前去，舟中一名把总手舞令旗，大声叫喊："请止住来船！奉登莱巡抚孙大人之命，前来叩问将军，东江水师因何来我登莱？"

此时已有军兵报与毛承禄，毛承禄正顶盔掼甲，慵懒地坐在帅船中央的一张大椅上，在他身后正立着耿仲明、尚可喜、孔有德等一班亲信将佐。毛承禄闻报，冷笑一声，随即对传令兵说道："去告诉来人，就说我东江水师今日本是要去攻打东奴，路遇台风，乃是漂风至此，不过是顺路来向孙大人讨碗水喝罢了。让他们莫要慌张，待我等饱览一番登州美景之后，便回东江去了。"说罢，毛承禄又回头看了看众将，大家挤眉弄眼，都一起哈哈大笑起来。待亲兵转身离去，毛承禄当即传令，"停船列队！"

随着军令传开，东江战船立刻停止前进，落下风帆，朝着登州城一字排开，战船上旗帜飘扬，东江军兵们一个个顶盔掼甲，都各挺刀枪、立在船头，端的是杀气腾腾。

"走，随我一起去了望一番！"

待帅船停住，毛承禄猛地起身，招呼一声，便带着耿仲明等人都一起上到望楼平台，向登州城眺望。

只见远处的登州城，城高墙厚，背靠着陡峭的山崖，煞是威武雄壮！朝海的一面，水门紧闭，城上旌旗林立，城墙垛口间有几十门火炮昂首待发，那黑洞洞的炮口直伸出墙外，正瞄准着远处的海面。

毛承禄看见，不由倒抽了一口冷气，心想：果然是一座易守难攻的海防要塞！又左左右右看了一遍，便皱着眉，扭头向身旁的孔有德问道："永诗，如让你攻打这登州城，你当如何攻取？"

"回少帅，这登州城城高池深，负山控海，又前后经戚继光、袁可立两人苦心经营，现更有红夷大炮助阵，若要强攻，只怕是万般困难。依末将看来，要拿下此城，非得先从陆上及海上两面围困，再与城内里应外合不可。"孔有德连忙答道。

毛承禄点点头，又对着城头怔怔看了半天，才恨恨说道："早晚有一天，我便要拿下此城！”说罢，一挥手。“回东江！”亲兵连忙传令各船，几十只战船又一个个扯起帆蓬，起锚回转皮岛去了。

登州城头上，孙国桢、王廷试二人一直紧张地注视着远处的战船，如今见他们渐行渐远，消失在海平面上，这才长舒了一口气，孙国桢马上转身，向属下大声命令：“快！马上向朝廷奏报！毛文龙擅离信地，称兵内向，抢掠百姓，窥我登莱！”

崇祯元年八月，紫禁城文华殿

“都看到了吧，这毛文龙到底要做什么？！”早朝刚一开始，崇祯就把几份奏本往御案上一摔，满脸愤恨地向群臣训道，“上个月，他上疏给朕，桀骜狂悖，全无人臣之礼，朕念他海外多年，劳苦功高，未与他计较。前两日，登莱道王廷试查阅东江兵马，回报只得两万八千军兵，前番他毛文龙与户部员外郎黄中色互相攻讦，朕尚未尽信户部之言，如今，两次查验回来，毛文龙还有何话说？谎报军马十五万，朕还未及处置，毛文龙竟又擅离信地，兵犯登莱！如何处置毛文龙，几次计议，这满朝文武，衮衮诸公，竟无一策，真是深失朕望！”

大臣们已得知消息，登莱巡抚孙国桢的奏报以及兵科给事中许誉卿、登莱总兵杨国栋弹劾毛文龙的两份奏章昨天也都一起送到了内阁，现在大家见皇上龙颜大怒，一个个都赶紧低下头，默不作声。

“启禀圣上，据臣所知，此次毛文龙提兵入登，乃是因遇台风，漂风所致，并非他有心为之，还请皇上体察下情，暂且息怒。”

沉默了一会儿，崇祯听到有人启奏，连忙拿眼看去，见又是工部屯田主事徐尔一，差点儿就给气乐了。

“徐爱卿，你是不是又要用一家老小来保他毛文龙？”

徐尔一被崇祯揶揄一句，张嘴结舌，半天说不出话来，一张脸早已憋得通红，崇祯懒得理他，一招手，叫过一边的王承恩，“把杨国栋那份奏章念给他听！”

“是！”

王承恩答应一声，连忙从御案上取过奏疏，转身对着徐尔一大声读起来：

“登莱总兵杨国栋弹劾毛文龙十大罪状：毛文龙专阃海外八年，靡费钱粮无数，今日说恢复，明日言捣巢，试问，所恢复者何地？所捣者又是谁之巢穴？试想当日，毛文龙若在凤凰城、汤站堡等处有一兵一卒守卫，也不至于使铁山惨遭攻陷，此一罪也！

“设镇东江，本为牵制，然毛文龙屡屡不敢西向制敌！东奴数次西渡辽河，进犯宁锦，毛文龙竟全不知觉，牵制安在？毛文龙徒有牵制之名，而无牵制之实，此二罪也！

“东江地接朝鲜，本应与属国辅车相依、唇齿相助，然毛文龙每日只知派人去朝鲜采参、挖金，大肆扰害，属国不堪欺凌，乃致心怀二心，此三罪也！

“毛文龙丢失铁山，坐视属国丧师失地、折入东奴，此四罪也！

“辽东难民去投东江，毛文龙或以难民充兵数或杀良冒功，或掩败为功，此五罪也！

“皮岛孤悬海中，非用武之地，毛文龙去岁又与内臣合谋，请饷百万，竭民膏血以填其私欲，此六罪也！

“毛文龙零星收降，捏报献俘，假造谩书，欺诳朝廷，此七罪也！

“毛文龙又与东奴私通贸易，以粟帛易敌参貂，又借参貂贿赂内外朝臣，避居海外，以为安身之窟，此八罪也！

“朝廷允东江开设马市，本为接济，乃一时之权宜之计，然毛文龙强取豪夺、欺凌商贾，抢夺商家货物竟达百万之巨，来往商贾，怨声载道，更有死亡相继，不可胜数，此九罪也！

“东江岛中辽民总数不过三万，毛文龙却册开十五万，冒领皇赏又克扣钱粮，不计其数，此十罪也！

“至于其它种种不法之事，如奉旨移镇，毛文龙竟置若罔闻；奉旨回话，绝无应答，煌煌天语，毛文龙竟视如弁髦！此等滔天之罪，怎能容于当今尧舜之世？更令人惊异者，毛文龙东江兵马又以漂风为名，突至登州，于夏家疃上岸，沿海地方虽严为戒备，然村野之民，一时鸟惊兽散，四散奔逃。后又有大队战船，开至登莱沿海，窥我登州虚实，大明早有律条，大将未奉明旨，不得擅离信地！毛文龙擅离东江，兵犯登州，意欲何为？毛文龙罪行累累，劣迹斑斑，臣杨国栋奏请皇上，将其撤职查办，以申国法！”

十大罪念完，徐尔一站在阶下，梗着脖子还想再辩解些什么，崇祯早不耐烦，一摆手，厉声怒斥："这桩桩件件岂非事实？徐尔一，你身为大臣，颟顸昏聩，全无头脑！现事实俱在，你还在这里鼓唇摇舌，为毛文龙百般辩解，朕若不是念你平日还算勤勉，现在便要拿你问罪。徐尔一，你休得再啰嗦，还不快与朕闪过一边！"

徐尔一遭了崇祯一顿训斥，直吓得诚惶诚恐，赶紧一躬身子，哆哆嗦嗦地退回班内去了。

崇祯怒气不息，又大声向群臣问道："说！怎么处置毛文龙？"见王在晋直往后缩，崇祯当时便气不打一处来，"大司马，你兵部是何意见？"

王在晋被崇祯点名，只好硬起头皮，小心回奏："回皇上，毛文龙提兵入登确是事实，皇上当对他严加申斥！然海外情形，亦颇复杂，他坐镇海外，事关封疆，为稳妥计，皇上还当令他据实回奏，以查明原委。毛文龙手创东江，已历七载，皮岛又远在千里之外，即便毛文龙有种种不法之事，亦难以骤然拿问，为今之计，皇上只可另设他法，先对其加以节制，然后再缓缓图之。"

"节制，节制！如何设法？如何节制？说来说去，尔等只知拿些空话来敷衍搪塞！"几个月来，崇祯早已被毛文龙的事搞得心烦意乱了，更令他耿耿于怀的是，毛文龙从来只拿大话、胡话来诳哄于他，仿佛是在戏耍一个三岁的孩子，这让崇祯这位自诩英明的年轻君主，每每念及于此，便会感到一阵阵的愤怒和无奈。

崇祯背着手，气哼哼地在台上来来回回走了几趟，突然猛地站住，对众人恨恨说道："既无牵制之实，那就不要再浪费国家的钱粮了！大司农，命你部就以登莱道王廷试所报之数，核定他东江今年的粮饷，着你部务要及时征缴发送，不得再加重百姓负累！"

"是，臣等遵旨。"

户部尚书毕自严赶忙出班接旨。毕自严暗自盘算，如果按照皇上旨意，东江兵马按两万八千之数为准，以每兵每月粮饷本折一两三钱计算，东江一年的粮饷本折共计当为四十三万六千八百余两，至此，东江的百万粮饷之争总算是有了定论。

"再有！"崇祯站在台上又再发话，"多年来，毛文龙虚兵冒饷，不知贪了国家多少钱粮！大司农，从即日起，你部务要再将毛文龙历年所冒领钱粮，都与朕一体查清，按月扣除，尽数追回！"

大臣们听到这话，不禁都倒抽了一口冷气，如果按照崇祯的这个旨意，那东江从现在开始，实际上已领不到多少钱粮了！

寒冬将至，东江的数万军民又将如何挺过那北国的漫长严冬呢。

三

崇祯元年八月末，宁远督师行辕

袁崇焕猛然站起，一把将手里的书信拍在桌上，大喊道："岂有此理！"

正坐在边上的程本直吃了一惊，赶忙问道："大人，何事如此烦恼？"

程本直护送袁崇焕家眷，前天才刚刚来到宁远。今日午后，袁、程两人正在花厅叙话，不一会儿，便有亲兵送来了一封书信。

"程先生，你且看一下这封信。"

见袁崇焕满脸忧色，程本直料有要事，赶忙从桌上拿起书信，飞快地看起来。这封信是户部尚书毕自严写给袁崇焕的，在信中，毕自严详细叙述了皇上让户部核发东江粮饷的前后情形，并就此事来征询袁崇焕的意见。

程本直看完书信，不由惊道："朝廷如此做事，这不是要把东江逼上绝路吗？"

"是啊……"袁崇焕叹息一声，"今年七月，先是蓟门兵变，紧接着又有宁远兵变，皆是因欠饷而起，如今朝廷又要扣发东江粮饷，再过一个多月，海面便要封冻，如不能及时将粮饷运到东江，今年冬天，东江将士只怕是难熬了。"

"毛文龙虚兵冒饷，兵犯登莱，皇上震怒，这才下旨裁减东江粮饷，只是这样做太过鲁莽，不仅于事无补，只怕还会激出变乱！"程本直又继续说道。

"是啊，我也正是在为此事忧心。"袁崇焕点点头，"我在皇上面前已许下五年复辽的承诺，如今，崇焕正要大力整顿兵马、积极备战，此时万不可使东江有什么差池！关宁与东江，一西一东，正可成犄角之势，两军奇正相依，东西并进，方可收复辽东。毛文龙或有大罪，然我东江将士何罪之有？倘东江生变，则大局尽坏，复辽大计便难以实现了！"

“大人所虑极是，如今看来，也只有赶紧上疏，向皇上陈说利害，并请毕大人等朝中众臣，一起设法挽回了。”

“唉，看来也只好如此了。”袁崇焕先是叹了口气，可是他一想到朝中的那些书生们，就又忍不住要说几句，“只是朝中那些大臣久在京城，他们哪里晓得这边关的难处，户部和登莱道先后两次核查东江兵马，他们只肯以两万八千军兵为准核定东江粮饷，却不知东江还有数万辽民也全部仰赖朝廷。毛文龙未失铁山、义州时，尚可安插辽民，屯田于陆上，每年可得十五万石军粮，如今陆上屯田之地尽失，军民全驻于岛中，仅靠这些粮饷，又如何能撑得下去！倘再要将往年冒领扣除，那东江立时便要断粮了，然现在皇上已然下旨，认定东江只有两万八千兵马，这一点恐怕已难以更改，我们还当再想想其他的办法，不知先生可有什么良策吗？”

程本直想了一会儿，随后说道：“现今皇上命户部以两万八千之数核定东江粮饷，兵数虽定，但每兵月饷尚有可商之处，大人何不建议户部，提高东江将士月饷，以弥补东江粮饷不足？”

“先生是说……”

程本直见袁崇焕眼前一亮，知他已明白自己的意思，只是还有些犹豫，程本直便又进一步解释说：“关宁每兵每月定额一两四钱，米一斛，共计折银二两；而东江每兵每月定额仅七钱，米一斛，共计折银一两三钱，同是当兵吃粮，东江军兵月饷尚不及关宁七成，虽说两军轻重不可并论，然如此差距，却也有些不公，东江将士心中更是愤愤不平，对关宁怨恨甚深。如今大人正要两面用兵，何不将东江月饷也提至二两，如此一来，今年东江的粮饷便不会过于短缺，东江将士月饷提高，大人又待他与关宁一视同仁，也必然会使东江军心大振，于复辽定会大有裨益。”

袁崇焕听罢，不由地想起天启六年的一段往事，宁远大捷过后不久，原毛文龙驻旅顺部将李矿、李钺兄弟因与毛文龙不和，率所部四千人来投宁远，毛文龙闻讯大怒，遂上疏参奏袁崇焕中军徐敷奏，诬告他以大粮大饷蛊惑李家兄弟，煽动官军叛逃，后经袁崇焕奋力解救，徐敷奏方才脱罪，然关宁与东江两军自此便也结下怨恨。如今自己督师蓟辽，节制四镇，关宁、东江两军俱是自己部属，两军一西一东，恰如左膀右臂，奇正相依，不可偏废，此时正该弥合芥蒂，两军日后才好通力配合。

想到此处，袁崇焕点了点头，当即说道："先生所言甚是，崇焕这就给户部回书，希望能尽力说服朝廷，提高东江月饷。"说罢，袁崇焕又长叹一口气，忧心忡忡，"但愿皇上和朝中大臣能体察边关将士之苦，采纳此议，也不枉费我等一片苦心啊。"

议妥了东江粮饷，程本直又不忘提醒袁崇焕："大人，毛文龙疑似通奴，如今他又兵犯登莱，似有不臣之心，大人对其不可不防啊，东江一旦作乱，其祸不小，大人还当早做处置。"

"我亦知他种种不法之事，不过现在辽东当务之急乃是整顿兵马，再过两个月海面封冻，东江便与我难以来往了，今年冬天之前，只可先安其心，不可激他生变，待来年春天我腾出手来，便要一劳永逸，彻底解决东江之患。"

袁崇焕一边说，又一边直直地望向厅外，在他的目光深处，似乎正看到有一场风暴在悄悄地酝酿，遥远的天际，乌云越聚越多，正不断地升腾、聚集、上下翻滚，厚厚的云层中，时不时又有闪电在其中炸开，发出一阵阵短暂而耀眼的光亮。

京城百花楼

"听我家老爷子回来说，皇上此番着实气得不轻，那杨国栋竟然告了毛帅十大罪状，皇上一怒之下，便下旨裁减了东江粮饷，最要命的是，还要将历年冒饷也要彻底查清、全部扣回。"

温大公子一口气便把朝堂上发生的事全都倒了出来，沈敏坐在那里，只是静静地听着，他那张黝黑的脸，时不时隐在淡蓝色的烟雾之后，使他的面目越发显得有些阴郁。

"大官人，这次毛帅是不是做的也有些太鲁莽了，擅离信地，兵犯登莱，这可不是小事，那徐尔一在朝堂上还想为毛帅辩解两句，也被皇上一通训斥，如今事情闹到这个地步，可真是不好收场啊。"温言抓起案几上的茶碗，连喝了两口，又继续说道，"如今咱们这个皇上可不比先皇，什么事都要自己拿主意，年轻气盛，血气方刚，这次看来是真要与毛帅做些为难了。"

"说实话，此番我也是百思不得其解，现在朝廷里正是议论纷纷，我家兄长又何必要搞出这么大的动作呢？"沈敏听了半天，叼着个烟斗，愁眉苦脸，不住地摇头，“现在和皇上闹僵了，不定后面还有什么更大的祸事啊。”

“是啊，大官人，你得赶紧写信去劝劝毛帅，让他再多忍耐忍耐，何必跟黄中色、孙国桢、杨国栋这班人怄气呢，在皮岛只管做个海外天子，悠哉游哉，岂不快活？”

一听到这里，沈敏不由就是目露凶光，直恨得咬牙切齿：“说起孙国桢、杨国栋这二人也确实可恨！前番本已将杨国栋调往浙江，都是这孙国桢从中作梗，才使我等白忙了一场！这一次，又是这个杨国栋带头发难，此二人万不可再留，我定要设法将他们赶出登莱！”

“大官人，可有什么妙计？”温言赶忙凑过头来问道。

沈敏没有说话，先是和温言各点起一斗洋烟，又想了半天，这才突然说道：“阉党！”

“阉党？”温言颇有些不解。

沈敏用抓着烟斗的手狠狠一挥：“当今皇上最恨的就是阉党，我们要想彻底扳倒孙国桢、杨国栋二人，就必得告他们是魏阉一党！”

“我们没有证据，又怎么告他二人是阉党呢？”

“大公子难道忘记了吗，几个月前，皇上命将所有颂阉红本一体封存，都送到了大内备查，二人有否红本，只需到宫中一问便知，上次王国兴在海上相会毛帅之事，便是那孙国桢向皇上告发。现在，宫里的公公们一个个都恨孙国桢、杨国栋入骨，也正要置他们于死地，我也早就听说，那杨国栋乃是魏阉干儿，当年曾打造了一只金马送与魏阉，还听说他在皇城岛上给魏阉建有生祠一座，端的是富丽堂皇、金碧辉煌，建成之后，杨国栋那厮还特意让他儿子前往祝发守祠。”

“他二人果有此事？”

“大公子还不肯相信吗？这二人岂是善类？不仅如此，我还要告他二人一个贪墨粮饷之罪！朝廷让他登莱为东江转运粮饷，可他二人却利用职务之便，每以漂没为名，大肆贪污克扣，只要我们向皇上参他一本，还怕他二人不被罢职问罪吗？！”

温言听罢，大为惊讶，张大了嘴，好半天才又问了一句：“大官人要怎样去做呢？”

沈敏侧身过去，附耳向温言低低说道：“我等只需……”

温言一边听，一边不住地点头，二人说罢，对视一眼，又都一起放声大笑起来。“我就不信，他二人此番还能再逃出我等手心！”沈敏恨恨说道，脸上早已是一片得意之色。

“让那帮言官们去替咱们办事倒也不难，平日，他们在大官人这里也没少得好处，别看他们在朝堂上一个个都道貌岸然，一副正人君子的模样，背地里还不是一样吃喝嫖赌、风流快活。就说那个兵科给事中毛羽健，上次老家的夫人追到京城，要不是大官人替他遮掩、埋伏，那母老虎当时便能把这百花楼给翻个底朝天，想想那日毛羽健躲在床下的狼狈相，也实在是令人好笑啊。”

两人笑过一阵，温言还是有些不信，问道：“大官人，你说这世人肯轻易相信我等的说法吗？”

“这就是大公子有所不知了。”沈敏吐了个烟圈，缓缓说道，“世人哪里晓得什么是非曲直，他们从来便是气人有、笑人无，但凡别人有什么丑事，他们恨不能立刻就是落井下石、看你笑话，哪里还会去管什么真假，自然是你说什么，他们就信什么。非但如此，他们还会添油加醋，奔走相告，来帮你做事哩，什么公道、什么人心，都不过是些骗人的鬼话！世人也统不过就是一群被人左右、受人利用的无脑痴人罢了。”

几日之后，一份令人咋舌的揭帖便贴满了京城的大街小巷，从国子监太学到酒肆、茶楼，从士人学子到贩夫、走卒，无论是酒意阑珊，还是茶余饭后，人们都在争相议论一个热门话题。

“听说那杨国栋还给魏阉送过一个纯金的大金马哩，啧啧，这么大！哦，不对，这么大！”

“他们哪儿来的这么多银子呢？”

“嗐，你们是不知道，还不是孙国桢、杨国栋那帮人贪污克扣的东江军饷！听说这两人，运十船粮，四五船都让他们贪了，回头就骗朝廷说是船遇到台风，沉到海里去了，真黑啊。”

“怪不得我们打不赢鞑子，都是那帮当官的太黑了！那毛大帅受这帮贪官污吏欺负，真是憋屈啊。”

“可不是吗，要是没这帮子混蛋，毛大帅早两年就灭了那小小鞑子了！”

与此同时，朝中也是一片刀光剑影，言官们纷纷上疏，弹劾登莱巡抚孙国桢、登莱总兵杨国栋，二人为魏阉在皇城岛大建生祠，上表颂美，说什么“厂臣忠诚贯天地，勇略震华夏！”“厂臣擎天巨手，翼运真才！”“一腔忠义，四应才锋！”等语，乃是实实在在的魏阉一党！两人又以漂没为名，贪污克扣东江粮饷，贿金结纳魏阉！

崇祯闻奏，命人取来颂词红本，当堂查验，发现并无虚言，自是龙颜大怒，当即传旨命将登莱巡抚孙国桢、登莱总兵杨国栋二人撤职查办。

没有想到，一场充满变数的冒险行动竟会有这样一个戏剧性的结果，毛文龙听说查办孙国桢、杨国栋的消息，倒也心满意足，心中暗想：这个小皇帝也不过如此，看你们哪一个今后还敢来和我毛文龙作对。跟我斗，你们都还嫩点儿！

自天启元年设立登莱巡抚以来，毛文龙已历经四任巡抚，而这四任巡抚，从袁可立到孙国桢，从天启朝到崇祯朝，没有哪一个不是败在他的手下，一个个不是被调任，就是被罢职，而这个孙国桢更是任职仅仅一年便遭查办。这一如既往的胜利，已经让毛文龙深深认定，只要他坐定皮岛，便没有人能够奈何得了他！然而，毛文龙不曾想到的是，一旦你的一种想法根深蒂固，那么下一次它带给你的，便很有可能就是一记致命的暴击！

罢免了孙国桢，没有多久袁崇焕上疏朝廷，请求为专以事权，撤登莱巡抚。崇祯随即允命。

自此，辽东、登莱二抚俱撤，两地均由蓟辽督师一体管辖。

第十三章

关宁铁骑

一

崇祯元年九月，辽东

九月癸酉，崇祯下旨："以预防边警，关外听督师袁崇焕相机战守；关内古北口、喜峰口等各路，着巡抚王应豸严督三协诸将，分地扼守，以匹马不入为功；总督喻安性暂住关门，东西策应，待警信稍平，即还驻密云！"

大明的九边防御体系，之所以称它为体系，是因为它依托长城，严格按照"镇、协、路、卫、所"架构进行组织、管理，是一套层级分明、分区划片而又组织严密的军事组织。"镇"相当于军区，最高军事长官为总兵；"协"相当于军分区，最高军事长官一般为副总兵。

以蓟镇为例，该镇东起山海关，向西经永平、迁安、遵化、蓟州、平谷、顺义、昌平，直至居庸关南面镇边城，绵延两千余里。蓟镇下辖东、中、西三协，每协又分四路，共计十二路，沿长城一线，从东、北、西三个方向包围京城，乃是拱卫京师最为重要的一个军镇，蓟镇有险，则京城震悚；蓟镇稳固，则京师无虞。

由圣旨可知，督师、总督、巡抚，各管一摊。简单地说，山海关外，辽东由蓟辽督师袁崇焕负责，攻守兼顾；山海关内，蓟镇由顺天巡抚王应豸负责，重在防守；蓟辽总督喻安性负责东西策应，重在关内。

从战场全局来看，大明一方缺少一个位于两大战区之上的前敌指挥部来进行统一部署、统一指挥。

在明金双方新一轮的较量中，崇祯的这个安排，从一开局，就为日后埋下了一个巨大的隐患！

今日，蓟辽督师袁崇焕召集辽东诸将齐聚山海关，召开上任以来的第一次辽东最高军事会议，布置辽东战守机宜。辰时刚到，文臣武将早已齐集帅府大堂，众人分列坐定，正一起焦急地等待着袁崇焕的到来。

“督师大人到——”

随着一声洪亮的唱报，袁崇焕头戴乌纱，身穿大红官袍，在天赦的护卫下，从屏风后转入大堂。众人见了连忙齐声起立，向袁崇焕拱手行礼：“参见督师大人！”

“诸位免礼。”

袁崇焕满面春风，一边还礼，一边又热情地招呼大家就坐。他扫视堂下，见满屋文臣武将，都是自己昔日的老部下，是曾与自己并肩作战的一班爱将，总兵祖大寿、赵率教等自不必说，更有何可纲、王承胤、刘永昌、彭簪古、徐敷奏、谢尚政等战将几十员，就是当年那个跟随自己从福建来辽东的小鬼头罗立，如今也已是一位战功赫赫、威风凛凛的大将了。袁崇焕看在眼里，喜在心上，众将又见到自己的统帅，也是激动万分、喜不自胜，一个个都争着来请安问好，袁崇焕一一作答，大家热闹了好一阵子，才又重新归座。

“此次，本部堂奉皇上敕谕督师蓟辽，便是要与诸位一起，浴血疆场、收复辽东！在皇上面前，本部堂已许下五年承诺，收复辽东还要全靠各位，我等将士用命，上下一心，方可无误封疆！”说着，袁崇焕又扫视了一遍众人，严肃地说道，“临出京之际，皇上又授我尚方宝剑，假以临机决断、便宜行事之权！这五年当中，大家务要遵我号令，听我调遣，尽忠职守，努力进取，切不可玩忽懈怠、违犯军法，本部堂号令森严，但有违犯军令者，定斩不赦！”

“我等敢不遵命！”众人慌忙一起拱手称命。

“前日，我已奏明皇上，崇焕自期五年复辽，倘届期不效，本部堂自当请死于国法！今日，与诸位共聚一堂，崇焕誓言愿与各位赴汤蹈火，收复辽东！还望各位能与我袁某同心协力，共图进取！”

袁崇焕一番话说完，众人无不动容，也都一起表态：“我等愿誓死追随大人，赴汤蹈火，收复辽东！”

会议开始，袁崇焕先是向众人宣示军法、勉励一番，接着便切入正题，宣布具体的军事部署和安排："全辽两千里，而今我之所有，仅关外四百里之地。为复全辽，本部堂特向皇上上疏，陈奏措置。日前，皇上已经恩准，此后关内、关外只各设总兵一员。关外合宁远、锦州为一镇，俱受关外总兵节制，乃为前锋；关内总兵下辖蓟镇东协山海、石门两路及关外前屯一卫，是为后劲；如此，则关内关外，两相支援，而内外愈坚。

"现任总兵赵率教久习辽事、老成持重，着即以原官加一级，挂平辽将军印，出任关内总兵，进驻关门；现任总兵祖大寿，知兵善战，勇冠三军，着即晋升都督同知、挂征辽前锋将军印，出任关外总兵，进驻锦州；现任中军何可纲，素有韬略，忠贞无私，着即晋升都督佥事，仍属中军，进驻宁远。祖大寿往来宁锦以为前锋，何可纲驻宁远以居中，赵率教往来关前而为后劲，其余诸将俱需各归统属，谨遵号令！"

"末将遵命！"袁崇焕分拨已定，众将连忙一起站起，叉手接令。

待众将重新坐定，袁崇焕又继续说道："今年五月，东奴破我锦州、杏山、高桥三城，并毁十三山驿以东台站二十一处，如今我欲复辽，当自恢复锦州始！"说着，袁崇焕又转向祖大寿，亲切慰勉，"祖帅，今锦州残破，现你进居颓城，实是万分危险，还望你能入得城去，一面加紧抢修，一面严密防守，务使我锦州再成固若金汤之势！"

祖大寿一抱拳，朗声答道："请大人放心！有我祖大寿在，就有锦州城在，鞑子胆敢来犯，我定叫他有来无回！"

"好！祖帅豪气冲天，英雄盖世！"袁崇焕听罢，不由高挑大指，连声夸赞。众人笑过一阵，袁崇焕又接着说道，"辽乃骑地，故收复辽东，必用骑兵。今我欲编练中、前、后、左、右骑兵五部，每部三营，共计十五营。往日我辽东已有降丁营，多为蒙古兵丁，作战最是勇猛，今特编为两营，号为平夷左营和平夷右营，各设游击将军一员，分由桑阿尔寨、那木乞二将统带，另设一招练营，以编练新兵，补充各营。

"祖帅，待你进驻锦州之后，可立即收拢内喀尔喀及察哈尔残余部属，以为我用。人言，八旗不满万，满万不可敌，然想当日宁锦大战之时，我军首次列阵于城下，与东奴一刀一枪，来往拼杀，终于击破敌军野战不败之神话。十年来，疲天下之兵力，未尝敢与东奴合马交锋，而宁锦一战，始挫东奴狂锋！

“看我今日，战将如云，士气高昂，诸君还当努力，整军经武，加紧备战！假以时日，待五部骑兵练成，必可为我辽东之关宁铁骑，到那时，我铁骑尽出，再与东奴野战争锋，一决高下！”

众人还是第一次听说关宁铁骑这个名字，都感到十分好奇，武将们更是异常兴奋，一个个都在摩拳擦掌，纷纷叫着请令。

袁崇焕微笑着看向大家，抬起手示意众人稍安勿躁，随后说道：“待朝廷马价银一到，本部堂自会给大家马匹、器械，各位务要加紧训练，早日成军！今日大家齐聚山海关，本部堂还要向各位介绍一位大人。”军事部署已定，袁崇焕又用手掌一指坐在一边的梁廷栋，“梁廷栋梁大人乃新任关内道，大家共事辽东，还望各位今后能与梁大人同舟共济、精诚合作！”

梁廷栋闻言，赶忙站起，拱手向众人施礼道：“廷栋才疏学浅，受朝廷之命出任关内道，今后还望各位大人多多关照，助我一臂之力，廷栋唯有奉公守法、恪尽职守，为我辽东效犬马之劳，以上报朝廷、下安百姓，方不负朝廷所托。”

“好，各位大人，各位将军，今日我等久别重逢，大家又难得一聚，袁某真是欣喜非常，趁此机会，诸位且随我一起登临关城，一览我辽东壮丽山河！”

“好！”众人听，都一起叫好，纷纷起立，陪在袁崇焕左右，说说笑笑向山海关城楼走去。

山海关又称榆关，依山襟海，以城为关，威武雄壮，素有天下第一雄关之称。山海关以箭楼为主体，辅以靖边楼、临闾楼、牧营楼、威远堂、瓮城，东罗城，又历经多次整修，当时当日，已成一个拥有完备防御体系的坚固堡垒，山海关西联长城，扼守辽西走廊，乃是东面长城上、拱卫大明京师的第一道雄关。

袁崇焕等人登上高大的箭楼，凭堞远望，但见关外一片苍茫，关城西面群山连绵，东面则是海波荡漾，一夫当关，正是一派气吞万里如虎之势！

和风吹过，袁崇焕心潮激荡，不由地高声吟诵道：

隔别又经年，今来再执鞭。
相看人未老，忆旧事堪怜。
兵法三申罢，军容万甲前。

诸公同努力，指日静烽烟。

众人都心情大好，又一起顺着关城走了几处，谈笑间，便见不远处正有两名花季少女，一路欢快地向这边走来。

“贞儿，你一个姑娘家，不在府里陪母亲，怎么却来到这里四处疯跑？成何体统！”

待到近前，众人一看，却原来是袁崇焕长女婉贞带着丫环小青到关城上来玩耍。

“爹爹，刚听府里说您在关城，孩儿一时兴起，便拉了小青一起来看望爹爹。”婉贞见父亲责怪，连忙怯生生地回道。

“我哪里要你来看，玩够了还不早些回去。”袁崇焕假装生气地责怪。

“袁大人，这就是您有所不知了，婉贞小姐哪里是来看你，人家是来看我们这位罗将军的，是吧？婉贞小姐。”还是一旁的祖大寿心直口快，一见面便拿婉贞开起了玩笑。

罗立和婉贞，一个年轻有为、英武挺拔，一个青春靓丽、温婉端庄，两人郎才女貌、情投意合，这在辽东上层军中早已不是什么秘密，袁崇焕对罗立也是欣赏有加、待如亲人，罗立和婉贞，正是众人心中一对令人艳羡的天作佳人。他两人被祖大寿这么一说，当即满脸通红，两人恨不能立时便找个地方赶紧躲起来，众人见状，又都一起大笑起来。

游罢关城，袁崇焕刚回到府中，便有一名亲兵抢步上前，低声禀报：“大人，京城余大人有书信来到。”

袁崇焕赶忙进到书房，从桌案上拿起书信拆看，这是兵部职方司郎中兼太仆寺少卿余大成的来信，他飞快地读着书信，不觉间，一抹愁云已悄悄爬上眉头。

二

“且将程先生请来。”

袁崇焕对亲兵吩咐一声，不一会儿，程本直便匆匆赶来书房，两人落座，袁崇焕请程本直先看一下那封书信。

余大成这封信主要说了有两件事。第一件，兵部尚书王在晋暗中唆使南兵科给事中钱允鲸弹劾前任大学士孙承宗，告他任用贪官、庸将阎鸣泰、刘诏、马世龙，贪污用于采买火药、马匹、造船、造车等款项及赏功银三十万，皇上大怒，命孙承宗据实回奏；

第二件，太仆寺卿涂国鼎上疏皇上，言称“祖宗设立太仆寺马政，乃专为京城团营、骑操，为防守都城、拱卫陵寝而设，非为边镇。如将马价尽付辽东，倘京城一旦有险，如嘉靖庚戌年间，俺答入犯京师，京城用马，又将从何而调？现在督师向太仆寺索要马价银，只考虑一己之需，而独不为京师设想，实在是令人寒心！”皇上闻奏，深以为然，已命太仆寺停发了辽东所需的四万两马价银，给了京营。

“朝廷做事，真正是岂有此理！”程本直看罢书信，义愤填膺，“孙阁老清亮忠直，天下尽知，朝中小人不思谋国，却只知为一己之私，肇事攻伐，真是可恶！朝廷不辨是非，不念边事艰难，反而事事掣肘，实是冷尽豪杰任事之心啊！”

袁崇焕低着头坐在那里，内心异常痛苦，他又何尝不知王在晋的心思？在京城时，王在晋就已将张春、沈棨等一班孙阁老旧人一一查处，如今还要凭空捏造、罗织构陷，死死咬住孙阁老不放，定要将他拿下。自己跟随孙阁老在辽四载，深知他公忠体国、正直无私，做事样样精细、事事有据，岂有贪污之事？孙阁老于自己乃有师生之谊、提携之恩，而自己今日在辽东所做之事，又正是当日孙阁老未竟之事，于国于私，自己又岂能袖手旁观？更令人可恼的是，平台召对时自己提的要求，皇上都满口答应，言犹在耳，可到如今，却都全不作数！

自己已许诺五年复辽，今日正要整顿兵马、锐意进取，不料却又遭掣肘。没有战马，如何编练骑兵？没有一支可与八旗野战争锋的关宁铁骑，又如何复辽？皇上但知京城要马，岂不知这辽东前线，更需要战马！

尤其令袁崇焕感到愤怒的是太仆寺卿涂国鼎的那句“边臣只为封疆计，而独不为京师虑”实可谓寒心矣，自己为复辽殚精竭虑，这有什么错？难道复辽不是为了大明江山吗，怎么现在到了他们嘴里，反倒是令人寒心了呢？

袁崇焕又想到自己到辽东已经一月有余，朝廷所欠粮饷迟迟不到，不禁长叹一声，幽怨地说道："唉，没有兵马钱粮，皇上您到底要为臣如何复辽呢？"

"大人，孙阁老之事，您一定要上疏皇上，力为争辩，此事并非单为私交，实乃攸关复辽大计！"程本直提醒道。

"哦？"袁崇焕一惊，连忙追问，"如何攸关大计，还请先生详解一二。"

"王在晋纠劾孙阁老与皇上停发马价，这两件事看似无关，实则却有极深的利害关系，说穿了，这两件事，还都是因为皇上不信任边臣所致！"程本直略作停顿，与袁崇焕对视一眼，又继续分析道，"大人试想，即使像孙阁老这般清廉忠贞的大臣，皇上尚且疑他贪污了三十万采买银子，那就更勿论他人了。在皇上心中，自然是人人可疑，事事可疑。如今，大人主持辽东，几次三番向皇上讨要所欠粮饷、马价、器械，于理，本是朝廷拖欠了辽东饷银，可是在皇上看来，却难免不作他想，以为这里又有什么猫腻，故此，太仆寺卿涂国鼎这才一说即中，停发了我辽东的马价。难道皇上不懂得辽东比京城更需要战马吗？非也，实是因为皇上的这个心结，不愿给我辽东马价罢了。

"为今之计，大人只有上疏皇上，为孙阁老力证清白，也才能还我辽东全军一个清白，也才能为大人自己讨回清白！此事事关复辽大计，大人万万不可等闲视之！"

袁崇焕听罢沉默良久，他虽知程本直所说不差，但内心深处却实不愿面对这样一个现实，回想当日平台召对之时，君臣二人是何等的相知相得，一番对答，真如父子一般。可是，这才短短不到两个月，君臣两人的心却已似隔了千山万水，自己一片忠心痴心不改，那到底是哪里出了问题，自己到底又有什么不到之处呢。

"程先生，孙阁老之事，崇焕自当立即上疏，力为陈说。孙阁老行事光明，有大功于国家，且为人周到细致，事事皆有凭据，岂是一班宵小可以构陷？我料他必可洗脱罪名、安然无恙！"又想了半天，袁崇焕继续说道，"只是如今我辽东急缺战马，要想打造一支关宁铁骑，非得有万匹战马不可，可眼下皇上已下旨停发了马价，我等无银去西边采买，这战马我们又该如何解决呢？"

"办法倒是有一个，就是不知当用不当用。"思虑片刻，程本直有些犹豫地说道。

“什么办法？”

“现今东奴势大，我大明欲抗东奴，必得安抚蒙古，使其不得折入东奴。蒙古诸部之中，又以察哈尔实力最强。今春以来，察哈尔已西迁宣府、大同，大人为安抚察哈尔，七月已向皇上力荐王象乾大人出任宣大总督，专意处理抚赏察哈尔一事，然就当前情势而言，于我大明最为紧要之处却在蓟镇边外的喀喇沁三十六家。

喀喇沁本为我外藩，然常受察哈尔欺凌，力有不逮，而我又不能加以庇护，去冬今春，塞外又大饥，我皇上对蒙古诸部又尽革其赏，喀喇沁走投无路，遂生转投东奴之意。其驻牧于我蓟镇边外，一旦投入东奴，则我北方藩篱尽失，喀喇沁历年来我蓟镇边外受赏，熟悉道路，倘其导东奴入寇，则蓟镇危急，我京师危急！故此，我当务之急乃是趁喀喇沁举棋未定之时，赶紧对其加以安抚，使其不至彻底投向东奴！

“而安抚之策莫过于贸易，喀喇沁大饥，缺衣少食，而我所足者，粮食、布帛；我所缺者，马匹，正可与之贸易，以布帛、粮食换取战马，此法既可安抚喀喇沁，又可解我一时之急，只是大人需立即奏明皇上，陈说此中利害，皇上恩准，我等方可一用。”

袁崇焕听罢，当即言道：“先生此言正合我意，我也早想着要安抚喀喇沁，只是一时还未抽得出时间，我已令祖大寿进驻锦州，收拢内喀尔喀及察哈尔残部，将其安置于锦州边外各堡，使东奴不得与西合。现在，看来已是解决喀喇沁的时候了，事不宜迟，我这就上疏皇上，陈说利害。另外，我还需即刻下书喀喇沁首领苏布地，召其来我宁远高台堡一会，届时，还要请先生和宁前道郭广郭大人随我一同前往。”

“大人但有差遣，学生敢不从命！”议定大事，程本直一拱手，欣然领命。

崇祯元年九月，高台堡

塞外的深秋寒气逼人，草原上一片枯黄，没脚高的秋草上都结了一层白霜，在晨曦中泛着点点光芒，远处山岭上，成片的白桦林树叶也已落尽，秋风吹过，只卷起漫天的黄叶在空中飞舞。

巳时时分，从远处山岗上转出一支十几人的马队，一行人都戴着蒙古皮帽，身穿皮袍，腰跨弯刀，一路逶迤向高台堡缓缓而来。领头一人，年纪在四十上下，一脸络腮胡须，身材魁梧，骑在一匹青骢战马上，来人正是喀喇沁三十六家首领苏布地。

喀喇沁三十六家，原为明初朵颜三卫，因该部曾跟随燕王朱棣参加“靖难之役”，立有大功，朱棣即位后，撤宁王将其藩地赏与朵颜三卫，后朵颜部又与蒙元黄金家族一系喀喇沁部通婚，因此，该部又常被称为喀喇沁三十六家，他们长期驻牧于大明蓟镇长城喜峰口外一带，其首领苏布地亦因袭大明朵颜卫都督都指挥一职，喀喇沁世受大明抚赏，本为外藩属部，为大明固边守疆，然随着东边后金的崛起，以及察哈尔西迁的影响，及至崇祯初年，喀喇沁三十六家已成为夹在东面后金、南面大明、西面察哈尔三大势力之间的必争之地，喀喇沁三十六家虽然实力不强，但其地处冲要，因此，也成为一块三方争夺的肥肉，对三方来说，喀喇沁的向背则直接关系国运，如何处理这一问题实实在考验着崇祯、皇太极、林丹汗这三位最高决策者的智慧、见识、心胸与胆略！

苏布地等人进到高台堡关城，袁崇焕早已率领郭广、程本直及一班随从等候在备御衙门外，苏布地远远望见，连忙翻身下马，抢步上前，单膝跪倒，向袁崇焕施礼：“苏布地无礼，何敢劳袁老爷亲来迎接。”说着，又连忙回头招呼手下，“尔等还不快与袁老爷磕头！”

十几名随从不敢怠慢，赶紧一起跪倒，向袁崇焕磕头行礼。

袁崇焕见状，哈哈大笑，亲自过去用双手将苏布地搀起，说道：“苏都督如约前来，袁某真是万分高兴，大首领快快请起。

“袁老爷，这一向可好啊。”

苏布地见过郭广、程本直等人，又亲热地向袁崇焕问安，两人说说笑笑，一起走入府衙，来到大堂叙话。

闲话叙过，袁崇焕当即质问苏布地：“尔朵颜三卫，世受国恩，如今却为何要遣使东奴，背我大明？”

苏布地见袁崇焕责怪，赶忙解释：“袁老爷真是冤枉我了，我朵颜受大明恩养日久，安敢有半点背叛之心？袁老爷有所不知，我朵颜遣使东奴，实在是被逼无奈之举啊。自去年十月，察哈尔西迁以来，察哈尔林丹汗一路向西攻伐，抢我牛羊、杀我部民，我等力弱，不敌察哈尔，这才不得不向大明、东奴两方求救，可是当时袁老爷已经辞官回籍，大明边将又对我部不加救护，我这才不得已与东奴合兵，共抗察哈尔。然我朵颜虽请兵于东奴，只为对抗察哈尔，却绝不敢背叛大明，与大明刀兵相向，苏布地一片苦心，还望袁老爷体察啊。”

袁崇焕知他所说确是实情，便点了点头，向苏布地诚恳规劝：“我亦知你等有为难之处，如今皇上已委派王象乾王大人出任宣大总督，专力处理抚赏察哈尔一事，为你几家调解说和，使他不得再攻伐你部。你部力弱，不敌察哈尔，正该结盟土默特等几部借以图存，你与我北边比邻而居，只要你不转投东奴，一心向我大明，我大明自会为你提供庇护，还请苏都督能认清形势，忠贞不二，切不可再首鼠两端，两边取巧！”

“袁老爷有此话，我苏布地岂敢心生二志，请袁老爷放心，只要有我苏布地在，朵颜永不背叛大明！”

“好！苏都督快人快语，一言九鼎，你不负我，我大明也绝不会负你！”

“袁老爷，一家人不说两家话，如今，我朵颜实是万般艰难，还望我大明皇上能体察我等之苦，给予救助。”表了一番忠心，苏布地话锋一转，又开始向袁崇焕诉苦，“去冬今春，塞外大饥，我地处边外，土地本就贫瘠，一场大旱，几乎颗粒无收；冬来大雪，又冻死牛羊无数，我部属民，家如悬罄，人俱相食，真是不胜其惨啊。”

说到这里，苏布地一个七尺汉子，竟忍不住呜呜地大声哭了起来，在座众人闻之，也无不动容。呜咽了半天，苏布地止住悲声，又继续说道，“而在此时，察哈尔又来相攻，我等苦苦煎熬，一心指望能得到皇上抚赏，也好度过艰难，哪知今夏又忽闻噩耗，皇上恼怒察哈尔犯边，尽革诸部抚赏，我等闻之，无不呼天抢地、大放悲声，如今，朵颜三十六家已无生路了。我苏布地今日来此，就是要向袁老爷禀明实情，恳请皇上再开抚赏，救我等一救啊。”

“你等的苦处，我已尽知。”袁崇焕听罢，心情沉重，他心知苏布地所说并非全是虚言，便宽慰他道，“你既为我外藩，只要你一心向我大明，我大明又岂有见死不救之理！我定当禀明皇上，陈明利害，为尔等争得抚赏。”

“多谢袁老爷救命之恩！我苏布地谨代表三十六家部众叩谢皇上！”苏布地闻言大喜，慌忙起身离座，向袁崇焕跪倒称谢。

“只是你既受我赏，便不可再与东奴来往！”袁崇焕一边扶起苏布地，一边又再向他告诫。

“请袁老爷放心，苏布地定不敢有负袁老爷，有负我大明皇上！”

待苏布地重新坐定，袁崇焕又对他说道：“为解燃眉之急，你可令你部民来我高台堡贸易，以马匹、柴薪与我换取粮食、布帛，此举只为助你解一时之困，你等切不可夹带铁器、火药等违禁物品进行交易，本部堂法令森严、执法如山，还望苏都督不可儿戏啊。”

“袁老爷对我等有活命之恩，苏布地敢不遵命！”

大事议定，袁崇焕又命人摆酒款待苏布地一行，众人把酒言欢，直至尽兴而散。次日一早，苏布地早早辞别了袁崇焕，便带领随从，急急上路了。

望着远去的苏布地，程本直轻声向袁崇焕提醒：“大人，苏布地此人性情狡诈，反复无常，大人不可不防啊。”

“我亦知他狡诈。”袁崇焕点点头，“只是目前，我兵马未备，不可一味使强，苏布地可抚则抚，如不可抚，我定要派兵马将其剿灭，万不可使其与我逼邻而处！”说着，袁崇焕又叹了口气，“唉，时间，现在我们最缺的就是时间啊！”

两人站在城头，正说话间，只见远处一骑快马飞奔而至，一名传令兵入得城来，翻身下马，几步跑上城头，向袁崇焕大声禀报：“大人，锦州急报！”

三

崇祯元年九月，锦州

日前，前锋总兵祖大寿接袁崇焕将令，率领六营兵马、一万班军进驻锦州城。祖大寿一入城，即命班军加紧整修城垣，又一面整训兵马，组织战备。这日，祖大寿正在大帐议事，不料却突接急报：“报，大事不好！修武营士兵哗变！”

“妈了个巴子的！曹文诏是怎么带的兵？现在情况如何？”

“禀大帅，修武营士卒因欠饷三月，心中不满，他们扣押了饷司粮官，现正在营中聚众闹事！”

“聚将升帐！”

三通鼓罢，除修武营外，各营参将、游击、都司，一个个顶盔掼甲，一起来到中军大帐听候调遣。祖大寿见众将到齐，当即一拍虎胆，大声发令："众将听令！命你各营全体警戒，军兵人等，务要各安本位，不得乱走串联，如胆敢有违犯军令者，立斩！

"王承胤、祖大乐、祖大弼、祖宽听令！令你四人各带本部人马，将修武营四面围定，无我将令，任何人不得进出营门！

"祖可法听令！令你带标兵营一哨人马，火速押解两千两赏功银，随本帅前往修武营！"

"末将遵令！"

只半个时辰，祖大寿便带着养子祖可法和一队亲兵来到了修武营外。祖大寿身着札甲，头戴凤翅盔，骑着一匹踏雪乌骓马立在营前，煞是威风凛凛。守营军士见大帅到来，赶忙将营门打开，叉手施礼。祖大寿也不答话，只一催战马，带着卫队，风驰电掣一般，直奔中军大帐而去。

"大帅来了，大帅来了。"

刚至中军，早有士兵传扬起来，正聚在一起的二三百名士兵听到喊声，顿时便安静下来，大家都一起回头，不住地向外张望。

祖大寿来到近前，众人慌忙纷纷后退，让开一条道路。

"参见大帅！"

正被乱兵围在中心的修武营游击将军曹文诏和几名把总、千总，见大帅到来，也顾不得体面，赶紧抢步上前，单膝跪倒，向祖大寿行礼。

祖大寿勒住战马，侧目瞄了一眼曹文诏，猛地挥动马鞭，照着他，就狠狠地抽了下去，只听啪的一声，曹文诏的脸上立刻便飙出一道血印，曹文诏咬紧牙关，一只手捂着脸，鲜血早已顺着手掌流下，滴答滴答落在地上。

祖大寿径直来到点将台前，翻身下马，几步上到台上。祖大寿在中央站定，用马鞭一指台下，厉声喝问："你等想要造反吗？！"

众人听了，都不敢答话，一个个虽心有不甘，却只是低了头，默不作声。

"这还是我祖大寿当年的修武营吗？！"祖大寿又提高了嗓门，连声发问，"你们，还是那些随我一起叱咤辽东的弟兄吗？！你们想干什么，有种的站出来，讲！"

"大帅！我等已经三个多月没有关饷了，家中父母老小，都等着拿米下锅啊！”人群中，不知谁大着胆子喊了一声，随即众人也都嘟嘟囔囔，一起开始抱怨。

“好！有种！”祖大寿大喝一声，“我祖大寿就是喜欢这样敢作敢当的汉子！我知道，你们心中有苦，心中有怨，你们在战场上流血拼命，祖某却没能让弟兄们拿到军饷，是我对不起各位，与他人无关，在这里我祖大寿，先给大家赔罪了！”

说着，祖大寿撩起战裙，单膝跪地，拱手抱拳，向台下行礼。

台下军兵哪敢受此大礼，慌忙一起跪倒，向上高喊：“大帅待我等恩重如山，我等万死也不敢背叛大帅！”

“好！”祖大寿大喝一声，随即挺身站起，“既然你等信得过我，那你们就先把粮官放了，今后弟兄们只管找我祖大寿来要银子！”

台下大多都是当年跟随祖大寿的修武营老兵，对他自是视若父母，闻听此言，当即释放了饷司粮官，之后大家又都一起大喊：“我等只听大帅的一句话！”

“那本帅今天就告诉大家，督师袁大人已经向皇上请了旨，朝中大臣也正在忙着为各位弟兄筹措粮饷，只待钱粮一到，便会如数发与大家！”

“大帅，我们还要等到什么时候啊？”人群中有人喊道。

“最迟一个半月！”祖大寿马上答道，“另外，我祖某人现在就向大家保证，从即日起，尔等一日拿不到军饷，我祖大寿也一日不领朝廷俸禄！如果到那时，大家还领不到军饷，我第一个就他娘的不干了！你们大家，都带上吃饭家伙，一起到我家里来搭伙！”

众人一听，哄堂大笑。

“但是！”大家笑过一阵，祖大寿突然又一板脸，对众人正色说道，“在这期间，你们哪个猴崽子胆敢再闹事作乱，你们都是知道的，军法无情，我祖某人绝不轻饶！尔等都是跟随我多年的老兵了，想当年我们一起在宁远城头、锦州城下，浴血杀敌、驰骋疆场，那是何等的英雄，何等的豪气！可再看看你们现在，一个个垂头丧气，不知上阵杀敌，却只会在自己营里撒野！你们还有哪一点像是我祖大寿的兵？如今，袁大人命我为前锋，进驻这锦州城，我到这里是来杀女真鞑子的，可不想还没上阵，这第一刀砍下去，就是砍向了自家兄弟！

“我素知尔等都是顶天立地、响当当的热血汉子，现在，袁大人正要带领我等踏平东奴，收复辽东，此不正是我等建功立业，报效国家的大好时机吗？！我修武营自建营以来，大小几十战，威名赫赫、战功无数，我们什么时候输与过他人？修武营从来就是我关宁之前锋劲旅、军中翘楚！每一名士兵，更不是孬种，哪一个不是赤胆忠心的一条好汉？是真好汉、真豪杰，那咱们就到战场上去练一练！

“袁大人有令，命本帅挑选精壮，千锤百炼，打造一支纵横辽东之关宁铁骑。何为铁骑？那便是钢刀、快马！何以成之？唯有战场上的一刀一枪，唯有历经血与火的考验，方可造就！今日，本帅来到这里，便是要看看你们，有几分胆色，有几分血气？来啊！”

随着祖大寿一声大喝，早有四名亲兵抬过来两只木箱。

“打开！”

祖大寿一声令下，两只木箱一起打开，众人看去，只见箱子里装的满满的都是白花花的银子。

“这里是两千两纹银。”祖大寿一指箱子，大声说道，“但是这不是给你们的饷银，而是犒赏我关宁铁骑健儿们的赏功银！想要这些银子，就要拿铁血来换！从今往后，凡我关宁铁骑，只要他不怕死，肯上阵拼命，凭一刀一枪杀敌立功，我祖大寿不仅保他粮饷无缺，更会不吝封赏！

“现在这两千两银子就摆在这里，你们之中有谁想要，现在便可以站出来，只要你们敢出得城去，杀到三岔河边，将那东奴的前哨营帐一把火烧了，再与我擒他十名鞑子回来，这些银子本帅便都赏赐于他，我祖某人说到做到，决不食言！”祖大寿说罢，遍视众人，随即大声喝问，“何人敢去？”

“大帅！末将愿往！”祖大寿话音刚落，曹文诏早已抢步上前，叉手请令，“今日末将也无需多带人马，只要一百骑兵，末将便能一把火烧了他东奴的营帐，捉了他的人回来！”

说着，曹文诏又猛地回身，冲着众人大喊，“弟兄们，有不怕死的，就给我都站出来，跟我一起杀到敌营！今日大帅在此，哪一个也别丢了咱们修武营的脸面！”

曹文诏振臂一呼，当即便有百十来号军兵上前请命。“我愿随将军一同前往！”“我也愿往！”

祖大寿随即对亲兵吩咐一声："拿酒来！"

早有亲兵取来酒水、酒碗，一个个送到将士手中，斟满酒水。祖大寿几步走下台来，端起一碗酒水，走到曹文诏面前，勉励道："昔日三国时，有甘兴霸百骑劫曹营，今日我辽东有曹将军百骑闯敌寨！"祖大寿对着曹文诏和众人把酒碗一举，"来！曹将军，各位弟兄，同干了这碗酒！本帅祝你们旗开得胜、马到成功！"

说罢，祖大寿和众人一仰脖，把酒一饮而尽。烈酒入肠，顿时气往上涌，曹文诏一抹嘴，猛地将酒碗摔在地上，众人见了，也都把酒碗摔了个粉碎。

曹文诏对祖大寿一拱手，喊道："请大帅在城中稍候，末将去去就来！"，说罢，曹文诏猛一转身，提枪上马，众人催动坐骑，如一阵疾风，飞奔出营。

祖大寿进驻锦州已有十天，皇太极接报，吃惊不小。为探得明军虚实，皇太极当即派遣多路探马西渡辽河，沿三岔河西岸设置卡伦，以打探敌情。

曹文诏带领一百余名骑兵，一路疾驰，于傍晚时分到达西平堡附近。深秋时节，天早已黑尽，曹文诏趁着夜色，悄悄接近一处卡伦营寨，命众人点起火把，一声呐喊，便带头发起冲锋，一百余骑兵紧随其后，如疾风暴雨般，直冲敌寨。

后金营中，八旗兵丁正在埋锅造饭，忽听营外一片喊杀之声，后金兵正不知有多少兵马杀到，但见营中四处火起，当即四散奔逃，营里一片大乱。曹文诏带领骑兵，一阵大砍大杀，直杀得后金兵无处躲藏，哭爹喊娘。

曹文诏乃山西大同人，久在辽东军中，勇猛善战、武艺出众，素有万夫不挡之勇，此时，他抖擞精神，舞动一杆长枪，正如出水蛟龙一般，左冲右突，无人可敌！

小小一处卡伦怎经得起曹文诏一扫，只片刻之功，后金营帐已化作一片火海。紧接着，曹文诏马不停蹄，又率领骑兵，横扫了后金两座卡伦，一百余名骑兵，毫发无损，带着十几名抓来的活口，这才策马向锦州而去。夜色深沉，三座营寨还在熊熊燃烧，烈焰映红了天空，在黑暗中显得格外耀眼。

子夜时分，曹文诏率队凯旋，祖大寿命人大开城门，自己带领众将亲到城前迎接。祖大寿检视众人，只见他们一个个虽血满征袍，满脸汗水，但整齐地立在马上，在火把的映照下，每一个人的眼中，却都洋溢着无比的坚定和自豪！祖大寿满怀激动，当即命令属下拿酒来。

曹文诏和众将士见大帅亲来迎接，慌忙翻身下马，单膝跪地，向祖大寿大声报告："末将曹文诏，率修武营百名勇士连破三座敌寨，擒获夷丁十二名，现回城交令，请大帅校验！"

祖大寿一把扶起曹文诏，禁不住连声夸赞："曹将军英勇善战，真乃世之虎将！"说着，祖大寿又端起酒来，对着众人说道，"众位弟兄，尔等赤胆忠心、英勇无畏，真不愧是我辽东关宁铁骑！"祖大寿又大喊一声，"把银子抬上来！本帅说到做到，绝不食言！修武营杀敌有功，这两千两银子，便是给我修武营将士的赏功银！从今往后，无论各营，只要你杀敌立功，本帅都会一视同仁，厚加封赏！"

城上城下将士，见祖大寿重赏修武营，士气大振，都一起举起火把，振臂高呼："关宁铁骑！关宁铁骑！关宁铁骑……"

锦州帅府大堂

袁崇焕从高台堡赶到锦州，已是三天以后了。祖大寿见过袁崇焕，先是将兵变前后经过叙述一遍，接着又忧心忡忡地向袁崇焕说道："大人，此次兵变，大寿虽然凭借往日威望暂时将其平息，但此法终非长久之计。朝廷拖欠辽东军饷已达三月，为今之计，还得请大人赶紧上疏皇上，让朝廷速速将所欠粮饷运来！"

袁崇焕听罢，点了点头说道："祖帅所言极是，前有宁远兵变，也是因欠饷而起，现在又是锦州，此番若非祖帅德高望重，处置果断，后果真是不堪设想啊！"袁崇焕叹了口气，"如今我辽东军饷、抚赏、马匹处处需要用银，可处处却无银可用，那两千两赏功银，还是祖帅你拿出自家积蓄。皇上要我复辽，此时正需防大患不得惜小费，可朝廷却迟迟不给我钱粮，这又让我如何驱使将士上阵杀敌？罢了，罢了，如今也顾不得那许多了，我这就再给皇上上疏，请速发内帑，以济边关之急！"

第十四章

崇祯裁饷

一

袁崇焕自上任以来，除了收到过一次辽东军饷，户部再无动静。如今九月已过，再加上以前的拖欠，辽东欠饷又是三个多月，数额已达六十八万两之多，无奈之下，只得接连上疏，请求发饷。

崇祯元年十月二十六，紫禁城文华殿

朝会刚一开始，崇祯就火急火燎地向大臣们问道："各位爱卿，朕昨日收到蓟辽督师袁崇焕奏疏，说是锦州兵变，辽东欠饷六十八万，请求朝廷速发粮饷，各位以为如何啊？"

从七月开始，短短三个月里，先是蓟镇兵变，再是宁远兵变，现在又是锦州兵变，接二连三的兵变真是让崇祯感到心烦意乱。他想：朕大明的官兵到底都是怎么了？再这样下去，后面还不知道又会出些什么乱子……

见没人回话，崇祯颇为不悦，矛头立刻直指户部尚书毕自严，"大司农，平台召对时，朕令你部要及时供应辽东，不可使关宁缺饷，今日辽东欠饷已达三个月，如何话说？"

皇上见责，毕自严不敢怠慢，赶忙出班回奏："回皇上，辽东一年粮饷本折共计六百万两，朝廷本已开征辽饷，以供关宁之用，然如今东北有东奴犯边，西南有奢安叛乱，国家两处用兵，俱需从此处用钱。我大明两京一十三

省，所征辽饷，除四川、贵州、广西、云南、湖广已将所征辽饷用于西南战事之外，现其余各地辽饷，实际到京仅为三百万两，两下对照，尚缺三百万两，臣部只得从正税当中予以筹措。然国库空虚，外解又多有不至，臣左支右绌，仍是难以应付。臣无能，措置无方，还请皇上治罪。”

毕自严虽是户部尚书，可他也印不出钱，变不出银子来，崇祯见他所说确是实情，也无可奈何，只得再与他商量问道：“如今，你户部还能拿出多少？”

“回皇上，臣部现有存银十万两，再加上本月新到外解，也仅够关宁一月之用，陆续发往辽东，转眼又是一月，关宁终是要欠饷两月。”

“朕记得袁崇焕在京时，曾与你户部当面打算，说是要汰兵清饷，为何今年辽东粮饷还要六百万两？”

“回皇上，当日袁崇焕确实与王家桢做过商议，当时查得辽饷收支缺口已达一百二十万两，督师袁大人原意由辽东裁汰六十万，臣部筹措六十万，然汰兵清饷当在明年元月始计，并不在今年之数。”

算计了半天，还是无解，崇祯好不沮丧，难道大明就真穷到这步田地了吗？

“皇上，今国库空虚确是实情，辽东汰兵清饷也非一日可竟，然今日辽东，军情如火，不可不急为筹划，倘再有兵变，或是东奴来犯，只怕局势立时大坏，为今之计，只得再请皇上，发内帑以济边急！”

崇祯向下看去，见说话的又是内阁辅臣刘鸿训，心中已是老大不快。

“朕前日早已说过，内帑本无厚积，岂可动辄请发？尔等大臣，一遇难事，便只会请发内帑，再无他策，实非朕所乐闻！”

“皇上，非是臣孟浪妄言。昨日，臣等接辽东奏报，几位内阁辅臣与毕大人也已计议多时，如今除请帑之外，实是再无他策，边情如火，刻不容缓，还请皇上能暂借内帑，以解辽东燃眉之急，待外解到京，再令户部还于大内便是。”刘鸿训本性耿直，历来勇于任事，此时被皇上责怪，心里也是愤愤不平，言语间不由地就提高了几度。

崇祯看在眼里，气在心上，可又不好发作，便也不再说话，只坐在龙椅上狠狠地瞪着刘鸿训。

“皇上，刘阁老所说虽是实情，不过其中也有值得探究之处。”

崇祯正在恼怒，忽见一位中年大臣出班启奏，此人相貌英俊，身形挺拔，一派清新脱俗气象，却原来是刚从南京调来不久的礼部侍郎周延儒。

周延儒，字玉绳，号挹斋，南直隶宜兴人。此人打小聪明，素有文名，二十岁时更是连中会元、状元（万历四十一年）。如今年方三十五岁，已位至礼部侍郎，副部级高官，可谓是大明王朝一颗正在冉冉升起的政治新星。

崇祯见周延儒要批驳刘鸿训，精神一振，当即催促他："周爱卿有什么说法？"

周延儒手捧笏板，先施一礼，随即正色道："我大明边关，昔日本为防御外敌，今日却要用来防备乱兵了！前日，宁远一有兵变，朝廷就立即给乱兵发饷，现在锦州又闹，朝廷还是马上发饷，倘若九边各处都纷纷效仿，也都一起哗变闹饷，那朝廷又该如何处置呢？士兵哗变要挟，固然是为了要饷，但是，这里面只怕是另有缘由！

"唐天宝年间，安史之乱，唐将张巡率军坚守睢阳，叛军围城数月，城中粮尽，张巡命士卒捉麻雀、掘老鼠以充饥，虽艰难如此，将士们犹坚守城池而军心不变，古人能够如此，为何今天我们的士卒却动辄就要鼓噪索饷呢？且不说罗雀掘鼠，就说今日之关宁，军中并不缺粮，缺的只是饷银罢了，既然士兵们温饱不缺，可为何还要哗变？安知不是那些骄弁悍将，为谋一已之利而蛊惑煽动，借乱要胁呢？"

周延儒的潜台词说白了就是：这帮子边将别有用心，都不是什么好东西！这番话可算是一下子说到了皇上的心坎儿里，崇祯闻言，赞不绝口："周爱卿所言甚是！将兵者倘能都如张巡那般，待部属如家人父子，士兵们自是不敢叛，也不忍叛！士兵们畏其威而不敢叛，怀其德而不忍叛，还怎么会鼓噪闹事呢？现在我大明边将动不动就说什么士卒因缺饷而哗变，依朕看，终归还是统兵无方、御敌无术罢了！"

众臣被崇祯一通教训，一时间都不敢作声，一个个只得低着头，唯唯称是。

"周爱卿，今日之事，你可别有良策啊？"

"回皇上，臣方才所说，并非要劝阻朝廷停发边饷，此次锦州兵变，朝廷虽可借皇帑解一时之急，但此法绝不可再用。臣以为，身为国家大臣，我等臣子还当再求长治久安之策。"

"哦？什么长治久安之策？"

"回皇上，今我九边为何缺饷？臣以为非是朝廷供应不足，而实在于边镇虚兵冒饷所致！边将为谋一已之利，多是挟寇以自重，虚报兵数，坐吃空额。

各地冗兵冗官甚多，以至平日吃饷有兵，而战时上阵无兵，兵籍空悬，蠹饷已极，徒耗国家钱粮！为今之计，皇上当严责各边，汰兵核饷，专练精兵！兵清则饷自然足，饷足则精兵可成，待我兵精粮足，则敌不足一平矣！”

周延儒的一番话直说的崇祯心花怒放，禁不住连声叫好。接着，崇祯又立刻命令：“传旨！借发御前供俸银十万两以暂充关宁军饷，着户部速将部银十万及刑部所获罚赃银五万一并解往辽东军前！待外解到京，户部务须将所借银两照数补还，不得延误！至于关宁其余欠饷，户部还要再严催各地，命他们速速发来，不得拖延！着九边各镇，督抚镇道，从即日起，务需据实清核冗兵冗弁，于年内报部，汰兵裁饷！擢山西道御史侯恂为巡关御史，巡视关门，严督各镇汰兵裁饷！”

“臣等遵旨。”

紫禁城乾清宫

“朕今日又发现了一个难得的人才，我大明中兴有望啊！”

崇祯回到乾清宫，仍然抑制不住心中的激动，一个劲儿地和王承恩念叨着，“这个周延儒，见解独到、年轻有为，真乃我大明栋梁之材啊。”

“先有伯乐，而后有千里马，还是皇上慧眼识英才，能生逢当今尧舜之世，这才是做臣子们的幸运呢。”王承恩一路陪着，小心地拍着马屁。

崇祯心情大好，坐在御榻上品着茶点，一抬眼，恰看见高起潜从外面走来，正立在门边，偷偷向里张望。

“高起潜，什么事？”

高起潜见皇上叫，不敢怠慢，连忙紧赶几步，跪倒在门内禀报：“回皇上的话，刚才下朝之时，奴才见刘鸿训和李阁老、钱阁老一起出去，刘阁老边走边说，还不住地叹气摇头，奴才心里奇怪，便轻轻过去，听了几句。”

“说，他们都说了什么？！”

“是，奴才隐约听到那刘鸿训说，‘我大明现今百病缠身，怎可骤施虎狼之药，虽说各边确有虚兵冒饷之事，可眼下正是用兵之时，几处边镇，如辽东、蓟镇等地，敌兵势大，现有之兵尚显不足，这如何还要加以裁汰？倘东奴与西虏一时并起，到时又该如何应对呢？皇上现命汰兵裁饷，虽是一心求治，然操之过急，况这兵该如何裁汰？裁汰多少？所裁官兵又如何安置？这诸多事情现全无考虑，均无议定，便贸然裁撤，只怕到时牵一发而动全身，不知又会惹出什么祸患啊。’李阁老、钱阁老两位大人听了，也是一直低着头，摇头叹气，临了刘鸿训又叹了口气说皇上毕竟是冲主啊。”

高起潜跪在地上，偷眼看去，只见崇祯脸色铁青，紧闭牙关，坐在那里两眼直直望向前方，当即吓得缩成一团，连连告罪：“奴才该死，不该说这些犯上的胡话，惹得主子生气，奴才该死，奴才该死……”说着，又不停磕头，请皇上治罪。

“他们还说了什么？”

“回皇上，后来他们三人一起下了台阶，走得远了，奴才便赶快回来报告主子了。”

“大胆刘鸿训！狂悖无礼，目无君上！竟敢在背后妄议大政，藐视朕躬，朕定要拿你问罪！”

“皇上！”崇祯刚要叫人，王承恩见势不好，连忙轻唤一声，劝住崇祯，随即又低声说道，“刘鸿训藐视皇上，确实可恨！不过他素有直名，在朝中亦有声望，皇上对他还当慎重处置，不好因此事而将他拿问，如今拿他，只怕会引起朝中议论，于皇上英名有损，皇上您还当暂且息怒，只在日后寻得他的过失，再一并从重处罚才好。”

“也罢，今日朕权且不与他计较，待日后朕拿住他的错处，定要重重处罚，绝不轻饶！”

二

崇祯元年十月，紫禁城乾清宫

“王承恩，去看看外面是什么人在胡乱喊叫？”

戌时时分，崇祯正在乾清宫批阅公文，忽听宫外远远地传来一阵吵闹，心中顿时大怒。王承恩不敢怠慢，赶忙出得门来，探看究竟。

“你们这帮奴才不想活了？”

“禀王公公，有刚从内阁送来的紧急公文。”两个刚从外面跑来的小太监跪在地上，气喘吁吁地向王承恩报告。

“皇上早有圣旨，酉时一过，非边关紧急战报，不得送入大内！咱家看你们一个个都是活腻味了！”

“王公公，萨尔浒大捷！毛文龙招降刘兴祚！”

两个小太监本想报个喜，讨些彩头，没成想先挨了一顿责骂，心里也是老大的委屈。王承恩听二人说完，心头一振，一把拿过奏本，急忙转身进门去了。

“皇上，萨尔浒大捷！毛文龙招降刘兴祚！”

“哦？萨尔浒大捷？快！拿来朕看！”

崇祯闻报大喜，连忙接过毛文龙的奏报看了起来。

奏报称：日前，臣毛文龙接到谍报，奴酋发兵二万有余，径奔镇江下营，修筑城池，欲攻皮岛。臣当即传令官兵，分布冲要地方，埋伏迎敌。九月二十六日，臣亲带官兵，水陆并进，迳往镇江。臣来至敌营前，勒马迎敌，见旧属刘爱塔正在敌阵，臣大呼招之，爱塔即带胡人四百、胡马四百二十四，前来投我，臣遂将其收带回营。随后，臣又遣副将毛永禄率兵袭萨尔浒城，约刘爱塔兄弟刘四、刘五、刘六为内应，袭取萨尔浒城，大获全胜！”

“好！好啊！毛文龙破敌有功，真乃我大明国之柱石！”崇祯看了奏报，高兴得哈哈大笑，不住夸赞，“倘朕大明边将个个都如毛文龙这般忠贞不二，一心报国，东奴早就平了，还用得着拖到现在吗？”

“是，皇上说的是，诸将正该都如毛文龙这般努力进取，报效皇上。”王承恩满脸堆笑，在一边连声附和着。

“王承恩，你说朕该怎样赏赐毛文龙啊？”

“雷霆雨露，莫非天恩，赏罚予夺还得全凭皇上裁夺，不过奴才觉得，皇上倒也不必马上就赏赐那毛文龙。”

“哦？这是为何？”崇祯听了王承恩的话，颇感好奇，连忙追问道。

“皇上，按我大明官制，历来是以文制武，祖宗定立制度，其初衷之一便是为了要防止武将滥报战功，故此，才定下规矩，不许武将自家报功，武将但有战功，必得提请上级文臣奏报朝廷。如今，登莱巡抚已撤，毛文龙东江正归蓟辽督师袁崇焕管辖，奴才以为，此事还得见到袁崇焕奏报以后，皇上再行封赏不迟。”

刚才的高兴劲儿已经有些过去，崇祯听了王承恩的话，头脑也渐渐地平静了下来。“嗯，你说的有些道理。”崇祯一边思索，一边点了点头，“对了，上次毛文龙兵犯登莱，为什么还不回话？再去告诉兵部，让毛文龙作速回话！”想了一会儿，崇祯又猛然记起八月份的事，刚才还大好的心情，也一下子烟消云散了。

皮岛都督府内堂

“娘买匹！真是欺人太甚！”

看罢兵部来文，毛文龙简直是怒不可遏，当即派人找来总管龚正祥和养子毛承禄。自上次登州事件后，毛文龙对沈世魁、陈继盛二人已颇有些猜疑，一些机密事情便也不再与他二人相商，一切大事只毛文龙和龚正祥、毛承禄三人筹划。

日前，毛文龙已接到户部、登莱道来文，已知皇上裁汰粮饷之事，今日又接兵部回文，对自己所报战功不仅一字不提，更别说有什么封赏了，更气人的是，还催着让回话，说明兵犯登州一事！

“你们说！现在怎么办？！”龚正祥、毛承禄二人刚在内室坐定，毛文龙就气急败坏地向两人大声责问。

“帅爷，看来皇上还是信不过大帅啊。”

龚、毛二人看过文书，先是对视一眼，随即，龚正祥便率先说道：“这么大一个战功，朝廷都没有任何表示，显然是他们并不相信我东江塘报。大帅可还记得当年满浦、昌城之事吗？

“当年袁可立巡抚登莱，我东江向先帝报功满浦、昌城大捷，说我东江分兵设奇、举火放炮，使奴东西奔驰、自相践踏，不交一锋而致奴死二万余人，马三万匹。朝廷接报，命袁可立核查战果，而他后来奏报，竟说什么其数终不可考，后还是大帅上疏抗辩，才使朝廷撤换了袁可立。此次奏报，只怕是朝廷不肯遽信，也要委派文官加以核查，如今登莱巡抚已撤，核查之事便只在袁崇焕一人身上，只怕是他不会为我东江说话啊。”

龚正祥的一番话让毛文龙如坐针毡，现在想来，那袁崇焕只会比袁可立、武之望、李嵩、孙可桢这些个登莱巡抚更不好说话，要让他相信自己的话，在皇上面前为自己报这个功，那是万万不可能的！

“哼！皇上不信，又能把我怎样？”毛文龙冷笑一声，索性耍起横来。

“帅爷，上次登州之后，朝廷已裁减了我东江粮饷，现在皇上又命各镇裁兵清饷，只怕明年我东江钱粮会更加困难。”龚正祥说道。

“不理他！什么裁兵清饷，我不裁，看朝廷能把我怎样！”毛承禄坐在一边，早已听得不耐烦，一拍座椅，便大声咆哮起来，“上次我去登州，对他们已是很客气了，如果朝廷敢再断我等的粮饷，我们索性再起大兵，就抢了他的粮，占了他的登莱，看他能把我东江怎样？！”

“少帅，还请稍安勿燥。”龚正祥见毛承禄火起，连忙劝阻，“如今时机尚未成熟，我东江一家单独行事，只怕是难以成功，当务之急，我等还需先谈定大事，方可一起行动。”

毛文龙一直在默默地听着二人的说话，听龚正祥提到“大事”，毛文龙心头一动，连忙问道：“自阔科那件事后，皇太极已不信我等，如今还怎么做事呢？”

“帅爷，上次阔科之事，确实是我东江有不到之处，以至恼了皇太极，坏了我两家大事，不过眼下，刘爱塔前来投我，不正是一个绝好的机会吗？”

“如何安置爱塔也是我一直在思量的问题，龚总管，依你之见，这怎么是一个绝好的机会呢？”

“帅爷，那刘爱塔乃是皇太极心腹爱将，他来投我，皇太极必定是大为震怒，必欲捉他回去不可，而爱塔在我手中，我便可以派人前去与皇太极谈判，只要他肯答应大帅的条件，两家各自罢兵，相约进取，尔取山海关，我取登莱。到那时，我便可将爱塔送还与他，大帅虽失一爱塔，而可成就大事，岂不是一桩美事？”

毛文龙听完龚正祥的这番话，坐在椅中盘算半天，过了许久，才一拍桌案，对两人说道：“也罢，就依龚总管之言，本帅这就即刻派人前往沈阳，与那皇太极下书谈判！”

崇祯元年十二月，紫禁城乾清宫

转眼一个多月，毛文龙和袁崇焕的奏疏先后都到了京城。

毛文龙在奏疏中说：东江兵马停泊登州乃是漂风所致。另外，东江将士听说朝廷要裁兵清饷，又听说朝中大臣责难东江将士怀有谋叛之心，一时群情激愤，臣毛文龙几番劝解、弹压，人心方才稍定。

而袁崇焕的奏疏，则将刘兴祚反正的前后经过做了详细的汇报：刘爱塔，原名刘兴祚，辽人。天启年间，举家为东奴兵所得，奴酋努尔哈赤爱其才，待之如子，然爱塔虽身在敌营，却心在大明。臣袁崇焕出任宁前道时，爱塔曾多次来书，欲西来反正，臣当时予以劝阻，使其暂留敌营，以打探东奴举动报我。宁远保卫战、宁锦大战，东奴两次来犯，爱塔都曾先遣人来报，使我得以预先为备。天启七年秋，崇焕去任回籍，我边将差人与他报信，事泄，爱塔几遇不测，后设法得免。元年九月，爱塔派其胞兄刘兴基乘船来宁远，报告说爱塔已设计，安排一人代死，家人将那人尸身穿上爱塔的衣服，再焚毁其尸，使人不可辨认，再上报皇太极，诈称爱塔已死，故此，爱塔才得以脱身前往了东江。

两份奏疏一前一后，崇祯看罢龙颜大怒，原来什么阵召爱塔、萨尔浒大捷，统统是一派胡言！

崇祯越想越气，索性一股脑把毛文龙之前的奏报也都一起扯出来痛骂：“什么龙神助战、天后助粮、温帅祛病，又谎报兵马十五万！还有什么阔科请和、漂风登州、阵召爱塔、萨尔浒大捷，这桩桩件件，他毛文龙可有一句实话？毛文龙欺君罔上、大言不惭，你当真把朕当作个三岁的孩子吗？还语出狂悖，藐视朕躬，竟敢连声质问皇上知之否，这也是你能说的吗？！毛文龙罪大恶极，罪无可赦，纵千刀万剐，也不足平朕心中恶气！”

崇祯在房中快步地踱来踱去，一通咆哮，骂不绝口。

“说！怎么处置他毛文龙？”骂了一阵子，崇祯又向站在一边的王承恩大声问道。

“皇上，您先暂且息怒，现海面封冻，东江已不通消息，如今也只有等到开春，再设法处置那毛文龙了。”

崇祯恨的牙根发痒，可又无可奈何，只得先坐下来，独自生起闷气来了。

“皇上，毛文龙在奏疏中说，东江将士听说要裁饷，群情激愤，怕不是要闹事吗？东江一旦作乱，祸事不小，皇上不可不防啊。”隔了一会儿，王承恩见崇祯平静了许多，便又轻声提醒。

“毛文龙竟敢威胁恐吓朕，真正是可恨至极！”崇祯又恨恨地骂了一句，随即略作思考，然后说道，“王承恩，你去传旨兵部，命袁崇焕和登莱道，务要加强登莱戒备，封锁通路，不得有误！”

“是，奴才遵旨。”王承恩答应一声，便急匆匆赶往兵部去了。

崇祯元年十二月末，大明王朝

崇祯元年注定是不平静的一年，在这一年里，除了铲除阉党、辽东战事、奢安叛乱以外，还有一件不大不小的事必须得提一下，那便是陕北安塞高迎祥起义！

及至崇祯元年，大明北方已连年灾荒，旱、风、蝗灾不断，元年夏，陕西更是遭遇大旱，全陕天赤如血，陕北安塞人高迎祥不甘坐以待毙，率众起事，揭竿而起，自称“闯王”，就此拉开了明末农民大起义的序幕。而这个时候，李自成还在驿站每月领着微薄的薪水，干着那份没什么前途的工作，混吃等死；而张献忠也还在延绥军中做他的兵油子，各路豪杰也只有等到来年星星之火燎原之时，才会投身于那场席卷天下的洪流之中。

大明王朝近百万的皇子皇孙们坐享厚禄，天下良田半入其家，个个身家十亿、百亿。比如，湖广的景王、潞王，田庄就有四万余顷，福王两万顷，桂王、惠王、瑞王各三万顷，河南一省九王，全省一半土地，尽归各王所有……

那些勋亲贵戚、官宦世家、商贾巨富，他们每日的生活无疑是丰富多彩、极尽奢华、精彩纷呈的，在他们看来，人生在世便是要追求“五种快活”。

第一种快活是什么都见过，好玩的地方都去过，好听的音乐更要都听过；

第二种快活是家里有钱有地，成日宴会不断，高朋满座，听戏、唱曲，更有的自蓄家班，自编自演，不亦乐乎；

第三种快活要装格调，古玩字画和各种收藏，有的家里藏书极多，再约十几个知心朋友，还要写几篇华彩文章，以文会友；

第四种快活要下血本，买一艘豪华游船，上面载满美艳妻妾，每天淫乐度日；

第五种快活，却是彻底不要脸皮，散尽家财放浪形骸，放飞自我。

在大明朝，要是哪天出门到街上，看到一群浓妆艳抹，穿的五彩斑斓、性感妖娆的青年才俊迎面而来的时候，千万不要大惊小怪，这正是当日士人、学子的时尚潮流。

当然，除了穿，还有吃和玩。崇祯时的读书人，饮宴交游早已成风，菜品也极至讲究，士大夫的宴会更是要水陆必陈，而且三日一小请，五日一大宴，每次精英宴会，珍馐佳肴数十种，场面十分大气。

各种娱乐活动也是十分火热，比如赌博。明末时杭州府一次抓赌，就当场抓出了数十名秀才。又比如秦淮河畔的风月场所，读书人更是出名的熟客。

玩出花样、玩出极至、玩出风雅已是广大读书人的时尚追求，这其中又以浙江人张岱为个中翘楚。

生活，对于他们来说无疑是幸福的，战乱、饥荒于他们似乎是很遥远的事，在他们的意识中，东奴不过就是东北蛮荒之地的一群愚昧鞑子罢了，我朝廷百万大军，分分钟便可将其荡平。士子们所谓的爱国情怀，便也在一句句的口号里、在《战金山》的戏词唱文中、在柳敬亭的起承转合中、在秦淮河的桨声灯影中、在青楼女子的酥胸香风中，一次次得到宣泄。

这不，当毛文龙萨尔浒大捷的消息传来，还有陆人龙的《辽海丹忠录》的出版，人们的热情再一次被点燃，百花楼更是连排好戏，夜夜满场、一票难求。那小小东奴也一次次地在人们的遐想中被灭了无数次。

可是，当我们离开城市，到陕西、山西、河南等广大乡野中去，一群一群的人们，正排着队想着要刨了朱家的祖坟，一把火烧了他皇子皇孙的王府。

这大概就是崇祯元年的情况，一个幸福与仇恨对立，奢华与赤贫并存的撕裂的社会。

三

崇祯二年正月

转眼便是新年，在老百姓们都还在忙着走亲访友、辞旧迎新的时候，大明王朝的皇帝——崇祯，已经马不停蹄地忙碌起来了。

大年初一，崇祯御临皇极殿，接受文武百官朝贺。崇祯抬眼望去，只见从内阁到六部，大臣们可谓是焕然一新。在过去的几个月里，朝堂上风起云涌，先是出了刘鸿训擅改敕书案，后又是廷推内阁人选风波，再接着就是钦定阉党逆案。

如此，朝里朝外自然又是一番大换血，对于大臣，崇祯从来就不会有半点心慈手软。

内阁辅臣刘鸿训获罪，遣戍代州；兵部尚书王在晋获罪免职；工部尚书李长庚免职；六十三岁的老爷子韩爌出任内阁首辅，主持内阁。钦定阉党逆案，处理涉案官员共计九等，三百一十余人。

当然，对于边关，操劳的皇上自然也是一刻不敢忘记，崇祯连下敕谕，严责各边汰兵裁饷，不得借口军机，敷衍搪塞！经过两个月紧张的清兵核饷，各镇的裁饷方案也都出炉了：蓟辽督师袁崇焕报称，核定关外官兵七万余名，关内官兵四万余名，关内关外共计十一万余，裁兵两万两千余名，核定军饷共计四百八十万，较往年裁减一百二十万，以崇祯二年正月为始，户部按此数给饷；顺天巡抚王应豸奏称，蓟、密、永三镇裁饷五十万；东江镇总兵毛文龙，海面封冻，无奏报。

方案甫一施行，蓟镇便出了大乱子，自一月开始，各营相继哗变，及至三月，数万将士更是齐集遵化城外，鼓噪索饷。崇祯闻报，急令巡关御史侯恂查明真相。

两天后，侯恂一封六百里加急的奏报便飞马送往了京城。

崇祯二年三月，紫禁城乾清宫

奏报送到宫里已是戌时三刻，崇祯看罢奏报，当时便气得脸色铁青、浑身发抖。

“利令智昏，丧心病狂！”他一把将奏疏掷到地上，破口大骂，“我大明朝怎会用了这么一帮狼心狗肺、丧尽天良的东西！”

王承恩连忙小心翼翼地从地上拾起奏疏，又一面赶紧劝慰皇上。

“你先看一下这份奏报。”

“是。”王承恩拿着奏疏，凑近灯前观看，只见侯恂在奏疏里说：元年末，顺天巡抚王应豸接朝廷谕令，命其裁汰蓟、密、永三镇兵饷。王应豸不思皇上一片良苦用心，着意清理冗兵冒饷，反陡生贪渎谋利之心，竟以汰兵裁饷为名，向各镇将领威逼索贿。各军将领平日里便多有虚兵冒饷、坐吃空额之事，此时各将为免遭裁汰，竟加意盘剥士卒，扣减月饷，并将所扣银钱半数送与王应豸，以求通融。各营士卒本已欠饷数月，今又遭盘剥，心中不平，遂于今年一月、二月前来遵化索饷，时蓟州兵备道徐从治、蓟镇总兵麻登云多方晓谕，乱兵始得归营。然王应豸不思对士卒善加安抚，反威胁予以裁撤，致使众军绝望，乃至各营于三月初八日，齐集遵化西门外五里，伐木立寨，树大旗于寨前，上书“赤心报国，饥军设粮”，鼓噪索饷。王应豸见事情闹大，竟听信中军潘立勋奸计，令人在饭饼中下毒，欲尽杀闹事士卒！众军察觉，愤然而起，必欲捉拿潘中军，并索全饷。众官无奈，只得给饷三月，众军得饷，犹不肯退，必要王应豸发下赦免誓书，以防朝廷秋后算账。后蓟辽总督喻安性带兵由关门赶至遵化，将首恶九人正法，并晓谕众军，兵乱始得平息。众军虽已归营，然各营听闻裁汰之事，人心不安，情势仍万分危急，臣侯恂恳请皇上，速派大臣，妥为料理此事！

“皇上，顺天巡抚王应豸抚驭无方，致生兵变，实在是罪大恶极！”

“朕本欲令他们裁汰冗兵冒饷，哪料想却成了此等蠹虫的生财之道，王应豸克饷虐兵，罪无可赦，此等祸害还留他作甚！传旨，即刻命锦衣卫星夜赶往遵化，将王应豸捉拿进京！”

“东江毛文龙还没有奏报吗？”王承恩刚从锦衣卫镇抚司回到乾清宫，崇祯便急切地向他问道。

“回皇上，海面解冻不久，想是再过几日，毛文龙的奏报就会到了吧。”

“现各镇汰兵裁饷俱已报朕，独他毛文龙迟迟没有动静，是何道理？”

这段时间以来，毛文龙俨然已成了崇祯的一块心病，制又制不得，召也召不得，真正是有些无可奈何，自己有心裁减东江钱粮，可是前两日又收到袁崇焕的奏疏，力为东江申辩，崇祯左右为难，思虑多日，竟不知该如何批复。

袁崇焕在奏疏中说：登莱道王廷试说东江有兵马两万八千，而毛文龙自己说东江有兵马十数万。臣已多次派人暗中查访，据臣所查，东江兵马实无十数万之多，但也未必只有两万八千之数。只因岛中辽人甚多，辽人亦兵亦民，难以清查。岛中地方狭小，辽人众多，又岂能尽数召而为兵，养之岛中？为今之计，臣当妥议东江当用多少兵马？能养多少兵马？在两万八千之外，其余辽人可安插关外，给与土地，自为屯种，以为军民两便。

“王承恩，你看那袁崇焕的建议如何啊？”崇祯又思虑片刻，便开口向王承恩问道。

“回皇上，此军国大事，奴才愚钝，怎敢妄加评论。”

“说吧，你就随便说说你的感觉，朕恕你无罪。”

“是，那奴才就放胆直言了。”王承恩手捧拂尘，先是在崇祯背后躬身施礼，然后便直起身子，缓缓说道，“皇上，如今那毛文龙拥兵海外，渐有尾大不掉之势，自上次毛文龙解送阔科进京以来，种种言行，多有可疑之处，其心叵测，实在是难以令人相信。为防不测，朝廷正该设法对其加以节制，如今皇上谕令各镇汰兵裁饷，此正是节制毛文龙之法。如今，袁崇焕欲令毛文龙将岛中辽民安置于关外，奴才以为，这倒也是一个不错的办法，将辽人迁往关外，毛文龙便不能借口兵多，再向朝廷多索要钱粮；辽人在关外屯田，又可解我关宁钱粮不足之困；且将辽人尽数迁往关外，毛文龙兵马则不难核定，朝廷到时只需按额发饷，便可将毛文龙牢牢控制于朝廷手中，使其无能为害。”

崇祯听罢，点了点头，说道：“你说的倒也有些道理，不过倘若毛文龙不肯将辽人迁往关外，又待如何？”

“回皇上，奴才猜想那袁崇焕既然向皇上提出此议，想必他已有成算，皇上不如就责成袁崇焕，令他设法妥为处置。”

“好，就依此议！即刻传旨袁崇焕，令他妥为处置东江事宜。”

第十五章

谋攻·暗战

一

《孙子兵法》云："上兵伐谋，其次伐交，其次伐兵，其下攻城。故善用兵者，屈人之兵而非战也，必以全争于天下，此谋攻之法也。"

战争，犹如一座巨大的冰山，人们只看到了它浮在水面的部分，却不知它潜藏在水下的部分——谋划、布局、运筹、欺骗、伪装、用间与反间……这些不为人知的暗战，远比想象的更复杂、更重要、也更加凶险！战争，不只是战场上的厮杀，事实上，敌我之间早在战争开始之前，就已展开了一场不见硝烟的、斗智斗勇的较量。

崇祯二年二月，宁远蓟辽督师府

日前，皇太极派原辽东生员郑信、把总任大良前来宁远，下书议和。

袁崇焕思虑良久，仍是拿不定主意，便连忙命天赦去将程本直请来。

"程先生，皇太极此时前来议和，你以为是何用意？"

程本直看罢书信，微微一笑说道："看来，那皇太极又要打什么歪主意了。"

"哦？什么歪主意，还请先生明言。"袁崇焕心中一动，听程本直的口风，似正与自己不谋而合，便也笑了笑，请他继续说下去。

"大人，那皇太极性情狡诈，较之其父更有过之而无不及，他来下书，又岂是来与我真心讲和？此不过就是他的缓兵之计，想要拿议和来欺哄、麻痹我们，我料他今年必大有所图！”

“先生之见正与我不谋而合，上次他与我两家讲和，便趁我修筑锦州、大小凌河三城之际，出兵朝鲜，这一次不知他又要耍什么花招？”

“是啊，上次固然是皇太极耍的花招，不过大人也是抓紧时间抢筑了三城，这才有了之后的宁锦大捷。自古征战便是如此，虚虚实实，兵不厌诈，只可恨毛文龙谎报军情、消极避战，坐视属国折入东奴，使我失一外援啊。”程本直感慨了一句，又接着分析，皇太极此番下书讲和，又想故伎重演。不过，他如此大费周章地主动示好，倒也恰是不打自招，这正说明他尚未准备妥当，故此才需要用和谈来诱我，拖延时间。去冬今春，塞外大饥，想是他粮草不足，一时难以行动。另外，东奴与我内地不同，八旗兵丁出则为兵作战，入则为民耕种，故此，他多是在夏收之后，待到粮草充足，方才大集兵马、外出征战。如今，我大明和察哈尔乃是东奴两大劲敌，而察哈尔业已西迁，远在宣大。此次皇太极准备充分，必是要大举进犯我大明，我当早为预备！”

袁崇焕听罢，沉思良久，过了好半天才又说道：“我此次入辽已历半年，这半年多来，崇焕更定营制、整训兵马、修筑城堡、编练骑兵，已小有所成。如今，关、宁、锦一线壁垒森严，已渐成金汤之势，倘东奴进犯宁锦，我定要叫他损兵折将，只碰得头破血流，大败而回！前番宁锦一场大战，皇太极在锦州、宁远城下久攻不克、损兵折将，已是吃尽苦头，皇太极用兵狡诈，必不会重蹈覆辙再攻宁锦，我料他必定会再想他法，来犯我大明！如今，蓟门单弱，正是我最为担心的地方，倘蓟镇边外喀喇沁三十六家倒向东奴，那东奴便可绕道蒙古入我边墙。到那时，蓟镇危急，我大明京师就危险了！”

“大人所虑极是。”程本直点了点头，“如今喀喇沁正首鼠两端、顺逆不定，我当务之急便是要设法安抚其心，不可使其倒入东奴！”

袁崇焕听罢，叹了口气，没有说话。程本直知道他的心事，袁崇焕虽名为蓟辽督师，实则只是辽督，管辖辽东、天津、登莱三地，蓟镇战守自有顺天巡抚和蓟辽总督主持，他也实在是难以越权干预，而要想安抚喀喇沁，还需要皇上恩准，没有抚赏银，也只能是一句空话。

“大人，目前形势虽然严峻，但也并非无局可破，如今，皇太极前来讲和，对于我方而言，当务之急乃是要争取时间，我军当一面整军备战，一面加紧布局，以成威逼辽东之势，使那东奴不敢西顾，方可解今日之困！”

袁崇焕点点头，说道：“我也正是此意，目前关宁、天津、登莱等处兵马已整顿完毕，只待弓马、盔甲、器械准备充足，便可令祖大寿前锋兵马进驻广宁一线，以界断东奴与蒙古之间的通道，再陈兵河上，以威逼辽东。现兵马未备者，便是东江，眼下要整顿东江兵马，命其进取镇江、旅顺，以从东、南两面进逼东奴，如此，东奴三面受敌，则自顾不暇，又安敢西顾而犯我疆界？如今，形势已刻不容缓，我也只能与那皇太极虚与委蛇，假借和谈以争取时间，待我整顿完东江兵马，便可调兵遣将，恢复辽东！”

程本直知袁崇焕已成竹在胸，心中大为赞佩，但一想到东江毛文龙，又不由地皱起了眉头：“毛文龙桀骜不驯，东江不受朝廷节制已有七年，如今毛文龙又疑似通奴，不知大人要如何收服他呢？”

袁崇焕没有直接回答，却神秘地一笑，望着程本直，问道：“程先生可有什么妙法？”

程本直见了，有心和袁崇焕做些游戏，便半是玩笑地说道：“大人，不如让我们也效法一下古人，你我二人都先不说明，只把各自想法都写在纸上，再一起拿出比对，看你我二人是否心意相同，你看可好啊？”

袁崇焕一听，当即欣然同意，只片刻之功，袁天赦已取来纸笔。袁、程二人分别在两边坐了，提笔在手，在纸上写了几个墨字。接着，又都一起站起，把两张白纸放到一起，两人一起看去，只见纸上都写了“粮饷”二字，两人相视一眼，当即就是放声大笑。

两人笑过，袁崇焕又说道：“原先我还有些犹豫，今日一看，先生与我都想到一起去了，要想收服毛文龙，就要先从粮饷入手，这真是英雄所见略同啊。崇焕心里欢喜，如今疑虑也一扫而尽，来，程先生，你且说说，对于这粮饷，先生具体又要做些什么文章呢？”

“大人，东江之所以七年不受朝廷节制，究其根本，便在于东江地处海外，往来不便，朝廷鞭长莫及，无能节制。然也正因为东江地处偏远，其兵马便需要内地给予粮饷供应，俗话说打蛇打七寸，这粮饷供应便是东江的七寸，谁掌控了东江的粮饷供应，谁就可以掌控东江！过去，东江粮饷俱由山东布政司负责，由天津、登莱等处海运至皮岛，内地商船也俱是由此海路往来东江，于皮岛马市进行贸易。自辽东陷落后，属国朝鲜的贡道也要经皮岛，再至天津前往京城。多年来，东江依托皮岛马市，连接内地与朝鲜、日本往来贸易，更有粮米、军火等违禁货物走私东奴。东江还借贡道之便，控制朝鲜使臣，检查贡书、抢夺财物，要挟使臣为其请功，实已成一海上毒瘤！

“如今，我欲节制东江，便要彻底斩断此海上通道，改饷道、贡道，大人可向皇上请旨，严令于关宁设置饷司，今后东江粮饷均由关宁负责，东江一切粮饷、军火、器械所需必须先经关宁，于觉华岛挂号登记，方可准其运往东江；属国朝鲜贡道也当改由朝鲜铁山至关宁，而不再经由皮岛；内地商船未经挂号许可，片帆不得前往东江！如此一来，东江粮饷、器械俱由我负责供应，便需受我节制、遵我号令，大人便可核查东江兵马，更定营制，使其为我所用，与关宁首尾配合，东西并进，收复辽东！”

袁崇焕听完程本直这番陈述，满意地点了点头：“先生所言甚合我意，今日正该斩断其祸根，使其无能为害，方可为我所用！”

“不过那毛文龙桀骜跋扈，岂肯轻易就范，我料他必是要有一番动作，大人不可不早为预备。”程本直又提醒道。

“先生提醒的是，我也正想要约他当面会谈，使其知我初衷，劝其与我同心协力，共建大功！毛文龙毕竟是一镇总兵，也是一堂堂热血男儿，我对他还是要先安其心，再柔其骨，只不知他能不能体我一番苦心啊。”

两人又就细节商议许久，这才作罢。袁崇焕当即上疏朝廷，请改东江饷道、朝鲜贡道，又命副总兵徐琏满载一船军火、器械送往东江，与毛文龙当面解说改饷道一事，并约请毛文龙前来宁远，与袁崇焕当面一会。至于皇太极的使者，袁崇焕则亲自作书一封，只说“两方罢兵，本是好事，然和谈大事，不可儿戏，如大汗真有诚意，便要先去尊号，再开列清楚条件，本督师方可上呈我家皇上”。便将来人打发回去，这一来一回，只与他虚言应酬，则又可争取些时间，以抓紧处置东江之事。

崇祯二年三月，皮岛

海面解冻已经半月有余，这要在往年，朝廷的饷船、粮船，还有从内地来往皮岛的商船，早就是穿梭如织了。然而今年开春却与往日大不相同，皮岛南面的洋面上，到现在依然是毫无动静，一眼望去，只有海浪在空空荡荡的天海间上下翻涌。

“报大帅，京城邸报！”

“拿来我看！”

这一日，毛文龙正与沈世魁、陈继盛、龚正祥、毛承禄几位心腹在帅府龙虎堂议事，连日来，几人也是焦躁不安，正在为海船的事而烦恼，忽见一名亲兵跑进堂来，毛文龙接过邸报，连忙急切地看起来。

只听毛文龙大骂一声，一把将邸报重重拍在帅案上，众人面面相觑，赶忙走近帅案，拿起来看。原来邸报中说，蓟辽督师袁崇焕已请旨，朝廷下令改东江饷道、贡道，今后东江粮饷及一切所需，俱由觉华岛挂号发运，内地商船未经允许，片帆不得下海！几人看罢，犹如五雷轰顶，一个个都惊得哑口无言，呆呆立于当场。

“自去年十月，朝廷便断了我东江粮饷，时至今日，已近七个月没收到一粒粮米，如今袁崇焕又来拦喉一刀！他妈的！都当我毛文龙是好欺负的吗？！”毛文龙咬牙切齿，破口大骂，“你不叫我活，我便也叫你不得安生！老子今日便要反他娘的！来啊——”

“大帅，万万不可！”

毛文龙刚要传令，一旁早有沈世魁、陈继盛两人苦苦劝住：“今日我东江内无粮草，外无呼应，万万不可兴师动兵啊！为今之计，大帅只有先紧急向朝廷申诉，请求朝廷速发粮草，待我有了粮饷，再做他图不迟！”

“大帅，去年冬天，我与后金、朝鲜贸易，如今在岛中，人参、貂皮等物，已囤积达百万之多，如今，正要等内地商船到来，这批货物才可脱手，大帅，只有先设法打通商路，解决了这批东西，才可再做打算啊！况且，我与皇太极两家之事，尚未议定，此时还需忍耐，万万不可草率行事啊！”龚正祥也在一旁劝解。

“罢，罢，罢！”

毛文龙急火攻心，又无处发泄，只得颓然坐回座中，黑着脸苦苦思索，他只感觉，崇祯、皇太极和袁崇焕就像三根绞索，已紧紧套在了他的脖子上，正越勒越紧……

二

在自然界中，为了应对残酷的生存竞争，许多物种都进化出了自己独到的伪装技巧。它们有的可以根据环境变换身体的颜色，有的则可以把自己装扮成一片枯叶、一根树枝、一丛荒草，或是一块岩石……五花八门，令人惊叹！

同样的，生逢乱世，生存便成了人们天然的第一选择，对于很多人而言，什么仁义道德、忠孝善恶，都不过是借以伪装或是可以利用的工具和手段罢了。为了生存，他们不得不随时准备着改换身份、变换门庭、投靠新主。对于轻如沙尘的蝼蚁而言，除了像畜生那样地活下去，又有什么别的选择呢？ 来到皮岛半年了，刘兴祚痛苦地发现，他不得不再次面对新的生死抉择。

“二哥，毛文龙又派了亲信去沈阳，倘若这一次他两家谈拢，你我兄弟就死无葬身之地了！”房间内，昏暗的灯光下，刘家兄弟五人正围坐在一起，窃窃私语。

刘家本是七兄弟，基、祚、仁、贤、治、邦、沛，刘兴祚排行老二，在兄弟中最有才干，大哥刘兴基现正在宁远，三弟刘兴仁当年因叛逃事泄，已被努尔哈赤处死，其余兄弟四人也都趁这一次叛逃，追随刘兴祚先后来到皮岛。

“苍天啊，你为何要如此作弄我刘家兄弟？！”想起自己半生的波折，刘兴祚仰天长叹，“这天底下，到底哪里才是我兄弟的出路？”刘兴祚心乱如麻，过去的一幕一幕，不由地再一次浮现脑海。

十五年前，在他还是一个青涩少年的时候，不过是一时兴起，在大街上穿了秀才的衣服，意气风发地炫耀了几趟，没想到却被官老爷捉去，告了个冒用衣冠之罪，被当堂责打，官府放他不过，还要借机勒索迫害，刘兴祚走投无路、愤恨交加，只得举家逃亡后金。

来到后金，凭着他的聪明伶俐、吃苦耐劳，也是机缘巧合，刘兴祚竟受到了后金大汗努尔哈赤的赏识，被着意栽培。刘兴祚勇猛善战、精明强干，又随努尔哈赤征战四方，屡立战功，此后自然是一路青云，年纪轻轻便已是统管金、复、海、盖辽南四卫的世袭总兵，在汉人中，地位仅次于佟养性、李永芳二人。

然而，人无千日好，花无百日红，随着刘兴祚在后金的高升，他也亲眼目睹了努尔哈赤屠杀辽人的残暴，同时，自己又受到女真亲贵的排挤和陷害，遂萌生去意。天启三年，刘兴祚派遣心腹，下书登莱巡抚袁可立，意图反正归明，后事泄，几遇不测，三弟刘兴仁也因此遇害，刘兴祚则被降级处分，后加之袁可立去职，反正一事只得作罢。

及至崇祯元年九月，刘兴祚趁皇太极出征察哈尔之际，设计找来一人，半夜将其灌醉杀死，又给他穿上自己的衣服，左手戴上自己的白玉扳指，再焚尸毁容，令小妾向巴克什达海等人告变，诈称自己畏罪自杀，遂得以骗过众人，潜往东江。刘家兄弟几人，也借出城送葬之机，一起逃往东江，只留下妻子老小还在后金，刘兴祚的长子刘五十正随皇太极出征在外，也一并留在了后金。

刘兴祚历经千难万险，来到皮岛，且不说毛文龙没有为他兄弟向朝廷请封领赏，反而向皇上奏报说，是他在阵上招降了刘兴祚！几个月来，刘家兄弟在皮岛，不仅未受重用，毛文龙对他们更是时时提防，处处戒备，如今，更听说，毛文龙正与皇太极两家议和，要拿他刘家兄弟作为谈判的筹码！

这真是才离虎口，又入狼窝！刘家兄弟身陷皮岛，才发觉自己已是待宰的羔羊，不要说建功立业、封妻荫子，就是全家性命怕也是不保了。

“二哥，我们不能就这样坐着等死！”

说话的是老五刘兴治，几兄弟当中，虽然他年纪不大，但却性情果决、颇有胆略，与刘兴祚秉性最像。

“五弟，你有什么想法？”刘兴祚抬起头，看向刘兴治。

“二哥，如今我们面前，只有三条路可走！”

“哪三条路？”

“这第一条，就是重回后金！”

“不可，不可！”刘兴治话一落地，老四、老六、老七几个兄弟连连摇头，“我等兄弟刚刚逃离沈阳，怎能再回去？那皇太极岂肯饶过我们！”

刘兴祚没有说话，只是拿眼示意老五，让他继续说下去。

“据近日来岛的逃人说，皇太极虽然恼怒，但他并没有加害我等父母家小，反而是优待有加，可见，皇太极对我等兄弟并非完全是恩断义绝。然而，我等兄弟毕竟是背叛了皇太极，如果就这样回去，难免性命不保，就算皇太极饶过我等性命，你我兄弟也势必会遭人唾骂，且也绝不会再受皇太极信任，我们这样回去，又有何面目立于世间呢？故此，我等兄弟必得为皇太极立下大功，方可将功折罪，求得皇太极宽恕。如今，只有请二哥马上给皇太极写一封书信，就说毛文龙议和半真半假，绝不可信，东江这里，有我兄弟几人愿为内应，请大汗发兵，我与他里应外合，定可一举扫平东江、铲除祸患！”

“我等兄弟两次反复，那皇太极如何肯相信我们的话？”老四刘兴贤问道。

“就算皇太极不肯相信我们的话，也不能让皇太极和毛文龙两家谈拢，只要我们能令皇太极起疑，搅黄了他两家之事，我等父母家小，还有我等的性命便可以保全。另外，二哥还要设法劝说毛文龙，只说皇太极不肯信任、重看我等汉人，不要说我等兄弟，如今，就是那额驸李永芳，也遭到皇太极和女真亲贵的打击陷害，投他绝无善果！只要设法使皇太极、毛文龙两家相互猜疑，一时间，那毛文龙便不会将我等兄弟送还皇太极。”

刘兴祚听了老五的话，沉思良久。此前，他也不是没有想过重回后金的可能性，只是如此一来，在皇太极及世人眼中，他刘家兄弟便真成了反复无常的小人了，无论将来怎样，自己终将不为世人所容，此法不到万不得已，绝不可用！不过，听了五弟刚才的话，作为疑兵之计，搅黄毛文龙和皇太极两家的好事，保住刘家兄弟性命，倒也不妨一试。

“这第二条路是什么？”刘兴祚又低低问道。

“这第二条路便是向袁崇焕袁大人告发毛文龙，将他与皇太极私自议和、叛国投敌之事捅出去，待袁大人处置了毛文龙，我等告叛有功，便也可以在大明站稳脚跟了。”

刘兴祚听了，轻轻摇了摇头：“我等没有证据，袁大人如何肯信？那毛文龙毕竟是一镇总兵，如果告不倒他，一旦又走漏了消息，到那时，我等兄弟就无法在此安身了。”

“二哥！眼下虽说我们还没有拿住他的证据，不过，我等当时时留心，一旦拿住他的把柄，二哥还要当机立断，立刻密告袁大人！”

刘兴祚点了点头说道：“五弟的话不无道理，我等当时刻留心，不过，此事机密，各位兄弟还当小心谨慎，切不可让毛文龙有所察觉。”

“这个请兄长放心，弟弟们自会小心。”

“五弟，你这第三条路又是什么？”刘兴祚又问。

“这第三条路，便是要占了他的皮岛！”

“啊！”刘兴治话音刚落，兄弟几人不由地都倒抽了一口冷气，“毛文龙经营东江已历七年，这岛中俱是他毛文龙心腹，你我兄弟又如何能占了他的东江？！”

“各位兄弟休要惊慌，”见大家都面露惊色，刘兴治赶忙解释，“据我看来，那毛文龙早有侵吞朝鲜或是南取登莱以自立之意。皮岛弹丸之地，兵马不足三万，如朝廷知他反叛，立刻便会切断内地的供应，到那时，皮岛朝不保夕，立时便是一块死地，倘后金再来相攻，毛文龙必死无疑，此道理，毛文龙焉能不知？正是有此担心，毛文龙才不得不与皇太极讲和，意图自立，做个海外天子，而那皇太极焉能允他，必要他上岸登陆、俯首称臣，故此，两方谈判才僵持不下，没有结果。而此时，我便可以乘机游说毛文龙，劝他加紧整训兵马，伺机进取朝鲜，取铁山、义州，或南据登莱，唯如此，使东江做大，方可自保，也才有可与皇太极讨价还价的实力。

“毛文龙要整训兵马，进取朝鲜、登莱，便要仰仗我等兄弟，现岛中逃来辽人、女真人甚多，而毛文龙对他们历来是任意打杀，多有杀降冒功之事，夷汉人等无路可逃，而又不甘受死，多有不服毛文龙者。故此，我等兄弟便可借整顿兵马之机，招揽夷汉兵丁以为心腹，为我所用。待我兄弟手中有了自己的人马，便可伺机而动，取而代之！”

刘兴治说完，几兄弟都惊得沉默不语。

“二哥，你拿个主意吧！”刘兴治又焦急地向刘兴祚催促道。

刘兴祚低着头，默默地把玩着手里的念珠，又过了好半天，才下定决心，向几人低低说道：“五弟所言，虽有道理，然此事不可操之过急，那毛文龙狡猾奸诈，对我兄弟早就心怀戒备，我虽可鼓动他整顿兵马，但切不可大张旗鼓、兴师动众，以使他心中起疑，此事只可暗中进行，人马在精而不在多，切记，切记！当务之急，我当立刻派心腹之人带口信与皇太极，就说那毛文龙无意归降，所说尽是诳语，不过是想欺哄大汗，以有所图罢了。前番我兄弟负恩逃来，追悔莫及，今愿为内应，助大汗扫平东江，一举铲除祸患。”

刘兴祚说罢，又拿眼看着众人，几兄弟点点头，都一起表态：“弟弟们但听二哥做主！”

崇祯二年三月，沈京郊外

今日一早，皇太极带领诸贝勒大臣，还有东蒙古各部的台吉，一起出城围猎。自努尔哈赤时代起，围猎就已是女真贵族们最为重要的一项集体活动。后金女真人早年以渔猎为生，以骑射为本，自努尔哈赤起兵以来，八旗更是以骑射野战见长，因此，围猎便也成了贵族们平日里进行军事演练、训练士卒、联络各部感情的一项重要活动。

每到围猎时，上至汗王、贝勒，下至军卒，一个个无不顶盔掼甲、腰挂宝弓，骑骏马、架鹰驱犬，列队而行。及至围场，各军又以旌旗和呼啸为号，分进合围，只待一声呼哨，众人便一起呐喊，纵马而出。

围猎开始，皇太极头戴金盔，身着软甲，骑一匹雪白战马，在诸贝勒、大臣的簇拥之下，驻足于山岗之上。皇太极举目四望，只见山林草原间，八旗健儿呼啸驰骋，张弛有度，进退有法，心中不禁大为欢喜。他手举马鞭，遥指远方，对左右感慨道：“我国士卒初有几何？因娴于骑射，以野战则克，攻城则取，天下人称我兵曰，立则不动摇，进则不回顾，威名震慑，天下莫与争锋！”

一旁的多尔衮见皇太极高兴，立刻大叫：“我八旗将士如此雄壮，想那大明朝如何是我大金敌手，大汗何不带领我等，进取中原，以早成大业！”

皇太极闻言哈哈大笑，又环顾左右，傲然笑道：“诸位莫急，待我准备好兵马粮草，今岁定要带领尔等杀他个痛快！走！你等今日且随我先去围猎，一起捉它些豺狼虎豹！驾！”皇太极说着，一催战马便疾驰下山，众人呼啸一声，也一起纵马前行……

皇太极的大帐就设在一条小溪岸边，小溪对面是一片茂密的山林，傍晚时分，一层淡淡的薄雾从山间升起，使得周围的一切显得越发静谧。大帐前已点起了篝火，上面架着一头已烤得油亮焦黄的野鹿，正散发出一阵阵诱人的香气。

“范先生，那袁崇焕的回书只拿些虚言来敷衍，显是他大明与我并无诚意谈和啊。”

皇太极与范文程君臣两人正坐在一棵倒卧的大树上，一边看着篝火，一边随意攀谈着。

“大汗，那大明朝向来以天朝上国自居，自是不肯与我和谈，要想让大明与我谈和，唯有把他打到痛处，逼到无路可去，他才会与我一谈，只是如今我粮草器械尚未齐备，还不能立即出兵，也只好先与他周旋一番了。”

“先生以为，此番用兵，我当做何方略？”

皇太极看似轻描淡写，可问题却非同小可，范文程沉吟片刻，这才郑重说道：“大汗，如今袁崇焕入辽已有半载，半年多来，袁崇焕整军经武、修城筑堡，关宁锦一线已渐成固若金汤之势，假以时日，他必步步紧逼，其兵锋便与我境隔河相望了。倘他再联合东江，进据镇江、辽南，我大金三面受敌，情势则立时岌岌可危啊！

为今之计，只有釜底抽薪，一举打破其围困，直击大明要害，我大金方可转危为安，亦可奠定万世基业！”

“哦？如何打破围困、直击要害？”皇太极紧张地问道。

“大明立国已有两百余年，国力雄厚，如我大金与他一城一地争夺，几时才能取得天下？然我大金贵在兵强马壮，野战称雄，大军一出，疾如闪电，正可直击敌人要害一剑封喉！

“如今关宁锦难以打破，我军如若强攻，势必损兵折将，徒劳无功，而西部蒙古诸部已尽归我有，大明蓟镇边外喀喇沁三十六家现也有投我之意，此正是上天赐予我大金的绝佳良机。此番用兵，大汗必要联合蒙古诸部，使其为我前驱，诸部惯道经熟，有他们引路，我大金便可绕道蒙古，由蓟镇入塞，直抵大明京城！到时兵临城下，大汗再相其情形，或攻或困，再作方略。

倘若崇祯情急之下差人说和，便是求和，而非讲和，我则可以允他所请，只说两家彼此称帝，以黄河为界，容他南去；他若不依，大汗便不可退兵，只管多积粮草，定要与他争到底；若崇祯被迫到急处，朝廷南迁，大汗便可放他南去，大明皇家宗派甚多，倘另立一明白人为帝，反为不便，且放他去，我大金只取黄河以北。如此，大汗便可一举打破围困，进取中原，成就帝业！”

皇太极听罢，大吃一惊，这个方略实在是太过大胆，不过，他也立时就被这一设想刺激得热血沸腾了。

“我军千里奔袭，倘明军切断我退路，各地勤王兵马四合，那时我又如何能全身而退呢？”

“大汗勿忧，大明虽看似强大，然其兵马实不堪一击，九边各处，多年以来，更是缺饷少粮，士无战心、将无斗志，且军士已多年不习战事，大明纵有再多的人马，也不过是一群乌合之众，徒送性命罢了。嘉靖二十九年，庚戌之变，蒙古土默特部俺答汗兵临北京，于城外纵兵焚掠，如入无人之境，各地虽有勤王兵马，然明军虚弱，竟无一军敢于一战，俺答汗遂得饱掠一番，于古北口从容而去。如今距当年庚戌之变又已七十余年，大明军兵更不及当年，而我军兵马之盛，又远在俺答汗之上，我大军此去定可横扫中原，成就一番霸业！”

“好！听先生之言，真是令人茅塞顿开，待夏收之后，我军粮草充足，本汗便要大会蒙古诸部，兴兵入塞，直取大明京城！”

三

崇祯二年三月，永平

天刚黑尽，一乘小轿悄悄来到永平兵备衙门，一位三十几岁的官员进得府来，在下人的引领下急匆匆直奔后院。书房内，永平兵备道（关内道）梁廷栋正等在那里，来人进到房内施礼参见，原来正是永平通判安国忠。

“梁大人，二月二十日，宣大总督王象乾在杀胡口已经和察哈尔谈妥了！”

“哦？什么结果？”

“双方谈定，我大明每年新给察哈尔八万一千两抚赏银。”

梁廷栋听罢，颇为不解，问道：“察哈尔在宣大受赏，此事与我等又有何干？”

“虽说那察哈尔是在宣大受赏，可是喀喇沁三十六家却是要来咱们这里受赏啊。”安国忠低低说道。

“那又怎样？”梁廷栋听的一头雾水，脸上倒有了几分不悦。安国忠见状，又赶忙解释：“大人，前年秋天，察哈尔西迁，去年五月，又兵犯我宣府、大同，皇上恼怒，便将给蒙古各部的抚赏尽皆革去。去年七月，袁崇焕进京，为了专心对付东奴，便向皇上举荐了王象乾出任宣大总督来安抚蒙古。如今，察哈尔的抚赏已经谈定，接下来只怕是就要安抚喀喇沁三十六家了，我大明对蒙古各部，一向采取锄强扶弱、以夷制夷的羁縻之策，那袁崇焕和王象乾早打算，为牵制察哈尔和东奴，当并赏喀喇沁。去岁今春，塞外大饥，喀喇沁现正穷困交加、难以为继，如今他听说朝廷抚赏察哈尔，又焉能不心动，他必得向我大明求取抚赏，以度饥荒。如朝廷允他抚赏，那我们的事可就不好办了……”

说着，安国忠便拿眼直望着梁廷栋，梁廷栋心里一紧，立刻就皱起了眉头。安国忠现为通判，早在天启年间，他便一直在抚夷总兵和永平兵备道手下负责抚赏蒙古的事务，天启七年，梁廷栋出任永平兵备副使，两人便开始沆瀣一气，如今，梁廷栋出任关内道，坐了这永平府的头把交椅，安国忠对他自然是巴结奉迎、唯命是从了。

有权力又有银子的地方便有着巨大的诱惑！

自天启七年下半年以来的一系列大事件，终于使两人发现了一次难得的机遇。天启七年十月，察哈尔开始从辽东驻地西迁，一路上和喀喇沁三十六家、土默特部打成了一锅粥，原给蒙古各部的抚赏便也都被拖延下来。转年，崇祯元年七月，崇祯下令对蒙古各部停发所有抚赏，原关内道张春下狱。

元年八月，宁远兵变，辽东最高长官——巡抚毕自肃自杀身亡，乱兵尽毁官印、旗牌、文书，梁廷栋接任关内道。

至此，由于两位长官的离去，以及文书、凭据的损毁，那一年来没有发下去的抚赏银便成了死无对证，无人过问的一笔糊涂账了。

账虽然是糊涂账，可人却是精明无比，这一笔巨款自然是轻轻松松便落入了梁廷栋、安国忠的腰包，可如今，倘若朝廷同意抚赏喀喇沁，那喀喇沁如若一并讨要旧赏，两下对质，到时候，永平这里拿不出银子，又该怎么办呢？

“都是你利欲熏心、胆大包天，怂恿本官做下此事，当初，你不是夸口说什么万无一失吗？如今，怎么说？！”梁廷栋黑着脸，狠狠地向安国忠骂道。

“都是属下做事不周，没有想到这后面还有难处，不过，事到如今，我们也只有再设法化解了……”

“如何化解？”

“如果，我们让他们赏不成，此事不就不了了之了吗？”

“如何让他赏不成？”

“大人，听说现在袁崇焕正在高台堡开市，以粮米、布帛换柴薪，与那喀喇沁进行交易。大人，我们何不向朝廷告他一状，就说那喀喇沁暗通东奴，为东奴采买粮帛，皇上但闻知此事，必然震怒，到时便会下令停发抚赏、关闭市场，如此一来，我等之事不就化于无形了吗？”

梁廷栋听罢，怦然心动，不由就在心里打起了盘算。那袁崇焕和自己同为万历四十七年进士出身，要论才学，自己乃是二甲七名，而那袁崇焕不过是三甲赐同进士出身。而如今，人家早已是朝廷二品大员，自己却只能屈尊人下，有袁崇焕在自己头上，我梁某人又何时才能出头呢？如今，我入辽已半年有余，不要说什么坐镇一方，一展平生抱负了，就说眼下，一旦此事被袁崇焕知道，自己只怕是要前途尽毁啊……想到此处，梁廷栋不由地打了个寒颤，一股恨意便油然而生。

“就这么办！”梁廷栋点点头，冷冷说道。

“我这就给兵部发一封揭帖，告发此事！你先回去，一切等我的安排，不过，此事机密，你万万不可走漏半点风声！”

“这个不消大人嘱咐，下官自会严守机密。”

京城百花楼

“大官人，再不想想办法，咱们今年的货就全砸在手里了！”

温大公子刚进到房内，一屁股坐在太师椅上，便扯开嗓子向沈敏大声抱怨。

“还有今年的人参、貂皮、鹿茸，都运不进来，京城里眼看着就要断货了！妈的，这个该杀的袁崇焕，比阎鸣泰、杨国栋还要狠毒，这是要彻底断了大家的财路啊！”温言骂了一阵子，见沈敏一直黑着脸不说话，当时就坐不住了，“都什么时候了，大官人你倒是说个话啊！”

沈敏也不搭话，只起身从书桌内取出一封书信，递给温言，说道：“这是梁兄刚从任上发来的书信，你先看看。”

温言也不知道他葫芦里卖的什么药，赶忙狐疑地接过书信，几下看完，问道：“果真还有这等事？！”

沈敏给两人点上洋烟，猛吸了一口，这才阴恻恻地说道：“真当怎样，假又如何？他袁崇焕给喀喇沁卖粮，那咱们就告他个卖粮资敌！现在，梁兄的揭帖已经到了兵部，咱们哥俩也不能闲着，也得立刻给宫里知会一声，让他们在皇上面前也使些力气。”

“对！绝不能让那袁崇焕好过！”

“另外，咱们还得派人到京城四处去撒些帖子，让那帮人给我四处传扬出去，先造他些声音再说！”

“好！大官人想的周到。”

两人商量了一阵子，沈敏又叹了口气，说道：“不过，眼下那袁崇焕圣眷正隆，只怕我们一时半会也搬不倒他，咱们还得从长打算啊。”

听了沈敏的话，温言顿时便有如霜打的茄子一般，没了劲头。“哼！早晚一天，咱们要让那袁崇焕晓得我等的厉害！”

“近来令尊大人可好啊？”

“我们家老爷子最近也是肝火旺啊，自去年十一月以来，为了入阁的事，和钱谦益那帮东林党人大干了一场，好在有皇上支持我们，翻出钱千秋科场舞弊案，斗倒了钱谦益，把他和他学生瞿式耜，还有好些东林党人都赶回了家，老爷子也真是拼了老命了啊。”

“令尊功力深厚，朝堂上一番唇枪舌剑，颇有当年武侯舌战群儒的风采啊！”

两人说说笑笑，又闲扯了些朝中轶事。

“说来也怪，咱们现在这位皇上啊，和常人倒是大不相同，众人都说好的，他偏偏就不用，大家都反对的，他反倒情有独钟，很多事不按常理出牌，倒是叫人不好揣摩。”温言说得高兴，嘴上便也没了把门的，只管议论起皇上来了，“就说那个新任兵部尚书王洽吧，本来只是个工部侍郎，根本就没上过战场，也没在兵部有过历练，不过人倒是长得一表人才、高大威猛，哪成想，偏偏就让咱们皇上给看上了，皇上私下给人说什么王洽相貌威严，好似门神一般！京城的老百姓听说了，都私下里议论，说看来那王洽的兵部尚书是干不长啊，大官人，你可知京城百姓为什么这么说吗？”

“为什么？”

“大官人你想啊，谁家的门神不是一年一换，你说他这个官还能做的长久吗？”

“妙！实在是妙！”

温言说罢，沈敏一下反应过来，两人不禁又是一阵大笑。

两人笑了一会儿，沈敏又若有所思地说道：“咱们这个皇上倒还真是与他人不同，不过，以后咱们也正该好好揣摩一下皇上的脾性，将来也才好对症下药啊。”说到对症下药，沈敏好像是猛然想起一事，“前几日，京城里是不是来了几个蒙古鞑子？”

“对，好像是什么什么台吉，带了十几个人进京向皇上讨赏的，听我家老爷子说，那几天朝堂上正为抚赏蒙古的事，两派争得不可开交，皇上便没有搭理他们，只把他们晾在鸿胪寺馆。”

“怪不得，前几日来过一次我百花楼，几人看上去倒也有些来头。”

“怎么，大官人倒如何想起了这事？”

温言颇感纳闷，只见沈敏低着头，在房间里来回走了几趟，又猛地站住，冷冷说道：“看来咱们也该弄点儿大动静出来了。”

“什么大动静？”

沈敏走近温言，附耳低语几句，说罢，两人对视一眼，便又一起大笑起来。

国子监太学

这前后没有多长时间，京城里就四处传开了，朵颜暗通东奴，袁崇焕卖米资敌的消息。

这日一大早，国子监就已是人头攒动了。要在往日，这帮太学生们一个个都是懒散惯了，不是聚众打牌，就是上茶楼喝茶、听戏，再有就是去青楼喝喝花酒，实在无聊，就约上一帮狐朋狗友，出去游山玩水，平日所谈也不过就是风花雪月、美食佳人，每天去太学，也就是去点个卯、打个卡，哪里还有什么心思青灯黄卷、皓首穷经，去研究什么学问，可今日不知为什么，这帮太学生们却一大早就聚集在集贤门前，叽叽喳喳的，乱成一片。

这时，只见一位青年书生跳到一座高台之上，用力挥动双手，向众人大声说道：“各位学兄、学弟，请大家静一静，听在下一言！”

众人看去，见是浙江海宁人查继佑，此人自幼好学，素有才名，在太学生中也颇有声望，大家便也都先安静下来，一起听他发言。

“各位！我煌煌华夏、天朝上国，居天下之中，以为中国！不料却逢东奴跳梁、西虏猖狂，欺凌我天朝！子曰，是可忍，孰不可忍！我等学子，今日正该上为君父分忧，下为百姓解难！如今大臣昏聩、边将无能，此不正是我等赤子奋力一呼、振作朝纲之时吗？！诸位且看我乡人张岱张石公，其亦不过一介书生，与我等一样，然张岱却能于杭州飞来峰，将祸我中华的妖僧杨髡之雕像尽皆砸毁，张石公快意恩仇，为我中华争气，此正所谓真丈夫也！

“我等亦是大明赤子，如何今日还能安坐家中，饱食终日而不知报国！现西虏暗助东奴，欲犯我大明，如今竟还厚颜无耻，来我京城讨赏，岂真是欺我中华无人吗！各位学兄、学弟，倘诸位真有血性，今日便一起跟了我去，效法张石公，现在就到鸿胪寺馆去，将那蒙古使臣赶出我大明朝！”说着，查继佑便是振臂一呼，“有谁愿往？”

听了查继佑这番鼓动，台下当即便炸开了锅，百多名太学生都争着大声高喊：“走！一起去！把蒙古鞑子赶出去！”

查继佑跳下高台，振臂一挥，一群人便浩浩荡荡，直奔鸿胪寺馆而去。

鸿胪寺馆里，喀喇沁的使臣已经来京十天了，此行他们乃是奉朵颜都指挥使苏布地之命，前来京城请朝廷抚赏。然而，十天来，朝廷对他们不理不问，只把他们晾在一边。今日早起，领队的布尔喀图台吉吃罢早饭，正在房中烦恼，便猛然听到外面一片大乱。

“禀台吉，大事不好！不知哪里来了许多汉人，一路打砸，向这边来了！”

“快，快，快！给我关了院门！”布尔喀图闻报大惊，一面让属下守住院门，一面又赶紧命人收拾行囊，去后院备马。

这十几人哪里抵挡得住众人，没几下院门便被砸开，早有几名蒙古人被众人上来一通拳打脚踢，屋里屋外也是被人一通乱砸，好在京城巡营的兵丁及时赶来，又有鸿胪寺的官员们死死劝住，这才没有闹出什么人命大事来。

太学生们平日里哪曾有过今天这么刺激的事，就算是赌钱打牌、上青楼，也都早玩腻了，今天这一通打砸，一个个别提有多痛快、多刺激了！等闹过一阵儿，大家便又三五成群、大呼小叫着散去了……

布尔喀图惊魂未定，又看着自己的人一个个被揍得鼻青脸肿，立时心中大怒，当即便命手下打点行装，马上离京，返回喀喇沁。

出得城来，布尔喀图勒住战马，又回头望了一眼北京城高大的城楼，心中恨道：早晚一天，我还会回来的！接着，他一圈战马，大喝一声：“走！”众人都猛加一鞭，十几匹战马撒开四蹄，向北的大道上，顿时卷起一阵沙尘……

第十六章

二犯登莱

一

崇祯二年四月，皮岛

派去给皇太极送信的人回来了。

“皇太极只说，叫大帅快快把刘爱塔兄弟送回，否则，便叫大帅不要再派人来，如果再派，便要全部杀掉！小的这次也是侥幸才捡得一条性命，回来给大帅报信啊！”

“我与他的书信，他可有答复？我的条件你可有与他讲清楚？”

“回大帅，小的特意向皇太极转达了您的意思，如佟李之隆，我不肯，如西夷之头领隆我，我亦不肯，如何待我家大帅，还请大汗三思。哪知那皇太极听了小的的话，竟把小的斥责一顿，接着便叫人把小的赶了回来。”

毛文龙闻听此言，勃然大怒，一拍桌案便破口大骂：“娘买匹！皇太极也太不把我毛文龙放在眼里了！老子好心将他来我这里抢人的十头库放回，又送与他蟒缎丝绸诸般礼物，他却如此待我，真是气煞老夫！”毛文龙摆了摆手，叫送信人退下，随即便把头一歪，怒气冲冲地质问龚正祥，“当初都是听了你的话，我才与那皇太极讲和，现在搞成这个样子，你倒是叫本帅如何收场？！”

龚正祥被骂，心里惊慌，赶忙向毛文龙赔罪：“都怪属下无能，把事办砸了，不过事到如今，还请大帅暂且息怒，容属下再设法补救。”

“哼！”毛文龙冷笑一声，往后向虎皮大椅上一靠，发起愁来。

“大帅。”隔了一会儿，只听龚正祥向堂上轻唤一声，毛文龙兀地坐直身子，急切地询问：“怎么，龚总管可是想好了对策？”

“对策吗，倒是谈不上，只是属下有一句话，不知当讲不当讲。”龚正祥忐忑不安地回道。

“讲！”

“既然那皇太极非要大帅送回刘家兄弟，因有上回阔科的事情，我已是失了皇太极的信任，如今，大帅何不就答应了他，将那刘家兄弟送回，也好再让我两家重修旧好。”

“不可！”龚正祥话音未落，早被毛文龙打断，“我的条件，那皇太极一字不提，我怎能就把刘家兄弟给他！况且，那刘家兄弟来我皮岛已经半年，已尽知我东江虚实，倘把他兄弟交还皇太极，那我东江的老底都透给他了，我们还怎么和皇太极再谈？！本帅留着刘家兄弟还别有大用，此法现在还暂不可行！”

龚正祥碰了一鼻子灰，垂头丧气，只得再想他法：“大帅，如今那皇太极不肯助我，定是他不相信我东江的实力和诚意，皇太极老奸巨猾，不见兔子不撒鹰，显是想坐山观虎斗，待大明与我这边有事之后，他才会趁火打劫，坐收渔翁之利。而我东江，如今正是内外交困，那袁崇焕已经断了我的商路，户部又将我东江的粮饷减为二十四万，还说往年的冒领也都要逐月扣回，大帅虽然已上疏抗辩，可是，皇上却不无所动，显然是已不信我东江的说法，倘若再这样下去，就只有坐以待毙了！大帅，看来如今我们也只有一条路可走了……”

毛文龙心头一紧，立刻追问：“哪条路?”

“兵发登莱！”龚正祥一字一顿地答道。

“兵发登莱？”

“大帅，上一次，我东江兵至登莱，不过是给孙国桢、王廷试一个警告，他们只当是我们虚张声势，无能为尔。而这一次，我们却要给他们一个实实在在的教训！现在内地商船俱被扣在登莱，且我岛中现在也已无粮，只有兵发登莱，将粮货抢来，才能解我眼下之困，此其一；

“那皇太极不肯助我，只当尔取山海关，我取山东是我等诳他的谎话，如今，我只有叫他实实在在地看到行动，他才会上赶着来与我家谈和，这就正如拉人入伙，必是要先交来投名状，大家只有上到一条船里，也才好同舟共济，一起去办成大事，此其二也；

“退一万步讲，就算此后那皇太极目光短浅、不识大计，还是不肯与我两家合作，我东江今日也不能坐以待毙，大帅终是要有一块自己的地方。皮岛弹丸之地，难以回旋，一切物资所需俱要内地供应，一旦被人掐断补给，立时便是一块死地，又岂能长久？故此，我东江必得占据朝鲜铁山、义州或是山东以作为久据之地，然占据铁山、义州，必会招致后金攻击，两下相较，唯有占据山东方为上策！山东据山靠海、土地丰饶，北可据黄河以向幽燕，南可取淮泗以向江南，此正乃开基立业之地，大帅雄才伟略，今日正该占据山东以成霸业！有此三利，大帅不可再犹豫，免致将来追悔莫及啊……”

听了龚正祥这番劝说，毛文龙心里好一阵盘算，此事非同小可，一步走错，难免就会万劫不复，东江到底有多少实力，他心里还是清楚的，毛文龙坐立不安，索性站起身来，背着手在大堂里来来回回地踱起步来……

“大帅，京城沈大官人来信！”

“拿来我看。”

正在犹豫间，一名亲兵拿了一封书信，急匆匆进来禀报。毛文龙接过书信，几下看完，心里又是一阵犯急。

沈敏的来信说，如今内地的生丝、丝绸等物都积在登州，而东江的人参、鹿茸、貂皮、东珠又运不过来，京城里马上就要断货，宫里的公公和各位大人们也都在连番催促，请毛文龙速想对策以应急用。

毛文龙又来回疾走了几趟，随即猛然站住，对龚正祥恨恨道：“一不做，二不休！索性我们就做他这次，也给袁崇焕、王廷试他们点儿颜色看看！”

“大帅英明！”龚正祥抹了把头上的冷汗，又再献计，“大帅，前两天袁崇焕派徐琏送来些火器、炮药，又约大帅前往宁远一会，大帅何不借这个机会，就说是去宁远拜谒督师，我也好趁势登陆登州，以使那登莱道王廷试措手不及。另外，大帅还得赶紧作书沈大官人，务必与他约好日期，让各路商家提前准备妥当，叫他们只在登州等候大帅，届时我东江水师一到，便可将商船开往我皮岛。”

“嗯，总管所说不错，就这么办，本帅这就给我那表弟去封书信。”毛文龙点了点头，对这一番安排也颇感满意。

“大帅此番去登州、宁远，那刘家兄弟该如何安排？”见毛文龙刚要转入后堂，龚正祥又赶紧追上去询问。

毛文龙回过身，想了片刻，当即吩咐：“刘家兄弟？我也正要试探他们一番，也要他交来一份投名状，才好为我所用。这样，龚总管，你这就去安排一下。”说着，毛文龙又压低了声音，对龚正祥耳语一番，龚正祥接到指令，随即拱手告辞，转身急匆匆办差去了。

戌时刚过，毛文龙便派了一名亲兵去请刘兴祚。刘兴祚不明原委，赶忙披挂整齐，匆匆赶到帅府。一进龙虎堂，只见毛文龙正坐在帅案后，旁边站着养子毛承禄，一身披挂，扶剑而立，下首只坐了总管龚正祥，正端了茶碗在慢慢品味。

刘兴祚不敢怠慢，连忙抢步上前、叉手施礼：“末将参见大帅。”

“刘将军不必客套，快快请坐。”

毛文龙假意客套一番，热情地招呼刘兴祚就坐，接着，便眯起一双三角眼，盯着刘兴祚上上下下打量起来。

刘兴祚大为紧张，赶忙拱手问道：“不知大帅今日传唤末将，有何差遣？”

“刘将军来我东江已半年多了吧，本帅公务繁忙，也一直未与将军好好叙谈一番，将军可千万不要怪罪文龙怠慢啊！”

“大帅客气了，末将来投大帅，正如倦鸟归巢、游子返家，末将心中正是欢喜不尽，哪里敢怪罪大帅呢。”

两人又闲扯几句，突然，毛文龙话锋一转，冷冷问道：“刘将军来我东江，可是别有所图啊？”

刘兴祚闻言大惊，立刻赌咒发誓：“末将历尽千辛万苦，始得逃离魔窟，兴祚真心来投，绝无半句虚言，大帅肯收留我兄弟，末将正感激不尽，哪里还敢有一丝他念，如我胆敢对大帅有什么歹意，老天定叫我刘兴祚不得好死！”

“哼！”毛文龙冷笑一声，“你与那皇太极里应外合，设计谋我东江，你当我不知道吗？！”

“大帅这是说的哪里话来？末将冤枉啊！”

毛文龙也不理刘兴祚，只往堂下大喝一声：“带奸细！”话音刚落，早有两名亲兵拖进来一名反绑了的女真人，扔在堂下。毛文龙又扭过头瞪着刘兴祚，厉声喝问，“刘兴祚！你可认得此人？”

“大帅，此是何人？末将从未见过！”

“还敢抵赖！”毛文龙一拍虎胆，又继续斥道，“这是我昨日擒获的东奴奸细，他乃是受皇太极差遣，潜来皮岛见你，要和你约定时间，里应外合，取我东江！好在被我擒获，才未使尔等阴谋得逞，如今他已全部招供，你还有何话说？！”

刘兴祚听罢，大惊失色，赶忙双膝跪倒，大声喊冤：“大帅！冤枉啊——末将对大帅忠贞不二，绝无半点歹意！此必是皇太极恼恨末将逃归，使的反间计，他想要借大帅之手除去末将！大帅英明，万万不可中了皇太极的奸计啊！”

“你如何就说这是皇太极的反间计？”

“如那皇太极真要约我，所派必是心腹之人，此人与我素未谋面，我岂能信他？故此人必是皇太极有意差来皮岛传播流言，以使大帅起疑，大帅如若不信，便可当堂问他！”

毛文龙沉默片刻，又一拍惊堂木，向那人大声问道：“大胆奸细！那皇太极是如何对你说的，你还不如实招来！”

“回毛老爷，小人来时，我家大汗吩咐说，见到刘爱塔，就说大汗绝不会加害将军家小，将军老母妻子都有优待，将军之子，我家大汗也定会一视同仁，请将军放心。将军如准备妥当，便可与来人约定时间带回，如将来大功告成，必有厚赏。”

听那人说完，毛文龙又问刘兴祚：“那皇太极厚待你家家小，可是确有此事？你如何说？”

“回大帅，皇太极善待末将家小，此事倒是不假，不过，此中原委还请容我为大帅解释。末将在东奴时，倒也颇受努尔哈赤赏识，那努尔哈赤为笼络末将，便将其孙萨哈廉的乳母之女许配与我，末将一家与那萨哈廉、皇太极等亲贵之家也多有来往，感情交厚。皇太极对于末将之子刘五十更是喜爱有加，每有征战，也常常带在身边加以教导，故此，虽然末将不堪忍受东奴的残暴，又遭受大贝勒代善。额附乌尔古岱等人的勒索、欺压，愤而反正归明，想是那皇太极还念及些许往日情分，这才没有加害末将家小。末将历尽千辛万苦，舍家来投大帅，忠心不二，绝不敢对大帅有半点歹意！末将所说句句是实，绝无一句谎话，还请大帅明鉴！”

毛文龙听了刘兴祚这番辩白，还是不肯轻信，只一个劲地摇头：“你虽是这样说，可我又怎能相信你呢？你要真来谋我的东江，我岂不是要遭你毒手了！”

刘兴祚无言以对，禁不住已是泪流满面了，隔了片刻，他长叹一声，慨然说道：“罢了，罢了！刘兴祚啊，刘兴祚，你空有一颗赤心和一腔热血，却不为天下所容，看来，今日你只有死在这当堂，才能以证清白了！”说着，刘兴祚便缓缓站起身来，抽出宝剑，只往肩上一横，便要举剑自刎。

毛文龙见状，赶忙喝止，龚正祥、毛承禄两人也连忙一个箭步，一个拖住胳膊，一个夺下宝剑，这才将刘兴祚救下。

这时，毛文龙也已绕过帅案，一把扶住刘兴祚，假作深情地说道：“将军不必如此！刘将军一片忠心，我已尽知矣，都怪文龙轻信谣言，差点误了将军性命，还望将军不要挂怀啊。将军且请安坐，今后我东江还要多多仰仗将军杀敌立功、扫平东奴啊！”

毛文龙先是对刘兴祚安抚一番，又摆摆手叫人把“奸细”带走，这才重新坐回大堂。刘兴祚经此一场，惊魂未定，浑身上下早已是大汗淋漓了。待情绪稍定，便一拱手，向毛文龙说道：“蒙大帅不弃，末将敢不效命！今后大帅但有吩咐，就是上刀山，下火海，末将也绝不会皱半点眉头！”

“好！”毛文龙一拍帅案，大声赞道，“刘将军痛快！”

“今日，本帅正要与将军去做一件大事，不知将军愿不愿往啊？”

“大帅但有吩咐，末将敢不从命！”

“如今我东江粮饷匮乏，偏是那登莱道王廷试与我为难，将朝廷粮饷、内地商船统统据在登州不发！我东江十数万将士和数万百姓岂能坐以待毙？不日，本帅便要发战船前往登州，刘将军可随本帅一同前往，将粮饷运回，救我军民！”

“末将谨遵将令！”刘兴祚听罢，连忙起身站立，叉手接令。

毛文龙看了一眼刘兴祚，又和蔼地说道：“朝廷做事多有不公，将军反正投我已有半年，可朝廷却迟迟不予封赏，待将军与我做得此事，本帅定要再大力保举将军，请得封赏！”

“多谢大帅厚爱，末将定当誓死追随大帅，赴汤蹈火，在所不辞！”

二

崇祯二年闰四月，山东登莱

“报——，禀大人，有大队东江战船正朝我登州而来！”

辰时刚过，一名亲兵急匆匆跑进府衙，来向登莱道王廷试禀报。

“来船离我们还有多远？”

“禀大人，来船大约还需半个时辰便可到达我登州城下！”

“传令！关闭城门！各营备战！”

王廷试闻报，大吃一惊，连忙紧急安排一番，接着又带领众人一起赶往城楼。登上城头，凭堞远望，只见北方的海面上，大约四十余艘战舰，一字排开，正高扯着帆蓬，朝登州城鼓浪而来。

“王大人，你说，毛文龙这是想要干什么呢？”

问话的乃是巡按御史毛九华，他最近才来到登州，虽然在京城时，他对毛文龙的事已有所耳闻，但一下子见到毛文龙这么多战舰，他心里还是大吃了一惊！

“哼！毛文龙狼子野心已是昭然若揭了！”登莱道王廷试随口答道，“去年八月，毛文龙借口漂风，来我登莱抢掠、窥我虚实，如今，朝廷裁减了他东江的粮饷，袁督师又禁了他的商路，他必是心中恼恨，来我登州闹事来了。”

两人正说话间，东江战船已距离登州只有一箭之地了，只见各船纷纷落下帆蓬，都整齐地停在海上，船队中央，一艘艅艎战舰格外高大，桅杆顶上，一面大旗上书一个斗大的“毛”字，正在海风中迎风飘摆，原来正是东江总兵毛文龙，亲自率队来到了登州城外。船队刚一停稳，又见有一艘轻巧的快船从队中穿出，径直来到登州城水门前。

“城上的人听了！毛大帅欲往宁远拜谒督师，路过登州，特请王大人到我大帅舟中一会！”先锋参将毛永诗顶盔掼甲站在船头，叉着腰向城上大声喊道。

“大人，毛文龙居心叵测，你万不可轻身犯险啊。”城头上，登州参将黄龙赶忙提醒王廷试，“如若要见，也该请他毛文龙到我登州城内一会！”

王廷试点点头，示意亲兵向毛永诗回话。

“我家王大人说了，城内已备好酒宴，专等给毛大帅和各位将军把酒洗尘！”

“不必烦劳王大人了，我家大帅军务繁忙，无暇饮宴，还是请王大人快快随我一起去见大帅！”

王廷试听了，手捻胡须，沉吟半晌。这去吧，不知道毛文龙要耍什么花招，在他军中，只怕是凶多吉少；可这不去吧，于场面上，又似有不周。想了半天，王廷试最后还是一咬牙，狠心道：“也罢，毛文龙毕竟是我大明的一镇总兵，本官自该去拜会他一下，如今，在我登州城下，量他也不能把我怎么样！毛大人，黄将军，这登州城就先交给二位了，还请两位能小心谨慎、严密防守！尹将军，你带一队亲兵，随本官一起去拜会毛大帅。”

“请大人务要多加小心！”

几个人相互拱拱手，王廷试便带了海防游击尹继阿，领着一队亲兵下城登船去了。

一上到毛文龙帅船，王廷试走进舱房，便拱手向毛文龙施礼道：“毛大帅来我登州，下官迎驾来迟，还请大帅见谅啊。”

舱房内很宽阔，毛文龙一身金盔金甲、斜批大红战袍，正威严地坐在一张虎皮大椅上，两边战将顶盔掼甲、扶剑而立，好是一派杀气腾腾！

毛文龙见王廷试参见，也不答礼，只微阖二目，冷冷问道：“王廷试，我毛文龙和你有何冤仇，你要扣减我东江粮饷，欲致我将士于死地？！”

王廷试一听就急了，连忙申辩：“大帅这是说的哪里话来？真是冤枉下官了，东江粮饷乃是皇上下旨，由户部裁定，和下官并无干系，下官不过是按时足额将粮饷运到东江罢了。”

只见毛文龙一拍帅案，怒目圆睁，厉声喝道：“住口！事到如今，你还敢巧言狡辩！要不是你向朝廷上报，说我东江只有两万八千兵马，朝廷如何会裁减我东江粮饷？！如今我东江已七个月未收到朝廷一分钱粮，我毛文龙今日不管别的，只向你王廷试一人要来！”

“大帅向我要，下官也实是没有，如今督师大人已在关门设置东江饷司，天津、登莱所运粮饷必须先经关门，于觉华岛挂号登记，方可运往东江，现钱粮俱在宁远，大帅如要粮饷，何不就去宁远袁督师那里。”

王廷试不软不硬地和着稀泥，倒是把毛文龙气得不轻：“还有那内地的商船，你为何也扣住不发？！”

“袁部堂有令，登莱禁海，除我巡洋战船，所有船只，未经许可，片帆不得下海！”

“好，好，好！”毛文龙恶狠狠道，“今日我也不再同你多说废话，你不与我，难道我不会自己去取来吗？今日就让你看看我毛某人的厉害！”说着，毛文龙就对着堂下大喝一声，“孩儿们！”

“在！”

“与我靠岸登州，上岸取粮！”

王廷试见势不好，当即冲着毛文龙大喝一声：“毛文龙！你要干什么！你还是我大明朝的臣子吗？难道你还想犯抢登州不成！”

毛文龙哂笑一声，“我东江兵强马壮，把老子逼急了，漫说是牧马登州了，就是取那南京也不过是易如反掌尔！”

“毛文龙！你——”王廷试急得满脸通红，指着毛文龙破口大骂，“毛文龙，你不奉诏命、擅离信地、称兵内向，你想要谋反吗！你又口出狂言，牧马登州、取南京易如反掌尔这种话也是一个臣子可以说的吗？你若再不悬崖勒马、幡然醒悟，将来必死无葬身之地！”

毛文龙也不理他，只对着堂下大喝一声：“来人啊！把这两个东西给我押下去！”

王廷试还想争辩什么，尹继阿也正要拔剑反抗，早有一群武士一拥而上，将两人捆绑拿将下去。

“走，随本帅到楼上一看！”

待武士把两人押下去，毛文龙站起身来，挥手招呼沈世魁、陈继盛、龚正祥三人又一起上到望楼。毛文龙手扶栏杆，向登州城方向眺望，只见东江三十几条战船正一艘接一艘，纷纷停靠码头。战船一停稳就搭好跳板，各营军士便各持刀枪，一哄而下，奔跑的人群，立刻犹如一道潮水，迅速向四下里漫延开去。眼见此景，毛文龙不禁手拢虬髯，哈哈大笑。

登州城内，巡按御史毛九华、参将黄龙半天不见王廷试两人回来，却眼见东江兵已登陆上岸，开始四处抢掠，心中不禁是又气又急，气的是乡里百姓、码头上粮船、商家尽遭抢掠，急的是不知上官生死，无计可施。

黄龙怒火中烧，当即向毛九华大声请令："毛大人，请让标下带人马出城，去扫灭了这帮乱兵！"

"不可莽撞！"毛九华连忙劝阻，"黄将军，那毛文龙骄横跋扈，久有不臣之心，然其虽不受节制，但还未公然反叛，如果此时你带兵出去与他厮杀，搞不好便会立时激变，到那时，只怕局势大坏，你我都难逃其罪！你我身处非常之地，当以大局为重，为今之计，不若由我出面去与他们交涉，但能先稳住他等，不使他们为害，便算是功德一件了。黄将军，你只在城中坚守城池，务使登州有失，倘有不测，你即刻飞报朝廷和督师大人，以待后援！"

"毛大人，城外局势混乱，你孤身前往，如何能镇得住那帮骄兵悍将？"

毛九华微微一笑，说道："黄将军尽管放心，这高人的登州城，还有黄将军你，便是我坚强的后盾，你只管在城头架好大炮，备足弹药，令士卒们都给我瞄准了码头的战舰，看我手势行事，便可使他等不敢造次！"说着，毛九华又对着黄龙一拱手，"登州城就有劳将军了！"

黄龙心领神会，也连忙拱手施礼道："请大人放心，标下绝不敢有负大人所托！"

毛九华下到城来，点起一队亲兵，大喝一声："开城门！"随即翻身上马，一行十几人便飞一般地向码头疾驰而去。

"吁——"毛九华来到码头，勒住战马，对着东江兵大喝一声："住手！找你们将军来！"

东江兵正在码头上忙着抢运货物，忽见一对人马来至近前，领头一名官员立在马上，一副威严、凛然不可侵犯的气势，倒一下子全都被镇住了，大家一个个都停下手头动作，只傻愣愣地望着来人。早有人去飞报毛承禄，只片刻之功，毛承禄便带着毛永诗、毛有杰两名亲信，骑马赶来。

"登莱巡按毛九华敢问来者何人？"毛九华立在鞍桥上一抱拳，拱手问道。

"此乃我家少帅！"毛承禄全没把毛九华放在眼里，只歪着脑袋一晃，让一边的毛永诗代为答话。

"原来是少帅，失敬，失敬。"毛九华先打了个哈哈，接着又脸色一变，正色喝问，"东江与我登莱本同气相连，敢问少帅，今日你东江为何要纵兵抢掠我登州乡里？！"

"你登州拖欠我粮米，据住我的商船不发，又欠我往年参貂银子不给，今日我等就是奉了大帅之命，前来取回！”毛承禄举起马鞭，指着毛九华傲慢地答道。

“两家来往贸易之事，今日倒也不便详说，东江如有异议，当在日后与登莱仔细商榷！今日，你东江兵马已抢掠多时，我登莱百姓有何罪过，要受此灾祸？还望少帅立即下令，停止抢掠！”

“我等如果不听你的，你又能把我怎样？”

“如你东江还不住手，我登莱将士保境安民、守土有责，便也不得不得罪了！”

毛承禄坐在马上，向左右两边看了看，哈哈大笑道：“你现在在我手里，就不怕我连你也一起拿了去吗？”

毛九华见毛承禄如此狂妄，有心给他些教训，便冷笑一声，大声说道：“下官出城之时，便早已将生死置之度外了，今日大不了你我就是拼个鱼死网破罢了，你拿了我去，只怕你这三十多条战船，还有你抢夺的这些财物，顷刻间，便也要在我登州的炮火下化为灰烬了，到那时，你这上岸的官兵又想往哪里逃呢？”

毛承禄闻听此言，倒抽了一口冷气，他回头看了看码头上挤在一处的战船、乱作一团的军兵，不由得心虚起来……

“少帅还不肯相信吗？”毛九华又逼迫一句，接着回身一指城头，“你且来看！”

毛承禄顺着毛九华的手指看去，只见城墙上一排黑洞洞的炮口，正虎视眈眈地对准着码头。毛承禄抬头盯着城上，圈马来回遛了两下，还在犹豫不定，只见毛九华猛地把手臂一挥，城头上随后便是一声炮响，一发炮弹呼啸着砸在一艘战船的甲板上，那艘艅艎便木屑飞溅，船上一片哭爹喊娘。

“少帅，还要再试试吗？下官的手再挥下去，可就不是一发炮弹了，这几十门大炮一起开火，你东江战船只怕是要玉石俱焚了！”

“大人慢来！你我两家有话好说。”毛承禄挨了一下教训，顿时气馁，语气也立马软了下来。

“请少帅立即下令，停止抢掠！”

“是，传令下去，各营收队回船！”

“我家王大人现在何处？请立即将王大人送回登州！”

"王大人现还在帅船与我家大帅叙谈，我这就回去禀报父帅，送王大人回登州。"

此时，东江兵在登莱地面已是饱掠一番，船上早已堆满了抢来的粮米、财物，毛承禄一声令下，东江战船扯起帆蓬，一只接一只撤离码头。

回到毛文龙的帅船上，毛承禄连忙向毛文龙汇报了陆上情形，接着又附耳悄悄禀报："沈大官人他们的商船都被扣在登州城小海港内，那登州城坚炮利，不可强攻，父帅，咱们以后还得另想他法啊。另外，那登莱道王廷试，怎么处理？"

毛文龙听了汇报，坐在虎皮大椅上，愁眉紧锁，想了好半天，才又对毛承禄下令道："大军今晚先驻扎庙岛，把王廷试也一起带去。"

"是。"

酉时庙岛

庙岛，古称沙门岛，距离登州三十里，古时为流放和关押囚犯的地方。庙岛群岛由多个岛屿组成，又称长山列岛。

毛文龙在岛上设立了帅帐。已是掌灯时分，他早已换了一身便服，正独自一人在帐中徘徊。

"来人呐—— 去把王大人给本帅请来。"

毛文龙对帐外的亲兵吩咐一声，不一会儿，两名亲兵便把王廷试带到了帐中。

"王大人，今日毛某多有得罪，让王大人受惊了，还请大人多多见谅啊。"一见王廷试进来，毛文龙当即换了一副面孔，满面春风地迎了上去，一边拱手赔罪，一边又拉了王廷试的手，请他坐了上座。

王廷试一脸懵懂，不知道毛文龙葫芦里卖的什么药，便坐在座中，一言不发。

"王大人，上次去我东江核查兵马，本帅军务繁忙，就没有好好招待王大人，今日请王大人来到这庙岛，不过是文龙要借贵地，来与大人叙叙同僚之谊罢了。"毛文龙干笑两声，见王廷试还是不说话，便又挑起话头，"我知道王大人为官清正，又上有老母，下有妻儿，就朝廷那点儿俸禄银子，又如何养活的了这一大家子呢，文龙知大人清苦，这不，毛某特意为大人准备了两根百年老山参，请王大人带回去孝敬老母，略备薄礼，还请王大人笑纳。"说着，毛文龙便将桌上的两只精美的盒子推到王廷试面前。

“大帅，下官无功不受禄，怎敢收下大帅的东西。大帅乃是下官上司，但有吩咐，下官秉公办理即是，还请大帅不必如此客气。”两人推让半天，王廷试还是执意不肯收下礼物，最后，王廷试只得拱手施礼，对毛文龙说道，“大帅可是有什么为难之事？请尽管明言，不必隐讳。”

毛文龙又纠结半天，随即一拍大腿，说道：“好！明人不说暗话，王大人也是个痛快之人，那本帅今日就与你明说了吧。我皮岛孤悬海外，一切所用俱需内地供应。如今袁大人不体恤我东江之苦，断我商路，实是拦喉一刀，让我东江将士如何生存？又如何上阵杀敌？故此，文龙这才来与王大人相商，这内地商家俱需从你登州出海，前往我东江，只要今后，你王大人网开一面，那便是救我东江数十万条军民的性命！当然，我毛文龙也不是那种知恩不报之人，只要王大人答应文龙，我东江必有重谢！”

说到这里，王廷试总算是彻底明白了，原来毛文龙还是为了这东江财路！王廷试暗笑一声，心想，硬的不行，便要来软的，毛文龙也算是挖空心思了，然我又岂会从你？想到这里，王廷试便又向毛文龙一拱手，正色说道：“下官办事，只知奉公守法，绝不敢做那半点徇私之事！如今督师袁大人已有严令，登州禁海，除巡洋战船外，商民船等未经许可，片帆不得下海！大帅之请，恕下官实难从命！”

“你当真不愿与我毛文龙交好？”

“还请大帅见谅！”

毛文龙见王廷试软硬不吃，勃然大怒，一拍桌案，厉声喝道：“本帅与你好话说尽，你王廷试不识时务，那就休怪本帅无情了！来人啊——将王廷试给我押下去，严加看管！”

“是！”

望着王廷试的背影，毛文龙仍然余怒未消，背着手在大帐里来回踱步。不知什么时候，龚正祥已悄悄走到毛文龙身后，轻声说道：“大帅，实在不行，就像当年的那个参军赵佑，我们不如就把他……”

毛文龙回过身来，龚正祥伸开手掌，给他做了个手势，毛文龙见状，连忙摇头。“不行，不行，如今他在我们手上，把他做了，只怕朝廷那里，我们不好交待，先把他关起来，我就不信还收拾不了他！”

三更时分，岛上一片漆黑，天空中繁星点点，显得格外明亮。

在关押王廷试、尹继阿的帐外，四个黑影正悄悄接近帐口的两名守卫，两名守卫也早已瞌睡难支，正拄着枪歪坐在地上，鼾声如雷。四个黑影轻轻摸过去，迅速出手，只三两下，便将两名守卫打晕并捆了个结实。其中一人一闪身，进到帐内，轻声呼唤：“王大人、尹将军，请快随我来！”

王廷试、尹继阿两人一惊，连忙翻身而起，借着帐外的星光，二人只看到面前站着一个高大的黑衣人。

“大人，此处不是讲话之地，我已在岸边备下一条小船，请两位快随我来！”

王廷试、尹继阿又惊又喜，两人对视一眼，便随着来人一起往海边去了。

次日天明，毛文龙帅帐

“报大帅！大事不好，那王廷试、尹继阿二人昨夜已逃出庙岛去了！”

毛文龙刚刚梳洗完毕，忽闻来报，勃然大怒，骂道：“娘买匹！坏我大事！快去把我儿找来！”

只片刻之功，毛承禄已一身披挂，来到大帐。

“承禄，那王廷试逃回登州，必是要去宁远告我一状，本帅也不能坐视他去害我，你即刻带了亲兵，赶往宁远，去会一会那袁崇焕！”

“是！孩儿遵命！”

三

毛承禄去得快，回来得也快。

第五天，正午刚过，毛承禄就带着船队从宁远返回了庙岛。

“父帅，果不出您所料，那王廷试当真是去了宁远告状。”

“那袁崇焕有什么反应？”

“这倒是让儿子感到有些奇怪，儿子赶到督师府的时候，那王廷试一见面，便对我破口大骂，告我东江抢掠登莱、劫持官员！儿子自是不忿，当即便与他对面理论。那袁崇焕见我两家争执，二话不说，就先把王廷试申斥一顿，说文官不知体恤武将，稍有不合意，就想着弹劾、中伤，成何体统！便将那王廷试喝退。

“完了，袁崇焕又安抚儿子说，既然东江缺饷，为何不早点讲来？东江孤悬海外，自是不比内地，如有什么难处，尽管道来。他那里正有从天津刚刚运到的粮饷，且拨十船津粮与我，以救今日之急。现这十船津粮儿子也已带来庙岛，另外，那袁崇焕又犒赏我东江将士千金，更有许多猪羊酒面，还说要向朝廷为我东江请饷。最后，那袁崇焕又手书一封，让儿子转交父帅。”说着，毛承禄便取出袁崇焕书信，交与毛文龙。

毛文龙拆信一看，在信中，袁崇焕先是大大勉励毛文龙一番，接着又说，希望与毛帅一会，好面议方略，请毛文龙来宁远一趟。

“那袁崇焕没有责问你登州之事？”

“没有，斥退了王廷试，那袁崇焕就再未提及此事。”

听了毛承禄的汇报，又看了袁崇焕的书信，毛文龙大感意外。“据你看来，那袁崇焕是如何样人？”毛文龙在大帐里来回走了几趟，冷不丁向毛承禄问道。

“父帅，那袁崇焕个子不高，相貌也不甚出众，看上去倒也没什么了不得，在儿子看来，他倒是书生气十足，言语间似乎对父帅倒满是敬仰，想要竭力结交父帅。”

毛文龙没有作声，只低着头、陷入了沉思。袁崇焕与毛文龙虽素未谋面，然而两人交手却是已有多年了，两人一个任职关宁，一个远在朝鲜，本没什么瓜葛，然而，天启六年的一场大战，却将两人的命运紧紧绑在一起。

天启六年正月，努尔哈赤率六万八旗精兵进犯宁远，袁崇焕独卧孤城，率不足两万守军，凭坚城、用大炮，挫努尔哈赤于城下，取得宁远大捷。消息传来，举国欢腾！

兵部尚书王永光向天启帝盛赞袁崇焕的功绩，称其辽左发难，各城望风奔溃，八年来，贼始一挫也！此战实乃遏十余万之强虏，振八九年之积颓之大捷！天启帝亦下旨夸赞：“此七八年来所绝无，深足为封疆吐气！”并擢袁崇焕升任辽东巡抚，时袁崇焕四十三岁。

然而，在褒奖袁崇焕的同时，朝中大臣却对毛文龙的表现大为不满，纷纷上疏指责，毛文龙更是破天荒、遭到了天启帝的痛斥：奴犯宁远已经三月，毛文龙竟毫不知觉，何云牵制？毛文龙远据须弥岛，距离东奴巢穴两千余里，距离宁远也是遥不相及，你毛文龙当自审奏报，勿要徒以献俘塞责！

皇上的斥责是严厉的，意思也很明白，那就是你毛文龙不要再动不动就胡乱拿些人冒充俘虏来蒙朕了，以后还是要拿真正的战绩来说话！

毛文龙遭到申斥，心中自是愤恨不平，遂上疏辩解，但在事实面前，东江镇的致命问题却是无法回避的。皮岛距离关宁太远，中有群山和大海阻隔，根本无法和关宁进行及时有效的联络、支援与配合，特别是每年一进入冬季，黄海、渤海结冰，东江便成为与世隔绝的孤岛，如何会有牵制之效呢？于是，因为宁远大捷，天启皇帝的这一褒一贬，便成了两人多年恩怨的发端。

当年五月，宁远保卫战四个月后，袁崇焕上疏天启帝，建议朝廷令毛文龙移镇：毛文龙宜择便移镇近岛，东江镇当日近辽东，而不宜日近朝鲜！如此，则东江兵马水可泛棹三岔河，陆可扬鞭南四卫；朝廷但有节制，片纸呼之，翘首可待。

而毛文龙却不愿移镇，借口牵制，百般推阻，朝中也是争论一片，自此，毛文龙心中便结下怨恨。

当年夏，毛文龙部将李矿、李钺兄弟因与他不和，率所部四千人投宁远。毛文龙闻讯大怒，上奏朝廷参劾袁崇焕中军旗鼓徐敷奏，说他以大饷大粮煽动李矿兄弟叛逃宁远，请朝廷杀徐敷奏、李矿兄弟等三人。袁崇焕审得内情，遂上疏为三人申辩求情。朝廷下旨称李矿兄弟情有可原，着免去官职，发军前戴罪立功。

然而，此举无疑大大激怒了毛文龙，在东江这一亩三分地里，没有人可以和他毛文龙做对，和他做对的人，无论是当年和他一起开创东江的战友王一宁，还是对他有提携、赏识之恩的老领导登莱巡抚袁可立，以及之后的历任登抚武之望、李嵩、孙国桢，以及后来的参军赵佑、现在的李矿兄弟等等，只要你触动了毛文龙的利益，那要么下台，要么死！

毛文龙不依不饶，又连连上疏、多次弹劾，终于在半年多后使朝廷下旨将李矿兄弟正法。他之所以必要致李矿兄弟于死地，那就是要明确警告东江诸将，在东江这块地盘，只有听我毛文龙的，你们谁也别想逃出我的手心！

经过此事，毛文龙对袁崇焕的恨意，已是更深一层了。一年后，天启七年夏，宁锦大战后不久，袁崇焕仍希望毛文龙能同意移镇，以利于配合关宁军联合作战，遂派出参军赵佑、中军旗鼓徐敷奏前往皮岛，与毛文龙协商移镇之事。不料，毛文龙却杀心陡起，不久，毛文龙上奏称赵佑离奇失踪，徐敷奏拐带东江辽民逃往宁远。天高海阔，朝廷无法调查，赵佑失踪一案便也成了一桩无头悬案！

无疑，赵佑一案乃是毛文龙发给袁崇焕的一个清晰信号和明确警告， 东江是我毛文龙的“禁脔”，任何人不得染指！

“父帅，下一步我们该怎么办？”

“哦？”听到毛承禄发问，毛文龙猛地从沉思中醒过神来，他拢了拢颌下的虬髯，阴着脸说道，“看来，咱们也该去会一会这位从没见过面的老朋友了。传令下去！明日一早，大队人马随我一起前往宁远！”

三日后，宁远

“平辽大将军，左都督，东江总兵官毛文龙驾到——”

随着一声响亮的唱报，蓟辽督师府中门大开，督师袁崇焕身穿大红朝服，率领着一班文臣武将，一起走下台阶，出府来迎接毛文龙。

“毛帅大驾光临我宁远，本部堂迎接来迟，还请毛帅多多包涵啊！”

“毛文龙一介武夫，何敢劳督师大人降阶相迎呢，大人客气了。”毛文龙金盔金甲，披一袭大红斗篷，在毛承禄、陈继盛、刘兴祚等一班东江武将的簇拥下，挺胸阔步而来。

二人相见，袁崇焕一抱拳，先是躬身施礼，毛文龙见了也不参拜，只是一抱拳，也躬身还了一礼。

辽东文武看在眼里，心中俱是愤愤不平，这毛文龙也太无礼了，大明朝官制以文制武，蓟辽督师袁崇焕乃是朝廷二品大员，辽东最高军政长官，节制赵率教、祖大寿、毛文龙三镇总兵，你毛文龙第一次拜谒上官，如何敢不大礼参拜呢？

袁崇焕倒不以为意，仍是满面笑容，他先是给毛文龙介绍了一遍辽东文武，接着又一个个见过东江诸将，随后便拉着毛文龙，一路说说笑笑，并肩走进督师府大堂。待众人坐定，上茶已毕，袁崇焕随即发话：“真是百闻不如一见啊，早听说毛帅乃我大明海上长城，今日袁某一见，大帅果然一派英雄气概，真是名不虚传啊！”

“督师大人谬赞啊！不过，倒也不是我毛文龙夸口，我东江开镇七年，这海外情形，也只有我毛某人最清楚！人人惧怕他东奴，我毛文龙偏不怕他！那还是先帝在时，我便上疏说过，但给我东江百万粮饷，不出两年，我便可一举扫平了东奴！唉，只可惜那帮朝中大臣，时时攻讦、百般掣肘，以至于误国至今，实在是可恼又可恨啊！”

辽东众人听了毛文龙这番大话，都面面相觑、心生鄙夷，一个个只坐在那里不说话，彼此以目示意。袁崇焕倒只是轻轻笑了一笑，又接过话头说道：“毛帅心中不平，本部堂倒是十分理解，东江孤悬海外，其中甘苦岂是外人可尽知？前几日，我已申斥登莱道王廷试，做文臣的今后务要多多体恤武将，不可动辄相参中伤！另外，对于东江粮饷，毛帅可能也还多少有些误会，日前，我已派副总兵徐琏去东江向毛帅做过说明，今日本部堂还是要向毛帅再当面澄清，自今时起，你东江粮饷以及一切弓马、器械所需之物，俱由我关宁负责，对于毛帅所需之物，本部堂定要亲自督查，定不会使你东江粮饷有半点克扣和延误，这一点还请毛帅放心。今后你我两家还当精诚合作，毛帅也无需再忧心粮饷，只需一意进取，以助我袁某早日扫平东奴，恢复辽东！”

“好说，好说！”毛文龙听罢，打起了哈哈，“有大人这话，我毛文龙自当努力进取，只要粮饷充足，不消大人吩咐，我等东江兵马立时便能一把火燧了那东奴！”

袁崇焕见毛文龙只是拿些大话欺人，并无一句实话，也是颇为无奈，只得暗暗叹了口气。

“督师大人，日前，本帅已收得大人与我的十船津粮，文龙今日来宁远拜谒督师，在这里特向大人致谢！督师大人军务繁忙，文龙今日不敢过多打扰，改日请督师大人到我东江一会，到那时，大人再当面指陈方略，文龙再仔细聆听大人教诲，不知大人意下如何？”

“好，那本部堂就与毛帅约定，我袁某人不日定会前往你东江，与大帅一会！”

毛文龙在宁远无意久留，拜谒之后只三两句就要转回，袁崇焕也不再挽留，便与众文武一起把毛文龙一行送出了府衙。

督师府内堂

送走了毛文龙一行，袁崇焕和程本直回到书房，谈起今日之事，程本直不解地问道："大人，那毛文龙暗通东奴，前番阔科被解送京城乃是被户部黄中色撞破，现刘兴祚来书也已证得此事，毛文龙欲与东奴勾结，又前后两犯登莱，咆哮索饷、抢掠乡里、劫持官员，此次若非刘兴祚兄弟暗中相救，王廷试大人恐已为毛文龙所害！毛文龙逆行已是昭昭，大人今日何不就在宁远将其拿办呢？"

"唉……"袁崇焕长叹一声，"我非是不知毛文龙逆行，其倒行逆施，恶贯满盈，不除则必将为祸！他不过一匹夫尔，除他有何难哉，今日几名武士便可使其束手就擒，然我拿办文龙非为私隙，乃是为我复辽大计。恢复辽东有必乘之机，有必由之路，此即国初马云、叶旺取辽东之故事！今日，我欲复辽，必用东江，使其与我关宁一正一奇，一出关宁、一取辽南，两路出击，方可成功！

"我如今要拿办他，正是为了收服东江，使其为我所用。我今日倘在宁远拿办毛文龙，东江诸将不知其罪，又安肯真心归服？异日，我必得亲赴其地，将他声罪正法，使东江众将知文龙之罪，我方可收服诸将！"

"大人所虑深远，不过大人此举凶险异常，还望大人再要三思啊……"

"唉，我本无除文龙之心，自去年上任以来，崇焕本欲柔其骨、化其心，使其束身归命于朝廷，一听崇焕节制，痛改前非，则有生无死。无奈文龙毒之所积，已危及我大明江山社稷，崇焕实属无奈，不得不行此下策了。也罢，今日我便再行文与他，划定职守，自旅顺以东今后尽行东江印信；旅顺以西，则行我督师印信，令其进取镇江、旅顺，倘毛文龙遵我号令，则有生无死；如其不然，则有死无生矣！"

第十七章

君臣斗法

一

司马史公在《史记》中就记载着这样一个故事：话说范蠡辅佐越王勾践称霸之后，功成身退，来到定陶经商，成为巨富，人称陶朱公。

范蠡有三子，某一年，二儿子在楚国惹上官司被打入死牢，范蠡就叫小儿子带上千金，又写了一封书信给在楚国做客卿的好友庄生帮忙搭救。范蠡的长子知道后，说家里出了事应该由长子出面搞定，父亲不派我去，就是对我的不信任，我不如死了算了。范蠡给搅得没有办法，只好派大儿子去楚国。临行前，范蠡再三叮嘱长子，到了楚国之后，不论什么事，都要任由庄生安排，千万不要插手过问。

大儿子到了楚国，找到庄生，发现庄生穷的一塌糊涂，住所门前都长满了杂草。大儿子按照范蠡的交代，把千金交给庄生。庄生听明来意，便说："你现在可以回去了，千万不要逗留，即使弟弟放出来了，也什么都不要问！"

可是，大儿子不放心，没有听父亲和庄生的话离开楚国，而是又拿了黄金去献给楚国的权贵，以求门路。

庄生虽然贫穷，但却因为廉洁正直而闻名天下，从楚王以下也都把他当老师一样尊崇。至于范蠡送来的黄金，庄生也只是暂时收下，本想事成之后再还给范家。但是范蠡的长子不明所以，以为把钱给这样的人毫无用处。

庄生受托，某天，便找了一个合适的机会去见楚王，说："某星宿移动到某个位置，将对楚国有危害。"楚王向来相信庄生，问庄生如何是好。庄生说只有做好事才能消除，楚王明白了，准备大赦天下，然后命人去封闭府库。

楚国那位接受了大儿子贿赂的官员听说消息后，大喜，跑去告诉范蠡长子，说：“楚王就要大赦天下了，每次王实施大赦，怕人乘机在大赦前抢劫，所以常常先把府库封闭，昨晚楚王已命令封闭府库了。”

大儿子以为楚国即将大赦，他的弟弟自然会放出，那么千金岂不是白白便宜了庄生？长子立刻去见庄生。庄生见到长子，大惊说：“你怎么还没有离开？”长子十分不客气地说：“当然没有离开！当初是为了弟弟的事情，现在弟弟的罪，大家都知道会自动赦免了，所以特来向先生辞行！”庄生明白他的意思，便往里面一指说：“钱都在里面，你自己拿走吧。”大儿子拿回财物，欢喜而去。

庄生被长子的做法激怒，又去见楚王说：“我上次说星宿的事情，大王说要用修德的方法来回报，这当然很好。但现在我在街市上听很多人说，陶有一位富人叫朱公，他的儿子在楚国杀了人被囚在牢里，他的家人拿了许多金钱贿赂了大王的左右，所以大王并不是为了体恤国民而大赦天下，而是因为朱公儿子的缘故！”楚王一听，大怒：“胡扯！我虽然没什么德行，但怎么会因为朱公儿子的缘故而特别施恩大赦呢？”就命令先杀掉了范蠡的儿子，第二天才下达赦免的命令。

范蠡的长子最终带着他弟弟的尸体回来。到家以后，家人都很悲伤，范蠡独自苦笑：“知子莫如父，我就知道，他一去肯定会害死他的弟弟！不让他去吧，他又要自杀，我反正要失去一个儿子，不如就让他去吧。他不是不爱他的弟弟，只是舍不得花钱呀！他年少时和我一起经营，知道谋生的艰难，吃过很多苦，所以舍不得花钱。而我的小儿子，生来就看见我很富有，坐着好车，骑着良马，去追逐狡兔，哪里懂得钱财是怎样积聚的，所以不会吝惜。我原想派小儿子去，就是因为他能舍弃财物呀！而大儿子是做不到的，所以最后必然害死他的弟弟，这是合乎常理的，没有什么好悲伤的！”

现在，大明朝的这位崇祯皇上就像那个大儿子一样，大臣们都知道大明朝缺银子，皇上最烦的就是有人管他要钱！甭管你是打仗还是赈灾，但凡有人敢向皇上提钱，必然遭致申斥，搞不好，这个官就别当了，但要是你说给皇上省钱，皇上立马就会对你青眼相加。

礼部侍郎周延儒，因为廷对时凭借“各边兵哗，非是缺饷，实是因为边将无能，古有张巡罗雀掘鼠而军心不变，我大明边关昔日本为防御外敌，今日却要用来防备乱兵了！”的一套说辞帮皇上解了围，这才邀获圣心，成了时下皇上眼中的“红人”吗？如今，皇上对他是格外青睐，每有大事，必要先听听周延儒的意见，照此势头，他入阁也已是板上钉钉的事情了。

“楚王好细腰，宫中多饿死！”大臣们一个个都不傻，自然知道该怎么做，于是，崇祯二年四月，我们便看到了这样一派热闹景象。

左都御史曹于汴上疏言八事：一倡素俭，一省罚赎，一别贪廉；

御史郑宗周、毛羽健、梁子璠上疏请清汰冗官、冗员；

兵科给事中陶崇道上疏，条奏“缩兵就饷一法”，以绝流澄源；

户科给事中解学龙上“足饷十六事”：一裁京、边二操空额，一汰文武冗员；

翰林院四译馆少卿吕维祺上疏“清覆五事”：一马价，一盐菜银，一河工银；

刑科给事中刘懋上疏请裁驿站……一时间，朝堂上下，“裁”声一片，清兵汰饷的呼声更是疏满公车！

大臣们也不管那许多，不就是想省钱吗，裁吧！大家一个个争先恐后地抢着向皇上献计献策，比着向皇上请功邀宠。

面对一派喜人的新气象，我们十九岁的年轻皇上，自然也是热情高涨，做起事来更是雷厉风行，绝不拖泥带水！

皇上立即下旨：命张巡、许远配享武庙！号召大明全体官员向大唐英雄张巡、许远学习；

命刑科给事中刘懋升任兵科左给事中，专管裁撤驿站；

命王元雅接任顺天巡抚、刘策出任蓟辽总督、朱国彦调任蓟镇总兵，蓟镇继续清兵汰饷。

崇祯大刀阔斧，一顿操作猛如虎，不久，在西北驿站混日子的李自成光荣下岗！李自成不等、不靠，便毅然决然，去投奔了那支“流民”大军！

不过，这个时候的大明，在崇祯一年半的英明领导下，各项工作都取得了喜人的成果，全国形势正是一片大好！

首先，铲除了魏阉，及至二年正月，钦定“逆案”已成；其次，作乱多年的西南奢安叛乱也已基本搞定，云贵总督朱燮元于二年八月，诱敌深入，大败叛军，斩首数万级，安邦彦、奢崇明败死，彻底平定奢安叛乱；再次，元年九月，横行东南的海盗郑芝龙，也已被福建巡抚熊文灿招抚，郑芝龙率部降明，诏授海防游击；二年三月，宣大总督王象乾与察哈尔议款已成，察哈尔开始北迁河套地区，西虏的威胁暂时得以解除。

至于后来席卷天下的陕北农民军，这个时候还远没有成其气候，基本上处于萌芽状态，高迎祥也才刚刚创业，顶多就算是“种子轮”，在地方上稍有点名气的也就是王二、王嘉胤、高迎祥了，剩下就都是什么“扫地虎”“独尾狼”“草上飞”这样一些不入流的小角色，根本就还进不了崇祯的视野。

崇祯二年的上半年至十月前，崇祯已雄心勃勃地走到了他的人生顶点!

三月察哈尔议款刚成，四月大同巡抚张宗衡就连上奏疏，痛斥此等卖国行径：“兹见新增察哈尔抚赏八万一千两，臣查各地历年抚赏，大同、山西、宣府、辽东两年总计已达百万两矣！念国家正当三空四尽，各边盼饷正是望眼欲穿之际，今突举百万以款西虏，此是何道理？臣到任已九个月，自我到大同以来，察哈尔驻归化城，去大同三百里，屡屡扬言要来索饷，但臣全不理他、未尝与他讲一个款字，那察哈尔还不是不敢近大同一步？！如今，察哈尔疲甚、饿甚、穷甚，臣正恨不能向朝廷请炮、请马、请饷，以将他们一网打尽，却突见这白花花的百万银子就要如流水一般去而不返，臣焉能不痛愤不已乎？！”

张宗衡的奏疏一到，立刻便在朝堂上引起一片哗然，御史、科道言官、翰林们一个个更是群情激愤，他们认为我大明本就缺钱，为何还要给察哈尔银子？蒙古人贪得无厌，我如何要惧怕他们，如今塞外大饥，不如就把他们统统饿死、困死、彻底剿灭!

八十四岁的老臣、宣大总督王象乾历尽万难，刚刚抚定察哈尔，这时听到朝中议论，气得差不多就是要狂吐一口老血了。他们这些这帮站着说话不腰疼、只会夸夸其谈、纸上谈兵的孙子，哪里晓得边塞形势的复杂凶险？西虏不抚，东奴不靖，如今东奴虎视眈眈，倘若将蒙古推向东奴，大明东西两面受敌，这才真是祸不可知啊!

恰在此时，兵部又报：“袁崇焕于高台堡开市，与朵颜三十六家互市布帛、粮米，朵颜暗通东奴，为东奴买粮！”

崇祯闻报大吃一惊，众臣也是群情激愤，右春坊右中允陈仁锡当即出班，慷慨陈奏：“皇上，袁崇焕出关已近一年，一年来，只见他月月要饷、要粮、要马、要炮，却不见他东出一骑去战东奴。今他又拿国家粮米、布帛卖与朵颜，暗助东奴，此真误国害民之举！臣恳请皇上，严旨申斥袁崇焕，命其立即停市，再不得与寇贸易！”

陈仁锡乃翰林出身，时任詹事府右春坊右中允，正五品，别看品级不高，可却不敢小觑。大明朝的规矩，非进士不入翰林，非翰林不得入阁。能在大明朝掌管最高权力的人实际上都是出自这样一批人，他们往往没有在地方或各部锻炼的经历，被外放任职或去各部的都是名次靠后的二甲进士和三甲同进士，如袁崇焕、孙传庭等，缺乏处理具体事务的行政或军政经验，很多人在翰林院可能一待就是十年甚至二十年，每日和各种文案打交道，或担任讲读，或编修《实录》，或起草诏书，实为皇家文秘，所以，又常常被称为词臣，而詹事府实际上就是这样的一个秘书机构。

陈仁锡除了担任皇家高等秘书外，还兼任了武举会试主考官一职。而且，最为重要的一点，陈仁锡乃是周皇后儿时的老师，与皇家的关系那可是非同一般啊！

“陈爱卿所言甚是！”听了陈仁锡的话，崇祯深以为然，当即传旨，“据报西夷市买货物，明是接应东奴、借寇资盗，岂容听许？着兵部一面行文督抚，加紧提备，仍着袁崇焕详加计度具奏！另委派右春坊右中允陈仁锡出使辽东，查明此事！”

“臣遵旨。”

陈仁锡称旨退下，又有云南道御史毛羽健出班启奏：“平台召对时，袁崇焕对陛下言之曰五年复辽，臣心壮之。今期年矣，臣不知督师有何头绪，又作何纲领？诸如何时进兵，如何调配兵马，如何收复等事，臣见他尚无次第，臣窃忧之。今有五问，曰方略、兵制、粮运、局势、善后，以质督师，臣恳请皇上，责成督师一一据形势而试答之，以安皇上与众臣之心。”

崇祯听罢，点头称许，便又传旨：“督师肩负重任，恢复大计当有成画，这所问五款，甚为至要，着兵部立即移文督师，要他据情形逐一登答！”

“是，臣等遵旨。”

二

崇祯二年闰四月，紫禁城文华殿

“陈爱卿，袁崇焕与朵颜互市一事，可有查清？”

右春坊右中允陈仁锡已从辽东回来，此行他乃是奉旨调查高台堡卖粮一事，前后行程一个多月，昨日才刚刚回京。早朝开始，崇祯上来就问陈仁锡，陈仁锡不敢怠慢，赶忙出班回奏：“回皇上，臣出使辽东，前往高台堡，现已查明，那朵颜苏布地确实暗通东奴！臣在高台堡见朵颜三十六家为察哈尔买妇女，为东奴买米，囤积窖藏。

“时又有宁远武举王振远、陈国威两人前来告臣，说苏布地居于关外，表面上好像仇恨察哈尔，实则与他亲昵，苏布地又与东奴通婚，两家交好。两人又说苏布地在宁远关外有六七千人，来高台堡开市的只有两千人左右，还建议臣，何不效法傅介子斩杀楼兰王故事，趁苏布地不备，乘夜掩而杀之！又说，东奴在朵颜处约有四百余名哨探，都不带弓矢，察哈尔又远在漠外，必驰援不及，我乘夜杀之，必可成功！如此，则祸患可除，不然待到秋冬时节，东奴来犯，必舍辽而攻蓟、宣，到那时，惹动天下兵马，则大事坏矣。

“臣闻二人之言，心实壮之！臣以为，此举东可以断绝东奴窥伺，西可为察哈尔泄愤，内又可消除我大明肘腋之患，实乃一举而三捷之法！臣遂与关内道梁廷栋密会协商。梁大人闻之，大赞此计，只是苦于关兵脆弱，难以出击。臣又提议动用关外前屯等处兵马，然督师终是不允，臣也只得抱憾而归，回报皇上。”

“皇上！陈大人所说多有虚妄，万不可轻信！”

陈仁锡话音刚落，早有一位青年官员挺身而出，众臣看去，见是兵科给事中钱家修。钱家修，浙江秀水人，乃是贡士出身，虽非进士，但为人直言敢谏，更因其在新皇即位之初，敢于上疏弹劾魏忠贤而被破格起用。

“哦？陈大人所说有何虚妄？”崇祯当即问道。

“回皇上，陈大人所说，有诸多于情、于理、于实际不合之处，恐非实情！

去岁今冬，塞外大饥，朵颜家如悬磬、粮食无资，以至有人俱相食之事，袁督师曾亲往抚谕，各夷皆称愿以妻子为质，断不敢诱东奴入犯我边。试想今日，那朵颜自己尚且乏粮、自顾不暇，又安肯为东奴买米窖储？此不合之处一也。陈大人说，见朵颜在高台堡为东奴买米，囤积窖藏。那朵颜买米不假，可是请问陈大人，你又是如何知道他是为东奴买米？你说他为东奴囤积窖藏，那他又屯于何处呢？”

“这个，听人说是朵颜在猪首山为东奴窖米。”

“陈大人可是亲眼得见？可有实据？”

“这个，这个，当地亦多有传言……”

“陈人人既非亲眼得见，又无实据，又安能说朵颜就是在为东奴买米，此不合之处二也。陈大人又说朵颜为察哈尔买妇女，自察哈尔西迁以来，攻伐朵颜，杀其部众，抢其牲畜、土地，两家早已势成水火，朵颜如何又会为察哈尔去买卖妇女？两武举说，朵颜表面上与察哈尔仇恨，实则亲昵，他们是如何得知？有何实据？此说荒诞且与事实不符，此不合之处三也。

“朵颜世居我蓟镇边外，受赏日久，乃是我大明外藩，其首领苏布地世袭朵颜都指挥使一职，今朵颜并无公然叛我，我如何能趁人之危，将其杀害？此不义之举，又安能不为我大明招致祸端！王、陈两武举知陈大人乃武举会试主考，故此才会造作不实之言，蛊惑上官，贪功邀宠！今日我大明边情岂是当日楼兰可比？楼兰远在西域，傅介子骤然发作，即使有失，亦不会祸及长安；而今日朵颜，乃我京师肩背，一旦有失，我京师立时危急，此万钧之地，岂可为博一己之虚名而孟浪行事？

“今日朵颜正受迫于东奴、西虏两面夹击之下，又处饥寒交迫之中，正是叛顺不定的关键时刻，如今我大明为扫平东奴，正该极力安抚朵颜，使其不投入东奴，又怎能无故生事，使其叛我而去呢？

“督师日前已有奏疏，其肺腑之言，方是老诚持重之见！督师袁大人言道，今日朵颜，穷迫已极，为求活命，不得不卖少许布帛与东奴，以获利糊口，此不过是他们的活命之法，若绝其活命之法，则是要其立时等死！然而，朵颜肯坐以待毙乎？即使饥之、窘之，可以绝其类乎？如不可绝，则不必招其怨恨而驱其转投东奴！况且，天启二年，我广宁败回之时，关内关外告饥，朵颜亦曾卖粮米与我，我歉曾因其食，如今他歉，我亦当屯其膏，此乃义举！不如因而树德，存数种于外，倘有他敌入犯，我得借作藩篱。督师久历边事，熟悉夷情，其老成持重，又岂是那些书生可比！

“袁大人在《登答御史毛羽健五问复辽方略疏》中说的明白，西边无事，我方可并力向东！今日袁大人正要组织三方五路，行国初马云、叶旺取辽之故计，筹措人马，以期收服全辽，值此蓄势待发之际，我朝廷怎可因三两书生贪功误国之言而坏我复辽大计？袁大人当日离京之时，便曾上疏称军中可惊可异之事甚多，自古内有坚忍之主，大将方可成事于外！惟愿皇上信任始终，勿信浮言、勿掣臣肘、勿以意见乱臣之谋！”如今，袁督师已有成算，还望皇上能专任袁大人，勿为浮言所惑！勿听书生误国之言，坏我大事！臣冒死陈奏，还望皇上能纳臣言！”说完，钱家修便撩起袍襟，跪倒在阶前。

“皇上，前有傅介子斩杀楼兰王，后有班超出使鄯善、斩杀匈奴使臣，此二人亦乃书生，如何却能为大汉立下不朽功勋？而今日我大明边将，对西虏一味惧怕，只知用款，而不敢以一刀兵相向，前有王象乾议款察哈尔，今又有袁崇焕市米喀喇沁（朵颜），此皆庸臣妇人之辈！我大明正是因用此辈，十年来，才以至于一败再败、不可收拾！西虏贪得无厌又勾结东奴，实是欺我天朝无人！今我皇上英明神武，怎可再纵容他等横行？臣惟愿皇上奋起神威，值此天助我大明之际，一举铲除朵颜，永绝后患！”

崇祯坐在台上，见陈仁锡、钱家修两人争的面红耳赤，一时之间也是拿不定主意，不过，听罢钱家修最后那几句，言语间，对他似乎多有责备之意，崇祯听了，心中不禁已很是愤恨。犹豫了半天，崇祯又把目光投向了站在一边的周延儒，随即便开口问道：“周爱卿，此事你以为如何？”

“启禀陛下。”周延儒向上一拱手，从容答道，“两位大人虽是意见不和，却也俱是一片爱国之心，忠勇可嘉，不必过于苛责。依臣之见，袁崇焕既任封疆，又谋划已定，朝廷似不宜乱其主张，皇上可温旨敕谕，令其专意东事，不可懈怠。然而，朵颜暗通东奴、首鼠两端，中外也是早有耳闻，我大明也不可坐视不理，虽不必现在就出动兵马、将其剿灭，但也不可再与他市卖粮帛。微臣浅见，还请皇上圣裁。”

崇祯听罢，频频点头，“还是周爱卿老城持重、所见公允！传旨！朵颜通奴，市卖布帛，明是接应，何以制奴？着蓟辽督师袁崇焕严令禁止！其召来属夷，倘果有饥困，查明部落多寡，准以计口换米，不得卖与布帛及夹带禁物！

着各路将官，加倍侦察，如有违犯，以通夷论罪！”

“臣等遵旨！”

议罢高台堡卖粮一事，崇祯又转向兵部尚书王洽，问道：“大司马，蓟镇清兵汰饷一事现在如何？你户兵二部可与各路督抚议定此事？”

新任兵部尚书王洽见皇上发问，赶忙出班回奏：“回皇上，臣部已与户部、各路督抚来往商议多时，新任顺天巡抚王元雅报称，蓟镇可裁撤新兵三万，每年粮饷由一百万两裁减为七十五万两，裁减二十五万两；蓟辽督师袁崇焕报称，蓟门陵京肩背，而兵力不加，万一有西虏为向导，通奴入犯，祸有不可知者。如今蓟门单弱，敌所窥伺，不仅不应裁减兵马，更是宜宿重兵。由是，各人意见不一，此事尚待议定。”

崇祯一听就火了，一拍御案，厉声怒斥：“新任督抚已到任一月有余，此事你们还要议到何时？蓟镇兵疲将惰、虚兵冒饷已早有奏报，似此等只知糜饷而不知御敌的无用之兵，再多又有何益！蓟镇裁兵自有王元雅、刘策二人料理，袁崇焕只需专心关外以图早日复辽，不必过多他顾！”

“皇上，不过袁崇焕所说似也不无道理，袁崇焕上奏说，夫一隅有事，全力遂分，十多年以来因东奴发难，而致奢安叛乱、白莲之祸，故此，对于九边情形，才不敢不时时究图。督师虽应在东言东，不宜逾越，而心之所危，不敢不告。且蓟镇事关复辽大局，更关乎京城安危，实乃重中之重，不可不加倍留意。如今，蓟镇骤然裁兵三万，倘处置不当，激起兵变，祸有不可知者，兹事体大，还望皇上三思啊……”

“大胆！”崇祯大喝一声，“前日，朕已有旨，命张巡、许远配享武庙，朕之苦心，尔等大臣焉能置若罔闻？古有罗雀掘鼠而士无变志，尔等大臣何不多学学古人？！倘边将威惠素著，何致兵哗？倘你们真能一心为国，又何至于屡屡拿兵哗来要挟朕躬？似此等骄兵悍将，朕还要你何用？！”

崇祯大发雷霆，吓得王洽浑身大汗，赶忙跪倒在阶前请罪。

“着你部克日议定此事，不得借口拖延！还不与朕速速退下！”

“启奏陛下，今皇上英明神武，志在复辽！蓟辽督师袁崇焕不体圣心，才不堪用，请皇上着即罢黜，另选贤能，以不误封疆之任。”

崇祯余怒未消，忽见兵部职方司郎中余大成出班启奏，建议罢免袁崇焕，崇祯闻言，立时便愣在当场，心想：你余大成是什么心思，你当朕不知道吗？

这分明就是叫板、要挟！

心中这样想着，一股怒火已在熊熊燃烧，崇祯狠狠瞪了余大成一眼，大喝一声："退朝！"便一甩袍袖，怒气冲冲地向里走去了。

五日后，宁远蓟辽督师府

看罢京城的邸报、兵部的移文、余大成的书信，袁崇焕和程本直两人坐在书房里，都是心如死灰，久久说不出一句话来。

皇上不仅没有恢复给朵颜的抚赏，如今还严禁互市，又裁了蓟镇的新兵，所有的战略部署已全被打乱。

袁崇焕长叹一声："皇上啊皇上，你既要用我袁崇焕，为何又不听我言？臣当日说，勿信浮言，勿以意见乱臣之谋！言犹在耳，为何如今全都作废，如此做事，你又让臣如何复辽呢！"

"大人，自古言道，君疑臣则臣必死！如今，皇上不肯信任大人，不要说今日复辽难成，只怕日后……"程本直低声劝解，"大人明知事不可为，何不效法当日袁可立……"

袁崇焕听到此言，不由地怦然一动，胸中更似打翻了五味瓶，千愁万绪便如潮水一般，一起涌上了心头……

三

崇祯二年五月，紫禁城乾清宫

"狂悖！无礼！"昏黄的灯光下，崇祯一把将手中的奏本扔到地下，破口大骂，"袁崇焕出言不逊，他眼睛里还有朕这个君父吗！"

正在一旁的王承恩赶忙过去，一边俯身拾起奏本，一边不停地宽慰崇祯：

"皇上息怒，您还是要爱惜自己的身子啊，大臣无礼，您又何必跟他们质气呢？皇上，您先消消气，消消气……"

说着，王承恩又赶忙递过茶水，崇祯接过茶碗，一只手拿起茶盖，又指着桌案上那份奏本继续数落道："你看看他说的那些话，分明就是在骂朕，在教训朕！这天底下还有这样的臣子吗？！"

"皇上教训的是。"王承恩忙不迭地连声附和，"这帮读书人就是心比天高，平日里总是一副高人一等的样子，总觉得自己高明，其实一个个都是死脑筋，皇上是得时不时敲打敲打他们。"

王承恩先是扶崇祯坐到龙床上稍事休息，趁这工夫又赶忙抓起袁崇焕的奏本，匆匆看了起来，只见奏本中说："欲强边必先练兵，练兵必先足饷！我不能足兵饷，兵又安肯为我用？！今九边兵饷无处不缺，缺又非止一二月，兵不得一餐之饱，又安能驱之致死地？！皇上痛恨虚冒克扣之弊，凡请饷奏疏，俱不蒙温谕，而兵哗索饷，则重处任事之臣。一番兵哗，一番给发，一番逮治。哗则得饷，不哗则不得饷，士兵们哗变不但可以得饷，且又可报平日怨恨，那士兵为何不哗？去年之宁远，今年之遵化，哪一个不是由饷而起？！

皇上罪边臣说威惠素著，何致兵哗？朝中大臣又责备边臣说古有罗雀掘鼠，士无变志。真是义正词严啊！然边臣之威惠，便是皇上之威惠！惠竭而威又何以立？俗语云饥寒相逼，慈父不能有其子。况今日缺饷日久，而欲保此不逞之徒以无事，必不可得也！睢阳罗雀掘鼠乃千古不得已之事，而如今却要边兵习以为常，世间还有比这更过分的事吗？！

微臣以为，哗而给饷，何如不哗而先足兵饷？变而惩贪，何如未变而先清贪？养兵本为防乱，而如今反以酿乱，如再不早为料理，就真的要大乱了！饷缺而兵生二心，兵不振而强敌环伺于外，再过一二年，事有不忍言者。

臣感皇上特达知遇之恩，皇上不以臣不肖，谓我知兵。此则兵之大关键也，臣安敢畏避而不言之于皇上？如今我大明东西并困，只有保西边无事，方可以全力复辽；辽事早结，才可以分力以强九边！臣欲早结辽局，又安敢不时时顾念虏情兵势哉？臣伏乞皇上能纳臣言，不以臣谋为昧，恕其狂瞽，则幸甚，幸甚！"

难怪皇上会生气，王承恩心中暗想，现在皇上正在大搞清兵汰饷，号召全国人民学习张巡、许远，你袁崇焕倒好，上来就斥责一通，这让皇上的脸面往哪儿搁？

"皇上，想是那袁崇焕缺饷缺得有些急了，这才口不择言，惹恼了皇上，不过，念他也还算是一片忠心，皇上不要与他计较才是。"

“哼！什么一片忠心！你没见他说，再过一二年，事有不忍言者，这分明就是在威胁朕！朕今日之大明，正日新月异、蒸蒸日上，朕不听他袁崇焕的，难道朕的江山就会事有不忍言者？真正岂有此理！朕责边将威惠不立，他们不思反省，如今倒要责朕过份，他出口讥讽廷臣，又岂不知此正是朕之主意？他指桑骂槐、危言耸听，不过就是想推过卸责而已！日前，朕不过是责他几句，又驳了他的奏本，他这才心有不满，以图泄愤罢了，这点心思难道朕还不晓得吗？朕就不信，死了他张屠户，朕还就不吃这混毛猪了！王承恩，你这就立刻去给吏兵二部传旨，叫他们给朕荐举边才！”

王承恩一听，吓了一跳，当即跪倒苦苦规劝崇祯：“皇上，封疆事大，请皇上还是要三思而行啊……”

崇祯正在气头上，哪里肯听，一沉脸，大声呵斥道：“休得啰嗦，还不快去！”

“是，奴才遵旨……”

这边皇上余怒未消，那边袁崇焕也是心意难平，只短短两天，事情就闹得有些不可开交了，第二天傍晚，崇祯又接奏本，称“臣袁崇焕乞归葬父，请皇上恩准！”拿着袁崇焕的奏疏，崇祯气得浑身发抖，脸上也是一阵青一阵白。

“去！把几位阁老都给朕找来！兵部、吏部尚书，还有周延儒，都给朕叫来！”

没多大工夫，首辅韩爌带着李标、钱龙锡两位内阁辅臣，以及兵部尚书王洽、吏部尚书王永光，还有礼部侍郎周延儒都一起急匆匆地赶到了乾清宫便殿。几人刚在房中站定，崇祯便劈头盖脸低大声质问：“都看到了吧，先是出言无状、讥讽君父，现在干脆又是撂挑子不干了，说！该怎么处置他？！”

几人见皇上正在气头上，都不敢说话，只低着头，一个个噤若寒蝉。

“韩阁老，你是他袁崇焕的座师，又是首揆，你先说说吧。”见好半天没人言语，崇祯颇感懊恼，只得点名让韩爌率先发言。

韩爌，字虞臣，号象云，山西蒲州人，已年过六旬，乃是四朝老臣，为人中正清直、老成持重，天下素称其贤。天启四年，阉党专权，韩爌与阉党不和，愤而辞官。崇祯元年十二月底，受召还朝，出任首辅，主持完成钦定逆案。

韩爌先是躬身行礼，随即便和声言道：“袁崇焕性格刚直，出言无状，还望皇上不要与他一般见识，想是他心中有些委屈，一时负气，这才提出要乞归葬父。如今辽东局势紧张，袁崇焕又身负五年复辽之重任，皇上又岂能让他此时离开辽东？他一片忠贞，又久历战事，实是我大明朝不可多得的帅才。如今他入辽已近一载，一年来，袁崇焕平定兵变、更定营制、整顿兵马，现关宁正士气高昂、兵强马壮，只待弓甲器械、粮草战马万事俱备，便要渡河东进、收复辽东，值此形势一片大好之时，我朝廷正该鼎力相助，又怎可因些许小过，而尽弃前功？

“老臣虽不谙军旅，然亦知千军易得，一将难求！还望皇上但持一颗爱才、惜才之心，对袁崇焕好言抚慰，令他移孝作忠，我料他必能感皇上赤诚，奋发图强，为皇上和大明立下不世之功！”

听了韩爌的一番话，崇祯心中稍稍缓和，要依着他的性子，他早已将袁崇焕撤职查办，但考虑到辽东的局势，此时也不得不做些忍让。崇祯叹了口气，又不甘心地问道：“难道朕大明朝就他一个人才了吗？王永光、王洽，朕前日命你两部荐举边才，你们可有合适人选？”

王永光、王洽昨日接旨，当即就紧急商议了一番，两个人扳着手指头数了一圈，像蓟辽督师这样的朝廷二品大员，满朝文武，今日有资格、有经验、有能力胜任的，只怕除袁崇焕之外，再无别人！旧辅孙承宗虽德才兼备，然受马世龙一案以及柳河之败的牵连，非情况危急、万般无奈，显是已无法再入皇上法眼。王在晋，虽够资格，亦曾出任过蓟辽总督、兵部尚书，也熟悉军旅之事，然元年十二月，受京营总督张庆臻受贿一案牵连，才刚刚被皇上罢免。剩下的现任几位兵部左右侍郎还有尚书，没有一个经历过战阵，去过辽东！再就是他王永光自己了，虽然天启时他也掌管过两年兵部，可要说到去前方带兵打仗，只怕打死也是不肯的啊。至于说，外地的其他督抚，如张鹤鸣等，还有在家闲置的王之臣等人，那更是不堪一用了。

当然，还有一些颇具实力、饶有才干的中青年才俊也可考虑，如梁廷栋、杨嗣昌、洪承畴、孙传庭、卢象升等，尽管他们日后都会成为大明朝的顶梁柱，然而此时，他们最高的也才做到参议这一小小四品官职，距离督师的高位还尚远，资历远远不够，是不可能当下就为崇祯分忧的。平心而论，袁崇焕能在万历四十七年这科进士中脱颖而出，做到二品大员的位置，完全是他凭借个人的勇气和才智，靠一刀一枪，在辽东八年浴血奋战搏来的，这在当时的大明朝，无人能及！

吏部尚书王永光听到皇上询问，赶忙躬身作答：“回皇上，臣昨日已与大司马计议多时，我大明朝饱读诗书，能写得一手道德文章之辈虽多，然能统兵驭将，上阵杀敌的帅才却是难得！昔日韩非子有云，宰相必起于州郡，猛将必发于卒伍。似袁崇焕这般文韬武略、久经沙场的大将之才，我大明朝实是一时难求，还望皇上能爱才、惜才，专任袁崇焕，以使其成就大功，以报皇上。”

崇祯听了，沉默半晌，对于他来说，像这般要去耐着性子去隐忍的人物，除去魏忠贤，只怕这袁崇焕便是第二个了，崇祯念及此处，不由得想起刚登基的那三个月，韬光养晦、刻意隐忍，担了多少惊、受了多少怕，原本以为除掉了魏忠贤，自己从此君临天下，便再也不必委曲求全，谁成想，现在又来了这个袁崇焕，为了复辽大计，还不得不隐忍，这皇上当的还有什么意思！

早晚一天，朕要你袁崇焕晓得朕的厉害！崇祯在心中暗道一声，又转头向兵部尚书王洽问道：“既是人才难得，你等便要时时留意、刻意历练，今日你部可有此等可造之才报来？”

兵部尚书王洽赶忙作答：“回皇上，杨嗣昌、梁廷栋俱有边才，可堪大用！”

“那还等什么，着你吏兵二部作速计议，妥善委任！”崇祯下完旨令，又扫视众人一圈，“朕今日可以先不与那袁崇焕计较，可是他心中负气，他不肯为国尽力，又待如何？”

几人闻言，顿时惊愕，不知崇祯到底是什么意思，众人偷眼看去，只见崇祯坐在御榻上，微阖二目，斜眼低视，冷冷的目光中似正透着一股逼人的杀气，几人不觉一惊，后背不由得冷汗阵阵了……

“请皇上放心，那袁崇焕必不敢辜负皇上重托！”

韩爌见势不好，赶忙出来圆场，崇祯摆了摆手，示意几人退下，临了又意味深长地对韩爌说道：“韩阁老也该给你这个弟子去封书信了。”

五日后，宁远蓟辽督师府

几天以来，袁崇焕一直是茶饭不思、夜不成寐，整个人也几乎瘦了一圈，他百思不得其解，这才仅仅不到一年的时间，自己和皇上为何竟会走到了今天这个地步？自己送去的那封奏疏，皇上看了又会作何感想？对，还是错也只有天知道了。

正午刚过，皇上的圣旨便到了：“览奏，卿父葬事，具见孝思，然封疆重寄，自难图归，着卿弟奉卿母归里襄事，准给与勘合祭葬，钦此！”和圣旨一起到的，还有自己的座师，首辅韩爌的书信。在信中，韩阁老给袁崇焕详细述说了那日情形，并对他劝诫、勉励一番，自是不必细说，然而韩阁老信中的一则故事，却不能不令袁崇焕如坐针毡、如芒刺背。

信中提到南宋高宗绍兴七年，因就接管刘光世淮西军一事，岳飞与朝廷不和，岳飞不满高宗出尔反尔，愤而辞职，上庐山为母守孝。高宗前后三封书信召请岳飞，又命岳飞部将李若虚、王贵二人上山，苦劝六日，岳飞始得还朝。事后，岳飞虽有悔悟，上疏请罪，然君臣二人自此生隙。宋高宗召见岳飞，虽未加罪，然却太祖所谓，犯吾法者，惟有剑耳！前有秦武安君白起，后有宋武穆岳飞，虽战功赫赫，皆一代名将，然终是不免身死于君王之手！自古为大将者，不可不引以为鉴！

“唉！”袁崇焕悲叹一声，仰天长啸，“难道为将者一心报国，都是这般下场吗！”

“报——”袁崇焕正在房中暗自神伤，忽又有亲兵前来禀报，“启禀大人，刘兴祚派家人送来密信！”

第十八章

双岛斩帅

一

崇祯二年五月，宁远

蓟辽督师府外，袁崇焕和侯恂相对而立，两人先是彼此拱手、深施一礼，接着都紧走几步，上前一把抓住对方臂膀，激动地半天说不出话来。

“自如兄，归德一别，于今刚好经年，没想到你我今日又在此相见，真是想煞小弟了！”

“若谷兄，这真是上天眷顾，要使你我在这宁远城再次相聚！来，若谷兄，这还有一位老朋友要等着见你呢！”

说着，袁崇焕一转身，正在身后的程本直连忙上前，一拱手，满面春风地向侯恂施礼道：“侯大人，别来无恙啊！”

三人见面，自是欢喜不尽，接着，辽东文武又都一起来见过侯恂，众人这才簇拥着把他迎进督师府。此次侯恂乃是奉皇上之命巡关蓟辽。一个多月前，他刚在遵化查办了顺天巡抚王应豸克饷虐兵一案，接着又马不停蹄地一路东行，先后巡查了遵化、三屯营、蓟州、永平、山海关，这才来到宁远。

袁崇焕先是请侯恂及众文武在大堂安排完公事，便遣散众人，只带了程本直，请侯恂一起来到后堂书房叙谈。

“若谷兄一路过来，于这边情以为如何？”三人坐定，袁崇焕首先向侯恂问道。

“唉。”侯恂见问，不由地叹了口气，“不看不知道，我这一路查来，真是一言难尽啊，如再不紧急补救，只怕蓟镇将来要出大事！”

“哦？”袁崇焕一惊，连忙追问，“会出什么大事？还请若谷兄明言。”

“这蓟镇西起居庸关，东至山海关，两千余里的长城防线，当年在戚继光手里，那是何等的雄壮，可是再看今日，境内冷口、喜峰口、潘家口、龙井关、古北口、马兰峪、黄崖关，这大小隘口几十座，到处墙塌台陷、破败不堪！倘东奴来犯，靠这样的东西，又如何能挡住八旗铁骑？

“令人忧心的还不止于此，蓟镇本有兵十万，然欠饷日久，士卒羸弱不堪，更有大批士兵逃亡、虚冒，实有兵已不足七万，且兵疲将惰，人心怨恨，如此下去，只恐敌未至而兵先自乱矣！今年以来，三月连续兵哗，今朝廷虽已将罪臣王应豸、喻安性拿问，然欠饷终是未解，士兵虽被一时压制，可隐患未除，早晚终究是祸！小弟离蓟之时，新任巡抚王元雅已到任，可他不顾边情危急，只一味讨好皇上，为清兵汰饷还要将三万新兵尽皆裁去，我虽是苦劝，然王元雅终是不听！仅靠七万疲兵想要守住两千里残破防线，谈何容易！再想那三万被裁新兵无处安置，人人愤恨，又岂不是祸乱之源吗？如此做事，恐祸不久矣！蓟镇乃我京师屏障，他王元雅如祸及己身，死不足惜，然蓟镇一旦有失，则我大明京师危矣！”

袁崇焕、程本直二人听了侯恂这番话，对视一眼，都不由得点了点头。

“若谷兄所说真乃金石之言！崇焕与程先生多日来也正为此事忧心。如今，关宁锦稳固，已成屹立不摇之势，那皇太极胆敢来犯，定会叫他在坚城下损兵折将、徒耗兵力！不过，皇太极用兵狡诈，他前年五月已在锦州、宁远城下吃过苦头，我料他必不肯再攻宁锦，如他再来进犯，必会寻找我最薄弱之处，伺机突破。自察哈尔西迁以来，东部蒙古各部，科尔沁、内喀尔喀已尽归东奴，如今也唯有蓟镇边外朵颜苏布地尚在游移不定之际，蓟门单弱，倘朵颜倒向东奴，导奴入寇，则我京城危急！

“前些时日，我恐蓟镇防守薄弱，已连上两封奏疏提醒皇上，蓟镇不仅不该裁撤兵马，更当驻扎重兵，哪料却遭皇上批驳。现在，皇上命王元雅主持蓟镇，裁撤三万新兵，崇焕出于无奈，只得与兵户两部合议，将其中一万两千被裁新兵收于我关宁军名下，安置于关门，由关内总兵赵率教统带，一旦蓟门有警，便可驰援蓟镇，此虽非万全之策，却也实是万般无奈之举了。”

袁崇焕说罢，程本直又补充道："袁大人几番与户兵两部及王元雅商议，我辽东粮饷虽也紧张，但为大局考虑，还是愿意再仔细筹措，帮他蓟镇安置下这一万两千新兵，只望他能减轻压力，便可就此安置好那剩余新兵，哪料王元雅几番推脱，最终只愿接收八千新兵，现遵化城里仍有一万新兵无从安置。正如侯大人所说，这些新兵如再不妥善安置，人人愤恨，只怕将来就是致乱之源啊！"

"自如兄也实是用心良苦了。"侯恂叹息一声，胸中仍是放心不下，"只是蓟镇与辽东现在各自为政，将来蓟镇一旦有警，两镇兵马互不统属，前敌没有一个最高统帅，只怕两军难以协调配合啊。"

袁崇焕和程本直两人听了，也只有苦笑。皇上去年九月已经下旨，蓟镇三协十二路统归顺天巡抚调遣，袁崇焕驻关外，也不宜越权干涉。沉默了一会，袁崇焕猛地一拍座椅，恨恨说道："说句不怕犯忌讳的话，我不惧他东奴，却实是痛恨朝中那帮书生百般掣肘、大言误国！"

这段时间来，他胸中已积压了太多的郁闷和愤怒，今日房中没有外人，袁崇焕索性便敞开了心扉，一吐胸中块垒。"这帮书生不识大势、不知夷情、不习军旅之事，却每每任意妄言、横加指责！今皇上年轻，血气方刚，难免受此辈蛊惑，以至昏招迭出，坏我大事！今东奴对我大明正虎视眈眈，我欲破奴，必先使其势孤！东蒙古诸部本与我同仇，而我朝廷不能善加抚驭，以至诸部叛我而去，尽皆折入东奴！西虏不抚，东奴不孤！如今我大明北边，仅余察哈尔、土默特与朵颜三十六家，对诸部，我招抚尚且不及，朝廷又怎能去四面树敌，反使我东西并困呢?！去岁今冬，塞外大饥，诸部穷困，我正该利用时机对察哈尔、朵颜妥为招抚，使其不投向东奴，不想皇上竟听信浮言，停了朵颜的抚赏，又下旨严禁互市，那朵颜本就首鼠两端，如今为求活命，必会叛我而去，如此，我蓟镇北边再无藩篱，倘朵颜导东奴入犯，我大明祸不远矣。"

"袁大人建议朝廷抚赏各部，在高台堡开市，与朵颜互市，本为助他们度过难关，朵颜感我恩德，又欲得我抚赏，便不会立时转投东奴。观今日之大势，即使诸部不能为我所用，只要他不为我害，便已是得策，使我可以抓住时机，专力对付东奴，只待我整顿好兵马，渡河东进，一挫东奴狂锋，则形势立时大变！到那时，我兵马强壮，蒙古诸部便会畏我兵威，不敢反叛，而我又可再翻回头来解决蒙古诸部，或剿或抚、或离或间、或分化瓦解，则大事易定矣！只可惜，一场好局尽毁于书生之口！”程本直也补充道。

“是啊，皇上不听任事之人，却偏信书生之见，又岂能不误事呢。”侯恂听了也不住地摇头叹息，隔了片刻，侯恂好像突然想起了什么事，又压低了声音、略带神秘地对两人说道，“自如兄，朵颜为东奴买米窖藏这个流言是如何传到皇上耳中的？据小弟猜测，此事必是兄台身边人所为，这背后只怕还另有隐情！”

两人听了，都是一惊，袁崇焕随即追问：“若谷兄何有此说？”

“在小弟巡关到达蓟州的时候，蓟州知州水佳胤曾来告我说，据他暗查，永平通判安国忠一直掌管抚赏朵颜之事，安国忠似有与他人合伙贪墨侵吞抚赏款嫌疑。当时，小弟皇命在身，尚无暇深查此事，如今想来，只怕那流言就与安国忠有关！”

“侵吞抚赏又与高台堡互市有何关系呢？”袁崇焕还是有些疑惑。

“想是他们贪了抚赏，又害怕要抚赏时无银可用，所以便要坏了抚赏之事！”

“正是如此！更生兄和我所想一样。”

三人一碰头，事情便好像豁然开朗了，程本直又想了一下，轻轻说道：“安国忠现为永平通判，他的顶头上司便是关内道梁大人了，此事难道……”程本直没有继续说下去，三人互相看了几眼，一层阴云不觉间便笼罩在了三人心头。

“梁廷栋为人机警、颇有才干，又与我有同年之谊，他怎会去干出此等谋私误国之事呢？”袁崇焕紧锁着眉头，低头沉吟道，“现此事证据不足，我等还不可贸然下结论。”

“自如兄，此事现在虽然还不能确定，但是人心险恶，不可不防！兄台身负封疆重任，今后对此人还要多加提防！”

“侯大人所说极是，大人还是要多加小心啊。”

“好，多谢若谷兄和先生提醒，崇焕今后自会加倍小心。”

“自如兄入辽已近一载，这段时间，兄长平定兵变、更定营制、编练关宁铁骑，如今关宁锦一线已是固若金汤、兵强马壮，小弟闻之，心中真是喜不自胜，有兄长在，我大明复辽指日可待啊！”也许是感觉刚才的气氛有些过于压抑，侯恂抿了一口茶水，又定了定心神，便把话题转到复辽上来。

“若谷兄真是谬赞了，我关宁现有兵马十一万，目前关宁及天津、登莱等处兵马都已整顿已毕，现由赵率教、祖大寿、何可纲三人统带，正日夜加紧操练，只是现在弓甲、器械还多有不合用者，粮草、战马也还尚未齐备，我日前已多次上疏皇上，请朝廷加紧督办，只待诸事齐备，我便可调动人马、大举进兵了！”一说到复辽，袁崇焕一下子就来了精神，言语间透出一股冲天的豪气。

“不知兄长下一步要做何打算？”侯恂问道。

“现当务之急，便是要整顿东江兵马。日前，我已派中军旗牌官前去约请毛文龙，本月三十日，我便要与他在双岛一会。”

侯恂听了颇为不解，又莫名有些担心，问道：“自如兄为何一定要现在去整顿他东江兵马呢？”

“若谷兄有所不知，此正是崇焕复辽之方略！若谷兄，你且来看。”说着，袁崇焕便起身从书架上取出一幅卷轴，在书案上展开，此正是那张熊廷弼所赠的“大明九边形势图”，候、程二人连忙起身，一起来到书案前仔细观瞧。

“过去我常说，正如下棋，奕先定势；战，则必相机，贵在谋也！这收复辽东，亦有必乘之机，必由之路！此必由之路即是国初马云、叶旺取辽于纳哈出之故事！想当日，纳哈出拥兵二十万盘踞辽东，我太祖高皇帝遣马云、叶旺为都指挥使，率兵自登莱渡海到达辽东。二人于辽南盖州坚壁清野、层层设伏，又大败纳哈出于金州，自此，纳哈出元气大伤，节节败退，其后我大明才得以一举收取辽东！

“观马云、叶旺取辽之故事，则河东尤为扼要！现我兵马，关宁为正，东江为奇，今我欲收复辽东，也必欲效法当年，则我必要用东江兵马进据辽南，以奇为正！而关宁一军则渡辽河东进，以正为奇。如此，东江、关宁两军东西并进直逼辽沈，奇正相依，方可成就大功！此即我今日复辽之方略，断不能舍此而再别求胜算。我之所以今日要亟亟策划于东江，也正是因为此故！我欲复辽，必要先通辽海，辽海一通，关宁、东江两军则可音信相通、东西呼应，从此两军往来支援、配合，粮草、器械供应则无所不通，如此则复辽可成矣！”

听了袁崇焕这番剖解，侯恂不由连声赞叹道：“自如兄运筹帷幄决胜千里，真乃我大明柱石啊！”可是，一想到朝中那些非议，侯恂又忍不住一阵叹息，“皇上和朝廷不识兄长之谋，世人又愚蠢且不知内情，只一味造作浮言，只道是兄长与毛文龙不和，为报私怨而谋他东江！唉，多少国事都败于小人之口，此等误国之言实在是可恨、可悲啊！”

三人叹息一番，又重回座中，侯恂又接着问道：“那毛文龙骄横跋扈且不受节制，不仅暗通东奴，近又提兵两犯登莱，不臣之心已是昭然若揭，兄长此去双岛与他会谈，他又如何会俯首听命呢？”

袁崇焕长叹一声，说道：“我亦知他毛文龙久有不臣之心，他私自与皇太极谈和，暗中来往已有多次，两家贸易走私也是由来已久，更有皇太极使臣阔科被户部黄中色撞破，被押解送京。他不思悔悟，竟又约皇太极，后又两犯登莱，口出狂言称牧马登州，取南京易如反掌尔，实是已罪行昭昭、恶贯满盈！我本欲柔其心、化其骨，几番安排使他能迷途知返，哪料他上次来我宁远之后，竟又在返途中劫掠我民运商船、粮船！我行文与他，令他进取镇江、旅顺，他竟置若罔闻、全然不受！看来，他已是铁了心要一条路走到黑了……

“去岁今春，塞外大饥，东奴现正穷困交加，今年夏收之后，我料他必要来犯！那毛文龙两犯登莱，非是他不想取登州，只是因登州城高池厚且防守严密，凭他东江一家无此实力，才会两窥登莱虚实，等待时机。现我已探得那毛文龙正在屯草积粮、厉兵秣马，又暗中派人潜往登莱，以图将来里应外合、谋取登州！倘今年东奴内犯，那毛文龙乘势而起再犯登州，到那时，我大明东西两面同时受敌，则祸不可知矣！如今时间紧迫，此毒瘤已不可不除，此次双岛之会，为我大明江山社稷，我必铲除此祸根，使其不得作乱为害！”

“双岛乃是毛文龙的地盘，兄长此去便是孤身直入龙潭虎穴，凶险异常，万万使不得啊！”侯恂闻言大惊，连忙摆手劝阻。

“崇焕此去，非为他毛文龙一人，实是为收服我东江众将！倘毛文龙此番肯听我言、受我节制，则有生无死；倘他一意孤行、不肯悔改，崇焕必得入其军、斩其帅！在众将面前将其声罪正法，使众将知我大明法度、遵我号令，只有如此才好为我所用、效命朝廷！记得去年在归德时，我便曾与若谷兄言道，大丈夫不可有杀人心，然亦不可无杀人手！此去双岛，我待他毛文龙但凭一颗赤诚之心，如他冥顽不化，那崇焕也只得痛施霹雳手段了！双岛纵是龙潭虎穴，崇焕但为我大明江山，又有何惧哉！”

侯恂见袁崇焕慷慨激昂，知他决心已下，自己也无法劝阻，然兹事体大，心中又不免忐忑不安，因此问道：“兄长此举固然是为国除害，然毛文龙毕竟是朝廷一品武官，兄长欲除此贼，何不先行奏明皇上，请旨而出海诛之，或是将其绑送京师，交朝廷拿问呢？”

“若谷兄有所不知，崇焕非是不愿请旨，只是那毛文龙与朝内、朝外多有关系，其部将陈汝明多年来潜伺京师、辇金中外，就是那大内在东四的宝和、和远、顺宁、福德等几家皇庄，也都与他毛文龙是生意伙伴。倘我请旨，此事必泄，到那时非但不能除去毛文龙，只怕立时激变，反倒促他反叛了！

“再说拿问，那双岛乃是毛文龙地盘，岛上又遍是其心腹，如我将他绑拿，若谷兄试想，我还能安然走出双岛吗？为今之计，唯有将毛文龙就地正法，电光火石间，方能震慑众将，使其不敢造次。逆帅既诛，众将群龙无首，便也不敢作乱，则东江大事可定矣！崇焕今日假便宜之权，不得不行此非常之事，正为此故。”

侯恂听罢点点头，赞同道：“兄长所虑极是，只是那毛文龙虽无牵制之实，却徒有牵制之名。世人不知毛文龙之事，却受人言蛊惑，多有迷信、吹捧之徒。倘兄长斩杀了毛文龙，世人不知其中原委，必有宵小之辈大造谣言，倘东奴又乘时来犯，世人必会责难兄长。到那时谣言风传，于兄长就十分不利了。兄长身负复辽重任，做事不可不三思，如真的将毛文龙正法，则兄长身上责任更重！现兵马已备，兄长还当及早出兵，不可久滞！兄长需知，这宝剑既已出鞘，便不可久持，久则必伤己身！小弟一片肺腑，还望兄长能记在心间，切记，切记！”

袁崇焕听罢大为感动，当即起身抱拳，向侯恂施礼道：“若谷兄良言，崇焕定当永记心间！”

侯恂见状，也连忙站起，与袁崇焕对面拱手而立，两人四目相对，不觉间，已是热泪盈眶。

二

崇祯二年五月末，双岛

双岛，位于旅顺西北，距离旅顺陆路十八里，水路四十里，属东江镇辖区。

三十日傍晚，毛文龙率部抵达双岛。

明天，六月初一，便是袁崇焕和毛文龙约定的会面日期。此次双岛会，乃是袁崇焕就任蓟辽督师以来第一次莅临东江，袁崇焕二十二日自宁远登船出海，先后历松木岛、大小黑山岛、猪岛、蛇岛、虾蟆岛，已于二十九日先毛文龙一天到达双岛，驻节于舟中。

初一一早，双方先是一番拜谒答礼之后，毛文龙便请袁崇焕弃舟登岸，一行人前呼后拥着、在两边武士的夹道欢迎下，一路前往毛文龙大帐。

如果说一个月前，毛文龙在宁远时，心里还多少有些紧张，那么此时在双岛，他则已完全是一副主人的姿态了。在毛文龙看来，袁崇焕这次来东江不过就是一场形式，走走过场罢了，新官上任，到基层去转一圈，抖抖威风，吃好、喝好、玩好，临了再带些土特产，不过三两天也就打道回府了。毛文龙想，就算你袁崇焕不同旁人，在我这一亩三分地里，你还能折腾出什么花样来？管你怎样，我全不理会，等你一走，我还是想怎么样就怎么样，你又能奈我何？

有了这番心理准备，毛文龙便也全没了顾忌，一进大帐，他先是请袁崇焕上坐，自己则一屁股坐到旁边的那张大椅上，等着袁崇焕发话。

“毛帅，说实话，本部堂是早就想来你东江了，今日有幸到此，真是不胜欣喜啊！方才这一路过来，本部堂见你兵马军容严整，东江果然是虎踞龙盘、气象非凡啊！”

“督师大人过奖了，我这里不过就是些荒僻海岛的几十营羸兵饿卒罢了。”

两人寒暄几句，待气氛渐热，袁崇焕随即切入正题：“辽东海外，只乃你我两人之事，毛帅与我必当同心共济，这复辽大计方可成功！今我皇上英明神武，合尧舜汤武为一君，你我二人今后还当誓死效忠、勉力图功，方才不负皇上重托啊！”

袁崇焕本想借皇上对他勉励一番，不想毛文龙听了却不以为然：“此道理文龙自是晓得！我在海外八年，虽说没建什么丰功伟业，却也屡立微功。想当日，文龙受先帝恩遇，开镇东江，大小数十战多有斩获，先帝亦不吝封赏，文龙始积功至太子太保、平辽大将军、左都督，位及一品！不想今日，朝中大臣却对文龙百般猜忌，动辄攻讦，在皇上面前屡进谗言，使皇上裁减我东江粮饷，如今我东江粮饷不足，器械、马匹等也俱不遂心，我东江将士食不果腹、衣不蔽体，又如何能上阵杀敌、建功报国呢？”

毛文龙拿先帝说事，袁崇焕又怎么能不明白的意思。不过，两人刚一开谈，袁崇焕还不想和他一下子闹僵，便耐下性子好言安抚道："毛帅悬居海外多有劳苦，本部堂心中自是知道的，不过，朝廷核定兵马、按兵论饷也是情理中事，大帅倒也不必过多怨恨，今后有我关宁为你供应粮饷，袁某绝不会再让东江的弟兄们缺衣少食，这一点，还请大帅放心。"

毛文龙听了，又撇了撇嘴，说道："只要粮饷充足，扫平东奴倒也不是什么难事！"

袁崇焕见毛文龙口气这么大，当即追问："毛帅如能扫平东奴，那真是大功一件了，只不知毛帅有何方略，还请明言。"

毛文龙也不客气，立刻趾高气扬、摇头晃脑地大声说道："扫平东奴有何难哉？在我看来，也用不着什么关宁兵马，我毛文龙只需带两三千人，藏云隐雾，抄到东奴老巢，一把火便可燧了东夷！"

说来说去还是在宁远时的那套大话，袁崇焕听了不由心生厌恶。问你方略，你却总是拿大话来欺人，至于说兵马如何安排、如何调度、如何进兵、如何配合、粮饷如何供应诸般事项，无一实处，却口口声声说一把火就能燧了东奴，那东奴如果这么好灭，那还用得着耗费国家许多兵马钱粮，还用得着拖到今天吗？"

袁崇焕知他有心敷衍，多说无益，便压了压心头怒火，对毛文龙正色道："本部堂受皇上重托，命我节制四镇，恢复辽东！此次我袁某来到东江，便是要与毛帅商定节制一事！我大明祖制，非五府官不领兵,大将专征于外，必设文臣为监！东江不设道厅监察已八年矣，如今我欲用东江与关宁两军，必要先于东江设立道厅、委任文官、更定营伍，如此方可统一号令，使关宁、东江两军奇正相依，相互支援，分进合击，以成大功！兹事体大，攸关复辽大计，还望毛帅能知我心，助我成就此事啊！"

毛文龙闻言，愀然不乐，他也不搭袁崇焕的茬，只低着头恨恨自语："早在先帝时，那阎铭泰、武之望就处处与我东江为难，他们整日不思前方将士之苦、战事之难，却天天想着派人来与我掣肘！不是说我虚兵冒饷，就是说我谎报战绩、杀良冒功！搞得我东江将士人人灰心、个个丧气，哪里还愿意为朝廷效命呢？以至于八年来，倒使那东奴做大！阎铭泰、武之望，两人误国误民，着实是令人可气、可恨啊！外人不知我东江之苦，反倒以为我这里是什么世外桃源。本帅祖居江南，如今却在这苦寒之地一待八年，其中甘苦又有谁知？难道我毛文龙就是为了贪恋这个位子，为了这些个偏僻荒岛吗？”

毛文龙指桑骂槐，大骂阎铭泰、武之望，实则全是冲着袁崇焕，摆明了是拒绝接受节制！他两人各说各话，完全是鸡同鸭讲。袁崇焕知毛文龙难制，已不可用，便讥讽一句：“毛帅久劳边塞，杭州西湖尽是乐地，毛帅何不效法韩蕲王，退隐山林，尽享林泉之乐，岂不美哉？”

“我亦早有此心！”毛文龙马上回道，“但是，如今也就只我才知灭奴诀窍！待我灭了东奴，那朝鲜文弱，我再袭而取之，且再为我朝廷立些功劳罢了。”

“朝鲜乃我属国，何劳大帅远略？尽忠王事，朝廷当有可代君者。”

“此处谁可代得？！”毛文龙梗着脖子高声反问。

袁崇焕没有作答，一时间，大帐里的气氛已是紧张到了极点。

话到此处，两人已没什么可谈，袁崇焕静坐了片刻，好让自己恢复平静，随后便站起身来一拱手，笑着对毛文龙和东江诸将说道：“毛帅与诸位将军海外多年，实是劳苦功高！本部堂初到东江，谨代皇上和朝廷向各位致意！崇焕舟中地方狭小，不便张宴，今日晚间权且借东江宝地，本部堂摆下酒宴，特为毛帅和各位将军贺功！到时还请各位将军不吝赏光啊！”

众将听见，连忙一起站起，叉手应答。袁崇焕便也不再逗留，带着辽东众人先回船上去了。

申时时分，沈世魁、陈继盛、龚正祥和毛承禄这几位岛中心腹都聚在毛文龙的寝帐，正神神秘秘地商议着什么……

“此番袁崇焕来者不善，他必要在我东江设立道厅、更定营制，你等以为如何？”毛文龙斜倚在榻上，一脸阴沉地向几人问道。

就目前形势而言，设道厅、定营制这两项举措，可谓是直击东江要害，若如此，则东江的兵马、战绩便可由朝廷监察，受朝廷掌控，毛文龙今后再想要虚兵冒饷、谎报战绩已是难上加难！然而，倘拒不接受、一味对抗，东江的粮饷、商道现正被关宁死死卡住，毛文龙也只能干瞪眼，却无计可施！几人思来想去，毫无办法，只好都低着头不说话。

“都哑巴了？”毛文龙见半天没反应，勃然大怒，一拍卧榻，便坐直了身子。

“父帅息怒，如今咱们的粮饷都攥在人家的手里，海上商路又不通，在孩儿看，现在也只有咬死不松口，等把那袁崇焕熬走，我们再作打算。”

毛文龙扭过头去，鹰隼一样的目光直直射向了龚正祥！

龚正祥被看的发毛，只得哆哆嗦嗦地说：“帅爷，现在时机尚不成熟，我们也只有等那边先动起手来，这才好乘势发作。眼下，帅爷也只有再忍耐一时吧……”

“大帅！万万不可啊！”听了龚正祥的话，陈继盛再也坐不住了，“倘大帅真的走出那一步，您的一世英名便要毁于一旦了！此次袁大人来我东江，看他实是一番诚意，袁大人对大帅也颇为倚重，日前他已行文与我，说今后旅顺以西，行督师印信；旅顺以东，俱行大帅印信。袁大人对我东江只是节制，并无吞并之意，大帅何不就答允了袁大人，听其调遣，助他一臂之力，待到我等扫平东奴、建成大功，大帅不也是可以封侯进爵、青史留名吗？”

“陈太爷一片肺腑，还望大帅能纳良言，不要一步走错，贻误终身啊！”陈继盛话音刚落，沈世魁也鼓足了勇气，随声附和道。

几人说完，都一起眼巴巴地望着毛文龙，一时间，大帐里便陷入了一片死寂。毛文龙站起身，背着手在帐内来来回回走了几圈，好半天才长叹一声，缓缓说道：“唉，陈太爷，沈太爷，你两位与我毛文龙相交最久又是姻亲，却为何反不知我？你们又哪里晓得我毛文龙今日的难处！你们只道他袁崇焕没有歹意，又岂知他这几下手段的厉害。想我东江开镇已近八年，我毛文龙能稳如泰山靠的是什么，你们难道真的不知道这其中的奥秘吗？你们以为，我毛文龙真的是因为战功而官居一品的吗？你们以为，他们就真的相信我们报的那些战功吗？非也！这不过就是因为朝廷要拿那些东西去安抚人心、粉饰太平！宫里宫外的那一大帮子人，要靠那些东西去升官发财、封妻荫子罢了！

“没有我毛文龙给他们月月献俘、年年报功，他魏忠贤能那么快就成了九千岁吗？客氏的那个儿子侯国兴能荫袭锦衣卫世职吗？还有他魏忠贤的侄子魏良卿，怎么就成了上公，怎么就成了肃宁伯、宁国公？咱们在前面卖命，他们拿了咱们的银子，还要靠着咱们得了那许多封赏，这才换来了我这个一品的乌纱帽！你得了我的好，要靠我升官发财，那便要替我毛某人说话，大家不过就是相互利用着做一场交易罢了……

“不过，这生意也不是他什么人都能做的，咱们能做凭的什么？凭的就是咱们手里的兵和银子，这才是我毛文龙吃饭的家伙和保命的本钱！可是，世上没有这不散的宴席，变天了，咱们的好日子也就到头咯。如今那朝里朝外，从皇上到大臣，有多少人都想着要置我毛文龙于死地？有多少人都在等着看我毛某人的笑话？

“你们哪里晓得，倘我今天让他袁崇焕设道厅、更营制、节制我东江兵马，用不了多久，这大大小小的将官便早晚都是他袁崇焕的人了，这东江兵马还会姓毛吗？没有了这东江兵马，不要说加官进爵、封妻荫子，就是我毛文龙，便也是死无葬身之地了！什么退隐山林，到时候谎报战绩、杀良冒功、虚兵冒饷、暗通东奴、两犯登莱，这老账、新账一起算，还会林泉之乐这等好事吗？如今，我毛文龙已无第二条路可走，东江兵马，便是我毛文龙的根本，谁也休想打它的主意！”

三

六月初二之后，袁、毛二人又连谈三天！

对于双方来说，这无疑都是一次让人备感煎熬而又筋疲力尽的拉锯战。两人每日长谈，前两日更是谈至二更方散。在此期间，袁崇焕又使东江诸将连番苦劝，然而遗憾的是，直至四日晚间，毛文龙仍不松口，所商各事，一无所成！

毛文龙坚称岛人俱是夷性，不受约束，一用道厅，必激之为变，道厅必不可设；至于更定营伍，毛文龙初有松动，后又反悔，只敷衍说姑且以此了却督师心意，其实营制难定，他只包管做完东事便了；又议移镇，分旅顺东西节制，檄谕恢复镇江、旅顺等事，毛文龙概不受命！

崇祯二年六月四日晚，袁崇焕座船

“你下去安排吧！”

“是，末将领命！”

袁崇焕对参将谢尚政吩咐一番，谢尚政叉手接令，便转身急匆匆安排去了。

谢尚政，福建人，武举出身，早在袁崇焕还在福建任邵武知县时，便跟随其左右，后又随他一起远赴辽东，出生入死，颇有战功，四十不到便已升任参将，可以说是袁崇焕的一名心腹爱将。

“大人，真的就无可挽回了吗？”房间内，程本直神情凝重地轻声向袁崇焕问道。

望着窗外沉沉的夜色，袁崇焕长叹一声，说道：“毛文龙一意孤行，不肯悔悟，如今也只有如此了。”

“学生并非说他毛文龙罪不至死，只是如此一来，必会招致小人非议，他们散播流言、造谣中伤，今我皇上年轻气盛、少历世事，难免不会受此辈流言蛊惑，皇上一旦猜疑，恐对大人十分不利啊!”

“自古任劳之人必得任怨，蒙罪始可以有功！孔曰成仁，孟曰取义，我袁崇焕既然以身许国，便也顾不了那许多了。为保我大明江山，纵然是粉身碎骨，也在所不辞！先生不必再劝，崇焕决心已下，绝不动摇！”

夏日的双岛海风阵阵，漆黑夜色中，厚重的积雨云正在不断聚集，大团大团的乌云翻滚着，有如翻江倒海一般，直向海面压来。

六月五日，双岛

昨日，谢尚政奉袁崇焕军令，已为毛文龙带来的共计三千五百名将士，分发了犒赏，将官每人三至五两，每兵一钱赏银。今日一早，谢尚政先是传谕督师将令：“传各兵登岸，较射给赏！”，接着又带人将饷银十万送至毛文龙大营。毛文龙收拾停当，便赶忙带着百余名东江将校，一起来到码头，请督师袁崇焕上岸登岛。

“督师大人已来岛多日，大人军务繁忙，不知何日起行返回宁远？文龙冒昧一问，也好赶紧安排下去，为大人饯行。”

“是啊，宁远重地岂能久离，崇焕明日便要起行，所以今天特来请毛帅及众将随我一起去登岛山、观军兵较射为戏。这多日来，你我也都是有些劳累了，今天趁这个机会，大家一起放松放松。”袁、毛两人肩并肩，边走边谈，两边将校紧随其后，一路缓缓向山上走去。

刚走至山脚，袁崇焕似想起了什么，突然对毛文龙说：“本部堂明日一早即行，恐不及辞别，毛帅乃国家海外重寄，合当受我一拜。”说着，袁崇焕便要倒身下拜，毛文龙见状，也慌忙一起跪倒，两人交拜已毕，方才相扶着一起站起。

“走，随我登山！”袁崇焕又返回头来，冲众将一挥手，招呼大家一起上山。待众人上得山去，参将谢尚政早已暗传将令，命营兵将山脚四面围定，东江兵卒都被挡在营外，只山上百余人被围在内。

袁崇焕一路与众将边走边聊，问各将官姓名，一连问了一圈，众人都说是姓毛，袁崇焕大为惊奇，当即站住脚步。一旁的毛文龙颇为尴尬，赶忙干笑着说：“他们都是我毛家的小孙……”

袁崇焕睁大着眼睛，扫视了一圈众将，朗声言道：“你们岂有个个都姓毛的道理？本部堂看你们俱是好汉，人人可用，当为国家栋梁之才！想我宁前官兵，粮俸多于尔等，尚且不敢说饱暖，你们在海外劳苦，每月只能领米一斛，且家中老小还都要分食此米，言之真是令人痛心！今日，尔等且也受我一拜！你等只要肯为国家出力，此后便不必再为粮米发愁了！”说着，袁崇焕便撩起袍裙，对着众将倒身就是一拜。

众人听了袁崇焕这番陈词，一个个无不感动，又见督师给自己下拜，哪里受过如此礼遇，立时哭成一片，呼啦啦一起跪倒，叩首不止。袁崇焕扶起众将，又是一片好言抚慰，好半天，大家才擦干眼泪，继续上山。

及至山顶空地之上，袁崇焕早已令谢尚政在此设立了大帐。袁崇焕正了正衣冠，迈步走进大帐，在帅案后正襟而坐。毛文龙与众将不明所以，一个个都肃立在帐内，疑惑地望着堂上。

“毛文龙！”袁崇焕突然大喝一声，随即又手扶帅案厉声言道，“本部堂披肝沥胆与你谈了三日，本望你能回头是岸，谁知你狼子野心，欺诳到底！你眼中无我倒也罢了，可圣天子英武天纵，国法岂能容你！来啊！将毛文龙剥去衣冠，绑了！”随着一声断喝，早有一队亲兵冲进大帐，将毛文龙摁倒在地。

“袁崇焕！你凭什么绑我！我乃朝廷一品武官，你们哪个敢绑！”毛文龙自是不服，一边大喊咆哮，一边奋力扭扯，不肯就绑。

当是时，毛承禄等两三名毛文龙亲信见势不好刚要发作，早有刘兴祚等弟兄几人在身后，将其用刀顶住，毛承禄等几人心中一惊，都乖乖呆立在当场。

“袁崇焕！你凭什么绑我！我要到皇上那去告你！”毛文龙被两名大汉捆绑在地，仍然心中不服，扭着头大声咆哮。

“尔只以为我乃书生，却不知本部堂乃是朝廷一员大将！”袁崇焕冷笑一声，又挺身站起，走到毛文龙近前，“各官兵海上劳苦，皇上深念，惟有你们镇主毛文龙作恶多端，历年所为，俱干国法！

“毛文龙夜郎自大，专制一方，兵马钱粮拒不受监管，专恣已甚，一当斩！

“毛文龙欺君罔上，自开镇以来，奏报可有一事一句是真？杀降夷，杀难民，全无征战，却杀良冒功！刘兴祚忠顺来投，却说当阵招降，欺诳已甚，二当斩！

“毛文龙跋扈不臣，刚愎撒泼，无人臣之礼，前后奏章俱在御前，近又有牧马登州，取南京如反掌等语，大臣不道、无将，三当斩！

“毛文龙冒兵克饷，每岁饷银数十万两，却不与兵卒分毫，每月只给粮米三斗五升，边海钱粮尽被其侵盗，四当斩！

“皮岛自开马市，私通外夷，五当斩！

“命姓赐氏，即便是朝廷也不多行，可毛文龙部下官兵，赐毛姓者竟多达数千人，且以总兵之名委任各官，亵渎朝廷名器，树自家爪牙，六当斩！

“毛文龙劫掠登莱，害客商、掠民船，躬身为盗，七当斩！

“毛文龙淫人子女，抢夺民间女子，身为不法，致官兵纷纷效尤，俱以掳掠民间财货、子女为常，好色贪淫，八当斩！

“毛文龙拘禁辽民，草菅人命，以至岛中白骨如山，九当斩！

“毛文龙疏请内臣出镇，拜魏忠贤为父，绘其冕旒像于岛中，遣心腹爪牙盘踞京中，辇金中外，结交近侍，十当斩！

“东奴兵犯朝鲜，攻破铁山，杀辽人无算，毛文龙不敢接战，只逃窜于岛中，且掩败为功，十一当斩！

“开镇八年，不能收复辽东一寸土地，观望养寇，十二当斩！”袁崇焕历数毛文龙十二大罪状，说罢又环视众将，“毛文龙罪状可明否？”

众将相顾失色，都慌忙跪倒，叩首哀告。

“毛文龙罪大恶极，尔等以为当杀不当杀？若我有半点冤枉，屈杀他毛文龙，尔等就来杀我！毛文龙！你还有何话说？”

此时，毛文龙已全无了威风，只跪在地上叩头乞生，不停大喊：“文龙该死，还望大人看在往日的份上，饶标下一命，大人，饶命啊！”

“毛文龙，尔不知国法已久矣，如我今日不杀你，这东江一块土地就非我皇上所有了！来啊——请敕谕、尚方宝剑！”

随着袁崇焕一声断喝，早有旗牌官张国柄、亲兵袁天赦手捧圣旨、尚方宝剑、督师印信走到帅案跟前。袁崇焕面朝西面，撩起袍裙，对着剑印圣旨跪拜请命：“臣今斩文龙以肃军政，镇将中再有如文龙者，亦以此法诛之！臣若五年不能扫平东奴，愿皇上亦以诛文龙者诛臣！”说罢，袁崇焕起身又是一声大喝，“推出去，斩讫报来！”

几名武士当即将毛文龙拖出大帐，袁崇焕又命水营都司赵不忮、何麟图监斩，旗牌官张国柄执尚方剑，斩毛文龙首级于帐前。

袁崇焕以迅雷不及掩耳诛文龙于俄顷，众将一个个宛如梦中，俱不敢动。袁崇焕又晓谕各将：“今日只斩毛文龙一人，以安海外兵民！尔等照旧供职，各复原姓，为国报效！”

接着，袁崇焕又命人准备上好棺木，将毛文龙尸身安葬于围外。东江官兵见了，当时也是一片汹汹，然见关宁兵马军容严整，袁崇焕又晓谕各营，士兵们这才安定下来，不敢作乱。

斩罢毛文龙，袁崇焕下山升帐，大会东江诸将，分东江两万八千兵马为四协，由毛承禄、徐敷奏、刘兴祚、陈继盛各统带一协，令东江副将陈继盛代管毛文龙印剑及东江事权，又命将带来的十万饷银，分发各岛官兵！

袁崇焕安排已定，便连夜起草奏疏，一面向皇上陈述双岛斩帅的始末经过，一面向皇上请罪，等候处置。

“钦命出镇行边、督师、兵部尚书、臣袁崇焕，谨题为恭报‘岛帅逆形昭著，机不容失，便宜正法，谨席藁待罪，仰听圣裁！’事。总兵毛文龙，据海自恣，种种不法，臣本欲擒之还朝，待皇上处分，然臣虑文龙一擒，则其下必哄然，事将不测，臣惟有以迅雷不及掩耳之法，将其诛之于顷刻，则部众无得为文龙死，作恶之念遂断绝矣。文龙既诛，文龙毛姓兵丁，初汹汹于外，然众人见臣军威严肃，且出其意外，遂不敢犯，若迟之，则文龙不可得而诛矣。但文龙大帅，非臣所能擅诛，便宜专杀，臣不觉以身犯之，然苟利封疆，臣死不避，实万不得已也。今谨据实陈奏，席藁待罪，惟皇上斧钺裁夺，天下是非论之！臣临奏不胜战惧，惶恐之至，谨题请旨。”

四

崇祯二年六月，北京

三伏已经过半，北方大地接连酷暑，几十天滴雨未下。连日来，崇祯也是日夜焦虑，癸亥一早，上御平台召内阁五府六部诸大臣，下敕谕：“自今日起，上御文华殿斋宿；谕卿等及各衙门大小臣工俱要竭诚祈祷，务要着实修省，勿事虚文！”

定更已过，暑气仍然未退，崇祯正在文华殿暖阁批阅奏章。

“皇上，有袁崇焕急报。”

“快，呈上来！”崇祯一把抓过奏疏，从头至尾一口气读完，看罢，崇祯猛地站起，满脸兴奋，“好！好！杀得好！”

“皇上，是什么事让您这么高兴呀？”站在一边的王承恩见皇上高兴，便陪着笑脸，好奇地凑趣道。

“六月初五，袁崇焕在双岛斩了毛文龙！这个袁蛮子下手还真是够快的！”崇祯一边说，一边顺手把奏疏递给了王承恩，“你也看看。”

自登基以来，毛文龙就从没让崇祯舒心过一次！先是天启七年九月，崇祯即位不及一个月，朝鲜国王李倧的使臣就到了京城一通哭诉，大告了毛文龙一状，说他在年初东奴进犯朝鲜时退避海岛且畏敌不战，坐视属国连失义州、定州、安州、平壤，国王逃往江华岛，乃至朝鲜最后不得不与东奴签订城下之盟。崇祯顿觉好没脸面，只得一面安抚朝鲜使臣，一面下旨申斥：“毛文龙务要悉心牵制，为王犄角！彼此务要协心尽力，冀收桑榆！”

接着便是请封诸神、阔科事件、四问皇上知之否、两核兵额、虚兵冒饷、兵犯登莱和谎报招降等事，一次一次的欺诳跋扈早已令崇祯心生厌烦，更不要说在近两年时间里，毛文龙寸功未立、寸土未复！最使崇祯感到又恨又怕的是，满朝皆知毛文龙有重大通敌和反叛嫌疑，然他远据海外，朝廷却又拿他无可奈何、毫无办法！这下突然得知毛文龙已被袁崇焕正法，崇祯顿感如释重负，心中不由便有些激动起来。

“皇上，毛文龙毕竟是一品武官，袁崇焕这就把他杀了，是不是有些太过唐突了呢？”

“有什么唐突？你没看到袁崇焕给他列的那十二条大罪，这哪一条不是事实？哪一条不够杀他毛文龙的？毛文龙罪无可赦，死有余辜！”

“是，皇上教训的是。”王承恩赶忙陪着小心说道，“毛文龙确实是罪该万死，死不足惜！不过，奴才以为那袁崇焕要杀毛文龙，为什么不提前给皇上禀告一声呢？”

崇祯闻听此言，立刻便安静了下来，自言自语道：“莫不是他心中有什么顾忌？或是没来得及，朕原本赐他有敕谕、尚方宝剑，授他临机决断、便宜行事之权。不过，到底如何，朕倒也该弄个明白……”

“是不是……奴才去把几位阁老请来，皇上问问他们的看法？”

崇祯低着头沉吟了片刻，随即吩咐道：“不必了，你只去把周延儒给朕找来。”

“是。”王承恩轻声答应一声，便躬身退出去了。

只约莫半个多时辰，沉沉夜色中，周延儒便在两名小太监的引领下进了宫。周延儒见到皇上，参拜已毕，便低着头恭恭敬敬地垂手立在一边。

崇祯见他走得满头是汗，赶忙吩咐一声：“王承恩，你去叫他们给周大人也拿一块冰巾来，这大热的天。”

“微臣叩谢皇上。”

崇祯又命小太监给周延儒搬来绣墩，待他坐定，崇祯这才开口问道：“周爱卿，想必你已知道，六月初五，袁崇焕已在双岛将毛文龙正法，这件事，不知爱卿你有什么看法啊？”

“回皇上，这件事微臣也是刚刚才从王公公口中得知，事出仓促，臣一时之间也不知该如何作答。”周延儒不知崇祯的用意，心中颇为紧张，只得小心翼翼地试探着应对。

“爱卿不必紧张。”崇祯赶忙对他先安抚一番，“朕知你素有才学，平日廷对颇有见地，意见多有独到之处，高他人一筹！今日此事，朕心中还有不决，便想听听爱卿的意见，你不必有所顾虑，心中但有所想只管道来，朕绝不怪罪。”

“臣多谢皇上厚爱！”周延儒放下心来，只沉吟片刻，便开口问道，“皇上可是对袁大人还有什么担心吗？”

崇祯没有说话，只是示意周延儒继续说下去。

周延儒拱手施了一礼，便又继续说道：“毛文龙在海外八年，徒有牵制之名，而实无牵制之实，特别是自皇上登基以来，更是寸功未立、寸土未复，又加之其通敌有迹，多有叛逆自立之意！毛文龙劣迹斑斑，实已成威胁我大明的一条海上恶龙，此次袁崇焕入其军，斩其帅，实是为我大明铲除了一个潜在的巨大隐患！不过毛文龙乃是一镇总兵、朝廷一品大员，按我大明法度，要杀这样的人，即使皇上授予他尚方宝剑，袁崇焕也应事先禀明圣上，不可擅杀！

“虽说军中有许多不得已之事，然专杀大帅却也是不争的事实，袁崇焕他也自知有罪，故此才会上疏请求处置，不过如此一来，他倒是又把难题甩给了皇上，他知皇上如今还要他完成复辽大业，因此才有恃无恐、横行无忌，袁崇焕胆大妄为，皇上对他也切不可掉以轻心啊！”

“爱卿言之有理！”崇祯听罢，点了点头，“他既然把难题甩给了朕，那依你看来，朕又该如何处置呢？”

“皇上，驭将之术莫如牵制二字，那袁崇焕节制四镇，下辖兵马十五六万，又裁撤了辽东、登莱二抚，权力不可谓不大矣。如今毛文龙已死，而东江尚在，东江兵马还需有人统带，皇上务要挑选忠直可靠之人来充任东江总兵一职，如此才可使东江一军牢牢掌控在皇上手中。有了此军，也才会对那袁崇焕有所牵制，使其不敢任意妄为！”

“爱卿果然所见非凡，深合朕心！朕日前也正是有鉴于此，才命那王元雅、刘策二人节制蓟镇兵马，命袁崇焕只一意专心关外，勿得旁顾！朕现在想来，那袁崇焕此时除去毛文龙，也正是为着他的东江兵马啊……”

“皇上英明！”周延儒赶忙附和一句。

“朕明白你的意思了，朕这就给袁崇焕批复。”

“皇上……”

“爱卿还有何意？”见周延儒似还有话说，崇祯连忙停住，疑惑地问道。

“皇上不可给袁崇焕立即批复。”

“这是为何？”

“皇上，前面微臣已经说过，袁崇焕杀毛文龙，虽说是为国除害，却也有越权擅杀之嫌，皇上现今虽然还要用他，为复辽大局念，皇上还当对他好言抚慰，然也不可不对袁崇焕加以警戒，以使其心存畏惧！依微臣之见，皇上当先把袁崇焕的奏疏压下来，不可马上批复，如此，一是皇上可再看看他对东江是否还有后续措置；二是皇上也可借机考察一下大臣们的反应；三则可给袁崇焕一个警告，让他多等些时日，使其醒悟，皇上虽然对他是温谕有加，但也绝非可任意欺哄！”

“爱卿见解独到，果然好办法，就依卿言！”

君臣二人相谈甚欢，直至二更，周延儒方才告退出宫。

崇祯把袁崇焕的奏疏一连又压了八天，直到六月壬申才下旨：“毛文龙悬据海上，开镇有年，以牵制为名，全无功效；劝降献捷，欺诳朝廷；糜饷冒功，频违朝命，且刚愎自用，不受节制，近又提兵进登，索饷要挟，咆哮跋扈，逆形显著；且通夷有迹，掎角无资，兼碍掣肘！卿能周虑猝图，声罪正法，事关封疆安危，阃外原不中制，不必引罪。一切处置事宜，遵照敕谕，仍听相机行事！钦此！”

第十九章

危险的游戏

一

崇祯二年六月，北京

刚刚发走了给袁崇焕的圣旨，第二天傍晚，崇祯又接袁崇焕奏报.

“日前，东奴遣使来宁远议和，臣因其来书不合我国规制，已予以驳回，令其先去年号，方可代为奏请。至于东奴议款一事，臣亦不必讳言，倘东奴真心请和，则可令其归还我土地人民，而我则可许他存朝鲜、存建州，此举利国利民，何惮而不为呢？”

看罢奏疏，崇祯便立刻陷入了深深的疑惑之中,东奴为什么会主动请和呢？这是真还是假？抑或是还有什么诡计？我大明与东奴谈还是不谈？那东奴会轻易地答应归还我土地人民吗？袁崇焕现在到底是什么心思？这件事到底和斩杀毛文龙有没有关系？朕又当作何对策呢？

一连串的问题很快就搅得崇祯头昏眼花了，显然这件事的复杂程度已远远超出了这位十九岁天子的想象，他一头雾水，只得吩咐王承恩：“你去把周延儒，等一下，你还是去把内阁还有兵部的几位大人给朕找来！”

“皇上，那周大人呢？”

“先不必叫他了。”

“是，奴才遵旨。”

崇祯本想叫周延儒前来一议，可是又突然想起前日，浙江道御史李长春就因为那天自己单独召见周延儒的事，参了他一本，说什么“周延儒日西而入，星移始出，语多秘密，不传于外，此何言也？如果周延儒所言乃是公事，当公言之；如果所言私事，王者无私！”好一通教训，搞得周延儒几次上疏辩解，崇祯脸上也很是挂不住，心想这帮吹毛求疵的言官，只会盯着鸡毛蒜皮的小事，着实可恨！崇祯心里虽恨，但也不好发作，只得忍了，先不去招惹这些麻烦。

没有多大工夫，内阁辅臣韩爌、李标、钱龙锡以及兵部尚书王洽都匆匆赶到了文华殿暖阁。众人见了皇上，参拜已毕，又看过了袁崇焕的奏疏，崇祯立刻向几人问道关于此事的看法。

自古以来，无论是两周秦汉，还是隋唐两宋，中原王朝都视自己为天朝上国，而把周边的那些部族和政权都统统看作是蛮夷狄胡。天朝上国自然是高高在上，向来只有万邦来朝、八方来仪的说法，又岂有向他人俯首称臣、割地求款的道理。故此，这和与款二字便成了极为敏感的禁忌，无论在什么情况下，在台面上，你只可言战，而不可言款，人们才不会管你言的是什么款、谈的是什么和，你只要言款、言和便是投降、便是卖国！

“皇上。”兵部尚书王洽率先回道，“我大明富有四海、生民亿兆，而那东奴原不过是我东北属部，如今他虽是一时得势，然终不过就是反叛，我朝廷岂有和叛逆谈和之理？他现在竟想同我大明平起平坐，来与我讲和，实是欺我朝廷无人，我大明又岂能屈尊去与他言和！我大明有百万大军，十年来虽是一时失利，他亦不过是侥幸得逞罢了，待我大明调集好兵马、奋我皇上之神威，定可一举而扫平东奴！我大明有同日月，而那东奴不过就是萤虫，萤火之光又岂能与皓月争辉！

“东奴自知非我国敌手，这才派人前来求和。然东奴狡诈，他又岂肯轻易归还我土地、人民？此必是皇太极的诡计！臣记得天启六年时，老酋努尔哈赤八月病亡，袁崇焕就曾借机遣使吊孝、与东奴讲款，可东奴不体我大明一片好意，却一味使奸，竟趁我不备之时，于次年正月悍然出兵朝鲜，在两个月之内，降伏我属国朝鲜，使我大明失一臂膀！今番他又来请款，必无好心，定是要耍什么诡计来哄骗于我，皇上万万不可上了那皇太极的当啊！皇上当严旨申斥袁崇焕，命其不许与东奴议和，并加紧整顿兵马，调兵遣将、相机进取，以期早日扫平东奴、收复辽东！”

“好！大司马说得好！朕大明正该多几位像爱卿这样的忠勇之臣，那东奴又何愁不灭呢？！”崇祯听了王治的话，大为高兴，禁不住连声夸奖。一边夸，一边又对着王治上下打量一番，只见他身形挺拔、相貌堂堂，正好似门神一般。崇祯越看越爱，心中不由又是一阵赞叹：看来还是朕眼光不差啊，这王治虽说是文人出身，倒真正是胆气过人！

“皇上，臣有一言，还请容禀。”

“韩阁老，您是首辅，有什么话就大胆直言吧。”

韩爌对着崇祯一拱手，便侃侃言道：“孙子曰兵者，诡道也！自古两方交兵，或战或和、用间使诈，本是平常之事，古之名将无不精于此道，当政者倒也不必对任事之人过分苛责。昔日，吕蒙诈病、陆逊骄敌，这才使关羽大意，吕蒙遂得以白衣渡江，一举袭取了荆州。就是那英明神武的大唐太宗皇帝，一生戎马、武功赫赫，在即位之初，突厥大军兵临长安之际，亦不得不审时度势，与突厥颉利可汗于灞桥之上，杀白马歃血为盟，后厉兵秣马，终能大破突厥！今东奴请和、袁崇焕用款，大司马只道是东奴使诈，以和欺我，又岂不知袁崇焕亦是以款欺他？

“天启六年，袁崇焕遣使吊孝，正是要借机一探东奴虚实，又欲趁东奴诸子争位、内部不定之时借机行间，以使诸子内斗，此不可谓不是袁崇焕一片苦心。此后他又借谈款之机，抢筑锦州及大小凌河等三城，使我大明扩地两百里，保我十数万辽民，此又不可谓不是一功也。倘无此三城，七年五月皇太极率大军来攻，我又如何能一挫强敌而取得宁锦大捷呢？

“而如今，袁崇焕令东奴去年号、归还我土地人民，义正词严，长我大明志气，维护皇上尊严，又何错之有，又何需申斥！皇上，世人不明真相，朝中大臣又多不知大势、不识大体，一味妄自尊大，以夸口为能，而又好以清谈非议做事之人。空谈误国，此教训古已有之，皇上不可不引以为戒！老臣一片肺腑，还望皇上能纳臣言。”

“皇上，韩阁老所说实乃老成谋国之见！”韩爌说罢，次辅李标也接口说道，“袁崇焕出京之时，所奏方略中便已有言，以守为正着，战为奇着，款为旁着。袁崇焕用款，乃是从权，不过是兵家借以欺敌之法罢了。袁崇焕赤胆忠心，又久历战事，所见自是非他人可比！还望皇上勿听信流言，专任袁崇焕，以使其能成就大功！”

崇祯听两人说完，心中已有几分不快，虽说两位阁老驳斥的是王洽的大话，可那又何尝不是崇祯的心思呢，崇祯不好发作，只得淡淡说了一句：“朕知道了。”隔了片刻，崇祯见钱龙锡一直沉默不言，便转头向他问道，“钱阁老，你有何见解啊？”

钱龙锡见问，赶忙躬身作答：“回皇上，毛文龙虽已正法，但其党羽仍遍布京城，其部将，如陈汝明、孟斌、周显谟等盘踞京城多年，结交中外，大肆制造、散播流言，为祸不浅，应立即予以捉拿！另东江亦多有毛文龙亲信逃来京城，为防此辈为害，臣恳请皇上下旨令锦衣卫严查内外，但有毛文龙部将逃来京城者，立即捉拿！”

崇祯听了，立刻对王承恩吩咐道：“去把丁日升、刘侨叫来！”

不一会儿，锦衣卫两名副指挥使便急匆匆赶来暖阁，跪在地上候旨。

“传旨！命你二人速带锦衣卫，将毛文龙在京党羽一体擒拿，不得放跑一个！自即日起，命你等严查京城内外，但有毛文龙部将逃来京城者以及胆敢制造、散播流言者，也都一起与朕拿了！”

“是，臣等遵旨！”丁日升、刘侨两人领旨，赶紧退出暖阁，急急忙忙办差去了。

发走了锦衣卫，崇祯向几人扫了一眼，随即问道：“袁崇焕到任已快一年，不知道他要等到什么时候才进兵啊？”

“回皇上，袁崇焕刚刚斩杀了毛文龙，现东江兵马尚待整顿，臣料他可能还需三五月，待关宁、东江两军都准备妥当，他才可进兵吧。”兵部尚书王洽赶忙作答。

“大司马，到底该如何用兵，你部也该发文多去与他商议一番，另外，你等也要令袁崇焕明白，款不可恃，今后他还要多多留意兵马，不可一味谈款，望他能深体朕心，加紧整顿兵马，只待诸事具备，便要调兵遣将、相机进取，以期早日复辽！”

“臣等遵旨！”

崇祯二年六月，宁远

六月二十三，苦等了多日的圣旨终于到了，袁崇焕赶忙率辽东文武一起恭设香案，叩头接旨。袁崇焕跪拜在地，当听到圣旨说“卿能周虑猝图，声罪正法，事关封疆安危，阃外原不中制，不必引罪，一切处置事宜，遵照敕谕，仍听相机行事！钦此。”一颗悬着的心这才落地，他长舒一口气，连忙高声称诵：“臣袁崇焕领旨谢恩——”

接罢圣旨，袁崇焕又和程本直一起来到后堂书房叙话。刚在房中坐定，袁崇焕就激动地发了一句感慨，说道：“皇上圣明啊——”程本直微微一笑，没有答话，只端起茶碗，静静地听着袁崇焕的下文，“崇焕本想，这么大的事，皇上即使不会降罪，但怎么也会责我几句，可如今圣旨里全无怪罪之意，皇上待我也真是千古之遇了！”

袁崇焕说完，见程本直沉默不语，好像若有所思，当时心中颇感纳闷，便问道：“先生可是有什么心事？”

“哦，学生一时走神，还请大人不要见怪。”程本直一愣，赶忙笑着作答，“方才听大人讲话，学生在想，此事倒有一处颇令人疑惑……”

“先生有什么疑惑？”

“大人，按理说，皇上接大人奏报，再下旨到宁远，前后所需最多不过十日，既然皇上对此事全无怪罪，那为何到今天大人才接到圣旨呢？”

“先生是说皇上对此事也是斟酌了多日？”

“正是此意！”程本直看着袁崇焕，重重点了点头，“不仅如此，学生猜想，此必是皇上有意为之！在圣旨里虽然没有一句责怪，但皇上却不肯马上作答，亦可见皇上起了疑心，颇有责备之意啊！”

袁崇焕听罢，细细品味了半天，也表示赞同道：“是了此事确实是我有些唐突，专权擅杀本是有罪，也难怪皇上会有责备。”

“大人可知皇上因何怪罪大人吗？”

“为何？”

“学生猜想，皇上怪罪大人，非是皇上不知毛文龙之罪、要为他抱屈，而是怪大人为什么不在事前禀告或是将毛文龙解送京城！自古君王最怕的就是做臣子的有所欺隐、擅权越轨，大人将毛文龙声罪正法，只道是为国锄奸，可亦难免不会让皇上生出其它什么不好的念头来啊。”

“先生所言甚是。”袁崇焕点了点头，“事已至此，依先生之见，如今可还有什么补救的良方吗？”

“良方谈不上，但大人还当设法去挽回。”

“如何挽回？”

“首先，大人当立即上疏向皇上陈明当日不得已情状，毛文龙结交中外、党羽遍布京城，事前上奏此事必泄，到那时非但杀不了毛文龙，只恐还会激变。大人只能将此情向皇上再三言明，以征得皇上谅解，此其一；其次，大人还得再向皇上请罪，以示自责，请皇上准以戴罪立功，待平辽之日，再将功赎罪，此其二；最后，大人还得再辞荫功，上月朝廷叙功，大人官升一级、赏银四十两、大红蟒衣一袭、荫一子锦衣卫正千户，大人当立即上疏辞功，以示自惩。此三法，恐怕也只不过是暂时使皇上安心，却也终难释其心怀，唉，归根结底，大将在外手握重兵，在什么时候这都是帝王的心病啊……”

袁崇焕听了心情沉重，低着头沉思良久，才长叹一声道：“罢了，崇焕为我大明江山社稷，但求一片赤诚，无愧我心！至于千秋功罪，也只有留待后人评说了。”

“大人也不必过于伤感。”程本直见袁崇焕情绪低落，便有心开导他几句，“东坡先生有云，古之成大事者，不惟有超世之才，亦必有坚忍不拔之志！好事多磨，自古便是如此，大人倒也不必灰心。看我今日关宁兵马，只短短一年，便已是号令森然、军容严整，马、步、车、火器各营无不训练有素、士气高昂！只待大人整顿好东江兵马，便可两路进兵、收取河东，规复全辽便也指日可待了！”

“但愿如此啊，待到那时，崇焕便立刻解甲归田、退隐山林，再也不必在这险恶的漩涡中苦苦挣扎了。只可惜，我袁崇焕年近半百、戎马半生，至今膝下仅有两女，而无一子，也算是袁某平生的一大遗憾吧。”

“大人吉人自有天相，此事大人倒也不必过于忧心，听说夫人已有身孕，想来再过几月，必有麟儿降生，到时候我等再一起来向大人道贺啊！”

两人高兴地闲谈了几句，程本直又想起一事，便马上说道：“大人，东奴的使臣已回沈阳，想那皇太极见了大人回书，必然恼怒。现已是夏收时节，我料他夏收以后，便要大举来犯，今我关宁当务之急，便是要加紧战备，以防东奴进犯！”

“先生提醒的是，现关宁锦一线固若金汤，只是东江初定，兵马整顿还尚需些时日，我还不可遽然发兵，如今最令我担心的便是蓟镇了，蓟镇防守薄弱，又刚裁撤了一万新兵，现在也不知王元雅、刘策二人是否已将那一万新兵都安置妥当了。”

“报——”两人正在谈话间，忽有一名亲兵从门外急匆匆进来禀报。

“禀督师大人，有夜不收回来报告，喀喇沁三十六家首领苏布地与台吉布尔喀图等人率一队人马，日前已东渡辽河，往沈阳去了！”

二

民间谚语说：“闰四月，吃树叶。”意思就是在双四月的这一年，往往都是大灾之年，由于春季延长，粮食减产，老百姓常常会吃不上饭，只得吃树叶、树皮来充饥。

明朝末年正值小冰河期，中国北方连年灾害，严寒、大旱、风灾、蝗灾不断，而崇祯二年又是闰四月年，这一年的灾情则更是雪上加霜！

“天地不仁，以万物为刍狗！”

老天爷并非只对大明的万物不仁，对于后金、蒙古各部，老天爷同样不仁！在这一点上，老天爷并没有对谁予以特别关照，大家都是平等的。

启、祯之际，辽东、塞外连年大饥，后金粮食奇缺，到崇祯二年时，在后金统治区内，米价竟已高达每斗八两银子，后金的经济已处于崩溃边缘。

面对同样的自然灾害，实际上，疆域辽阔、经济基础雄厚又具有巨大人口优势的大明一方，在抗风险能力上本应当更具优势，可遗憾的是，大明王朝的政治已彻底腐烂，他的统治者不知道该怎样兴利除弊，也看不到危机中孕育的机会，更不懂得抓住时机、正确决策，大明王朝从上到下、从内到外，就像一个行将就木的巨人，已是百病缠身、积重难返。

而反观蒙古、后金各方，小冰河期的作用也正在悄悄地发挥着威力，并深刻地改变着整个大明北边的战略态势。塞外土地本就贫瘠，经济形式单一、技术落后，对于东部蒙古各部来说，连年的灾荒差不多就是灭顶之灾了。为求活命，又加之在后金不断拉打结合的揉搓下，及至崇祯二年六月，除远在宣府、大同边外的察哈尔外，各部已先后折入后金，连大明外藩喀喇沁三十六家首领苏布地也亲率代表团于崇祯二年六月来到沈京，请求皇太极允许东迁。

对于后金来说，此时的外部环境可谓一片大好，西进蒙古的道路已畅通无阻。有了蒙古人的帮助，后金不仅军力大增，更为重要的是，在战略上，后金南进中原，从此不只有辽西走廊一条路可走。后金大军不必再去强攻关宁锦，去和明军主力在雄关之下徒耗兵力，大明北方的蓟镇边外，从居庸关到山海关两千里长城防线，此时已是门户洞开，后金可以随时、任意选择突破口，入塞劫掠！

以前，因为有山海关和关宁锦防线的阻挡，后金的危害还仅限于辽东一地；而后金与东部蒙古各部合为一家，则大明北边，尽失藩篱。自此，大明内地再无宁日！崇祯一朝十七年，清军先后五次入塞抢掠内地，即是明证。

对于如何征讨明朝，努尔哈赤、皇太极两代后金汗在实践中逐渐形成了一套自己独特的战略理论即征明朝，如伐大树，必先从两旁砍削，先去其左右，砍削既深，则大树自仆。

这“左右”即指朝鲜和东部蒙古各部，“砍削”即是一次次的入塞抢掠，后金并不奢望通过一次决战就可征服明朝，但他每一次深入内地，都会饱掠一番，给本已危机四伏的大明王朝造成更为深重的破坏，每一次破坏又诱发了国内一系列的变故，大明王朝为应对不断恶化的局势，不得不加重盘剥，如，开征剿饷、练饷，而盘剥越重，则内乱越烈，自此，大明王朝便走上了一条恶性循环的不归路。大明这棵参天大树，内部早已腐朽烂透，他的统治者不得不一次又一次地在外患和内乱两线间疲于奔命，直至最后灭亡。一定程度上讲，自天启七年至崇祯二年，大明王朝先后失去朝鲜和东部蒙古各部，乃是大明朝最为致命的战略性失误！

就在大明王朝的君臣们还沉浸在天朝上国的迷梦中时，皇太极已悄悄开始了他的“伐树”计划……

崇祯二年六月，沈京

凡事都有两面性，有好就有坏。

东部蒙古各部尽归后金，对于后金来说，一方面是实力大增，但另一方面，也意味着又多了几十万要吃饭的嘴，后金压力陡增。蒙古人来投皇太极，不就是看上你身强力壮、家底厚实吗？

虽然说自皇太极上台以后，针对努尔哈赤晚年以来的弊端，皇太极从内政出发，已经进行了一系列的改革，特别是放宽了针对汉人的逃人法，强调满汉一体，实行了编户为民、优待汉官等一系列政策，使得后金的社会矛盾得到了很大的改善，并且，后金也已开始把农业作为本业。

但是，远水解不了近渴，一下子增加那么多人口，再加上天灾，吃饭问题便成了头等大事，蒙古人还得要安抚、要赏赐。于是，及至崇祯二年下半年，抢掠便成为后金当前最佳的选择，问题是该抢谁呢？察哈尔还是大明朝？皇太极仍举棋不定。

六月乙丑，皇太极颁布上谕："战争者，生民之危事；太平者，国家之祯祥！我屡欲与大明议和，而彼不从，我又岂可坐待？不日，我定当整旅西征！此番出征，大军不似往日那样，只以我一师独自前往，而当令蒙古科尔沁、喀尔喀、扎鲁特、敖汉、奈曼各部，合师并举！至于行军攻战之策，满、汉、蒙古中，如有谋略素著、可裨益军政者，各以所见入告，本汗将择而用之！"

上谕虽已发，可这一仗到底该怎么打，皇太极仍心里没底。连日来，皇太极也是茶饭不思、颇为焦虑。不想昨日，喀喇沁三十六家首领苏布地率队来到沈京，皇太极闻讯，喜出望外，连忙亲率满汉大臣出城迎接。

沈京城外，苏布地等人远远见到皇太极亲率大臣出迎，受宠若惊，连忙和众人甩蹬下马，自己带了布尔喀图台吉，两人一前一后赶到皇太极面前，跪倒施礼。

"朵颜苏布地叩见大汗！"

"大头领快快请起，快快请起！"皇太极连忙一把搀起苏布地，哈哈大笑，"有大头领来我沈京，我大事济矣！"

"我苏布地势穷来投，何敢劳大汗亲自相迎，这真是折煞我了。"

"大头领这是说的哪里话来，你我满蒙亲如兄弟，此后更是一家，就不要再见外了！"

皇太极格外高兴，又热情地拉着苏布地，带他引见众人，一行人这才热热闹闹一起进城，前往汗王宫。

待宾主都已坐定，皇太极随即对苏布地说道："前番察哈尔西迁攻伐你部，大头领就曾遣使来，今日大头领能亲自前来，真是你我两家的幸事啊！"

"前次大汗出兵相救，苏布地还一直未曾答谢，过去我朵颜对大汗多有冒犯，今日，正该一起向大汗赔礼谢罪。”说着，苏布地便起身跪倒，向皇太极行礼。

“大头领不必客套，快快请坐。”

“大汗，实不相瞒，如今我朵颜穷困交迫，此次前来拜谒大汗，便是欲求大汗允我部东迁于辽东故地，使我两家永结同好！苏布地一片赤诚，还望大汗能予以接纳。”

皇太极听了先是沉吟半晌，随后言道：“大头领真心来投我，我又岂能拒人于千里之外？我知这几年塞外大饥，你部受冻饿之苦，又遭察哈尔劫掠，着实不易。你对大明虽是忠心耿耿，可明朝对你却不庇护也不施以救济。今日，大头领有难处，我自是要鼎力相助！只是……”

说着，皇太极稍作停顿，又朝苏布地瞄了一眼。苏布地见状，大为紧张，一颗心也提到了嗓子眼上。

“只是你部既要与我大金结好，今后便不可再与那明朝来往，你既受我恩惠，今后便要遵我号令，只要大头领肯受我诏命，我大金定会保你人民无虞！”

苏布地听了，面露难色地说道：“苏布地感大汗不弃，对大汗自然是感恩戴德，今后但有驱使，我朵颜自当效命，只是我朵颜受大明抚赏日久，我苏布地虽愿与大汗结好，但也不忍遽与大明为敌。此情还请大汗能多多体谅。”

老滑头！皇太极暗骂一句，没有说话，只微微低下头，一边冷眼打量着苏布地，一边在心中做着盘算。

坐在一边的布尔喀图台吉早不耐烦，就见他一下子站起来，向上大声说道：“大汗！我朵颜为大明守边多年，可他却从来视我等为腥膻蛮夷，如今在我穷途末路之际，他非但不肯出手相救，更有伺机剿灭之意，我朵颜与大明早已是恩断义绝！我家首领为人忠厚尚念旧情，我布尔喀图却与他无甚恩情！今年三月，我率人前往北京，拜见他家皇帝，我等一片赤心，却被他众人羞辱和殴打，险些丢了性命！大明君臣目中无人且妄自尊大，今日正该给他些教训！我布尔喀图愿为大汗向导，请大汗发兵，直杀进大明内地，让他们也尝尝我们的厉害！”

“好！”皇太极大喜，一拍坐椅便挺身站起，“有台吉这话，我无忧矣！今日台吉来我沈京，有如当年许子远夜走曹营。这真是天神保佑，使我要做成大事！”皇太极兴奋异常，接着又对苏布地、布尔喀图两人说道，“大头领的心事我已尽知，本汗倒也不会强你所难，今我与你订立盟约，大金当厚赏你部，以解你当前之急，这一点还请大头领放心。不过，你部如今倒也不必急于东迁故地，待订立盟约后，大头领便可先回驻地安顿部民，以待我后续安排。布尔喀图台吉可多留些时日，本汗还有要事与台吉相商。”

“多谢大汗！”

“大汗但有差遣，布尔喀图敢不效命！”

苏布地、布尔喀图两人赶忙站起，拱手听令。

回到清宁宫，皇太极仍是激动不已，有了喀喇沁的帮助，后金想要破关入塞便不是什么难事了。大明京城，北有燕山山脉群山连绵、险峰耸峙，如没有向导，一支大军想要越过燕山进入北京，那可真是难之又难。喀喇沁世居蓟镇边外，熟悉道路，如有他们相助，后金大军便可轻松到达长城。此后后金入塞就可不经山海关，而是向西绕行，便可由蓟镇入塞。

多日来，皇太极一直在为关宁锦的雄关发愁，今天喀喇沁一来，终于让他找到了一条入关的捷径，这又如何能不让皇太极感到兴奋激动呢！当然，作为一名久经沙场的老将，皇太极在激动之余，仍然保持着一份冷静，毕竟这将是一场皇太极乃至后金无论如何都输不起的大战！这既是一次大胆而疯狂的军事冒险，也将是一场能够决定后金与大明未来的国运之战！大战在即，仍有太多的问题萦绕在皇太极心头，令他坐立不安。

皇太极继承汗位已经将近三年了，三年来，皇太极虽名为大汗，但实际上，朝政由四大贝勒共同执掌。八旗中，皇太极也只是亲领两黄旗，实力并不突出。皇太极上台伊始，为加强自己的权力，设立八固山额真管理旗务、参与议政，并积极拉拢扶持阿济格、多尔衮、多铎、济尔哈朗等四小贝勒，借以削弱三大贝勒的权势。又大力推行满汉一体、优待汉官等多项政策。三年来，皇太极虽政绩斐然，但这些政策也招致了许多满族亲贵，特别是三大贝勒的不满！

更为严峻的是，后金以弓马立国，没有骄人的战绩，无论如何都是难以服众的。三年中，二贝勒阿敏于天启七年率军攻伐朝鲜，大胜而回，而皇太极却在七年五月的宁锦之战中败于袁崇焕之手，铩羽而归。如今，距离宁锦之战已过去整整两年，皇太极迫切需要一场大胜来证明自己！这一仗，无论是对于后金还是对于皇太极来说，都已是箭在弦上，不得不发，而且必须要打胜！

然而，战争从来都是一种充满风险的游戏。这一次出征，无论是征讨察哈尔，还是攻伐大明，对后金来说都将是一场前所未有的远征。大军一旦出发，或深入草原荒漠，或深入群山内地，几千里行程，且不说粮草供给、兵员补充困难，大军一旦被截断归路，或是被四面合围，抑或是被偷袭老巢，后金乃至几万大军都将面临一场灭顶之灾，后金两代四十多年的努力顷刻间便会化为乌有，这实在是一场输不起的赌博。

夏夜月光如水，皇太极心事重重，只带了一名内侍，在花园中独自漫步。园内清风徐徐，暗香流动，待转过了几处亭台，来至水榭旁，皇太极的心情已大为舒畅。突然间，一名内侍打着灯笼，急匆匆从对面的长廊转出，来到皇太极近前。

“禀大汗，皮岛王子登派来人密报，本月初五，袁崇焕已在双岛斩杀了毛文龙！”

皇太极闻言，吃了一惊，不禁暗道一声袁崇焕好手段，对自己这个老对手，心中不禁又多了一分敬畏。“赶快去把范先生请来！”皇太极对内侍吩咐一声，便也无心纳凉，一转身，便迈步直向清宁宫去了。

没有多大工夫，范文程便匆匆赶到了清宁宫书房。

“袁崇焕斩杀了毛文龙，先生以为如何？”

“自毛文龙上次来书已有三月，据内地来报说，毛文龙又兵犯登莱，想是那袁崇焕对毛文龙的事有所察觉，这才断然出手，绝了后患。”

“只是此事对我又会有何影响呢？”

“毛文龙骄横跋扈，他与我议和不过是想借我之力以求自立罢了，一时间，倒也没有太大的影响。只是袁崇焕断了皮岛商路，我大金与他内地的贸易断绝，如今，大金又连遭大灾，粮帛、火器等物奇缺，倒真是万分困难。另外，袁崇焕斩杀了毛文龙，必然要对东江兵马有一番整顿和安排，东江兵马如何调遣，这恐怕才是将来对影响最大的地方。”

“那么，依先生之见，那袁崇焕会如何调遣这东江兵马呢？”

范文程低着头想了一会儿，好半天才又抬头说道：“大汗，那袁崇焕向崇祯许诺五年复辽，我猜想他必是想效法当年马云、叶旺取辽的故计！”

“哦？可是当年取辽于纳哈出的故事？”

“正是，大汗好记性！”范文程夸赞一句，随后又马上说道，“袁崇焕如用此计，他必取辽南。现在他斩杀了毛文龙，看来就是准备要用东江军，进取辽南了。大汗，镇江、旅顺两处都至为紧要，我不可不防！”

“先生言之有理，那袁崇焕有勇有谋，实乃我大金之劲敌啊！”皇太极感叹一句，一提起袁崇焕，心中不由得又在隐隐作痛……

天启六年，宁远之战，想自己的父亲努尔哈赤，自二十五岁起兵以来，一生征战，战无不胜，攻无不克，惟宁远一城不下，最后竟至抱憾而终！

天启七年五月，自己亲率大军围攻锦州、宁远，本欲为父报仇、一雪前耻，不料却又是损兵折将，旬月竟不能克！

“都是这个袁蛮子！”皇太极恨道，“倘再让他取了辽南，使关宁、东江两军于河西、河东两路夹击，则我大金危矣！袁崇焕此人不可不除！”

说罢，皇太极又一脸凝重地望着范文程，“先生可有什么良策吗？”

“大汗，要除袁崇焕，何不用反间计？”

“反间计？”

“正是！”

“如何反间？”

“这毛文龙不就是最好的题材吗？”范文程面含微笑望着皇太极，“大汗，我们何不派人潜往内地，只说袁崇焕为讨崇祯欢心，在皇上面前夸下海口，说是要五年复辽，可是他现在又难以实现，只好暗中来和我大金议和，我与他密约说要想和谈必先要杀掉毛文龙，故此，袁崇焕才斩杀了毛文龙，来与我议和！”

“嗯，计是好计，只是那大明君臣肯信吗？”

“大汗，反间的秘诀在于攻心！那崇祯本性多疑，又年轻气躁，明廷内外大臣不知大势、不识大体而又好交相攻伐，大明内有轻浮之主，外有奸佞环绕，他又岂能不中我计？当然，我还要不断放出消息，就说我大金只怕他毛文龙，如今没了毛文龙的牵制，大金便要大举进兵了，待我大军果真杀进关去，到那时，我们已给他演足了一出好戏，大明君臣颟顸昏聩又惊慌失措，还怕他们不相信吗？”

皇太极听到这里，哈哈大笑道：“先生妙计，真是杀人不用刀啊！本汗这就安排下去，给他们演一出好戏！”

三

崇祯二年七月末，宁远

“看来皇太极是准备要出兵了！”说着，袁崇焕便把手中的书信递给了程本直，程本直连忙接过看起来。这是皇太极派人刚刚送到的，书信乃是写给大明朝廷，请袁崇焕转呈崇祯，只见信中写道：“金国汗致书于大明国诸臣。我欲息兵以享太平，前曾屈尊遣使议和，而尔不从，致起兵端，尔民被诛则并非我诛之，乃尔自诛之也！我诚心和好，尔自大不从，谅天必鉴之，人亦闻之矣！”

“是啊。”程本直回应道，“现在情况已很明朗了，狼要吃羊，不过是装模做样给自己找个借口罢了。”

“不过，我大明朝如今可不是绵羊了，又岂能任他宰割？！”

“大人说的是！”

两人在书房里讨论着当前的局势。时光荏苒，袁崇焕到达辽东刚好一年。一年来，关宁方面，袁崇焕一面整顿关外七万兵马，一面命前锋总兵祖大寿修复并进驻锦州及大兴堡、大福堡、大镇堡、大胜堡等外围边堡，已尽复去年五月王之臣所弃所有土地。此时，关宁军正集结兵马、抓紧备战，只待时机成熟，便可渡河东进；

东江方面，共计两万八千兵马，自双岛斩帅后，袁崇焕先是将东江分为四协，后又建议朝廷于河东添置一镇，分为两协，统辖骑兵十营、步兵五营。袁崇焕一面上疏为东江请粮，添置盔甲、器械，一面命东江军加紧整训，以期早日化海外游魂为恢复之精锐，便可进据辽南，挥师北上；

朝鲜方面，袁崇焕也已派人前去拜会朝鲜国王，与其东西犄角，海陆并进，首尾合攻，以雪十二年之积愤。联络朝鲜，陈兵鸭绿江，约期西进！

后金一方，皇太极正在大会蒙古诸部，而大明这边，袁崇焕则在积极筹划三方平辽。皇太极和袁崇焕这两个老对手，彼此心知肚明，大家不过都是在借和谈争取时间罢了，现已快到摊牌的时候，谁又将赢得这场赌局呢？

“大人，日前探马来报，东奴正在采伐树木，大造舟船，并在河西西平堡一带频繁活动，动静不小。看来这一次，东奴必是要大举进犯啊。”程本直向袁崇焕提醒道。

“是啊，我也正在考虑此事，现最令人担忧的乃是蓟镇。日前，苏布地已去沈阳，倘朵颜倒向东奴，只怕那皇太极便会绕道喀喇沁而突袭蓟镇，蓟镇防守薄弱，到时只怕不保！如今情况紧急，我只有立即上奏皇上，请朝廷增兵蓟镇，并责令顺天巡抚、蓟辽总督加强防守！”

“唉！”程本直听了，不由叹了口气，“大人四五月间已两次上疏，请皇上增兵蓟镇，这一次，只怕皇上还是不听啊。看来，也只有派我一支关宁军去增援蓟镇了。”

“目前也只得如此，我先上奏朝廷，如侦得东奴渡河，我便急令关内总兵赵率教派兵增援蓟镇！”

崇祯二年八月，北京

仅仅十几天的工夫，一个惊人的消息便在京城的大街小巷传开了。

“听说了吗，袁崇焕正在和东奴私下议和呢！”

“真的假的？！”

“当然是真的，敢情您还不知道啊！啧啧，这早都在朝廷里传开了！”

“那……那……袁崇焕为什么要和东奴议和呢？”

“这不是明摆着吗，当初皇上召见袁崇焕，他为了讨皇上欢心，吹牛说五年复辽，可是现在一看完不成！袁崇焕心里一着急，就想出这招，只要和东奴谈和了，两家罢兵，皇上也就不问五年的事了。”

“东奴肯答应和袁崇焕讲和吗？”

“东奴可不傻，听说那皇太极比猴都精，怎么会那么容易就答应他呢！”

“后来咋样了？”

“那皇太极一看袁崇焕来求自己，立马狮子大张口，给袁崇焕开条件说要想讲和，必须先杀了毛文龙！”

“不会吧？难道袁崇焕先前就是因为这事才杀了毛文龙？”

“可不是吗！毛文龙驻扎在那东奴的后背，皇太极最害怕的就是毛帅了！只要有毛帅在，那东奴就不敢来打咱们大明，他们就怕毛帅抄了他们的老窝，所以皇太极这才把他当成是眼中钉、肉中刺，必欲除之而后快啊！那袁崇焕本来就和毛帅不和，看他不顺眼，这下为了谈和，就矫旨杀了毛帅。”

“这不就是和当年秦桧要杀岳飞议和一样吗！”

“可不是吗，这袁崇焕真是我大明朝第一号的大奸大恶啊！只可惜，自古忠良都没有好报啊，要不是朝中奸佞当道，咱们大明怎么会打不过那小小东奴？要是皇上能重用毛帅，早就灭了那东奴了！”

这样的流言就像长了翅膀，在京城中不胫而走！按理说，谋款斩帅的说法漏洞百出、并不高明，且不说它无凭无据，尽是凭空臆测，就是故事本身也完全不合逻辑，经不起推敲！

要知道，在那个年代，讲款的危险性一点儿也不比打仗小，如果说袁崇焕为了摆脱五年复辽追责而真的去讲款，且不说谈不成，五年复辽的责任自是甩不掉；就算是谈成了，那么谈成之后，朝廷第一个要拿来背锅的人便是主议之人，只怕用不了五年，袁崇焕不被大臣们的口水淹死，也早已被皇上下狱或是杀掉了。讲款根本就是一条死路，这个道理袁崇焕岂会不知？！

袁崇焕在给崇祯的《平辽方略》中说的明白，“守为正着，战为奇着，款为旁着”袁崇焕用款乃是从权，不过是兵家的欺敌之法。

然而，就是这么低劣的谣言，依然会有很多不明真相的人对它深信不疑。

当然，这些还在不断地被人们添油加醋的谣言，很快便也传进了宫里。

“前些日子，朕已命锦衣卫将毛文龙的亲信尽皆捉拿，为何现在还是流言不止？你们到底是怎么办的差！”

“都是奴才们办事不力，还请皇上恕罪……”文华殿暖阁里，提督东厂太监曹化淳正跪在地上，崇祯则背着手站在房内厉声训斥。

“为什么你们还不把这些人都抓起来？！”

“回皇上，现在京城里不管是达官显贵、士子学生还是那些草民百姓，大家都在议论，奴才们实在是抓不过来啊！”

崇祯听了也无可奈何，只背了手在房中来回走了几圈，隔了一会儿又问：“外面还有什么说法？”

“回皇上，外面还说上次袁崇焕就偷偷给东奴卖粮，现在又私自议和，看来袁崇焕和那东奴是早就有勾结了。”

“这些事你怎么看？”

“回皇上，这些事半真半假，奴才们也实在是搞不清楚真伪，奴才不敢对皇上有所隐瞒，只得回来把这些都报告给万岁爷，请皇上定夺。”

“嗯。”崇祯点点头，脸上的神色也和缓了很多，“你起来吧，做臣子的就是要事事不隐瞒，方才能见忠心！今后你务必还要多加留意外面的消息，有什么情况，随时来报朕！办差去吧。”

打发走了曹化淳，崇祯的心里早已起了波澜，虽然他现在还不敢相信这些流言，但是这些流言却像一粒种子，已悄悄种在了他的心里，一旦有了猜疑的心思，这种子便会发芽，慢慢生长，只待合适的时间和合适的事件，便会迅速长大，开花结果！

崇祯踱到书案前，又拿起袁崇焕那份新到的奏疏：“若顺天等处，则听（蓟辽总）督、（顺天巡）抚为政，臣虽在辽，本不敢越俎而议，然蓟门单弱，宜宿重兵，臣恳请皇上，当严斥督抚，峻防固御，为今日急着！”

袁崇焕几次三番来让朕严斥蓟镇督抚，加强蓟镇防守，除防奴之外，他还有没有其他心思呢？”

看着奏疏，崇祯的思绪不禁越发复杂起来……

崇祯二年八月，沈京

八月的辽东，秋高马肥，正是大举用兵的最佳时节。沈京城外，旌旗飘扬，战马嘶鸣，一队队八旗将士正顶盔掼甲，骑马列队于城门之外。

昨日，后金天聪汗皇太极已发布谕令，命贝勒济尔哈朗、德格类、岳托及阿济格率兵一万，往略明地。

皇太极也亲率满汉文武大臣，一起来到城外，为出征将士送行。

皇太极手捧酒杯，走到济尔哈朗等人面前，大声说道：“此战，尔等务要深入锦州、宁远诸地，虽不必取其城池，却要尽焚其积聚，扫荡其四野，倘有明军胆敢出城，便要于野战将其尽数歼灭！此战，尔等必要令敌军丧胆，使其不敢再东进一步！来！诸位且满饮此杯，待到各位凯旋之时，本汗再为尔等把酒庆功！干！”

“请大汗放心，我等定不负大汗重托！”

饮罢，济尔哈朗大喝一声，便翻身上马，又把手一挥，拨转马头，带着大军浩浩荡荡向西而去了……

第二十章

蓟门烽火

一

崇祯二年九月初八，宁远蓟辽督师府

“探马来报，又有东奴兵马正在渡河，诸位以为如何？”

督师府大堂内，袁崇焕一身戎装，正在与众将商议军情。自八月以来，后金一旅进犯锦州，双方虽未曾大战，但彼此在杏山、松山等地周旋多日，直至月底后金军方才退兵而去。

“大人！”中军副将何可纲满脸疑惑，首先说道，“济尔哈朗等人才刚刚败回，东奴为何又来渡河，敌军行踪诡秘、颇为可疑，皇太极只怕是在耍什么把戏！”何可纲，辽东人，跟随袁崇焕多年，颇有韬略，素有“智将”之称。

“哦？皇太极在耍什么把戏，还请将军明言。”袁崇焕追问道。

“大人，东奴此次用兵与往日大有不同，昔日宁远、宁锦两次大战，东奴都是奴酋亲统大军倾巢而出、大举来犯，而此番却只是派一支偏师，由济尔哈朗等人领军，东奴虽在我境盘桓二十几日，却也不敢攻我锦州，只是在外围边堡伺机抢掠，其意倒不似要取我锦州。标下以为，那皇太极知大人整顿兵马已近一年，又见我锦州一线壁垒森严，故而才派遣偏师前来试探我军虚实，前日他兵马已被祖帅挫败，如今东奴又去而复返，确实有些奇怪，按说他已知我兵马强盛，再来必无所获，却还要来挑衅，我料他是故布疑阵以迷惑我军，好趁我不备前来突袭或是以一偏师牵制于我，而他则另有他图！”

“嗯，将军所虑极是，那皇太极用兵狡诈，绝不可等闲视之！只是他别有所图，又会打什么主意呢？”

“大人，今东奴之劲敌，只我大明和察哈尔，皇太极知我关宁稳固难以攻取，我料他必会西进蒙古，或攻察哈尔，或由蓟入塞攻我大明，只是现在敌情未明，我们尚难以做出判断。”

袁崇焕点了点头，随即又向众人问道：“各位还有何意见？”

“大人！”只见中军旗鼓周文郁叉手言道，“何将军所言不差，今我关宁严整，即使东奴来犯，也可无患，只是蓟边单弱，倘敌军乘虚而入，则我京师危急，为防不测，我当速发一劲旅前往遵化协防蓟镇！”

“周将军虑事周到，所言正合我意！”袁崇焕夸赞一句，接着又和程本直交换了一下眼色，大家所见皆同，袁崇焕随即传令，“今东奴渡河，其意不明，令前锋总兵祖大寿务要严密防守，不可懈怠！另要多派探马，四出侦探，及早查明敌军动向！令参将谢尚政带本营兵马，火速赶往遵化，驰援蓟镇！其余各将务要各安本位，加紧备战，不得有误！”

“是！末将遵命！”

崇祯二年九月，遵化

遵化，北距喜峰口六十里，东距山海关四百里，乃是顺天巡抚驻地。

谢尚政接到袁崇焕将令，不敢怠慢，立刻点起本部人马，疾驰赶往蓟镇，六日后抵达遵化城外。早有守城军士飞报顺天巡抚王元雅，王元雅闻报，吃了一惊，心中疑惑，想自己未曾向他求援，辽东却如何要来增援蓟镇？

“大人，据谢将军通报，日前发现有东奴兵马已渡过辽河，袁大人恐敌军绕道偷袭蓟镇，故而派谢将军率三千兵马前来助我防守，关宁军远道而来，大人，是不是先让他们进城歇马？”

“不可！容我再考虑考虑。”

中军旗牌官刚要去传令，见王元雅还在犹豫，只得先退到一边，等候指示。

王元雅本年四月才刚刚接任顺天巡抚，到任尚不及半年。他莅任时，正值原巡抚王应豸因克饷虐兵被朝廷逮问，全镇兵变刚刚平息，蓟镇上下人心惶惶，军心浮动。王元雅甫一到任，为响应崇祯号召，立刻着手汰兵裁饷，裁撤新军三万，裁饷二十五万两。

朝廷接报后，不敢贸然施行，兵部、户部又几次与袁崇焕、王元雅往来协商，一番讨价还价后，最终敲定袁崇焕接收蓟镇一万两千被裁新军，将其编入关宁，安置于关门，而王元雅只愿接收八千新军，仍有一万被裁新军无处安置，滞留于遵化。

自己刚刚才向皇上拍着胸脯裁撤了一万多新军，现在却马上要接受他关宁的增援，这岂不是自己打自己的脸吗？皇上问起，自己又如何解释？此举断不可行！”

想到这里，王元雅猛地一震，当即向旗牌官命令：“郭中军，你即刻去告诉来人，就说我蓟镇边外未见敌情，此不过是虚警。蓟镇各处布置周到、防守严密，就无需他关宁兵马费心了，请谢将军今日先将兵马扎于城外，明日一早便可返回山海关。让来人回报谢将军，就说关宁兵马远道而来，一路鞍马劳顿，我即刻便派人前去犒赏劳军！另外，我已在府衙备下酒宴，特为谢参将和各位将军接风洗尘，请他们入城赴宴。”

“大人。”郭中军听罢，吃了一惊，“这是不是有些不妥？有他关宁兵马来助我们防守，此等好事，大人何乐而不为呢？”

“你懂得什么！现在城里还有许多被裁新军无处安置，那些乱兵整日汹汹，正在伺机滋事，他等若要知道此事，一时间闹起来，岂不是要惹出大乱子吗！”

“可是大人，万一要是真有东奴来犯，我们……”

“哪里来的东奴？那东奴渡河，要犯也是犯他辽东，何至于就会来我蓟镇？你休得啰嗦，还不赶紧办差去！”

“是，属下遵命。”郭中军被王元雅呵斥一顿，赶忙躬身施礼，转身办差去了。

王元雅决意将关宁援军退回，还有一个不好言说的原因，那便是粮饷。谢尚政驰援蓟镇，一两日倒也罢了，可一旦逗留日久，这三千兵马的军需粮饷又该从何而来呢？王元雅前不久才向皇上拍了胸脯裁兵裁饷，这一下，粮饷吃紧，他也是断不能接受这些关宁援军的。

谢尚政进城见过王元雅，又是一番力陈苦劝，然王元雅主意已定，谢尚政无可奈何，第二天只得率军返回山海关。

崇祯二年九月末，沈京

约师蒙古各部的文书早已发出，粮草、器械也已齐备，大军集结完毕，克日便可出征。随着日期一天天临近，皇太极心中反倒越发不安起来。

傍晚时分，清宁宫里灯火通明，皇太极命人将范文程请来，君臣二人在房中坐定，皇太极挠着头皮，一时间却又不知该如何开口。

“大汗，可是还有什么烦恼吗？”

“不瞒先生说，自那日听先生一席话，教我直抵大明京师，一剑封喉，以成帝业，我每每想来，无不是心潮澎湃！可是现在大战在即，我心中却又不免有些疑虑。此次出征，我军长途跋涉，行程几千里，一旦深入明境，便难以回军，只怕袁崇焕会趁我远征在外，突袭我沈京，到那时我又该当如何呢？”

“大汗可是担心那袁崇焕会来一个围魏救赵吗？”范文程听了，微微一笑，“大汗不必烦恼，我料袁崇焕必不敢用此计！”

“先生何以知之？”皇太极闻言，颇感惊奇。

“大汗，围魏救赵看似好计，然今日形势与当年战国却大有不同，绝不可生搬硬套，此计有三不可行，袁崇焕深通兵法，又岂能不知？”

“哪三不可行？”

“大汗，当日魏国大将庞涓率军攻打赵国邯郸，赵向齐求救，齐威王命田忌为大将，孙膑为军师，领兵救赵。齐国出兵后，不去解邯郸之围，却趁魏国国内空虚，直取魏国国都大梁，庞涓听说大梁被围，只得撤兵回军，于途中遭到齐军伏击，魏军大败。大汗可知，那孙膑之所以敢于弃邯郸于不顾而直取大梁，乃是因为邯郸并非他齐国国都，而大梁乃魏国国都，庞涓又焉能不救！此正所谓攻敌之所必救。大汗试想，倘庞涓围困的不是邯郸，而是他齐国的国都临淄，孙膑还会、还敢不救临淄，而去取大梁吗？今日之势便是如此，我军一旦破关入塞，大明京师立时危急，此正是敌之所必救，袁崇焕又怎敢不救北京而去取我沈京，拿他家皇上的性命当赌注而去冒险呢？袁崇焕胆敢如此，就算将来北京解围，他的脑袋也不够他家皇帝砍的！此即一不可行。

“兵法云十则围之，五则攻之。今关宁兵马不过数万，他又岂能尽数发来取我沈京？我沈京城坚池厚，又有二贝勒两旗精兵驻守，就算他关宁兵马五倍于我，只怕都难以撼动此城，更何况他袁崇焕又哪有那许多兵马？要想攻城，必需器械，如他来取我沈京，仓促间又哪里会有那许多攻城器械？明军出征，粮草运输困难，他来取我沈京，大军供应又如何保证？袁崇焕久历军旅，自是深知此中情形，他又怎会在准备不足之时而贸然出击呢？此即二不可行。

“如他率军来攻我沈京，久攻不克，顿兵于坚城之下，则是要陷几万大军于死地了！河东地势开阔、一马平川，最利于骑兵野战，倘此时大汗回师东进，便可将他彻底围困于辽河以东。到那时，关宁军前有坚城，后有我八旗劲旅，他无城堡可以依托据守，又无路可退，这几万关宁精锐便只有死路一条了！此即三不可行。”

“听先生一席话，真是令人茅塞顿开！”皇太极听罢，恍然大悟，又禁不住对范文程连声夸赞，“先生大才，不亚于子房、孔明，我有先生相助，进取中原又有何难哉？！”

“大汗谬赞，臣实是愧不敢当。大汗雄才伟略，真乃一代英主，臣惟愿追随大汗左右，但能助大汗早日扫平四海、成就大业，臣愿便也足矣！”

范文程赶忙谦恭地行礼称谢，皇太极见了，心情大好，一把扶住他的手臂，大声说道：“好！先生有此赤心，我心甚慰。下月初二，就请先生随我一起出征！”

二

崇祯二年十月初一，沈京

明天一早大军即将出征，虽说是万事俱备，可皇太极仍是放心不下，酉时刚过，用罢晚膳，他又急命人去叫卡伦额真图鲁什进宫回话。

一个多月来，皇太极为迷惑牵制明军，一面屡屡派军前往河西骚扰，刺探军情，一面又严令各处加强戒备，皇太极命心腹爱将图鲁什亲督护军，四出捉拿和清剿明军哨探，一时间，沈京乃至河东地区风声鹤唳、戒备森严！

“奴才图鲁什叩见大汗。”

“河西可有什么异动？”图鲁什进到清宁宫，刚一跪倒，皇太极便劈头问道。

“回大汗，奴才连日过河捉生，擒获明军哨卒多人，据明军俘虏交代，袁崇焕现在宁远，祖大寿则仍在锦州，明军不明我军意图，日前已加紧戒备，祖大寿又尽遣夜不收，出锦州三百里有四处哨探。不过，近来因我河东戒备森严，明军探马怕被我捉拿，倒是都不敢冒险过河。奴才又日夜派人沿河巡查，我各处卡伦亦未见异常。”

“嗯，哨三百里，当是有六日行程了，我距他锦州四百八十里，倒也一时无忧。”听了图鲁什的回报，皇太极暗自盘算，刚才还紧张的一颗心也踏实了许多，“现在是非常时期，你等务要加意小心、严密侦防，切不可使明军探得我军动向！去吧。”

“是，奴才遵旨。”皇太极挥了挥手，图鲁什赶忙叩头退了出去。

夜已深，初冬时节外面已是寒意阵阵，皇太极久久难以入睡，便披了件貂褂来到园中漫步。今夜无月，漆黑的夜空中，只繁星满天，皇太极在园中长身而立，举头仰望，不禁又想起数月前范文程的那番话。

“直抵京城，直抵京城……”皇太极在口中低低念叨了几遍，心中不由又是一阵感慨。想我大金，自父汗以十三副铠甲起兵以来，已四十余载，我父子兄弟身经百战，方有今日之基业，人口虽不足百万，却能屡屡大破明朝，虽说是我将士用命，然又岂非天命？皇太极啊，皇太极，如今你既受上天眷顾，又身负父汗重托、兄弟臣民厚望，正该奋发图强、勇于进取，大战在即又岂能临危而惧、退缩不前呢！

园内一片寂静，皇太极徘徊良久，一抬眼，恰望见南面苍穹上，天狼星正高挂天际，散发出明亮而诡异的光芒……

次日卯时

“呜——”

随着一声低沉而悠远的号角声划破晨曦，八旗大军已在城内集结完毕、整装待发。皇太极一身金盔金甲，亲率诸贝勒大臣先是在祖庙拜过祖先，接着又一起大踏步来到军前，翻身上马。

皇太极兜住战马，先是在队伍前来回蹚了几趟，随即把手中马鞭高高举起，只停顿片刻便猛地一挥，只听城楼上三声炮响，近三万八旗大军便一队接一队地从城北门鱼贯而出，浩浩荡荡直向西北而去。

皇太极此次亲征，所率虽只有两万余众，约三分之一的八旗兵力，却可谓是精锐尽出，除二贝勒阿敏留守沈京外，其余诸大小贝勒及其一班能征惯战之将几乎是倾巢而出。此战，皇太极势在必得！

然而，吊诡的是，直到出发，对于这次到底要去打察哈尔还是大明这个最重要的问题，却仍没有答案，也许是为了保密，也许是大家本来就觉得没有多大区别，反正抢谁不是抢呢，八旗将士就这样一个个兴高采烈地出发了。

大军出城，一路向西北而行，十月初四到达都尔鼻，东部蒙古扎鲁特部诸贝勒率军来会；十月初五，到达阳石木河，东部蒙古奈曼、敖汉各部以兵来会；十月初六，东部蒙古巴林部诸贝勒领兵来会；随后几日，东部蒙古科尔沁部二十三贝勒又陆续来会，及至十五日，东部蒙古各部尽数到齐。茫茫科尔沁大草原上，此时早已是人欢马叫、旌旗蔽日，后金与蒙古诸部已汇成一支超过十万的铁骑洪流。

当日，皇太极大会满蒙诸贝勒大臣，颁谕众人：“明朝屡背盟誓，蒙古察哈尔残虐无道，皆当征讨！今大军已集结待发，此番该先征讨何方，本汗当与尔等共议之。”

按说，蒙古诸部饱受察哈尔欺凌，此时各部正欲借后金之力一雪前仇，然而，一个最新消息却一下子打乱了全盘计划。察哈尔部日前已离开宣大，远遁河套地区。显然，察哈尔已远在两千里之外，此时再要去劳师远征，已是鞭长莫及，现在摆在众人面前的只有两条路可走：要么撤军，要么入塞征明！

“大汗，如今大军已动，群力已合，岂有退兵之理？”大帐里，岳托、济尔哈朗、阿济格、豪格和多尔衮等一班少壮贝勒早已按捺不住，都一起站起，向皇太极大声请令。

“请大汗下令，就让我等杀到他北京城去！”

“大汗，那大明富庶，京畿各地，钱粮、财物无数，而大明边防废弛，兵马疲弱，我等也愿随大汗入塞，一起杀到他北京城去！”

蒙古各部连年遭灾致使穷困已极，早就想来内地豪抢一把了，如今既已带兵前来，又有大金撑腰，一个个又哪里肯空手而回。一时间，蒙古各部诸贝勒也是群情振奋，一个个也都争先恐后地向皇太极表态。

“大汗，我布尔喀图受大汗厚恩，今愿为向导，带领大军入塞征明！”

皇太极见众人踊跃，心中大喜，遂顾盼左右，征询大贝勒代善和三贝勒莽古尔泰的意见，皇太极以目示意，见二人并无异议，便振作精神，朗声发令：“我也久欲征明，今大军云集，士气高昂，我军尽占天时、地利、人和，上天欲使我征明，我又岂能背之？传令各部，大军克日起行，务要整好兵马，随我一起入塞伐明！”

“是，谨遵汗命！”

议罢大事，皇太极又命杀牛宰羊犒赏三军，各部无不欢欣鼓舞、一片欢腾。

次日一早，大军起行，十万铁骑在喀喇沁台吉布尔喀图的引领下，沿阳石木河南岸一路向西，再经老哈河谷南下，兵行五日，于二十日到达喀喇沁青城。

离开沈京已整整十八天，后金大军第一次深入到了喀喇沁腹地，这里已是燕山山脉的北部边缘，四周景物和山川地势也早已与辽东大不相同。再往前去，便要深入燕山腹地，一路尽是连绵不绝的崇山峻岭了，一切都显得那么陌生而凶险，十万大军置身于险地，谁又知道是福是祸呢？

一轮圆月已高高升起，在山谷里洒下一片银光，十万大军连营结寨，沿山势四散铺开，营地里篝火正旺，远远望去，整个营地有如一片星辰大海，在暗夜中熠熠生光。

皇太极的大帐正设在一处不高的台地之上，戌时刚过，就见大贝勒代善和三贝勒莽古尔泰顶盔掼甲，带着随从急匆匆朝御帐而来。

“你等就在帐外守候！”来到帐前，代善先是对随从吩咐一声，接着又向御帐外的护军问道，“大汗歇息了吗？”

“回大贝勒、三贝勒，大汗正在帐内查看军报。”

“好，我和三贝勒有机密大事要与大汗相商，命你等守在帐外，不许任何人靠近！”

说着，代善和莽古尔泰二人也不等通报，一掀帐帘便大步走进御帐。

“两位兄长深夜来我这里，可是有什么要事？”皇太极正坐在帐内，见两人突然闯入，也是吃了一惊。

三人见过礼数，皇太极又连忙请两位兄长在帐中就坐，两人刚一坐定，大贝勒代善就率先说道：“大汗，我大军出征日久，今沈京距我已是千里之遥，大军深入险地，恐非良策，我和五弟计议良久，俱是心中不安，我二人今夜特地前来，请大汗班师！”

皇太极闻言大惊，当时气血上涌，遽然变色道：“两位兄长这是说的哪里话？我大军远征到此，群力已合，此时正该同心协力、挥师大进，如今一仗未见、寸功未立，却如何就要班师？这到底是何道理！”

“大汗！”莽古尔泰这时也按捺不住，急忙力劝，“我军深入敌境，劳师袭远，此去前方尽是崇山峻岭、坚垒险塞，如我军攻不破明朝边墙，不得入边，则粮匮马疲，到时又何以为归计？纵使我军能破明边，大军深入内地，倘明朝各地援军前来，四面围攻，则我军寡不敌众，恐难以匹敌！且我军一入内地，倘明军从后堵截断我归路，我大军又如何能全身而退呢？”

“五哥这就是有所不知了。”皇太极听了，马上反驳，“我早已派人多方打探，那大明边事废弛，蓟镇兵力不加且防守薄弱，近来更是哗变不断，军心浮动，此正是千载难逢之天赐良机，我军正可乘虚而入一举破塞！

如今我又有喀喇沁布尔喀图为向导，此去虽是崇山峻岭，于我又有何难哉？我军一旦入塞，便可直抵大明京城，此即一剑封喉，直击要害！大明京畿富庶、粮草丰足，正可补我大军所需，以为长久之计。

“至于说大明各地援军，不过就是些贪生怕死的乌合之众罢了，大明兵疲将惰、疏于战阵，又何能与我军一战？想七十年前庚戌之变，蒙古土默特部俺答汗兵临北京，于城外纵兵焚掠，如入无人之境，大明各地虽有勤王兵马，然明军虚弱，竟无一军敢于一战，俺答汗遂得饱掠一番，从容而去。如今，大明军马更不及当年，而我军实力又远在土默特之上，当年俺答汗尚且能横行内地，如今我等又如何不能呢？况今日蒙古各部新附于我，人心未定，倘我就此班师，无功而返，又如何能使各部心服？各部率军前来却一无所获，又如何甘心？

“如今我大军千里奔袭，既已至此便是有进无退。如我此番破塞，大明这几千里北边从此便俱是坦途，我大金再不必为关宁坚城而烦恼了，今后但有良机，我大军便可由此入塞，取大明内地不过就是探囊取物罢了。此番入塞，虽不能一举灭明，然定可使其重创，这正如狼群捕食麋鹿，虽不能一击毙命，但每击必伤其要害，麋鹿虽大，然屡遭重创，纵是几番挣扎，待其气血耗尽，最终还是难逃一死！我大金取代大明，成败正在今日，你我兄弟正该秉承父汗遗愿，不畏险阻，又怎可因一时之难而退缩不前呢？我意已决，还请两位兄长勿再生疑！”

“八弟说的固然不错。”大贝勒代善听罢，点了点头，其口虽称是然心里却还是有些犹豫不决，“不过大明兵马虽是不济，然毕竟人数众多。况且，关宁军兵经袁崇焕一年整训，眼下已是今非昔比，八九月间，济尔哈朗等率军往略明地，与祖大寿数度交手，两军野战争锋，互有杀伤，我军也是颇多损失。如今，关宁军兵强马壮，实已成我八旗之劲敌，倘袁崇焕率军勤王，扼守险要，断我归路，只怕我军就危险了。我军劳师远征又身处险地，稍有不慎便会有灭顶之祸，大汗切不可莽撞行事啊！”

“大哥说得对！”勒莽古尔泰听了，立即附和，“我八旗野战称雄，如今又有蒙古诸部相助，正该集结大军进取河西，与那袁崇焕在关外决一死战，我军在辽东占尽优势，定可毕其功于一役，又何必千里奔袭来他内地犯险呢？”

“五哥说得轻巧，一座宁远城，父汗尚且难以攻下，如今又有锦州、宁远，更不要说还有天下第一雄关山海关，这一座一座坚城打下去，要折损我多少八旗将士？我们又要等到何时才能入主中原？”

“八弟，大哥知你雄才大略，素有抱负，然此次伐明，我军转战数千里，又不知他内地地理，一旦陷入重围遭遇苦战，粮草不济又无法补充兵员，我三万八旗大军便凶多吉少了，此皆我十数年之百战精锐，又岂可轻易丧之于险地！”

“大哥！五哥！”皇太极见代善、莽古尔泰还是执意要退兵，不由又气又急，“两位兄长跃马疆场十数年，身经百战，本当越战越勇，怎么如今这胆气却反不如前！十年前，我等兄弟跟随父汗于萨尔浒大战明军。想当日，大明调集四路十数万大军，又纠集朝鲜、叶赫，一起围攻于我，必要置我于死地而后快。当时之形势，何其凶险，又岂是今日可比？可父汗还不是带领我等奋勇出击，五天之内连破三路明军，歼敌五万余众，取得萨尔浒大捷，这才一举奠定我大金今日之基业！自古征战从来便是凶险异常，古语云，狭路相逢勇者胜！今我八旗将士，人人英勇、个个踊跃，疆场对决又岂是明朝那些贪生怕死之辈可比！今日正是你我兄弟横扫中原、建功立业之时，我等又岂可畏缩不前、半途而废？！”

“大汗，我和大哥又岂是贪生怕死之辈，今日我二人劝大汗班师，乃是为了全军安危！我八旗数万将士，生死全在大汗一念之间，大汗切不可为贪一时之功，而贸然犯险，来日方长，我等还当谨慎从事！”

双方各执己见，谁也说服不了谁，一时间便都僵在了那里。

不知什么时候，大帐外传来一阵争执之声，皇太极心中恼怒，冲着帐外大喝一声：“外面是什么人在大声喧哗？”

“回大汗，外有岳托、济尔哈朗等诸贝勒求见。”

“传他们进来！”

“是。”

随着帐帘掀起，早有岳托、济尔哈朗、萨哈廉、阿巴泰、杜度、阿济格和豪格等一班贝勒鱼贯进帐。

“尔等有何事要见我？”皇太极黑着脸，向众人冷冷问道。

岳托挺身而出，向上询问：“我等及众将见两贝勒匆匆而来，疑是有重大军情，又见大汗与二位贝勒密议良久，我等心内不安，故此才前来大帐一问。不知大汗与二位贝勒所议何事？可否也告于我等，今诸将皆候在帐外，请大汗明示！”

皇太极叹了口气，怅然道：“今二位贝勒不愿伐明，我也不能强求，我谋既隳，众将又有何可待？让大家都各自归帐吧……”

众贝勒闻言大惊，都一起叫起来：“我大军远征至此，却为何就要退兵？我等不明所以，还请大汗明示！”

“尔等稍安勿躁。”皇太极向众人摆了摆手，“我本已定策伐明，奈何两贝勒不从，说我军深入敌境，劳师袭远，一旦遭敌军堵截，恐无归路！大贝勒、三贝勒也是为我全军安危着想，事已至此，我也只好作罢了。”

皇太极话音刚落，大帐里立时便炸开了锅，众贝勒群情激愤，你一言、我一语，一个个都争着嚷了起来：“既不愿伐明，当初为何不说？今我军已深入至此，岂可空手而回！”

“那明朝有何能耐？就算他有大军堵截，却如何又能阻挡得了我八旗铁骑！他人虽多，不过就是来白白送死罢了，我又何需惧他！”

“此等大事，岂能受几人左右，请大汗宣谕，令八固山额真共议大事！”

……

大贝勒代善和三贝勒莽古尔泰见众人一致反对，脸上早已挂不住，只得低着头，沉默不言，皇太极看在眼里，知人心在己，便连忙摆手止住众人，说道："既然大家意见不一、众志未孚，此等大事我也不可一人决断。父汗定制，"凡大事，当由八固山额真共议决策！既如此，事不宜迟，我等今夜便要按祖制决出此事。决策既出，便不可再有异议，无论何人必要照决议行事，勿得借口敷衍！"

说罢，皇太极当即传令，召集八固山额真来大帐紧急会议。会议很快有了结果，当夜子时，大事议定：大军兵分两路，入塞伐明！

命贝勒济尔哈朗、岳托率右翼四旗及右翼蒙古诸部，于二十六日，进攻大安口，至遵化城下汇合；命贝勒阿巴泰、阿济格率左翼四旗及左翼蒙古诸部由龙井关攻入，相机而行；皇太极与大贝勒代善、莽古尔泰及其余诸贝勒，率大军随后进发。

次日一早，皇太极一声令下，大军依计而行。

大明蓟镇，边备废弛、人无斗志，战争的进程自然也没有什么悬念。

崇祯二年十月二十六日夜，后金军突破长城隘口，左翼克龙井关，兵进汉儿庄，继而招降潘家口；右翼克大安口，继克马兰营、马兰口。二十七日，皇太极率军入洪山口。

后金军所经各处皆未遭遇明军有效抵抗，至此，后金兵锋直指遵化、三屯营，大明蓟镇已是狼烟四起、烽火遍地了……

三

崇祯二年十月二十九，中后所

"大人，那毛文龙与东奴私通贸易，此次标下在皮岛光是查获的参貂等物就高达百万之巨！今年开春，大人禁了他的商路，这批货显然是他们还没来得及运往内地。"

临近午时，袁崇焕、程本直和副将徐敷奏三人正坐在签押房里叙话。几个月来，徐敷奏奉袁崇焕将令，一直忙着在皮岛整顿兵马，如今东江军务总算是大有起色，这才于昨日匆匆赶回了宁远。一到宁远，徐敷奏听说督师刚动身去了山海关，便又马不停蹄赶到中后所。

“我只知他与东奴走私，却没想到他们勾结竟已是如此之深，这许多年来，不知有多少粮米、火药和铁器流入了东奴之手，毛文龙卖国通敌，真是罪无可赦！”

袁崇焕听了徐敷奏的报告，气得恨道：“朝廷准他开办马市，本为解东江粮饷之急，岂料他毛文龙贪图富贵，不思报国，反倒借马市做起了这等生意。他挥霍的金银，还有这百万参貂，哪一个没有沾满我军民的鲜血！”

“大人，我们该如何处置这些参貂？”徐敷奏紧跟着请示。

袁崇焕一脸严肃，当即说道：“此皆毛文龙罪证，又俱是民脂民膏，如今我必得将此赃物清点查封、上缴朝廷。徐将军，命你速派干将，将这百万参貂立即装船、发运，押解进京！”

“是，标下遵命。”徐敷奏赶忙叉手领命，接着又禀报一事，“大人，除这百万参貂之外，此次标下还查获毛文龙大量书信账册，皆是京城勋贵和大臣与之交往的证据，其中宫中更有多位公公，与他书信不断。兹事体大，标下不敢擅专，已秘密将这些东西带来，请大人处置。”

袁崇焕、程本直听了，都不由倒抽一口冷气，程本直心里着急，马上向袁崇焕提醒道：“大人，毛文龙贿交中外，牵涉甚广，大人处斩了毛文龙，断了他们的财路，这些人必然怀恨在心。如今，他们的把柄又落到我们手里，这些人心中不安，只怕将来会对大人有所不利啊。”

袁崇焕对此也颇感棘手，自己虽无意政治，一心只想着收复辽东，然历经多年的官场沉浮，他也深知此中的厉害。京城上下、朝廷内外，各种关系盘根错节，稍有不慎便会引起一场轩然大波，一旦陷入官场争斗，到时候不仅奸佞难除，只怕是这复辽大计也要毁于一旦了。袁崇焕长叹一声，矛盾、痛苦都一起袭上心头。

“依先生之见，我们该如何化解此事？”袁崇焕低声问道。

程本直略加思索，随即作答：“这些书信账册眼下只能由大人先妥为保管，既不能上奏皇上，也绝不可令外人知晓，此事牵连甚广，又多涉权贵，我们切不可草率鲁莽，挑起事端，坏了大事！不过，害人之心不可有，防人之心不可无，大人虽说现在引而不发，但是对于那些人也不可不防！”

徐敷奏将书信账册交与袁崇焕，又禀报了东江军情，袁崇焕又叮嘱一番，便遣他抓紧办差去了。

“报——蓟镇警报！十万火急！”

才送走了徐敷奏，就听府衙外一片大乱，早有一骑快马飞奔入府，战马在院中猛地停住，一名军官滚鞍下马，三步并作两步来到堂下跪倒，高声禀报。

“禀袁督师，十月二十六日夜，东奴两路大军分由龙井关、大安口破关入塞，现正向遵化、三屯营进犯！”

袁崇焕闻报，大惊失色，情急之中一扶帅案，便挺身而起。

“那东奴如何就破了我边墙？！”

“回大人，此次东奴乃是纠集了蒙古诸部一起入犯，东奴又以喀喇沁为向导趁夜来袭，各口猝不及防，故此才使东奴轻易破关！”

“东奴有多少兵马？何人领军？”

“东奴兵分两路，各路人马不下两万，分由济尔哈朗、阿巴泰等贝勒领军，传言奴酋皇太极亲统大军，随后便到！”

“现山海关是何情况？”

“回大人，赵总兵已于昨夜接到警报，大帅当即连夜布置，今日一早便已亲带四千骑兵驰援蓟镇去了！”

“擂鼓聚将！”

袁崇焕深知蓟镇防守薄弱，倘若遵化、三屯营再要有失，则大明京城危急！虽说两地分别有顺天巡抚和蓟镇总兵坐镇指挥，但蓟镇兵马已久疏战阵，又才经裁兵，兵疲将惰、人无战心，两城能不能守得住，能守几时，袁崇焕心里实在是不敢对他们有过多奢望。如今情况危急，已容不得他再犹豫，眼下只有立刻调遣宁锦兵马入关，增援蓟镇，才可确保局势无忧。但愿王元雅和朱国彦在我军赶到之前能守住两城，但愿一切都还来得及。他只得如此祈愿。

三通鼓罢，众将都已在堂下聚齐，袁崇焕一身戎装，在帅案前正襟危坐。

“游击将军王良臣！”

“末将在！”

“王将军，命你持我手书，立刻飞马赶往蓟镇，往谕关内总兵赵率教，命他助蓟镇坚守两城，以待我大军！敌军势大，令他万万不可轻敌！”

“中军旗牌官何在？”

“末将在！”

“令你持我令牌，飞马赶往宁远、锦州，檄调中军副将何可纲、前锋总兵祖大寿，令二将尽选精壮，克日起行，率军入关！宁、锦两军限十一月初三日于山海关聚齐！”

“末将领命！”

发走了中军官，袁崇焕用目光又一扫堂下众将，随即传令：“军情紧急，尔等即刻随我一起赶赴山海关！”

“末将领命！”

随着众将一声齐喊，大堂上下顿时已是一片杀气腾腾……

崇祯二年十一月初二，遵化城东

“前面再有二十里便是遵化城了，传我将令，全军加速前进，务必要在日落前赶至遵化！”

白雪皑皑的旷野上，朔风劲吹，一位年近花甲的老将对着亲兵发令后，便从地上猛然站起，又几脚将火堆踢灭，一甩斗篷翻身上马。老将胡须虽已有些花白，然身形挺拔、精神矍铄，立在马上煞是威风凛凛，此人正是大明平辽将军、关内总兵——赵率教！

赵率教本坐镇山海关，肩负协防关内关外的重任，乃是连接辽东、蓟镇两大战区的核心枢纽。十月二十八日夜，一接到蓟镇警报，赵率教不敢怠慢，立刻调动兵马，次日一早，便亲率四千精骑驰援蓟镇。

三屯营乃蓟镇总兵驻地，距离关门三百五十里，赵率教率军一路向西，疾行三昼夜，终于十一月初一夜赶至三屯营，所幸敌军未至，三屯营还在大明军队手中。然而，令赵率教万万没有想到的是，辽兵赶至城下，蓟镇总兵朱国彦竟不许入城！

元年九月，崇祯皇帝下旨：“蓟、辽两镇分由三人各自为政，袁崇焕负责关外辽东，顺天巡抚负责关内蓟镇，蓟辽总督驻密云、东西策应。”两镇互不统属，没有统一指挥，平日又缺乏协调，一遇大战，才发现根本就无法配合！

现在，赵率教和朱国彦都是总兵，到底谁指挥谁呢？朱国彦借口防止敌军假冒援军，不许辽兵入城，虽是出于谨慎，然亦可见两军平日就从未有过演练、协作，连最基本的敌我都无法识别，至于统一指挥、配合作战，那更是天方夜谭!

十一月的冬夜，大山腹地早已是寒风彻骨、滴水成冰。赵率教苦劝无果，只得命军马在城外露宿一夜，次日清晨又率军继续西行，向六十里外的遵化赶去。

四千精骑一口气疾驰四十里，天已近申时，赵率教命军兵只短暂休息，草草吃了几口干粮，便又马不停蹄地继续赶路。寒风中，战马重重地喘着粗气，跑了大半天，每一个人和每一匹战马的身上都早已挂上了一层厚厚的白霜，远处山脚下，遵化城已依稀可见，赵率教又加一鞭，催动战马，向前急行。

“轰——”

突然，只听远处一声炮响，紧接着一阵箭雨便如飞蝗一般倾泻而下。

赵率教暗叫一声“不好！”急忙勒住战马四下观瞧，身后早有许多将士中箭落马。顷刻间，队伍阵形大乱，辽兵已是伤亡不小。赵率教看得真切，后金军正漫山遍野从四下里向辽兵围拢过来。

“我军已无退路，如今只有杀向城去，或许有一条生路！”赵率教打定主意，当即朝身后的将士们大喊一声，“弟兄们！杀啊——”说着就举起手中大刀奋力一挥，便一马当先地向前冲去。

“杀啊——”

四千精骑也一起呐喊，各挺刀枪直冲敌阵，急促的马蹄撞击着大地，犹如山崩海啸一般，霎时间便在旷野中卷起一阵狂飙。

后金军中，领兵大将贝勒阿济格也被眼前的一幕惊呆了，这还是他第一次见到这么不要命的大明军兵!

今日一早，后金已探知赵率教率四千精兵来援遵化，皇太极当即命贝勒阿济格率左翼四旗及蒙古骑兵前往来路埋伏截杀。

眼看着明军越来越近，阿济格方寸大乱，急忙向左右传令：“放箭！放箭！所有人，都一起给我放箭，绝不可让明军靠近城池一步！”

一轮又一轮的箭雨从空中划过，一个又一个的明军将士从马上栽倒，却仍在冒死前进，然而刚才还如洪流一般的队伍，此时已越来越稀疏。阿济格见时机成熟，当即挥动令旗，后金四旗及蒙古骑兵呐喊一声，便从四面如潮水般一起向明军杀来。

战斗的胜负没有悬念，四千精骑遭遇埋伏，寡不敌众，又疾驰了一天，人困马乏，如何能抵挡得了凶猛的敌军呢？又经过近一个时辰的激烈厮杀，四千关宁精骑全军覆没，总兵赵率教这位赫赫战功的沙场老将也中箭落马，以身殉国，遵化城最后的希望也彻底化成了泡影！

天色渐暗，战场上已没有了喊杀声，白皑皑的雪原上到处是倒卧的尸体、散落的刀枪、破损的战旗，如血般的残阳里，只有几匹失去主人的战马还在四处寻觅，发出一阵阵悲凉的嘶鸣……

消灭了关宁援军，十一月初三，后金大军兵围遵化，皇太极先是命人招降顺天巡抚王元雅，无果，随即下令攻城。遵化乃巡抚治所，城坚池厚且驻有重兵，本是蓟镇最为坚固的一座城池，然而，蓟镇边兵哪里曾打过什么仗，加之长期欠饷，军心涣散，士无战心，没费多少工夫，后金兵就已登上城墙！

就在此时，遵化城内也是一片大乱，原来是几个月前刚被裁撤的新兵趁势作乱，在城中四处放火。乱兵一把火点了城楼，又趁乱打开城门，放敌军进城。不及一天，遵化城破，巡抚王元雅见大势已去，上吊自尽，此时距其上任仅七个月。

拿下了遵化城，皇太极马不停蹄，又将兵锋直指东边六十里外的蓟镇总镇三屯营，十一月初四傍晚，后金兵困三屯营。当夜，蓟镇副总兵开城投敌，皇太极兵不血刃拿下三屯营，总兵朱国彦与夫人张氏自杀。或许，这一切连皇太极自己都不太敢相信，一路轻松入塞破城，大军过处如入无人之境，大明蓟镇就这样在自己的面前土崩瓦解了……

遵化城外，皇太极立马疆场，举目南望。此去西南三百里，便是大明京师，前面已是一马平川，再无险阻，谁又能阻挡了我大金的八旗大军呢？

“大汗，那袁崇焕和关宁军马可有什么消息吗？”

皇太极坐在马上，正在踌躇满志、顾盼自雄，突然，一个不大的声音打断了他的思绪，不知什么时候，范文程骑着马已缓辔来到皇太极近前。

“哦，是范先生啊。”皇太极热情地招呼一声，“到现在还没有消息，不知先生可是有什么担心吗？”

“大汗，如今北京城已然在望，我军深入明境，大明内地军马自是不足为虑，所虑者唯有关宁一旅。倘我军南下，袁崇焕率军入关，切断我归路，只怕将来于我军十分不利！”

皇太极听范文程这样说，心里也是一紧，不禁问道：“依先生之见，我当作何应对？”

“大汗，赵率教四千关宁援军已被我军消灭，如我在关内再能将袁崇焕军马尽数歼灭，则我军再无对手，大汗取大明京城不就是易如反掌了吗？”

“先生所言极是！只是我军该如何消灭袁崇焕的军马呢？”

“大汗，三屯营以西山峦起伏、地形狭窄，此正是埋伏大军、歼灭敌军的绝佳之地！如今我大军已攻占遵化、三屯营，正可在此反客为主、以逸待劳，倘袁崇焕率军入关来取遵化、三屯营两城，我便可于此处设伏，尽歼其军！”

皇太极听罢，抚掌大笑，称赞道：“先生妙计，果然厉害！本汗就依先生！”笑罢，皇太极又一拨马头，对身后的亲随命令道，“传令下去！大军就地扎营，杀牛宰羊，犒赏三军！”

崇祯二年十一月初三，山海关

初二、初三两日，何可纲、祖大寿率领兵马，已先后到关。人马到齐，袁崇焕立刻召集众将商议军情。

待袁崇焕通报了敌情，众将早已是群情激愤，一个个都争着献计献策，有的说应立即进关，直奔三屯营、遵化，只要守住两城，东奴便难有作为了；有的说东奴劳师袭远，后防空虚，何不趁机渡河东进，攻取沈阳，东奴老巢被夺，必然撤军，到时我军再半路截击，必获全胜！

袁崇焕听了连连摇头，说道：“此两计均非万全，实是不妥！关门距离遵化四百余里，我军日夜兼程，最快也要五日方可到达，如赵帅日前已进驻三屯营、遵化协防，此两城可保暂时无忧，我军则可先屏障京师，再去救援两城；如赵帅路上有失，蓟镇兵弱，恐我军未及遵化、三屯营，两城便已陷落，就算赶去也只怕是为时已晚，倘敌军业已西进，则京师受敌，我已是堵截不及此议不妥，断不可行！

“如我军东渡辽河去取沈阳，尔等如何就敢确保一定能攻下沈阳？倘皇太极不肯回兵，我京师危急，又有何人去救皇上？我等臣子如何能置皇上安危于不顾，而去行此侥幸之事？倘我已兵进辽东，皇上又诏令我入关勤王，到那时我们到底回还是不回？不回，便是抗旨不遵；回，则不仅是半途而废拿不下沈阳，且为时已晚，京师已救援不及，倘皇上有个三长两短，到那时我袁崇焕便是千古罪人，罪莫大焉！”

“大人所虑极是！”袁崇焕刚一说完，前锋总兵祖大寿当即赞同，“蓟门兵弱，必不能守住两城。倘东奴只以偏师留守蓟门，而以精兵西进，则我宗社危急。此时，我军当只以京师为重，必须要先以精骑从南取道，倍程兼进，而以步兵陆续分驻各府县以联血脉，而我大军则进驻蓟州以拱卫京师。京师巩固，而后我大军便可向东出击，剿灭东奴，如此方为万全。”

袁崇焕听了，连连点头，赞同道：“祖帅所言极当，如今我必得先保京师无忧，方可再图他计！”说着，他又扫视了一圈众将，见大家频频点头、再无异议，便挺直腰板，大声发令，“如今军情如火，事不宜迟，明日一早，大军起行！”

第二十一章

兵临城下

一

崇祯二年十月二十八，京城闻警；十一月初一，京师戒严。其后数日，朝廷又连接败报遵化陷落！三屯营失守！东奴已在三百里之外，京城上上下下，里里外外顿时慌作一团，皇上震怒，朝堂上也是吵成了一片……

“皇上，如今事急，为保我京城无虞，请皇上下旨急调京畿各地官军入卫勤王！”敌军犯境，兵部自然是责无旁贷，早朝刚一开始，时任兵部尚书王洽就第一个挺身出班。

“大司马，依你之见，今日当有何兵可调？又如何调遣？”崇祯当即问道。

“回皇上，今我京城三大营共有京兵十一万三千二百有零，然三大营已多年未经战阵，军兵久不操练，又多是市井乌合之辈，只可上城防守，而难堪战阵！经内阁与臣部会商，今当急调关宁、宣府、大同、保定、昌平、天津等处兵马入援，合师会剿。”王洽赶忙躬身作答。

“朕大明今日之兵难道都是这般不堪吗！”崇祯一听就火了，“平日里一个个只知坐糜粮饷，一到战时全无用处！倘三大营平日里肯勤加操练，朕今日又何需调外兵入援？就是那各路援兵，又岂是尽可倚赖？就说这蓟门两千里防线，有精兵数万，又何以会让那东奴轻易突破、丧城失地？！”

崇祯大发雷霆，吓得大臣们一个个都缩头垂手、噤若寒蝉。

“都哑巴了！”见大臣们都不说话，崇祯越发愤怒，当时一拍御案，厉声喝问，“说！现在该怎么办！”

崇祯话音刚落，只见礼部侍郎周延儒挺身出班，向上启奏：“皇上，我边关要塞将吏如云，而今日东奴却如入无人之境，也真乃是今古奇观了！半个月以来，东奴在辽西来来回回，似战又非战，而我军只知在城中观望，未曾见有一兵一卒杀入敌营探其虚实，此无他，皆是因为调遣不严和法令不肃之故！我关门十几万将士，难道不当派遣一军，陈兵于三岔河边以牵制东奴，使其不敢内顾吗？关门虽是无恙，督师难道就不该留心一下遵化，却为何只是坐守关门而无动于衷？我军终日等待，也不知所待者何事？

“如今朝廷欲调外兵入援，待援军四集，兵马不患不多，只患观望！到时各路人马各自为政，未免不会有邻子不亲或十羊九牧之事！依臣愚见，皇上当于此时设立调度连络之法最为紧要，更要严责各将和各督抚，立下军令状，俱要标明兵有何作为？何日可以立功。并限定日期，示之于公案，如此则功罪有凭，皇上便也可以据此赏功罚过，而各将和各督抚也无可推诿，则我军必可士气大振了。”

“周大人此言差矣！”周延儒刚一说完，早有兵部职方司郎中余大成挺身而出，愤然驳斥，“督师袁大人早有疏言，称其在宁远，敌必不得越关而西。蓟门单弱，宜宿重兵。他几次三番提醒朝廷，然却不获采纳！今年九月，袁大人又遣参将谢尚政往援遵化，却又被王元雅退回。督师身在宁远，心忧蓟门，几番作为已是恪尽职守，周大人又如何能无端责他坐视关门！蓟门战守，自有巡抚王元雅、总督刘策二人筹划调度，袁督师又何能越权干涉？今东奴绕道蒙古而破关入蓟，责在蓟镇，与督师何干！

“倘王元雅能善待军兵、统御有方，又何来的乱兵？遵化又何能被攻破？倘若王元雅平日能整军经武，使蓟兵一如关宁之雄壮，遵化又如何会在一天之内便即失守？倘王元雅能纳良言，不是裁兵而是增兵蓟镇，遵化又如何能轻易陷落？蓟镇失守，其因在于战守失策，王元雅固是罪责难逃，然朝中诸人又岂是无责吗！”

“好了，好了，你们不要再争了！大敌当前，各位爱卿还当以国事为重，不可意气用事！”余大成正要继续往下说，却立马被崇祯当堂打断。要说蓟镇的这些决策，分权、汰兵、裁饷，哪一个不是他的主意呢，余大成再要这么说下去，只怕皇上的脸面就要挂不住了，“调兵入援一事，众卿可还有异议？”崇祯接着问道。

“皇上。”只见御史侯恂出班启奏，“据蓟辽总督刘策奏报，说是探得察哈尔五万兵马正要入犯龙门！”

崇祯闻报，吃了一惊，立刻向兵部尚书王洽问道：“大司马，你可知此事？”

“回皇上，臣今日也是刚刚得知此事。”

“爱卿如何应对？”

“回皇上，察哈尔与东奴乃是宿敌，两下素不修好，察哈尔未必肯为东奴所用，来犯我边！臣料想，刘策此报或是假捏敌情，以使我宣大之兵不敢应援罢了，不过，察哈尔或许想要趁火打劫、观衅而动也未可知。臣以为，我今当以好言安抚察哈尔，使其不得妄动。我宣大两路兵马还应速速来京，不得以此为借口而袖手旁观！”

“安抚，安抚，尔等就知道安抚！那察哈尔不是已得了我大明许多抚赏，如今为何还要贪得无厌来犯我边？察哈尔到底有无进犯，尔等也全无确信，国家有难，你等大臣却全无实着，朝廷还要尔等何用？”崇祯大发了一通脾气，骂了半天也想不出什么别的办法，只得恨恨说道，“传旨！立刻调关宁、宣府、大同、保定、昌平、天津等处兵马入援，各路兵马务要巡抚、总兵亲自统帅，克期到蓟！着蓟辽督师袁崇焕星夜入援，节制调度各镇援兵，相机进止！着蓟辽总督刘策严督所部将领，分守长城各口、据险堵拒敌军，以匹马不入为功，若使纵入内地，以失机论处！”

二

北来的官道上，三万关宁大军正日夜兼程地急急向前赶路。

十一月初六，兵至永平。大军少歇，袁崇焕未及解甲，但见一队快马飞奔而来，及至近前，领头一将滚鞍下马，一下跪倒，连声禀报：“督师大人！十一月初三，遵化已陷入敌手，抚军王大人上吊自杀，赵总兵也已于前一日在三屯营以西遭遇埋伏，力战殉国，我四千关宁精骑也全军覆没。末将追赶不及，实在是有负大人重托！”说罢，来人便是伏地痛哭，正是日前袁崇焕派去追赶赵率教的游击将军王良臣。

“什么！”袁崇焕闻听噩耗，惊叫一声，身子一晃险些栽倒，正在他身后的天赦见势不好，赶忙一把扶住袁崇焕，搀他慢慢坐下。

“真是痛煞我也！”好半天，袁崇焕才缓过一口气来，坐在那里不住地捶胸痛哭，“出师未捷，便先折我一员大将！”

想到自己离京时对皇上立下的誓言，言犹在耳，复辽大业未竟，而赵率教却已壮烈殉国，这又怎能不令袁崇焕痛彻心腑！身后众将也是悲痛万分，一个个都咬着牙，紧握着拳头失声饮泣。

“自古道瓦罐不离井口破，大将难免阵前亡。赵大帅为国捐躯，也算是死得其所了，今敌情如火，还望大人能以国事为重，节哀顺便。”痛哭了一阵，程本直、祖大寿、何可纲等人与众将又一起劝慰了半天，袁崇焕这才止住悲痛，一挺身躯，猛然站起。

“众将听令！”袁崇焕大喝一声，众将赶忙都一起站好，叉手听令，“今形势危急，大军今晚必得星夜疾驰，赶到榛子镇！参将杨春、游击将军钟宇何在？”

“末将在！”

“命你二人率步兵三千，留守永平！”

“末将遵命！”

“游击将军满库何在？”

“末将在！”

“命你领步兵两千赶往迁安驻守，以阻敌东奔！”

“末将领命！”

“其余各将，随我即刻动身，赶往榛子镇，出发！”

随着袁崇焕一声令下，众将立刻行动，大军随即起行，披星戴月地向西疾驰。当夜，大军抵达榛子镇，袁崇焕又接获上谕，知皇上命自己率军入援，节制调度各镇援兵，相机进止。众将闻之，这才暗叹万幸，倘若大军渡辽河去攻沈阳，此时那就真是进退两难、坏了大事了！

随后三日，袁崇焕率军继续西进，又沿途布置、分兵据守，命参将邹宗武领步兵两千守丰润，命游击蔡裕及龚彰领步兵三千守玉田，命游击刘镇华领步兵两千守建昌。

自十一月四日兵出山海关，关宁军急行六日，计程五百里，马步两万大军终于在初十日抵达蓟州。蓟州，位于遵化西南一百里，西距北京二百里，被称为京东门户，是一战略要地。

袁崇焕进驻蓟州，所率骑兵九千、步兵一万一，共计两万人马，正好堵在后金军进攻北京的要道之上，蓟州山势虽不险，但是蓟州城依山而建，南面有州河流过，东南为山地丘陵，林木茂盛，于此设重兵固守，便可在此拦阻敌军。

袁崇焕进得城来，立即命歇息士马，一面派出哨探侦探敌情，一面又命众将布置城守，一番安排之后，自己则带了程本直、祖大寿等几人四处仔细察看地形。回到帅府，袁崇焕率众将又与先期到达的蓟辽总督刘策、保定总兵曹鸣雷、昌平镇总兵尤世威商议一番，随即升帐，点兵派将。

“蓟州三里小城，大队人马难以尽扎于此，今我两万关宁兵马驻守此城，已足以抵挡东奴大军。皇上命我节制调遣各镇援兵，现各镇除总督刘大人、曹帅、尤帅已到达蓟州外，其余各路兵马仍在途中。为保我京城无虞，今日各路兵马务要遵我号令、听我调遣，各镇接我将令，便要按令而行，不得有误！”袁崇焕端坐在帅案后，先开场交代两句，又遍视众将，接着便朗声发令，“着蓟辽总督刘大人回镇密云，严守长城隘口，以防敌军来犯；着总兵朱梅、副将徐敷奏驻守山海关；着保定曹总兵率马步三千留驻蓟州，与我关宁军一起驻蓟遏敌；着昌平镇尤总兵率本部五千兵马还镇昌平，以保我宗社陵寝；着总兵杨国栋驻防通州；着宣府总兵侯世禄驻守三河；着大同总兵满桂驻防顺义！”

刘策、尤世威两人领命，当即点起兵马，各回本镇。袁崇焕又唤过亲兵，命他们各持令牌、文书，分头去给满桂、侯世禄、杨国栋等人传令，亲兵接过令箭，也都打马疾驰而去了。

袁崇焕回到书房，又将这番布置在脑海中过了一遍，“从蓟州到京城，层层设防，各路援兵首尾相接、势如排墙，防守不可谓不严密了。他心里颇为满意，便提起笔来，向皇上奏报：“臣初闻警，只恐拦截不及，我军未必能及时到蓟，今臣兵已幸而抵达蓟州，则全仰赖我宗社之灵、我皇上如天之洪福庇佑也！而今往后，臣定当奋力阻截，必不令东奴越蓟西一步！”

战争，总是充满着变数，战场风云莫测，战局也是瞬息万变！袁崇焕一番精心布置，看似天衣无缝、无懈可击，然而百密一疏，此番算计中却也隐藏着一个致命的漏洞……

三

崇祯二年十一月初十夜，遵化后金大营

“禀大汗，袁崇焕已率军进驻蓟州！”

后金军攻占遵化已经整整七天了，七天来，皇太极按兵不动，只日日派遣流星探马，连番打探关宁军的动向。现在听到探报，皇太极暗吃了一惊，随即把目光投向了正在帐内的诸贝勒、大臣。

“父汗，那袁崇焕不来救援遵化、三屯营，却抢在我军之前进驻蓟州，挡住了通往北京的去路，要是我们几天前挥师西进，现在早就到北京城下了！我军白白浪费了几天时间，唉！”只见贝勒豪格第一个就叫了起来，一边说一边用手猛拍大腿，不住地大声叹息。豪格是皇太极长子，年方二十，血气方刚，这样的话只怕也只有他才敢说的出来。

“乳臭未干，你懂得什么？”皇太极对豪格呵斥一句，并没有再去怪罪，不过，此时皇太极心里，也颇有些懊悔不迭。

“大汗，都是臣料敌不明，致使我军贻误战机，请大汗治罪！”皇太极正在踌躇，这时，坐在帐下的范文程早已躬身起立，抱拳请罪。

“范先生这是说的哪里话来！这件事怎能怪罪先生呢，先生快快请坐。”皇太极赶忙对范文程安抚一番，“我也正要设法消灭袁崇焕的关宁兵马，只是没想到他十分狡诈，不肯轻易上当。此人深通兵法，绝非冒失莽撞的书生和庸才可比，其用兵老辣，不贪功、不轻发，实乃我大金之劲敌！如今他抢得先机占据了蓟州，看来我们也只有去会一会这位老对手了……”

众人又商议了一阵子，后金军连战连捷，又经数日休整，现正兵强马壮、士气高昂，众人一个个都叫嚣着要拿下北京城，皇太极见状便也不再迟疑，当即传令：“明日一早，大军起行，兵进蓟州！”

十一月十一，皇太极命参将英额尔岱留守遵化，自己则亲率大军，浩浩荡荡向遵化进发。

十二日，石门驿丞献关投降，当夜，大军驻扎石门驿，该地距蓟州四十里。

“大汗，图鲁什回来了。”

“让他进来。”

皇太极对亲兵吩咐一声，帐帘一掀，只见卡伦额真图鲁什一身尘土、盔歪甲斜地就进到大帐里来了。图鲁什紧走两步，单膝跪倒，一脸丧气地说道：“大汗，今天下午，奴才带了两百骑兵前往马升桥哨探，正遇上明军前锋，奴才原以为那些明军必是不堪一击，便率队直冲了过去，本想捉些活口回来，哪知这支人马却与以前碰到的明军大不相同。此队人马大约三百余骑，俱是铁甲骏马、装备精粮，人人手持三眼火铳，领军一将更是了得，见我军不退反进，手舞长枪便挥军向我杀来！敌军火铳齐发，我军当时便吃亏不小，双方混战一场，奴才无能，死伤了几十个弟兄，又被他捉去了十几个，奴才寡不敌众，只好先回来给大汗报信了。”

“没用的东西！”皇太极怒斥一声，心里也是吃了一惊，“你可有打探清楚，这是何处的兵马？”

“回大汗，奴才也捉了几个活口，据俘虏讲，他们俱是祖大寿麾下前锋营曹文诏的部下，现正有袁崇焕两万关宁军驻扎在蓟州城内。”

皇太极向图鲁什挥了挥手，图鲁什赶忙行了一礼，躬身退出了大帐。

“范先生有何见解？”图鲁什刚走，皇太极就向正坐在一边的范文程问道。

“大汗，看来袁崇焕的关宁兵马确是劲敌，我军万万不可轻敌啊！”皇太极听了没有说话，只是拧着眉，一脸凝重地思索着什么。

“大汗！”沉默了片刻，范文程又突然说道，“袁崇焕最擅长凭坚城用大炮，昔日宁远、锦州几次大战，我军都吃亏不小，如今他又占据了蓟州城，阻挡我军去路，如我强攻只怕会多有损失，现在我军深入明境，兵员补给困难，我必不可与他拼耗兵力！我八旗最擅野战，今我必要扬长避短，设法将关宁军诱出城来，野战歼灭！”

皇太极听了，眼前一亮，问道：“哦？如何诱出城来？”

“袁崇焕现在最怕的就是我军去取他的京城北京了，如我军不去攻占蓟州，而是绕道西进，他怕我去取北京，必定会弃城而出来追赶和阻截我军，到那时，便可以寻机于野外歼敌，再兵进北京了。”

“嗯，先生言之有理！”皇太极先是点了点头，随即又现出一脸的困惑，“可是，袁崇焕阻住了要道，我军又怎么能绕道而西呢？”

“今日石门驿丞，还有那个徐秀才来投我军，大汗何不问一问这当地人呢？”

一经范文程提醒，皇太极猛然醒悟，马上朝帐外大喝一声：“来人啊，速带石门驿丞和徐秀才来见我！”

功夫不大，护军便押着二人来到了皇太极的大帐。二人参见已毕，不知皇太极葫芦里卖的什么药，都低着头，战战兢兢地站在那里。皇太极也不说话，只拿眼上上下下将二人打量了一番，直看得人后背发凉、汗毛倒竖。好半天，皇太极才冷冷地甩出一句：“你二人可是真心降我？”

两人一听，吓得慌忙跪倒并连连磕头、赌咒发誓道：“我等俱是真心来降，对大汗，我二人绝不敢有半点欺瞒，如有假话，天打雷劈！”

皇太极在座中斜着眼鄙夷地撇了撇嘴，又继续说道：“好，你二人既是真心降我，那本汗就问尔等一事，你二人定要如实回答，如胆敢有半句假话，本汗定斩不饶！”

“是，大汗有话，尽管吩咐，小的一定如实回答。”

“我且问你们，由此去往京城，共有哪些道路？”

“回大汗，此去蓟州城南正有一条西去的官道，可直通京城。”

“此条道路，人尽皆知，何需尔说！”皇太极一拍桌案，当即打断驿臣，“本汗是问可还有其它道路？”

驿臣和徐秀才两人跪在地上面面相觑，一脸的为难，结结巴巴地答道：“大……汗，徐相公世居此地，熟悉道路，想必他……一定知道……”

皇太极目光如鹰隼一般，直直望向徐秀才。徐秀才抓耳挠腮，急得满头大汗，隔了好一会儿，他好像突然想起了什么，猛地抬起头来，紧张地说道：“大汗，蓟州东南有翠屏山，不过此山倒不甚高，只是些山地丘陵，其东面红花峪以东，地势平坦，中又有庄户，有道路可以通行，此路虽是崎岖且少为人知，不过，顺此路南行，就可以翻过翠屏山，到达蓟州南面，再往西便可直去京城了。”

“你这话可是当真？”皇太极盯着徐秀才，又逼问一句。

“大汗，小人说的话句句是真，绝不敢有半句假话。”

皇太极心头一亮，与范文程两人对视一眼，随即朝帐外发话：“马上去把图鲁什找来！”

只片刻之功，图鲁什已来到大帐，皇太极当即吩咐几人：“图鲁什，命你连夜带人去与我探明道路，速速来报！徐相公，就请你辛苦一趟，为图将军带路，如你所言不虚，尔等回来，本汗定当重重封赏！”

四

崇祯二年十一月十三，蓟州

昨日马升桥一场遭遇战，袁崇焕已知敌军迫近，随即布置城守，严阵以待。今日一早，袁崇焕顶盔掼甲，便与众将一起来到东门城楼待敌。

“报——，禀督师大人，东奴全军已尽过石门驿，正向蓟州而来！”

“再探！”袁崇焕挥退了哨兵，当即传令各将，“前锋总兵祖大寿！”

“标下在！”

“命你即刻带领关宁马步两万兵马，于城外五里桥列阵迎敌！保定总兵曹鸣雷！”

“标下在！”

“命你带领本部三千兵马于城头严密防守，不得有误！参将彭簪古、游击将军罗立！命你二将各带火炮营于城头布防，不得有误！各将务要听我号令，奋勇杀敌！今日如有违抗军令、临阵退缩者，本部堂定斩不饶！”

“末将遵命！”众将领令，便分头行动去了。

祖大寿指挥兵马，刚在城外列好战阵，东北方向便有后金骑兵远远地出现在地平线上。后金骑兵共分四队，大约二百余骑，小心翼翼地缓缓而行，显然，这是后金的前哨，其后必有大队人马尾随而来！

袁崇焕在城头早已望见，祖大寿立在马上，正严阵以待。可后金骑兵却并不近前，只在一箭之地观望相持。两个时辰过去了，敌军前锋无意厮杀，其后也未见有大队敌军到来，袁崇焕心中疑虑，不知道皇太极到底在要什么花招，眉头也不由得越拧越紧。

“大人，皇太极用兵狡诈，他知我城上炮火凶猛，必是不肯与我在城下交兵，想以此一旅来诱我出击。”城头上，程本直也是一脸疑惑，说着，他又用手一指远方，向袁崇焕提醒道，“大人且看，东南翠屏山一带，林木茂盛，山谷中烟尘四起，只怕其中便有大队敌军埋伏。”

“嗯，我也正有此担心。”袁崇焕点点头，“我军绝不可轻动，只要我们把住要道，敌军便不能偷过，皇太极也只有到这蓟州城下来与我决战了。”说罢，袁崇焕又唤过亲随，命令道，“传令下去，命祖帅坚守本阵，勿得轻动！如敌军退走，切不可贸然追击，以防中计！”安排已定，袁崇焕又轻轻一笑，向程本直半是玩笑地说道，“先生你看，这敌军也来了大半日了，俗话说，来而不往非礼也！我们是不是也该给他们送一份见面礼了？”

程本直心领神会，也微笑着回道：“正该如此，大人正应当吓唬他一番，顺便也探一探他们的虚实啊。”

两人相顾一笑，随即，袁崇焕收住笑容，朗声发令：“命彭簪古、罗立瞄准敌军，开炮！”

城上得令，连发三炮。炮声响过，炮弹立刻在后金队中炸开，早有十几名骑兵被炸得人仰马翻，后金骑兵当时大乱，立刻向后四散躲避，原本四队也混作一堆，一起向东南退走。直至夜幕降临，蓟州城外再未见敌军一兵一卒复返。

袁崇焕不敢松懈，当即传令全军：“各营人不解甲、马不卸鞍，严密布防、四处巡查，以防敌军趁夜偷袭！”未几，探马回报称，后金大军已在蓟州东南山谷中扎下大营，与我军对峙。

当夜，袁崇焕又接宣府总兵侯世禄通报，三河因城小无粮，不许宣府援兵入城，侯总兵无奈，已请命朝廷，率军前往通州就食！

三河，位于蓟州城西六十里，向西可经通州直达京城，向南则可通往畿辅各地，向北可去顺义、密云，守三河则可以阻敌西奔，兼可以遏敌南下。三河县东有河有山，可据险设伏，乃是至为关键的战略要地。

袁崇焕原命侯世禄守三河，以为蓟州后劲，然现在看到自己的安排已化为泡影，也只有徒叹奈何了，他想，要保京城无忧，看来也只能靠关宁军在这里挡住东奴了……

次日一早，天刚蒙蒙亮，流星探马纷沓而至！

“大事不好！敌军已趁夜西遁，现已过我蓟州城西五里扎下大营！”

“什么？！”袁崇焕闻报大惊，“东奴如何偷过翠屏山？！”

“许是东奴趁夜移营绕道过的翠屏山。”

“待我来看！”探马也说不清楚，袁崇焕急忙带着众将一起上到城头察看。只见蓟州城西南五里神仙岭下，隐隐约约一片，正是后金的八旗大营！

“诶！大事坏矣！”袁崇焕一掌狠狠地拍在城砖上，仰天长叹，“此去二百里便是京城，都是我袁崇焕疏忽大意，让东奴溜了过去，京城危急、皇上有难，皆我袁崇焕之罪！”

程本直与众将站在城头，也是惊得目瞪口呆，一片愕然。

“大人！东奴要起兵了！”正在此时，又有一将手指远处，大声报警。众人举目望去，只见后金大营里人马攒动、旌旗招展，一阵阵号角、战鼓响过，大批骑兵正蜂拥而出，列队向西而去。

“不好！”袁崇焕猛然醒悟，连忙转身对众将说道，“东奴此次必是要直奔京城了！现三河乃是一座空城，如何能阻挡得了敌军，事已至此，我必得立即行动，无论如何，也要赶到敌军前面，挡住他的去路！”

“大人，我军乃是马步混成，而东奴皆是骑兵，我们又如何追得上他？”一将问道。

“那就令关宁铁骑先行追赶，其余步兵随后而行！”袁崇焕立即斩钉截铁地命令道。

“大人，我军兵少，只有九千铁骑，不可尾随追赶，如今必得从间道倍程兼进，方可绕出敌前！”总兵祖大寿连忙献计。

“大人，我军当一分为二，以一旅绕出其前，而以一旅抄其后，两军前后夹击，便可截住敌军！”这时，中军旗鼓、副将周文郁也献计道。

祖大寿听了连忙摆手，说道：“不可，我军兵少，岂能再分！”

“好了，好了，你二人不必说了。”袁崇焕连忙劝住二将，“我意已决，如今情况紧急，为避开敌军阻截埋伏，我必得亲率关宁铁骑从南取道，赶赴河西务，我已命宣府总兵侯世禄赶往通州，通州现有杨国栋驻守，如我能绕出敌前，到时便可联络侯帅、杨帅，在通州南北夹击，阻挡敌军！”说罢，袁崇焕片刻不敢耽搁，便亲率九千骑兵向西南疾驰而去了。

九千关宁铁骑急行一百二十里，十六日到达河西务，驻军城外。派往各处的探马已来回报，两天过去，当前的形势已变得越发严峻。

十一月十四日，后金军自蓟州出发，西行六十里，到达三河；十五日，皇太极命三贝勒莽古尔泰率杜度、萨哈廉、多尔衮、豪格等贝勒，领兵三千前往通州查看渡口，自己则统大军随后起行。兵行二十里，前行诸贝勒抓获一名汉人，派人送至皇太极驾前，经询问得知，大同总兵满桂、宣府总兵侯世禄现正领兵驻扎于顺义。皇太极当即命贝勒阿巴泰、岳托率两旗骑兵及蒙古两旗骑兵前往顺义击敌；十六日，贝勒阿巴泰、岳托到达顺义，分路进击，击溃大同、宣府两路明军，总兵满桂、侯世禄率残兵逃往京城。皇太极率军渡运河，驻军通州城北灞上。此时，宣府侯世禄五千援军不仅未能赶到通州，且已在顺义被击溃，袁崇焕关宁军驻军河西务，位于通州城南六十里，之前的设想显然已无法实现。

十六日傍晚，袁崇焕召集众将，商议军情。

会议开始，祖大寿首先说道："大人，东奴连日急行，显是意欲直奔我京城！如今我军宜径趋京师，以固根本！"

"对，祖帅说得对！我军应在东奴之前赶到京城！"众将听了，也都一起附和。

"大人，不可！"这时，中军旗鼓周文郁却起来大声劝阻，"我大军如今只可先讨贼，而不可先入都！"

"周将军，我军只有九千骑兵，又连日奔波，人困马乏，如何能与敌军野战？"众将问道。

"不然！"周文郁听了，马上反驳，"通州城南十五里乃是张湾，今东奴驻扎于通州城北，如我军进驻张湾，则可进逼敌军，又可于河西务就食。我当急遣夜不收探明敌情，如敌军易破，明日我军便与他决一死战、一了百了；如敌军势大，我军则应出其不意、趁夜奇袭！东奴孤军深入，势必站立不住，我军定可一战而胜！"

周文郁话音刚落，立刻就引得众将一阵议论，大家你一言我一语，各执一词、莫衷一是。

"周将军所言极是！"听了一会儿，袁崇焕终于表态，"不过，皇太极狡诈异常，我恐他又会像蓟州那样，不与我军交战，或是只以一旅偏师阻住我军，而他则率大军径逼都城，到那时，我军反被阻挡在外，就难以救援京城了！京城已几十年未有战事，百姓安居日久，倘骤遇敌军，人心一旦摇动，其关系又恐有不忍言者！如今，我军必得要先至城下，背障神京、面迎劲敌，方是万全之策！"

"大人！"周文郁心急如焚，当即反问，"外镇之兵未奉明旨而径至城下，这可以吗？！”

袁崇焕毅然答道：“君父有急，如今哪里还能再顾及其他！如能济事，虽死无憾！”

袁崇焕主意已决，当夜大军只做短暂休整，就又传将令：“大军士不传餐、马不再秣，务于当日赶至京城！”

天近五鼓，大军连夜开拔，向西北急行一百二十余里，是日傍晚，到达京城左安门外，驻军韦公寺。袁崇焕当即传令：“大军营于城外，不许一兵一卒擅闯民宅，即野外树木亦不得伤损，如有违犯，军法从事！”

十一月十八日，皇太极率军抵达京城，于北土城关以东扎营。其时，大同总兵满桂、宣府总兵侯世禄领兵驻扎于城北德胜门外。双方几路大军尽汇京城，一场决定命运的京城保卫战已箭在弦上……

五

京城早已戒严，人们困在城里，惶惶不可终日！

当然，对于那些锦衣玉食的达官显贵、商贾士子们来说，现在倒是一个及时行乐、醉生梦死的好时候。今朝有酒今朝醉，谁又知道明天会是个什么样子呢？在这兵荒马乱、天寒地冻的日子里，百花楼倒比平日更加繁华热闹了……

这日晚间，百花楼里灯火辉煌、宾客如云，而此时，那间最好的“牡丹苑”却是房门紧闭，门外廊道上，正守着两名凶神恶煞的家丁，房内灯火通明，只偶尔能听到几声热闹的莺歌嬉笑，原来沈敏正带了一班花魁娘子亲自陪京营提督、襄城伯李守锜在喝花酒。

“爵爷现在提督京营，圣眷正隆，这京城上下的安危和我等的性命今后还都要仰仗爵爷，来，你们几个，还不快过来与爵爷把盏，敬上几杯？”下首座上，沈敏满面春风，一边谄笑着恭维李守锜，一边又连连招手，叫几个妙龄女子上前把酒。

李守锜，其始祖李濬，因跟随成祖朱棣靖难有功，受封襄城伯。其人严酷贪婪，在京城中是早有恶名。己巳之变以来，李守锜受命崇祯，提督京营，负责守卫京城，可谓是责任重大、权倾一时。

左右美女环绕，李守锜靠在座中一脸的得意。他先是就着美女手中杯饮了一口，又与女子调笑两句，这才回过头对沈敏打着哈哈说道：“大官人哪里知道这差事的凶险啊！且不说这冰天雪地、日夜值守，就是那鞑子的流矢飞石、大刀长枪，说不准哪天就要了你老哥我的性命喽。”

“爵爷英雄盖世，吉人天相，又有皇上佑护，自是会旗开得胜，马到成功。到时候，皇上高兴，您爵爷还不是又要加官进爵了吗！”

“大官人说的好！这到了关键时刻啊，皇上还是得靠自己人，那些个什么文官，整日看上去一个个都好似正人君子的派头，平日里对我等也是百般刁难，不是说我等骄奢，就是说我等乱法，可到头来，这打仗和保卫皇上的事，不还是要靠我们吗？！”李守锜几杯酒下肚，便来了兴致，只管摇头晃脑地胡吹起来，“那个李邦华，皇上不过是让他协理京城戎政，他倒好，自以为是个尚书，就有多了不起了，几个月来不是查这个，就是整那个，我的人他竟也敢动！这京营上下，倒好像他成了老大，全不把我这个提督放在眼里！”

“他就是拿着鸡毛当令箭！”沈敏连忙附和，“前两天听宫里人说，这次出了这么大的事，皇上大为恼火，对朝里那帮文官也是很失望，这才派了李公公和爵爷来提督京营、总理京城防务。皇上还感叹说，毕竟是皇家世官啊！现在爵爷您圣眷正隆，还怕收拾不了他李邦华吗？”

“我家世代勋贵，与皇家是何等的关系，他李邦华如何能比，哼！看我早晚就要他的好看！”

见李守锜恨声连连，沈敏又赶紧招呼美女劝酒。又喝了两杯，李守锜对沈敏玩笑道：“现在可是非常时期，要是那李邦华看到今天你我这番景象……”说着，用手一指沈敏和旁边的美女，“那老头儿还不得又要到皇上那里去告上一状吗？”沈敏听了，与李守锜两人对视一眼，随即便一起放肆地大笑起来。

“不过，说到要收拾李邦华那老儿，还得要有自己的人啊。”李守锜一手搂着美女，又咂了一口老酒，幽幽地说道，“现在京营里，很多都是他李邦华的人，这次皇上命我招募勇壮、举荐人才，倒真该趁机安排些自己的人才是。大官人这里能人众多，你可不要舍不得拿出来啊，打仗亲兄弟，上阵父子兵，大官人你可要给老哥我面子啊！”

“爵爷但有差遣，小弟敢不从命！”沈敏一听，喜出望外，当即拍着胸脯，连连表态，“自京城戒严以来，我那帮小兄弟现在每天游手好闲、无所事事，这下好了，托爵爷的福，也算是给他们找了一个吃皇粮的差事，明天一早，小弟便让他们都去营里效力，只要爵爷您一声吩咐，就是让他们上刀山、滚油锅，也绝不会皱一下眉头！”

两人一拍即合，又大笑着一起干了一杯。

“来啊，把东西取来。”放下酒杯，沈敏又一击掌，向里面大声吩咐了一声。只片刻工夫，早有下人用金漆托盘端来一件貂皮大氅。“这天寒地冻的，爵爷为国效力，正是用得着，小弟我一点儿心意，还请爵爷笑纳。”

李守锜听了，盯着那件大氅，顿时两眼放光，不由得站起身来，连声赞叹：“这么贵重的东西只怕是皇家才受用得起吧，大官人如此厚爱，哥哥我哪里敢收下呢？”

“爵爷乃勋亲贵胄，这东西也只有您这样的贵人才可消受，爵爷正该收下，正该收下……”

“大官人厚爱，恭敬不如从命，那，我就收下了？”

两人假意推让一番，又都一起大笑着坐下。李守锜又命下人打开那件大氅仔细观看，只见这件大氅四尺多长，黑色皮毛油光发亮。

“啧，这怕不是极品的紫貂吗？按现在的行情，这样一件东西少说也不下二百两吧？”

“爵爷好眼力！”沈敏夸赞一句，又继续说道，“这正是一件极品紫貂！小弟本该早些拿来孝敬爵爷，只是今年不同往年，开春的时候，那袁崇焕禁了海路，这人参、鹿茸、貂皮等物可就难以进来了，这一件还是小弟几经周折才拿到手里的呢。”

“那袁崇焕真是可恶！这好好的商路，关他何事？还不是看别家发财他自己眼红，现在倒好，搞得大家都没得玩了！”李守锜恨恨骂道。

“爵爷，事情还远不止此呢……”这时，沈敏又俯过身来，压低了声音说道。

李守锜吃了一惊，连忙追问：“还有什么？”

“爵爷，前些日子，我的人回来说，京城里与毛帅来往的信件还有账册已全部落入袁崇焕手中，这件事只怕日后不好办啊……”

李守锜听了大惊失色，呆坐在椅子上，半天说不出话来。

“爵爷！”二人正在小声嘀咕着商议对策，只听门外一声呼唤，房门一开，李守锜的一名亲兵进到房内，紧张地向里禀报，“爵爷，皇上下旨，命你马上进宫，有大事相商！”

李守锜不敢怠慢，急忙带了亲兵，打马离了百花楼，向宫中赶去。

差不多已是二更天，李守锜刚进到乾清宫暖阁，就听见崇祯在里面大发雷霆：“他袁崇焕不是在蓟州吗？前几天的奏疏里不是还说，断不使敌过蓟西一步，这怎么突然就到了北京城了！东奴现在哪里？说！你们怎么都哑巴了？！你们谁能告诉朕，这到底是怎么回事？！”

李守锜从门口的小太监处得知袁崇焕已经率军到京的消息，当时便吓得魂不附体。袁崇焕到京，他这个城防司令居然都不知道，皇上一旦追究，他可就完了。

李守锜抹了一把头上的汗，赶忙悄悄进到里面。暖阁里，内阁四位大臣，首辅韩爌、次辅李标，辅臣钱龙锡和成基命（注：本月刚刚入阁），以及兵部尚书王洽、户部尚书毕自严、京营提督太监李凤翔、协理京城戎政尚书李邦华，正都一起跪在地上，李守锜不敢出声，马上低着头跪在后面。

“王洽！你是兵部尚书，现在敌情如何？你部又是如何调遣的兵马？他袁崇焕怎么就来到了京城？你来给朕说说清楚！”

“回皇上。”王洽被崇祯叱问，只得硬着头皮回答，“我兵部也只是听说袁崇焕驻防蓟州，这两日也未收到三河和通州等地的塘报，不知道关宁兵马如何就到了京城……”

“你兵部都是聋子、瞎子吗？！”崇祯怒不可遏，一把抄起御案上的奏疏，扔到地上，“你自己看！这是他袁崇焕自己上的《请罪疏》，那东奴十四日就已越过了蓟州，现在只怕就要到京城了！”

王洽哆哆嗦嗦看过奏疏，连忙叩头请罪道：“臣实不知，臣侦探不明、调度无方，致使京城遇险、皇上有难，臣罪该万死，请皇上治罪！”

“现通州是何情况？各镇入援兵马现在何处？”崇祯瞟了一眼王洽，又冷冷问道。

“回皇上，十六日一早，孙阁老已赶赴通州，坐镇调度，今日还未闻有战事。昨日报称，满帅、侯帅宣大两路援军已到达顺义，今日两军驻扎何处，臣部还尚未得报，至于山西、河北、山东等其余各路，援军尚在来京途中。”

“都什么时候了，各处兵马还如此磨磨蹭蹭！”崇祯听了又是大怒，“这都是尔等目无国法、疲顽懈怠之故！昔日庚戌之变时，俺答兵犯北京，就是因为执法不严，那兵部尚书丁汝夔玩忽懈怠、调度无方，才使鞑靼得以肆掠京城周边八日。如今，东奴又来入犯，朕岂能再重蹈前人覆辙！传旨！兵部尚书王洽自东奴入犯以来，应对失措、调度无方，着即拿下交部议处！蓟辽总督刘策御敌无术，致失封疆，着锦衣卫立刻将其捉拿进京，交部议处！擢兵部侍郎申用懋为兵部尚书，料理部事！各督抚、大臣务要以此二人为戒，倘再有疲顽懈怠或玩忽职守者，朕绝不轻饶！”旨令一下，锦衣卫当即冲上前来，将王洽拖了下去。

处理了王洽，崇祯又与大臣们商议一番，他此时虽是恼怒袁崇焕，但几位阁老都力劝皇上，称现各处兵马都不堪用，城外只有关宁一军，可堪一战。此非常时期，要以大局为重，准袁崇焕戴罪立功、杀退敌军。崇祯一时无法，也只得隐忍作罢。

等众人退去，崇祯心里仍是恨恨不平，怒道：“什么五年平辽！这才一年半，东奴都打到北京城了！只怕用不了五年，朕的大明江山就都在东奴手里了！” 崇祯在暖阁里，一边走一边骂，一旁的王承恩也不知该怎么劝导皇上，只得躬着身，小心翼翼地跟在身后。“你说！他关宁数万兵马，怎么就让东奴越过了蓟州？就算东奴偷偷溜过去，他袁崇焕为什么不去追击阻截？为什么不在三河一战？还有通州，他怎么就不能把东奴堵在通州，而后奋力一战呢？他现在把敌人放到北京城下，到底是想干什么！”

崇祯对着王承恩一通咆哮，王承恩他哪里晓得这事情的经过。当然，他也知道这不过是皇上在发泄怒气罢了，便陪了笑脸，小心地应付着。

“王承恩，你立刻去给曹化淳传旨，叫东厂给朕去查，看看这里面到底有什么猫腻！”

“是，奴才遵旨！”

六

崇祯二年十一月十九，左安门外关宁军大营

日间，袁崇焕已接获圣旨：“卿治兵关外，虽日夕拮据，然能在关忧蓟，

值东奴犯边入蓟，卿遣兵戍防，又早有预见，闻警即驰援，忠勇具见！至于关内疏虞，责有分任，卿不必引咎。今既统兵前来，卿当专心战守，一意调度，克敌制胜，务收全功！”

袁崇焕听了，大为感动，当即高声称颂，望阙遥拜。

关宁军到京已是第三天，探马来报：“宣府总兵侯世禄、大同总兵满桂现已各率五千兵马于城北德胜门外扎下大营。东奴大军已进逼北京，现正驻军于北土城关东面！”

袁崇焕长舒了一口气，好在关宁军在敌军之前赶到了京城，虽说大敌当前，自己只有九千铁骑，但关宁军士气正旺，袁崇焕相信关宁铁骑定可大挫敌军于城下，敌军一旦受挫，士气跌落又矢匮粮乏，到那时，待自己的后续步兵一到，便可联合各地援军，一起反击，大破敌军！

然而，眼下最让袁崇焕焦心的却是粮草。

明朝京城分为内城和外城，明成祖朱棣迁都北京时，仅修筑了内城，后来在嘉靖二十九年发生了庚戌之变，蒙古俺答率兵攻至北京近郊。之后为加强京师防卫，嘉靖采纳了大臣的意见，在内城外围再加筑一圈城池，也就是所谓的外城。可是由于当时财力不济，外城仅修了一半就停工了，当时修的外城只有南部城墙是完整的，东西两侧向北延伸了没多远，就向里拐跟内城连上了，从此北京城就从一个口字型变成了凸字型。

相较于高大的内城，外城的规格与形制都要差了一等，袁崇焕由东南进京，现在驻军左安门外，正位于外城东南角。京城已经戒严，为了确保京城安全，户部为关宁军补给粮草只能先经由内城崇文门运出，再运至外城左安门发放。

大军十七日夜到京，户部尚书毕自严闻报，当夜奏请，连夜筹措并装运粮草。次日一早，圣旨下，毕自严立即分派司官，将粮草运至城门，然而因为戒严，京营不许开启城门，大军所需口粮和马料先是在崇文门被羁留，许久才放行，又被扣在左安门，司官无奈，只得等待。所幸后有宫中内官前往关宁营中劳军，户部司官才得以一起来到大营，与袁崇焕当面商定办法，即米豆从城墙垛口溜下，草束则从城墙垛口丢下。

然几番折腾，粮草供应不及，又转运缓慢，关宁军在野外寒冬中已是冻饿两天了！

崇祯二年十一月二十，北京城外

“报，东奴兵分两路，一路向西，往德胜门方向而去；一路向南，大队人马正朝我而来！”

辰时刚过，便有探马飞奔来报，袁崇焕当即传令众将：“开营迎敌！”关宁大营里，顿时鼓声大作、号角齐鸣！袁崇焕身披重甲，跨一匹青鬃战马，亲领大军前往广渠门外排兵布阵。

关宁军驻扎在左安门韦公寺，两日来，袁崇焕与程本直、祖大寿、何可纲等人已仔细考察过地形，对于如何破敌，众人也商议多时。此刻，袁崇焕心中早已成竹在胸，他想，广渠门外，便是东奴的葬身之地！

广渠门，又名沙窝门，是外城七门之一，位于外城东墙中部。城下有护城河，向东一里，又有一道土墙，此土墙由南向北绵延十数里，本是为保护关厢内百姓而加修的一道低矮城墙。土墙外又有萧太后河，土墙中有隘口正对广渠门；向北二里，即是运河；向南五里便是左安门。此地坐西面东，背靠城墙，前有土墙、左有运河、右有城墙保护，敌军难以机动，也不易迂回、包抄，而明军却可以利用阵型抢占先机，隐蔽自己的同时控制敌军，正是一处阻击敌人的理想战场。

袁崇焕来到广渠门外，当即传令：“大军兵分三路，列队布阵！前锋总兵祖大寿，率正兵于南面列阵！副将王承胤，率部于西北列阵！本部堂亲率中军，于正西列阵！大军独缺东面，以待敌军！”

袁崇焕一声令下，各军分头行动，功夫不大，关宁军已在广渠门前摆好了鹤翼阵，袁崇焕居中，而祖大寿、王承胤分列两翼，关宁军正如一只张开双翅的仙鹤，准备随时将来犯之敌予以包围歼灭！

天近午时，后金二贝勒莽古尔泰亲督左翼四旗及左翼蒙古骑兵，兵分六路，如潮水般来到了广渠门外。莽古尔泰立马远处，遥望京城，只见关宁军正兵分三处、在城前严阵以待。莽古尔泰与众贝勒们计议一番，随即传令：“敌军兵分三处，正是欲诱我去攻他中路，他再好以两翼包抄、夹击我军！如今我欲破敌，必先要破其两翼，再合兵一处，直冲中军！传我将令！令摆牙喇纛额真各率护军，为第一队，击破南面之敌！令阿巴泰、阿济格、多尔衮、豪格各率本部，为第二队，随后向右出击，与我击破西北面之敌！此处敌军甚多，各贝勒入隘口后，务要合力向右进击，胆敢有不向右击而向敌军中路者，与避敌同罪！各军务要努力向前，杀至城壕，如有中途逗留、畏敌不前者，定不轻饶！擂鼓，出战！”

莽古尔泰一声令下，后金阵中鼓声大作，一队队的后金骑兵从隘口鱼贯而入，呐喊一声，向明军阵前杀来！先是后金骑兵直突东南，看着快到阵前，祖大寿一声令下，关宁军阵中顿时枪声大作、弓弩齐发，冲在前面的后金护军纷纷落马，整个队伍立时大乱！后金军不甘受挫，也是箭如雨发，双方你来我往，杀在一处。后金军又连冲几次，然而祖大寿指挥若定，关宁军一个个犹如猛虎一般，与敌军展开殊死搏斗，双方一场混战，关宁军岿然不动，后金军眼看着要立脚不住，竟纷纷开始向后退却……

此时，四贝勒率军也已进入隘口，本当挥军向右直冲西北，哪料阿巴泰、阿济格、多尔衮三队被前军一冲，竟被裹挟着一起向正西去了，只有豪格一队纵马向右杀去。王承胤正在西北严阵以待，被豪格骑兵一冲，当时便有些阵脚松动，王承胤虽是指挥军兵左遮右挡，无奈豪格颇有些勇猛，两军一番厮杀，王承胤渐感不支，只得移镇向南，朝中路退去。如此一来，王承胤一军便与袁崇焕中军混在了一处，后金几路人马也都一起杀向西面，袁崇焕中军顿时倍感压力！

“杀敌报国，只在今朝！我等将士此时不奋力一搏，还更待何时？！弟兄们！都随我一起，杀啊——”

袁崇焕拔出佩剑向上一挥，接着便催动坐骑，大喊着向前杀去。众将士见督师大人亲自上阵，顿时勇气倍增，一个个都挥舞着手里的刀枪，拼死向前冲杀！

这么多年，后金兵何时见过这么不要命的明朝军队！当时便有些气馁，攻势受挫，全军也禁不住开始向后退却。莽古尔泰在远处望见，急命放箭，霎时间箭如雨下，不少关宁将士中箭落马。此时，袁崇焕也早已身中数箭、两肋如猬，好在身披重甲，敌箭不能射透，这才没有受伤。

两军马颈相交、来往厮杀已有多时，双方混战成一团。突然，一名敌军跃马杀到袁崇焕近前，向着他挥刀便砍，亲随天赦在一旁见了，连忙举刀相隔，才使袁崇焕躲过一击！后面亲兵又抢上前去，几下将敌军砍落马下。中路危急，祖大寿岂能坐视，当即率领大军，骤马向北杀去。

莽古尔泰见祖大寿包抄过来，急令左翼蒙古各旗前往阻截。额驸恩格德尔、贝勒巴克得令，立即率扎鲁特、喀尔喀各部骑兵，不及整队即纵马而进。

祖大寿指挥关宁铁骑排好队形，一起向前冲锋，马蹄撞击着大地，正如山崩海啸一般向敌军碾压过去。两军接战，只一个照面，蒙古骑兵便被冲的七零八落、四散溃逃。祖大寿马不停蹄，挥军北上，直向敌军后背冲去。

后金骑兵正与袁崇焕中军苦战，突然被祖大寿从后掩杀，登时大乱，袁崇焕、王承胤两军见祖大寿杀到，士气大振，立刻一起呐喊着向前拼杀。后金军遭关宁铁骑前后夹击，没有多久便溃不成军，都一起向北逃走。关宁军合兵一处，奋力追杀，游击刘应国、罗景荣、千总窦浚更是一马当先，率军一直追杀到运河岸边，后金军立脚不住，早有大批军兵被赶到河里，河冰哪里经得起这些兵马踩踏，当时冰陷，后金军兵又一起陷没，岸上河里，哭爹喊娘、乱成一片。关宁军大杀一阵，后金军抵挡不住，都纷纷向东溃逃，莽古尔泰见大势已去，只得赶紧撤兵败退。

广渠门一战，自午时至酉时，双方大战三个多时辰，歼敌数以千计，关宁铁骑亦伤亡数百。当晚收兵，袁崇焕又带众将一起来探望负伤将士，看着将士们那一处处刀伤、箭伤，还有篝火映照下的那一张张混合了血水、汗水的面孔，袁崇焕不禁心潮激荡、热泪纵横。

“这一仗胜得真是太不容易了，此皆我关宁健儿血汗之功！”待心绪稍稍平复，袁崇焕振作精神，对将士们深情说道，“我关宁铁骑自到京以来，已冻馁三日，然大敌当前，崇焕实非得已，而驱之与敌一战，现在想来，心中仍是百般不忍。所幸此战，我军获此一胜，此皆赖主上威灵，将士用命！然东奴入塞以来，未尝有一矢加身，今遭此败，其气必丧，将士们且休整几日，待我后续兵马到来，再用奇计，我军必可大破敌军！”

将士们听了，群情激昂，都一起振臂高呼：“我等愿誓死追随大人，杀敌立功，报效朝廷！”

袁崇焕回到大帐，已是东方渐白，未及安歇，又有探马来报：“昨日，宣大两军与皇太极大军战于德胜门外，我军大败！宣府兵马现已溃散，侯总兵下落不明。满总兵被城上炮火所伤，现只带二百余名残兵卧于瓮城关帝庙内！”

袁崇焕听了，不觉神伤。“宣大两路兵马，虽不及关宁强壮，但比之于内地其他各处，又不知强出多少，然如今这一万人马，竟一掷而空，实是可惜、可叹！京城安危，如今只全在关宁一肩了……至于满帅，其人虽是性格鲁莽、孔武少文，却也是国家不可多得的一员猛将！然有此一败，国有国法，皇上又法度甚严，满帅又岂能自免于国法？只是可惜、可叹，但愿皇上能以国事为重，爱惜其才，准他戴罪立功吧。

袁崇焕在帐中思前想后，心中久久不能平静，一场大战刚刚结束，然而他怎么也不会想到，另一场更加凶险的暗斗却已悄悄拉开了序幕……

第二十二章

敌在韦公寺

一

广渠门一场大战致使莽古尔泰损兵折将，只得撤兵回北土城关外扎营，皇太极已得败报，当夜便主持召开军事会议，检讨此战得失。

交战中，贝勒阿济格的坐骑被乱箭射死，自己也险些丧命，此刻早已是怒火中烧，会议刚一开始，阿济格就挺身站起，指着自己的七哥，贝勒阿巴泰，向皇太极大声检举："大汗，战前三贝勒命我等向右路出击，及入隘口，豪格率先冲锋，向右驰入敌军，我本欲跟进，命阿巴泰向右进击，不料他竟是不从，臣弟用马鞭抽其马颈，他仍是不理，率队径往中路，臣弟被他人马裹挟，也只得一起杀向中路。此战失利，责任全在阿巴泰。他违背众议、不遵号令，请大汗治罪！"

"大汗，阿济格所说不实！"阿巴泰被阿济格指控，急忙辩解，"敌兵众多，臣弟在出击时，确实是与豪格离散，但要说阿济格鞭臣马颈，命我从右进击，却绝无此事！臣弟所说句句是实，但有半句假话，就让天神降祸于我！"

阿巴泰和阿济格二人争执，皇太极当即命众贝勒、大臣共议："阿巴泰共犯有两罪。与同旗贝勒豪格分离，致使豪格孤军深入，险被围困，罪一；违背众议、不遵将令，不从右路出击，擅自行动，偏离突击方向，致使我军失利，罪二！阿巴泰当削去贝勒爵位，并夺所属人员赏与豪格！"

阿巴泰被众人齐声怒斥，早已如一只斗败的公鸡，只低着头不说话，垂头丧气地等着皇太极处置。

皇太极在座中沉吟半晌，暗自思量，阿巴泰虽是有罪，却也是一员能征善战的猛将，他乃庶出，在兄弟中又屡受排挤，如今阿济格、多尔衮、多铎三兄弟势力正与日俱增，自己还要与代善等三大贝勒暗相抗衡，我何不借此机会，卖他一个人情，日后也好使他为我所用。想到这里，皇太极随即向众人说道：“阿巴泰并非怯懦之人，我知他是因为顾念二子，尚建和博和托，这才领兵去了中路。阿巴泰爱子心切，致有所失，此乃人之常情，本汗又奈何因此而加罪于兄长呢？此次暂且先免其大罪，罚阿巴泰雕鞍马和素鞍马各八匹，甲胄四副，赏与豪格！阿巴泰务要谨记教训，戴罪立功！”众人听了，也不好再说什么，阿巴泰当即跪倒谢恩，眼里已尽是感激之情。

广渠门失利，皇太极虽是放过阿巴泰，但对于别人，他又岂能轻饶。待审明了情形，皇太极随即奖功罚过，做出处置：

“纛额真康古礼、甲喇章京郎球、韩岱等将畏敌逗留，未杀至城壕，着即削职罚赎、夺其俘获！纛额真哈宁噶、俄罗塞臣，英勇善战，俱授备御职！额驸恩格德尔、喀尔喀贝勒莽果尔岱，阻敌不利，但因其有率先归顺之功，免予削职，仍令罚赎，夺其俘获！扎鲁特贝勒巴克、多尔济等，出战不利，着即削职罚赎，夺其俘获！”

处置已毕，皇太极犹是恨恨不平。“自我出师以来，战无不胜、攻无不克，所过之处，无不望风归降，然今日广渠门一战，却挫我兵锋，使我八旗劲旅多有损失，此实乃我军之耻！出战之时，本汗已告诫尔等，切勿马虎大意，更不可轻敌，可尔等就是不听，如今怎样？那袁崇焕素有韬略且用兵老练，关宁军经他一年整训，今日观之，实已是我十五年来未有之劲敌！今日我已兵临他北京城下，旦夕我便要拿下此城，叫他家皇帝臣服于我！尔等务要厉兵秣马、加紧备战，待我军休整两日，再与他一决雌雄！”

“是！谨遵汗命！”众人齐声应命。

接下来的两天，八旗军兵四出劫掠，北京城郊陷入了一场浩劫之中。入夜，城外的硝烟逐渐散去，城中京营戎政府里，此刻却颇不平静。

“李公公，今天城外打的这两仗，您看，我们该怎么向皇上回呢？”

签押房大门紧闭，房间里只有提督京营太监李凤翔和提督李守锜两人正坐在堂上，悄悄地商议着军情。

“爵爷这话是什么意思？我等做臣子的，难道不是该如实禀报皇上吗？”

“公公说的是，我等自是该如实禀报，不过……”

“不过什么？”

李守锜吞吞吐吐，李凤翔已猜到几分他的心思，但也并不挑明，只是拿话引他，李守锜见他假装糊涂，索性也不再遮掩，便凑过头去，压低了声音说道：“公公，今天这两仗，一场输了，一场赢了，按说和我们都没什么关系，我等只管如实报与皇上便是。可假若皇上一旦问起经过来，只怕是对你我都十分不利啊！”

“哦，有什么不利？”李凤翔也是吃了一惊。

“公公您想，那袁崇焕在广渠门外击退了敌兵，这可是东奴入塞以来我大明的第一场胜利，可是这场胜仗却和我等没有分毫关系，我京营士卒只是在城头袖手旁观，一炮未放、一箭未发。且不说这一仗，他袁崇焕请功受赏会有多风光，就说我京营寸功未立，这脸面上已很是难看，万一要是再有人告我们一个坐视观望之罪，那我们也是吃罪不起啊……”

李守锜说着，又拿眼看了看李凤翔，只见他耷拉着嘴角，脸色已是越来越难看。“再说那德胜门外一仗。”李守锜又接起刚才的话头，“宣府军一触即溃，侯世禄下落不明，那大同满桂倒也算是条汉子，和鞑子拼杀了几回，可终究还是打不过那东奴。我京营本想助他一阵，弟兄们在城上放炮，没承想，弟兄们平日里已久未训练，打出去的炮子全没有准头，不说一个鞑子没打着，反倒把大同兵打了个七零八落，满帅也被我们炮火所伤。德胜门外两军惨败，皇上必然要追究责任，万一满桂把责任都推到我等头上，那到时候可就……”

李守锜向李凤翔摊了摊手，便停了下来。两人脸色凝重，好半天都没再说话，房子中间，一只炭盆烧得正旺，时不时发出一两声噼哩啪啦的爆裂声。

盘算了一会儿，李凤翔轻轻点了点头，说道：“爵爷言之有理，我等岂能为他人背锅，而让他们都得了好去！”说完又扭过头来，“依爵爷之见，我等如今又该怎么办呢？”

“那还不是全要看我等如何去说了？”李守锜马上答道。

“此话怎讲？”李守锜没有接茬，只拿眼看着李凤翔。李凤翔知他还信不过自己，便赶忙说，“爵爷，你我平日交情非浅，今日我二人又同在一条船上，你我兄弟正该同休戚、共进退，还有什么不好说的呢？”

“公公既然这样说，那我就直说了吧。”李守锜知李凤翔已心动，便也不再和他兜圈子，“公公，那咱们就给他这两仗加工加工。”

“怎么加工？”

李守锜听了微微一笑，接着便俯过身去，压低了声音，一股脑把自己的想法和盘托出：“公公，现在京城戒严，内外消息不通，里面的人又如何知道外面的情况，这还不是要全听我们的吗？我们只需要给皇上说，德胜门一战，敌军势大，满、候二人兵少，他二人虽是一番苦战，但终究是寡不敌众，故而才会失利；而广渠门外，我们就说那东奴不过来了数千兵马，与我军互有杀伤，两下相当。我们这么一说，两战的结果看上去就不会显得那么扎眼，皇上听了也不会太感震怒，自然对战败的责任也就不会太过追究了。”

“这……”李凤翔听了，还有些犹豫，“那满桂被我京营炮火击伤一事又如何说？”

“我只消说敌军势大，满帅几番派人要袁崇焕增援，可他关宁军迟迟不肯相助，我京营将士见城下形势危急，立即于城头发炮助战，虽是杀敌无数，但敌我两军交着，也难免误伤了我许多兄弟。就算皇上非要追究我等误伤之罪，到时候我们也尽可把责任都推到李邦华身上，只说他自协理京营以来，数月间士卒疏于训练，射术不精，才会导致误伤了我自家弟兄。”

“嗯，爵爷所说不错。”李凤翔点了点头，“只是我等这样说，还需要满桂和我统一口径，以防将来皇上问起。不知他肯不肯和我这样说呢？”

“公公尽管放心！”李守锜听了，当即满口承诺，“如今满桂一败再败，他此时正怕皇上要治他的罪。我们这样说乃是为他开脱，他正求之不得，又如何会不肯呢？昔日在辽东时，那满桂就与袁崇焕不和，如今他大败亏输，而那袁崇焕却大胜一场，他又怎能咽的下这口气？我们这样说，他又何乐而不为呢？！”

“好！”李凤翔听了，大为满意，“就按爵爷说的办！咱家就不信他满桂还会不识好歹，敢与我们作对！”

“公公，这事还得劳烦您亲自出马，再给满桂打好招呼，大家心气相通，才保万全啊！另外，东厂曹公公那里，是不是也招呼一声？”

“曹公公那里都是一家人，自是没有什么二话，至于满桂，那咱家就亲自走一趟？”

“公公的面子，谁敢不给？那就劳烦公公走一趟了。”

二人商议已定，便立即分头行动。

差不多已是二更天，德胜门瓮城关帝庙内，大同总兵满桂一身血污，正倒卧在铺了茅草的地上。大殿内只有几名亲兵围坐在炭火边低声攀谈。

只听嘎吱一声，伴着一道冷风，一名卫兵推门而入，快步来到满桂身旁跪倒。

“大帅，宫里来人了！”

“什么！这怕不是要来拿我的吗？快扶我起来！”满桂一听，大惊失色，也顾不得身上的伤痛，连忙挣扎着就要坐起。

“回大帅，来的是司礼监李凤翔李公公。”卫兵一边说，一边扶满桂坐起，靠在大殿的供桌上，“他如今是京营提督太监，听说大帅负伤，特意赶来看望。”

“快，快请！”满桂听了，心中稍安，又赶紧命卫兵将来人请进大殿。

“满帅为国效命、浴血疆场，真是令咱家好生感佩啊！”李凤翔带了两名贴身小太监进到大殿，一见面就抱拳施礼、满口好话。

“败军之将，何敢劳公公挂念。”满桂连忙坐直回礼，“恕在下有伤在身，不能全礼，还请公公见谅。”

“大帅这是说的哪里话来，你我不必多礼，大帅快快坐好。”李凤翔赶紧出手相搀，扶满桂重又坐好。

“咱家和大帅有几句话要说，你等先到殿外去等候。”又客套了两句，李凤翔回头向小太监低低命令一声，满桂心领神会，也挥手命亲兵都退到了殿外。“大帅，这德胜门外一战打得如何啊？”只沉默了片刻，李凤翔冷不丁地甩出一句。

满桂一听，头上立即冷汗直冒，嘴唇哆哆嗦嗦，也不知道说什么才好，只好磕巴答道：“李……李公公，标下今日和那东奴在城外一战，大……大战了一场，可是……可是敌军势大，我军不敌，又遭城上炮火误伤，伤亡惨重，如今，还只剩了二百余名残兵回营……”

李凤翔冷笑一声，阴阴地说道：“先是大帅在顺义弃城而走，今日德胜门外，又是损兵折将，五千人马损失殆尽！大帅御敌无术，还好怪别人炮火误伤吗？！”

“这……”满桂当时便被怼到哑口无言。

“大帅连连战败，朝廷法度甚严，大帅可知这结果吗？”

“都是标下无能，损兵折将，事到如今还请公公救我啊！”满桂被李凤翔一通恐吓，早已是吓得浑身大汗、涕泗横流。满桂挣扎着跪倒，一把抓住李凤翔的袍襟，苦苦哀求，“还望公公能念在标下戎马一生的份上，在皇上面前为在下美言几句，救我一救啊！”

李凤翔又故意矜持一番，看看火候差不多了，这才带着轻蔑的口气，不紧不慢地说道：“大帅是要咱家救你一救吗？咱家救你性命，倒也不是什么难事，只是……”

满桂心领神会，当即满口应承道：“只要公公能救在下一命，今后满桂但凭公公驱使、绝无怨言！”

“好，既然大帅这样说，那咱家就念在你多年劳苦的份上，救你一救，只是如今要救你，你就必得照我说的去做！”

“公公但凭吩咐，标下一定照做！”

李凤翔招了招手，让满桂俯身过来，又压低了声音，把和李守锜商议好的那套说辞给满桂交待了一遍。

“袁大人虽是和我满桂有过节，可如今大敌当前，这样做……”满桂听了，大吃一惊，心里也还是有些犹豫不决。

“怎么？大帅还是不肯吗？那就不要怪咱家不施救于你了！”

满桂又被李凤翔逼问一句，犹豫再三，终于狠下心来，痛苦地说道：“满桂就依公公……”

“好！只要你听我的吩咐，咱家不仅可以救你性命，还可保你加官进爵、飞黄腾达！切记，今晚的话你绝不可让外人知道，万一出了什么纰漏，那咱家可就救你不得了！”

“是，满桂一切都听公公的吩咐。”

二

连日来，后金骑兵在城外四处烧杀抢掠，随着各处店铺、庄园、田舍和坟地都被点起一把把大火，各种消息也立刻传遍了京城的各个角落。城里的人们，上至王公勋戚、公卿显贵，下至寻常百姓、贩夫走卒，一个个都如丧考妣，心痛到捶胸顿足、呼天抢地。

当然，城里的人们是没办法、也不敢出去和东奴拼命的，他们的满腔怒火无处发泄，便都化成了铺天盖地的流言和责骂，一股脑地都撒向了那些城外的官兵。

“就是那袁崇焕把鞑子招来的，要不然怎么辽兵前脚刚到，鞑子后脚就到了北京呢？”

“都是袁崇焕杀了毛文龙，鞑子没了后顾之忧，才敢倾巢出动来打北京的！”

“就是袁崇焕勾结的蒙古鞑子，要没有蒙古鞑子给东奴带路，东奴怎么就能到得了北京？”

“那辽兵和鞑子根本就是一伙的！要不他们怎么就眼睁睁地看着鞑子杀人放火呢？”

“对！我就亲眼见到袁军在城外抢东西，敌兵就在韦公寺！”

“那袁崇焕早就和鞑子商量好了，要来逼皇上签城下之盟，他好在关外割据称王，那辽兵根本就是他的袁家军！”

“皇上那么信任他，要粮给粮，要银子给银子，他却勾结鞑子来害皇上，真该把他千刀万剐、碎尸万段！”

一时间，京城里流言四起，“抓了袁崇焕，鞑子跑一半！”这样的民谣也迅速传遍了大街小巷。自然，京城的这些流言很快也都报到了崇祯这里。半个时辰前，崇祯刚打发走了周皇亲和田皇亲两位国丈，此时心里正是无比烦躁。

崇祯的这两位老泰山，乃是受了一众皇亲国戚之托，来到皇上面前大告了一状。他称袁崇焕在城外任由东奴肆虐横行，竟不派一兵一卒去加以清剿，只眼看着八旗军兵把各家的庄田、坟地都抢烧个干净。袁崇焕纵敌误国，罪无可赦！

二人一通哭诉，再加上周皇后和田贵妃在一旁也哭得梨花带雨，崇祯当时便大发雷霆道：“朕命他节制各路兵马，相机破敌，可他却在城外坐视观望，倒是逍遥自在，袁崇焕实在是可恨至极！”崇祯大发了一通脾气，又一时无法，只得先对两位国丈和自己的爱妃安慰一番，才总算是暂时平息了下来。现在，又听了曹化淳、李凤翔两人回来的报告，崇祯这心里就更添了许多焦虑和不安。袁崇焕不是说，在广渠门外打赢了东奴吗？那为什么还不乘胜出击剿灭东奴？怎么还能眼看着让东奴在城外横行？

崇祯心事重重又百思不得其解，他本就性格多疑，再加上现在又听了这么多传言，心中不由得就平添了许多猜疑，他厉声问道："说！是不是你们和他串通好了谎报战功，一起来欺哄朕啊！"

"皇上，奴才们就是再大胆，也万万不敢欺哄皇上啊！"曹化淳和李凤翔两人跪在地上，吓得赶忙连声辩解。

"那你们说，他为什么不去剿灭东奴？！"

"许是他只是获一小胜，东奴势大，他还未准备好兵马，不敢贸然出战吧。"

"哼！什么未准备好兵马，朕看他就是不肯为朕出力吧！"崇祯背着手，在房间里走了几圈，接着又说，"前番蓟州让东奴潜越，三河、通州也一仗没打，现在在城外又是任敌肆虐，难道他袁崇焕真的是和东奴有什么勾结吗？曹化淳，前次朕让你东厂去查，如今可查出什么结果吗？"

"回皇上。"曹化淳赶忙回奏，"京城上下都在哄传，是袁崇焕勾奴入寇，想要迫使皇上与东奴签订城下之盟，不过这些还都是传言，奴才目前还尚未查得实证。"

"哼！"崇祯冷笑一声，当即打断曹化淳，"等你们查清楚，就什么事都晚了！"

"是，总是奴才办事不力。"

"查！继续给朕查！"

"是。"

"李凤翔，这两日他袁崇焕在城外都在干什么？"

"回皇上，奴才这两日在城上巡查，见袁崇焕驻军于左安门外，命军兵伐木立栅，又在城外挖了许多沟堑，堆了许多土墙。"

"他挖沟堆墙做什么？"

"许是他以为长守之计吧……"

"守！守！守！他就知道守！不去打东奴，难道光靠守就能把东奴都灭了吗？！"后金入塞已近一个月，兵临北京城下也有五天了，崇祯此时只想着赶紧把东奴撵走，哪里还有心思去考虑什么实际的情况。"现在满桂那边是什么情况？”崇祯又问。

“回皇上，自前日德胜门外失利，满帅负伤，两天来一直在瓮城关帝庙内养伤，大同残余兵马仍驻扎在德胜门外。”

“哼！废物！”崇祯低声骂道，“要说这打仗，那袁蛮子确实还是比他满桂要高出一筹。光知道猛打猛冲，一味使强有什么用？他满桂怎么就不知道多用用脑子呢？”

“皇上教训的是。”李凤翔赶忙随声附和，“那满桂祖上原本就是蒙古鞑子，性子是憨直了些，这用兵上也少了点谋略，不过此人对皇上倒是一片赤胆忠心，战场上也是颇为勇猛，要不是此次他被城上炮火所伤，或许也就不至于有此败了。”

“嗯，这满桂的忠心。朕还是知道的，”崇祯点了点头，语气也和缓了很多，但随即话锋一转，又大声向李凤翔责问，“你们城上是怎么放的炮，怎么就打到了自家兵马？你们一个个都不长眼睛吗！”

“回皇上。”李凤翔早有准备，见皇上责问，此时倒也没有惊慌失措，“这皆是协理京营戎政尚书李邦华之过！据奴才调查，自年初李邦华协理京营以来，一直玩忽懈怠、疏于职守，以至京营士卒久不操练，城上火炮、火药等所需之物也是多不堪用，故此，那日在城上放炮时，将校全无章法，军兵又手忙脚乱、惊慌失措，城上炮火乱放一气，这才打伤了我方兵马。”

“大胆！”崇祯一听就火了，“李邦华渎职误国，真是罪无可恕！传旨！立刻将李邦华撤职查办！”

崇祯发了一通脾气，又坐在御案前左思右想，各种各样的说法和念头都一起袭来，一时间，便全没了主意。“你们说这袁崇焕和满桂两人，到底怎么样啊？”过了好半天，崇祯冷不丁向曹化淳和李凤翔问出一句。

“皇上，此乃国家大事，奴才们哪敢多嘴。”

“说吧，朕只想听听你们有什么看法，你二人只管说来，不必隐讳，朕自会裁夺。”

二人跪在地上，互相看了看，曹化淳斟酌片刻，这才首先大着胆子开口：“皇上，现在外间传闻甚多，虽说这些说法尚无实证，但是值此非常时期，却也不可掉以轻心，万一他袁崇焕果如传闻所言，只怕到时就会误了大事。依奴才想来，皇上何不把他召来，当面查问一番，看看他到底是何心思，如他真有什么越轨之举，皇上便也可当堂处置，以免日后生事……”

“皇上，曹公公所说甚有道理。”曹化淳话刚说完，李凤翔马上接口，“不过奴才以为，不管他袁崇焕有何居心，皇上也都该早做些准备。”

“做何准备？”崇祯一听，大感好奇。

“皇上，现城外兵马尽受袁崇焕节制，万一他别有他心，皇上便无能驾驭了。为防不测，皇上今当另择他人或分其兵权，或能与之相制衡方为万全。”

“如今又有何人可用呢？”

“皇上，恕奴才斗胆，那满桂赤胆忠心，又久经沙场，其在辽东亦有多年，现辽东兵将大多也都是他当年部下，素服众望，不正是一个合适的人选吗？”

听了两人的话，崇祯沉思良久才说道：“嗯，你二人所说，倒也不无道理。”

崇祯站起身来，背着手在房间里又来来回回走了几趟，末了终于下定决心，“传旨！明日早朝，袁崇焕、满桂平台召见！允满桂大同兵马进城休整，着户部立即将所需粮饷运至军前，即时核发！”

三

崇祯二年十一月二十二日夜，后金大营

围着北京城看了一天，回到营里，皇太极一直闷闷不乐，晚饭也只是胡乱吃了两口，便一头扎在大帐里，独自闷坐。

“去把范先生请来。”

皇太极对亲兵吩咐一声，功夫不大，范文程便跟着亲兵急匆匆来到了大帐。

“大汗愁眉不展，可是为这北京城而烦恼吗？”君臣二人见了面，寒暄两句，范文程便直奔主题。

“是啊……”皇太极摩挲着头皮，轻轻叹了口气，“人都说这北京城山水环抱、帝王气象，今日观之，实是不虚此言啊！”

“大汗雄才伟略，我大金又有如初升之朝阳，早晚一天，必定会入主中原，踏进这北京城的！”

“呵呵，先生吉言，我也有此雄心久矣。昔日辽、金、元无不是崛起于塞外，而终成大业。我父子两代，以十三副铠甲起兵，大小百余战，统一女真、收服蒙古，纵横辽东四十余载，方有我大金今日之基业，他辽、元可以入主北京，我大金又如何不能呢？就是他大明朱家太祖，当初也不过就是一穷和尚，幸有上天眷佑才做了皇帝。天运循环，又岂有他一家占据天下而永世不移的道理！”皇太极情绪激动地说着，像是在自言自语，又好像和谁在赌气。

“大汗所言甚是！”范文程马上附和道，“昔日孟子有言，天下者天下人之天下，非一人之天下，惟有德者居之！今大明无道而残民日甚，又岂能长久！”

“我今日已命人给他家皇帝送去了议和书，要他与我两家彼此称帝，以黄河为界，我则可放他南去。哪想他家君臣，在我大军兵临城下之际，却还不识时务、妄自尊大，竟毁我和书、杀我使臣，真是欺我太甚！”

“大汗不必气恼，想是那崇祯还没有被逼到绝处，虽说他还有坚城利炮，可又能保他到几时呢？”

“唉……”皇太极又轻轻叹了口气，“我亦知先生所言不差，可是，我看他北京城城坚池厚，那袁崇焕又在城外严阵以待，我军虽在德胜门取胜，然用不了多久，大明各地勤王兵马又将四集。我虽是不惧他兵多，但是这样一直耗下去终不是个办法。从前，瓦剌的也先和鞑靼的俺答汗也都曾兵临北京城下，可最后都无功而返，自明成祖朱棣迁都北京以来，这北京城已经有两百多年没有被打破过了。”皇太极说着，不觉神情黯然，已是有些心灰意冷。

“大汗不必灰心，来日方长，又何必急在今日呢？”范文程听了，微微一笑，“过去，大汗也常常讲伐大明，如伐大树，必先从两旁砍削、去其左右，砍削既深，则大树自仆。如今，那崇祯自恃左右尚在且根基稳固，自是不肯轻易服输，而我今日，必要先将其左右尽除，动摇其根本，则这北京城也就不难破了。”

“去其左右？”

“正是，崇祯所仰仗者，无非是他城外的兵马和高大的北京城，而其兵马，除袁崇焕关宁军外，其余皆不足虑，如今有他关宁军在，我军切不可急于攻城。我八旗大军远道而来，利在速战，而我军出征已近两月，我军虽是连战连捷，可是到了这北京城下，也已有些锐气渐失。如今，我军粮草及箭矢已消耗颇多，急需补给，兵员难以补充，又缺少攻城器械，此时切不可强行攻城，使我精锐白白消耗在北京城下。

“当年，蒙古瓦剌大破明军于土木堡，俘虏明英宗，其后，瓦剌首领也先又率大军进攻北京。大明兵部尚书于谦临危受命分调援军，又依城为营，以战为守，最终内外夹击，大败瓦剌。也先之所以有此一败，便在于其未能将明军精锐先消灭于城外，而明军依托城墙，又凭借火炮和火器之利，便能在德胜门和西直门取得大胜。如今那袁崇焕也正是欲效法当年于谦，立木为栅、结营城外，待援军四集便要以战为守、内外夹击来破我军，而我又岂能再重蹈也先的覆辙呢？为今之计，我军要破北京，必要设法先歼灭关宁军，除去袁崇焕，或诱其出战于野战歼灭；或别用他法，设法除之！”

皇太极听了精神一振，当即追问：“那依先生之见，我军如今又该如何做呢？”

“大汗，北京城南二十里有南海子，此地周围凡一万八千六百六十丈，乃是明朝皇家养育禽兽、种植蔬果之所。中有大小海子三处，其水四时不竭且一望弥漫，正是隐蔽休整、设伏歼敌的绝佳之处。大汗何不移师南海子，一面命大军行围射猎、补充休整；一面坐观其变、寻机歼敌呢？”

“坐观其变？大明朝廷又会有什么变动呢？”皇太极听罢不禁疑惑，“倘我军移师南海子，大明各地援军陆续到京，到那时这北京城岂不是就更加难打了吗？”

范文程听了，又是一笑，随即说道：“大汗这就是有所不知了，我们汉人有一句话，叫心急吃不了热豆腐，如今这北京城就是一块热豆腐，它早晚要入大汗之口，大汗且放宽心，不必着急。”范文程见他还有疑惑，便又继续解释，“大汗，兵不在多而在于精，这用兵之妙，亦全在于调度得法。大明勤王兵马虽多，却全是一班乌合之众，且号令不一、难以调遣，又何堪一战？况这各地兵马云集京城，且不说能不能上阵杀敌，就是这粮饷，也只怕他京城是难以供应，到时候这许多兵马缺粮少饷，还没上阵就已先自乱了。”

“先生所说不错，我倒不是惧他各地兵马，只是那袁崇焕关宁一军又该如何对付呢？”皇太极又问。

“大汗可还记得郭奉孝遗计杀二袁的故事吗？”

皇太极闻言一愣，然后说道：“这个我如何能不晓得，先生是知道的，我家先汗对《三国演义》最为推崇，凡我将领必人手一册，我家兄弟更是打小便熟读此书，一个个要说起其中典故、纵横之术和用兵之道来，那真可谓是如数家珍。这郭奉孝遗计杀二袁说的乃是当年曹操击败袁绍，平定北方，收取了冀、幽、青、并四州，然袁绍虽死，其二子袁尚、袁熙却逃往了辽东公孙康处。郭嘉临终时作遗书一封，向曹操献计让其切不可加兵。公孙康久畏袁氏吞并，二袁往投必疑。若曹操以兵击之，三人必并力迎敌，急不可下；若缓之，公孙康、袁氏必自相图，其势然也。曹操依计而行，将大军屯扎易州，按兵不动。果不其然，不出旬月，公孙康便将二袁首级送来易州。先生此时提起，难道是……”皇太极一边说，一边看着范文程，只见他满脸含笑，正高深莫测地望着自己，于是猛然醒悟，“难道先生是要我学曹操当年，退兵观望，好使他们内部自相残杀吗？”

“大汗英明！”范文程重重地点了点头，对皇太极夸赞一声，接着又继续说道，“今之情势与当年相仿，如我强攻北京，崇祯被逼急了，必得越发倚重袁崇焕，如此，我军势必要与他在北京城下一番苦战，他凭借坚城利炮和各地援军相助，北京城急切难下，我军损兵折将，这最后的胜负便未可知。如我军只屯扎远处，就食于京畿各地，则大明内部君臣相疑、同僚攻击，我便可以乘机用事，就算他袁崇焕来追击我军，我亦可于野战中寻机将其一举歼灭，只要除去袁崇焕和他的关宁兵马，那北京城便不足为虑了。”

皇太极听了，仍是半信半疑，似此果真能除去他袁崇焕吗？他低着头喃喃自语，对于近在眼前的北京城，也还是心有不甘……

“报——”正在此时，一名亲兵抢步进帐，跪倒禀报，“禀大汗，卡伦额真图鲁什捉获两名明朝太监，现已押来大帐。”

皇太极和范文程两人闻报，相视一笑，心中不由为之一动。

“大汗，送信的人来了，有此二人，我大事可成矣！”

崇祯十一月二十三，紫禁城文华殿

昨晚，袁崇焕接到圣旨，今日皇上平台召见入援诸将。袁崇焕不敢怠慢，早早便带了祖大寿一起进宫来觐见皇上，大同总兵满桂也奉诏前来，三人听到中官宣唤，赶忙进殿跪倒在阶下。

“几位爱卿提兵远来，一路风餐露宿、鞍马劳顿，不及歇马便又在这城外一番血战杀退敌军，真是劳苦功高、忠勇可嘉！爱卿快快平身，快快平身……”

崇祯先是抚慰一番，待三人站定，又对几人上下打量一番。上一次见到袁崇焕还是去年七月，一年零五个月过去了，如今他满脸风霜，已明显苍老憔悴了许多。而满桂和祖大寿二人，崇祯却是第一次见，两人都是面孔黝黑，身形高大，立在那里犹如黑铁塔一般，煞是威风凛凛，心中不觉便添了几分欢喜。

看了片刻，崇祯随即发话：“袁爱卿，朕前日得报，关宁军在广渠门外大破敌军，朕闻之不胜欣喜！辽兵忠勇，堪称天下劲旅，此皆爱卿之功！”

“关宁军能有此胜，全仰赖皇上神威、将士用命，皇上夸奖，臣实愧不敢当。”袁崇焕听了，赶忙跪倒称谢。

“爱卿不必过谦，立功受赏、有过罚罪，本是国家本分，朕又岂能爱惜钱财而不知体恤将士？卿闻警驰援、调度有方，于国家有功，朕正该厚加封赏！”说着，崇祯便坐直了身子，大声传旨。“赏袁崇焕狐裘一领、金甲一副！祖大寿带兵有方兼破敌有功，赏金甲一副！”

“臣叩谢天恩！”

赏罢袁崇焕、祖大寿，崇祯又转向满桂，和声问道：“满帅的伤可调养的好些了？”

满桂站在阶下，心中正不安，忽然听皇上发问，大为感动，当即跪倒，连声称颂：“末将些许小伤，何敢劳皇上挂怀，微臣寸功未立，实在是有负于皇上厚爱！”

“满帅为国负伤，一片赤胆忠心，又怎能说没有功劳呢？”崇祯见满桂诚惶诚恐，一副受宠若惊的样子，心里反倒颇为受用，“爱卿快快平身，你且解衣，让朕看一看你的伤处。”满桂得旨，起身解衣露出伤处。崇祯也起身离座，一边上前查看，一边仔细询问伤情。看过伤处，崇祯颇为感动，不由大发感慨，“满帅奋勇杀敌、舍身忘死，真是朕大明的忠臣啊！赏满桂金甲一副、骏马四匹，以示嘉奖！”

赏罢了三人，崇祯又回到座中，略作停顿，便又说道：“蛮夷犯我华夏，自古有之，雪耻除凶，还当要靠大家尽力！那小小建虏，本世代受我大明恩养，地位卑微，岂料他今日竟敢越辽犯蓟、蹂躏内地、进逼京城，实在是罪不可赦！他昨日竟又派人送来和书，说什么要与朕彼此称帝，划河为界！是可忍，孰不可忍！他小小建虏，到底有何德能，竟敢要与朕来平分天下！朕定要再调遣大军、挑选良将，誓要将这小小建虏一举荡平！”

“皇上受辱，皆臣等之罪！雪耻除凶，臣等敢不效死命！”三人见皇上发狠，赶忙又一起跪倒称旨。

“袁爱卿，现在城外情况如何？爱卿今后又如何退敌？”崇祯神情严肃，一番陈词，言语间已完全是换了另一副口气。

袁崇焕不敢怠慢，马上作答：“回皇上，东奴虽一时受挫，然敌军势大，其兵马仍驻在城外，对我京城虎视眈眈。现我各地援军尚未尽数到京，臣关宁后续人马也还仍需几日才能陆续到达。臣已命我军在城外立木为栅，又挖壕堆墙以阻滞分隔敌军，现全军正枕戈待旦、严阵以待，只待我后续兵马一到，臣便要调遣各路人马合力进击，一举歼敌！”

“你可知他东奴兵马在城外四处抢掠，害我百姓？你关宁为何不派兵马前去剿杀？”

“回皇上，我军兵少，现只有九千骑兵，不可贸然出击，倘轻军浪战，一旦陷入敌军重围，关宁军有失，只怕我京城就危急了！”

“那就该眼睁睁看着敌军在城外肆虐吗？”

“回皇上，臣已向四处派出侦骑探查敌情，一旦发现敌军有可乘之机，臣定会派出大军前往剿杀！”

崇祯听了，没有说话，只低着头心中暗想，这都是借口！朕看你就是不敢去和敌军厮杀！一时间，大殿里便陷入了一片死寂，三人跪在地上，心中忐忑不安，也不知皇上接下来又会做什么处置。

“爱卿还当早点出兵，不可迟误！”好半天，崇祯才冷冷甩出一句，袁崇焕听了，赶忙叩头领旨。“爱卿可还有什么难处吗？”缓了一口气，崇祯又问。

“回皇上，关宁兵马自入关以来，长途奔袭，又在京城一战，今已是人困马乏、冻馁多日，且多有伤病。臣恳请皇上，如大同兵例，准关宁兵马入城歇兵两日，待士马饱腾，再出城一战。”

袁崇焕此言一出，崇祯脸色陡变，怒斥道：“你兵马要来干什么？外镇兵马岂可轻易入城！不准！”

“皇上，现天寒地冻，兵马每日倒卧冰地，已十分疲敝，就算不许兵马入城，也当准许伤兵入城调养伤势，臣恳请皇上准许伤兵……”

袁崇焕还要分辩，却见崇祯已愤然而起，一甩袍袖转身而去，只留下他还跪在当庭……

四

现在，北京城就在眼前，在皇太极看来，大明王朝此时正像一只受伤的驼鹿，愤怒蹄跳，挺着一对巨大的鹿角，不停地在原地打转，困兽犹斗罢了。

二十日德胜门、广渠门外一场激战后几日，后金军并不来攻城。二十三日，八旗大军更是拔营起寨，自北土城关向西，绕城而走，移师南海子。朝廷得报，又命满桂领残兵移营于永定门外，与左安门关宁军并肩作战、互为支援。二十五和二十六两日，后金又派兵前来，陈兵于明军营外，似进不进、似战而又不战，明军不明敌军企图，只得坚守营垒、严阵以待。二十七日，敌军又来，似要攻打外罗城，城上城下一时火炮、箭矢齐发，后金军见势不利，又急忙退军。

后金军到京已将近十天了，八旗大军并没有像人们原想的那样，一鼓作气猛攻北京城，皇太极好像也并不着急，反倒像一名狡猾且有耐心的猎手，打一下，看一下，试探观望，似在耍什么诡计，又似在静静地等待着什么。

相比于城外的平静，连日来，京城里倒好像更加热闹。二十七日一早，金銮殿上便已聚满了大臣，人们一个个都义愤填膺、吐沫横飞，仿佛只要再多些口水，便可把那城外的敌军都彻底给淹没了。

早朝开始，崇祯上来就问京营提督李守锜："李爱卿，你京营人马可曾出城扎营吗？"

"回皇上，臣前日已选定精兵七千五百余员，命副将施洪谟、袁信率领出城，但不知何故，袁督师却移书兵部，令我京营不得出城，只扎于城内。"李守锜赶忙回奏。

"他不要你兵马出城，难道是他要进城吗？"崇祯大感疑惑，又等了半天，见再无人答话，崇祯不由怒气上冲，"怎么，都哑巴了！朕前日召对，已下旨命袁崇焕快速出战去剿灭东奴，他如何还是按兵不动？这几天他在城外都在干什么！就算是各地兵马未集，他推托说不可与敌大战，可是东奴的那些散兵游勇，为何也不见去剿杀他一个两个，难道他就眼看着敌兵在城外肆虐吗？不去剿灭东奴，现在还不许京营出城杀敌，他袁崇焕到底是几个意思？！”

“回皇上。”见皇上发怒，兵部尚书申用懋赶忙回奏，“袁督师报称关宁兵少，现只有九千骑兵驻扎城外，奴酋皇太极用兵狡诈，今各镇兵马尚未到达京城，关宁军关系京城安危，还当慎重，不可轻动，以免堕入敌军圈套。京营兵马疏于操练，未曾经历战阵，如出城扎营骤遇敌军，恐先自溃散，京营一旦溃散，只怕就会冲动我军阵脚，反而不妥，如今只可令京营士卒扎于城内着意城防，方为万全！”

“还是前日那番说辞！”崇祯听了，自是心中难平，“那东奴不经大创，又岂能自己回去？朕有旨着袁崇焕相机剿杀，使他匹马不还，可他却置若罔闻，是何道理？他说兵少，宜慎重。慎重固然不错，但他袁崇焕的兵可都是堪战的，那都是人上挑人、马上挑马，百里选一的精兵强将，如今正当用时，却如何又不肯一战？再者，袁崇焕那日也曾面奏过，东奴真正善战的精骑也不过五千而已，其余皆不足杀，既是如此，他关宁军怎么就不能动一动？他袁崇焕自恃有兵，却不肯为国家出力，只怕是他还别有他图吧！”

崇祯此话一出，闻者心中无不一惊，申用懋慌忙跪倒，苦苦劝解：“皇上，袁崇焕赤胆忠心、一心为国，他绝不会也绝不敢对皇上和朝廷有半点二心！臣恳请皇上再容他些时日，只待后续兵马一到，便一起发兵，大破敌军！”

崇祯向下冷冷地看了一眼，恨恨说道：“难道朕的大明朝就他袁崇焕一个能人了吗？朕日前令众人举荐智美奇谋之士，王爱卿，如今这人才都在哪里？”

吏部尚书王永光见皇上发问，赶忙出班回奏：“回皇上，新任顺天巡抚梁廷栋久历边事、才堪大用，不久前亦奏请廷对方略，现梁廷栋正在殿外等候。”

崇祯顿时喜出望外，当即大声催促：“那还等什么？快！快宣梁廷栋觐见！”

“宣顺天巡抚梁廷栋进殿——”

随着王承恩一声传呼，只片刻之功，梁廷栋已快步进殿，跪倒在阶下，“臣梁廷栋叩见陛下，吾皇万岁，万岁，万万岁！”

梁廷栋原任关内道，崇祯二年八月，又改任口北道，驻宣化。十月底，后金入塞，梁廷栋接朝廷诏命，于十一月初与宣府总兵侯世禄一起，率军入京勤王。十一月四日，后金克遵化，顺天巡抚王元雅自杀，不久，朝廷即命梁廷栋升任顺天巡抚。由于遵化仍在后金手中，梁廷栋无法赶赴遵化就任，只得暂时留在通州。二十三日后，后金军已移师京城南二十里外的南海子，通州与京城的道路已通，他这才又回到京城。

梁廷栋这个名字，崇祯是早有耳闻，可是这个人，他还是第一次见。崇祯向下仔细看了半天，只见梁廷栋四十不到的样子，身形挺拔、相貌不凡，论气质又比那个门神尚书王洽还多了几分英气，崇祯暗暗点头，心里早已有了几分喜爱。

“梁爱卿，快快平身。今国家有难，卿奉诏即来，足见一片忠爱之心！朕素知你久历边事、饶有才干，如今东奴兵临城下，不知可有什么破敌良策吗？爱卿只管尽数道来，不必有什么顾虑，朕自会择其善者而纳之。”

“谢皇上！”梁廷栋叩头谢恩，随即挺身站起，又稍加思索，便对着崇祯侃侃而谈，“皇上，臣自去年七月就任关内道，在辽整整一载。一年来，凡辽东军民等事，无论大小，俱臣所亲历。臣在辽时，见袁崇焕行事乖张，臣与诸将也曾多次建言于他，无奈他独断专行、不听人言，以至昏招迭出、错误连连，今东奴入犯京城，使皇上受惊、百姓罹难，此皆袁崇焕之罪！今年四月，袁崇焕于高台堡开市，卖粮帛与朵颜苏布地，时钦差陈仁锡大人出使辽东，查知此事，一面劝阻，一面又与臣商议，力劝袁崇焕乘机除去苏布地，以绝后患，无奈他就是不听，哪知十月，苏布地果然投向东奴、导奴入犯，倘袁崇焕当日肯听我言，那东奴如何就能破关入塞、困我京城！

“东江地处要冲，向来有牵制之功，哪知袁崇焕不顾大局，竟凭自己一时之意气而擅杀大帅毛文龙，毛帅既死，东奴则西顾无忧矣！东奴既杀将破城，关宁兵马宜急趋灭奴。即不然，或扎营三屯营等处要路，又或扎营石门寨险隘，令东奴不得西闯。不料袁崇焕竟守偏北不冲之蓟州！东奴既占石门，占据形胜，我军便当退守三河总路以阻挡敌军，哪知他却非要等到东奴都已越过蓟州了，才知道跟在后面尾追！

“倘使当日袁崇焕能谨遵圣旨，严督诸将不令贼西向一步，东奴粮匮马乏，不出一月便只能狼狈退去，又何至于今日在我京畿四处为祸！京城下两战，袁崇焕更宜乘夜烧其营垒，又岂能任东奴从容遁入南海子，而关宁军不去破敌，却只求入城歇马，真大误也！今东奴不敢攻转而遁入南海子，显是已粮匮矢乏、锐气尽失，今我各地兵马渐次到京，东奴愈发丧胆，我大明正该集合大军迅猛出击，我军士气正旺，定可一鼓作气、大破敌军！”

“好！好！好！”崇祯听了，龙心大悦，连声夸赞，“爱卿真是说到点子上了！朕本对袁崇焕信任有加，哪料他却恃宠而骄，不是他任意胡为，那东奴如何就能打到这北京城来！他口口声声说什么五年复辽，这才一年半不到，平辽就平到了自家门口！如今他又倚寇自重，不肯去剿杀东奴，也不知他到底是什么心思，袁崇焕托付不效，深失朕望！他以为，他袁崇焕不去杀敌，就没有人再为朕去杀敌了吗？！朕大明朝人才济济，不是就只他袁崇焕一人！

“梁爱卿胸有韬略、忠勇绝伦，这才是朕今日所需的栋梁之才！传旨，擢梁廷栋升任兵部左侍郎，主理兵事！今乃非常时期，非常之事必待非常之人，对待人才，朕必要不拘一格、破格任用！再有像梁爱卿这等的人才，诸位爱卿可以一并荐来，朕定当择贤而用！”

既然崇祯这样说，自是人人踊跃，众臣又相继举荐刘之纶、金公声、申甫三人，说三人素怀忠义，知兵善谋，可堪大用，崇祯当即传召，破格起用。擢庶吉士刘之伦升任兵部右侍郎，命其选练兵勇，相机破敌；授申甫京营副总兵之职、金公声为御史监军，命其统带兵马，相机破敌。

一时间，朝堂上群情激昂，豪言壮语更是不绝于耳，似乎此时只要大家一起出城去，便可将东奴，如秋风扫落叶般，荡涤干净！恰在此时，又有内官来报，称东奴已被我城上炮火击退！众人闻报，立时又是一阵欢呼……

已是月底了，京城戒严已整整一个月，数九寒冬，整个天地都笼罩在一片阴霾之中，直叫人有些喘不过气来。朔风吹过，城里的人们更感觉自己从里到外，整个人好像都掉进了一个巨大的冰窟窿里。

刚过定更，乾清宫暖阁里灯火通明，京营提督太监李凤翔正跪在房中，紧张地等着皇上问话。

“你可要说清楚了！果真是他袁崇焕的兵马箭射的满帅？”

“回皇上，奴才绝不敢有半句谎话，起初奴才也是不信，可是奴才仔细检查了满帅拿来的那些箭，每一只上都有他关宁的记号，那确实就是他关宁军使用的箭矢！那日，东奴前来攻南城，奴才在城上，当即命军兵开炮，满帅驻扎城外也立刻率军出营击敌，一日之内，竟与敌二十余战！奴才在城上倒也看到他关宁骑兵在城外往来驰骋，不想他竟不与敌战，反而把箭都射向了大同军兵。”

“李公公，你可是看清楚了？这等事岂能在皇上面前胡说！”未等崇祯答话，身后的王承恩早已按捺不住，瞪着眼向李凤翔追问，“你怎知那不是东奴假扮的辽兵？！敌军在战场上拾取我军箭矢，这本就是常有之事，单凭几支箭，你又怎能就确定一定是辽兵所射？袁崇焕赤胆忠心，他为什么要去箭射满帅呢？”李凤翔一时语塞，只得涨红了脸伏在地上，王承恩心内如焚，向前一步，也一下跪在崇祯面前，“皇上，大敌当前，您可万万不能轻信那些浮言啊！”

崇祯眉头紧锁，背着手不说话，一时间，暖阁里陷入了一片死寂。也不知过了多久，就听外面一阵脚步声起，早有报事小太监慌慌张张来到门前。

“外面出了什么事？！”

“回皇上，前几日被东奴抓去的杨公公回来了，说是有大事要禀报皇上！”

“快，快让他进来！”

“皇上，皇上，奴才差一点儿就再也见不到您了！”随着一声哭号，一名失魂落魄的小太监进到房内，扑通一声，就跪在了崇祯面前。

崇祯低头看去，见那人正是自己前几天派去左安门劳军的杨有德，也不知怎么，出了城还没走到韦公寺，就被后金兵抓了去，崇祯吃了一惊，连忙问道：“小德子，你不是被东奴抓走了吗？你是怎么回来的？”

“回皇上，奴才那日被掳去，一直被关在两个汉人营里，今天东奴都一起拔营向南去了，奴才趁他们忙乱之际，瞅得个空子先躲了起来，天快黑时，奴才这才赶忙回来给皇上报信。”

“哦，你要给朕报什么信？”

“皇上！奴才在敌营里探得一个天大的秘密！皇上……”小德子跪在地上，刚要禀报，见王承恩和李凤翔正站在一边，又赶忙打住话头，迟疑地望着崇祯。

“说，什么天大的秘密？快说！”崇祯不耐烦地催促一声。

“是！”小德子一哆嗦，赶忙应声回奏，“皇上，奴才在东奴营中，无意间听到两个汉官交谈，说前日东奴从左安门退兵，乃是皇太极一计！不久，又从袁崇焕营中出来两人，来到皇太极马前，几人商议良久乃去，说是袁崇焕已有密约，此事不久可成！奴才听了，惊得魂飞魄散，原来那袁崇焕和东奴早有密约，要来谋害皇上，皇上不知，只怕早晚就要遭那奸贼袁崇焕毒手了啊！”

小德子的话，犹如一声霹雳在房中炸响，几人听了，立时都惊得说不出话!

时间一分一秒地溜过，就连房间里的空气仿佛也都静止了，烛光里，崇祯脸色铁青，额头上暴起的青筋正如一只蚯蚓，在突突跳动。

“王承恩，命你提督九门及皇城门！李凤翔，命你总督忠勇营、提督京营！你二人务要加强戒备，严加防范，没有朕的旨意，不许放一人进入皇城！”

见崇祯满脸杀气，王承恩大惊失色，赶忙跪倒，苦苦相劝：“皇上，此事关系重大，真伪难辨，如今大敌当前，皇上您还是要三思而行啊！”

只见崇祯猛地一拍御案，厉声向王承恩喝道：“王承恩！你不要再为他辩解了！朕忍他已经很久了！多长时间来，他讥讽君父、顶撞朕躬，朕都没与他计较！他又擅杀大臣，朕还是对他好言相加！东奴入寇，他一次次纵敌深入、贻误军机，朕还是对他信任有加！你可知有多少人在朕的面前告他通奴，朕都还不信，可是，这多少天来，朕几次三番命他出战，他置若罔闻，不肯去和东奴一战！他不仅自己不出战，更还钳制诸将，不许京营出战，又箭射满帅！他不出战，却一心想着率兵进城，他袁崇焕想干什么！原来是他和东奴早有密约，不过就是要逼朕来签城下之盟！现在事实已明，这桩桩件件，还有什么好说！他袁崇焕不保朕大明江山，朕自有人来保！此等奸贼，朕还留他何用！尔等不必多说，朕明日定要先捉了此贼！”

第二十三章

下狱·东溃

一

连日来，八旗军兵未经大战，每天不是在南海子行围射猎，就是在南郊一带烧杀抢掠，管你是什么皇家的马房，贵戚的田庄，还是百姓的鸡鸭牛羊，通通一扫而光！八旗兵一个个骄气冲天，哪里还能想到会有人来袭击自己呢。

二十九日晚，四更刚过，南海子大营里八旗兵酒足饭饱，一个个睡得正是鼾声如雷，就听营外一阵呐喊，四周树林里顿时枪炮声大作，紧接着，一团团火球呼啸着从天而降，后金大营立时便炸开了锅！

皇太极猛然惊醒，慌忙一骨碌跳起，从卧榻边抄起宝剑，三步并作两步跑出大帐。帐外的护军哪敢怠慢，立刻一起围拢过来，将皇太极团团护住。

“禀大汗，明军偷袭我营！”

“敌军有多少兵马？你可看清，他们都是哪里的军兵？”

“敌军在营外放枪放炮，攻打甚急，天色太暗，正不知他来了多少兵马……”

“传令下去，各营坚守勿动，只管用强弓硬弩给我回去！”皇太极一面向亲兵大声发令，一面又举目四望，紧张地观察着四周的情形。

黑暗中，炮石不断在各处炸开，伴随着一声声巨响，营内到处火光冲天，一座座帐篷不是被掀翻就是被大火点着，火光中，枪弹和流矢横飞，人马惊慌乱窜，不断有八旗兵着枪中箭，惨叫着栽倒在地。一时间，枪炮声、人喊马嘶声响作一团，八旗各营早已是一片大乱！好在明军并没有冲到营中，八旗兵只管朝营外林中射箭，几轮急射下来，才好不容易稳住阵脚。天色渐明，明军也不恋战，杀过一阵，便都在拂晓前一起退去。后金军不敢追赶，检点人马，已是损失不小。

“大汗，这定是袁崇焕在城外的兵马，请大汗发兵，让我等去彻底扫灭了他！”后金军突遭偷袭，众贝勒怒气冲冲，都一起来到皇太极大帐，豪格、阿济格、多尔衮等一班少壮贝勒更是暴跳如雷，一个个摩拳擦掌，都大叫着要去厮杀一场。

皇太极也很是恼恨，此次出兵，自己一路斩关夺寨、势如破竹，又何曾吃过这样的亏？他在心中立誓要杀掉袁崇焕。可是一想到当年的宁远、锦州，再看看现在的北京，皇太极心里不由又是一阵发紧……

皇太极心里很清楚，自先汗以七大恨告天，誓师伐明以来，迄今为止，后金还从来没有一次靠强攻拿下明朝城池的先例，无论是辽东的抚顺、开原、辽阳、广宁，还是这次蓟镇的遵化，无一例外，都是利用敌方叛将、乱军以及己方奸细，里应外合才得以破城！八旗骑兵虽然骁勇善战，可对于攻城，却诚非其强项，一旦明军众志成城、同仇敌忾，那八旗兵也只能望城兴叹、无可奈何了。

如今这北京城，要论高大、坚固、兵力雄厚，那可比宁远、锦州又不知要强到哪里去了！当年自己和父汗努尔哈赤，对付那样的孤城，尚且损兵折将、久攻不下，现在要想拿下北京城，又谈何容易呢？

更为可恨的是，关宁军就在城下，要想破城必要先将其消灭，然袁崇焕用兵沉稳老练，不轻发、不浪战，关宁军依托城防，深沟高垒，严阵以待，八旗骑兵根本无法发挥其野战优势，对这样一个难啃的硬骨头，自己实在是不知该如何下嘴啊！皇太极看看众人，心里又掂量半天，一时间真是进退两难了。

“大汗，京畿富庶，良乡、房山、固安距此不过五十余里，大汗何不兵进良乡，如此，我军则可一面休兵歇马、补充军需，一面又可暂避敌军袭扰、静观其变。敌军云集城下，号令不一，粮饷难以为继，大明君臣昏聩又内斗不止，其京城内外久必生乱！待明廷乱起，我军再进兵不迟。”范文程坐在一边，早已看透皇太极心思，知他无心与关宁军城下一战，可这话又折损脸面、无法出口，也只有自己替皇太极说出来了。

皇太极还未发话，豪格早已按捺不住，站起高叫：“父汗，这到嘴的肥肉怎么能不吃呢？！北京城近在眼前，我军千里奔袭，今已至此，又岂能就这样劳而无功？！

那袁崇焕有什么好怕，请父汗给儿臣一支人马，我这就去与他决一死战，如儿臣不能取胜，就请父汗治儿臣之罪！”

皇太极摆摆手，止住豪格，好言劝道：“我儿骁勇果敢，确是勇气可嘉！不过打仗又岂可只凭血气之勇？为大将者，当审时度势，善用智谋而不可只知用强，你年轻气盛、血气方刚，今后还当多多向各位长辈学习。”说罢，皇太极又顾视左右，向大贝勒代善和三贝勒莽古尔泰征询意见。

大贝勒会意，点点头道：“范先生所说确有道理，我军孤军深入，兵员和军需补给困难，切不可与他拼耗兵力！大明如今正如一只受伤的麋鹿，然其鹿角尚在、体力未尽，我军只可先将其死死拖住，不断伤其筋骨，待其气血耗尽，我军才可对其发起猛攻，从而一击毙命！”

莽古尔泰听了随即笑道：“二哥这几日在他家南海子斩获颇丰，看来对于这行围射猎，二哥可是又多了不少心得体会啊。”

听莽古尔泰这样说，代善也是一笑，说道：“五弟，围猎与征战虽有不同，可这其中的道理却有相通之处，我八旗骑兵作战，正如狼群出击，对于北京这只大麋鹿，我们还要多费些心思和体力啊！”

皇太极又瞄了一眼阿济格、多尔衮及豪格等一众少壮贝勒，随后言道：“尔等稍安勿躁，非是本汗惧怕他袁崇焕，本汗承上天眷佑，就是要拿下这北京城又有何难哉？只是这八旗劲旅皆是我百战精华，如我强攻北京，坚城之下，倘失我几员良将劲卒，即使得到此城，我亦不足为喜。方才范先生之言正合我意。我今受他明军袭扰，不过是小挫而已，他又何能伤我元气？如今我军劳师袭远，亟待休养，我等不如先去良乡、房山休整几日，待士饱马腾，我再来与他决战！”

众人听了，谁又不想再去抢些财物呢，大家自是没了异议，都一起拱手答应：“是！我等谨遵汗命！”

“好！”皇太极一拍御案，当即传令，“今日大军起营，兵进良乡！”

左安门外韦公寺

明军得胜回营，袁崇焕大喜，重赏有功将士。

昨晚，袁崇焕派向导任守忠、参将周遇吉带五百名火炮手夜袭敌营，虽只是小试牛刀，刺探了一下皇太极的虚实，可也把东奴吓得不轻。此时，袁崇焕心中已有了底数，正在帐中与程本直、祖大寿及何可纲等几人一起商议着下一步的行动计划。

两天来，关宁步兵正在陆续到达，计程算来，再有两日，后续部队便可全部到京。届时，北京城下的关宁军兵力便可达两万，此皆关宁精锐，再加上宣大等各镇援兵，城外明军总兵力便可达约六万之众。

袁崇焕信心大增，向众人说道："有了这些兵马，再加上京畿各处要隘都已分兵据守，京城一线已渐成关门打狗之势。皇太极孤军深入，只怕是能进得来，却未必能走的脱啊！"

"大人所说极是！"祖大寿也马上附和，"此番就算不能尽灭东奴，我军也定可大破敌军！倘我在关内重创东奴八旗，五年复辽便指日可待了！"

大帐中，袁崇焕与程本直等几人正对着地图仔细研究，突然一名斥候进帐禀告，称东奴大军拔营起寨，正向西而去。

"大人，东奴怕我袭扰，又为补充给养，必是往良乡、房山去了！"程本直听了，马上向袁崇焕提醒道。

袁崇焕点点头，赞同道："良乡、房山和固安等几处防守薄弱，只怕是难以抵挡……"

"大人，敌军西遁，我岂能让他从容而去，请大人立刻下令，发兵追击！"这时，祖大寿早已按捺不住，立刻挺身请令。

"大人，如今敌兵尚未远去，我军还当以京师安危为重，切不可全军贸然追击！"

"何将军提醒的好！"袁崇焕向何可纲赞许地点点头，随即又对众人说道，"皇太极用兵狡诈，我岂能堕入他的奸计，祖帅肩负保卫京城之重任，当坐镇城下，不可轻动！传我将令！命副将张弘谟立刻率两营兵马，前去追击敌军！记住，我军只可邀击其后，切不可贪功浪战！其余各营，立刻列阵备战，以防敌军来袭！”

袁崇焕一声令下，众人一起接令出帐，关宁大营立时紧张忙碌起来。功夫不大，袁崇焕早已换上了一身戎装，与众人在大帐坐定，恰在此时，又有亲兵前来禀报：“禀大人，圣旨到！”袁崇焕听了，急忙带众人一起出帐来迎接。

“蓟辽督师袁崇焕接旨——”

袁崇焕与众人刚至辕门，早见一名太监正站在那里，大家又连忙一起跪倒，俯首听宣。

“奉天承运，皇帝诏曰，卿统兵入卫，忠猷具见，劳苦功高！大军屯扎城外已有多日，官兵风餐露宿、爬冰卧雪，朕心实是不忍，今特召卿与总兵官祖大寿入宫觐见，朕当与卿等面议粮饷、赏赐诸事，以嘉慰官兵、以膺懋赏！钦此——”

“臣领旨谢恩！”接罢圣旨，袁崇焕又回顾众人，不无激动地说道，“皇上天恩浩荡，待我等官兵实在是不薄啊！我和祖帅去去就来，尔等务要坚守营寨，不可使东奴乘虚而入！”

“是！请督师大人放心，我等必严阵以待，绝不给东奴半点可乘之机！”

嘱咐完众将，袁崇焕和祖大寿不敢逗留，连忙跟随内官一起进城。及至城下，只见城门紧闭，城头上正有一个箩筐，拖着绳子顺城而下，落在几人脚边。袁崇焕脸色陡然一变，禁不住向内官问道：“请问这是何意？”

传旨太监见袁崇焕恼怒，连忙陪着笑脸解释道：“袁大人请勿动怒，现在京城戒严，为防止敌人奸细混入，皇上已下旨，不许京营开启城门。没办法，如今也只好让袁大人和祖帅受些委屈了。”

袁崇焕听了，只得先压下心头怒气，和祖大寿默默对视一眼，一把拉过绳索，步入筐中。城上军士见了，立刻一起用力拽起绳索，将袁崇焕拉上城头。

经过城上城下一番折腾，两人心中都是五味杂陈，一路无话，只默默跟着内官进到宫中。

“宣蓟辽督师袁崇焕、总兵祖大寿觐见——”

听到内官宣唤，袁崇焕、祖大寿二人赶紧急趋入殿，跪倒参拜：“臣叩见皇上，吾皇万岁，万岁，万万岁！”

时间已过去好一会儿了，可让袁崇焕感到奇怪的是，皇上到现在还没有发话，大殿里一片死寂，袁崇焕感觉有异，不禁微微抬起头来，用眼角余光扫了一下两边。大殿上，除百官之外，大同总兵满桂和前宣府总兵黑云龙两人也正站在殿中。突然，从御座上传来一句冷冷的问话：“袁崇焕，你为什么要杀毛文龙？”

什么？毛文龙？袁崇焕简直不敢相信自己的耳朵，不是说要来议粮饷和犒赏吗，怎么皇上倒突然问起了毛文龙？为什么要杀毛文龙这事，自己不是已连上两份奏疏，将此事原委都详细上奏过了吗？事后，皇上不是也已批示，为何现在又突然问起此事？如今大敌当前，皇上不问敌情、不问兵马、不问退敌之计，却为何突然问起了此事！这到底是怎么回事！

袁崇焕正在困惑和思虑间，冷不丁崇祯又甩来一句：“袁崇焕，你为什么要箭射满桂？”

崇祯这两个完全不相干的问题，一下子就把袁崇焕给彻底搞懵了。

困惑、愤怒、委屈、失望抑或是伤心，都一起袭来，顷刻间，袁崇焕只感觉万念俱灰。

崇祯见袁崇焕不说话，更是恼羞成怒，当即一拍御案，厉声斥道：“袁崇焕！去年时，你口口声声对朕说，自己以灭奴为己任，可不到一年半时间，胡骑竟已直犯都城，致使宗社震动！你说关宁有十四万兵马，可你却只带了一万人马来救京城，君父性命和社稷安危，在你眼里又被置于何地？你擅杀毛文龙，使东奴再无后顾之忧，这才得以长驱直入来犯我内地！东奴既已入塞，你又坐视观望、不救遵化！贼在蓟州，你不与力战，而纵敌深入！贼既薄城下，你不去立即剿灭，却几次三番坚请入城，你到底又意欲何为！

“你什么心思，难道你以为朕真的不知道吗？这件件桩桩，皆你之罪，现罪状已明，你还有何话说？！来啊！着即将袁崇焕拿下，交镇抚司堪问明白，再行议处！”

崇祯旨意一下，立刻就有锦衣卫一拥而上，将袁崇焕拖了下去。祖大寿跪在一边，目睹眼前一幕，早已惊得目瞪口呆，两股战栗。

“皇上，不可！”这时，就听殿下一声大喊，一名大臣已几步出班，跪倒在阶下，“皇上，今敌兵就在城下，非比平日，还望皇上千万要慎重啊！”

崇祯向下看去，见跪在下面的，正是内阁辅臣成基命。成基命，字靖之，河北大名人，今已年逾花甲。崇祯正在气头上，哪里肯听，当即向成基命喝道：“慎重？慎重即是因循误事，何益？”

“皇上，临阵换帅乃兵家大忌！大敌当前，皇上万万不可草率行事啊！”见皇上不听，成基命已急得是口不择言、声泪俱下，只伏在地上不住地叩头。

“放肆！”崇祯勃然大怒，“朕大明人才济济，又何差他一个！传旨！命满桂总理关宁兵马，节制诸将！会同祖大寿、黑云龙、马世龙和施洪谟合师进剿、共同破敌！”

说罢，崇祯一甩袍袖，便头也不回地向里走去了……

二

袁崇焕下狱一事立刻引起朝野震动，下朝后，大臣们都聚在朝房，议论不休。这时，在一片嘈杂声中，就见兵部郎中余大成挺身而出，对着众人愤然疾呼：“奈何要让功高劳苦之臣遭受不白之冤！今敌寇兵临城下，而自毁长城，岂计乎？”

余大成话音刚落，便引来许多大臣的一片附和，韩爌和李标等几位内阁辅臣见大家群情激愤，惟恐闹出什么事情来，只得赶紧一边对大家好言安抚，又一边示意梁廷栋出面解劝余大成。

现兵部尚书虽为申用懋，但其年老多病，又不得皇上欢心，根本就应付不了当前的非常局面。而梁廷栋则年富力强，深得皇上赏识，在短短一个月之内，寸功未立，竟然连连升迁，从兵备道先升巡抚，再升兵部左侍郎主理兵事，真可谓是圣眷正隆。大家都看得明白，梁才是现在兵部的话事人，他入主兵部不过就是早晚几天的事了。

梁廷栋当仁不让，随即对余大成说道：“袁崇焕下狱，此乃上意，我等岂可妄议，余大人还当谨言慎行！”

余大成心急如焚，立刻回道：“袁崇焕非但无罪，更是有功！试看今日城中，舍袁崇焕更有何人可以御敌？今功罪颠倒如此，那朝廷还要我兵部何用？还要我们这些官员何用！梁大人主管兵部，当率合部为袁大人力争鸣冤！”

梁廷栋听余大成话中对自己似有轻视之意，心里已是老大不快，便怒斥道：“鸣冤？鸣的什么冤？人皆言袁崇焕蓄逆，你余大人难道不知道吗！”

“东奴由蓟镇入犯，袁崇焕却自辽东而来，袁大人闻警即率军入援，从蓟州到京城，两日夜更是急行三百里，广渠门外誓死力战，敌势受挫，京城人心始定！请问梁大人，不知这所逆者何事？所蓄又是何谋呢？”余大成本以为梁廷栋与袁崇焕共事一场，定会为其深感不平，哪料他听信流言，竟会说出这种话来，余大成当时气往上撞，怒不可遏。

梁廷栋被怼，失了脸面，便恼羞成怒道：“袁崇焕杀东江总兵毛文龙和遵化巡抚王元雅，难道不是蓄逆吗？！”

余大成见他如此栽赃构陷，当即据理反击：“梁大人这是说的哪里话来！毛文龙确实是袁大人所杀，可皇上已有明旨，毛文龙逆行显著、通夷有迹，糜饷冒功，不受节制，事关封疆安危，阃外原不中制，不必引罪！袁大人将毛文龙声罪正法，乃是为国锄奸，又何罪之有！再者，遵化陷落，巡抚王元雅乃是死于敌手，而梁大人却说是袁大人杀王遵抚，如此不顾事实，梁大人又何以掩天下人之口呢！”

梁廷栋一时语塞，站在堂上满脸通红。余大成无意与梁廷栋斗嘴，也不想叫他太过难堪，只是如今事急，余大成不得不再苦口劝说：“梁大人，今敌兵势大，关宁军失了主帅，只怕不久即溃啊！不如求皇上先放了袁大人以稳定军心，再令他打退敌军，以自赎其罪，如此，则可以安我社稷，又可保我关宁兵马无虞。梁大人乃朝廷重臣，当以国事为重，万万不可以嫌隙起见啊！”

“哼！”梁廷栋听了，颇不以为然，“关宁军有祖大寿在，怎么就会溃散呢？”

“世上哪里有鸟巢倾覆而幼鸟独活的道理！祖大寿乃是武人，他明知凶险，又怎么会等着你来抓呢？”余大成答道。

房中大臣们听到余大成的话，都吃了一惊，内阁辅臣周延儒听了，大为紧张，赶忙上前追问：“余大人是担心祖大寿会反吗？”

“正是！”

“什么时候？”

“不出三日！”

“何也？”

“祖大寿与袁崇焕休戚与共、功罪一体，今袁崇焕被执，祖大寿又岂能不心惊胆裂、愤懑填胸？倘三日之后，他见袁崇焕不能获释，必知上意真不可回，而廷议果然要杀袁大人，到那时，祖大寿内心惊惧又怒火攻心，不反何待？”

周延儒闻言，惊叫一声，几位内阁大臣也都是你看看我，我看看你，一下子全没了主意。

“不然！”就在众人惊疑不定之时，却见礼部尚书温体仁大叫一声，“余大人不要危言耸听！倘若祖大寿真与袁崇焕同谋，现敌就在城外，他定会去投东奴；否则，祖大寿必当杀敌，他又如何会反呢？关宁兵马乃我朝廷之兵马，他祖大寿亦乃我朝廷命官，岂是他袁崇焕的私属家丁？今皇上将袁崇焕下狱拿问，功罪与否，国家自有法度裁夺，又何需我等今日在这里妄议大政！余大成你造作危言，你就不怕皇上治你的罪吗？还不快快退下！”

“诸位大人，今乃何时何地？国家值此危难之际，我等大臣又岂能坐视此等亲者痛仇者快之事，又岂能眼睁睁地看着我大明陷入万劫不复之地！”

余大成一片肺腑，苦苦相劝，可是却遭梁廷栋和温体仁一通呵斥，大臣们也分成了两派，大家势如水火，吵作一团。

酉时时分，天已完全黑尽，祖大寿回到城外关宁大营。随后，又有太监车应祥奉命来营，晓谕辽东将士，将士得知督师下狱，皆放声大哭。

这是怎样的一番情景啊！沉沉黑夜中，成千上万条精壮汉子都一起跪倒在中军大帐前呼天抢地、捶胸痛哭！他们在战场上与敌人作殊死搏杀面对刀光血影时，都不曾有过一丝惧意，可是，当他们听到督师被捕时，仿佛子女失去了父母，再也忍不住，都一个个哭倒在地。将士们一边哭，一边大声呼喊着“袁大人冤枉啊！”关宁大营里哭声震天，如山崩海啸一般……

祖大寿、何可纲、张弘谟等一班辽东主将，强压住内心的悲愤，一起出帐来安抚全军将士。

“弟兄们，大家都先不要悲伤。皇上不过是一时恼怒，误会了督师大人！袁大人赤胆忠心，朝中又有诸位大臣解劝，这早晚两天，皇上定然会明白原委，把袁大人放回来的！”祖大寿站在点将台上，向众人大声疾呼，“弟兄们都先各自回营吧，今大敌当前，我等岂能就这样坐等嚎哭！等袁大人回来了，见我等这般模样，定然动怒！尔等如此，又有何面目去见袁大人？弟兄们只管放心，过两日，袁大人一定会平安归来，再带领我等去杀退敌军！”祖大寿一遍又一遍地耐心解劝，可是他的内心，又何尝不是又惊又怒。

两天过去了，冰天雪地中，既惊恐又愤怒的关宁将士没有等来自己的督师，等来的却是令他们更加愤怒和绝望的遭遇。两天来，京营的士兵天天在城上向下咒骂，说：“你们辽兵辽将，一个个都是奸细！谁调你们来的？！谁又要你们来保卫？！”一边骂，还一边用砖头和石块攻击关宁士兵，更是打死谢友才、李朝江、沈京玉三人。又有京营选锋出城，砍死刘成田、田汝洪、刘友贵等六人。到了晚间，彰义门守将又带人出城把关宁哨兵拿去，当作奸细砍杀；左安门守将也带人抓走关宁哨兵，索要了四十六两银子，才把人放回……

关宁军士兵被人打骂斩杀甚至绑架勒索，受冤丧气，更是无处申诉。终于，受尽委屈的关宁军再也忍无可忍，彻底爆发了！

十二月初三日夜间，子时刚过，就见关宁大营里人头攒动，各营士兵纷纷点起火把，一起拔营起寨，向东而走。早有军士报入中军大帐，祖大寿等人闻言大惊，连忙一起出帐来看，只见各营人马都已一哄而起，士兵们或骑马，或步行，一个个呼朋唤友，相约叫喊着向东疾行，整个关宁大营此时人如潮涌，不可阻挡了。

“大帅！现在全军都已动摇，您也赶紧随大队人马一起走吧！”

这时，又有十几名将校跑至近前来劝，祖大寿又惊又急，一把抓住一名将校的前胸，厉声喝问：“弟兄们为何要走？我关宁军这是要去哪里？你们为什么不去阻止？”

“大帅，那京城的兵将都骂我们是奸细，打杀我们弟兄，又叫嚷着要在城上开炮，尽杀我关宁之师！弟兄们又怒又怕，现在都要回关外去，我们是拦也拦不住了，大帅您还是跟大家一起走吧！”

“我祖大寿乃朝廷大将，你们这样做不是要陷我于不忠不义之地吗？！”

“大帅，以督师之忠，尚不能自免，我辈在此又能何为！大帅，快随我等一起走吧！”

“唉！大事坏矣！”祖大寿气得大叫一声，眼见着潮水般奔走的军兵，心里虽叫苦不迭，却也无可奈何了。

“大帅，如今事急，我等还是先回山海关，再作计议吧！”

十几名将校一起大叫，又叫人牵来战马，大家连拉带拽，把祖大寿、何可纲、程本直等人都拥上坐骑，一起向东而走。滚滚洪流中，一名年轻的军官骑在马上，又回头最后望了一眼夜色中的北京城，这个令他刻骨铭心的地方，便打马扬鞭、头也不回地绝尘而去了。他，就是时任前锋营千总吴三桂。十五年后，他已是坐镇山海关的总兵大帅，当他接到皇上命他带兵勤王的诏命时，他又怎么能忘记今天的这一幕呢？

崇祯二年十二月初四辰时，紫禁城文华殿

朝房里，文武百官们正在等着上朝，东奴大军离京已有两天了，京城内外似乎又稍稍恢复了一些往日的生机。

“余大人，三天已过，那祖大寿在城外不是还好好的吗？”见余大成神色黯然地站在角落，梁廷栋冷笑一声，便凑过来阴阳怪气地问道。

余大成抬起眼皮，也是没什么好气回道：“大成言而不中，实乃国家之福啊。”

梁廷栋讨了个没趣，便又冷笑一声，径自挺胸向前去了。恰在此时，朝房门帘一掀，一名小太监慌慌张张跑进来，冲着众人大喊道：“不好了，不好了！昨天夜里，城外的关宁兵马都跑了！”

小太监的话，好似在朝房里响起的一道炸雷，惊得众人目瞪口呆。

三

“反了！反了！”崇祯得知关宁军东溃，气得暴跳如雷，两只手不停地拍着御案，破口大骂，“祖大寿是想造反吗？朝廷每年耗费几百万两银子养着他们，他们却背主叛国、蓄谋作乱！他们心中还有朕这个君父，还有这大明朝吗？！”崇祯一通咆哮嘶吼，直骂到身子都快要虚脱了，这才颓然倒在座中，喃喃不休……

大臣、太监们见了一阵手忙脚乱。崇祯低着头，有气无力地摆摆手，吩咐左右，“快，快去把李凤翔和李守锜给朕找来。”

工夫不大，京营提督太监李凤翔和京营提督李守锜两人都匆匆赶到文华殿，跪在阶下。

“说，现在城外到底怎么样了！”

“回皇上，昨日晚间，关宁大营里火把乱动、人声鼎沸，臣等只道是有敌兵来犯，遂命军兵紧闭城门，在城上严阵以待。及至天明，臣等才知原来是

关宁军溃散，都向东逃走了！”襄城伯李守锜跪在地上，赶紧战战兢兢地向上回奏。

“皇上，刚才又有通州守军来报，说是关宁军一路疾行，通州守将拦阻不住，其大队人马已过通州，现正往山海关方向去了。”提督太监李凤翔也赶紧回道。

“现在东奴在哪里？”崇祯又问。

“回皇上，据探马来报，前日东奴大军攻克良乡，现正在城中歇马。”

听了两人的奏报，崇祯颇感困惑，不由追问：“东奴在西，祖大寿即是要反，他为什么没有西去投敌，却为何要向东而走呢？”

“皇上。”李凤翔赶忙报告，“现在外面都在盛传，说是祖大寿要去山海关割据辽东，自立为王！”

“皇上！您可万万不要相信这样的谣言啊！”听到这话，内阁大臣成基命心急如焚，立刻出来大声劝谏。

“成阁老，你如何敢保证他祖大寿就不会造反？”

“皇上，祖大寿赤胆忠心、战功赫赫，他如今实是因为督师被捕，害怕自己受到牵连，朝廷再拿他问罪，内心惊惧，才避祸东走！祖大寿在辽近十载，大小百余战，对我大明忠心耿耿，他又如何会反我大明，去关外自立称王呢？！皇上，关宁兵马乃我大明劲旅，国之柱石，今国家有难，朝廷正要靠它去打退强敌而保我社稷，朝廷又怎可在此时听信流言，将其弃之不顾，陷它于绝境呢？！亡羊补牢犹为未晚，现关宁军所去未远，皇上当火速派大臣前往追赶，安抚众将、稳定军心！倘再坐视拖延，大势一去，恐就悔之晚矣！”

听了成基命的话，崇祯猛然惊醒，刚才大发了一通脾气，此时他的内心已渐渐平复了许多，他实在没有料到，自己将袁崇焕下狱，竟惹出了这么大的乱子。崇祯叹了口气，低着头暗自神伤，百感交集之下，心中不禁又生出一丝悔意……

“皇上！”这时，余大成抢步出班，高声奏道，“今情况危急，眼下也只有袁崇焕才能安抚得了众将，追回关宁军！臣冒死恳请皇上，权且将袁崇焕释放，准其戴罪立功，待他打退了敌兵，皇上再论其功罪不迟！”

“皇上，不可！”就在崇祯犹豫之际，礼部尚书温体仁马上出来反对，“世人皆言袁崇焕蓄逆勾敌，今袁崇焕其罪未及审明，又岂可贸然将他释放！

倘袁崇焕真有大罪，又与祖大寿同谋，如皇上一旦将其放出，他心怀怨恨，不去安抚众将、追回关宁军，反倒是拥兵自立，只怕这山海关和这关外之地就真的非我皇上所有了！”

温体仁这话犹如一把尖刀，直刺崇祯内心。他打了个激灵，立刻朝余大成厉声怒斥：“余大成！你出语孟浪、误导上听，险些就坏了朕的大事，你还不速速退下！”斥退了余大成，崇祯又转头向兵部尚书申用懋、兵部左侍郎梁廷栋问道：“大司马、梁爱卿，你们兵部是何意见？”

“皇上，前辽东总兵马世龙现正在通州，马世龙久历辽东，关宁军众将又多是其旧部，如让马世龙前去招抚，定可安抚诸将、稳定军心！”

“好，好，好！梁爱卿所奏正合朕心，就依爱卿之议。”听了梁廷栋的提议，崇祯龙心大悦，立刻下旨命马世龙出任山海关总兵，即刻出发，日夜兼程去追赶关宁军。

崇祯传完旨意，兵部尚书申用懋也出来启奏：“皇上，马世龙虽久在辽东，但他人望不足，恐难以镇服祖大寿等辽东众将，如今还必得一位德高望重、智勇兼备的重臣坐镇山海关统帅众将，方可保我关宁兵马无忧！”

“大司马所说确有道理，不知大司马心中可有合适人选啊？”

“皇上，前蓟辽督师孙承宗现正在通州，如今也只有孙阁老才可化解危局了，臣恳请皇上，即刻传谕孙阁老，命他驰赴山海关，督师辽东！”

也许是被一连串的变故搞懵了，崇祯听了申用懋的话，这才猛然想起，上月十五日，他已命孙承宗原官起复，坐镇通州。崇祯心里，似乎瞬间又有了底气，不过，欣喜之余，他又好像突然想起了什么，问道：“孙阁老既在通州，关宁军东溃，为什么他不加阻拦，就眼睁睁地看着他们东去呢？”

“回皇上。”申用懋见皇上心里又在起疑，赶忙出来解释，“据通州探马来报，今日早间，关宁军东溃，势如山崩河决，其大队人马自通州南二十里，趋张湾渡河，孙阁老闻报已派人飞马前去追赶了。”

崇祯听了，心中已是不快，他阴着脸坐在台上，又想了半天才冷冷说道：“传旨！命大学士孙承宗立刻启程，赶赴山海关，督师蓟辽！”

关宁军这边安排已定，可是北京城下却还是一片兵慌马乱，敌寇并未远去，关宁军这一走，大明朝最能打的两万人马就没了，倘满蒙联军此时杀来，这北京城又靠谁来保卫呢？

“皇上，如今关宁军东溃，北京城外防守空虚，当务之急乃是赶紧再向各地调兵，命他们星驰入援！”

“对，对，对！梁爱卿所奏甚是！快！立刻传旨，命各地督抚再派兵马，星驰入援，不得有误！”

自十月底后金大军破关以来，崇祯已诏命辽东、宣、大、河北、山西、山东等各地派兵勤王，现在，关宁军东溃，崇祯情急之下，再发勤王令。这一次，不仅北方各省要派兵，就是远在南方的浙江、福建等省也未能幸免。

这其中，有一支人马需要特别、隆重地介绍一下，那就是来自陕北的官军——延绥边军！这支部队，虽说是来自于边远艰苦地区，又久在边塞，和蒙古人没少打交道，按说也是一支吃苦耐劳、能打硬仗的王牌部队，可是没想到，这支部队，还没走出去多远，就饿得受不了了，又几个月没领薪水，大家一合计，想着这样一路饿着……肯定是走不到北京城了，就算能走到，估计也领不到银子，“还是去他大爷的吧！”大家一拍大腿，走人！一个个转身就都去投了陕北的那些“草头王”！陕北这些草头王，原本只是些农民、小毛匪子，以前就是小打小闹，没啥气候，这一下子可不得了啦，草头王得了这么多官军，立马声势大振，星星之火，就此燎原！轰轰烈烈的明末农民大起义，也就此正式登上历史舞台！据说，李自成、张献忠这两位叱诧风云的人物就来自这支部队，他们，一个后来的大顺政权皇帝，一个大西政权皇帝，在未来的十几年里，将要彻底把朱家王朝给搅个天翻地覆、直至灭亡！

“己巳之变”，是崇祯朝从“上升期”开始走向灭亡的分水岭，自此，大明朝开始陷入“外患”与“内乱”两线作战的死局，崇祯初年以来的一把“好牌”，已打得稀烂！

不过，好在袁崇焕在二年六月将毛文龙正法，为大明朝铲除了一个隐患，倘没有“双岛斩帅”，毛文龙真如他和皇太极约定的那样，“尔取山海关，我取山东！”趁“己巳之变”，入犯登莱，两路夹击明朝，崇祯一朝不要说撑十七年，只怕是十年，它也不一定撑得过去了……

通州城中，孙承宗和马世龙接到皇上圣旨，立刻行动。孙承宗先是命马世龙即刻启程，日夜兼程去追赶关宁军，传檄全军、抚谕祖大寿及辽东诸将。另作密信一封与祖大寿，教他当立即上疏皇上，以自陈曲衷，又劝他当束兵杀贼以报浩荡之皇恩，并赎袁督师之罪。最后，还向祖大寿郑重承诺，自己亦将代他向皇上陈说，为他辩白！

接着，为防祖大寿带兵去投后金，孙阁老又急命军兵四处张贴榜文，只说："今东奴久在京畿，已急调祖大寿率关宁兵马前去收复遵化，以切断敌军归路！"用以迷惑东奴。

最后，孙阁老又密奏崇祯，称祖大寿危疑既甚，又不肯受满桂节制，当时，城外又有"京军放炮洗营"之说，故全军惊骇，激而东溃，并非诸将卒尽欲叛也。今情况危急，皇上当慰谕诸将，大开生路，以收众心！此外，当年袁崇焕对祖大寿有救命和栽培之恩，今欲使祖大寿回心，必得袁崇焕手书不可！"

孙阁老安排已定，这才与茅元仪等亲信幕僚一起带领人马，急急向山海关赶去。

崇祯收到孙阁老奏疏，知事不善，立刻命令内阁大臣会同六部九卿，全都到诏狱去，劝说袁崇焕写下手书。自打有镇抚司诏狱以来，这只怕是前所未有的一次盛景了！

众位大臣一个个鼓唇摇舌、轮番上阵，极尽所能劝说袁崇焕。可是，任尔花言巧语、说得天花乱坠，袁崇焕只端坐在牢里，不为所动。

"祖大寿从前之所以肯听我袁崇焕的，那是因为我是大明的蓟辽督师，可如今，袁某不过是一罪人耳，祖大寿又岂能再听我的？诸位大人不必再费口舌了，都请回吧，袁某未奉明诏，不敢以罪臣之身与闻国事！"说罢，袁崇焕便别过脸去闭上眼，再也不去理会。

十几位大臣聚在牢外，你看看我，我看看你，一个个全都没了主意。在尴尬中又沉默了许久，梁廷栋突然眼前一亮，似是想到了什么，提议道："各位大人，满朝公卿之中，那袁崇焕与侯恂、余大成两人最为交厚，只是侯恂现已外放巡抚，不在京城，如今也只有让余大成出面，方可说动袁崇焕了。"

余大成来到狱中，众人又对他嘱咐一番，这才放他前去。他来到牢门前，透过栏杆看到袁崇焕身穿囚服，披散着一头长发，正闭目端坐在狱中，昏暗的烛光映着袁崇焕的面庞，显得越发削瘦憔悴。

余大成轻轻向里呼唤："大人，大成来看您了！"话一出口，心潮涌动，他不觉泪眼模糊，余大成强忍悲愤，对着狱卒大喝一声："打开牢门！"狱卒不敢怠慢，赶忙打开牢门，放余大成进到牢中。

袁崇焕见是余大成，惊喜交加，可一语既出，又不知再说些什么。二人对面无言，又拱一拱手，这才相扶着慢慢坐下。

两人静坐片刻，余大成待心绪稍稍平复，便开口安慰道："大人一心为国，却蒙受不白之冤，此皆是皇上一时不明，误信浮言所致，但天道好还，必终不使忠臣蒙冤！大人且请宽心，待过些时日，皇上醒悟，感大人一片赤心，必定会还大人清白，使大人重见天日！"

只见袁崇焕长叹一声，黯然言道："石衲兄一番话，崇焕十分感激，但一年多来，崇焕身累心苦，到了又遭此横祸，已是心如死灰，崇焕如今，实是不敢再奢望了啊……"

"大人不必如此灰心，公赤胆忠心、只手擎辽，天下谁人不敬佩？只是如今，关宁兵马因一时激愤而东溃，却是要陷大人于不测之地了啊！"见袁崇焕低头不语，余大成又继续劝道，"大人平生素怀报国之志，以复辽为己任，一言一行无不令世人感佩！记得旧时，大成亦曾读过大人的诗作《边中送别》，其中一句杖策只因图雪耻，横戈原不为封侯大成每每读来，无不热血沸腾、激动不已！今大敌当前，国难当头，大人又岂能坐视不理、无动于衷呢！"

"唉，崇焕也想报国，可是如今身陷囹圄，又能做些什么呢？"

"不然！关宁兵马乃我大明柱石，辽兵一去，我大明便有灭顶之灾！以大人之忠，又安忍坐视我君父蒙难、社稷倾覆？又安忍使我百姓惨遭涂炭？到那时，天下人不知大人之苦衷，又将如何看待大人？大人一生清名也只怕是要毁于一旦了！如今，也只有大人能召回关宁军，来解我社稷之危了。大人当立即手书祖大寿，晓他以大义，使他奋勇杀敌、勉力图功，惟如此，方可解我国家之难！惟如此，也才可使大人洗脱罪名，一世之英名！"

听了这番劝说，袁崇焕已是心动，他抬起头，两眼只直直望着余大成。余大成又一拱手，"公一生以孤忠自许，当知臣子之义，生杀惟君，你我既为大明忠臣，就当不避生死，苟利于国家，不惜发肤！今国家存亡和百姓生死，全系于明公之手，公当速作决断！"

这个时候，袁崇焕终于下定决心，遂一拱手，正色道："石衲兄一番肺腑，真乃金玉良言，崇焕受教了！"说罢，便朝门外一声大喊，"取笔墨来！"

四

崇祯二年十二月，辽东

关宁军经通州、玉田、永平，一路向东，十三日即回到山海关，大军齐集校军场。紧接着，马世龙也飞马赶至，当即宣旨抚谕众军。

祖大寿、何可纲、程本直等人知关宁军闯下大祸，心急如焚，本想挥师西进去收复遵化，以赎督帅之罪，然而此时，关宁军已人无战心，众将也都不愿再战，大家挥舞着拳头，愤怒地大叫："我等在京城拼死杀敌，广渠门外一场血战，杀退敌军，城上城下人所共见，可皇上反将督师拿问。今有功者不蒙升赏，阵亡者暴尸荒野，带伤者呻吟于冰地，我等杀敌立功又有何用？既使我再去收复了遵化，皇上又哪里会知道我们的功劳！既然说我们辽兵辽将都是奸细，那我们就回辽东，让他们去和敌军厮杀！"军兵群情激愤，都不肯再战，马世龙、祖大寿、朱梅三位总兵面面相觑，也是毫无办法。

"大帅！现在故土在望，我们还是一起回关外去吧！"这时，军兵们又都一起鼓噪，直向关外涌去，祖大寿等人无奈，只得随大队人马一起出关。大军出关东走，行至欢喜岭，就见身后尘土飞扬，一队骑兵正从远处疾驰而来！

"大帅，有追兵！"几名亲兵一起大叫，祖大寿连忙勒住战马回身来看。马队越来越近，军兵们一个个早已拔刀挺枪、张弓搭箭，对准了来人。

"大帅，莫要放箭！有袁督师手书！"及至近前，才见是马世龙带着十几名骑兵正飞驰而来，祖大寿急忙喝止住军兵，立马军前。马世龙在军前一把勒住战马，冲祖大寿一抱拳，"祖帅！孙阁老昨日已驰抵关门，现又有袁督师手书，阁老立命我飞马来送与祖帅！"说着，马世龙立刻从身上取出书信，交与祖大寿。

听说是袁督师手书，祖大寿无比激动，赶忙一把接过，打开来看，只见袁崇焕在信中写道："祖帅及我全军将士，见字如面，崇焕虽身陷囹圄，然亦无时不刻不挂念我关宁弟兄！今崇焕惊闻众军东走，心中不胜忧恐之至！我素知尔等俱乃忠勇之士，今日东走，实是因受我牵连，又受流言所惑，众军忧愤、惊惧交加，这才愤而出走，实非真要叛我大明、背我皇上！

然此一举，实乃大误也！此举不仅无助于洗我罪名，且将陷我关宁军和诸位弟兄于不忠不义之地矣！倘社稷倾覆，使我皇上蒙难、生灵涂炭，则悔之晚矣！今国难当头，诸君切勿以崇焕为念，只当振作精神，奋勇杀敌，挽狂澜于即倒，扶大厦之将倾！惟如此，方可无损我关宁军之忠义！惟如此，才可洗脱我袁崇焕之罪名！”

看着袁崇焕的字字句句，祖大寿心如刀割，坐在马上放声大哭。心想：督师如此忠义，我祖大寿又复何言？

他把书信遍示诸将，又擦干眼泪，一催坐骑，挥动着手里的书信来到众军面前，喊道：“弟兄们！——这是袁督师的亲笔书信！袁大人待我等如子女兄弟，恩重如山，今大人身陷囹圄，我等又岂能坐视不理、一走了之！今大人来信，勉励我等要杀敌立功、报效朝廷，我等又岂能背了大人的心愿，只顾自己苟且偷生？弟兄们！今皇上一时不明，听信谣言，将袁大人下狱，现在也只有靠我们各位弟兄，去杀敌立功，才能帮袁大人洗脱罪名，救他出狱了！”

说着，祖大寿又一带战马，对着众人，振臂高呼：“弟兄们！今日你们还有谁愿意跟随我祖大寿，再杀进关去打退敌军，救袁大人出狱？！”

“我等愿往！我等愿往！……”士兵们听了，都一起高呼，大家边哭边叫，呼喊声立时有如山崩海啸，在山谷间响成一片。

此时，又有几名亲兵搀扶着祖大寿八十岁的老母来到近前，也对祖大寿劝慰一番，叫他杀敌立功，以赎督师之罪。祖大寿侍母至孝，每次出征，都会将母亲带在军中，如今，老母也这样劝自己，祖大寿更加坚定了意志。当下，祖大寿就命大军于欢喜岭扎营，自己同众将又与马世龙商议一番，随即做出安排。立刻传令宁远、锦州，选调精兵一万，发来关内；关宁兵马远回疲苦，待休整几日，再与新调兵马一起入关；即刻选挑一千八百名精壮步兵，令都司郑一亨统带，于十五日起程，先行进关，听候孙阁老调遣！

山海关这边，十二月十四日，内阁大学士孙承宗再莅关门，督师蓟辽，人心始定。孙承宗到关，东江副将刘兴祚立刻带领两百女真亲兵和六百辽骑前来，拜孙承宗于马前请命：“兴祚兄弟，反正归明，正要跟随袁大人去杀敌立功、报效朝廷，不料却惊闻督师大人蒙冤下狱！兴祚兄弟受袁督师再生之大恩，今愿率兵入关，杀敌立功，为袁督师赎罪！”说罢，刘兴祚便是伏地大哭。孙阁老感其忠义，当即下马，抚慰一番。

不日，都司郑一亨率一千八百名步兵到关，孙阁老立刻命其与刘兴祚合兵，由刘兴祚统带入关去救永平。

刘兴祚率兵入关，于青山营帽儿头地方，正遇上后金大军。刘兴祚将兵马分成三队列阵。入夜，他亲选八百夷汉骑兵，打着后金旗帜，假冒后金军，夜袭敌营大胜，斩首六百级。皇太极得报，大怒，立刻派阿巴泰、济尔哈朗率军前去追击刘兴祚。

次日，刘兴祚穿箭衣，只带轻骑出两灰口，遭遇阿巴泰、济尔哈朗数千骑兵伏击，他血战半日，却寡不敌众，身中数箭，以身殉国！刘兴祚阵亡后，朝廷不加抚恤，又流言四起。时刘兴祚五弟刘兴治正在皮岛代其掌管兵权，得到消息后，刘兴治大为不满，遂导致皮岛内乱，自此东江镇陷入混乱。

崇祯三年正月初四，祖大寿整兵入关。是日，祖大寿亲谒督师孙承宗，并统马步三万大军齐列校军场，誓师出征。

同大明朝这边的惊心动魄相比，从十二月一日到十五日的这半个月里，后金却完全是一副悠哉游哉的样子，满蒙联军集体休假。

十二月一日，皇太极率大军由南海子出发南行，沿途行围射猎，颇为快活，就是那殿后的贝勒，心里也如猫抓一般，竟不顾大军安危，也急于前趋打猎，遭到皇太极一顿痛斥！当日，满蒙联军抵达京南七十里之良乡北；次日，攻克良乡，纵兵抢掠，俘获甚多，又招降西南临县房山；初四，又攻克南五十里之固安，尽歼守军；其后数日，原地休整，论功颁赏、犒赏三军，将抢来的牛马、金银、美女一分而尽；初九，还驻良乡城秣马；十一日，遣贝勒阿巴泰、萨哈廉前往房山祭奠金太祖、世宗陵……

就这样，满蒙联军边抢边玩整整半个月，直到十六日，皇太极才一声令下，大军兵发良乡，直趋北京城！十六日傍晚，后金大军抵达北京西南三十五里的卢沟桥，当即击溃明六千守军，副总兵申甫阵亡。

申甫本是僧人，可他不爱袈裟爱武装！平日好谈兵论战，又喜自制战车、火器。己巳之变以来，申甫受人举荐，崇祯帝不拘一格用人才，超拔为副总兵，命其招募新军，便宜从事。申甫一上任，便在京城招募数千人，皆市井游手好闲之辈，仓猝成军，即进驻卢沟桥，结战车营以待。后金军至，绕出其后，御车者顿时慌乱，车不能转，六千军兵，俱被歼灭。自申甫上任至败亡，尚不足一月。

朝廷得到败报，大为惊慌，崇祯帝立刻下旨："命满桂出任武经略，赐尚方宝剑，节制入援诸将，出城御敌！命梁廷栋出任文经略，赐尚方宝剑，在京调度！"

皇上旨意一下，即命司礼监太监高起潜、李凤翔一起前往满桂大营宣旨劳军。时满桂领五千大同兵正驻扎于宣武门瓮城内，接到圣旨立刻就傻眼了。

"满大将军别来无恙啊？"

"高公公安好，李公公安好……"

满桂接罢圣旨，刚从地上爬起来，就见高起潜正挤着假笑，冲自己不阴不阳地打躬问安，满桂打了个激灵，赶忙躬身向二人还礼问安。

"如今满帅荣升经略，总理兵马，小的在这里先给大帅道贺了！"高起潜又是一阵假意恭维，脸上似笑非笑，直说的满桂头上冒汗，心头一阵阵地发紧！

高起潜和满桂是老熟人了，天启七年五月宁锦大战，高起潜就在山海关，不过那时，他还仅仅是辽东六大监军太监的一个小跟班而已，哪里有他说话的份呢？满桂自然也没把他放在眼里，时满桂奉命救援锦州，高起潜随军出征，他自以为知兵，来给满桂献计，岂料却遭一顿鄙视。宁锦大战后，人人加官进爵、领功受赏，就连在京城的太监们也都有份，可是，那长长的请功名单里却独独没有他高起潜！这叫他情何以堪呢？

不过，三十年河东，三十年河西。如今新皇即位，六大监军太监都被打成了阉党，早就被下狱拿办了，而当年那个没人待见的小太监，如今却已摇身一变、平步青云了。

"高公公，李公公，现在这些兵马大多都是刚刚招募的新军，各镇兵马又号令不一、不服调遣，只怕一时间还难堪上阵，是不是请二位公公回奏皇上，待满桂将各军整训几日，再出城杀敌……"

听到满桂这话，高起潜当时脸色一变，厉声斥道："满帅这是说的哪里话来！皇上的圣旨难道是可以讨价还价的吗？你说各镇不服调遣，皇上赐你尚方宝剑，可是给你拿来作摆设的不成！如今各镇已有四万大军到京，你还不出战，你可是想学那袁崇焕吗！"

"高公公，不是我满桂害怕敌军不敢出战，实是现在时机未到，不可贸然出城啊！只怕现在这四万兵马一出城去，便都要白白送了性命，到那时就悔之晚矣！”

“住口！”满桂苦苦哀求，可是高起潜全不理会，只一个劲地催他出战，“当今皇上英明神武，纵怀菩萨心肠，却也不无霹雳手段！咱家奉劝大帅，不可违了上意，还是赶紧出城一战吧！”

见满桂已是涕泗横流，李凤翔也过来安慰几句：“满帅就不要再担心了，咱家也已和李爵爷商议好了，到时候我京营将士定会在城头给大帅助战，大炮一响，准保叫那东奴都灰飞烟灭！大帅尽管放心，还是快快安排兵马出城吧。”

听了这话，满桂更是有苦难言，心想上次在德胜门，就是你们京营大炮，把我的兵马轰得七零八落，还把我也给炸伤了！”望着高起潜、李凤翔二人的背影，满桂只好似是看见了那催命的牛头马面、黑白无常一般，悲从中来，不禁嚎啕大哭……

而皇太极大军，十七日夜已继而推进至北京城南二十里，击败明朝一营守军，抓获南海子马房太监两名，皇太极听闻袁崇焕下狱且关宁军东溃的消息，心内不禁一阵狂喜。没想到自己绞尽脑汁不能除掉的劲敌，竟然被崇祯就这样轻轻松松地搞定了，这真是天助我也！

激动了一会儿，皇太极还是不太敢相信，又命副将阿山、游击图鲁什前往捉生，再去打探消息。很快，二人回报：“永定门外二里，有满桂、黑云龙、麻登云、孙祖寿四总兵，领马步军四万，立木结栅，于四面各布置有鸟枪、炮十列！”接着，阿山、图鲁什两人又都一起建议出战，“大汗，我军当不畏疲劳，乘夜前进，趁天亮前急攻明军！”

皇太极深思片刻，心想明军城上有红夷大炮，又立木结栅，密布枪炮，我军正该趁夜发起攻击，敌军目不能视，就算他炮火再猛，也伤不到我军。想到这里，皇太极当即传令：“命全军饱餐战饭，三鼓进兵，直冲敌阵！”

没有了袁崇焕和他的关宁军，皇太极进兵便丝毫没有了犹豫，发现明军，即立刻予以击破，绝不拖泥带水。五更时分，天色正黑，满蒙十旗骑兵，列队齐进。额驸和硕图命本旗兵丁拥楯车率先突进，尽毁明军木栅，明军枪炮大作，一阵乱发，城上火炮也一起开火，把那一颗颗炮弹都射向了无边的黑夜。后金军呼哨一声，十旗骑兵如潮水一般，一起纵马突进，两军一场混战，枪炮声、喊杀声、惨叫声立时搅在了一起……

未及天明，喊杀声渐渐平息，战场又恢复了往日的宁静。此战，总兵满桂、孙祖寿阵亡，总兵黑云龙、麻登云被擒，四万明军全军覆没！交战中，皇太极见枪炮交加、矢石如雨，本以为己方损失定然不少，一时伤心陨涕，哪知此时再一检点，全军伤亡甚轻，皇太极不觉以手加额，连呼万幸。

永定门外一场大战，四万明军一掷而空！

天刚放亮，北京城里就热闹起来了，人们一个个喜笑颜开着奔走相告，“昨晚炮声响了一夜，炸的好凶啊！城外的鞑子一定是都给炸死了！”“哪还有不被炸死的道理？该！活该！谁叫他们到北京城来送死！”人们一个个高兴得就好像过大年似的，放鞭炮的放鞭炮，扭秧歌的扭秧歌，敲锣打鼓，好不热闹！金銮殿上，大臣们也一个个欢天喜地，争着来给皇上道贺。

可是，大半天了，也没见有城外的战报送来，直到看到永定门外那一片密密麻麻、横七竖八的明军尸体，人们才总算明白，原来城外的明军已全军覆没！

崇祯又是一夜无眠，整整四万人啊，都是这帮大臣们误国误民，朕大明朝怎么就养了这么一群酒囊饭袋啊！

四个总兵，两个战死，两个做了俘虏，兵部尚书申用懋很识趣，早早就准备好了辞职信，想着赶紧把这个烫手的山芋给甩出去！很快，皇上便准奏了。

“真是谢天谢地啊！”申用懋长舒了一口气，“虽说自己上任仅仅一个月就退休，说起来多少是有些丢人，可自己总算是全身而退，这比起那些还关在牢里的，还有掉了脑袋的大司马们又不知道是强了多少啊……”

如今，城外已无兵可用，后续援兵也都还在路上，崇祯也只能全指望这城里的十一万京营老爷兵了。虽然京营提督太监李凤翔、京营提督李守锜两人天天在崇祯面前拍胸脯、吹大气，可是，京营士兵们到底有几斤几两，他们俩心里还是有数的。几天来，两人惶惶不可终日，长吁短叹，就怕后金军来趁势攻城，可是令他们奇怪的是，皇太极除了放回那两名太监来送了议和书以外，再无动静，这到底是怎么一回事呢？

原来后金军一场完胜，皇太极本想趁势攻城，士马未及休整，便命令诸贝勒伐木砍树、准备攻城器械。就在大家干得热火朝天之际，这天晚间，范文程却悄悄地来到了皇太极大帐。

“范先生这么晚来我大帐，想必是有要事来告我吧。”见范文程面有忧色，皇太极暗吃一惊，连忙请范文程落座详谈。

“大汗，我军现在不可攻城！”

“哦？这是为何？”

“大汗，这两天我们多方打探，那袁崇焕确已下狱，关宁军也确实已离开了北京城！”

“强敌已去，此不正是我们拿下北京城的最好时机吗？”

“可是，大汗，您知道那祖大寿和他的关宁兵马要去哪里吗？”

听了这句话，皇太极不由一愣，一双眼便也直直地望向范文程。

“大汗，现关宁军动向不明，我军万万不可掉以轻心啊！”

“那依先生之见，祖大寿和关宁军又会有什么动作呢？”

“大汗，据探报看来，现在祖大寿的动向有三种可能。一是关宁军因不满崇祯将袁崇焕下狱，愤而东走，祖大寿要去占了山海关，割据辽东以自立；二是关宁军奉朝廷调令去收复遵化，断我归路；三是关宁军愤而出走，正在举棋不定、犹豫不决之际。”

皇太极点点头，没有说话，只低了头皱着眉，不停地拨弄着手里的念珠。

“大汗！”范文程又继续说道，“倘祖大寿割据关外，那我在辽东，便又添一强劲对手！那祖大寿身处我与大明之间，他为求自保，必会趁大汗远征未归之机，去攻取我沈阳、辽阳，辽沈一旦有失，则大事坏矣！假若那祖大寿乃是奉命去取遵化，我军现只有参将英额尔岱1000兵马留驻遵化，恐难以匹敌。倘遵化和三屯营有失，归路被断，我大军深入内地，形势亦是十分凶险！再说那第三种情形，关宁军乃大明劲旅，祖大寿又乃百战名将，我与大明，谁可得到祖大寿和关宁军，谁便可收取辽东！今关宁军愤而出走，祖大寿又举棋不定，此不正是我招降祖大寿、收取关宁军、收取辽东的大好时机吗？”

“可是，我们就眼睁睁的看着这到嘴的肥肉而不取吗？”皇太极虽然觉得范文程的话很有道理，可是让他放弃北京城，又实在是心有不甘。

“大汗，那北京城已是囊中之物，大汗又何必急在这一时呢？”范文程微微一笑，又继续解劝，“如今北京城里尚有数万兵马，北京城又城坚池厚，城上广布红夷大炮，也并非可以轻易攻取，倘把他家小皇帝逼狠了，他再放出袁崇焕来，反为不美，到那时城外援军四集，我军又久顿坚城之下，后路被断，形势就危急了！不如我军趁他关宁军混乱之机，从关内去取他的山海关。只要山海关在我手中，从此我便掌握了进出中原的门户，到那时，大汗什么时候想去取他的北京城，还不是如探囊取物一般吗？”

范文程一席话，只说得皇太极疑云顿消，不由大笑说道：“先生之言，真是令我茅塞顿开啊，本汗就依先生，立刻回兵去招降祖大寿，拿下山海关，一举收服辽东！至于袁崇焕，他没有了关宁兵马，从此再也无能为了，只要本汗收了他的关宁军、取了他的辽东，他家小皇帝也是放不过他的，这北京城就让那城中痴儿再多住两天吧。”

皇太极主意已定，随即传令：“大军兵分两路挥师东进！一路由贝勒岳托率领四千精兵，走南线，出通州，经香河，趋永平，直扑山海关；另一路则由自己亲统大军，出通州，走北线，取蓟州东进！”

二十五日，满蒙联军出发；二十六日到达通州，饱掠一番，再一把火将带不走的千余艘粮船尽皆焚毁；二十七日，大军继续东行。

后金撤兵东走，北京城里上上下下，顿时都松了一口气，京城随即解严。不过，后金军虽然走了，可大明朝的君臣、百姓们却从来不会令皇太极失望。有时候，他们恨自己人更甚于恨敌人，只要敌人一天没有进城，他们对于政敌和仇人的斗争和攻击就一天也不会停止！

事实上，还早在大军围城的时候，一场你死我活的斗争就已经在大明的朝堂上拉开了序幕……

第二十四章

督师蒙难

一

自万历中后期以来，大明朝廷内党争越演越烈，大臣们不以国事为重，只以门户利益为别，借题生事打击政敌、排除异己，攻伐不休。及至天启朝，东林和阉党之争又最终酿成宦官专权，国家的人才、精力和资源都在争斗中消耗殆尽，党争实已成为导致国家衰亡的一颗毒瘤！

天启七年八月，天启驾崩，崇祯即位。三个月后，崇祯铲除魏忠贤，阉党倒台，然而党争这颗毒瘤却并没有从此就消失了。

崇祯元年初，魏忠贤及其阉党骨干崔呈秀、魏良卿、客氏、五虎、五彪、十狗、十孩儿等俱已伏法，崇祯随即起用大批被阉党罢黜的东林官员，顿时官场气象为之一新，及至六月，东林党人李标出任首辅，内阁中又有刘鸿训、钱龙锡二人辅助，泛东林内阁得以初步确立。

时崇祯新除阉党，举国称颂且民望日隆，崇祯又年轻气盛、意气风发，自信心也随之迅速膨胀。崇祯急于图治，立即大刀阔斧、一顿操作：军事上，起用袁崇焕，矢志收复辽东；吏治上，除大批起用东林人士外，崇祯决意除恶务尽，开始大力清理阉党分子：元年五月，崇祯下旨命六科、都察院十三道御使将所有请建生祠、称颂魏阉之红本一体封存，呈送御览。

接着，又命内阁开始按章查人，开列阉党名单。年底，又召回前大学士、三朝元老韩爌，命其出任内阁首辅，与李标、钱龙锡一起主持清理阉党的事务。起初，韩爌等认为，要犯从严，协从不问，不宜诛连太多太广，况多数人实为魏忠贤淫威所逼，以求自保而为之，遂仅列首逆要犯五十余人上报，崇祯大为不满。韩爌等人二次修订，再次上呈的名单仍然只有几十人，皇帝还是不满。直至皇帝所想要惩治的二百五十八人都被一一列上，方才满意。二年正月，钦定逆案完成，前后共揪出阉党分子三百余人，罪分九等，分别予以惩处！他做事废寝忘食、雷厉风行，只短短几个月，大案既定，大臣们该杀的杀，该流的流，该罢的罢，该贬的贬，大明官场随之便是一场巨震！

然而崇祯用人喜新厌旧，翻脸比翻书还快。事实上，东林党人风光的日子也没有维持多久，很快他们就遭到了第一次打击。

崇祯元年九月，一向敢言的内阁大学士刘鸿训因改敕书案，被革职听勘，自他四月还朝至九月被罢，不过短短五个月。私下里，大家都在议论，刘鸿训获罪，只怕根源在于他那句没遮拦的昏话，“皇上毕竟是冲主啊！”随后，大家虽是多方营救，然上意终不可回，二年正月，刘鸿训遭发配，遣戍代州。

刚到元年十月底，光内阁在一年时间内，就走马灯一样地罢免或调换了七人，如今，内阁里就剩下李标和钱龙锡两人，急需补选新阁员。

元年十一月，崇祯一声令下，举行枚卜大典，增选新内阁。所谓枚卜，就是提前将大臣们公推出来的候选人写在纸上，放入一个金瓶里，通过抽签的方式来确定何人入选。

问题就出在了候选人大名单上！

经大臣们商议，公推吏部侍郎成基命、礼部侍郎钱谦益等十一名候选人上呈皇上，而成、钱两人均为东林党人。时任礼部尚书温体仁、礼部侍郎周延儒两人因无素望，均未入围。

这一下，温体仁被彻底激怒了！他乃是万历二十六年进士，而成基命、钱谦益分别是万历三十五年和万历三十八年进士；再看品级，人家温体仁乃是尚书，正二品，而成基命、钱谦益都是侍郎，正三品。论资历、能力、水平，温体仁并不比他们差，且更是他们的老前辈，温体仁和钱谦益又同在礼部，如今，本部堂官不能入选，却让副手入围，他自是咽不下去这口恶气。

说起来，温体仁这还是他老乡兼老师沈一贯的缘故。沈一贯，字肩吾，浙江宁波府鄞县人，乃是万历二十九年至三十四年内阁首辅。沈一贯做首辅时，党争越演越烈，期间又出了妖书案，他大权在握，遂纠结京师的浙江籍官僚，形成浙党，与东林党争锋相对，又与阉党时相唱和，排斥异己而遍置私人。

有了这几十年结下的冤仇，作为沈一贯弟子和老乡的温体仁，东林党人对他自然是避而远之，如今东林党人在朝中正如日中天，他们又怎会在廷推中举荐温体仁呢？

而周延儒乃是江苏宜兴人，万历四十一年，连中会元、状元。元年七月，被召回京后，出任礼部侍郎，他每每廷对称旨，深得崇祯赏识。此时，周延儒正是皇上眼里的红人，可他同年好友和儿女亲家，前大学士、著名阉党分子冯铨天启年间因谄事魏忠贤，得以入阁。崇祯钦定逆案，冯铨罪列第二，直至明亡他以逆辅之名被禁锢，始终未得起用。后清军入关，受多尔衮招抚入朝。正是因为这层关系，东林党人自然也是不会举荐周延儒的。

然而，眼睛朝天的东林党人，却很快就要为自己的作为咽下一颗苦果了。

温体仁在愤怒之余，冷眼观察、细心研究，功夫不负有心人，他终于发现了这份名单的问题所在，周延儒圣眷正隆却无缘候选，皇上必然起疑，名单十一人，却大半是他东林党人，这等赤裸裸地操纵会推、把持枚卜，不是结党又是什么？

温体仁冷笑一声，又拿起那份名单，他目光凶狠，牢牢锁定了那个名字——钱谦益！温体仁当即上疏弹劾钱谦益，说他在天启二年担任浙江乡试主考时，接受钱千秋贿赂，关节舞弊，不应入阁臣之选。

奏疏一上，立刻引起轩然大波，崇祯帝随即召集百官，令两下当堂对质。温体仁有备而来，自是盛气攻讦、毫不手软。而东林党人也不示弱，一面为钱谦益辩护，一面又立刻对温体仁群起而攻之。温体仁受群臣围攻，反说众人结党，而崇祯见温体仁被众臣攻击，反而认为他一片孤忠。于是，大臣们攻击的越厉害，皇上却反而越发信任温体仁，认定众人结党。恰在此时，周延儒也适时出击，说外廷会推不公，虽说是公议，而实际上却是受一、二人把持！此话一出，崇祯大怒，两下胜负已定崇祯当即发话，若非温爱卿直言指斥，几乎为尔等所误！厉斥钱谦益为结党祸首，立刻将其罢免，回籍听勘。崇祯犹不解恨，又将攻击温体仁的章允儒、瞿式耜、房可壮等一批东林官员尽皆罢黜，而此次原拟参与枚卜的受推大臣，也悉置不用。

“钱谦益事件”以东林党大败而收场，自此，温体仁、周延儒二人日益受到崇祯宠信，而东林人士地位却一落千丈，崇祯叱问：“进言者不忧国而植党，自名东林，于朝事何补？”崇祯自是深疑朝臣有党，并准备对此等结党分子重拳出击、绳之以法。

首辅韩爌看在眼里，急在心上，力劝崇祯道："人臣不可以党事君，人君亦不可以党疑臣！总当详核人品，辨别忠奸，然后举措得当。若堂上戈矛妄起，宫中横分畛域，恐非国家之福。"

然此时，东林遭受重创，皇上心思已变，朝中形势也已是今非昔比。经此一事，周延儒和温体仁已和东林党撕破脸皮，二人自是越走越近，结成同盟，而那些已被打翻在地的阉党余孽，此时也看到了新的机会，很快，原阉党分子高捷、史范就投向了周、温二人，高、史两人不久即受举荐，出任御史，成为二人的打手。

转眼便到了崇祯二年十月底己巳之变，后金入塞，八旗大军兵临城下！

十二月一日，袁崇焕下狱；十二月二日，崇祯次子出生即夭折；十二月四日，关宁军东溃。

后金军进薄北京城下已达半个月之久，严峻的情势以及接二连三的噩耗已经使崇祯处于崩溃的边缘。农历十二月的北京，已是滴水成冰的日子，天空中彤云密布，北风呼啸，寒风卷起积雪漫天飞舞，砸得人睁不开眼。

午门外，四名大臣正被按在地上，从口中发出一声声凄惨的哀嚎，四人旁边，锦衣卫们正挥舞着大棒，一下一下卖力地击打。

"……十五、十六、十七……"

随着棍棒每一次落下，四名大臣的背上，立刻就溅起一片鲜红。四个人早已被打得皮开肉绽、血肉模糊，殷红的鲜血洒在雪白的积雪上，显得格外触目惊心。

今日一早，京营提督李守琦来报，称如今悬帘紧缺，城上很多地方至今都没有张挂悬帘，倘敌兵攻城，恐难以御敌！崇祯正在为关宁军东溃而烦恼焦躁，此时听到此事，更是大怒，立刻命锦衣卫将工部四位郎中，营缮司郎中许观吉、都水司郎中周长应、屯田司郎中朱长世和虞衡司郎中管玉音一起拿来，廷杖八十！

皇上一声令下，午门外便棍棒与哀嚎齐飞，血肉与残阳一色，许观吉、周长应年老体衰，朱长世虽尚在中年，但身子骨向来单薄，三人当场毙命，剩下管玉音昏死过去，奄奄一息被拖入大牢。场面之血腥，骇人听闻！

这格外刺眼的一幕，似乎也正预示着一场即将到来的斗争，将会比以往来得更加残酷和血腥……

十二月初五，江西道御史高捷率先发难，上疏弹劾原蓟辽督师袁崇焕、内阁大学士钱龙锡：“皇上赫然震怒，下督师袁崇焕于狱，国法振而内患除，举朝无不称颂皇上圣明英断！今袁崇焕之罪，自有皇上圣断，臣更不必饶舌，独是那内阁辅臣钱龙锡，与袁崇焕奸逆相倚，早在数年之前，袁崇焕便遣其弟与钱龙锡往来通好，近又有数月前斩帅剪忌一事，袁崇焕于双岛斩帅在前，诡计阴谋、发纵指示则全在钱龙锡！钱龙锡曾与袁崇焕密语手书，不一而足，既使在袁崇焕奏疏中，亦有辅臣龙锡低徊私商之语。钱龙锡身任揆席，为何只闻与罪督私寓之低徊，而不闻于文华殿之商确呢？总之，二人不过是想外示专制、内胁至尊，以与东奴渐成和议罢了！两人阴谋诡计，目中还安知有我皇上吗？

“且臣又听说，袁崇焕曾与前兵部尚书、罪臣王洽私信说屡欲求款，庙堂之上，已有人做主，毛文龙倘能与他协心一意，自是无嫌无猜。不知袁崇焕要毛文龙所协者何心？所一者又是何意呢？袁崇焕效提刀之力，钱龙锡发推辨之谋，两人莫逆于心，应手而办，自是不必待言了。再试看那日，皇上召见诸将敕拿袁崇焕之时，祖大寿喊冤，为何他两日之后又忽起异心？这又岂不是袁崇焕和钱龙锡挑拨、激变之妙手吗？关宁军东溃，如袁崇焕手书可召之来，可见袁崇焕亦曾遣之去矣！

“臣思自东奴发难以来，主忧臣辱，举国上下皆忧愤无计，唯独他钱龙锡嬉游自如。值此国难之时，未见他出一良谋、设一奇计，只见他在袁崇焕被逮之时，却皱眉疾首，钱龙锡此心到底是何心哉！他今日皱眉疾首，实是作狐兔之悲，欲为袁崇焕作同舟之救罢了。皇上但知袁崇焕之罪万口难掩，岂知他钱龙锡亦是腹心逆贼乎？臣伏乞皇上能洞烛奸辅之阴谋，将钱龙锡一并逮问，以正国法！”

该来的总是会来的。钱龙锡乃东林领袖之一，一年前，参与主持清理阉党逆案，落马的阉党分子早已将东林党人视为死敌，如今内阁中，仅剩李标、钱龙锡两位东林党人。袁崇焕进京时，钱龙锡又曾私访过袁崇焕，此时，袁崇焕下狱，钱龙锡自然成为了政敌借题攻击的第一目标，而袁崇焕不幸，却要成为党争的牺牲品了。

钱龙锡被攻讦，自然要据理力争：“臣自去年六月始应召入京，与袁崇焕素昧平生，平台召见前与他亦从未谋面，何来的数年前，崇焕遣其弟与我往来交通？袁崇焕进京时，臣确曾至私寓探访过他，不过，臣皆是为了国事，向他咨询复辽方略，又何曾与他密议，要他去杀毛文龙呢？那日，袁崇焕曾对臣说，复辽，当自东江始。文龙，可用则用之；不可用则去之！”此语出自袁崇焕之口，不过是一时对答之词而已，臣亦未尝相应。

及至袁崇焕突斩毛文龙，奏疏到内阁，臣与首辅韩爌、次辅李标共阅，曾见袁崇焕奏疏中有低徊至私寓一语，臣本欲具奏以自明，然念臣心本无他，又毛文龙功罪本末，举朝共知，臣无意再滋生事，因而才坦然置之不理。此乃袁崇焕夸诩自负之词，今奈何却以其言而辄坐臣以朋谋之罪呢？

“袁崇焕初在城外，内阁与他传奉圣谕、往来书札，皆从城头上下，及至袁崇焕被捕之后，又有谁敢私通祖大寿？北京城内外两重严城，谁又能飞跃而过，向他施以挑激之妙手呢？此等诽谤之言，臣自不待辩也！高大人又说臣与袁崇焕密谋和议，以博大功，此真痴人疯话！今皇上英明神武，圣明烛照，今时今日，倘有人敢与东奴谋款议和，不要说能立大功、封妻荫子，只怕是斧钺马上就要加之颈上了，此寻死之道，自不待言！臣就是再愚，也愚不至此啊！”

听了钱龙锡的辩白，起初崇祯还慰勉一番，然而高捷一击不中，又岂肯善罢甘休。随后几天，高捷又连连上疏，弹劾钱龙锡收受袁崇焕贿赂，皆是取自辽东买马的马价银；又将贿银藏于亲家的府中；又说钱龙锡逢人便告，说皇上不与他商量，今已大悔，怂恿他人保救袁崇焕！钱龙锡虽是几番辩白，然架不住高捷火力全开、连番攻击，崇祯心意颇动，随即下旨，准钱龙锡引疾归乡。

借袁崇焕一案，东林与阉党的新一回合交锋，以东林的落败而暂告一段。此前，周延儒已于二年十一月入阁；随后不久，首辅韩爌因是袁崇焕座师，避嫌退位；温体仁也于三年六月入阁。至此，崇祯元年以来所形成的东林内阁已土崩瓦解，内阁大权已渐渐落入周延儒、温体仁之手。

二

皇太极大军东进山海关，崇祯三年正月初四日，后金军攻克永平，而就在同一天，祖大寿亲谒孙承宗，率马步三万关宁军于山海关誓师。

山海关西南，沿海滨一线，由北向南，有抚宁、昌黎、乐亭三座县城；山海关西北，沿燕山南麓，由东向西，有石门营、台头营、燕河营三座边城。六城东护关门，西绕永平。若以山海关为一只东飞燕子之首的话，那六城则恰如燕子两翼向西展开，永平就在其腹中。明军若能谨守两翼，则对永平、迁安、滦州诸城可成合围之势；反之，后金军若控制两翼，则可对山海关形成钳形夹击之势。孙承宗与祖大寿计议已定，随即派出各路人马进据六城，张开两翼严阵以待。

正月初六，皇太极自永平起兵，初八至抚宁，明军守将、祖大寿养子祖可法凭城据守，皇太极连攻不克，随即留军牵制，又派一军去攻昌黎，自己则率大军于初九直扑山海关。

正月初十，八旗前锋进抵山海关外十里之红花店，遭遇副将官惟贤所率两千五百名明军前锋，官惟贤当即命令，设奇正二营，严阵以待；十三日，明军又诱敌东向，欲以城上大炮以及城壕内所设伏兵射杀后金军。

午后，皇太极命前锋出击，步兵在前，骑兵在后，一起涌向关城。明军城上城下炮矢齐发，自午时至戌时，双方往来冲杀十余回合，皇太极侦知关宁军防守严密、炮火凶猛，也不敢进逼城下，后金军讨不到便宜，只得在黄昏时撤军。后金军在山海关前与关宁军相持六昼夜，一无所获，皇太极企图从关内打通山海关的战略构想已化为泡影！

自正月初八至十四日，后金兵围昌黎，昌黎知县左应选、守备石国柱率军民奋勇抗击，连日屡挫强敌于城下，皇太极久攻不克，只得灰头土脸，撤离昌黎。至此，满蒙联军连攻抚宁、昌黎、山海关，皆不克，士气大落，军需粮饷也消耗大半，皇太极无奈，只得兵回永平。

与此同时，祖大寿已调集万余兵马，分左、中、右三路，自己亲统副总兵何可纲、坐营都司吴襄、游击祖泽洪等为中路，在抚宁集结，准备向永平发起攻击。

正月十八日，关宁军齐集抚宁。皇太极正在永平，知祖大寿前来，又遣使持旗致书，想要劝降祖大寿，然祖大寿不为所动，立斩来使于军前。随后，传命各军设伏于山谷，又命前锋祖可法等四将率二百骑兵前往双望挑战，诱敌入伏。

后金大军屯扎于永平城二十里外的双望，见关宁兵杀到，立刻派遣数千骑兵迎战，后金兵追至孛罗岭，关宁军伏兵四起，双方混战一场，从午时一直杀到酉时，大战三个时辰，往来交锋十余阵，转战三十几里，关宁军渐渐逼近永平城下。

此时，后金军在城上枪炮齐发，皇太极又命精骑从各门杀出，关宁军左翼张存仁参将亦率三千兵马杀到，双方大杀一场，直至天黑，关宁军见敌军势大，永平一时难以攻克，这才徐徐退回抚宁。此战，两军作战都颇为勇猛，关宁军更是斩首敌军一百四十九级，夺获无算，取得双望大捷。后金军兵锋大挫，自此便再不得东向，山海关及两翼六城遂稳如泰山。

皇太极在永平正与东面的关宁军两下对峙，忽又连接警报："明朝四万大军兵分几路，正从蓟州出发，向遵化、三屯营杀来！去年十月底大军入塞时，已归顺的长城各口，如马兰营、洪山口、潘家口、汉儿庄等十几处，又近半数降而复叛！"皇太极闻报大惊，眼下遵化只有英俄尔岱一千兵马驻防，恐难以抵挡，倘西路明军收复遵化、三屯营，自己归路被断，如再被两面明军东西夹击，那可就危险了！皇太极不敢大意，立刻行动。正月二十日，亟率大军，自永平向西，救援三屯营、遵化。

这西路明军是总兵马世龙、吴自勉、杨肇基以及兵部侍郎刘之伦率领着各镇援兵，从京城到蓟州，再由蓟州出发，向遵化、三屯营杀来，后金军东西两面受敌，形势已是骤然紧张！

二十日，皇太极率军抵达三屯营，得知三屯营已被明总兵杨肇基两千兵马占据，皇太极招降不果，当夜只得扎营于城西山上。皇太极又得报，明兵部侍郎刘之伦率一万明军已于遵化城外八里的娘娘山扎营，皇太极惟恐遵化有失，只得又率大军继续西行，来战刘之伦。

二十二日，两军在遵化城外一场大战。刘之伦命军兵开炮，不料炮炸，明军自乱，左右诸将力劝刘之伦先结阵，徐徐退走，再作后图，刘之伦怒斥道："尔等勿要多言！我受国厚恩，必当死战！"遂严令军兵擂鼓再战。时后金军箭如雨发，刘之伦不幸中箭身亡。大家见刘之伦殉国，一军皆哭，遂拔营与后金军野战，然而，刘之伦军兵大多是新招募的士兵，又哪里是后金骑兵的对手，结果全军覆没！

刘之伦素好谈兵，己巳之变后，刘之伦、申甫受翰林院庶吉士金声举荐，崇祯超拔起用，授之兵部右侍郎，至其身亡，上任尚不足两月。刘之伦兵败，固然是其兵多不堪战所致，但也因西路各军缺乏配合，马世龙、吴自勉约期不至，致使刘之伦孤军奋战，最终兵败殉国。

皇太极杀败刘之伦，入遵化城歇马。随后半月，后金军的情势仍在继续恶化。二月初八，祖大寿攻占建昌营，关宁军已从东面逼近三屯营，而三屯营又被杨肇基占据，一时难以攻克；同时，马世龙、吴自勉也自西面逼近……

此时，后金军连连受挫，早已没了去年入塞时那种势如破竹、摧枯拉朽的气势，大军自去年十月初从沈京出发，到此时，大军远征在外已整整四个月，皇太极知道，此时如再不出塞，待明军东西两军会合，只怕想走也难了！他主意已定，当即连做两个"假动作"，以迷惑明军：一是皇太极立即派遣一军，向南突击玉田，做出一副八旗大军回师京城，想再度兵临北京的假象，以吸引西路明军回师救援；二是立即召塞外的喀喇沁三十六家首领苏布地入口，许他以半数所获，差他携带议和书前往北京，去给他和崇祯两家调解讲和。

而皇太极则趁明方摸不清底细，纷纷回撤时，率大军于二月十六日，从遵化东五十里之董家口出关回师。至此，后金军在关内仍占据永平、滦州、迁安、遵化四城，皇太极命济尔哈朗等贝勒率八旗兵及蒙古诸部兵马留守四城。四个月的劳师远征，皇太极看似大获全胜、班师而还，然而观其出塞时情形，实则已是形势危急、狼狈不堪了。皇太极回到沈京，又命二贝勒阿敏率军入关来与济尔哈朗等换防，继续留守关内四城，然而四城地处关内，早已陷入明军的重重包围之中。

五月，明军发起反攻，阿敏不敌，仓惶逃出关外，明军迅速收复四城！至此，己巳之变，后金第一次入塞才算真正结束。

明军取得遵永大捷，收复四城！消息传至京城，举国欢腾，人人雀跃，朝廷里，自然也是要论功行赏、犒赏三军！

崇祯三年七月，崇祯下旨封赏有功群臣。文官以孙承宗为首，加孙承宗为太傅；武官以祖大寿为首，加祖大寿为少傅，以提督体统行事；其余有功文武各有封赏。另，辅臣运筹宣力，宜加意示酬！内阁大臣成基命、周延儒、何如宠、温体仁、钱象坤并加太子太保，进文渊阁大学士；兵部尚书梁廷栋加太子少保；户部尚书毕自严加太子太保；余大成已升太仆少卿，加服俸一级……

与城内欢天喜地、锣鼓喧天的热闹不同，镇抚司诏狱里，依然还是那么的阴森黑暗。自去年年末那次十几名大臣集体到访以后，袁崇焕的牢房里，就再也没有来过什么访客了。时间也仿佛已经停止，这间黑暗的牢房和它里面的人，似乎也已经被全世界忘记了。

这一天，也已经分不清是什么时辰，袁崇焕昏暗的牢房外，突然来了一位中年书生，伏在牢房的栏杆上，向里呼唤："大人，大人……"

那书生又轻轻呼唤了几遍，袁崇焕这才发现来人，艰难地坐起身，向外仔细辨认，待看清来人，袁崇焕惊呼一声："更生兄！"又猛地向前一探身，一把抓住栏杆，"更生兄，你怎么来了？"

"大人！学生来迟，这么久才来看望大人，您受苦了！"

程本直和袁崇焕久别重逢，却是在这阴森的大狱，程本直看着袁崇焕凌乱的须发和憔悴的面庞，又见他镣铐加身，不禁悲从中来，扶着栏杆失声痛哭起来。袁崇焕见此情景，心情激动，眼泪忍不住夺眶而出。

两人唏嘘一阵，袁崇焕又强忍悲声，向程本直宽慰道："你我二人久别重逢，本该高兴才是，咱们怎么反倒哭哭啼啼起来了呢。"袁崇焕又看到程本直身后不远正站立着一名狱卒，心里一紧，又赶忙询问，"更生兄，这诏狱重地，你是怎么进来的呢？"

程本直擦干眼泪，又回身指了一下那名狱卒，这才向袁崇焕低低说道："大人，这还要多亏了这位兄弟啊，这位兄弟素知大人忠义，这才甘冒风险，偷偷放学生进来。"程本直正说着，那名狱卒也早已上前，只向两人一拱手，便打开了牢门，程本直谢过狱卒，又提起食盒，转身进到牢房。

牢房里空空如也，只在靠墙一面的地上铺了一些稻草，旁边又立了一张小桌。程本直走到桌前，打开食盒取出几样酒菜，又扶袁崇焕坐到桌边，斟满了两杯酒水，程本直这才激动地说道："大人，东奴已经被我们赶出了关外！"

袁崇焕一听到这个消息，顿时喜出望外，是仰天长叹："这真是皇上之福，国家之幸啊！崇焕虽是身系囹圄，也是心中无憾了！"

两人满饮一杯，程本直又向袁崇焕扼要说明了战事经过，接着，程本直还告诉袁崇焕，他的二房夫人阮氏已于年初产下一麟儿，如今母子安好，他和辽东诸将已将母子二人都安顿稳妥，请袁崇焕放心。听到这些消息，袁崇焕早已是心潮澎湃、热泪纵横，这几个月来，自己在这暗无天日的牢房里苦苦煎熬，心心念念的，不就是这些吗？

“大人不必过于灰心！”放下酒杯，程本直又对袁崇焕说道，“学生此次进京，就是要来为大人鸣冤，设法帮大人洗脱罪名、重见天日的！”

“此次事变，东奴入犯我大明，使皇上受惊、百姓罹难，皆我袁崇焕之过，自感罪责深重，又岂敢奢望能重见天日呢？”

“大人此言差矣！俗语道，为众人抱薪者，不可使其冻毙于风雪！大人赤胆忠心、一心为国，却遭受不白之冤，倘使大人蒙冤，这公道何在？天理何在？东奴入塞以来，大人闻警即驰援，广渠门外，身翼神京，与敌奋力一战，方保我京城无忧！就是这遵永大捷和收复四城，也全赖我关宁健儿拼死搏杀，才使我大明转危为安！此皆大人之功，倘无大人，又何来我关宁健儿？又何以能杀退敌军、保我大明？今辽东诸将皆愿以己之功来赎大人之罪，日前，祖帅已联名诸将上疏皇上，为大人赎罪。我辽东百姓亦有万民书在此，要为大人鸣冤赎罪！学生不才，亦有此志，本直纵使粉身碎骨，也要为大人请命！”

说罢，程本直又双手捧起酒杯，送至袁崇焕面前，两眼直直地望着袁崇焕，不知什么时候，眼角早已噙满了泪水……

三

崇祯三年六月初四，阿敏弃守关内四城、率领残兵败将回到沈京，还没进城，就接到皇太极圣旨，不许将官进城，只许士卒入城。初六，皇太极下令把败军备御以上、总兵以下的军官全部逮捕。

皇太极流着泪、不解地对众贝勒说道：“明军向来孱弱，不堪一击，怎么两三月间就变得如此强大了呢？难道他们是有什么神奇法术吗？是本汗给你们的兵马太少，还是你们懦弱怕死？明朝兵马的伎俩我等也不是没有见过，我觉得你图尔格、那木泰还算是有本事，才用你们为将，本来准备在你们战胜之后大加封赏，如今你们不死在永平却逃回沈京，尔等厚颜无耻竟一至如斯！”

图尔格吓得半死，慌忙奏道：“臣等向贝勒力荐，怎奈贝勒不听，故而奔回。”皇太极骂道：“贝勒说逃回你就逃回，贝勒说投降你也跟着他去吗？都是尔等畏敌思家、顾恋妻子！”

汤古代是努尔哈赤第四子，算是皇太极的兄长，年纪甚长，却混得并不如意，此时跪下说："臣等失利而还，请大汗处死。"皇太极道："尔等不能全师而归，被敌军杀戮甚惨，我纵然将汝等全部处死，又有何益？可怜阵亡将士，呼天抢地而死，言念及此，怎不让人痛心？！"皇太极越说越气，泪如雨下，群臣只好跟着大哭。

第二天，皇太极升殿，各贝勒大臣、文武官员齐集殿下。皇太极居中而坐，面色阴沉，大贝勒代善、三贝勒莽古尔泰分坐两旁。

贝勒岳托出来传旨，高声朗读，宣谕二贝勒阿敏罪状，洋洋洒洒，一共十六条大罪！这道圣旨，是对阿敏所有罪行的总清算。从历史到现在，证明阿敏一贯政治上不老实、经济上贪污腐败、军事上闹独立、生活上腐化堕落。总而言之，阿敏不但是是爱新觉罗家族的罪人，也是大金国的罪人！

阿敏是努尔哈赤同胞兄弟舒尔哈齐次子。少年时代就随伯父、父亲四处征战，作战勇猛，战功赫赫，是后金开国的创始人之一。努尔哈赤起兵后，事业越做越大，弟兄之间逐渐产生了矛盾。舒尔哈齐不满足于居于努尔哈赤之下，试图自立门户。舒尔哈齐一面与明朝方面接近，一面带领本部人马带着几个儿子和少数部下来到了的黑扯木伐木造房，脱离了努尔哈赤的掌握。舒尔哈齐的出走遭到了其兄残酷的报复。万历三十七年，努尔哈赤将舒尔哈齐囚禁（两年后处死），将其两个心腹将领绑在树上活活烧死，并把舒尔哈齐长子阿尔通阿、三子扎萨克图处死，二子阿敏在代善等人的苦苦求情下，逃过一死，继承了他父亲的余部。并在天命元年与代善、莽古尔泰、皇太极一起被封为和硕贝勒，执掌镶蓝旗。

父亲和两位兄弟的惨死让阿敏终身难忘，身心俱受到强烈刺激。父亲死后，阿敏每日战战兢兢，打仗冲锋在前，论功不敢声张，总算平安无事。

努尔哈赤驾崩，诸子争位，阿敏自知属于旁支，对大位并无奢望。当代善倡议皇太极继位时，阿敏并无异议，在他看来，谁当都一样。代善走后，阿敏派人给皇太极传话，表明他拥戴之意，但提出一个条件，皇太极继位之后，允许他出居外藩。皇太极听了，极为震惊，但由于其立足未稳，隐忍未发。

之后，阿敏自立门户之心一直未泯。天聪元年，皇太极派阿敏挂帅讨伐朝鲜，直捣朝鲜王京，朝鲜仁祖李倧逃之夭夭。阿敏看见朝鲜王京宫殿华丽、美女如云、金银丰盛，心生羡慕，顿时起了自立为王之念，提出让岳托等人带兵而回，他独自居留朝鲜。遭到包括他弟弟济尔哈朗在内的众贝勒反对，阿敏无奈撤离朝鲜，临行之际，不顾朝鲜已经降顺后金，纵兵大掠。由于独立自主的愿望迟迟不能实现，阿敏心中烦闷，自怨自艾，说："我何故生而为人？还不如山上的一棵树，或者坡上的一块石头，即使被人砍伐为柴，甚至被野兽浇上一泡尿，也胜过今日！"此话传到皇太极耳中，其反应可想而知。

现在，这件事也成为阿敏的罪状之一。岳托宣读完阿敏的十六条罪状之后，众贝勒大臣义愤填膺，纷纷声讨阿敏的滔天罪行，并一致要求将阿敏处死。贝勒济尔哈朗是阿敏的亲弟弟，一向乖巧恭顺，皇太极对他甚为信任。此刻他内心自然是向着哥哥阿敏，但是他深知形势险恶，只要他胆敢给阿敏辩白，必然立遭大祸，所以济尔哈朗坚决表态，阿敏罪有应得，并声明和阿敏划清界限。

皇太极见阿敏已成落水狗，自己的目的也已达到，最后说念于兄弟之情，免予阿敏死罪，但予以幽禁，削去镶蓝旗旗主之位，阿敏及其子洪可泰名下的人口、财产均给济尔哈朗，只给阿敏庄六所、园二所、奴仆二十人、羊五百只和牛二十头。

威名赫赫的二贝勒阿敏从此被圈禁高墙，落得和他父亲舒尔哈齐同样的命运，稍微幸运的是，他没有像他父亲那样，在遭受残酷的身心侮辱两年后又被处死。十年之后，阿敏在高墙内寂寞死去，终年五十五岁。

崇祯四年五月，皇太极率军攻打大凌河城。莽古尔泰向皇太极奏报说，所率部队被明军重创。

皇太极诘问他："我听说你率领的军队不听从号令并且贻误了军机。"

莽古尔泰生气地说："没有这样的事！"

皇太极说："如果告你们的人属于诬告，那么应当治他们的罪；如果情况当真属实，你所率领的一部难道能没有罪吗？"说完，皇太极就要起身上马。

莽古尔泰怒道："大汗为什么单单与我过不去呢？我本来就非常顺从，难道你还想要除掉我吗？"说罢，莽古尔泰便用手去拔佩刀，怒视皇太极。他的同母弟弟贝勒德格类见状，立刻上前制止，怒斥莽古尔泰大逆不道，并用拳头打他。

莽古尔泰更加愤怒，将佩刀抽出刀鞘。皇太极怒骂当初莽古尔泰之母继妃富察氏犯罪时，莽古尔泰亲手弑母邀宠的事情。其后诸贝勒议处莽古尔泰大不敬之罪，夺去其和硕贝勒爵位，降为多罗贝勒。次年十二月二日，莽古尔泰抑郁成疾，暴病而亡，年四十六岁。

莽古尔泰死后，其又被属下举报，控告他与亲妹妹莽古济格格及德格类谋逆。随后，皇太极又搜到“大金国皇帝之印”十六枚，最后以大逆之罪追夺莽古尔泰爵位，余子被废黜宗室资格。

崇祯五年年初，代善主动要求放弃自己与皇太极平起平坐的特权。后皇太极又多次斥责大贝勒代善轻视君上，贪财违法，虐待属人。众贝勒集议，给代善定罪，拟革去大贝勒，并削和硕贝勒职，皇太极给予从宽处理，免革贝勒职。

就这样，皇太极一步一步消除了三大贝勒对自己汗位的威胁，四大贝勒共治时代结束！自此，皇太极大权在握、汗位稳固，崇德元年农历四月，即皇帝位，建国号大清，改元崇德。

四

崇祯三年七月，北京

梁廷栋八个多月前，还是一个从三品的兵备道，这一场“变故”下来，已连升三级，四十岁年纪就已做到了太子少保、兵部尚书。今天七夕节，梁大人又乔迁了新居，可谓喜事连连、好事不断。文武百官和京城里有脸面的人物都来庆贺，府上热闹了一天，直到华灯初上，客人们一个个才都酒意阑珊、渐渐散去。

不过这会儿，在后院书房里，还有一位神秘的客人，趁着夜色才刚刚来到梁府。

“梁兄乔迁之喜，小弟我姗姗来迟，真是罪过啊。”

“大官人，这是说的哪里话，你我兄弟非比他人，咱们就不要这样客套了。”

“梁兄现在是朝廷的二品大员了，小弟我还哪敢像从前那般不懂规矩呢？”

“大官人你就不要在我面前说笑了，要是没有兄弟们帮衬，我梁某人又哪会像现在这样顺风顺水呢？你看，就是这府里的一切家用陈设、奴婢佣人，里里外外，又哪一样不是你给操办的呢？日后，为兄在京城里做事，还少不得要各位兄弟出力啊！”

“好说，好说，梁兄但有吩咐，小弟敢不用命。”

原来书房里这位神秘的客人，不是别个，正是百花楼老板沈敏沈大官人。二人玩笑着客套了一番，梁廷栋见沈敏此时来访，料他必是有事，遂寒暄几句便遣退了左右。梁廷栋低头端过茶碗，慢条斯理地划弄两下，冷不丁问出一句：“大官人这会儿到我府上，可是为了皮岛啊？”

“这个……”沈敏见梁廷栋用话挑破，索性也就不再兜圈子了，“梁兄料事如神，什么事也瞒不了哥哥，小弟明人不说暗话，就跟兄长都说了吧。”梁廷栋没有说话，只拿眼示意，叫他继续。沈敏赶紧俯过身去，压低了声音说道，“梁兄，现在已是七月，可是皮岛被刘兴治把持，他又杀了陈副帅，岛上正是一片混乱，这商船如今都不敢去到皮岛，如再不赶紧搞定东江，只怕今年这生意又没法做了。”听到这话，梁廷栋心里一紧，不由就皱起了眉头。

去年六月，袁崇焕双岛斩帅后，命副将徐敷奏整顿东江兵马。徐敷奏来到皮岛，一面整理军务，一面检点东江府库，结果这一查可是叫人大吃一惊！除再次确认了东江只有两万八千兵马外，还清查出了大量书信、账册以及价值超过百万的人参、貂皮等物。徐敷奏不敢擅专，立刻汇报并请示了袁崇焕，袁崇焕命其将书信、账册封存，秘密运往宁远，而那百万参貂则命其派遣游击将军张斌良装船押运至京城，上缴国库。

张斌良得令，将那百万参貂整整装了三十七船，浩浩荡荡驶往天津。哪料去年十月底己巳之变，后金入塞，兵临北京城下。十二月一日，袁崇焕又被下狱，张斌良船队抵达天津后，无法交令，便被困在了天津码头。及至今年春天，海冰解冻，后金退兵，北京解禁之后，张斌良才得以将此事上报兵部。梁廷栋得报，大吃一惊，他实在没想到，自己刚刚上任不久，竟然还有这么一笔意外横财砸到自己头上，可这么一大笔银子，到底该如何处理，一时间，梁廷栋也是拿不定主意。

这些参貂显然不是毛文龙准备留给自已用，或是准备发给东江将士的福利，它们之所以没有被运往内地，就是因为崇祯二年春天，袁崇焕下令禁海，不许内地商船再前往皮岛，毛文龙屯了半年的货，全部砸在了手里！而也正是因为“禁海”，当年内地货物没能运抵皮岛，徐敷奏在岛上未查获生丝、丝绸、粮、帛等内地商品。

梁廷栋从这三十七船、高达百万的参貂中他一下子就明白了皮岛到底是怎样的一个聚宝盆，有这样一个百万级别的财源就放在自己眼前，他又怎么会不心动呢？只不过他现在还没摸清楚这趟生意的底细，不知这其中的深浅，还不敢贸然就插进去一脚，对于眼前这个“兄弟”，他还有好多事需要仔细地盘问盘问。

“这恐怕不太好办啊……”梁廷栋摆弄着茶碗，脸上满是为难之色，“我只管着兵部，这生意上的事我只怕是有心无力啊。”

沈敏当然知道他的意思，如今自己的表兄毛文龙已死，今后这趟生意还要全靠他梁廷栋来罩着，眼下也只有给他透个底，先和他达成交易，日后大家才有的玩儿啊！想到这里，沈敏当即向梁廷栋神秘地问道：“梁兄可知这都是什么人的生意吗？”

“什么人的生意？”梁廷栋一听，马上来了精神。

“不瞒梁兄说，这生意啊，小弟也就是个在前面跑腿儿卖命的，那辛苦赚来的银子，一多半都是孝敬了宫里的公公们，侯爷们以及朝里的一些大人。去年袁崇焕下令禁海，这一年生意都没法做，现在皮岛刘兴治又在闹，导致京里都断货了，就是宫里在东四的那些皇店，如今也快断货了，公公们都急了，再不出海，只怕一个个都要把小弟给生吞了啊！”

听到这里，梁廷栋不由打了个激灵，原来皮岛这块肥肉，竟然还有这么多人都盯着。这些人，特别是宫里的，哪一个自己也惹不起，要是因为皮岛得罪了这些人，那自己这个乌纱帽，哦，不对，这颗脑袋可就悬了啊！梁廷栋没得好处，自是不肯甘心，便又试探问道：“这生意难道不怕朝里有人告他们一个走私、通敌之罪吗？”

“这个，梁兄您就多虑了，马市乃是先帝时奉旨开办，开办马市，一为解皮岛将士粮饷转运之困，二也是为了救助在岛辽民、给他们谋条生路，他们或入山中采参、养貂，或采珠、经商，岂不是胜过在内地饿死强吗？皮岛马市利国利民，又何惧那些小人诬陷攻讦呢？再说了，有宫里和朝中许多大人相助，那些小人又怎么告得倒我们？不瞒梁兄说，前年那个阎铭泰就曾在皇上面前诬告皮岛走私，可结果怎样？还不是落得个下狱查办的下场！梁兄尽管放心，只要我们的人能牢牢掌控东江，这趟生意就万无一失，如今毛帅不在了，今后让谁来执掌东江，这还不是凭梁兄你一句话吗？日后这宫里宫外全都要仰仗梁兄，梁兄居功至伟，这马市的好处自然也就全凭梁兄说了算了！”

沈敏的这番话说的很是含蓄，梁廷栋心里明白，自己也想去这趟生意里分它一杯羹，一分银子不用出，还可得许多好处，又可获宫里宫外援手，这世上还有比这更划算的买卖吗？

“大官人所说不错。”梁廷栋盘算了一阵子，点点头道，“我也早就有心为东江寻得一位可靠之人，那刘兴祚兄弟从东奴那里来投我，虽是忠心可嘉，可他们兄弟久受皇太极重用，其心难测，谁又敢保他们没有二心呢？今年四五月间，京中盛传那刘兴祚又去投了皇太极，可他兄弟刘兴治还在皮岛掌管兵马，我为防不测，这才下书与东江副帅陈继盛，嘱他秘密控制刘兴治，夺其兵权，岂料那陈继盛做事不密，事泄，反被刘兴治所杀。如今那刘兴治拥兵要挟朝廷，一时难制，我又到哪里去找一个能搞定此事的可靠之人呢？”

梁廷栋说罢，只是摇头叹气，愁眉不展，沈敏见时机已到，马上说道：“要不是那袁崇焕可恨，擅杀毛帅，那东奴又如何会犯我京城！东江又怎会有今天的麻烦呢！如今毛帅虽死，可是少帅毛承禄尚在，少帅忠心耿耿且勇略过人，又是自家兄弟，那皮岛诸将俱是其旧部，眼下，皮岛情况危急，梁兄何不向朝廷举荐少帅，派他去坐镇东江，此事不就迎刃而解了吗？”

梁廷栋一听，猛然醒悟，赶忙追问：“少帅现在哪里？”

“少帅现就在京城，如今也只有他去才能搞得定皮岛了！”

原来，东江整军，袁崇焕欲于河东添置一协，又选汰兵将、毛文龙心腹将领，如毛承禄、耿精忠、尚可喜、孔有德之辈丧失兵权，东江大权实已牢牢控制在陈继盛和刘兴祚二人手中，毛承禄心中不满，遂趁己巳之变乱中，潜回京城。毛承禄秘密回到京城来投他的表叔沈敏。当然，刘兴祚战死后，那京城里散播的流言，便是出自他们叔侄之手，其目的即是要使刘家兄弟与陈继盛两家猜疑、两下相攻，他才好渔翁得利，再夺东江兵权。

不过，梁廷栋又哪里会晓得这些，如今他正在为东江的事头疼不已，又垂涎皮岛马市，沈敏的这个主意，自然是正中他下怀！

“我明日就向皇上举荐。”梁廷栋点点头，“那刘兴治狼子野心，不可不除。倘少帅能招抚旧部、抚定东江，我必得保他挂了这颗将军大印！”

“有梁兄这话，少帅对大人自然是感恩戴德，梁兄但有吩咐，他定会唯命是从，东江大事可定矣！”两人说到这里，对视一眼，这话里的意思，也早已是心知肚明了。谈妥了大事，沈敏又压低了声音，提醒梁廷栋，“梁兄，那皮岛马市今后可就在你我兄弟手中了，不过这事还有一处隐忧，小弟不敢不告于兄长。”

“什么隐忧？”

“据少帅讲，去年时，袁崇焕曾从皮岛查获了大量账册和书信，已被其副将徐敷奏运往了宁远，那袁崇焕对皮岛马市早已觊觎多时，只怕万一他将来获释要来争抢，只怕到时会坏了你我的好事啊！”

听到这里，梁廷栋猛地一惊，刚才还笑眯眯的脸，一下就沉了下来。沈敏见他半天不说话，便也不再多说，当即起身告辞，轻悄悄地出府去了。

梁廷栋还坐在那里发呆，也不知什么时候，一个黑瘦的身影从后室转出，来到他身旁，俯身向梁廷栋低低说道：“大人，那袁崇焕不可不除啊……”梁廷栋一下子抬头，吃惊地看着那人，说话的正是自己的心腹安国忠。安国忠本为永平通判，乃是梁廷栋多年的属下，此前他一直负责对东部蒙古诸部的抚赏事宜。此次己巳之变，皇太极出塞前，曾派喀喇沁三十六家首领苏布地来京，假作调解，而大明这边，经梁廷栋举荐，便委派安国忠出面接洽。事后，安国忠被朝廷破格提拔为兵部职方司主事，仍主管抚赏。

见梁廷栋没有说话，看着自己，安国忠赶忙解释：“大人，据小的观察，那水佳胤和侯恂二人似乎对那笔抚赏款已有所察觉，如今那水佳胤已做了御史，他似乎一直在暗中调查，现在侯恂又升了兵部侍郎，暂住昌平督理兵马，倘让他们探知此事，只怕对大人十分不利啊。那侯恂又与袁崇焕交情甚厚，若袁崇焕对此事亦有耳闻，万一他将来获释，查起来，那可就麻烦了。况且，对于高台堡卖粮一事，大人已和那袁崇焕闹翻，他知当初乃是大人向朝廷举报，必恨大人入骨，倘将来他反说是大人逼迫苏布地投向东奴，使他导东奴入寇，那这个罪过可就大了！为今之计，大人只有……方可永除后患！”说着，安国忠又用手比划了一下，梁廷栋心领神会，他咬着牙、拧着眉，脸上升起一片杀气。

几乎就在同时，在温家的相府书房里，也正有几人坐了一圈，在紧张地商议着什么。

“那钱龙锡已回了华亭老家，难道咱们就这样让他逍遥自在、颐养天年吗？俗话说，打蛇不死，反受其祸，虽说现在那些东林党人是失势了，可首辅还是他东林的成基命，那些倒台的东林余党也都在暗中蠢蠢欲动，如果我们就此放他们一马，早晚一天，这帮人还会伺机而动、卷土重来，到那时，我们就该倒霉喽。”

说话的乃是江西道御史高捷，去年年底，就是他率先攻击钱龙锡，不过上次他上蹿下跳，最终却是白忙活了一场，皇上只是同意钱龙锡致仕，放他回了原籍，高捷心有不甘，现在又叫嚣着要把钱龙锡赶尽杀绝。

除了高捷，房里还正坐着周延儒、温体仁、钱象坤、史范四人，周、温、钱三人乃是内阁辅臣，史范则是山东道御史，几人听了高捷的话，不由都来了兴致。

“高兄说得对！”第一个站出来的就是史范，他和高捷两人称兄道弟，臭味相投，从来便是一唱一和，此时，他见又是高捷率先挑头，自己当然也是不甘人后了，“上一次让他逃过，乃是因为袁崇焕一案尚未审结定罪，如今已半年多过去了，我等当立即上疏皇上，奏请法司审结袁案，只要袁崇焕罪行审定，还怕打不倒他钱龙锡吗？”

两个“马前卒”叫的起劲，坐在上首的三位大佬倒是颇为沉稳。三人中，周延儒位居次辅，温体仁乃是钱象坤座师，在内阁中，钱象坤位置自然在二人之后，此时，钱象坤见周、温二人都在一起看着自己，当下不敢推辞，只得首先发表意见：“袁崇焕失误封疆，致使皇上受惊、社稷震动，他虽兼程赴援，却又钳制诸将纵敌深入，及至城下又顿兵不战，坐视敌兵抢掠，其罪已明，袁崇焕自是死罪难逃！”

“钱阁老话虽不错，不过……”听了钱象坤的话，周延儒倒是有些踌躇起来，“此次东奴入塞，责任倒也并非全在袁崇焕，朝中亦有许多大臣说他非但无罪，反倒有功。且遵永大捷，还有收复关内四城，也多是他关宁军之力。袁崇焕身任督师，又曾立有大功，按我大明律法，像他这样的人当属八议之列，本阁以为，对于袁崇焕倒也不一定要致其于死地不知温阁老是何意见啊？”

说着，周延儒便拿眼直向一旁的温体仁望去，温体仁听了，虽是面无表情，可心里却是暗骂一声滑头！你周延儒倒好像是一副菩萨心肠，现在大装好人，邀买人心，又是想干什么呢？温体仁抿了一口茶水，这才不紧不慢地答道：“周阁老此言差矣。袁崇焕纵容苏布地，使他勾结东奴、导寇入犯；又擅斩大帅，使东奴无后顾之忧；不与敌力战，却只想着携寇谋款，这哪一条不是不赦的死罪？阁老说责任并非全在袁崇焕，平日里，他自诩复辽为己任，可如今却使国家遭此大难，如果这不是他袁崇焕的责任，难道还是皇上的责任不成！”

周延儒被温体仁怼了一句，一时间倒也无话可说，好不尴尬，只好端起茶碗来，假装掩饰。

“父亲大人，不是说请大家过来打牌的吗？怎么一个个还都呆坐在这里，空耗时光呢？来周阁老，小的知道您最喜欢这马吊了，累了这大半年，也早该放松放松了，几位大人，牌局已备好，大人们都快请吧。”这时，温言早已从内室出来，一个个热情地招呼起众人，周延儒正求之不得，马上起身，喜笑颜开地和几人说笑着往花厅去了。

书房里只留下了温体仁和钱象坤，望着周延儒的背影，温体仁不由轻蔑地嘟囔一句：“妇人之仁！”

钱象坤见状，马上奉承道：“老师您老成持重，识见如照烛观火，颇有当年文潞公之风采，真不愧是我大明良相啊！”

就在温府里牌筹交错、嬉笑快活之际，紫禁城乾清宫里，倒是安静、沉闷了许多。这段时间来，明军打退了敌兵，又收复了关内四城，崇祯的心情自然是好了很多，平时在宫里，脸上也多了不少笑模样，说话办事也好像不再像前段时间那样严厉了。当下，崇祯读着祖大寿的奏报，看他写关宁军怎么杀敌、怎么收取四城、军兵们怎么忠勇和善战，只看得崇祯喜笑颜开，忍不住就对一旁的李凤翔不停地念叨：“看看，看看，谁说朕的兵将打不过他东奴的八旗？朕这关宁军……不就把八旗骑兵都给打败了吗？祖大寿真乃帅才，朕大明有这样的猛将，还有何忧！”看到最后，崇祯见祖大寿又与辽东诸将联名，说愿意以军功为袁崇焕赎罪，心里顿时五味杂陈，不由就坐直身子，感叹起来，“要说这带兵打仗，还是要看他袁蛮子啊！”隔了一会儿，崇祯似又想起什么，扭头向李凤翔问道，“那袁崇焕最近怎么样了？”

“回皇上。”李凤翔赶忙回奏，“据东厂曹公公讲，那袁崇焕平日倒也没什么大动静，还是一副清高孤傲的样子。前两日，倒是有他旧部去到牢里探他，还带了一些酒菜，那袁崇焕喝了几杯，倒好像很有些愤愤不平，说什么皇上早不听他言、要想打败东奴还得靠他关宁军、皇上迟早还是要放他出去之类的话……”

李凤翔一边回奏，一边偷偷观察崇祯，只见他的脸色越来越难看，刚才还挂在脸上的笑意，此时早已消失的无影无踪了。

“他是这么说的？”

“回皇上，他还说了一些，什么关宁军还是就认他袁崇焕手书、要不是他召回祖大寿，那关宁军早就回关外去了，诸如此类的话，袁崇焕虽说是在大狱里，看起来反倒是洋洋自得、不可一世……”

“放肆！”崇祯破口大骂，“到今天了，他还这样嚣张，那关宁军乃是朕用上百万两银子养出的军队，什么时候倒成了他袁崇焕的兵马！”

“皇上教训的是，小的们也想，这关宁军那是皇上的兵马、朝廷的军队，怎么能就只听他袁崇焕的呢？没有他袁崇焕，孙阁老领着他们，不是一样也能打败东奴、收复四城吗？不过，皇上……”

“不过什么？说！”

“是，不过对于袁崇焕的话，皇上也不可掉以轻心，对关宁军，他既可召之即来，也难保将来他不会挥之即去啊。”

听了这话，崇祯当时就呆在了那里，这关宁军兵强马壮，万一要是……朕这大明朝还有谁能制得了它呢？”

“这诏狱重地，怎么就能让他们内外串通联络呢，查！立刻给朕去查，看看是什么人这么大胆，立刻与朕给拿了！着锦衣卫立刻查明袁崇焕罪行，速来报朕！”

五

崇祯三年八月初六，北京

袁崇焕还关在狱里，可朝里朝外已吵翻了天。

内阁大臣成基命、周延儒，吏部尚书王永光各有救疏，留中不应；祖大寿及辽东众将都请以官阶、赠荫为袁崇焕赎罪，亦不允；御史钱家修、罗万爵先后上疏为袁崇焕鸣冤；京城士子庶人多有愿以家口相保者；更有袁崇焕部将何之壁率全家四十余口进京，愿代袁崇焕坐监；程本直亦携辽东乡官、军民公保书，叩拜宫门，为袁崇焕鸣冤。

而另一边，御史史范上疏，再次弹劾袁崇焕和钱龙锡斩帅致兵、倡为款议；内阁大臣温体仁、兵部尚书梁廷栋亦有密奏请斩袁崇焕及部将徐敷奏、张炳良；更有毛文龙部将周文煌欲借机为毛文龙翻案，崇祯怒批：毛文龙历年糜饷，牵制无功，岂得乘机借端翻案、冒称忠义？周文煌妄奏不伦，亵渎上听，好生罔肆，本当究处，念他乃一愚弁武夫，姑且饶他。

看着这纷至沓来奏疏和密报，崇祯好不烦恼，该怎样处置袁崇焕呢？坐在乾清宫暖阁里，崇祯苦苦思索。他怎么也忘不了那屈辱的一幕，东奴兵临城下，关宁军东溃，自己虽贵为天子，却还要委屈求全、低三下四地派大臣去狱中求他袁崇焕写下手书。尤其是一想到，那些关宁军竟然不理自己的圣旨，只有见到袁崇焕手书，才肯回心转意！崇祯的心在滴血、在愤怒地呐喊，这可是朕用白花花的银子养出来的兵马啊，怎么到头来却成了袁家军！是可忍，孰不可忍，朕一定要杀了他！

“废物！真是一群废物！”崇祯一把将《审讯笔录》掷到地上，大发雷霆，“几个月了，你们查来查去，就查出来一个木匠，那袁崇焕蓄意谋反，还有什么可说？至于他讲款致寇、擅杀逞私、失误封疆这些大罪，你们哪一个查清楚了？没有罪证，你们让法司如何给他定罪？既然他袁崇焕这样清白，那朕是不是现在就该放了他啊？！”

“总是臣等无能，办事不力，惹得皇上动怒，臣这就下去重审，再去侦讯袁崇焕罪证。”

“朕看，也用不着你们锦衣卫来审他了！传旨，立即将袁崇焕奸细处死，决不待时！原主审锦衣卫副指挥李若琏玩忽渎职，着即将其连降两级，调往外任！袁崇焕讲款致寇、擅杀逞私、失误封疆，限刑部五日内审结具奏！”

“是，臣等遵旨。”锦衣卫指挥使刘侨跪在地上，早已吓得汗流浃背，大气也不敢出。

数月前，京城巡捕营抓获一名木工，押来镇抚司，交与锦衣卫副指挥李若琏审讯，说是原蓟辽督师袁崇焕派在京城的奸细。李若琏大感疑惑，当即质问京城巡捕：“袁督师任在辽东，你等说他蓄意谋反，派此人在京打探虚实，那袁崇焕的提塘官、承差俱在京城，他有自己亲信不用，又何必找一个木匠来作奸细呢？”

巡捕回称："御史史范史大人已审得确情，案犯张思栋也已供认不讳，他乃是受了袁崇焕指使，暗中前往仓场刺探军情。"

袁崇焕已于崇祯二年十二月一日下狱，又怎么可能再去指使此人呢？且他既已下狱，又何必再去打探仓场虚实呢？李若琏见案情可疑，随即对张思栋严加审讯。

起初，人犯宣称，袁崇焕在辽东修建督师衙门时，他正在府中做工。袁崇焕得知他常在京城，遂差来打听京中兵马虚实，想要起手反叛。

李若琏一听，更觉荒唐，袁崇焕和张思栋素不相识，就算他要谋反，这么机密的事，也不会找一个陌生人去办。更何况，一个木匠又能探得什么军情呢？就算是袁崇焕让他打探军情，张思栋又是如何知道袁崇焕要反叛呢？

一审之下，果然漏洞百出，李若琏很快审得实情。那张思栋不能自圆其说，最后只好放声大哭，坦白交代："这都是巡捕营严刑拷打，逼小人这样说的啊！如不这样说，便立马驳回，当时就要夹死小人……草民乃是山西人，在京作木匠，又何曾到过辽东啊！"

李若琏当即据实上奏，崇祯大怒，命锦衣卫指挥使刘侨重审，认定其罪，立付重辟！李若琏得旨，不禁冷笑，我之前辈沈炼公刚直不阿，宁死也不肯冤枉一人，如今我又岂能以人命而博一官呢？遂弃官而去。

崇祯命刑部五日审结袁崇焕一案，王承恩在一边听了，先是一愣，接着又略显不安地小声询问："皇上，此案案情重大，是不是命三法司一起会审呢？"

"嗯……"崇祯皱着眉沉吟半天，随后命令，"不必了！就让温体仁、梁廷栋，还有涂国鼎他们三人去审好了。另外，你也一起去，给朕盯好了他们！"

"是，奴才遵旨——"

温、梁、涂三人接到圣旨，立刻来到刑部，一起升堂，会审袁崇焕。

待袁崇焕被带到大堂，只见涂国鼎一拍惊堂木，厉声喝问："袁崇焕，你身为蓟辽督师，却讲款致寇、擅杀逞私、失误封疆，你可知罪吗？"

袁崇焕立在堂下，如今他虽是戴罪之身，可神情却仍是镇定自若、全无半点惊慌，他看了一眼堂上四名主审，温体仁、王承恩正并坐在居中上首，而梁廷栋、涂国鼎两人则坐在前排。袁崇焕见他们一个个神情紧张、如临大敌，又听到那几条罪名，不由就是一声冷笑："敢问涂大人，你说的这几条罪名到底是何意啊？我不明白你要告我何事，我又如何认罪呢？"

涂国鼎被袁崇焕不软不硬地怼了一句，当时气往上撞，怒斥道：“袁崇焕！你不要假装糊涂、明知故问！那东奴不是因为你私自与他谋款，才被你引到京城的吗？”

听了这话，袁崇焕不由得哈哈大笑。

“袁崇焕，你笑什么！你现在已不是蓟辽督师，而是我刑部的囚犯，为何你还敢如此嚣张、藐视本官！”

袁崇焕好一会儿才止住笑声，对涂国鼎说道：“我笑大人这句话实在是荒唐，用这样的罪名来为我袁崇焕定罪，又如何能使天下人信服呢？涂大人说我与东奴私自谋款，这真是欲加之罪，何患无辞。对于边事战款机宜，我大明自万历朝起便有成例，神宗爷诏谕，朝廷既以边事责成督抚官，一切战款机宜，自当听其酌量，不从中制。我袁崇焕身任蓟辽督师，肩负封疆重任，是战是款，自当根据边情战况，视时而用，又何罪之有？此其一；崇祯元年七月，平台召对，之后我又上疏皇上，陈明复辽方略，“以守为正着，战为奇着，款为旁着。我袁崇焕早已向皇上言明款为旁着，我用款，乃是欺敌之计，皇上早知我方略，又何来的私自之说？又何罪之有？此其二；且我每与东奴往来交涉，对于经过情形，事前事后俱有奏报，既有朝廷许可，又无半点欺隐，前后奏章俱在御前，又何来私自一说？又何罪之有？此其三；崇祯二年六七月间，我袁崇焕与东奴交涉，命其去帝号、还土地、退辽人，义正辞严、据理力争，未曾损我大明一分国威，亦未辱我天朝一丝尊严，又何来的讲款致敌？我袁崇焕又何罪之有？此其四！

“涂大人说我讲款致敌，你的意思是不是说我袁崇焕不该让东奴“去帝号、还土地、退辽人”、不该义正辞严、据理力争，以致惹恼了东奴，他才会来犯我大明。按你涂大人的意思，是不是我袁崇焕当奴颜卑膝、割地卖国，顺了他东奴的心意，让皇太极心满意足，他就不会来犯我疆界了？涂大人，你可是此意啊？”

“袁崇焕，你休要狡辩！京城皆说你密约皇太极，要他兵临北京城下，逼我皇上签定城下之盟！”

“涂大人，东奴自蓟入塞，我袁崇焕自辽东而来，倘我密约皇太极，要他兵临北京城，我何不就从宁远、山海关放他进关，那皇太极又何必西绕蒙古、从蓟镇入塞呢？

“密约皇太极此种鬼话也只有去欺哄那些愚蠢之徒！我袁崇焕为何要去密约皇太极？且不说皇上英明神武，断不会与那东奴订约，就算皇上与那东奴签订了城下之盟，等东奴退兵，不要说我袁崇焕不能领功受赏，斧钺必然立刻就要加身了。密约皇太极，此根本就是取死之道，我袁崇焕即使再愚，也愚不至此！京城皆说？敢问涂大人，我袁崇焕又是在何时何地与皇太极密约，有何人眼见？可有人证、物证？你涂大人身为司法官员却无凭无据，仅凭流言就要栽赃、构陷他人，岂不令天下人耻笑！”

袁崇焕一番话，直说的涂国鼎理屈词穷，再也说不出话来。

梁廷栋见涂国鼎不是袁崇焕对手，当即一拍惊堂木，为涂国鼎助战：“袁崇焕！难道不是你为逞一己之私擅杀毛文龙，使东奴无后顾之忧，才使东奴肆虐我内地的吗？！”

袁崇焕见是梁廷栋，一阵伤心。袁崇焕长叹一声，这才不无痛心地说道：“朝中大臣不知边情、不识大势，如果是涂大人问出这样的话，我倒也不足为奇，可你梁大人当日就在辽东，也算是当事之人，前后情形你也尽知，为何还会说出如此昧心且无知的话呢？”袁崇焕摇头叹气，好不伤感，梁廷栋听了，脸上早已是一阵白一阵青，只得低了头不说话。

“我袁崇焕与毛文龙，一个在辽东，一个在东江，远日无仇、近日无怨，我又如何会为了一己之私而去杀他呢？”袁崇焕又继续说道，“二年五月，毛文龙曾来我宁远，如我真是为了私仇，何不在宁远就杀了他，我为何又要以身犯险，非要到双岛，在他毛文龙的地方去杀他呢？毛文龙乃朝廷一品武官，如我是为私仇，又岂会甘冒国法而去杀他？我和毛文龙得有什么样的仇怨，才会如此不顾一切后果去杀他呢？！

“双岛斩帅后，我向皇上连上两疏，陈奏前后情形，并请处罪，如我袁崇焕杀毛文龙事干国法，朝廷当时便可派遣锦衣卫将我绳之以法，而你梁大人却为何非要等到现在才来告我擅杀逞私呢？双岛斩帅后，皇上的批复说的明白，字字句句，岂非天语，我杀毛文龙非为私仇，实乃为我大明铲除祸患，为我复辽大计不得不行此霹雳手段！皇上赐我尚方宝剑，假以便宜行事之权，不正是为了应对此种非常之时和非常之事吗？

“你梁大人当时就在辽东，你岂不知毛文龙擅离信地、提兵内向、两犯登莱？你又岂不知他在庙岛扣押官员，与东奴暗通款曲，密约皇太极，如我袁崇焕当日不当机立断铲除此祸患，待到去年十月，东奴入塞，那毛文龙趁机进犯登莱，或西进困我京师，或南下取我南京，到那时，真不知我大明又会遭何种大祸了！毛文龙之罪，满朝皆知，弹劾他毛文龙的奏章又何止数百？左右诸大夫皆曰可杀，然当时不杀，非是不该杀他，而实是因为毛文龙悬据海外，你无能杀他、不敢杀他罢了！及至我双岛斩帅后，举朝闻之，无不额手称庆，或曰海外之宿瘤已消，或曰逆帅既诛，除一国之蠹虫矣！那时，满朝文武并无一人罪我，为何今日，梁大人却又来告我袁崇焕擅杀逞私呢？想来这也不过就是寻常手段，欲借毛文龙为题，要杀我袁崇焕罢了！只是你说我逞私，我逞的是何私呢？你以如此不实之借口罪我，又怎能尽欺世人呢？”

“袁崇焕！你休得妄自揣测、诬蔑大臣！你敢说不是因你杀了毛文龙，那东奴没了牵制，才敢犯我内地的吗！”梁廷栋被袁崇焕一顿批驳，登时恼羞成怒，脸也早已胀得通红。

袁崇焕冷笑一声，随即作答：“想那毛文龙在日，东奴亦曾屡屡来犯。天启六年正月，老酋努尔哈赤亲率六万大军西渡辽河，犯我宁远；天启七年五月，奴酋皇太极又率八旗犯我锦州、宁远！两次大战，那东奴皆是倾巢而出，他又何曾对毛文龙有一丝顾虑，而不敢西来？此两战，我军与敌鏖战有日，又何曾见他毛文龙提一旅、渡一骑以牵制而使东奴不来呢？若非当日我关宁军拼死力战，取得宁远大捷、宁锦大捷，不要说等到己巳之变，只怕那时，敌兵便已能纵横于我神京之下了！

“宁远、宁锦两次大战，已足见毛文龙无能牵制东奴，而使其不能西来，梁大人又何能断言，有他毛文龙在，东奴就不会入犯内地呢？况毛文龙虽死，我东江尚在，我东江将士尚在，梁大人又如何能因毛文龙一人而视我东江为无物呢？己巳之变，东奴由蓟入塞犯我京师，与毛文龙并无干系，此不过二者恰逢其时罢了。至于东奴为何能由蓟入塞，梁大人心中自是明了，你今日又何必攀扯毛文龙，把罪责强加给我呢？”

“袁崇焕！你不要巧言令色、狡辩抵赖，你在皇上面前夸口五年复辽，东奴入塞，不正是你失误封疆之罪吗！”梁廷栋又问。

“梁大人，你任职辽东，岂会不知，崇祯元年九月，皇上下旨关外听我袁崇焕相机战守，关内古北口、喜峰口等各路，着巡抚王应豸严督三协诸将，分地扼守，以匹马不入为功，总督喻安性暂住关门，东西策应。我袁崇焕任在辽东、责在关外，蓟镇战守自有蓟督、蓟抚料理，我何能越权？东奴由蓟入塞，我闻警即驰入援，且早在数月之前，我便已连上奏疏，提醒朝廷蓟门单弱，宜宿重兵，可朝廷不听！九月，又遣谢尚政增援遵化，却被退回。东奴破关后，赵率教又立即驰援蓟镇，至三屯营，却不准入城，于途中遇伏，不幸阵亡！我辽东将士恪尽职守，又有何误？皇上下旨，说的明白，我治兵关外，分兵戍蓟，早见周防；关内疏虞，责有分任，不必引咎。此煌煌天语，梁大人岂不闻乎？梁大人既知圣意，又何能妄加失误封疆罪名于我呢？”

袁崇焕一番陈词，梁廷栋当时语塞，想了半天才又说道：“若非你市米资敌，苏布地导奴入犯，蓟镇又如何能被攻破呢？”

见梁廷栋如此栽赃陷害，袁崇焕义愤填膺，当即予以驳斥：“梁大人这话好没道理！喀喇沁三十六家乃我大明外藩，世受抚赏，怎么是敌呢？！喀喇沁居于我蓟镇边外，本为我塞外屏障，大灾之年，我朝廷不思对其善加安抚，却断其市赏使其走投无路，不得已背我而去转投了东奴，这才导奴入塞。当日，我于高台堡开市，与他买卖些粮帛，本意就是助他渡过灾年，他要仰赖于我，又感我恩德，便不会遽然转投东奴，哪料想就是你梁大人误导朝廷，停其市赏，硬生生将其推入东奴怀抱！苏布地导奴入塞，此皆你梁廷栋和王洽之罪！”

“袁崇焕！你……你血口喷人！”

此时，温体仁见堂上一番唇枪舌剑，涂国鼎、梁廷栋完全讨不到便宜，再这样审下去，不仅一条也定不了袁崇焕的罪，只怕还要牵连他们二人或是朝中其他大臣，更要命的是，只怕还会把责任引向皇上。温体仁越想越怕，不觉后背一阵发凉。他只得一拍惊堂木，厉声呵斥：“袁崇焕！你休要强词夺理、巧言狡辩，你的罪，朝廷自会拿出证据，令你心服口服！来啊，先把袁崇焕带下去！”温体仁见势不好，一场庭审只得先草草收场。

王承恩当即回宫，去向皇上汇报，其他三人垂头丧气，只好一起来到刑部签押房商议对策。

几人刚一坐定，涂国鼎就气急败坏地说：“阁老，那袁崇焕老奸巨猾，看来不动大刑是不行了！”

哼，莽夫！温体仁在心里暗骂了一句，没有搭理他，只扭头望向了一边的梁廷栋。梁廷栋心里正是不安，他惟恐袁崇焕说他逼反了苏布地，这话要是传到皇上耳中，万一皇上心思一变，自己就脱不了干系了。

“阁老，有王公公在堂上，咱们可不能再让那袁崇焕信口雌黄了。”梁廷栋望着温体仁，迟疑地小声说道。

“你的意思是？”

“阁老，现在时间紧迫，皇上命我们五天审结此案，看来也只有给他议定罪名了！”

“议罪倒不是不可以。”温体仁用手捋着下巴上的山羊胡，颇有些迟疑，“只是要再找些人要有人来举证，我们才好给他议罪，看来这事还得有劳你梁大人去办。”

梁廷栋听了，当即点点头，斩钉截铁地答道：“请阁老放心，三天之内，我定办成此事！”

第二天夜，梁府

“遵永大捷，谢将军忠君爱国、有胆有识，率先克复遵化，有大功于国家，实在是令我敬仰啊！”

“部堂大人谬赞，末将愧不敢当。”

后院书房里，梁廷栋正在与副总兵谢尚政两人叙话。近日，谢尚政等人因收复四城之功，正来京候赏听封。傍晚时分，突接梁廷栋亲兵传唤，谢尚政不明所以，只得赶紧来到梁府，拜见梁廷栋。

两人见面，先是客套一番，接着梁廷栋便转入正题：“国家正在用人之时，皇上也正要对我有功将士加官进爵、选才任用，直隶巡按张学周大人日前曾向我极力举荐将军，盛赞将军沉雄骁勇、有胆有识。廷栋听了，自是喜不自胜。现朝廷正有南兵总兵官一职空缺，廷栋想，将军忠勇，且有大才，又是广东人，接任此职那是再合适不过的了，故此，廷栋才有心要向皇上举荐将军。”

谢尚政听到这里，大喜过望，连忙起身，向梁廷栋躬身称谢：“末将多谢大人栽培！”

待谢尚政重又坐好，正满怀感激看着梁廷栋的时候，却见他话锋一转，突然板起脸正色说道：“不过近日，本部堂又接到密报，有人告你去年九月，你贪生怕死、欺哄上官，不肯增援遵化，致使十月遵化陷落、王遵抚殉国。朝廷有功则赏，但有罪也必罚，谢尚政，你不救遵化，致使东奴入塞，兵围京城，以至于皇上受惊、百姓罹难、社稷震动，你可知罪吗？”

这番话犹如晴天霹雳一般，直吓得谢尚政跪倒在梁廷栋脚下，不住地叩头喊冤：“部堂大人，末将冤枉啊！当初末将奉袁督师将令，带兵增援遵化，是那王巡抚说是虚警，不肯让我军进城，把我等退回去的啊！部堂大人，这定是有奸人要害我，故意编造故事来欺哄大人，您可万万不能相信啊！”

“住口！”梁廷栋一拍案几，厉声呵斥，“这分明就是你巧言狡辩，你去增援他，帮他守城，王巡抚正求之不得，哪里还有把你们退回的道理。这分明就是你贪生怕死、不肯赴险，如今你见王巡抚已死，无可对证，便把罪责都推给了他，你当本部堂不知道吗？收复四城，你虽然有功，但你之前罪，也是死罪难逃！如今，本部堂定要禀明圣上，将你和袁崇焕、徐敷奏、张斌良一起正法！”

听到这话，谢尚政百口莫辩，只得不住地叩头求情：“大人，末将冤枉啊！还望大人能看在往日的情面上，救在下一命啊！”

看火候差不多了，梁廷栋才悠悠地说道：“你我同在辽东共事一场，我梁某人也不是不念旧情的人，只是不知道谢将军肯不肯听我的吩咐。”说着，梁廷栋便停了下来，只拿眼斜看着地下的谢尚政。

谢尚政一听这话，立刻停止喊叫，一把抱住梁廷栋的双脚，赌咒发誓：“大人但有吩咐，末将就是赴汤蹈火，也在所不辞！”

“好！那本部堂就给你指条明路，只要你按我吩咐的去做，不仅可以保你性命无忧，还可以立即保举你出任南兵总兵官！”说罢，梁廷栋便压低了声音，俯身向谢尚政说道，“只要你肯举报袁崇焕，把他所有的罪状都一一列出来，本部堂就保你无忧！”

“啊？”听到这话，谢尚政犹如五雷轰顶，惊叫一声，便呆在了当场，只片刻间，谢尚政又嚎啕大哭，“袁大人赤胆忠心，一心为国，我怎么能为了荣华富贵和自家性命而背叛、陷害他老人家呢？”

“要死还是要活，全在谢将军一念之间，你可要考虑清楚了，到时候你可莫要后悔！”梁廷栋又在一边威胁道。

“我从二十岁起便跟随袁大人，从老家来到辽东，袁大人待我情同父子、恩重如山，我谢尚政如果背叛了袁大人，那我还是个人吗！”谢尚政伏在了地上，一边哭一边说，一只手不停地用拳头狠狠砸着地面。

也不知过了多久，谢尚政的哭声渐渐微弱，只听梁廷栋又缓缓说道：“谢将军可想好了？我看你倒是一个重情重义的汉子，可是你又哪里晓得人心的险恶？你只道是那袁崇焕待你情如父子，还对他一片深情，可那袁崇焕为洗脱自己罪名，却早已把你卖了，而你还在这里，为他傻哭，真是可怜、可叹啊……”

谢尚政一听，当即止住悲声，直起身子，疑惑地望着梁廷栋，问道：“大人，你这是何意？”

梁廷栋也不答话，只从袖口里取出几页纸来，递给谢尚政说：“好好看看吧，这是袁崇焕的审讯笔录，告你不救遵化的不是别人，却正是你们这位袁大人啊！”

谢尚政捧着供状，一路看下去，两只手止不住抖动起来。这一晚上的时间，他感觉自己，就仿佛是那汪洋中的一叶小舟，不停地被巨浪抛起又落下。此时，他已完全分不清东南西北，在他脑海里除了彷徨、痛苦、无助之外，也只剩下一片空白了。

“唉，袁崇焕大奸似忠，也只能欺哄你们这些迂执的人了。”

“大人，您要在下怎么做，末将全听您的！”又过了很久，谢尚政猛地擦干眼泪，向梁廷栋坚定地说道。

梁廷栋一见，心中大喜，立即一把扶起谢尚政，让他在一边坐好，劝慰道：“谢将军能幡然醒悟，真是可喜可贺，将军你能为国家立下大功，我梁某人定保你飞黄腾达！来啊——”说着，他一拍双手，只见安国忠拿了几页文稿，从后室来到房内。“谢将军，你就按这上面写的去办吧。”梁廷栋冷冷命令道。

六

崇祯三年八月，宁远蓟辽督师府

“阁老，您乃三朝元老，德高望重，如今也只有您才能救袁大人了，可您为什么不给皇上上疏呢？”

书房里，蓟辽督师孙承宗与副总兵茅元仪正在议事。日前，辽东众将都在联名上疏，欲救袁崇焕，茅元仪也心急如焚，当即来督师府拜见孙承宗。茅元仪自幼勤奋好学，博览群书，尤喜兵农之道，及长，熟谙军事，胸怀韬略。随着后金发难、辽东战起，茅元仪于焦急忧愤之时，刻苦钻研历代兵法理论，发奋著书立说，将多年搜集的战具、器械资料以及治国平天下之方略，辑成《武备志》，于天启元年刻印。自此，声名大振。

天启二年，茅元仪以知兵被任为赞画，随大学士孙承宗督师辽东，与同僚鹿善继、袁崇焕、孙元化等人肝胆相照、交情甚厚。后阉党专权，天启五年，孙承宗被排挤去职，茅元仪也随之被削籍。天启七年，崇祯即位，茅元仪不久即赶赴京城，向新帝进呈《武备志》，因被兵部尚书王在晋中伤，以傲上之罪被放逐。崇祯二年冬，己巳之变，后金骑兵直扑北京，孙承宗再度受命督师。茅元仪等数十骑护卫孙承宗，从东便门突围至通州。十二月初一，袁崇焕下狱，不久，关宁军东溃，孙承宗受命出镇山海关，茅元仪随行赴辽。崇祯三年五月，明军取得遵永大捷，收复关内四城，茅元仪因功升副总兵，督理觉华岛水师。

见孙承宗低着头沉默不语，茅元仪既困惑又着急，已是坐立不安了。“阁老，袁大人与您的关系可是非比他人啊！当年，恢复之议始于自如，而阁老应之；恢复之事，又是阁老鼓而自如舞。阁老待自如，更是如父子、师生一般。虽然阁老受奸人排挤，无奈离开辽东，可是有自如在，阁老的心血就不会白流，心愿也不会化作泡影！宁远、宁锦两次大捷，不正是明证吗！皇上甫登大宝，即再起自如，一年多来，自如在辽东整军经武、厉兵秣马，所作所为不正是阁老当年未竟之事吗？自如赤胆忠心、智勇双全，又有大功于国家，复辽大计不可一日无袁大人啊！今皇上一时不明，受流言所惑，将自如下狱，使其遭受不白之冤，阁老当立即上疏，力为辩白，劝说皇上回心转意，为我大明江山，也为我复辽大计，保下我社稷之臣，而切不可使皇上受奸人所惑，自毁长城，做出亲者痛仇者快的事来，到那时只怕就悔之晚矣！”

茅元仪这番话，只说得是声情并茂、感人肺腑，可是奇怪的是，孙阁老听后，除了长叹之外，仍是愁眉紧锁、一言不发。茅元仪见状，急得差一点就要哭出声来，跟随孙阁老这么多年，这还是他第一次看不懂老师的心思。

“阁老！这个时候您老可不能无动于衷、见死不救啊！”茅元仪忍不住又劝，“元年八月，王在晋挟私报复，借柳河之败为题，鼓动南兵科给事中钱允鲸弹劾恩师与我等失误封疆、贪污军饷三十万，当时就是自如不避嫌疑，连上两疏，力为我等辩白，才使举国之诬谤而立明。倘无当日袁公相救，恩师与学生恐已遭那王在晋所害！今日袁公有难，阁老和学生怎能袖手旁观、无动于衷呢？倘如此，天下人又会如何看待我们？”

“石民！你不要再说了……”这个时候，孙承宗终于再也坐不住了，“我孙承宗心非铁石，又岂能无动于衷？我与自如情同父子、亦如师生，我素知他忠肝义胆、光明磊落，实乃我大明朝栋梁之材。我已年近古稀，想当日在辽东之时，老夫残生所愿便是将我平生所学和一生心血尽付与他，惟愿他能秉承我志收复辽东，即使将来我在地下，也能含笑九泉了。我对他寄望之深，又岂是他人可比。不想今日，他却身陷囹圄，老夫又何尝不痛彻心腑，又怎能不想为他洗脱罪名，使他再展雄才呢？只是你们哪里知道，如今我却救他不得，救他不得啊！”

孙承宗摇着头仰天长叹，满腔的悲愤与无奈，这时候再也压抑不住，喷薄而出。也许是太过于激动，孙承宗话未说完，就被一口气呛得咳嗽连声，他痛苦地低下头一阵干咳，胸口剧烈地起伏着，一把花白的胡须在胸前不停地抖动，好一阵，才又理顺了气息，待他再直起身来，已是潸然泪下、热泪纵横。

“阁老！”茅元仪在一旁急得大叫。

孙承宗摆摆手止住茅元仪，又顺了口气，继续说道：“自古帝王最忌讳的便是大将拥兵自重！秦武安君白起、赵武安君李牧、宋武襄狄青、武穆岳飞，这哪一个不是因此而受人中伤、遭君王猜忌而亡？正如文彦博曾对狄青言道‘无他，朝廷疑尔！’又秦桧之于岳飞莫须有，归根结底，此皆是一个疑字的缘故啊！

“今皇上对自如疑忌既深，辽东诸将又联名欲用功荫以赎督师之罪，此举实乃大误也！需知关宁军乃我朝廷兵马，诸将的一切封赏皆乃皇上所赐，众将欲救督师，此心虽诚，然众将又岂能不感皇上之恩，宁肯不要皇上的封赏也要去为他一人求情呢？皇上最怕的就是自如深得军心，怕他怀有异心、拥兵谋叛。故此，辽东诸将越是求情，皇上疑心便是越重，此举不仅不能救自如出狱，且必招致皇上忌恨，实是把他往死路上推啊！

“自如之罪，岂是因为那些罪名？非也，此不过是皇上疑他、忌他，必欲借题目杀他罢了。我今手握重兵，又乃重臣，倘我也上疏，则难脱逼宫、胁迫之嫌，此举必使皇上疑忌更甚，又有何用？不仅无用，更是雪上加霜、火上浇油，坏大事矣！非是我孙承宗不救自如，实是自关宁军东溃那一刻起，无论叛与不叛，结果如何，自如都断无生路了！”

茅元仪听罢，惊得目瞪口呆，整个人从里到外，都好似彻底地凉透了……

北京紫禁城

王承恩回到乾清宫，立刻向皇上汇报了第一天庭审的情况。崇祯听了，果然破口大骂：“废物！三个人竟然对付不了他一个袁崇焕！那袁崇焕狼子野心、罪行昭昭，这还有什么难审的！”

“皇上说的是，只是现在没有人证、物证，那袁崇焕又百般抵赖、不肯认罪，一时间几位大人倒也确实不好给他定罪……”

“哼！袁崇焕纵敌深入、顿兵不战，京城内外人所共见，他还有什么可抵赖？事实证明，朕关宁军是能打的，没有他袁崇焕，不是一样打退了东奴，收复了四城吗！可关宁军在他手里，却眼睁睁地看着东奴过蓟州、三河、通州，一路西行，兵临北京城下，他又顿兵不战，任凭东奴肆意横行，若非他和东奴早有密约，这又作何解释！想当初，朕是何等信任他，可他却恃宠而骄、肆意妄为！若他非挟寇自重、欲图谋逆，又为何要杀毛文龙？现在想来，原不过就是他早有预谋，勾结大臣要与敌谋款，两家罢兵他才好拥兵关外，以图自立罢了！袁崇焕大奸似忠、机关算尽，他以为朕还是个三岁的孩子、就是那么好欺的吗？朕当初能忍辱负重铲除魏阉，今日便也能铲除他这个奸贼！”

“皇上，那袁崇焕虽是罪该万死，不过关宁军这次却给国家立下了大功，辽东战事将来还全要仰仗他们。现在祖大寿等辽东众将都在为袁崇焕求情，如果皇上杀了袁崇焕，只怕会冷了辽东众将的心啊，万一他们……”

见王承恩为袁崇焕说情，崇祯火冒三丈，当即厉声怒斥：“糊涂！这关宁兵马乃是朕大明的兵马，什么时候倒成了他袁崇焕的家奴了？祖大寿他们不要朕的封赏，难道他们就只认他袁崇焕的好吗？上次，关宁军东溃，朕没有追究他祖大寿，对他们已是法外开恩，难道现在还要朕再放了袁崇焕，让他们再去合起伙来谋划朕的大明江山吗？真正岂有此理！一起来保他袁崇焕，他们是想威胁朕吗？朕就偏不放他，他们还待怎样？难道他们还想再造一次反吗？！王承恩，你休得再为他说好话，朕意已决，今后你若再胆敢胡言乱语，朕绝不轻饶！”

崇祯一阵痛骂，吓得王承恩站在一边不敢出声，皇上心意已决，谁又敢拂了他的意呢？崇祯怒气不息，又背着手在暖阁里来来回回走了几趟，突然站住，“朝廷里出了这么大一个奸贼，朕的那些大臣们都在干什么？这么长时间了，为什么他们一个个都不来检举揭发，难道他们都还想留什么情面吗？他们是不是都想让朕一个人来背这杀大臣的恶名啊！”

“主子，奴才这就去叫大臣们都来上表，检举揭发袁崇焕！他们今天谁要是不交，奴才就把他关到东厂去，看他们还敢不敢和皇上作对！”见皇上发怒，站在一边的李凤翔立刻出来，发着狠说道。

此次已巳之变，李凤翔奉旨提督京营，等到后金退兵，自然是领功受赏，大风光了一把。如今，他早已是皇上眼前的大红人了。

崇祯背着手，又想了一会儿，随即命令李凤翔：“你也不必把他们都关起来，非要强迫他们上表。朕现在倒是想借这个机会好好看一看，他们哪一个是忠臣，哪一个是奸臣！”

“主子，那御史史范昨日又弹劾钱龙锡与袁崇焕内外勾结、倡为款议，皇上您看……”李凤翔又请示。

“抓！立刻派锦衣卫去把钱龙锡给朕抓回来！对，前几天那两个为袁崇焕求情的钱家修和罗万爵，还有以前那个跟袁崇焕唱和的毛羽健，都给朕抓起来！”

“是，奴才这就去办！”

李凤翔刚要去办差，却突然又想起了什么，便赶忙站住脚步，迟疑地望着皇上，崇祯大感疑惑，当即便问：“李凤翔，你怎么还不快去？”

“回主子，近又有袁崇焕幕僚程本直作《白冤疏》，要为袁崇焕鸣冤，他先是去通政司递本，通政使不敢为他上奏，他便日日跪在宫门外，手捧奏疏，口呼为督师鸣冤，甘受同诛。整日为袁崇焕鸣冤叫屈！来往大臣虽都不敢与他交谈，可他们都争相传看奏本，如今那《白冤疏》都已在京城传开了。”

“大胆！”崇祯一听就炸了，“一个平头草民，就敢妄议大政、扰乱朝纲！朕大明朝廷的事，什么时候轮到他一个小百姓来指手画脚了？他要做义士，朕就成全他！李凤翔，你还愣着干什么，立刻去把那程本直抓了，与袁崇焕一同论罪！”

王承恩回到司礼监，心里越想越不安，今天他在堂上听了一天，袁崇焕所说确是实情，如今东奴虽说是退去了，可是辽东战事未了，且不说恢复辽东，就是今后，也难保那东奴不会再打进内地、兵临北京。倘现在杀了袁崇焕，将来我大明朝又靠谁来抵御东奴呢？王承恩满心忧虑，眼见皇上必欲置其于死地，可自己却实在是无计可施。

“鲁四，你去悄悄找一份程本直的《白冤疏》来。”王承恩对自己的亲信小太监吩咐一声，鲁四心领神会，便一溜烟出去了。功夫不大，已找来一份奏本，悄悄交给王承恩，打开一看，正是一份程本直手抄的《白冤疏》：“为督师蒙不白之冤，微臣甘同诛之罪，伏乞皇上，骈斩臣头，以励忠臣，以成义士事……”

程本直奏疏，洋洋洒洒一千余言，真可谓是慷慨激昂、披肝沥胆。王承恩读罢，不禁暗自赞叹真义士也！这天底下还真有人愿意为他人而赴死。

王承恩又反复念叨着其中的几句，“惟是臣乃崇焕门生也，崇焕与我，生平意气，豪杰相许，若崇焕冤死，臣义不独生！崇焕为封疆社稷臣，不失忠；臣为义气纲常士，不失义！臣与崇焕虽蒙冤地下，含笑有余荣矣！”

王承恩大为感动，不禁暗暗感佩：袁崇焕有此一友，也不虚此生了！

当夜，刑部大牢

昏暗的灯光下，程本直正靠坐在牢房墙边闭目沉思，突然牢门已被打开，一位中等身材的年轻人正站在门外。来人虽只穿了一身素淡长衫，外罩着一件斗篷，看不大清容貌，可从身形气质上一望可知，此人定是一位贵人。

这时，狱卒早已搬来一把椅子放在门内，年轻人就了座，轻轻挥一挥手，狱卒会意，便赶紧谦恭地退走了。

程本直望着眼前的情景，大感惊讶，自己今天才被抓进牢里，又在京城无亲无故，什么人会来探望自己呢？“敢问来者是哪位大人？”程本直微微向前探身，拱手问道。

来人摆摆手，随即答道：“你也不要问我是什么人了，先生的奏疏我已看过，我对先生的人品行事倒是十分敬佩，只是我还有几处疑问，特地前来向先生请教。”

“请教不敢，贵人尽管问来，我定会知无不言、如实作答。”

“好，先生果然爽直！”来人拱拱手，便开始发问，“诸路援兵难于调集，敌兵入塞以来，所幸我各路援兵先敌到达蓟州，袁崇焕既已入得蓟州城，为何要遣散各路援军，以致使敌寇越过蓟州而兵临北京，这难道不是袁崇焕之罪吗？”

程本直：“如若说袁崇焕没能挡住敌兵，使敌寇越蓟入京，则确实有罪；然而，如若说遣散援兵是袁崇焕之罪，则是大谬也！何也？蓟州只是一个三里小城，当时到蓟的兵马，只有袁崇焕关宁军马步一万余人及保定总兵曹鸣雷之马步军三千，且蓟州孤城，四外无援，故此袁崇焕才命宣府总兵侯世禄驻守三河，西去蓟州六十里，以为蓟州后援，不料三河却不许侯世禄入城，宣府兵于是颓然西溃！宣兵西溃，不仅不遵节制，且使蓟州顿失后援，又宣兵军纪败坏，沿途剽掠，于是乎京畿一带百姓皆惊呼援军剽掠抢劫。更有百姓慌不及辨，误以为‘援’作‘袁’，以讹传讹，反说袁督师辽兵抢劫。由是，京城百姓深恨袁督师！至于昌镇总兵尤世威，袁崇焕命其回镇，以保陵寝，所以陵寝重地，赖以得安。

“且侯世禄、尤世威、满桂诸路兵马，徒具其名，不过就是充数而已，又何能上阵御敌？倘驱此等兵马迎敌，必招致速败，诸军一败，反会冲动我军，令全军夺气、将士寒心，诸军留之无益，不如遣作他用。又京营久疏战阵，军心极易摇动，袁督师惟恐其临战自乱，故才又令侯世禄、满桂两军退保京城，距都城而结阵，以安京城军心人心！此皆其一番苦心，袁督师周虑万全，今人反以遣散援军罪他，我不知这是作何心肠！”

来人又问：“敌寇越蓟入京，先生既说袁公有罪，那你为何又要为他鸣冤呢？”

程本直道：“袁公之罪在于失机，而非斩帅、谋款、勾敌、失误封疆。而袁公之罪，则又在可议、可用之间也！袁公乃十载边臣，屡经战守，独提一旅挺出严关。试看今日山海关外一草一木，皆崇焕亲手所植；一城一垒，一堡一堞，皆崇焕亲手筑之。试问自有辽事以来，谁不是望敌数百里而逃、弃城于数千里而遁？敢与敌寇画地而守、对垒而战，反使敌兵望而逃、弃而遁者，舍袁崇焕，又有何人？崇焕之功未必不可议，即是崇焕之过，也未始不可使也！想当日袁公背城结营之时，敌寇悬兵深入，倘我各处坚壁清野、严兵以待，敌又何能持久？袁公业已分兵据守，扼控要隘，只待初二、初三日，我关宁后续步兵到达，便要调兵遣将、发起反击。此一举，且不说尽歼敌军、生擒敌酋，也定可大破敌军，使它元气大伤，如此则复辽不难矣，又何至于像今日这般，令敌寇饱掠而去、全身而退！”

来人听罢，不禁愕然，悲叹道：“事已至此，如之奈何？可惜，可叹啊！”

叹息了半天，来人又问，“览先生奏疏、观先生所为，实是令人感佩！然先生无罪，死生事大，你又为什么一定要为袁公而死呢？”

程本直听了，长叹一声，随即言道：“攘攘世界，莫非死所，而本直独愿为袁公而死，何也？举世皆巧人，而袁公实乃一大痴汉也！惟其痴，故举世皆爱钱，而袁公不知爱也；惟其痴，故举世皆怕死，而袁公不惜死也！于是乎，举世所不敢任之劳怨，袁公直任而不辞；于是乎，举世皆逃避之嫌疑，袁公不避而独行；举世所不能耐之饥寒，袁公耐之，以为士卒先；举世所不肯破之肌肤，袁公破之，以与诸将推心置腹！本直犹记得当日，袁公曾自言道，‘予何人哉？十年以来，父母不得以为子，妻孥不得以为夫，手足不得以为兄弟，交友不得以为朋友！予何人哉？真可谓是大明朝里一亡命之徒也！’

“噫！听其言，而不为之感乎于心者，其真无心肝也！今圣明在上，日思夜想，无非是思得一真心实意之人，任此社稷封疆之事。依本直看来，掀翻两直隶，踏遍一十三省，要再找一个浑身是胆、敢任敢当之人，只恐怕是不可再得了！此即所以惟有袁公值得程本直为其一死！然我死则死矣，惟愿在死后，能更有一程本直者，出而收我尸首，并袁公尸骨合而葬之，再题于其上曰‘一对痴心人，两条泼胆汉！’若如此，则我在九泉之下，也可瞑目了！”

“一对痴心人，两条泼胆汉……”来人在口中反复念叨着这句，不料鼻子一酸，一行清泪已从眼角悄然滑落。

“我大明朝今后还有这样的痴心人吗？”来人仰着头，感叹一句，也不知他是在自问，还是在问程本直，抑或根本就是在问老天爷。

“天下事自此不可复问了！”程本直也感慨道。来人听了，不觉一怔，问道：“天下事果不可再问了吗？”

“贵人岂不闻东汉王充所言宋人御马的故事吗？昔日，宋国有一人驾马赶路，马不进，宋人立刻拔剑杀之而弃于沟中；又驾一马，马又不进，宋人又杀而弃之，如是者三，以为这样就可以为马树威。试问，如此御马，天下又有多少良马可供他驱驰呢？就是古之造父威马之术，也不会比他更过分了吧。不得造父御马之道，却徒得其威，又怎能驾驭良驹呢？人主中不肖者，便是如此，不得其道，而只知滥施淫威，威越多，则越无良将可用，历代亡国之主，大多如此！

“封疆之事，国之大事也；封疆之任，亦国之重任也！既爱封疆，则自当要爱及封疆之人，是故严刑峻法加于他者，犹可；而加于封疆之人，则不可言也！今肩负重任之豪杰，稍一颠仆挫折，不说扶持之、慰劳之，却立刻诟辱之、杀弃之，曰杀一以儆百也，孰知如此却是杀一而废百者也！此后，忠臣良将只一仆便不复再起矣，后来之任事者则一人不如一人，所任之事则一日坏于一日，天下事又安能再问！”

“不！不！不会的！我大明朝国富兵强，我当今皇上英明神武，这天下事又怎么会不可复问呢！”来人猛地惊起，只见他脸色苍白、泪流满面，对着程本直大喊了几声，便一转身，快步出了牢房。

“王公公，您慢……”

狱卒正站在拐角，见那人一阵风似地经过，他也不知道牢里刚才发生了什么，只得呆呆地看着那人头也不回地走了……

七

崇祯三年八月十二，紫禁城乾清宫

早朝刚一结束，刑部的奏报便送进了宫里，崇祯看罢，立即召几位内阁大臣还有兵部尚书梁廷栋、刑部侍郎涂国鼎前来西暖阁会议。

“袁崇焕托付不效、专恃欺隐，以市米则资盗、以谋款则斩帅，纵敌长驱、顿兵不战，援兵四集却尽行遣散，及兵薄城下，又潜携喇嘛坚请入城，袁崇焕种种罪恶现已审明，都看看吧！”

众人看过奏本以及记录，首辅成基命大惊失色，若这些指控都成立，那袁崇焕便死罪难逃了。不由得心急如焚，当即向上启奏：“皇上，袁崇焕乃国家重臣，对其处置当慎之又慎，今刑部奏报含糊不清、罪状不明，还请皇上责成刑部审明案情，再来上奏。”

崇祯一听就火了，反问道：“奏报哪里不清？罪状怎么不明？”

“皇上，刑部所列罪状事实不清，所谓托付不效、专恃欺隐、市米资盗、谋款斩帅各条，皆是凿空臆测之言，既无袁崇焕口供，亦无实证，岂可仅凭几人的指证就可胡乱入罪？所谓纵敌长驱、顿兵不战、援兵四集，尽行遣散诸条，多与事实不符！所谓潜携喇嘛、坚请入城更是荒唐，臣实不知这是何罪？以这样的说辞来给大臣定罪，岂不令世人耻笑？刑部审案不明、草率敷衍，请皇上给予申……”

“够了！”崇祯越听越恼，不等成基命说完，便立刻打断了他的发言。暖阁里，犹如死一般的寂静，崇祯坐在那里，好不懊恼，自己本以为列出了袁崇焕几大罪状，臣子们就该和他一样义愤填膺，对袁崇焕口诛笔伐，就像当初惩治魏阉那样，一个个对自己交口称赞，哪想到今天一上来，就碰上了这么大个钉子，这让圣明天子的脸面往哪儿搁呢？

崇祯越想越气，可是，今天不让他们把话说完，不叫他们心服口服，日后自己又怎么服众呢？崇祯想了半天，狠狠咽了下口水，又强作和气地对众人说：“朕虽非尧舜，但也不是桀纣那样的昏君、暴君，朕对他袁崇焕也不会不教而诛，他的罪，朕定会叫他看得明明白白，温阁老、大司马、涂爱卿，你们几个主审，给成阁老好好讲讲！”

三人赶忙躬身接旨，将之前会审袁崇焕时所罗列的罪名一一复述，成基命听到这些于理不通的指控，忍不住据理力争。尤其在听到温体仁说袁崇焕早已密约东奴后，直气得满脸通红、浑身颤抖着喊道：“荒唐！此皆是尔等臆测编造之词，你说袁崇焕密约皇太极，可有证据？”

“哼！那袁崇焕在军中潜携喇嘛就是证据，他如若不是要来谋款，何以会带喇嘛？”

“携带喇嘛，便是要与敌谋款吗？！温阁老这才真是欲加之罪，何患无辞啊！据我所知，袁崇焕军中所带喇嘛李锁南，又名锁南木座，乃是五台高僧，有禅行，又精通蒙、藏、女真等语。李锁南素怀忠义，曾受神宗皇帝御赐敕书法衣，他为报我皇上厚恩，多年前便身赴辽东，在我军中效力，立有大功，亦多次受我朝廷嘉赏。有如此一位高僧在袁崇焕军中助我大明，本是善事，今日如何倒成了一大罪证呢？”

温体仁被驳，仍不甘心，梗着脖子又叫道：“袁崇焕与皇太极密约之事，乃是逃回太监杨有德在敌营亲耳听得，难道还会冤枉了他袁崇焕吗！”

成基命一听有内臣作证，知事不善，当即躬身向崇祯说道：“皇上，那皇太极狡猾奸诈，此等机密大事，那杨公公如何能听得，他又如何能轻易从敌营逃回？此焉知不是皇太极的反间计，皇上您可万万不可轻信啊！”

温体仁也不示弱，成基命话音刚落，便也立即启奏：“皇上！袁崇焕纵敌深入、顿兵不战，罪行昭昭，其所作所为已自不待言。袁崇焕便是今日我大明第二个仇鸾！想当日，我世宗皇帝对仇鸾是何等恩宠，可是那大同总兵咸宁侯仇鸾却惧怕鞑靼，为逃脱己责，竟用重金贿赂俺答，使他不来大同。那俺答得他贿赂，率军直向东去，自蓟镇古北口入塞，犯我京城！后他又假意勤王，骗取我世宗皇帝信任，竟拜他为平虏大将军，统帅节制各军。那仇鸾在京畿，又畏敌避战、杀良冒功，任鞑靼在我京郊肆虐八日方才退去。俺答退兵后，那仇鸾又勾结权奸严嵩，邀得圣宠爬得高位，真可谓是权倾一时。然天网恢恢，疏而不漏，纵使他再奸猾似鬼，也终有败露的一天，只可惜仇鸾死后，其罪行才被揭穿，世宗大怒，命将其开棺戮尸。今我皇上英明神武，又岂容仇鸾这等巨奸再现于今世！”

成基命回道：“皇上，袁崇焕宁远、宁锦两次大败东奴于城下，有大功于国家，他赤胆忠心，乃我国之柱石，又岂是仇鸾可比！昔日战国，赵武安君李牧数败秦军，秦国大将王翦战李牧不下，便行反间计，秦王遂派奸细潜入赵国都城邯郸，用重金收买了赵王迁的近臣郭开，说李牧勾结秦军，图谋背叛赵国。赵王迁不辨真假，竟听信谗言，将李牧杀害。李牧死后仅三月，秦军攻下邯郸，赵国竟至败亡。古语云前事不忘后事之师！臣恳请皇上，万万不可轻信浮言，切忌不可自毁长城啊！”

“放肆！”两人一番舌战，崇祯早不耐烦，现在又听成基命说起赵王迁和李牧故事，心中顿时大怒。

“成阁老，我皇上乃奋发有为之君，圣明烛照，你如何敢拿亡国之主来和当今皇上做比？难道杀了他袁崇焕，我大明朝就要亡国了吗！”温体仁又在一边火上浇油，成基命一听，吓得赶忙跪倒，向皇上连声告罪：“老臣糊涂，一时情急，口不择言，还请皇上恕臣无状。老臣一片苦心，还望皇上能体察啊！”

“好了！都不要再争了！”崇祯一拍御案，当即发话，“袁崇焕勾结朝臣，又与敌谋款，意图谋逆，现罪状已明，不必再论！传旨！着内阁和六部九卿立刻会议，就以刑部所列罪状论刑！尔等再休得多言，还不速速与朕退下！”说罢，崇祯一抖袍袖，便气冲冲地往寝宫去了。

上意已决，又有温体仁、梁廷栋等力主，会议很快便有了结果。坐以袁崇焕谋逆大罪，夷灭三族！

时风霾昼闭，白日无光，大臣们都等在外面，听说消息莫不伤感，然大家见钱龙锡等一众官员也都被相继问罪，还有谁再敢多言呢？

望着温体仁、梁廷栋远去的背影，余大成满腔悲愤，当即追上前去，拦住梁廷栋，怒喊道：“梁大人，你们今天这么做实乃太过！难道梁大人就不为自己的将来想想吗？我余某不过做了短短一任司官，可是却已经历过六任兵部尚书了！这前任六位尚书，不是被发配就是被罢斥，无一幸免，梁大人你可要好自为之啊。今天，你们给袁崇焕定罪，说他叛逆、擅主合议，说他为谋款而杀毛文龙，这毛文龙本是罪有应得，皇上早有明旨，谁人不知？可是你们今天却要借这个题目来杀袁崇焕，试想当日，崇焕既杀毛文龙，而若无东奴入塞，你们还能用这个题目杀他吗！今天杀袁崇焕，可是你们又难保疆场无事，倘将来再有去冬之变，我只怕又会有人要借今天你们杀袁崇焕为题目了！到那时，梁大人你身为大司马，还岂能免乎？”

梁廷栋闻言，大惊失色，吓得直搓手，头上不禁已冒出了一层冷汗，紧忙一转身，去追赶前面的温体仁。

崇祯三年八月十六，北京

一切已无法挽回。

末时，上御平台，崇祯宣谕群臣："袁崇焕托付不效、专恃欺隐，以市米则资盗、以谋款则斩帅，纵敌长驱、顿兵不战，援兵四集、尽行遣散，及兵薄城下，又潜携喇嘛坚请入城，种种罪恶，着即命刑部会官磔示，依律家属十六以上处斩，十五以下给功臣家为奴，今只流其妻妾子女及同产兄弟于两千里外，余皆不问。"

百官们沉默着，那个从上面传来的声音，就像严冬吹来的一道疾风，直叫人寒彻入骨、浑身冰凉。"袁崇焕居心叵测、罪大恶极，自被逮以来，尔等身为大臣不体朕心、不思报国，竟无一人一疏检举揭发这害国巨奸，真是深失朕望！今罪督受诛，尔等自当洗心革面、引以为戒，倘今后再有如袁崇焕者，朕绝不姑息！"

刑部大牢里，接罢圣旨，袁崇焕心如刀割，这样的结局他不是没有想过。两年前，在受命督师时，对于结局他心里便早有准备，然而为了大明江山，为了黎民百姓，他也只有义无反顾，将生死置之度外了。回想当日自己给皇上的答对、奏疏，袁崇焕悲从中来、热泪纵横。

八月十六日，袁崇焕于北京西市被凌迟处死，终年四十六岁。

临刑，袁崇焕口占一首《绝命诗》，曰："一生事业总成空，半世功名在梦中。死后不愁无勇将，忠魂依旧守辽东。"

及刑，北京百姓争啖其肉，皮骨已尽，心肺之间叫声不绝，半日而止，所谓活剐者也。百姓将银一钱，买肉一块，如手指大，啖之。食时必骂一声，须臾崇焕肉悉卖尽。

袁崇焕死后，兄弟妻子被流放三千里，抄没其家时，无一余资。袁正妻黄氏无子，于流放途中跳崖自尽；侧室阮氏育有一子，名文弼，后隐姓埋名、辗转流落关外；族侄袁天赦遭通缉，遁迹天涯，不知所踪……

后　记

袁崇焕死后被弃尸西四甘石桥，无人敢去收尸，只有一佘姓义士，感袁督师忠义，趁半夜盗取了尸首，葬于外城东边广渠门里广东义园，并从此隐姓埋名，立下誓言，世世代代为袁督师守墓，于今已历十七代。

两年后，程本直被斩于西市，慷慨赴死。

又半个月后，首辅成基命致仕，周延儒出任首辅，后又遭温体仁排挤，大明朝堂奸佞横行，政治陷入黑暗，时有民谣云："礼部重开天榜，状元榜眼探花，有些惶恐；内阁翻成妓馆，乌归王巴篾片，总是遭瘟。"

因适逢礼部堂官黄士俊、孔贞运、陈子壮为三鼎甲，上联中，"惶"谐"黄"，指黄士俊；"恐"谐"孔"，指孔贞运；下联，温体仁为乌程归安人，谐"乌龟"，指温体仁；"王巴"谐"王八"，指王应熊（巴县人）；吴宗达秉承温、王二人意旨为恶，时人视为"篾片"；"瘟"谐"温"，亦指温体仁。

袁崇焕部将谢尚政升任总领南兵总兵官，然而他却称病不出，始终未曾赴任，崇祯五年四月，削职罢官，永不叙用。

一年后，爆发大凌河之战。此战，祖大寿、何可纲及三万关宁军被皇太极围困于大凌河城内两个半月，城中早已弹尽粮绝，先是杀战马，吃马肉，马几乎杀尽了，便开始吃人。最终，祖大寿迫不得已，只得开城诈降，独何可纲不从，祖大寿令二人将其掖出城外杀之，何可纲颜色不变，亦不发一言，含笑而死。

后金入城清点兵马，城中的三万多人仅剩下一万一千六百八十二人，马三十二匹，尽为后金所有。

大凌河之战，皇太极采取围城打援的战术，又先后击败明军四次救援，将近五万关宁军消灭于野战，关宁精锐几乎损失殆尽。自此，在辽东，关宁铁骑再无力作为了。

战后，祖大寿又设计逃回锦州。直至崇祯十五年松锦大战，其又被围锦州整整一年，城中粮尽，杀人相食的惨状再度重演，祖大寿最终开城出降，被皇太极授予汉军正黄旗总兵。

而孙承宗派遣监军道张春率总兵吴襄、宋伟领四万兵马第四次驰援大凌河城。明军距大凌河城十五里处与金兵相遇。张春为扼制骑兵，命战车布阵，战车上配有火器，双方激战，后金军稍退，战车阵缓缓向前推进时金兵已拥有威力无比的红衣大炮，此时正横于大道中间，恭候着明军的到来。待明军进入射程，四十门大炮先后发射，明军阵营当时大乱，皇太极率军冲锋，杀得明军节节后退。张春临危不乱，见风势向东，又命火攻，火势凶猛扑向金兵，金兵又被大火逼退。不料，天降大雨，又风向大变。少顷雨霁，两军复鏖战，吴襄先败，宋伟不支亦败走。张春督参将张洪谟等三十三人死战不退，俱被执。诸人见皇太极皆行臣礼，独张春立而不跪，曰："忠臣不事二君，礼也。我若贪生，亦安用我！"令剃发，不从。居古庙，服故衣冠，迄不失臣节而死。

袁崇焕死后，皮岛马市的海上走私贸易很快便死灰复燃，大量硝磺、火器等违禁物品流入后金，参貂、生丝、丝绸贸易也全面恢复。后时任登莱巡抚孙元化亦为此而遭到御史弹劾，总兵黄龙亦曾于海上查获大量走私黄蟒湖丝等货物。

大凌河之战后，崇祯以"筑凌召衅，辱国丧师"之名，命加罪罚孙承宗冠带闲住。就这样，孙承宗也回了家，直至崇祯十一年，清军再次入塞进攻高阳，孙承宗率领全城百姓及家人守城，城破后自缢而死。

再说大司马梁廷栋，崇祯四年五月，行人司右司副水佳胤接连上疏，弹劾梁廷栋滥用奸人沈敏，居间过付、朋比为奸；与安国忠暗相勾结，贪污侵吞两年抚赏款；纳贿卖官等种种不法，并列其贿鬻将领数事，事俱有迹。梁廷栋危甚，好在有宫中太监为其左右之，又赖温体仁为其开脱，遂得以免罪，赋闲回家。

崇祯八年冬，又召拜梁廷栋为兵部右侍郎兼右都御史，总督宣、大、山西军务。次年六月，清兵第四次入塞，清武英郡王阿济格率军分路入独石口进抵居庸关，攻克昌平，直逼北京。而当年那个大言不惭、口口声声指责袁崇焕顿兵不战的梁廷栋，此时竟怯不敢战。清军遍蹂畿内，攻城略堡，共克十六城，俘获人畜十七万。临了，阿济格又命军兵“艳服乘骑，奏乐凯归”，并砍木书写“各官免送”四字，以羞辱明军。梁廷栋与兵部尚书张凤翼自知死罪难逃，每日服食大黄取泻求死。八月十九日，清兵出塞，至九月朔，张凤翼卒；逾旬日，廷栋亦卒，终年四十三岁。后法司定罪，廷栋坐大辟，既死不究。

己巳之变后，入援京师的延绥边军中途哗变，大量官军加入陕北农民军，原本小打小闹、不成气候的陕北义军实力大增，特别是有李自成、张献忠两位枭雄的加入，陕北农民起义很快便成燎原之势。自此，大明王朝开始陷入外患与内乱两线作战的死局。

袁督师之后，名将卢象升、孙传庭也先后陨落。崇祯十五年，崇祯以洪承畴为蓟辽总督，率领九边八总兵、十三万兵马，救援锦州。结果，松锦一场大战，明军溃败，洪承畴被俘降清，明军阵亡五万余众，辽海崩溃。至此，大明在内忧外患的合力夹击下，已再无生机！

督师蒙难十四年后，崇祯十七年三月，李自成攻陷北京，崇祯皇帝于煤山一棵歪脖树上自缢，死时身边只有一个太监王承恩，从此，明朝灭亡。

请善待世间的善良和伟大，不要让英雄被来往的鬣狗撕咬！

为众人抱薪者，不可使其冻毙于风雪！

我们可以卑微如蝼蚁，但绝不可扭曲如蛆虫。